KB241774

지리산과 유람문학

지리산권문화연구단 연구총서 04

지리산과 유람문학

2013년 3월 29일 초판 1쇄 펴냄

지은이 최석기, 정출헌, 정시열, 이성혜, 강정화, 전병철
펴낸이 김흥국
펴낸곳 도서출판 보고사

등록 1990년 12월 13일 제6-0429호
주소 서울특별시 성북구 보문동7가 11번지 2층
전화 922-5120~1(편집), 922-2246(영업)
팩스 922-6990
메일 kanapub3@chol.com
http://www.bogosabooks.co.kr

ISBN 978-89-8433-972-9 93810
ⓒ 최석기, 정출헌, 정시열, 이성혜, 강정화, 전병철, 2013

정가 28,000원
사전 동의 없는 무단 전재 및 복제를 금합니다.
잘못 만들어진 책은 바꾸어 드립니다.

지리산권문화연구단 연구총서 04

지리산과 유람문학

최석기, 정출헌, 정시열
이성혜, 강정화, 전병철

보고사

서문

어우(於于) 유몽인(柳夢寅 1559~1623)은 조선시대를 대표하는 문장가의 한 사람이다. 그는 우리나라 산하의 구석구석을 두 발과 두 눈으로 확인하였고, 또 그러한 자신을 천하를 두루 유람한 사마천(司馬遷)에 비유해도 뒤지지 않을 것이라 자부하였던 인물이다. 그런 유몽인에 따르면, 중국에서 이름났던 학자나 문장가의 학문과 문장력은 유람을 통해 완성되었다고 하였다. 공자의 높은 학문과 세상을 보는 직관력이 주유천하(周遊天下)를 통해 완성되었고, 사마천의 탁월한 문장력이 그의 유람에서 비롯되었음은 유몽인뿐만 아니라, 조선시대 사인들 사이에 공유되던 인식이었다. 조선조 지식인에게 있어 산수유람은 학문적 성취나 문학적 호기(浩氣)를 기르는 또 하나의 중요한 방법이었던 셈이다.

지리산 유람록은 바로 이들 조선시대 사인들이 지리산을 유람하고 그 감회를 기록한 글이다. 현재까지 발굴된 지리산 유람록은 모두 100여 편에 이른다. 그 속에는 조선초기부터 20세기 중반까지 수백 년에 걸친 조선조 지식인의 지리산에 대한 인식이 고스란히 담겨져 있다. 그런데 그 100여 편의 유람록을 자세히 살펴보면, 지리산에 대한 그들의 인식이 시기마다 조금씩 다른 모습으로 나타나고 있음을 발견하게 된다.

김종직·김일손·남효온 등 조선 초기의 사림이 올랐던 지리산과, 조식을 기점으로 변사정·양대박 등 사화기 직후의 지식인이 본 지리산이

다른 모습이었고, 또한 임진란 이후의 지리산과, 나라 안팎이 혼란스럽던 조선말기의 지리산, 나아가 일세강점기의 지리산이 또한 다른 모습을 보인다. 지리산은 때로는 자신들의 불우한 처지와 상처를 위무하는 대상이 되는가 하면, 때로는 불화한 현실을 벗어나고픈 이들에게 무릉도원과도 같은 이상향으로 다가오기도 하고, 때로는 학문적 극치인 구도(求道)와 성찰의 도반(道伴)으로, 때로는 나약하기 그지없는 국가를 강건하게 할 강력한 군주의 형상으로 다가오기도 하였다.

이렇듯 지리산은 다양한 모습으로 수백 년 간 그 자리를 지키고 있었을 뿐만 아니라, 그 시대를 살아가는 지식인들에게 어떤 길을 걸어가야 할지를 보여주는 나침반과 같은 것이기도 하였다. 사람들은 지리산을 오르며 시대를 걱정하고 시대 속의 삶의 문제를 고민하였다. 그리고 지리산을 내려오며 시대의 문제를 회피하지 않고 이를 헤쳐 나갈 힘과 용기를 얻었다. 이런 의미에서 지리산 유람록은 단순히 죽어있는 과거의 문장에 대한 연구에서 그치는 것이 아니라 현재의 문제와 미래에 대한 전망까지도 그 안에 함유하고 있는 연구 대상이라고 해야 할 것이다.

경상대학교 경남문화연구원은 한국연구재단에서 주관하는 인문한국(HK)지원사업을 수행하기 위해 지난 2007년 순천대학교 지리산권문화연구원과 함께 지리산권문화연구단을 구성하여 지금까지 지리산권 문화에 대한 체계적이고도 종합적인 연구를 진행하고 있다. 아울러 '지리산문학' 연구의 한 축으로 몇 해 전부터 지리산권역에 소재하는 '사단법인 지리산문학관'(이하 (사) 지리산문학관으로 칭한다)과 공동으로 유람문학이나 지리산권의 불교문학 등을 주제로 하는 '지리산문학 학술대회'를 개최해 왔다. (사)지리산문학관은 '지리산문학 자료의 수집과 전시, 연구와 진흥, 체계화와 집대성'이라는 큰 목표를 둔 연구기관으로, 앞으로도 양 연구기관은 판소리 등 지리산권의 고전문학과 현대문학도 함께 정리하여 전체 지리산문학을 체계화할 예정이다. 이 책은 그 여정의 첫 걸음이자, 지리산권 문화에 대한 연구의 또 다른 작은 결실이라고 할 수 있다.

이 책은 그 동안 (사)지리산문학관과 공동으로 진행한 〈지리산 유람문학 학술대회〉에서 발표된 원고와, 본 연구원에서 산출된 유람문학 관련 글을 모아서 엮은 것이다. 모두 두 부분으로 구성되어 있는데, 제1부는 100여 편의 지리산 유람록에 내재된 지리산 관련 인식을 총론적으로 살피고 있으며, 제2부는 개별 작가의 작품에서 지리산이 어떤 형상인지를 읽어내고 있다. 여전히 부족하고 아쉬운 부분이 없지 않지만, 이 책을 통해 제한적이지만 지리산 유람문학을 정리한 것에 만족하고, 향후 지리산문학 연구의 초석이 되었으면 하는 바램을 담아본다.

끝으로 본 발표에 참여해 주신 여러 필자에게 감사드리며, 학술행사와 관련하여 연구 이외의 어려운 부분을 모두 전담하고 지원해 준 (사)지리산문학관 김윤수 관장께도 깊은 감사의 뜻을 전한다.

2013년 3월 20일
경상대학교 경남문화연구원장 장원철

목차

제2부 유람록으로 지리산 읽기

제1부

유람록에 나타난
지리산 인식

조선시대 사인들의 지리산·천왕봉에 대한 인식

최석기

Ⅰ. 머리말

　조선시대 사인(士人)으로서 지리산을 유람한 인물은 수백 명에 달한다. 그리고 그들이 남긴 시문도 수천 편에 이른다. 기왕의 조사에 의하면, 조선시대 사인으로서 지리산을 유람하고 유산기(遊山記)를 남긴 사람은 72인이며, 작품은 90여 편에 이른다. 여기에 승려 2인이 남긴 13편을 더하면 100여 편이 넘는다.[1] 그리고 지리산을 유람하고 유산시(遊山詩)를 남긴 사람은 대략 1천여 명이 넘을 것으로 추정되며, 그들이 남긴 한시는 수천 수에 달할 것으로 예상된다.[2]

　이런 시문은 모두 한문으로 기록되어 있다. 이 가운데는 1910년 일제에게 나라를 빼앗긴 이후에 지어진 것도 여러 편 있다. 이 글에서는 그 가운데 조선시대(1910년 이전)에 창작된 시문만을 연구 범위에 넣기로 한

---

1) 강정화 외, 『지리산 유산기 선집』, 경상대 경남문화연구원, 2008.

2) 강정화 외, 『지리산 한시 선집, 천왕봉』, 경상대 경남문화연구원, 2009; 강정화 외, 『지리산 한시 선집, 청학동』, 경상대 경남문화연구원, 2009; 강정화 외, 『지리산 한시 선집, 덕산·단성·산청·함양·운봉』, 경상대 경남문화연구원, 2010.

다. 그것은 조선시대 사인들의 지리산에 대한 인식을 살피기 위해 시도
하기 때문이다.

이 글은 조선시대 사인들이 지리산을 유람하고 남긴 시문을 통해, 조
선시대 지식인들이 지리산과 지리산의 최고봉인 천왕봉을 어떻게 인식
하고 있는지를 살피는 데 목적을 둔다. 다만 지리산과 천왕봉에 대한
인식의 변화 과정에도 주목할 것이므로, 조선시대 사인들이 지리산을
유람하고 쓴 유산기·유산시 이외의 자료도 논지를 전개하는 데 필요할
경우 함께 인용할 것이다.

지리산은 역대로 우리나라의 명산으로 알려져 있으며, 국토의 남쪽
지방을 진압하는 진산으로서 남악(南嶽)으로 인식되었다. 또한 현재는
우리나라 국립공원 제1호로 지정되어 있다. 따라서 우리 민족사에 지리
산은 어느 시대든 인간의 삶과 밀접한 관련을 갖고 있다. 또한 천왕봉은
지리산의 상봉이기 때문에 조선시대 사인들은 특별한 의미를 부여하였
다. 그러므로 선인들이 지리산과 천왕봉을 어떻게 인식하였는지를 살
피는 작업은 매우 의미 있는 일이라 생각된다.

이 글에서는 지리산과 지리산의 최고봉인 천왕봉에 대한 조선시대
사인들의 인식을 밝히는 것을 궁극적 목적으로 한다. 지리산과 천왕봉
으로 굳이 나누어 살펴보려는 것은, 지리산은 산 전체에 대한 인식을
살피기 위함이고, 천왕봉 및 그 주변의 성모사(聖母祠)와 일월대(日月臺)
에 대해 함께 거론하는 것은 지리산을 대표하는 최고봉에 대한 인식의
특징을 구체적으로 살피기 위함이다. 천왕봉은 지리산의 가장 높은 봉
우리로서 지리산을 대표하는 정상이다. 그런데 그 위에는 지리산의 신
인 성모를 모신 사당이 오랫동안 존재해 왔으며, 또 17세기쯤 바위에
'일월대'라는 이름이 붙여지고 각자가 새겨졌다. 그 뒤로 일월대는 천왕

봉을 상징하는 주요 장소로 자리 잡았다. 따라서 천왕봉을 거론할 경우 성모사와 일월대는 그 의미가 자못 크기 때문에 함께 논하지 않을 수 없다.

Ⅱ. 지리산에 대한 인식

1. 지리산의 명칭에 대한 인식

지리산은 여러 가지 이름이 있다. 그러나 문헌 기록으로 나타나는 대표적인 명칭은 지리산·두류산·방장산이며, 여기에 덕산(德山)이라는 명칭을 하나 더 더할 수 있다. 이 외에도 불복산(不伏山)·방당산(磅磄山)·봉익산(鳳翼山) 등 몇 개의 이름이 더 있지만, 조선시대 정신사에서 큰 의미를 갖지 못하였기 때문에 제외하기로 한다. 위 4개의 이름은 조선시대 사인들의 정신세계를 파악하는 데 의미가 있으므로 함께 살펴보기로 한다. 우선 위의 4가지 명칭이 시기적으로 어떻게 나타나는지를 살펴보기로 한다.

이 4개 이름 가운데 문헌 기록상으로는 지리산이 가장 먼저 나타난다. 지리산(智異山)은 신라시대 최치원(崔致遠 857~915)의 문집 『고운집(孤雲集)』에 3번 나타난다. 그리고 고려시대 이규보(李奎報 1168~1241)의 『동국이상국집(東國李相國集)』, 이제현(李齊賢 1287~1367)의 『익재난고(益齋亂稿)』, 이색(李穡 1328~1393)의 『목은집(牧隱藁)』 등에 연이어 나타난다. 또한 김부식(金富軾 1075~1151)의 『삼국사기』와 일연(一然 1206~1289)의 『삼국유사』에는 '지리산(智異山)'과 '지리산(地理山)'이 혼용되어 나타난다.

두류산이라는 명칭은 의상(義湘 625~702)의 『청구비기(靑邱秘記)』에 처

음 보이지만3) 자료를 고증할 수 없고, 고려시대 이인로(李仁老 1152~1220)
의 『파한집(破閑集)』과 이곡(李穀 1298~1351)의 『가정집(稼亭集)』에서부터
보이기 시작한다. 이 명칭은 고려 말 신진 사대부들에게서 본격적으로
나타나며, 조선시대 사인들이 가장 선호하던 명칭이다. 그것은 사(士)의
자기 각성에 의해 민족 강토에 대한 인식이 싹텄기 때문일 것이다.

방장산이라는 명칭은 조선전기의 문헌에 비로소 나타난다. 방장산은
삼신산의 하나인데, 지리산이 방장산으로 인식된 결정적 요인은 두보(杜
甫 712~770)의 시에 '방장삼한외(方丈三韓外)'라는 구절과 그 주(註)에 '삼한
은 대방국(帶方郡)의 남쪽에 있다'고 한 『위지(魏志)』를 인용한 기록4)이
국내에 알려진 데서 연유한 것으로 보인다. 방장산이라는 용어는 고려
시대 문헌기록에 보이지만, 지리산이 곧 방장산이라는 인식은 조선전기
이석형(李石亨)·김종직(金宗直) 등의 문집에서부터 나타나기 시작한다.

덕산이라는 명칭은 조식(曺植 1501~1572)이 지리산에 은거하여 도학자
로서 명성을 얻은 뒤, 경상우도 지역 사인들에게서 나타난다. 경상우도
는 남명학파의 본거지로서 조선후기 학맥이 전승되지 못한 상태에서도
그 정신은 여전히 계승되었는데, 그들 가운데는 지리산·두류산·방장
산이라는 세 명칭보다 '덕산'이라 명칭을 선호한 사람이 있었다. 1807년
지리산 천왕봉에 오른 안치권(安致權 1745~1813)은 함안 사람인데, 지리
산에 대해 다음과 같이 언급하고 있다.

---

3) 李圭景, 『五洲衍文長箋散稿』 天地篇, 地理類, 山, 「智異山辨證說」. "新羅釋義相靑丘秘
　記 頭流山 一萬文殊住世"
4) 이 내용은 원나라 때 高楚芳이 편찬한 『集千家註杜工部詩集』 권1 「奉贈太常張卿垍二
　十韻」에 보인다.

영남과 호남이 만나는 곳에 큰 산이 하나 있으니, 수백 리나 구불구불 이어져 있고 수천 길이나 웅장하게 서 있다. 수많은 짐승이 살고 무수한 광물이 묻혀 있으며, 여러 사찰이 세워지고 승려들이 거처한다. 그 산은 네 가지 명칭이 있는데, 지리산·두류산·방장산·덕산 등이다. 덕산의 명칭이 가장 잘 알려져 있는데, 남명 조식 선생이 학문을 닦던 곳이 있기 때문이다.[5]

이 자료를 보면, 경상우도 지역 남명학파의 정신적 지향이 남명과 그가 살던 덕산에 있었음을 알 수 있다. 덕산은 조식이 천왕봉을 도반(道伴)으로 삼아 만년에 은거한 곳으로, 후대에는 도학의 발원지로 인식되어 순례자가 끊이질 않았다. 그들은 지리산을 '조식의 산'으로 인식하여 덕산으로 불렀던 것이다. 조선후기 경상우도 사인들은 조식이 만년에 은거하며 도학을 완성한 덕산을 우리나라 도학의 근원지로 생각하였기 때문에, 그들의 뇌리 속에는 덕산이라는 명칭이 가장 부합된다고 여겼을 것이다.

다음은 지리산·두류산·방장산이라는 명칭의 유래에 대해 살펴보기로 하는데, 세 명칭을 함께 거론한 설을 먼저 살펴보고, 그 다음에 개별적으로 언급한 설의 특징을 고찰하기로 한다.

진주에 살며 지리산을 유람한 성여신(成汝信 1546~1632)은 지리산·두류산·방장산이라는 세 명칭에 대해 나름대로 다음과 같은 전거를 제시하였다.

---

5) 安致權, 『乃邕遺稿』권2「頭流錄」, "嶺湖之間 有一泰山 逶迤數百里 磅礴累千仞 鳥獸銅鐵之所藏 寺刹僧尼之所居 而其號有四 曰智異 曰頭流 曰方丈 曰德山 而德山之名最著 蓋以南冥曺先生藏修之所在也"

'멀리 솟은 두류산 낮게 깔린 저녁 구름'은	頭流山逈暮雲低
고려 이인로가 청학동을 찾았을 때 지은 시	李仁老詩尋靑鶴
'높은 지리산 만 길이나 푸르네'는	智異山高萬丈靑
포은 정 선생이 승려에게 준 시	圃隱先生贈雲衲
'방장산은 대방의 남쪽에 있네'는	方丈山在帶方南
당나라 두보의 시 속에 나오는 말	杜草堂詩中說[6]

이는 작자가 1623년 지리산 천왕봉을 유람하고 쓴 「유두류산시(遊頭流山詩)」의 일부이다. 성여신이 인용한 이인로의 시구는 『파한집』에 보이고, 정몽주의 시구는 『포은집』에 보이며, 두보의 시구는 「봉증태상장경계이십운(奉贈太常張卿垍二十韻)」이라는 시의 첫 구이다. 성여신은, 두류산이라는 명칭이 고려시대 이인로로부터 쓰이기 시작한 점, 지리산이라는 명칭이 고려 말 정몽주로부터 쓰이기 시작한 점, 그리고 방장산이라는 명칭이 두보의 시로부터 나타나기 시작한 점을 전거로 제시하고 있다. 문헌이 부족하던 당시로서는 나름대로 전거를 찾으려 한 노력이 돋보인다.

1818년 지리산을 유람한 정석귀(丁錫龜 1772~1833)는 세 명칭에 대해 다음과 같이 고증했다.

두류산은 지리산이라 부르기도 하고, 방장산이라 하기도 한다. 방장산이란 명칭은 『사기(史記)』「진시황본기(秦始皇本紀)」·「효무본기(孝武本紀)」에 보이고, 지리산이란 명칭은 『삼국사기』에 보인다. 두류산이라고 부른 것이 어느 때부터인지 알 수는 없지만, 대개 백두산에서 산줄기가 흘러 이 산이 되었기 때문에 붙여진 이름인 듯하다. 세상에 전해지는

---

6) 成汝信, 『浮査集』 권2 「遊頭流山詩」.

삼신산은, 금강산이 봉래산이고, 한라산이 영주산이며, 두류산이 방장산인데, 이 또한 어디에 근거했는지 모르겠다.[7]

정석귀도 지리산에 대한 세 명칭이 처음 나타나는 전거를 제시하고자 노력한 흔적이 역력하다. 그러나 두류산에 대해서는 언제부터 나타나는지 알 수 없다고 하였으며, 두류산을 방장산이라고 부르는 근거도 모르겠다고 하였다.

1902년 지리산을 유람한 송병순(宋秉珣 1839~1912)은 지리산의 세 가지 명칭에 대해 묻는 혹자의 질문에 아래와 같이 답하였다.

여지서(輿地書)에 의하면, '백두산의 산맥이 흘러내려 이 산에 이르렀기 때문에 두류산이라 한다'고 하였습니다. 또 두보의 시에 '방장산은 바다 밖 삼한에 있네.[方丈三韓外]'라고 하였으니, 곧 이 지리산을 말한 것입니다. 점필재의 「유두류록」에 "두류산은 숭고하고도 빼어나다. 이 산이 중국에 있었다면 숭산이나 대산보다 먼저 천자가 올라가 봉선을 하였을 것이다."라고 하였으며, 또 "두자미의 '방장산은 바다 밖 삼한에 있네'라는 시구를 길이 읊조리니, 나도 모르게 정신이 아련해진다."고 하였습니다. 그러니 이것이 지리산의 도경이라 할 수 있을 것입니다.[8]

송병순은, 두류산이라는 명칭은 백두산에서 흘러내린 산맥이 응결한 산이므로 붙여졌다는 종래의 설을 그대로 수용하고 있으며, 방장산으로 불린 것도 김종직의 「유두류록」을 인용하여 당나라 때 두보의 시를

---

7) 최석기 외, 『선인들의 지리산 유람록 3』, 보고사, 2009, 262쪽.
8) 宋秉珣, 『心石齋集』권12「遊方丈錄」. "輿地書 白頭山之脈 流至於此 故謂頭流 杜詩方丈三韓外 卽此山也 佔畢齋遊錄曰 以頭流崇高堆勝 在中原之地 必先嵩岱 天子登封 又曰 長詠子美方丈三韓之句 自不覺神魂飛越 此可謂智異之圖經乎"

증거로 제시하고 있다.

이상에서 지리산의 대표적인 세 명칭에 대해 논한 성여신·정석귀·
송병순의 설을 인용해 살펴보았는데, 지리산이라는 명칭에 대해서는
아무도 그 유래를 제시하지 못하고 있으며, 두류산에 대해서는 백두산
에서 흘러내린 산맥이 국토 남단에 웅장하게 서렸기 때문에 붙여진 이
름이라는 인식이 지배적이며, 방장산이라 불린 것에 대해서는 두보의
시를 증거 자료로 인용하고 있는 것이 전부이다. 따라서 두류산이라는
명칭을 제외한 지리산과 방장산이라는 명칭에 대해서는 그 유래를 명확
히 제시하지 못하고 있다고 해도 과언이 아니다.

다음은 지리산·두류산·방장산의 명칭에 대해 개별적으로 언급한 설
에 대해 살펴보기로 한다.

지리산이라는 명칭에 대해, 그 의미를 설득력 있게 설명한 자료는 찾
아볼 수 없다. 지금까지도 순수한 우리말에서 나와 한자 표현이 여러
가지로 다르게 나타난다는 주장9)과 대지문수사리보살(大智文殊師利菩薩)
에서 나온 것이라는 주장 등이 제기되고 있을 뿐이다. 후자의 경우는
화엄사 진응강백(眞應講伯)이 지었다고 하는 『지리산지(智異山誌)』에 나오
는 내용으로, 구한 말 승려의 견해이다. 그 주장에 따르면, 지리산이라는
명칭은 '대지문수사리보살'의 '지(智)' 자와 '리(利)' 자를 따서 붙여진 것으
로, 지리산(智利山)이 후대에 지리산(智異山)으로 변했다는 것이다.10)

이러한 설은, 신라시대 의상이 지었다고 전하는 『청구비기』에 "두류
산은 1만의 문수보살이 세상에 머물던 곳이다. 그 산 밑에는 해마다 풍

---

9) 최석기, 『남명과 지리산』, 경인문화사, 2006, 1~17쪽.

10) 인터넷 자료, http//cafe.naver.com/insanwoo/256, 「지리산의 산 이름 유래에 대하
여 1」.

년이 들며, 백성들이 질박하다."[11]고 한 데에서 연유한 것으로 보인다. 그러나 불교 설화를 근거로 한 비기의 기록인 데다, 논리적 근거가 미흡하여 설득력이 떨어진다.

18세기 승려 응윤(應允 1743~1804)은 지리산의 명칭에 대해 나름대로 독특한 설을 제기하고 있어 주목된다. 그는 평생 지리산에 살면서 「지리산기(智異山記)」 등 지리산 관련 기록을 11편이나 남긴 지리산에 대해 해박한 승려였다. 그는 지리산의 명칭에 대해 다음과 같이 말하였다.

〈지리산은〉 리체[12]로서 밝고 바르기 때문에 산의 이름은 '지리산'이라 하고, 봉우리 이름은 '반야봉'이라고 한 것이다. 반야봉 앞에 절[13]이 있는데, 바위가 매우 장엄하며 신령스럽고 기이하다. 대체로 나라의 복을 기원하는 곳이며, 천왕봉은 이 절의 수호신이 된다. 방장산이라는 이름은 선가의 경전에서 나온 것임을 고찰해 볼 수 있다. 하지만 두류산이라 부르게 된 연원은 자세하지 않다. 혹자는 "백두산맥이 흘러내려 여기에서 멈추었으므로 그렇게 이름을 붙인 것이다."라고 말하기도 한다.[14]

응윤은 지리산의 세 명칭에 대해 불가의 입장에서 말하고 있다. 그는 유자들이 두류산이라고 즐겨 쓰는 근거에 대해서도 반신반의하고 있으며, 방장산은 선가의 경전에서 나온 것이라는 원론적 언급에서 그칠 뿐,

---

11) 李圭景, 『五洲衍文長箋散稿』 天地篇, 地理類, 山, 「智異山辨證說」. "新羅釋義相青丘秘記 頭流山 一萬文殊住世 其下歲豊民愿"
12) 『주역』 離卦의 형상을 가진 체를 말한다.
13) 현 전라북도 남원시 산내면 달궁마을 근처에 있었던 黃嶺庵을 가리키는 듯하다.
14) 應允, 『鏡巖集』 권하 「智異山記」. "离體明正 故山名智異 峰稱般若 而般若峯前有佛庙 石磊極壯靈異 盖爲國都鎭福 而天王峰爲佛廟護界神也 方丈之名 出仙經可考 其云頭流未詳 或日 白頭山脉 流終於此 故名"

언제부터 지리산을 방장산으로 부른 지에 대한 언급은 없다.

　그의 독특한 견해는, 지리산의 명칭이 『주역』 이괘의 상에서 취했다고 본 점에 있다. 그는 지리산의 형상을 이괘처럼 명정한 것으로 보았는데, 이는 이괘 단사에 "重明 以麗乎正 乃化成天下"라는 말에서 취한 듯하다. 이괘는 상하의 괘가 모두 이(離, 火)로 이효(二爻)와 오효(五爻)가 모두 중정(中正)에 처해 있기 때문에 그렇게 말한 것이다. 응윤은 또한 그런 산체(山體)의 상으로 볼 때, 반야봉이 주봉이며, 그 밑에 있는 절이 중심지이고, 천왕봉은 그 절의 수호신에 해당한다고 보고 있다. 이는 다분히 풍수설의 영향을 받은 것으로 보인다.

　구한 말 의령 출신 안익제(安益濟 1850~1909)는 「두류록(頭流錄)」에서 "지혜로운 사람과 기이한 산물이 그 안에서 많이 생산되기 때문에 지리산이라 한 것이다."15)라고 하여, 새로운 설을 주장하였다. 이 설이 그럴 듯하지만, 너무 후대에 등장한 설인지라 신빙성이 조금 떨어진다.

　문헌상 '지리산'이라는 명칭은 6가지로 나타나는데, 지리산이 신라시대부터 조선시대까지 가장 많이 나타나고, 그 나머지 지리산(地理山·地異山·智理山·知異山·地利山)은 극히 드물게 보인다. 이렇게 보면, 지리산(智異山)이라는 명칭이 가장 대표성을 갖는다고 하겠다. 그러나 위에서 거론한 두 승려의 견해 및 안익제의 설을 제외하고는, 지리산이라는 명칭이 어디에서 연유한 것인지를 언급한 설은 찾아볼 수 없다.

　다음은 두류산이라는 명칭에 대한 설을 살펴보기로 한다. 앞에서 언급했듯이 두류산이라는 명칭은 이인로의 『파한집』에서부터 나타난다.16) 그런데 그는 또 다음과 같이 말하였다.

---

15) 安益濟, 『西岡遺稿』 권3 「頭流錄」. "智人異物 多産於其間 故謂之智異"
16) 신라시대 義相이 지었다고 하는 『靑丘秘記』에 '頭流山'이라는 명칭이 보이지만, 이는

지리산은 처음 백두산으로부터 뻗어내려 꽃다운 봉우리와 골짜기가
면면이 이어져 내려와 대방군에 이르러서 두툼하게 수천 리에 맺혔다.
산을 빙 둘러 사람들이 사는 고을이 10여 주나 된다.[17]

이를 보면, 이인로는 지리산이 백두산에서 흘러 내려 만들어진 산이
라는 점을 분명하게 인식하고 있음을 알 수 있다. 백두산이라는 명칭은
도선이 지었다는 비결 『옥룡기(玉龍記)』에 "我國 始于白頭 終于智異 其
勢水根木幹之地"[18]라는 언급이 보인다. 이런 자료로 보면, 신라 말부터
백두산과 지리산이 하나의 줄기로 이어진 국토의 뼈대라고 인식한 것을
알 수 있다.

이런 인식은 조선시대 사인들에게서보다 분명하게 나타나고 있다.
조선중기 유몽인(柳夢寅 1559~1623)은 두류산에 대해 그 명칭의 유래를
다음과 같이 설명하고 있다.

지금 두류산은, 백두산에서 시작하여 면면이 4천 리나 뻗어온 아름답
고 웅혼한 기상이 남해에 이르러 엉켜 모이고 우뚝 일어난 산으로, 열두
고을이 주위에 둘러 있고, 사방의 둘레가 2천 리나 된다.[19]

유몽인은 백두산에서 시작하여 4천 리를 뻗어내려 남해에 이르러 우
뚝하게 형성된 산이라는 점, 주위에 12고을이 있고 사방의 둘레가 2천

신빙할 수 없기 때문에 채택하지 않았다.

17) 李仁老, 『破閑集』 상권 제14조. "智異山 始自白頭山而起 花峯蕚谷 綿綿聯聯 至帶方郡
蟠結數千里 環而居者 十餘州"

18) 『고려사절요』 권26 「恭愍王 1」, 정유 6년조.

19) 柳夢寅, 『於于集』 권6 「遊頭流山錄」. "今夫頭流 根發於白頭山 綿延四千里 扶輿磅礴之
氣 窮於南海 蓄縮而會 挺拔而起 環擁十二州 周廻二十里"

리에 달할 정도로 넓다는 점을 특징으로 거론하고 있다.

이런 인식은 17세기 박장원(朴長遠), 18세기 박래오(朴來吾)·이갑룡(李甲龍)·김도수(金道洙)·홍씨(洪氏), 19세기 박치복(朴致馥)·송병선(宋秉璿) 등의 기록에도 유사하게 나타난다. 따라서 응윤처럼 불가의 승려들이 반신반의한 것과 달리 사인들은 이 설을 전적으로 신뢰하고 있으며, 또 지리산이나 방장산으로 호칭하는 것보다 두류산이라 호칭하는 것을 훨씬 더 선호하였다. 조선후기 이규경(李圭景)도 백두산의 맥이 흘러 지리산에서 그쳤기 때문에 일명 두류산이라 한다[20]고 한 것을 보면, 조선시대 사인들에게는 이 설이 거의 정설로 받아들여지고 있었음을 알 수 있다.

다음은 방장산이라는 명칭에 대해 살펴보기로 한다. 중국에서 삼신산에 대한 설화는 사마천의 『사기』 「진시황본기」에 처음 보인다.

> 제나라 사람 서시 등이 상서하여 말하기를 "동해 바다에 삼신산이 있는데, 봉래산·방장산·영주산이라고 하며, 사람들이 그곳에 살고 있습니다. 청컨대 재계하고서 동남·동녀와 함께 가서 신선을 찾고자 합니다." 라고 하자, 이에 진시황은 서시를 파견하여 동남·동녀 수천 명을 거느리고 바다로 가서 선인을 찾게 하였다.[21]

대개 삼신산은 진시황이 불사약을 구하려 하여 서시(徐市) 등을 파견함으로써 세상에 널리 알려지게 되었고, 발해로부터 한반도를 거쳐 일본까지도 삼신산이 있는 곳으로 인식되게 하였다. 중국 자료에서 우리

---

20) 李圭景, 『五洲衍文長箋散稿』 天地篇, 地理類, 山, 「智異山辨證說」. "白頭之脈 流而止於 此 故一名頭流山"

21) 司馬遷, 『史記』 「秦始皇本紀」. "齊人徐市等上書 言海中有三神山 名曰蓬萊·方丈·瀛洲 人居之 請得齋戒 與童男女求之 於是 遣徐市 發童男女數千人 入海求人"

나라의 금강산·지리산·한라산을 언제부터 삼신산으로 일컫게 되었는
지는 정확하게 알 수 없다.

　김종직이 「유두류록」에 '방장산은 바다 밖 삼한에 있네.[方丈三韓外]'[22]
라고 읊은 구절을 인용한 뒤로, 조선시대 지식인들은 이 두보의 시구를
전거로 삼아 방장산이 곧 지리산이라고 인식하였다. 서시 등이 남해와
제주도 서귀포 등지에 왔다갔다는 전설이 전하는 것으로 보아, 일정하
게 설득력을 담보할 수 있다. 이런 인식은 17세기 성여신(成汝信)·김지
백(金之白), 19세기 남주헌·정석귀·민재남(閔在南)·김영조(金永祚) 등의
기록에 유사하게 나타난다. 다만 18세기에 활동한 승려 응윤은 방장산
이라는 말이 선가에서 나온 것이라고만 언급하였을 뿐이다.

　그런데 이규경은 삼신산이 우리나라에 있다는 전설에 의해 지리산이
방장산으로 불리게 되었다는 설보다는 어원적 고찰을 통해 다음과 같이
말하고 있어 주목된다.

　　『습유기(拾遺記)』에 "동해 바다 5만리 지점에 방당산이 있다. 그 위에
　　는 1백 아름이나 되는 복숭아나무가 있는데 1만 년에 한 번 열매가 달린
　　다. 울수(鬱水)가 방당산 동쪽에 있는데, 푸른 연꽃이 자라고 길이가 8천
　　척이나 된다."고 하였다. 지봉(芝峯) 이수광(李晬光)은 말하기를 "내 상
　　각으로는, 방당산은 방장산과 음이 비슷하다."고 하였다.[23]

　이규경은 『습유기』의 설을 인용하여 방장산이 원래 방당산이었음을

---

22) 이는 杜甫의 「奉贈太常張卿垍二十韻」이라는 시의 첫 구이다.
23) 李圭景, 『五洲衍文長箋散稿』 天地篇, 地理類, 山, 「智異山辨證說」. "拾遺記 扶桑五萬里
　　有磅磄山 上有桃樹百圍 萬歲一實 鬱水在磅磄山東 生碧藕 長千尋 芝峯李晬光曰 余意 磅
　　磄 與方丈 音近"

밝히고, 다시 이수광의 설을 인용하여 음이 비슷하기 때문에 삼신산의 하나인 방장산으로 불리게 된 점을 언급하고 있다. 방당산도 방장산과 마찬가지로 전설상의 신선이 사는 산이므로, 선가의 설에서 유래된 명칭이라는 점에서는 별반 다른 점이 없다.

대체로 조선시대 지식인들은 지리산을 방장산이라 인식하였고, 방장산은 삼신산의 하나라고 생각하였다. 그런데 16세기 황준량(黃俊良 1517~1563)은 "하물며 삼한에 있는 방장산은 천하에 이름이 나서, 영주산·봉래산보다 먼저 일컫는 제일의 산임에랴.[況乃三韓方丈聞天下 第一位號先瀛蓬]"24)라고 하여, 삼신산 가운데 방장산이 으뜸이라고 하였다. 조금 뒤 시대 유몽인도 지리산 천왕봉에 올라본 뒤에 비로소 우리나라의 산 중에서 으뜸이라고 하였으며25), 박래오(1713~1785)도 웅장한 형세와 삼엄한 기상이 삼신산 중에서 최고라고 하였다.26)

이상에서 살펴본 것처럼, 지리산은 크게 지리산·두류산·방장산·덕산으로 일컬어져 왔다. 지리산이라는 명칭은 어떤 의미를 가진 용어인지를 밝힐 만한 명확한 자료가 없다. 그렇지만 신라시대부터 줄곧 지리산을 대표하는 이름으로 존재해 왔음을 확인할 수 있었다. 두류산이라는 명칭은 고려시대 중반 이후부터 나타나는 이름으로, 백두산에서 뻗어내려 왔다는 인식이 지배적이며, 그것은 우리나라 국토에 대한 인식이 내재되어 있다. 방장산이라는 명칭은 정확히 언제부터 붙여졌는지 확인할 수 없는데, 이규경은 신라·고려시대로부터 전해졌다고 하였다.27) 대개 두보의 시에 방장산이 삼한에 있다는 인식과 또 두시의 주

---

24) 黃俊良, 『錦溪集』 권1 「遊頭流山紀行篇」.
25) 최석기 외, 『선인들의 지리산 유람록』, 돌베개, 2000, 199쪽.
26) 최석기 외, 『선인들의 지리산 유람록 3』, 보고사, 2009, 37쪽.

석에 방장산이 대방군에 있다는 설이 알려짐으로써 지리산은 삼신산의 하나인 방장산으로 인식되었다. 그러나 문헌기록상으로는 조선전기에 이르러서야 비로소 지리산을 방장산이라고 하는 인식이 나타난다.

2. 지리산의 위상에 대한 인식

지리산은 조선시대 사인들에게 어떤 모습으로 인식되었을까? 여기서는 지리산의 위상에 대해 언급한 자료를 통해 조선시대 사인들이 지리산을 어떻게 자리매김하고 있는지를 살펴보기로 한다.

이륙(李陸 1438~1498)의 「지리산기(智異山記)」에는 "지리산은 두류산이라고도 한다. 영남과 호남의 교차로에 웅거하고 있는데, 높고 넓어서 몇 백 리나 되는지 알 수 없다. 산 주위에 목(牧)이 하나, 부(府)가 하나, 군(郡)이 둘, 현(縣)이 다섯, 부읍(附邑)이 넷이 있다."28)고 하여, 영남과 호남의 중간에 위치하며 높고 넓다는 점을 거론하였다.

이처럼 지리산은 높고 넓다는 점이 그 위상으로 부각되어 여러 기록에 나타난다. 17세기 송광연(1638~1695)의 「두류록」에도 넓고 크다는 점을 부각시켰고, 18세기 이주대(李柱大 1689~1755)의 「유두류산록(遊頭流山錄)」에도 넓고 높다는 점을 거론하였다. 지리산이 넓고 크다는 점을 주위에 10여 개의 고을이 둘러 있다는 것으로 표현하기도 하고,29) 둘레가

---

27) 李圭景, 『五洲衍文長箋散稿』 天地篇, 地理類, 山, 「智異山辨證說」. "且說者 以爲三神山 皆在我東 而方丈爲智異 瀛洲爲漢拏 蓬萊爲金剛 自羅麗傳道 如是 則或可髣髴耶"

28) 李陸, 『靑坡集』 권2 「智異山記」. "智異山 又名頭流 雄據嶺湖南二路之交 高廣不知其幾 百里 環山有一牧一府二郡五縣四附"

29) 柳夢寅은 「유두류산록」에서 주위에 12개의 고을이 있다고 하였으며, 조선후기 朴致馥은 「南遊紀行」에서 호남의 13개 고을과 영남의 7개 고을이 지리산 주위에 있다고 하였다.

8~9백 리 또는 2천 리에 달한다[30]고 하기도 하였다. 또 조선중기 조위한(趙緯韓 1558~1649)은 지리산의 봉우리가 84,000개라고 노래하기도 하였다.[31]

지리산의 넓고 높은 산세는 역사적으로 신라와 백제의 국경이었기 때문에 후대에 영남과 호남의 중간에 웅거한 산으로 인식되었고,[32] 그 기세가 영남과 호남을 진압하고 있다는 점에서 진산으로 그 위상이 정립되었다.[33]

또한 사인들은 국토 동남쪽의 보장(保障)으로 지리산의 위상을 인식하였다. 권극량(權克亮 1584~1631)은 지리산이 우리나라 동남방의 보장이라 하였고,[34] 이만부(李萬敷 1664~1732)는 백두산의 남쪽 머리가 흘러내리다가 머리로써 허공을 둘러막았다고 하여,[35] 지리산을 남방의 보장으로 인식했다. 이러한 보장이라는 인식은 진산이라는 인식과 같은 맥락에서 이해할 수 있다.

이런 인식은 박래오에 이르러 가장 구체화되어 나타난다.

기이하구나, 이 산이여. 이곳이 바로 해동 삼신산 중의 하나로구나.
웅장한 형세와 삼엄한 기상이 그 어디에 이 산과 같은 곳이 있겠는가?

---

30) 구한 말 黃玹은 지리산의 둘레가 8~9백 리라 하였고, 조선중기 유몽인은 2천 리에 달한다고 하였다.

31) 趙緯韓,『玄谷集』권1「算博士體」. "頭流八萬四千峯"

32) 최석기 외,『용이 머리를 숙인 듯 꼬리를 치켜든 듯』, 보고사, 2008, 153~158쪽(金之白의「遊頭流山記」).

33) 이런 인식은 丁錫龜의「頭流山記」와 金成烈의「遊靑鶴洞日記」, 鄭載圭의「頭流錄」등에 보인다.

34) 權克亮,『東山集』권1「登頭流吟」. "崔嵬方丈障東南 絶頂登臨穩竹籃"

35) 李萬敷,『息山集』권1「頭流歌 送盧二丈新卜頭流山中 兼呈孔巖丈」. "頭流以頭障半空 天王般若蒼蒼浮"

관동의 풍악(금강산)은 신령스럽기로 말하자면 신령스럽기는 하다. 그러나 바닷가 한쪽 귀퉁이에 치우쳐 있다. 탐라의 한라산은 높이로 말하자면 높기는 하다. 그러나 바다로 둘러싸인 귀자국 영역을 벗어나지 못한다. 이 두 산은 웅거하고 솟구친 점으로는 멀리 펼쳐지고 웅장하게 진압하는 형세가 없다. 그러나 이 두류산만은 그렇지 않다. 모인 기가 넓고 크며 영호남에 걸쳐 웅거하고 있다. 그 높이로 말하자면, 위로 건문의 적제의 궁궐에까지 닿아 있다. 그 크기로 말하자면, 아래로 지축의 현신의 도읍까지 진압하고 있다. 포괄한 것이 길게 이어져 있고, 펼쳐진 것은 넓게 뻗어 있으니, 이는 참으로 해동의 중심이며 남방의 조종이다.36)

박래오는, 지리산이 기가 모여 영·호남에 웅거하고 있으며, 높이는 하늘까지 닿고 크기는 지축까지 진압하여 우리나라의 중심이 되고 남쪽 지방의 조종이 된다고 하였다. 하늘에는 천체의 중심인 북극이 있고, 인간사회에는 구심점인 황극이 있고, 땅에도 땅의 중심인 지극(地極)이 있다. 박래오는 지리산을 우리나라의 지극으로 보고 있다는 점에서, 지리산의 위상은 단지 영남과 호남에 웅거한 진산의 의미를 넘어선다. 즉 남방의 진산일 뿐만 아니라, 우리나라의 지극이며, 남방의 조종으로 그 위상이 격상된 것이다.

한편 조선전기 김종직은 중국의 오악 중 태산이 으뜸인데, 그 동쪽에 다시 두류산이 있다고 하면서 두류산을 중국 서쪽의 지축에 해당하는

---

36) 朴來吾, 『尼溪集』 권12 「遊頭流錄」. "異哉山乎 此乃海東三神之一 而其雄偉之形勢 森嚴之氣像 孰有如玆山者乎 關東之楓岳 靈則靈矣 而只跼乎沿海一邊之界 耽羅之漢拏 高則高矣 而不踰乎環海龜玆之域 其所以盤據樹立者 無遠布雄鎭之勢 而玆山則不然 鍾氣磅礴 雄據湖嶺 而其高也 上逼乎乾門赤帝之宮觀 其大也 下壓乎坤軸玄神之都府 包括綿長 排布廣遠 則此誠海東之標極 天南之祖宗也"

곤륜산과 동시로 마주하여 대칭이 되는 산으로 그 위상을 정립하였
다.37) 이는 태산보다 그 위상을 한층 더 높이 인식한 것이다.

지리산의 위상을 명산(名山)이라는 점에 초점을 맞춘 인식도 있다. 조
선중기 이안눌(李安訥 1571~1637)은 당시 사람들이 우리나라 4대 명산으
로 동방의 금강산, 서방의 구월산, 북방의 묘향산, 남방의 지리산을 일
컫는다고 하였다.38) 백두산은 4대 명산 속에 들어가 있지 않다. 그것은
현실세계의 산으로 느끼지 못하였기 때문일 것이다. 또한 한라산도 삼
신산을 일컬을 적에는 당연히 포함되지만, 피부로 느끼기 어려워서인
지 4대 명산에 들어 있지 않다. 이안눌이 언급한 것처럼 사방의 산을
일컬을 적에는 지리산이 남악으로서 명산의 위상을 갖는다.

그런데 천하의 명산을 일컬을 적에는 그 위상이 또 달라진다. 대체로
천하의 명산을 일컬을 경우, 백두산·구월산·묘향산은 그 안에 속하지
못하고 삼신산이 그 자리를 차지한다. 그런데 삼신산만을 명산으로 일
컬을 적에 인식의 차이는 있겠지만, 유몽인·박래오 등의 언급처럼 인
문지리적 관점으로 지리산을 그 중에서 가장 빼어난 산으로 보는 인식
이 있었다. 이런 인식은 남쪽지방 사인들에게서 더 강하게 인식되었을
것으로 보인다.

예컨대 하익범(河益範 1767~1815)은 중국을 중심으로 보아 중국 밖의
명산 가운데 지리산이 가장 신령하다고 하였다.39) 구한 말 외세가 침입
하고 국권을 빼앗길 무렵에 이런 인식은 더욱 두드러지게 나타나는데,

---

37) 金宗直, 『佔畢齋集』 권8 「游頭流紀行」. "五嶽鎭中原 東岱衆所宗 豈知渤澥外 乃有頭流
雄 崑崙萬萬古 地軸東西通 幹維挈首尾 想像造化功"
38) 李安訥, 『東岳集』 권9 「送一珠上人遊智異山 次軸上韻」. "俗稱我國四名山 東皆骨 西九
月 北香山 南智異山"
39) 河益範, 『士農窩集』 권1 「登天王峯」. "名山云在海之外 方丈其中最有靈"

권규집(權奎集 1850~1916)은 천하의 명산 중 3개가 우리나라에 있는데 방장산·한라산·금강산이라고 하였으며,[40] 최병호(崔炳祜)도 "『한서(漢書)』에 천하 명산이 8개인데, 3개가 만이(蠻夷)에 있다."[41]고 하였다. 구한말에 이르러 사인들은 『한서』의 위 문구를 근거로, 중국의 오악을 제외한 나머지 3개를 삼신산으로 인식함으로써 모두 우리나라에 있는 것으로 생각한 것이다.

이상에서 살펴보았듯이, 조선시대 사인들은 지리산의 위상을 다음과 같이 인식하고 있었다. 첫째, 지리산은 넓고 크며 영남과 호남의 중간에 웅거하고 있는 진산이다. 둘째, 남방의 보장이다. 셋째, 우리나라의 지극으로 남방의 조종이다. 넷째, 중국의 곤륜산과 동서로 지축이 되는 산이다. 다섯째, 천하 8대 명산 중 하나이다.

3. 지리산의 상징에 대한 인식

지리산을 인문지리적 관점에서 그 위상을 위와 같이 파악하기도 하지만, 조선시대 사인들은 또 다른 상징적 의미를 지리산에 연관시켜 놓았다. 여기서는 이 점에 대해 몇 가지로 나누어 살펴보기로 한다.

첫째, 지리산을 임금 또는 성인으로 보는 상징적 인식이다.

조선전기 김종직은 지리산을 숭고하고 빼어나다고 하면서 중국에 있었다면 태산이나 숭산보다 더 그 위상이 높았을 것이라 하였다.[42] 황준량도 중국에 있었다면 화산·숭산보다 못하지 않았을 것이라고 하였

---

40) 權奎集, 『兼山集』 권1 「天王峯歸路 用朱子·祝融峯詩 分韻得盞字」. "天下名山三在東 漢拏楓岳暨方丈"
41) 이 문구는 『한서』 권25上 「郊祀志」 제5上에 보인다.
42) 최석기 외, 『선인들의 지리산 유람록』, 돌베개, 2000, 41쪽.

다.[43) 또 남효온(南孝溫 1454~1494)은 지리산은 여러 산 중에서 가장 빼어나며, 지리산이 인간에게 주는 이로움이 풍부하다고 하면서 성인의 도와 같다고 하였다.[44)

김종직과 남효온이 지리산을 빼어나다고 하는 인식은 높고 크고 넓기 때문이 아니라, 그 덕을 상징적으로 말한 것이다. 그래서 천자나 성인의 덕에 비유한 것이다. 조선후기 박치복(1824~1894)은 "큰 봉우리가 하늘로 우뚝 솟아 존엄하게 서 있는 것을 바라보고서, 나도 모르게 몸을 굽혔다. 천왕(天王)이 바로 여기에 있는 줄 알 수 있다."[45)고 하여, 천왕이 사는 산으로 인식하였다.

이런 인식은 다시 세분화하여, 지리산에 원기(元氣)와 정기(精氣)가 다 모였다는 점,[46) 모든 산의 조종이라는 점,[47) 우리나라 제일의 산이라는 점,[48) 물산이 풍부하여 백성에게 혜택을 많이 준다는 점[49) 등으로 나타난다. 조선중기 유몽인은 살이 많고 뼈대가 적기 때문에 더욱 높고 크게 보인다고 하였으며,[50) 그는 지리산의 온갖 나무들의 모습을 형상해 장편시 「산목행(山木行)」을 짓기도 하였다.

둘째, 지리산을 신선의 산으로 보는 상징적 인식이다.

---

43) 黃俊良, 『錦溪集』 권1 「遊頭流山紀行篇」, "若使移在中華峙土中 峻極不讓華與嵩"
44) 최석기 외, 『용이 머리를 숙인 듯 꼬리를 치켜든 듯』, 보고사, 2008, 33쪽.
45) 최석기 외, 『선인들의 지리산 유람록 4』, 보고사, 2010, 141쪽.
46) 이런 인식은 黃俊良의 「遊頭流山紀行篇」과 朴來吾의 「頭流歌」에 보인다.
47) 이런 인식은 黃俊良의 「遊頭流山紀行篇」, 朴來吾의 「遊頭流錄」, 宋光淵의 「頭流錄」 등에 보인다.
48) 이런 인식은 宋光淵의 「頭流錄」에 보이는데, 그는 그 이유를 한 자리에서 일출과 일몰을 모두 볼 수 있기 때문이라고 하였다.
49) 이런 인식은 李陸의 「智異山記」, 黃俊良의 「遊頭流山紀行篇」, 鄭載圭의 「頭流錄」 등에 보인다.
50) 이런 인식은 柳夢寅의 「遊頭流山錄」에 보인다.

이러한 인식은 대체로 도가나 선가의 사상에서 영향을 받은 것으로, 지리산이 삼신산의 하나로 알려지면서 더욱 뿌리를 내린 듯하다. 조선 후기 남주헌(1769~1821)은 태을(太乙)이 거처하는 산이라고 하였다.[51] 이러한 인식은 세속에 널리 전파되어 있었던 듯한데, 『신증동국여지승람』에는 "세속에서 전하는 말에 '태을이 그 산 위에 사는데, 신선들이 모이는 곳이고, 용상(龍象)이 거처하는 곳이다.'라고 한다."[52]고 기록하고 있다. 태을은 태일진군(太一眞君)이라고도 하는 천신(天神)이다. 그렇다면 천신 또는 천왕이 사는 곳으로 인식한 것이다. 그런데 거기에 신선들이 사는 곳, 또는 승려들이 사는 곳으로 그 범위가 확대된 것이다. 아무튼 이런 인식은 인간의 현실세계와 동떨어진 신의 세계를 상징하는 것으로 받아들여진다.

황준량의 「유두류산기행편(遊頭流山紀行篇)」, 김지백(1623~1671)의 「유두류산기(遊頭流山記)」, 황도익(黃道翼 1678~1753)의 「두류산유행록(頭流山遊行錄)」, 박래오(朴來吾)의 「유두류록(遊頭流錄)」 등에도 이런 인식이 보인다. 또한 성여신의 「유두류산시」, 민재남(1802~1873)의 「유두류록」 등에도 지리산에서 불사약이 난다는 점을 언급하고 있어, 신선이 사는 산임을 상징하고 있다.

셋째, 지리산을 학식이 높은 은자들이 깃들어 사는 산으로 보는 상징적 인식이다.

조선전기 김종직은 지리산을 학식이 높은 학자들이 은거하거나 신선들이 살 만한 산이라 규정하였고,[53] 조선중기 유몽인도 인간세상의 영

---

51) 최석기 외, 『선인들의 지리산 유람록 3』, 보고사, 2009, 209쪽.
52) 『新增東國輿地勝覽』 권39 南原都護府, 山川, 智異山.
53) 최석기 외, 『선인들의 지리산 유람록』, 돌베개, 2000, 41~42쪽.

리를 버리고 깊숙이 은거할 만한 산으로 보았다.54) 한편 조식은 이런
인식을 더욱 확장해 산수의 아름다움보다 한유한·정여창·조지서(趙之
瑞) 같은 도덕군자가 은거한 산이라는 점에 더 큰 의미를 부여하였다.55)
그리고 이런 조식의 언급에 대해 후대 박치복(朴致馥)은 조식이 지리산
을 한유한·정여창·조지서의 산으로 명명한 것이라 하였다.56)

이런 인식은 조식 이후 사인들에게 널리 공유되어 구한 말까지 그대
로 나타난다. 김영조(金永祚 1842~1917)는 예로부터 위대한 인물이나 석
학들이 지리산을 많이 유람하였다57)고 하여, 지리산의 상징성을 큰 인
물의 유적이 있는 점에 두고 있다.

이러한 인식이 보다 구체적으로 나타나는 경우도 있는데, 하익범은
다음과 같이 말하고 있다.

> 연단술을 익힌 최문창[崔致遠], 고결한 한녹사[韓惟漢], 박식하고 단
> 아한 점필재[金宗直]·탁영[金馹孫], 도학을 밝힌 일두[鄭汝昌]·남명[曺
> 植] 같은 여러 선생들이 연이어 승경을 찾아 이 산에서 노닐거나 깃들어
> 살았다. 그 이름이 만고에 남아 이 산과 영원히 전해질 것이니, 어찌 이
> 산의 다행이 아니겠는가?58)

작자는 인물의 성격에 대해서는 각기 다르게 파악하고 있지만, 명인

---

54) 상동, 201쪽.
55) 상동, 121쪽.
56) 최석기 외, 『선인들의 지리산 유람록 4』, 보고사, 2009, 150쪽.
57) 金暎祚, 『竹潭集』 권2 「遊頭流錄」. "自古偉人碩儒 多登覽焉"
58) 河益範, 『士農窩集』 권2 「遊頭流錄」. "修鍊如崔文昌 高潔如韓錄事 博雅如佔畢·濯纓
   道學如一蠹·南冥諸先生 踵武搜勝 徜徉棲息於其中 名留萬古 與之齊壽 亦豈非玆山之
   幸歟"

(名人)들이 깃들고 노닌 산이라는 점에서는 공통적으로 상징적인 의미를 부여하고 있다. 이런 인식은 비슷한 시기 정석귀에게서도 나타난다.

> 이 두류산이 생긴 이래로 몇 개의 세계가 지나고, 몇 연기를 거쳤고, 몇 인물을 낳았는지 모른다. 그러나 특별히 드러나게 전할 만한 행적은 없으니, 삼신산 신선의 설화는 더욱 허망하다. 오직 고운 최치원이 문장으로써 쌍계사에서 이름을 떨쳤고, 문헌공 정여창은 명현으로서 화개동에 발자취를 남겼으며, 남명 조식은 은일로서 덕산에 터를 잡았고, 덕계(德溪) 오건(吳健)은 유사(儒士)로서 산청에서 노닐었으며, 도탄(桃灘) 변사정(邊士貞)과 운제(雲堤) 노형필(盧亨弼)은 행의로써 잠시 내령대와 외령대, 마천 등지에서 시를 읊조렸다. 그 나머지 이 산에 뜻을 둔 선비들이 남쪽·북쪽에서 잠시 혹은 오랫동안 출입하기도 한 것들을 어찌 다 말할 수 있겠는가.[59]

정석귀는 하익범보다 더 세부적으로 문장·명현·은일·유사·행의 등으로 이름난 사람을 분류해 논하면서, 그런 인물들이 지리산에 출입하였기 때문에 명산이 되었다는 점을 말하고 있다.

이상에서 살펴본 것처럼, 지리산에 대한 상징적 인식은 크게 세 가지로 나타난다. 하나는 성인과 같다는 점이고, 하나는 신선이 사는 산이라는 점이고, 하나는 위대한 인물이나 명유(名儒)가 출입한 산이라는 점이다.

---

59) 丁錫龜, 『虛齋遺稿』 권하 「頭流山記」. "自有此山以來 不知歷幾世界幾年紀幾人物 而別無奇行異蹟之表表 可傳則三神仙人之說 尤爲虛妄 惟崔孤雲以文章 擅名于雙溪 鄭文獻以名賢 遺躅于花開 曹南冥以隱逸 卜居于德山 吳德溪以儒士 盤旋于山淸 邊桃灘盧雲堤 以行誼 暫爾嘯詠於靈臺馬川等處 而其餘有志之士 於南於北 或暫或久 或出或入 何足稱道哉"

Ⅲ. 천왕봉에 대한 인식

1. 천왕봉의 명칭에 대한 인식

'천왕봉'이라는 명칭은 조선전기 문인들의 기록에서부터 보이기 시작한다. 조선 초의 유방선(柳方善 1388~1443)이 「등천왕봉(登天王峯)」이라는 시를 지은 것[60]이 최초로 보이는 기록이며, 그 이후로 강희맹(姜希孟 1424~1483) · 김종직 · 이륙 등의 문집에 연이어 나타나기 시작한다.

지리산 천왕봉은 왜 '천왕'이라 불렀을까? 이에 대해서도 조선시대 사인들은 여러 가지 상상을 하였다. 여기서는 이런 점을 몇 가지로 나누어 살펴보기로 한다.

첫째, 백두산 남쪽에서 제일의 봉우리라는 인식이다.

성여신은 "아래로는 대지를 진압하고, 위로는 푸른 하늘에 닿아, 구름 밖에 홀로 빼어난 것, 바로 우뚝한 천왕봉이라네."[61]라고 노래하여, 아래로 대지를 진압하고 위로 하늘에 닿은 홀로 빼어난 산으로 인식하였다.

유몽인은 전에 금강산을 산 중의 집대성으로 여겼었는데, 지리산 천왕봉에 오른 뒤에는 생각을 바꾸어 다음과 같이 말하였다.

> 나는 일찍이 땅의 형세가 동남쪽이 낮고 서북쪽이 높으니, 남쪽 지방 산의 정상이 북쪽 지역 산의 발꿈치보다 낮을 것이라고 생각하였다. 또한 두류산이 아무리 명산이라도 우리나라 산을 통틀어 볼 때 풍악산이 집대성이 되니, 바다를 본 사람에게 다른 강은 대단찮게 보이듯, 이 두

---

60) 柳方善, 『泰齋集』 권3.
61) 成汝信, 『浮査集』 권2 「遊頭流山詩」. "下壓乎后土 上薄乎穹蒼 獨秀乎雲表者 乃是天王峯之突屼"

류산도 단지 한 주먹 돌덩이로 보였을 뿐이었다. 그런데 이제 천왕봉 꼭대기에 올라 보니, 그 웅장하고 걸출한 것이 우리나라 모든 산의 으뜸이었다.62)

이처럼 유몽인은 천왕봉의 웅장하고 걸출한 모습을 직접 체험하고서 우리나라 모든 산의 으뜸으로 인식하고 있다. 우리나라 산의 조종이라는 인식이다. 물론 지리산은 백두산에서 뻗어 내린 산이기 때문에 상징적으로는 백두산이 조종이지만, 백두산은 인간 현실세계의 산이 아니라 상상 속의 산이다. 따라서 현실세계 속에서 보면, 지리산이 조종으로 인식될 수 있다. 그래서 홍명원(洪命元 1573~1623)은 "백두산 남쪽 산맥 명산이 몇 개이던가, 그 가운데 제일봉이 영호남 중간에 있네."63)라고 하여, 백두산 남쪽에서 제일봉이라고 하였다.

둘째, '천왕'이 주재하는 봉우리라는 인식이다.

천왕봉이라는 명칭의 유래에 대해서도 전하는 기록이 없다. 김종직의 「유두류록」에 "내가 일찍이 이승휴(李承休)의 『제왕운기(帝王韻紀)』를 읽어보건대, '성모명선사(聖母命詵師)'의 주에 '〈성모는〉 지금의 지리산 천왕이다.'라고 하였으니, 바로 고려 태조 어머니 위숙왕후를 가리킨다. 고려시대 사람들이 선도성모(仙桃聖母)에 관한 전설을 익히 듣고서, 자기 나라 임금의 계통을 신성시하고자 하여 이 설을 지어낸 것인데, 이승휴가 그대로 믿고서 『제왕운기』에 기록한 것이다."라고 하여, 천왕이라는 이름이 성모에서 나온 것이지만, 실제로는 고려 태조의 어머니

62) 柳夢寅, 『於于集』 권6 「遊頭流山錄」. "嘗謂地勢東南低西北高 南嶽之頂 不得與北山之趾齊 頭流 雖曰名山 覽盡東方 以楓嶽爲集大成 則觀海難爲水 特視爲一拳石耳 及今登天王第一峯 而後其知雄偉傑特 爲東方衆嶽之祖"
63) 洪命元, 『海峯集』 권2 「次趙持世游智異山韻」. "白頭南脈幾名山 第一天王湖嶺間"

위숙왕후라고 하였다. 고려가 삼국을 통일한 뒤에 남쪽 지방을 진압하기 위해 신성한 전설을 만들어 가장 높은 봉우리에 붙여놓았다고 본 것이다. 이 설은 일정하게 설득력이 있다.

　김종직의 설은 후대에도 영향을 끼쳐 사인들 가운데는 그의 설을 추종하는 경우가 왕왕 있었다. 예컨대 구한 말의 송병순도 김종직의 견해를 그대로 수용하면서 천왕봉이라는 명칭이 성모로 일컬어지는 위숙왕후의 신이 주재하는 봉우리에서 연유한 것으로 보았다.[64)]

　그런데 조선중기 사인들에 이르면, 천왕봉의 이미지는 천하를 다스리는 천왕과 곧바로 연관하여 이해한다. 이런 인식은 천왕봉에 직접 올라 본 사람들에 의해 더욱 구체화되었다. 천왕봉에 오른 조선시대 사인들은 뭇 산이 지리산 천왕봉을 향해 읍을 하거나 조회를 하는 신하들처럼 구부리고 있다고 언급한 기록이 많다. 성여신은 그 모습을 다음과 같이 실감나게 묘사하였다.

호남 땅의 서석산과 월출산	湖南之瑞石月出
강우의 가야산과 자굴산	江右之伽倻闍崛
고개 숙이고 엎드려 있어	低頭而屈伏
첩이나 신하와 다를 바 없네	無異乎臣妾
〈중략〉	
점치는 거북 등처럼 갈라지기도 하고	或似龜坼兆
산가지 점괘처럼 나누어지기도 하며	或若卦分繇
올망졸망 불쑥불쑥 솟아 있기도 하고	而纍纍然巘巘然

---

64) 宋秉珣, 『心石齋集』 권12 「遊方丈錄」, "嘗閱佔畢齋遊頭流錄 作文祈晴于聖母廟 而曰李承休帝王韻記 聖母命詵師 註云 今智異天王 乃指高麗太祖之妃威肅王后也 蓋此峯之爲號 可徵于玆"

들쭉날쭉 또렷또렷 서 있기도 하여　　　　　　參參然煥煥然

그 이름을 부를 수 없는 것들은　　　　　　不可得以名焉者

빙 둘러 이 산을 향해 읍하고 있는　　　　衆山之環揖于玆山

동서남북에 나뉘어 선 여러 산들이라네　　而分列乎東西南北[65]

성여신이 노래한 것은 천왕봉이 임금과 같다는 내용이다. 비슷한 시기 함양 출신 박여량(1554~1611)도 천왕봉의 명칭에 대해 다음과 같은 견해를 밝히고 있다.

'천왕봉'이라는 명칭에 대해 세상 사람들은 신상[聖母像]이 모셔져 있는 곳이어서 그렇게 부른다고 생각한다. 내 나름대로 생각해 보건대, 이 산은 백두산에서 발원하여 흘러 내려 마천령·마운령·철령 등이 되었고, 다시 뻗어내려 동쪽으로는 오령·팔령이 되고, 남쪽으로는 죽령·조령이 되었으며, 구불구불 이어져 호남과 영남의 경계가 되었으며, 남쪽으로 방장산에 이르러 그쳤다. 이 산을 '두류산'이라 한 것이 이런 연유 때문에 더욱 극명해진다. 하늘에 닿을 듯 높고 웅장하여 온 산을 굽어보고 있는 것이 마치 천자가 온 세상을 다스리는 형상과 같으니, 천왕봉이라 일컬어진 것이 이 때문이 아니겠는가?[66]

박여량은 천왕봉이라는 이름이 붙은 것을 천자가 온 세상을 다스리는 형상과 같다는 점에서 찾았다.

조선후기 박치복은 천왕봉에 올라 "큰 봉우리가 하늘로 우뚝 솟아 존

---

65) 成汝信, 『浮査集』 권2 「遊頭流山詩」.

66) 朴汝樑, 『感樹齋集』 권6 「頭流山日錄」. "天王之稱 世以爲神像所居而云也 余則竊以爲 玆山發於白頭山 流而爲磨天·磨雲·鐵嶺等 關關東爲五嶺八嶺 南爲竹嶺鳥嶺 逶迤而爲湖 嶺之界 南至方丈而窮焉 以其頭流者 以此而尤極 穹隆雄偉 俯臨諸山 如天子臨御宇內之像 其稱以天王者 無乃以此耶"

엄하게 서 있는 것을 바라보고서, 나도 모르게 몸을 굽혔다. 천왕이 바로 여기에 있는 줄 알 수 있었다."[67]고 독백처럼 기록하고 있다. 그는 천왕이 누구를 지칭하는 것이라고 말하지 않았다. 그러나 이 인용문을 통해 볼 때, 그가 생각하는 천왕은 존귀한 하늘의 왕이다. 즉 천자처럼 임금을 상징한 것이라 볼 수 있다. 이런 인식은 장석신(張錫藎 1841~1923)의 「천왕봉가(天王峰歌)」에 잘 나타나 있다.

방장산 제일 높은 봉우리는 천왕봉	方丈上峰是天王
천왕이란 그 이름 존귀하고 위대하네	天王之號尊且皇
세인들은 천왕봉의 귀중함 알지 못하고	世人不識天王重
천왕봉을 마당처럼 함부로 여긴다네	足踏天王如唾場
우러를 봉우리지 어찌 밟을 봉우리이리	寧可仰止那可踏
산이 귀중한 것 아니고 그 이름 황송한 것	山非重也名是惶
높기로는 하늘보다 더 높은 것이 없고	高高莫如天之高
존귀하기로는 천왕만큼 존귀한 것 없네	尊尊莫如王之尊
〈중략〉	
이 산이 비록 높으나 땅 위에 있으니	此山雖高猶在地
높다고 한들 어찌 하늘 문까지 닿으랴	高高那得及天門
이 산이 존귀하나 이 나라의 국토이니	此山雖尊猶國土
존귀한들 어찌 천왕과 이름을 함께 하리	尊尊那得名相渾
산 위의 하늘이 곧 이 산의 왕이시니	山之天也山之王
천황을 통솔함도 천왕께서 천지인 조율하듯	統天皇王調三元
다만 바라노니 천왕봉 위의 신령이시여	但願天王峰上靈
우리 천왕의 대대손손을 영원토록 도우소서	輔我天王萬萬世子孫[68]

67) 최석기 외, 『선인들의 지리산 유람록 4』, 보고사, 2010, 141쪽.
68) 張錫藎, 『果齋錄』 南選錄 上 「頭流歌」.

　장석신은 천왕을 천왕봉 위의 하늘, 곧 천(天)으로 보고 있다. 그리고
주(周)나라의 천자를 왕(王)이라고 한 것처럼 천지인을 조율하는 권능을
가진 존재로 보고 있다. 작자는 일제침략기를 살면서 이 천왕의 권능으
로 일제의 비린내를 쓸어버리고 싶은 염원을 이렇게 노래한 것이리라.
그런데 그는 천왕봉의 천왕을 온 세상을 다스리는 존귀한 권위를 가진
임금으로 받아들이고 있다. 이런 인식이 비록 그 전부터 전래되어 내려
온 설은 아닐지라도 19세기 학자들에 이르러서는 박치복과 장석신의 언
급에서 드러나듯, 천왕봉의 천왕이 천하를 다스리는 권능을 가진 임금
으로 형상화되고 있다는 것이다.

2. 천왕봉 성모에 대한 인식

　지리산 천왕봉 성모사에 안치되어 있던 성모에 대해, 승려들과 민간
에서는 석가모니의 어머니 마야부인이라는 설이 전승되었다. 남효온과
함께 유람을 한 승려는 "이 분은 석가의 어머니인 마야부인입니다. 이
산의 산신령이 되어 이 세상의 화복을 주관하다가, 미래에 미륵불을 대
신하여 태어날 것입니다."[69]라고 하였으며, 양대박(梁大樸 1544~1592)과
함께 유람한 승려는 "부인이 스스로 말하기를 '동방으로 1만 8천 리 길
을 날아가 두류산 제일봉의 주인이 되고 싶다'라고 하여, 석상을 모셔놓
고 천년토록 제사를 지내왔습니다."[70]라고 하였다.

　그러나 18세기 승려 응윤은 "천왕봉의 신을 성모라고 부르는데, 세간
의 이야기로는 마야부인이라고도 하고, 혹은 고려 태조의 왕비라고도

---

69) 최석기 외, 『선인들의 지리산 유람록』, 돌베개, 2000, 51쪽.
70) 상동, 141쪽.

하며, 혹은 강남의 어느 나라 공주라고도 하는데, 모두 근거가 없는 이
야기로 취할 수 없는 것들이다. 『화엄경』 중품(衆品)에는 주로 산신들을
말했는데, 후토성모(后土聖母)라 한 것처럼 여신들이 많다."[71]고 하여,
민간이나 승려들이 마야부인이라고 하는 설을 부정하고, 땅의 신으로
보고 있다. 또한 16세기 양사언(楊士彦)·박순(朴淳)·허봉(許篈) 등과 친하
게 지냈던 승려 천연(天然)은 성모사(聖母祠)를 음사(淫祀)로 보아 성모상
을 부수어 버리기도 하였다.[72] 따라서 불가에서도 마야부인이라는 설
을 추종하지 않는 승려들이 있었음을 알 수 있다.

그렇다면 조선시대 사인들은 이에 대해 어떻게 인식하였을까? 이를
몇 가지로 나누어 살펴보기로 한다.

첫째, 고려 태조의 어머니 위숙왕후라고 인식하는 설이다.

조선전기 김종직은 승려가 성모를 마야부인이라고 하자, 수만 리나
떨어진 서축의 부인이 이 산의 신이 될 수 없다는 관점에서 매우 부정적
으로 인식하며, 이승휴의 『제왕운기』 문구를 근거로 하여 고려 태조의
어머니인 위숙왕후라고 생각하였다.[73] 이후로 이 설은 사인들에게 상
당히 설득력 있게 받아들여졌다. 그런데 1767년 천왕봉을 유람한 남원
의 홍씨는, 성모에 대해 "세상 사람들은 신라 동명왕의 어머니라고 하
였다."[74]라고 기록해 놓았다. '신라 동명왕'은 '고구려 동명왕'을 잘못
기록한 것인 듯하다. 이 기록에 의하면, 세간에서는 성모에 대해 고구
려 동명왕의 어머니로 보는 설도 있었음을 알 수 있다. 다만 이 설은

---

71) 최석기 외, 『선인들의 지리산 유람록 3』, 보고사, 2009, 196쪽.
72) 尹浩鎭, 「天然, 그의 爲人과 文學的 形象化」, 『남명학연구』 제8집, 경상대 남명학연구
　　소, 1998.
73) 최석기 외, 『선인들의 지리산 유람록』, 돌베개, 2000, 31쪽.
74) 최석기 외, 『선인들의 지리산 유람록 3』, 보고사, 2009, 106쪽.

위숙왕후라는 설이 와전된 것일 수도 있다.

김종직·김일손 이후로 성모를 위숙왕후로 보는 설이 받아들여지기도 하였지만, 보편적으로 통용되지는 않았다. 성여신은 이런 마야부인이라고 하는 설과 위숙왕후라고 하는 설을 모두 믿을 수 없다고 하였다.[75] 그는 성모사에 민간인들이 분주히 왕래하며 복을 비는 것을 혹세무민하는 음사로 여겼다. 성모를 음사로 보는 인식은 조선시대 사인들에게서 보편적으로 나타나는 현상인데, 특히 16~17세기 첨예한 사의식을 보이는 황준량·성여신·유몽인·송광연 등에게서 매우 비판적으로 나타난다.

둘째, 지리산의 산신령으로 인식하는 설이다.

조선전기 사인들은 성모에게 제사하는 풍속을 음사로 보았기 때문에 성모를 위숙왕후로 보는 설까지도 부정적으로 인식한 사람들이 있었다. 그래서 김일손(1464~1498)이 천왕봉에 올라 성모에게 제사를 지내려 하다가 정여창(1450~1504)의 제지를 받고 "산을 진압하는 신령을 버려두고 음사를 번거롭게 행하는 것은 제사를 지내는 일을 맡은 예조의 허물입니다."라고 하고서 제사를 그만두었다.[76] 즉 김일손은 성모를 산신령으로 보아 제사를 지내려고 한 것이다. 그는 위숙왕후가 곧 지리산의 산신령이라고 생각하였고, 산천의 신에게 제사지내는 것은 예로부터 국가의 법전에 있는 것이기 때문에 음사가 아니라고 본 것이다.

김일손의 경우처럼 성모를 지리산의 산신령으로 보는 것은 조선시대 사인들에게 보편적으로 나타나는 인식일 것이다. 조선 초기 이륙은 "산

---

75) 成汝信, 『浮査集』 권2 「遊頭流山詩」. "天王峯上又有聖母祠 俗傳高麗太祖母 死而爲神 此焉託 或云釋迦之所誕摩倻夫人 來坐神山自西域 荒唐衆說何足信"

76) 최석기 외, 『선인들의 지리산 유람록』, 돌베개, 2000, 87쪽.

인근의 사람들은 모두 천왕성모를 신령으로 여겨, 질병이 있으면 반드시 성모에게 기도한다."77)고 하였다.

조선후기 하익범은 성모에게 다음과 같이 기도하였다.

> 제가 이 산을 우러른 지 오래되었습니다. 올해 늦봄에야 험한 산길을 헤치고 계곡물을 건너 정상에 올랐으니 일출을 보기 위해서입니다. 그런데 정성이 지극하지 않아서인지 운사가 장난을 칩니다. 비록 공자께서 태산에 올라 천하를 작게 여긴 유람은 사모하지만, 한문공(韓文公, 韓愈)이 형산의 구름을 걷히게 한 글솜씨가 없음을 부끄럽게 여깁니다. 어쩔 줄 몰라 하고 답답해하며 좋은 날씨를 만나지 못할까 두렵습니다. 성모님께 엎드려 바라오니, 신의 은혜로움을 내리셔서 산과 바다가 저절로 드러나고, 만 리까지 훤히 보이게 해 주시어, 저로 하여금 청명한 경관을 볼 수 있도록 신의 은총을 내려주시옵소서.78)

이 하익범의 기도문을 보면, 그는 분명 성모를 천왕봉의 산신으로 여기고 있음을 알 수 있다. 조선시대 사인들은 대체로 산신에게 기도하는 것을 한유가 형산의 신에게 기도한 것에 근거를 둔다. 박치복의 아래와 같은 기록을 보면, 이들이 성모를 산신으로 여기는 인식을 분명히 확인할 수 있다.

> 정상 옆에 석실이 있는데 그 중앙에 소상이 안치되어 있었다. 아마도 이 산의 산신을 모신 사당인 듯하였다. 나 혼자 가서 그 산신에게 절을 하였는데, 음으로 도와준 것에 감사하기 위함이었다. 산신령에게 감사

---

77) 최석기 외, 『용이 머리를 숙인 듯 꼬리를 치켜든 듯』, 보고사, 2008, 14쪽.
78) 최석기 외, 『선인들의 지리산 유람록 3』, 보고사, 2009, 242~243쪽.

하는 시도 지었다. 혹자가 말하기를 "이는 세존의 어머니 마야부인입니다. 그대는 어찌하여 이 신에게 절을 한단 말입니까?"라고 하여, 내가 말하기를 "나는 산신령에게 절을 한 것이니, 마야부인은 내 알 바가 아니오. 귀신의 도는 사성(思成)에 달린 것입니다. 산신령에게 절을 하면 산신령과 내가 감통한 것이니, 저 소상에 어찌 구애되겠습니까?"라고 하였다.[79]

정재규(鄭載圭 1843~1911)도 성모에 기도한 사실을 다음과 같이 기록해 놓았다.

의관을 정제하고 차례로 서서 성모사를 모신 사당에 예를 표하였다. 한 젊은 유생이 의아하게 여겨, 내가 말하기를 "이분은 산신령일세. 이 산은 남쪽 지방의 진산이네. 남쪽지방에 사는 이는 모두 이 산의 혜택을 받으니, 어찌 절하지 않을 수 있겠는가. 세속에서 이야기하는 마야부인이라고 하는 설은 누가 퍼트린 것인가. 나는 그 설을 믿지 못하겠네."라고 하였다.[80]

박치복과 정재규는 19세기 경상우도 지역의 대표적인 학자들인데, 한결같이 성모를 산신령으로 보고 있다. 이런 인식은 조선후기 사인들에게 보편적으로 나타나는 정신이라 하겠다.

셋째, 천왕으로 인식하는 설이다.

성모를 산신령으로 보는 차원을 넘어 천왕 또는 천왕의 성녀(聖女)로 보는 인식도 있다. 앞의 천왕봉의 명칭에 대한 인식에서 살펴보았듯이,

---

79) 최석기 외, 『선인들의 지리산 유람록 4』, 보고사, 2010, 151쪽.
80) 상동, 250쪽.

천왕봉이라는 명칭이 임금을 의미하는 것으로 인식되었는데, 19세기 허유(許愈 1833~1904)는 "천왕봉 정상에는 일월대가 있었다. 그 주변에는 돌로 깎아 만든 사람 모양의 석상이 남향으로 안치되어 있었다. 생각해 보니 여기가 천왕당(天王堂)이다. 천왕이 세상에 나타나지 않은 지 오래되었다. 북쪽으로 천상의 세계를 바라보니, 어찌 이 세상의 문화가 침체된 것에 대한 탄식이 없을 수 있겠는가?"[81]라고 하여, 천왕이 주재하는 곳으로 보았다.

3. 천왕봉 일월대에 대한 인식

일월대(日月臺)는 1611년 3월 천왕봉에 올랐던 유몽인의 「유두류산록」에는 보이지 않다가, 1643년 8월 천왕봉에 올랐던 박장원(1612~1671)의 「유두류산기」에 처음으로 등장한다. 이를 보면, 1611년부터 1643년 사이에 천왕봉 동남쪽 바위를 일월대라 명명하고, 각자를 새긴 듯하다.

일월대에 대해 박래오는 "이곳에 오른 뒤에야 해와 달이 뜨고 지는 것을 볼 수 있어 옛 사람들이 일월대라 명명하였으니, 어찌 이유가 없겠는가?"[82]라고 하여, 해와 달이 뜨고 지는 것을 볼 수 있는 장소로 그 이름을 풀이하고 있다.

그런데 일월대는 해와 달이 뜨고 지는 것을 구경할 수 있는 장소일뿐만 아니라, 천왕봉의 최고봉이라는 이미지도 갖고 있다. 이동항(李東沆 1736~1804)은 일월대를 천왕봉의 제일봉으로 인식하고 그 위에 올라 사방을 조망하였으며,[83] 정석귀도 "산줄기가 다시 불쑥 솟구쳐서

---

81) 최석기 외, 『선인들의 지리산 유람록 4』, 보고사, 2010, 201쪽.
82) 최석기 외, 『선인들의 지리산 유람록 3』, 보고사, 2009, 41쪽.

천왕봉 일월대가 되니, 이것이 두류산의 최고 봉우리이다."[84]라고 하
였다.

이를 보면 일월대는 지리산의 최고봉인 천왕봉 그 중에서도 또 제일
의 봉우리로 인식된 것을 알 수 있다. 그리하여 1871년 천왕봉에 오른
산청군수 이만시(李晩蓍)는 배찬(裵瓚 1825~1898)에게 "그대는 일월대에
가 보셨습니까?"라고 물을 정도로, 일월대는 지리산 천왕봉을 대표하는
장소로 인식되었다.

일월대라는 명칭은 박래오의 지적처럼 해와 달이 뜨고 지는 것을 볼
수 있다는 데에서 붙여진 것인데, 이는 『서경』「요전」의 요임금이 희중
에게 명하여 양곡(동쪽)에 거주하면서 떠오르는 해를 공경히 맞이하게
하였고, 희숙(羲叔)에게 명하여 명도(明都, 남쪽)에 거주하면서 여름철 만
물이 생장하는 일을 평안히 변화하게 하였고, 화중에게 명하여 매곡(昧
谷, 서쪽)에 거주하면서 지는 해를 공경히 전별하게 하였고, 화숙에게 명
하여 유도(幽都, 북쪽)에 거주하면서 소생하는 기운으로 바뀌는 것을 평
안히 살피게 하였다는 데에서 유래한 인식이다.

따라서 조선시대 사인들이 일출을 구경하는 것은 단순히 떠오르는
해를 구경하며 소원을 비는 행위와는 사뭇 다른 의미를 갖는다. 즉 천문
을 관측해 백성들에게 수시(授時)함으로써 백성들이 농사를 잘 지어 평
안히 살아가게 하는 성왕의 일로 보는 것이다. 그러므로 조선시대 사인
들은 천왕봉에 올라 특히 일출을 보는 데에 큰 의미를 두었다.

예컨대 박여량은 천왕봉에서 일출을 구경하며 "온 하늘 아래는 찬
란한 빛이 밝게 퍼져, 마치 임금이 임어할 때 등불이 찬란하고 궁궐이

---

83) 상동, 145~149쪽.
84) 상동, 266쪽.

삼엄하며, 오색구름이 영롱하고 온갖 관리들이 옹립해 호위하며, 아 랫사람들이 제자리에 서 있어서 사람들로 하여금 감히 거만하지 않고 공경하는 마음을 일으키게 하는 것과 같았다."[85]라고 그 장면을 묘사하였다.

또 박치복도 "상서로운 구름이 어지러이 돌면서 요동쳤는데, 비낀 것은 수도(隧道)와 같고, 선 것은 아독(牙纛)과 같았다. 때론 우산 덮개처럼 흔들리고, 때론 장막처럼 감쌌다. 그 모습이 마치 은으로 만든 누대와 금으로 장식한 대궐에 모난 지붕이 빽빽하게 늘어선 것 같기도 하고, 천자가 타는 수레의 깃발과 뒤따르는 수레들이 정연하게 호위하며 이어 지는 듯하기도 하였는데, 모두 한 곳을 향해 모였다."[86]라고 하여, 일출 장면을 임금과 관련시켜 묘사하였다.

이처럼 천왕봉 일월대는 해와 달이 뜨고 지는 것을 관찰하는 장소로 서 인식되었다. 게다가 한 장소에서 해와 달이 뜨고 지는 것을 모두 볼 수 있다는 점에서 송광연은 더 큰 자긍심을 드러내며 "한 자리에서 해 가 떠오르는 것을 맞이하고, 지는 것을 전송하는 일은 희화씨도 능히 할 수 있는 바가 아니었다. 이런 관점으로 본다면, 이 지리산은 우리나 라 제일의 산일 뿐만이 아니다. 비록 이 세상의 그 어떤 큰 산이라 하더 라도 이 산과 대등할 만한 산은 없을 것이다. 공자께서 이 산에 오르셨 다면 천하도 크다고 여기기에 부족했을 것이다."[87]라고 하였다. 즉 요 임금 같은 성인도 희중·희숙·화중·화숙 네 신하를 사방의 끝에 나누 어 배치해 천문을 관측해서 백성들에게 수시하게 했는데, 일월대는 한

85) 최석기 외, 『선인들의 지리산 유람록』, 돌베개, 2000, 163~164쪽.
86) 최석기 외, 『선인들의 지리산 유람록 4』, 보고사, 2010, 147쪽.
87) 최석기 외, 『용이 머리를 숙인 듯 꼬리를 치켜든 듯』, 보고사, 2008, 175쪽.

곳에서 이 모든 것을 다 할 수 있기 때문에 이 산과 대등할 만한 산이 없다는 인식이다.

Ⅳ. 맺음말

1910년 이전 조선시대 사인들이 지리산을 유람하고 남긴 유산기 74편 가운데, 두류산이라 쓴 것이 38편, 지리산이라 쓴 것이 9편, 방장산이라 쓴 것이 5편, 천왕봉이라 쓴 것이 2편이다. 기타 20편은 청학동(靑鶴洞)·장항동(獐項洞)·불일암(佛日庵) 등 특정 구역만을 유람하고 쓴 기록이거나 영남기행(嶺南紀行)·남유기(南遊記) 등으로 이름을 붙인 것들이다. 그와 같은 20편과 천왕봉으로 이름 붙인 2편을 제외하고 지리산·두류산·방장산이라는 명칭을 쓴 52편을 기준으로 보면, 73%에 해당하는 자료가 두류산이라는 이름을 쓰고 있다. 이를 보면 조선시대 사인들은 지리산·두류산·방장산 가운데 두류산을 가장 선호하고 있음을 알 수 있으며, 방장산이라는 이름을 가장 적게 쓰고 있음을 알 수 있다.

이는 백두산에서 뻗어내린 국토에 대한 인식을 반영한 것으로, 조선시대 사인들에게서 거의 공통적으로 나타나고 있는 특징이다.

또한 조선시대 사인들은 지리산의 위상을, 1)넓고 크며 영남과 호남의 중간에 웅거하고 있는 진산, 2)남방의 보장(保障), 3)우리나라의 지극(地極)으로 남방의 조종(祖宗), 4)중국의 곤륜산과 동서로 지축이 되는 산, 5)천하 팔대명산 중 하나 등으로 생각하고 있었다. 이런 지리산의 위상에 대한 인식은 개인에 따라 편차가 크다. 그러나 대부분의 사인들이 그 위상을 1)과 2)로 본 점에서는 거의 동일하게 나타난다.

조선시대 사인들은 지리산의 상징성을 크게 세 가지로 보았다. 첫째 임금 또는 성인에 비유하는 인식, 둘째 신선이 사는 산으로 보는 인식, 셋째 학덕이 높은 은자들이 깃들어 사는 산으로 보는 인식이다. 이러한 상징적 인식 역시 개인에 따라 편차가 다르게 나타나는데, 요순시대의 태평지치를 꿈꾸던 사람들은 첫째의 상징성을, 도덕이 무너진 시대에 물러나 도를 지키려 한 사람들은 셋째를, 그리고 현실의 불화를 달래거나 흉금을 탕척하기 위해 지리산을 찾는 사람들은 둘째의 상징성을 중시하였다.

천왕봉의 명칭에 대한 조선시대 사인들의 인식은 두 가지로 나타난다. 하나는 백두산 이남에서 제일의 봉우리라는 인식이고, 하나는 천왕이 주재하는 봉우리라는 인식이다. 또한 천왕봉 성모에 대해서는, 1)고려 태조의 어머니 위숙왕후라는 인식, 2)지리산의 산신령이라는 인식, 3)천왕으로 보는 인식 등이 있다. 천왕봉 일월대에 대해서는, 1)해와 달이 뜨고 지는 것을 볼 수 있는 장소라는 인식, 2)천왕봉에서 가장 높은 곳이라는 인식 등으로 나타난다.

17세기 이전의 사인들은 대체로 지리산이 천하의 명산으로 중국의 곤륜산과 대등하고, 중국의 오악인 태산·숭산·화산보다 오히려 낮다는 국토의 명산에 대한 자긍의식이 나타난다. 그러나 18세기 이후로는 이런 의식이 상당히 쇠퇴하여, 천하 8대 명산 가운데 중국의 오악을 제외한 나머지 3개를 삼신산으로 보는 인식이 나타난다. 예컨대 진주의 사인 하익범은 대명의리에 입각해 중국 밖의 명산 가운데 지리산이 으뜸이라고 한 것[88]이 그런 점을 잘 보여주고 있다. 이런 인식은 15세기 김

---

88) 河益範, 『士農窩集』 권1 「登天王峯」. "名山云在海之外 方丈其中最有靈"

종직이 태산보다 더 낮다고 한 인식과는 확연히 다르다. 또한 송병선
(1836~1905)은 지리산이 금강산·태백산과 비등하다고 하여 지리산을 조
종으로 인식한 17세기 이전의 인식과는 차이를 보인다.

함양 지역 사대부들의 지리산 유람록에 나타난 정신세계

최석기

Ⅰ. 머리말

함양은 지리산 북쪽에 위치한 고을로 삼도봉-영신봉-촛대봉-제석봉-천왕봉-중봉-하봉-쑥밭재 등 지리산 주능선의 절반을 경계로 하고 있다. 이곳은 신라시대부터 화랑들이 심신을 수련하던 장소였으며, 군자사·실상사·엄천사 등 유서 깊은 사찰은 승려들의 수도처이기도 하였다. 또 함양은 신라시대 최치원(崔致遠)이 군수를 지내면서 유학을 펴뜨린 곳이며, 김종직(金宗直)이 함양군수로 부임하여 고을의 젊은이들을 교육시켜 문풍을 진작시키자 '영남추로지향(嶺南鄒魯之鄉)'으로 일컬어지게 되었다.[1]

이 글은 함양 지역 사대부들의 지리산 유람록을 통해 그들의 정신세

---

1) 문헌 기록상 '鄒魯之鄉'이라는 말이 최초로 보이는 것은 徐居正의 『四佳集』에 실린 「送金參校宗直出守善山府詩序」이다. 서거정은 이 글에서 "居正又聞 昔侯之於咸 推豈弟之心 加以詩書之澤 陶鑄作成 爲嶺南鄒魯之鄉"이라 하여, 김종직이 함양에서 인재를 양성해 영남의 추로지향이 되게 하였다고 하였다.

계를 밝히는 것을 목적으로 한다. 여기서 말하는 '함양 지역 사대부들'
은 함양과 관련이 있는 사람들을 말한다. 즉 함양 출신 유학자, 군수나
현감으로 부임하여 영향을 끼친 인물, 함양에서 공부한 적이 있어 고을
의 서원에 향사(享祀)되고 있는 유학자까지 포함하여 말한 것이다. 지금
까지 알려진 함양 지역 사대부들의 지리산 유람록을 정리하면 다음과
같다.

작 자	작품명	유람 기간	동 행	주목적지	비 고
金宗直 1431~1492	遊頭流錄	1472.08.14 ~ 08.18	俞好仁, 曹偉 등	천왕봉	함양군수
金馹孫 1464~1498	頭流紀行錄	1498.04.14 ~ 04.24	鄭汝昌 등	천왕봉, 쌍계사	정여창 방문
朴汝樑 1554~1611	頭流山日錄	1610.09.02 ~ 09.08	朴明榑, 鄭慶雲, 朴明益, 朴明桂, 愼光先 등	천왕봉	居咸陽
朴長遠 1612~1671	遊頭流山記	1643.08.20 ~ 08.26	李楚老, 梁源, 申纘延	천왕봉	안의현감
南周獻 1769~1821	智異山行記	1807.03.24 ~ 04.01	尹光顔, 鄭有淳, 李洛秀	쌍계사, 천왕봉	함양군수
盧光懋 1808~1894	遊方丈記	1840.04.29 ~ 05.08	盧聖希, 盧乃平, 成致權	영원암, 칠불암, 쌍계사, 대원사	居咸陽

함양 지역 사대부로서 지리산 유람록을 남긴 사람은 모두 6명이다.
이 가운데 함양 출신은 2명밖에 되지 않는다. 그러나 김일손은 김종직
의 제자로 함양 청계정사(淸溪精舍)에서 공부한 적이 있기 때문에 후인들
이 서원을 건립해 향사를 하고 있다. 또한 김일손의 지리산 유람록에는
동행한 정여창에 관한 언급이 다수 있기 때문에, 함양 출신 정여창의
지리산 유람을 엿볼 수 있다.

김종직은 밀양 출신으로 함양군수로 재직할 때 지리산을 유람하였고, 김일손은 청도 출신으로 진주학관(晉州學官)으로 내려왔다가 사직한 뒤 함양으로 와서 정여창과 함께 지리산을 유람하였다. 박여량은 함양 출신으로 정인홍(鄭仁弘)의 문인인데, 1610년 낙향했을 때 지리산을 유람하였다. 박장원은 한양 출신으로 1643년 안의현감으로 재임 중 지리산을 유람하였고, 남주헌은 한양 출신으로 1807년 함양군수로 재직할 때 지리산을 유람하였다. 노광무는 함양 출신으로 집안사람들과 함께 1840년 지리산을 유람하였다.

김종직·김일손은 15세기 후반 신진사림을 대표하는 인물이고, 박여량은 16세기 말 17세기 초의 남명학파로서 북인계 인물이며, 박장원은 17세기 중반 기호 서인계 인물이고, 남주헌은 18세기 말 19세기 초 기호 노론계 인물이다. 노광무는 19세기 전반 함양에 살던 재야 유학자이다. 따라서 이들의 유람록을 분석해 보면, 시대와 처지에 따라 각기 다른 정신세계가 들어 있을 것으로 추정된다.

유람록은 기행문학의 일종으로, 기왕의 연구에서 밝혀진 것처럼, 유산기·유산록은 '유람 동기 → 날짜별 유람 기록 → 유람 총평'의 형식으로 이루어지는데, 유기(遊記)에서 분화한 일기·일록 형식의 기행문학이라 할 수 있다.[2] 이러한 양식으로 지어진 유람록은 조선전기에 비로소 등장하는데, 김종직의 「유두류록(遊頭流錄)」(1472년)이 조선시대 유람록의 전형이 되었다.

이 글은 함양과 관련이 있는 유학자들이 남긴 지리산 유람록을 통해 그들의 정신세계를 살피는 것을 목적으로 한다. 즉 기행문학의 한 양식

---

2) 이혜순 외, 『조선중기의 유산기 문학』, 1997, 집문당; 호승희, 「조선전기 유산록 연구」, 『한국한문학 연구』 제18집, 1995.

인 유산록, 그 중에서도 지리산 유람록을 대상으로 하고, 또 함양과 관련
이 있는 작가의 작품만을 검토의 대상으로 하여, 함양이라는 공간에서
활동하던 유교지식인들이 민족의 영산인 지리산을 오르며 어떤 생각을
하고, 어떤 정신세계를 추구하고 있는지를 살피는 것을 목적으로 한다.

Ⅱ. 유람의 목적과 여정

조선시대 유학자들이 지리산을 유람하게 된 동기는 두 가지로 볼 수
있다. 하나는 '공자가 태산에 올라 천하를 작게 여긴[登泰山而小天下]' 것
을 본받아 정신적 지향을 높게 하는 것이며, 하나는 청학동(靑鶴洞)·삼
신동(三神洞) 등 선계에서 노닐며 탈속적 정취를 즐기는 것이다. 전자는
정신을 상쾌하게 하며 시야를 확대하는 것을 목적으로 하고, 후자는 이
상과 현실이 괴리되었을 때 불화를 달래기 위한 수단으로 흉금을 탕척
(蕩滌)하여 속세의 티끌을 씻어내는 것을 목적으로 한다. 이처럼 전자는
높은 정신적 지향을, 후자는 깨끗한 탈속적 선취를 맛보기 위한 것이므
로, 그 목적에 따라 찾아가는 곳도 나누어진다. 전자는 천왕봉에 오르
는 것을 목표로 하고, 후자는 청학동·삼신동을 찾는 것을 목표로 한다.

지리산 유람록을 분석해 보면, 대체로 천왕봉을 오르는 경우와 청학
동을 찾는 경우로 구분된다. 천왕봉을 목표로 한 경우는, 김종직의 유
람록에 보이는 것처럼 천왕봉에서 일출을 구경하고 사방을 조망한 뒤
'가슴속이 탁 트이고 시야가 넓어짐을 느낀다'는 정신적 상쾌함을 언급
한다. 청학동을 찾는 경우는, 신선세계를 노닐며 상쾌함을 맛보기 위한
것과 현실에서의 불평한 심사를 달래기 위한 경우로 구분할 수 있는데,

이 양자를 겸한 경우도 있다.

이처럼 조선시대 사인들의 지리산 유람은 천왕봉에 오르는 것을 목표로 한 경우와 청학동의 신선세계 유람을 목표로 한 경우로 대별된다. 종종 이 둘을 겸한 경우도 있다.

조선시대 천왕봉에 오르는 것을 목표로 한 경우, 유산 코스는 다음과 같다.

- A코스 : 군자사(함양 마천) → 백무동 → 하동바위 → 제석당〈장터목〉 → 천왕봉
- B코스 : 함양 휴천면, 산청 금서면 → 하봉 → 중봉 → 천왕봉
- C코스 : 중산리(진주) → 법계사 → 천왕봉
- D코스 : 중산리(진주) → 장터목 → 천왕봉
- E코스 : 대원사(진주) → 쑥밭재 → 하봉 → 중봉 → 천왕봉
- F코스 : 하동 화개 신흥사 → 세석 → 제석당 → 천왕봉

A코스로 등산한 사람은 양대박(梁大樸)·박여량·박장원(朴長遠) 등이고, B코스로 등산한 사람은 김종직·변사정(邊士貞)·유몽인(柳夢寅) 등이며, C코스로 등산한 사람은 이륙(李陸)·김일손·정식(鄭栻)·박래오(朴來吾) 등이며, D코스로 등산한 사람은 유문룡(柳汶龍)·하익범(河益範) 등이고, E코스로 등산한 사람은 조선후기 허유(許愈)·정재규(鄭載圭) 등이며, F코스로 등산한 사람은 송광연(宋光淵)·송병선(宋秉璿) 등이다. 이를 보면 E코스는 조선후기에 이르러 비로소 개척된 코스이고, F코스는 요즘으로 말하면 지리산종주 코스나 마찬가지였다. 조선중기 이전에는 주로 A·B·C·D 코스로 천왕봉에 올랐던 것을 알 수 있다.

하산코스는 등산했던 길로 되돌아오는 경우와 다른 코스를 택해 하

산하는 경우가 있다. 이륙과 유몽인은 천왕봉→세석→영신암→의신사→신흥사→쌍계사로 하산하여 F코스를 거꾸로 유산하였다. 그러나 천왕봉을 목적지로 한 유산은 대체로 등산했던 코스로 하산한 경우가 많다. 이는 유람의 목적이 천왕봉에 있었음을 보여주는 증거이다.

본고에서 다루는 6인 중 노광무를 제외하고 나머지 5인은 모두 천왕봉을 목표로 했기 때문에 기본적으로 이들의 유람 목적은 천왕봉에서 일출을 구경하고, 사방을 조망하며 시야를 확대하는 데 있었다. 그러나 이러한 주목적 외에도 개인적 지취에 따라 속박된 현실을 떠나 자유로운 선계에서 노닐고 싶은 욕망도 함께 있었던 점을 부인할 수 없다. 그러면 이 6인이 유람한 여정과 유람 목적을 살펴보기로 한다.

김종직은 함양군수로 재직하던 1472년 8월 14일부터 4박 5일 동안 문인 유호인(兪好仁)·조위(曹偉) 등과 함께 천왕봉에 올랐다가 세석을 거쳐 백무동으로 하산하였는데, 유람동기·일정·총평 등을 모두 갖추어 작성함으로써 후대 유람록의 전범이 되었다. 이 점에서 김종직의 「유두류록(遊頭流錄)」은 문학사적 의의가 크다.

김종직은 성종연간의 신진사림을 대표하는 인물이다. 그는 29세 때인 1458년 문과에 급제하여 홍문관 부수찬 등을 역임한 뒤, 40세 때인 1470년 함양군수로 부임하였다. 그는 그곳에서 주희(朱熹)가 지남강군(知南康軍)으로 나갔을 때 백록동서원(白鹿洞書院)을 복원하여 교육을 진흥하였듯이, 함양의 자제들을 불러 모아 교육시킴으로써 함양을 문헌의 고장으로 만들었다. 그의 문인 중 전국적 지명도를 가진 정여창·유호인·조위 등이 함양 출신인 점을 보면, 그의 영향이 지대했음을 짐작할 수 있다.

김종직은 1472년 8월 엄천사(嚴川寺)-화암(花巖)-지장사(地藏寺)로 올라 하봉과 중봉을 거쳐 천왕봉에 올랐고, 주능선을 따라 세석평전까지 갔다가 영신사(靈神寺)-백무동(百巫洞)-실택리(實宅里)-등구재(登龜岾)를 경유해 함양으로 돌아왔다. 즉 그의 주목적은 천왕봉에 오르는 것이었다. 그가 천왕봉을 오른 이유는 무엇일까? 그는 자신이 영남에 태어나 자랐기 때문에 지리산은 '고향의 산'이라고 하였다. 밀양 출신인 그가 지리산이 영남에 속했다는 이유로 고향의 산으로 인식하고 있으니, 당대 지식인들이 지리산을 어떻게 인식하고 있었는지를 가늠케 한다. 마치 백두산을 우리 민족의 영산으로 인식하는 것과 유사한 것이다.

또 그는 「유두류록」 말미에서 "아! 두류산은 숭고하고도 빼어나다. 중국에 있었다면 반드시 숭산이나 태산보다 먼저 천자가 올라 봉선(封禪)을 하고 옥첩(玉牒)을 봉하여 상제에게 올렸을 것이다."[3]라고 하였다. 이처럼 그는 지리산을 숭산·태산보다 더 숭고하고 빼어난 산으로 인식하고 있다. 왜 그럴까? 지리산을 민족의 영산으로 여기는 자존의식이 있었기 때문이다. 즉 그가 '지리산'이라는 명칭을 쓰지 않고 굳이 '두류산'이라는 명칭을 유람록에 쓴 것은, 백두산과 하나로 연결된 정기가 서린 산으로 인식하고 있기 때문이다. 그러기 때문에 그는 '고향의 산'으로 인식한 것이다.

그런데 이런 두 가지 측면이 그의 유람 목적은 아니다. 물론 이런 애정과 자긍을 가지고 있는 사람이면 누구나 이 산에 오르고 싶을 것이다. 그러나 그런 소원이 곧 그의 유람 목적은 아닌 것이다. 그는 유람록 첫머리에서 다음과 같이 말하고 있다.

---

3) 상동, 41쪽(金宗直의 「遊頭流錄」).

보름날 밤에 천왕봉에서 달을 구경하고, 닭이 우는 새벽녘에 해돋이를
구경하고, 환히 밝은 아침에 또 사방을 두루 조망하면 일거양득이 될 것
이라고 생각하여, 드디어 유람하기로 결정했다.[4]

이를 보면, 김종직의 유람 목적은 천왕봉에 올라 일출을 바라보고 보
름달을 구경하고 사방을 조망하는 데 있었음을 알 수 있다. 이는 공자가
태산에 올라 천하를 작게 여긴 기상과 상통하는 것이다. 즉 김종직은
천왕봉에 올라 일월이 운행하는 이치를 살피는 것과 사방을 두루 조망
하며 시야를 넓히는 두 가지 목적을 위해 지리산 유람을 떠난 것이다.
그래서 그는 천왕봉에 있던 성모에게 날이 개이게 해달라고 고유를 했
고, 천왕봉에서 사방을 조망하며 각 지역의 명산을 일일이 열거하였다.
김종직의 「유두류록」이 창작된 뒤, 그의 문인 김일손은 「두류기행록」
을, 남효온(南孝溫 1454~1494)은 「지리산일과(智異山日課)」·「유천왕봉기
(遊天王峯記)」를 지었다. 이 가운데 김일손의 「두류기행록」은 스승 김종
직의 「유두류록」을 이어 쓴 것으로, 일명 「속두류록(續頭流錄)」이라고도
한다.
김일손은 1489년 음력 4월 정여창과 함께 11일 동안 지리산을 유람하
고 「두류기행록」을 남겼다. 김일손은 청도(淸道)에서 태어나 김종직의
문하에서 수학하였으며, 도학으로 이름 난 김굉필·정여창과 절친하게
지냈다. 그는 1486년 문과에 급제하여 홍문관 정자로 근무하다 부모 봉
양을 이유로 진주향교의 학관으로 내려왔고, 1488년 병을 핑계로 사직
한 뒤 고향에 은거하였다. 그때 함양으로 정여창을 찾아가 함께 지리산
을 유람하였다. 김일손과 정여창은 함양에서 출발하여 등구사(登龜寺)-

---

4) 상동, 24면(金宗直의 「遊頭流錄」).

용유담(龍遊潭)-엄천사-단속사(斷俗寺)-수정사(水精寺)-묵계사(黙契寺)-
법계사(法界寺)를 거쳐 천왕봉에 올랐고, 향적사(香積寺)-영신사(靈神寺)-
의신사(義神寺)-신흥사(新興寺)-쌍계사-청학동(靑鶴洞)으로 이어지는 긴
여정이었다. 이들은 지리산 동남부 지역의 명승을 대부분 둘러본 것이
다. 김일손이 천왕봉을 오른 이유는 무엇일까? 김일손은 「두류기행록」
첫머리에서 다음과 같이 쓰고 있다.

> 선비가 태어나서 한 곳에 조롱박처럼 매여 있는 것은 운명이다. 천하
> 를 두루 보고서 자신의 소질을 기를 수 없다면, 자기 나라의 산천쯤은
> 마땅히 탐방해야 할 것이다.[5]

김일손의 본래 의도는 천하를 두루 보는 것이다. 그런데 자신은 조롱
박처럼 얽매인 존재가 되었다. 그렇지만 그런 구속 속에서도 자기 나라
의 산천은 둘러보아야 한다는 것이다. 이것이 그의 일차적인 지리산 유
람의 목적이다. 또 하나, 옛날 진(晉)나라 갈홍(葛洪)이 산수가 깊은 고을
의 수령을 원했던 것은 신선세계에 마음이 있었던 것처럼, 김일손 자신
도 진주학관으로 내려온 것이 경내에 있는 지리산에 마음이 있기 때문
이라고 하였다. 그는 자신의 마음이 단사(丹砂)에 있었기 때문이라고 하
였다.[6] 단사는 선가(仙家)에서 선약(仙藥)의 재료로 쓰이는 붉은 주사를
말하는데, 여기서 단사가 꼭 선약만을 가리키는 것은 아닐 것이다. 넓
게 보면 신선세계를 가리킨다. 곧 지리산을 말하는 것이다. 지리산에는

---

5) 상동, 67면(金馹孫의 「頭流紀行錄」).

6) 상동, 67쪽(金馹孫의 「頭流紀行錄」). "내가 처음 진주의 학관이 되기를 구했던 것은
　부모님을 봉양하는 데 편하기 때문이었다. 그러나 구루의 수령이 되었던 갈치천의 마
　음도 일찍이 단사에 없었던 것이 아니었다."

청학동으로 대표되는 신선세계가 있으니, 현실세계를 조롱박으로 여긴 그에게는 당연히 정신적 자유를 누릴 수 있는 곳이다. 즉 김일손이 지리산을 유람한 또 다른 목적은, 시야를 넓히고 정신적 자유를 만끽하고 싶어서였던 것이다.

박여량의 자는 공간(公幹), 호는 감수재(感樹齋), 본관은 삼척이다. 함양군 수동면 가성촌(加省村)에서 태어났다. 어려서 노상(盧祥)에게 배웠고, 뒤에 정인홍(鄭仁弘)에게 수학하였다. 노사상(盧士尙)·정경운(鄭慶雲)·오장(吳長)·박이장(朴而章)·정온(鄭蘊) 등과 교유하였다. 39세 때 임진왜란이 일어나자, 영남 유림들에게 통문을 보내 의거(義擧)를 독려하였다. 41세 때 순찰사 김수(金睟)와 경상우병사 조대곤(曺大坤)이 곽재우(郭再祐)를 모함하자, 박여량은 격분하여 이들을 처형해야 한다고 상소하기도 하였다. 이를 보면, 그가 남명학파 가운데서도 절의를 숭상한 곽재우와 유사한 성향을 가진 인물임을 알 수 있다.

박여량은 47세 때인 1600년 문과에 급제하여 예문관 검열에 임명되었다. 이후 사헌부 지평, 사간원 헌납 등을 지냈다. 1610년 관직을 사양하고 낙향하였는데, 다음 해 세자시강원 문학에 제수되어 다시 상경했다. 그리고 그 해 9월 한양에서 지병으로 세상을 떠났다.

박여량은 1610년 낙향해 있을 때 고을의 벗인 박명부(朴明榑)·정경운·박명계(朴明桂)·신광선(愼光先)·박명익(朴明益) 등과 함께 6박 7일 동안 지리산을 유람하였다. 박여량은 함양에서 출발하여 도천-용유담-군자사-백모당-하동암-제석당-향적사를 거쳐 천왕봉에 올랐고, 중봉-마암-소년대-상류암-초령〈쑥밭재〉-방곡촌을 거쳐 함양으로 돌아왔다.

박여량이 천왕봉을 오른 이유는 무엇일까? 그가 유람록 말미에 "올 가을에는 장마가 계속되어 하루도 개인 날이 없었다. 우리들이 비에 흠뻑 젖어 곤궁함을 면치 못할 것이라고 모두들 생각했고, 우리들도 그렇게 여겼다. 그런데 산에 오른 뒤로는 개이지 않은 날이 없어서 일출과 일몰을 유쾌하게 보았고 먼 곳까지 모두 다 보았으니, 내 생애 말년의 행운이라 하겠다."라고 한 것을 보면, 그의 유람 목적이 일출을 보고 시야를 확대하는 데 있었음을 알 수 있다.

그런데 박여량은 이런 목적 외에도 지리산을 유람하고 싶은 또 다른 소원이 가슴속에 있었다. 그는 유람록 말미에서 다음과 같이 기록하고 있다.

> 이 산의 남쪽에는 신흥사·쌍계사·청학동과 같은 빼어난 경관이 있는데, 일찍부터 마음속에 담아두고 잊지 못하던 곳이다. 나는 한번만이라도 기이한 곳을 찾고 진경을 탐방하여 '쌍계석문'이란 큰 네 글자를 손으로 만져보고, 팔영루 아래의 맑은 물에 발을 씻고 아득한 옛날의 유선(儒仙)을 불러보고, 천 길 절벽에서 학의 등에 올라타고서 선경을 유람하여 내 평생의 숙원을 풀고 싶었다.[7]

이는 최치원이 노닐던 신선세계에 발을 들여 노닐고 싶은 것이 자신의 숙원이라는 말이다. 박여량은 아마도 병으로 관직에서 물러나 낙향한 뒤, 세속에서 벗어나 속세에 찌든 흉금을 씻어내고 싶었던 듯하다. 어쨌든 그는 천왕봉에 올라 일출을 보고 시야를 넓히는 것 외에도, 세속의 티끌에서 벗어나 선계에서 흉금을 깨끗하게 씻고 싶어 하는 마음을 드러내고 있다. 이것이 그가 지리산을 찾은 또 다른 이유일 것이다.

박장원(朴長遠 1612~1671)의 자는 중구(仲久), 호는 구당(久堂), 본관은

---

7) 상동, 169쪽(朴汝樑의 「頭流山日錄」).

고령이다. 1636년 문과에 급제하여 예문관 검열 등을 지내다가 33세 때 안음현감으로 내려왔다. 그는 뒤에 강원도 관찰사를 지냈고, 이조 판서에 올랐다. 박장원은 한양 사람이다. 당시 한양 출신으로서 사근역 찰방으로 내려와 있던 이초로(李楚老), 안의에 우거하고 있던 한양 출신 상사 신찬연(申纘延), 함양 출신으로 정인홍의 처질이지만 그에게 배척을 받고 서인편에 선 양원(梁榞 1590~1650) 등이 함께 유람했다. 그래서 박장원은 '우리들은 남쪽에 와 살며 고향을 그리워하는 사람들'이라고 적고 있다.8)

박장원은 1643년 8월에 6박 7일 동안 지리산을 유람하였는데, 안의에서 출발하여 사근역(沙斤驛)을 거쳐 함허정-용유담-군자사-백무당-하동암-제석당을 거쳐 천왕봉에 올랐다가 백무동으로 내려오는 코스였다. 박장원이 천왕봉을 오른 이유는 무엇일까? 그는 「유두류산기(遊頭流山記)」 첫머리에 "한번 지리산에 들어가 그 정상에 올라 내 평생의 안목으로 마음껏 내려다보고, 내 가슴속의 쌓인 회포를 다 씻어버리고 싶었다."9)라고 적고 있다. 이를 보면, 그의 유람은 정상인 천왕봉에 올라 시야를 넓게 하는 데 있었음을 알 수 있다.

남주헌(南周獻 1769~1821)의 자는 문보(文甫), 호는 의재(宜齋), 본관은 의령이다. 1798년 사마시에 합격한 뒤 음직으로 출사하여 여러 고을의 수령을 지냈고, 1814년 문과에 급제하여 형조 참의 등을 지냈다. 문장과 시부에 능했다. 그는 1807년 3월에 지리산을 유람했는데, 경상감사와 함께 한 유람이었기에 매우 성대하고 화려했다. 그는 함양에서 진주로

---

8) 최석기 외,『용이 머리를 숙인 듯 꼬리를 치켜든 듯』, 보고사, 2008, 132쪽(朴長遠의 「遊頭流山記」).

9) 상동, 117쪽(朴長遠의 「遊頭流山記」).

내려와 감사를 만나서 쌍계사·불일암 등을 구경하고 칠불암에 올랐다
가 영신대를 거쳐 제석당을 지나 천왕봉에 올랐고, 다시 제석당을 경유
해 백무동으로 하산하였다. 지리산 동남쪽 방면을 한 바퀴 돈 것이다.
그의 유람은 7박 8일의 일정이었는데, 함양에서 산청을 거쳐 진주로 내
려갔다가 관찰사 일행과 합류하여 하동 쌍계사로 가서 신흥사-보조암-
불일암-칠불암-영신대-호구당-통천문을 거쳐 천왕봉에 올랐다가 통
천문-제석당-백모당-군자사를 거쳐 함양으로 돌아가는 여정이었다.

　남주헌이 천왕봉을 오른 이유는 무엇일까? 남주헌의 지리산 유람이
경상감사의 요구로 이루어진 것이지만, 그가 평생 바라던 소원을 풀기
도 한 것이었다. 그래서 그는 「지리산행기(智異山行記)」 첫머리에 다음과
같이 말하고 있다.

　　이 산은 태을이 거처하는 곳이다. 정상에 오르면 해와 달이 뜨고 지는
　　것을 한 눈에 볼 수 있다.……내가 태어나 성장한 한양은 지리산과 8백
　　리나 떨어져 있다. 나이가 마흔이 되었는데, 한 번도 이 산을 유람하지
　　못한 것이 늘 안타까웠다.10)

　이를 보면, 남주헌도 천왕봉에 올라 일출을 보고 시야를 넓히는 것이
주목적이었음을 알 수 있다.

　노광무(盧光懋 1808~1894)의 자는 순가(舜嘉), 호는 구암(懼菴), 본관은
풍천이다. 함양에서 출생하여 함양에서 산 유학자이다. 본고에서 다루
는 함양 지역 사대부 6인 가운데 노광무만 유일하게 천왕봉을 목적지로

---

10) 최석기 외, 『선인들의 지리산 유람록 3』, 보고사, 2009, 209~210쪽(南周獻의 「智異山
　　行記」).

하지 않았다. 노광무는 1840년 4월 말부터 5월 초까지 9박 10일 동안 지리산을 유람하였는데, 함양 개평에서 출발하여 엄천-의탄-영원암-칠불암-세이암-쌍계사-정여창 유허지-한유한 유허지-악양-하동부-영계서원-취성정-산천재-송객정-대원암-오봉촌 화림사를 경유해 함양으로 돌아가는 코스였다. 이런 여정을 보면, 노광무의 유람은 지리산의 명승을 둘러보는 것이었던 듯하다. 그런데 그의 유람록에는 일정별로 유람한 곳을 간략히 기록하고 있을 뿐, 작가의 감회나 의식을 거의 드러내지 않고 있다.

대체로 유자들이 지리산을 유람할 적에는 산사에서 묵는 것이 관례였다. 그런데 노광무는 영원암·칠불암 등 어쩔 수 없는 경우를 제외하고는, 거의 절에서 묵지 않고 서원·재실이나 지인의 집에서 묵었다. 이는 19세기 중반에 이르면 지리산의 암자도 퇴락하여 유자들이 묵을 만한 형편이 못 되었기 때문인 듯하다. 그의 유람록에 "쌍계사 안으로 들어가니 누각은 대부분 퇴락하였다. 대웅전 동남쪽 벽 위에 고운선생의 유상이 있었다."[11]라고 기록하고 있는 것을 보면, 이런 정황을 짐작할 수 있다.

노광무는 천왕봉을 목표로 하지 않았고, 그의 발길이 칠불암·신흥사 터·쌍계사 등지로 이어졌으니, 청학동의 신선세계를 찾고 싶어서 유람한 것으로 추측해 볼 수 있다. 그러나 그는 쌍계사만 들렀을 뿐, 청학동이라 일컬어지는 불일암으로 오르지 않았다. 신선세계를 희구하는 사람들은 청학이 서식했다는 불일암에 오르는 것이 유람의 목표인데, 그는 청학동을 찾지 않은 것이다. 이를 보면, 그의 유람은 신선세계를 찾

---

11) 상동, 282쪽(盧光懋의 「遊方丈記」).

아 나선 것이라고도 딱히 말할 수 없다.

그렇다면 그가 지리산을 유람한 이유는 무엇일까? 그의 유람록을 아
무리 훑어봐도 그 단서를 찾을 수 없다. 다만 그의 일정과 숙박지 및
유람록에 최치원·한유한·정여창·조식·최영경 등이 거론되고 있는 것
을 통해 추정해 보건대, 지리산의 명승과 지리산에 은거한 유학자들의
유허지를 둘러보고 싶은 마음에서 유람을 한 듯하다.

Ⅲ. 유람록에 나타난 정신세계

1. 등태산이소천하의 의식

산은 옛날부터 인간이 우러러보는 대상이었다. 『시경』소아(小雅) 「거
할(車舝)」에 "높은 산은 우러를 수 있고, 큰 길은 걸어갈 수 있네.[高山仰
止 景行行止]"라고 하였다. 이에 대해 후세 사람들은, 높은 산이 우러를
만하다는 것을 알면 성인의 덕이 사모할 만한 것임을 아는 것이며, 큰
길이 행할 만한 줄 알면 대도(大道)가 인간이 경유할 만한 길임을 아는
것이라고 해석하였다.12)

공자는 산에 대해 "지혜로운 자는 물을 좋아하고, 어진 자는 산을 좋
아한다."13)고 하여 산(山)·수(水)를 인간의 덕인 인(仁)·지(智)에 비유해
말했다. 이는 자연을 인간의 덕에 비유한 유명한 일화로 중국 미학에서

---

12) 朱熹, 『詩傳大全』小雅 「車舝」小註 豊城朱氏. "高山仰止 景行行止 於六義 屬興 而斷章
取義 則於行道進德之喻 尤切至 蓋知高山之可仰 則知聖德之可慕矣 知景行之可行 則知大
道之可由矣"

13) 『論語』 「雍也」 제23장.

는 비덕(比德)이라 한다.

맹자는 "공자께서 동산에 올라 노나라를 작게 여기시고, 태산에 올라 천하를 작게 여기셨다. 그러므로 바다를 본 자에게는 그 어떤 물도 물이 되기 어렵고, 성인의 문하에서 유학한 자에게는 그 어떤 말도 말이 되기 어렵다."[14]고 하였다. 이는 크고 넓은 경지를 경험한 사람에게는 그보다 작은 것은 대수롭지 않게 보인다는 말이다. 그래서 공자가 태산에 올라 천하를 작게 여겼다는 말은 높고 넓은 정신세계를 이룩한 것에 비유된다.

또한 높은 산의 꼭대기는 밑에서 보면 하늘에 닿아 있다. 그런데 하늘은 인간이 경외하는 대상으로서 조물주 또는 만물을 주제하는 상제가 사는 곳으로 인식되었다. 그리고 유학에서는 하늘이 인간에게 부여한 것을 성(性)이라 하고, 부여받은 본성을 온전히 하여 사는 것을 도(道)로 보았으며, 그런 길을 몸소 실천해 덕을 이룩한 공자 같은 성인의 가르침을 교(敎)라 하였다.[15] 그리고 이 가르침을 따라 인도를 닦아 천도에 이르는 것을 최고의 이상으로 삼았다.[16] 이런 이상을 몸소 실천하려 한 사람이 극기복례로 유명한 공자의 제자 안회(顏回)이며, 천왕봉을 도반으로 삼아 구도적 삶을 산 남명(南冥) 조식(曺植)이다. 따라서 조식의 경우에는 등태산이소천하의식이 도덕적 실천을 통한 인격완성으로 정립되었다고 하겠다.

그런데 이런 의식을 갖고 있다 하더라도 개인적 편차가 크고 시대적

---

14) 『맹자』 「盡心 上」 제24장. "孔子登東山而小魯 登太山而小天下 故觀於海者難爲水 遊於聖人之門者 難爲言".

15) 『中庸』에 "天命之謂性 率性之謂道 修道之謂敎"라고 하였다.

16) 『중용』의 논리는 知人·知天을 통해 人道를 닦아 天道의 경지에 이르는 것을 최고의 목표로 설정하고 있다.

가치가 다르기 때문에 일률적으로 말하기는 어렵다. 예컨대 16세기 사회에 도덕적 실천을 강조한 조식의 경우는, 산을 오를 적의 힘든 상황을 선을 행하기 힘든 것에 비유하고, 산을 내려올 적의 수월함을 악으로 빠지기 쉬운 것에 비유한 것을 보면,[17) 자아성찰과 심성수양을 학문의 목표로 삼고 있음을 알 수 있다. 그러나 19세기 성리학들이 대원사 방면을 즐겨 찾으며 큰 근원[大源]을 찾고자 한 것을 보면,[18) 이는 도 또는 리의 궁극을 탐색하고자 하는 의식이 강한 것을 발견할 수 있다.

본고에서 논의대상으로 삼은 6인의 함양 지역 사대부 가운데 노광무를 제외한 5인은 천왕봉을 목표로 했기 때문에 기본적으로는 모두 등태산이소천하의식을 갖고 있다. 그러나 15세기 말의 김종직·김일손, 17세기의 박여량·박장원, 19세기의 남주헌은 시대와 처지가 달랐기 때문에 이에 관한 의식도 다르게 나타난다. 여기서는 천왕봉에 올라 일출과 월출을 구경하고 사방을 조망하면서 이들이 느꼈던 의식을 고찰해 이들의 정신세계를 살펴보기로 한다.

김종직은 보름달을 구경하고 일출을 구경하고 사방을 조망하는 것을 유람의 목적으로 삼았다. 그는 일출을 보는 데 집착하여 성모에게 고유제를 지냈고, 다음 날 아침 비로 인해 일출을 볼 수 없게 되자, 향적사로 내려가 하루를 묵은 뒤 다음 날 새벽에 천왕봉에 다시 올라 일출을 구경하였다. 그리하여 성모에게 술을 부어 사례를 하기도 하였다. 그리고 사방을 조망하며 산세와 지세를 상세하게 거론하였다.

사대부들이 일출을 구경하는 것은 요즘 1월 1일 새해를 맞이하는 것과는 근본적으로 다르다. 요즘의 일출 구경은 가족의 건강과 안녕 등을

---

17) 최석기 외, 『선인들의 지리산 유람록』, 2000, 돌베개, 113쪽(曺植의 「遊頭流錄」).
18) 朴致馥·許愈 등의 유람록에 그런 의식이 보인다.

기원하기 위함이다. 그런데 김종직 등 조선시대 유학자들이 일출을 구
경하고자 하는 것은 이와 다른 의식의 소산이었다.

『서경』「요전(堯典)」에 의하면, 요가 희씨(羲氏)·화씨(和氏)를 천문관
으로 삼아 일월성신을 관측하게 하였고, 또 희중(羲仲)에게 명하여 동쪽
끝 해 뜨는 곳인 양곡에 살면서 떠오르는 해를 공경히 맞이하여 농사를
짓는 절기를 맞추게 하였다.[19] 이는 농경사회에서 천문을 관측해 제때
에 씨를 뿌리는 것이 중요하기 때문에 일출을 관측하는 관원을 별도로
둔 것이다. 이 경우는 천문역상에 관한 이치를 살피는 것이다. 따라서
정상에서 일출을 보는 것은 높은 곳에서 천문의 이치를 탐구하는 행위
라 할 수 있다. 마치 민간풍속에 정월 대보름날 동네의 높은 언덕에 온
마을 사람들이 올라 달을 맞이하며 새해 농사의 풍흉을 점친 것과 같은
것이다. 그래서 『서경』의 '공경히 떠오르는 해를 맞이한다[寅賓出日]'는
구절이 유학자들에게는 일출을 맞이하는 경건한 자세로 인식되었다.
실제로 유람록에 일출을 묘사한 대목을 보면, '공경히 떠오르는 해를
맞이한다'는 말이 자주 등장한다.

유교경전에 있는 이런 내용을 익히 알고 있던 김종직으로서는 천왕
봉에서 요임금의 신하였던 희중처럼 일출을 관측해 만백성들이 풍요롭
게 살 수 있도록 농사의 절기를 알려주는 일에 대해 직접 경험해 보고
싶었으리라. 그것은 곧 이상 정치 시대로 일컬어지는 요순시대의 정치
를 당대에 구현해 보고 싶은 유학자들의 꿈이었다. 특히 새로운 시대를
갈망하던 개혁성향의 젊은 유생들에게는 강렬한 희망의 메시지가 될 수
도 있는 의미 있는 일이다.

---

19) 『書經』「堯典」. "乃命羲和 欽若昊天 厤象日月星辰 敬授人時 分命羲仲 宅嵎夷 日暘谷
寅賓出日 平秩東作 日中星鳥"

김일손은 1489년 4월 23일 아침 천왕봉에서 일출을 구경한 것을 다음과 같이 기록하고 있다.

> 여명에 해가 양곡에서 떠오르는 것을 바라보았다. 맑은 하늘에 잘 닦은 구리거울 같은 해가 솟아올랐다. 묘사하자면 창려의 남산시와 합치될 것이고, 마음의 눈으로 보면 선니께서 동산에 오르셨을 때의 심정과 꼭 들어맞는다. 무한한 회포를 품고 인간 세상을 내려다보니 감개가 그지없었다. 산의 동남쪽은 옛 신라의 구역이고, 산의 서북쪽은 옛 백제의 땅이다. 앵앵거리며 날아다니는 모기들이 독 안에서 생겼다 사라지는 것 같이, 처음부터 꼽아보면 얼마나 많은 호걸들이 이곳에 뼈를 묻었던가?⋯⋯ 그래서 정백욱에게 말하기를 "어찌하면 그대와 더불어 악전의 무리를 맞이하여 기러기나 고니보다 높이 날며, 몸은 세상의 밖에서 노닐고 눈은 우주의 근원까지 다가가서 기가 생성되기 이전의 시점을 관찰할 수 있을까?"라고 하니, 정백욱이 웃으면서 말하기를 "그럴 수는 없는 일입니다."라고 하였다.[20]

남산시는 당나라 때 한유(韓愈)가 종남산에 올라 아름다운 경치를 노래한 204구로 된 장편 오언고시이다. 여기서는 장엄한 광경을 묘사하지 않고 한유의 시를 인용해 그와 같다고 비유하고 있다. 김일손은 눈으로 본 그런 장엄한 광경은 말하지 않고, 마음의 눈으로 본 등태산이소천하의식을 떠올리고 있다. 즉 정신적으로 광대한 경지를 떠올린 것이다. 그가 비록 문학적 수사를 섬세하게 하지는 않았지만, 마음의 눈으로 공자의 정신세계를 꿈꾸는 것은 자신의 정신적 지향이 높음을 말한 것이다.

---

20) 최석기 외, 『선인들의 지리산 유람록』, 돌베개, 2000, 84쪽(金馹孫의 「頭流紀行錄」).

김일손은 일출을 본 뒤 스승 김종직과 마찬가지로 사방을 조망하였
다. 그런데 그는 김종직처럼 지세와 산세를 상세히 거론하지 않고 신라
와 백제의 구역을 지적하는 데서 그치고 있다. 그는 그 구역 안에 사는
삶을 독 안에서 생겼다 죽는 초파리에 비유하였다. 그리고 그 독과 같은
구역을 벗어나 세상 밖으로 나가 우주의 근원까지 가보고 싶은 상상의
나래를 폈다.

이러한 의식은 김종직이 현실세계에 초점을 맞춘 인식과 구별된다.
김일손은 유람록 첫머리에서 조롱박처럼 구속된 현실세계의 삶을 인정
하면서도, 그런 세계를 벗어나 더 큰 세상을 꿈꾸고 있다. 그런데 정여
창은 그의 말에 맞장구를 치지 않고, '그럴 수는 없다'고 잘라 말하였다.
지극히 현실적인 인식으로, 김일손의 비현실적 상상력이 무력해지는
순간이다.

박여량은 1610년 9월 6일 천왕봉에서 일출을 보며 다음과 같이 기록
하였다.

　　온 하늘 아래 찬란한 빛이 밝게 퍼져, 마치 임금이 임어할 때 등불이
　　찬란하고 궁궐이 삼엄하며, 오색구름이 영롱하고 온갖 관리들이 옹립해
　　호위하며, 아랫사람들이 제자리에 서 있어서 사람들로 하여금 감히 거만
　　하지 않고 공경하는 마음을 일으키게 하는 것과 같았다. 멀리 보이는 물
　　은 섬진강 하류와 두원곶 이남의 대양인 듯하고, 산은 계립령 이남의 동
　　쪽으로는 팔공산과 서쪽으로는 무등산에 이르기까지 모두 한눈에 들어
　　왔다.21)

---

21) 상동, 163~164쪽(朴汝樑의 「頭流山日錄」).

박여량은 김종직·김일손과 또 다른 일출의 느낌을 전하고 있다. 그는 조정에서 벼슬해 본 벼슬아치답게 임금이 임어할 때의 삼엄하고 화려하며 공경한 마음을 일으키게 하는 것에 비유하고 있다. 결국 해는 임금에 비유되니, 어찌 보면 가장 적절한 비유가 될 수 있다. 그러나 일출의 장면을 묘사한 유람록에 떠오르는 해를 임금의 임어에 비유한 경우는 거의 찾아볼 수 없다. 이 역시 공경히 떠오르는 해를 맞이하는 경건한 마음자세라 할 수 있다. 그리고 박여량의 사방을 조망하는 인식도 김종 직이 상세하게 열거한 것이나 김일손이 현실공간을 벗어나 우주로 향하려 한 것과는 달리, 눈에 보이는 실제적인 것들만 기술하고 있다.

1643년 8월 23일 천왕봉에 오른 박장원은 운이 좋게도 일몰을 보고 월출을 보고 일출을 보았다. 그래서 동행한 승려들이 박장원에게 신선술을 터득한 것이 아니냐고 칭송하기까지 하였다. 박장원은 24일 아침에 일출을 구경했는데 그 광경을 묘사하지는 않았다. 이들은 승려들의 칭찬을 받고 시를 한 수씩 지었을 뿐이다. 다만 그는 전날 밤의 광경을 다음과 같이 기록해 놓았다.

한밤중에 바람은 진정되고 달이 뜨자 별빛이 쓸쓸히 빛났다. 달빛과 별빛이 서로 비춰 온통 은색의 세상으로 변했다. 피리 부는 악공이 사당 뒤편 일월대에 앉아 보허사 한 곡을 경쾌하게 불자, 뼈 속이 서늘해지고 혼이 맑아지면서 두 어깨가 들썩이는 듯하였다. 당나라 명황이 월궁을 노닌 것도 이에 비하면 진실로 아이의 장난일 뿐이고, 여동빈이 악양루에서 노닌 것도 풍격이 보다 낮을 것이다.[22]

---

22) 최석기 외, 『용이 머리를 숙인 듯 꼬리를 치켜든 듯』, 보고사, 2008, 128쪽(朴長遠의 「遊頭流山記」).

박장원은 달밤에 천왕봉에서 신선이 된 듯한 느낌을 맛본 듯하다. 그는 한양 출신의 현직 관료로서 오랜 객지 생활의 쓸쓸함과 일상의 번다함을 씻기 위해 유람한 것이었기에, 김종직·김일손 등이 가졌던 등태산이소천하 의식은 드러나지 않는다. 박장원도 그런 의식이 없었던 것은 아니겠지만, 당시 그의 심경은 흉금을 탕척하여 영혼을 맑게 하는 데 치중해 있었던 듯하다.

경상감사와 함께 유람한 남주헌은 1807년 3월 30일 아침에 일출을 맞이하였다. 그는 일출 장면을 다음과 같이 묘사하였다.

> 얼마 지나지 않아 점점 붉은 빛으로 물들어 금가루를 뿌린 듯 오색찬란한 무늬를 이루었으며, 천변만화가 꿈틀꿈틀 계속 이어졌다.……두 식경쯤 앉아 있자 붉은 구리쟁반 같은 해가 바다 속을 비추며 떠올랐다가 다시 일그러지며 들어갔으니, 파도가 삼켰다가 토했다가 했기 때문이다. 한참 시간이 흐르자 비로소 둥실 하늘로 떠올랐는데, 천연 그대로의 한 송이 연꽃 같았다.23)

남주헌 떠오른 해를 한 송이 연꽃에 비유했다. 빼어난 문학적 수사이다. 그러나 그의 의중에는 '공경히 떠오르는 해를 맞이하는' 의식이 없다. 대신 그는 일출을 보고 나서 일월대 옆에 이름을 새긴 뒤 동행인에게 다음과 같이 말하고 있다.

> 어찌하면 성관을 쓰고 월패를 찬 신선들을 맞이하여 무한한 천지의 바깥에서 노닐며 팔방의 먼 곳까지 거느리고 一元의 운수를 변화시켜

---

23) 최석기 외, 『선인들의 지리산 유람록 3』, 보고사, 2009, 223쪽(南周獻의 「智異山行記」).

기가 다한 태초의 시점을 볼 수 있을까?[24]

이런 의식은 김일손의 경우와 유사하다. 현실을 초탈하여 드넓은 우주로 떠나는 정신적 자유를 드러낸 것이다. 남주헌은 이와 같은 관점에서 천왕봉에서 사방을 조망하며 아래로 보이는 산들을 개미집 또는 지렁이집에 비유하였고, 사방의 산천을 열거해 놓고 있다. 그리고 공자가 태산에 오른 것이나 한유가 형산(衡山)에 오른 것도 자신들이 천왕봉에 오른 것보다 낫지 않았을 것이라는 자부심을 한껏 드러내고 있다.

이를 보면, 그의 정신세계는 현실세계를 초탈하여 물외에서 노닐고 싶어 하는 의식을 가지고 있다. 공자가 태산에 오른 것은 단순한 등산의 차원이 아니기 때문에 그것을 최고의 이상으로 삼는데, 자신이 그보다 못하지 않다는 식의 발언을 하고 있어 득의한 관료서의 호기가 엿보인다.

이상에서 천왕봉에 오른 5인의 유람록에 일출 장면을 묘사한 것과 사방을 조망한 것을 중심으로 그들의 의식을 살펴보았다. 김종직은 일출을 구경하길 강렬히 희망하였는데, 그것은 '공경히 떠오르는 해를 맞이하는' 요임금 시대의 정치적 이상을 그리워하고 있었기 때문이다. 그런데 그의 문인 김일손은 조롱박 같은 현실적 삶을 인정하면서도 넓고 높은 세계를 지향하는 의식을 드러내고 있다. 박여량은 일출 장면을 임금이 임어하는 것에 비유하여 '공경히 떠오르는 해를 맞이하는'은 의식을 가장 잘 드러내고 있다. 박장원은 일출이나 사방조망보다는 달밤의 천왕봉 광경에 취해 탈속적 정서를 드러내고 있다. 남주헌은 김일손과 비

---

24) 상동, 225쪽(南周獻의 「智異山行記」).

숫하게 현실세계를 떠나 광활한 우주로 노닐고 싶은 자유로운 정신적 지향을 드러내고 있다.

이를 통해 볼 때, 등태산이소천하 의식은 박장원·남주헌 등 조선후기 사대부들보다 김종직·박여량 등 조선전기 사대부들에게서 더욱 강렬하고 선명하게 드러나는 것을 알 수 있다. 그것은 사대부로서의 자기각성이 사화 등을 통해 더 첨예해졌기 때문일 것이다.

2. 민족의 영산에 대한 자긍의식

지리산은 지리산·두류산·방장산 등 다양한 이름을 갖고 있다. 이 땅에 살던 사람들은 지리산이라는 이름을 가장 먼저 쓰기 시작했는데, 순수한 우리말 '지리산'이 어떤 의미에서 유래했는지는 정확하지 않다. '지리산'을 한자로 표기한 것이 다섯 가지로 나타나는데, 이는 한자의 음만 빌어 표기한 것이다.

반면 두류산과 방장산은 분명한 의미가 들어 있는 이름이다. 방장산은 중국 고대 설화에 등장하는 동해 밖의 삼신산 중 하나이다. 언제부턴가 삼신산은 모두 우리나라에 있는 산으로 지칭되어 금강산을 봉래산으로, 지리산을 방장산으로, 한라산을 영주산으로 일컫게 되었다. 두보(杜甫)의 시에 '방장산은 바다 건너 삼한에 있다'고 하였으니, 당나라 때 이미 지리산은 방장산으로 불리게 된 것을 알 수 있다. 방장산은 신선사상과 밀접하게 연관되어 주로 도가나 불가에서 애용하였다. 지금도 지리산권 사찰의 일주문에는 방장산이라는 이름이 가장 많이 등장하고 있다.

두류산이라는 명칭은 조선시대 사대부층에서 선호한 이름이다. 조선시대 생산된 지리산 유람록을 보면 약 70% 가량이 두류산이라는 이름을 쓰고 있다. 두류산은 백두산에서 맥이 흘러와 맺힌 산이라는 의미를 갖는다. 즉 우리 민족의 영산 백두산과 하나로 연결된 산이다. 백두산은 천제의 아들 단군이 내려와 세상을 다스리던 곳이니, 하늘과 연결된 산이다. 그렇다면 두류산은 천하에 있지만 천상으로 연결되는 고리이다. 그런데 조선시대 백두산은 인간의 현실세계에서 너무 멀리 떨어져 있어 접근이 불가능한 상상 속의 산에 불과했다. 그러므로 현실세계를 진압할 수 있는 임금과 같은 산이 필요했다. 그래서 조선시대 사대부들은 새로운 세상을 진압하는 진산을 지리산으로 정하고 두류산이라는 이름을 즐겨 쓴 듯하다.

지리산은 분명 우리나라 남방의 진산이다. 그래서 김종직은 유람록 첫머리에 '내 고향의 산'으로 표현한 것이다. 또 그는 "지리산이 중국에 있었다면 태산이나 숭산보다 천자가 먼저 올라 봉선(封禪)을 하고 상제에게 옥첩을 올렸을 것이다."라고 하여, 지리산을 중국의 태산보다 더 높게 인식하고 있다. 그는 천왕봉에 올라서도 백두대간이 뻗어내려 천왕봉이 된 산맥을 하나하나 확인하고 사방의 산과 남해바다를 열거하면서 천왕봉이 조종(祖宗)임을 은근히 드러냈다.

박여량은 '천왕봉'이라는 명칭에 대해 더 분명한 의식을 드러내고 있다.

천왕봉이라는 명칭에 대해 세상 사람들은 신상(神像)이 모셔져 있는 곳이어서 그렇게 부른다고 생각한다. 내 나름대로 생각해 보건대, 이 산은 백두산에서 발원하여 흘러내려 마천령·마운령·철령 등이 되었고, 다시 뻗어내려 동쪽으로는 오령·팔령이 되고, 남쪽으로는 죽령·조령이 되었으며, 구불구불 이어져 호남과 영남의 경계가 되었으며, 남쪽으로 방장산에 이르러 그쳤다. 이 산을 두류산이라 한 것이 이런 연유 때문에 더욱 극명해진다. 하늘에 닿을 듯 높고 웅장하여 온 산을 굽어보고 있는 것이 마치 천자가 온 세상을 다스리는 형상과 같으니, 천왕봉이라 일컬어진 것이 이 때문이 아니겠는가?[25)]

박여량은 지리산이 두류산으로 불리는 이유를 백두산에서 뻗어내려 그쳤다는 의미를 명확히 하고, 다시 천왕봉이라는 명칭을 천자가 세상을 다스리는 것에 비유하고 있다. 두류산이라는 이름이 백두산에서 뻗어내려 맺힌 산이라는 뜻으로 붙여졌다는 언급이 『동국여지승람』·『증보문헌비고』 등에 두루 보이며, 중국의 사고전서 『조선지(朝鮮志)』에도 등장한다. 따라서 조선시대 사대부층에서 두류산이라는 명칭을 쓴 것은 이런 뜻을 염두에 두고 쓴 것이 분명하다.

함양 지역 사대부로서 지리산을 유람한 6인 가운데, 김종직·김일손·박여량·박장원은 '두류산'이라는 명칭을 썼고, 남주헌은 '지리산'이라는 명칭을 썼으며, 노광무는 '방장산'이라는 명칭을 썼다. 이를 보면, 조선전기 또는 중기의 지식인들이 지리산에 대한 민족적 영산으로서의 인식을 분명히 한 것을 알 수 있다. 노광무는 지리산 권역에 은거한 사람들을 주로 찾아다니거나 고인의 유허지를 둘러보는 유람을 하였는데도, '방장산'이라는 명칭을 쓰고 있다. 그러나 그의 유람록에는 신선세계를 동경하며 노닐고자 하는 의식이 거의 드러나지 않는다. 이는 민족의 영산에 대한 인식이 상당히 쇠퇴하여 의식 없이 썼기 때문인 듯하다.

본고에서 논의 대상으로 하지 않은 자료이지만, 조선중기 유몽인(柳夢寅 1559~1623)은 두류산을 우리나라 모든 산의 으뜸이라 하였고, 살이 많고 뼈대가 적기 때문에 더욱 높게 보인다고 하였다. 그는 지리산을 문장에 비유하면 모든 장점을 갖춘 사마천의 글과 같고, 시에 비유하면

---

25) 최석기 외, 『선인들의 지리산 유람록』, 돌베개, 2000, 161쪽(朴汝樑의 「頭流山日錄」).

시성(詩聖)이라 불리는 두보의 경지와 같다고 하였다. 곧 세상에서 최고의 산이라는 뜻이다. 또 그는 두류산이 백두산에서 4천 리나 뻗어내려 아름답고 웅혼한 기상이 남해에 이르러 엉켜 모이고 우뚝 솟은 산이라 하였다.[26] 송광연(宋光淵 1638~1695)도 1680년 지리산에 올라 "이 지리산은 우리나라 제일의 산일뿐만이 아니다. 비록 이 세상의 그 어떤 큰 산이라 할지라도 이 산과 대등할 만한 산은 없을 것이다."라고 하였다.[27]

이를 통해 볼 때, 조선시대 사대부들은 지리산을 민족의 영산으로서 현실세계를 진압하는 천자와 같은 산, 세상에서 가장 큰 산으로 인식하고 있음을 알 수 있다. 이는 지리산이 백두산과 연결된 산으로서 이 땅의 임금과 같은 존재로 인식했기 때문이다.

3. 경세제민의 의식

조선시대 관원은 벼슬을 그만두면 사인의 본분으로 돌아왔기 때문에 수기치인의 유학자적 자세를 언제고 잃지 않는다. 본고에서 논의 대상으로 한 6인 가운데 노광무만 제외하고는 모두 현직 또는 전직 관원을 역임한 사람들이다. 따라서 이들은 백성을 길러주어야 목민관으로서의 의식을 항시 가지고 있다. 그런데 이들의 유람록에는 그런 의식이 선명하게 드러난 경우도 있고, 그렇지 않은 경우도 있다.

지리산은 현실세계에서 동떨어진 산이 아니기 때문에 그 속에는 백성들이 살고 있었고, 승려·도사들이 수도하고 있었으며, 천왕봉의 성모(聖母)에게 기도하러 모여드는 무당들도 그 수가 꽤 많았다. 또 공물을 바치

---

26) 상동, 199~200쪽(柳夢寅의 「遊頭流山錄」).
27) 최석기 외, 『용이 머리를 숙인 듯 꼬리를 치켜든 듯』, 보고사, 2008, 175쪽(宋光淵의 「頭流錄」).

기 위해 매를 사냥하는 사람들, 약초를 캐는 사람들, 땔나무를 하는 사
람들, 심지어 죄를 짓고 도망친 사람들도 이 산에 숨어들어 살았다. 지
리산을 어머니의 산이라고 하는 것이 골이 깊고 살이 많기 때문이기도
하겠지만, 이처럼 모든 생명체를 품어주는 의미도 들어있다고 본다.

김종직은 함양군수로 재직할 때 지리산을 유람했는데, 그는 개혁성
향을 가진 신진사림으로서의 의식이 있었기 때문에 경세제민의식을 가
장 많이 보여주고 있다. 그는 나무에 잣이 많이 달리지 않은 것을 보고
서 백성들이 공물로 바칠 수량을 걱정하였으며, 산등성이에 움막을 지
어 놓고 매를 사냥하는 사람들의 참혹한 실상을 보고서 노리갯감으로
충당하기 위해 밤낮으로 눈보라를 맞으며 고생하게 한다고 애민정신을
드러냈다.28)

김일손도 두류산에는 감나무·밤나무·잣나무가 많아 승려들이 배를
주리면 그 열매를 주워 배를 채운다고 하는 말은 허망한 말이라고 하면
서, 해마다 관아에서 잣을 독촉하므로 주민들이 늘 산지에서 사다가 공
물로 충당하는 고충을 기록하고 있다.29) 또 그는 은어를 잡는 데 쓰기
위해 관아에서 승려들에게 조피나무 껍질을 벗겨 오도록 독촉하는 사정
을 듣고서 이맛살을 찌푸렸다고 기록하고 있다.30) 또 그는 향적사에
들렀을 때 절을 짓기 위해 준비해 둔 목재를 보고서 불교가 성행하는
것을 탄식하며 그 절의 승려에게 "두류산이 뻗어 내린 산맥을 거슬러
올라 장백산에서부터 평평하게 깎아내려 남해를 메워서 만 리의 평원을

---

28) 최석기 외,『선인들의 지리산 유람록』, 돌베개, 2000, 28~29쪽 및 37쪽(金宗直의「遊
  頭流錄」).
29) 상동, 83쪽(金馹孫의「頭流紀行錄」).
30) 상동, 94쪽(金馹孫의「頭流紀行錄」).

만들어 백성들이 살 곳을 마련해주는 것으로 복전을 삼으시구려."라고
뼈 있는 농담을 하기도 하였다.[31]

박여량·박장원·남주헌·노광무의 유람록에는 이런 민생의 문제와
경세제민에 대한 인식이 전혀 나타나지 않는다. 이를 보면, 조선전기
김종직·김일손과 후대 사대부층의 의식이 확연히 다른 것을 발견할 수
있다. 특히 조선후기 한양 출신 관료들은 목민관으로서의 의식이 상당
히 퇴색되어 있다.

4. 무속·불교에 대한 비판의식

조선시대는 사대부정치 시대이다. 사대부들은 성리학으로 정신적 무
장을 하여, 불교나 무속으로 타락한 사회풍상을 쇄신하려 하였다. 사대
부들은 기본적으로 이런 이념을 가지고 있었기에 대부분 불교에 대해
부정적인 시각을 갖고 있다. 특히 조선전기 사림파는 훈구파보다 높은
도덕성을 확보하려 하였고, 도덕적 실천에 대한 인식이 각별했다. 그리
고 16세기 이후 도학자들은 자신의 정체성을 더욱 선명히 하여 숭정학
(崇正學)·벽이단(闢異端)의 기치를 높이 내걸었다.

본고에서 논의 대상으로 한 6인의 유람록에는 이런 성향이 어떻게
나타나는지 살펴보기로 한다. 우선 이들이 무속에 대해 어떤 인식을 하
고 있는지 살펴보자. 먼저 천왕봉 성모에 대한 인식을 살펴보기로 한다.

김종직은 천왕봉에 올라 날씨가 불순해서 사방을 조망할 수 없게 되
자, 성모에게 술을 따르고 제문을 지어 고유했다. 그는 성모를 석가의
어머니인 마야부인으로 보는 속설을 부정하고, 이승휴(李承休)의『제왕

---

31) 상동, 89쪽(金馹孫의「頭流紀行錄」).

운기(帝王韻紀)』에 나오는 설을 인용해 고려 태조의 어머니인 위숙왕후
(威肅王后)로 보았다. 그러나 그는 이 설에 대해서도 고려 사람들이 자기
나라 임금의 계통을 신성시하기 위해 지어낸 것이라 여겨 신빙하지 않
았다. 그렇지만 그는 날이 개이기를 간절히 바라는 마음에 성모에게 제
사를 지냈다.[32)]

정여창은 성모에게 제사를 지내는 문제에 대해 매우 신중한 태도를
보인다. 김일손은 당나라 때 한유가 형산의 신에게 날씨의 쾌청을 빈
고사를 인용하며 성모에게 기도하려고 제문까지 지었다. 그때 정여창
은 "세상 사람들은 모두 마야부인이라 하는데 그대는 위숙왕후라고 확
신하니, 세상 사람들의 의심을 면치 못할까 두렵다."라고 하면서 제사
를 말렸다. 그러자 김일손은 "명산대천의 신에게 제사지내는 예를 따라
산신령으로 보면 되지 않는가?"라고 반문을 하였고, 정여창은 "국가에
서 산신령에게 제사하지 않고 성모나 가섭에게 기우제를 지내는데 그대
가 성모를 산신령으로 여겨 제사지내면 국법에 어긋난다."고 반론을 폈
다. 이에 김일손도 어쩔 수 없어 제사를 그만두고 말았다.[33)]

여기서 김일손과 정여창의 의식이 다른 것을 확인할 수 있다. 김일손
은 성모에게 제사지내는 것에 대해 산신령에게 제사지낸다는 의식이 있
었던 반면, 정여창은 유학자로서의 본분과 국법에 저촉된다는 점을 이
유로 성모에게 제사지내는 일에 대해 매우 신중한 태도를 보인다. 이는
유학자로서의 자기 정체성을 분명히 한 것이라 하겠다.

박여량은 성모에 대해 언급하지 않았고, 박장원도 성모사에서 하룻
밤을 묵었는데도 성모에 대한 언급이 없다. 남주헌은 성모를 마야부인

---

32) 상동, 29~33쪽(金宗直의 「遊頭流錄」).
33) 상동, 85~87쪽(金馹孫의 「頭流紀行錄」).

이라고 한다는 말과 돌로 깎아 만든 석상이라고 기록해 놓았다. 그리고 '성모가 자원하여 지리산 제일봉의 신왕이 되었다'는 승려의 말을 기록한 뒤, 고려 말 이성계에 패한 왜구가 칼로 내려쳤다는 사실, 이성계가 내관을 보내 분향했다는 사실, 이 산에 오르는 사람들이 성모에게 기도를 올린다는 것 등을 평면적으로 기술해 놓았다. 남주헌은 성모에 대한 자신의 생각을 드러내지 않아 그의 의식을 알 수 없다. 그러나 성모에 기도한다는 것에 대해 부정적 인식을 드러내지 않은 점에서, 무속에 대한 비판의식이 분명치 못하다. 역시 조선후기 한양 출신 관료들은 성모에게 제사지내는 문제에 대한 정여창에 비해 문제의식이 매우 퇴색되었음을 느끼게 한다.

유자로서 천왕봉 성모에게 제사하는 문제 외에도, 성모에게 기도하러 온 무당들에 대한 비판도 지리산 유람록에 종종 보이는 의식이다. 이러한 무속에 대한 비판이 어떻게 나타나는지 살펴보기로 한다. 지리산 백무동 계곡은 온갖 무당들이 들끓는다는 뜻에서 붙여진 이름이다. 무속인들이 천왕봉 성모에게 기도하기 위해 이 골짜기로 모여들었던 것이다. 그만큼 성모는 무속인들에게 영험한 신으로 인식되었던 것이다.

김종직의 유람록에는 무속에 대해 비판한 것이 뚜렷하지 않다. 김일손의 유람록에는, 오도재에 올랐을 때 종자가 '말에서 내려 천왕에게 절을 해야 합니다'라고 하자, 김일손은 말을 채찍질하여 그냥 지나쳤다는 기록이 있다.[34] 이를 보면 김일손은 무속신앙에 대해 부정적 인식을 하고 있었음을 알 수 있다. 무속에 대해 매우 비판적인 인식을 보인 사람은 박여량이다. 그는 천왕봉 성모사를 보고 다음과 같이 기록하고 있다.

---

34) 상동, 69쪽(金馹孫의 「頭流紀行錄」).

　　임진왜란을 겪은 뒤 사람들이 백에 하나도 남지 않을 정도로 죽어 마
을이 쓸쓸해져서 다시는 옛날의 모습이 아닌데, 세상 밖에 사는 무당이
나 승려 같은 무리들은 옛날에 비해 더욱 번성하고 있다. 사찰로써 말한
다면, 금대암·무주암·두루암 외에 영원암·도솔암·상류암·대승암 등
은 예전에 없었던 절이다. 사당으로써 말한다면 백모당·제석당·천왕당
등은 모두 옛날에 화려하게 지은 것이고, 용왕당·서천당 등은 새로 지은
것이다. 노역을 피해 숨어든 무리와 복을 비는 백성들이 날마다 구름처
럼 모여들어 봉우리와 골짜기에 낱알이 어지러이 널려 있는데도 나라에
서 금지할 수 없으니, 참으로 탄식할 만한 일이다.[35]

　박여량은 임진왜란이 끝난 뒤 무당과 승려가 더 번성하고 있다고 했
다. 전쟁으로 사회가 혼란스러워지자 무속이 성행하고 있는 사회상을
박여량은 몹시 걱정하고 있다. 그는 성모사의 이권을 두고 진주의 늙은
무녀와 함양의 무당이 서로 다툰 사실을 상세히 소개하고 있다. 그리고
박여량은 성모사에 들어가 성모상을 거적으로 덮은 뒤 하룻밤을 묵었
다. 또 그는 한 노파가 돈을 내어 한 달도 되지 않아 제석당을 새로 지었
다는 노파의 말을 듣고서, "미혹되긴 쉽고 이해하긴 어려운 사람의 마
음에 대해 참으로 탄식할 만하다."고 하였다. 이를 보면, 박여량은 무속
인들이 혹세무민한다는 관점에서 매우 비판적으로 인식하고 있었음을
알 수 있다.

　그런데 박장원·남주헌·노광무 등의 유람록에는 혹세무민한다는 관
점에서 무속에 대해 비판한 것을 찾아볼 수 없다. 박장원의 유람록에는
백무당에 대해 '이 사당은 음사로 무당들이 모이는 곳이다'라고만 기록
하고 있을 뿐이다. 음사라는 말 속에 부정적 인식이 들어 있기는 하지

---

35) 상동, 161~162쪽(朴汝樑의 「頭流山日錄」).

만, 앞 시대 사람들이 이에 대해 드러내놓고 비판한 것과는 차이를 보인다.

천왕봉에는 근세까지 성모상이 그대로 안치되어 있었다. 따라서 노광무를 제외하고는 천왕봉에 오른 사람들은 성모사를 둘러보았을 것이다. 조선후기에도 무속은 여전히 민간에서 성행하고 있었을 것인데, 이들은 아무런 언급도 하지 않고 있다. 이런 점에서 보면, 조선전기나 중기의 사대부들보다 이들의 무속에 대한 의식은 민감하지 못한 것을 알 수 있다.

다음은 불교에 대한 비판의식을 살펴보기로 한다. 김종직은 천왕봉의 성모가 석가의 어머니 마야부인이라고 하는 설에 대해, '인도는 우리나라에서 수만 리나 떨어진 곳인데 어떻게 이곳까지 올 수 있겠는가'라는 관점에서 믿을 수 없는 설이라고 일축해 버렸다.[36] 또 영신암 뒤의 가섭상 오른팔에 흉터가 있는 것을 두고, 승려들이 '겁화(劫火)에 탄 것으로 조금 더 타면 미륵세상이 온다'고 하자, '돌에 난 흔적이 본래 그런 것'이라고 하며, '황당하고 괴이한 혹세무민하는 말'이라고 가증스럽게 여겼다.[37] 이런 것들을 보면, 김종직은 불교에 대해 부정적으로 인식을 하고 있던 것이 틀림없다.

김일손은 향적사에서 절을 중건하기 위해 쌓아 둔 목재를 보고 "백성들이 사교(邪敎)에 탐닉하는 것이 우리들이 정도(正道)를 믿는 것과 다르구나."라고 탄식하였다.[38] 이를 보면 그 역시 불교를 사교로 보는 인식이 확고했음을 알 수 있다.

---

36) 상동, 31쪽(金宗直의 「遊頭流錄」).
37) 상동, 38쪽(金宗直의 「遊頭流錄」).
38) 상동, 87~88쪽(金馹孫의 「頭流紀行錄」).

박여량은 성모사를 둘러보며 임진왜란이 끝난 뒤 무당과 승려들이 옛날에 비해 더욱 번성해졌다고 하면서 새로 들어선 암자를 열거한 것을 보면, 그 역시 불교에 대해 비판적 인식을 하고 있는 것을 알 수 있다.

박장원·남주헌·노광무의 유람록에는 불가의 승려들에 대한 비판도 거의 보이지 않는다. 이런 점에서 이들의 불교에 대한 비판의식은 앞 시대 김종직·김일손·박여량 등에 비해 상당히 해이해진 측면을 발견할 수 있다.

5. 역사에 대한 회고와 역사적 인물에 대한 논평

조선시대 사인들의 유산기에는 역사 유적지에서 옛날을 돌아보며 역사를 회고하는 기록이 자주 등장하는데, 본고에서 논의 대상으로 한 유람록에도 그런 의식이 종종 보인다.

김종직은 영신봉에서 쌍계사 방면을 바라보며 신라시대 최치원의 불우를 탄식했고, 고려시대 이인로(李仁老)가 청학동을 끝내 찾지 못한 일을 떠올렸으며, 조선시대 경상우도 병마절도사 이극균(李克均)이 지리산에 숨은 도적 장영기(張永己)와 싸웠던 역사적 사실을 회상하였다. 또한 그는 천왕봉 성모상과 영신사 가섭상에 난 흠집이 '고려 말 황산에서 이성계에게 패한 왜구가 달아나면서 낸 칼자국'이라는 말을 듣고서, 왜구의 잔혹함에 치를 떨기도 하였다.

김일손은 단속사 입구에 있는 최치원의 글씨라고 전하는 '광제암문(廣濟嵒門)', 단속사 경내의 최치원이 머물던 치원당(致遠堂), 절에 보관하고 있던 고문서, 고려 학사 권적(權適)이 지은 「오대산수정사기(五臺山水精寺記)」, 영신사에 걸린 비해당(匪懈堂)이 그린 가섭상, 신흥사에서 들은 신선 최치원, 쌍계사의 최치원 유적 등을 비교적 상세히 기록해 놓았다.

박여량은 하동암에서 하동군수의 전설을 떠올렸고, 정상에서는 덕산을 바라보며 조식의 유허지를 술회하였으며, 유람록 말미에서는 가보고 싶은 쌍계사와 쌍계석문, 그리고 최치원에 대해 기술하고 있다.

박장원은 역사에 대한 회고가 전혀 없다. 남주헌은 하동 삽암(鈒巖)에서 한유한의 고사를 기록해 놓았고, 쌍계석문의 최치원 글씨에 대한 평과 이인로가 청학동을 찾다가 찾지 못했다는 시를 기록하고 있다. 또 쌍계사에 있는 최치원이 짓고 쓴 진감선사비에 대한 언급, 진감선사와 최치원 관계에 대한 언급, 호남 도적 장영기를 절도사 이극균이 물리친 이야기, 칠불암의 옥보고에 관한 전설, 성모사의 성모에 왜구가 흠집을 낸 것에 대한 이야기 등을 기록해 놓았다.

노광무의 유람록에는 신흥사 앞의 최치원이 썼다는 세이암(洗耳巖), 삼신동의 청계암(聽溪巖), 쌍계사의 쌍계석문 및 최치원 초상, 하동 악양의 정여창 유허지, 한유한이 노닐던 삽암 등에 대해 간결하게 기록하고 있다.

유람록에 나타난 역사에 대한 회고는 대부분 역사적 사실이나 장소를 회고하는 데서 그칠 뿐, 역사나 인물에 대한 논평이 없어 작가의 의식을 살필 수 없다. 그러나 산을 유람하면서 요즘 사람들처럼 자연의 경관에만 심취하지 않고 역사 유적지를 만나면 역사적 사실을 떠올리거나 그와 관련된 인물을 회상하였다. 역사 유적지에서 역사와 역사적 인물에 대해 회고하고 논평한 것으로는 단연 조식의 유람록이 돋보인다. 비록 조식의 경우처럼 역사적 인물이나 사건에 대한 논평이 없더라도, 산행을 하면서 역사를 회고한 것 자체로도 사대부로서의 의식을 드러낸 것이다.

쌍계사 앞의 쌍계석문은 최치원의 글씨로 알려져 있는데, 이 글씨에 대해서는 평을 남긴 것이 종종 있어 흥미를 더한다. 쌍계사에 들리게 되면 최치원이 지은 진감선사비를 보게 되고, 그의 초상화도 구경하게 된다. 따라서 유람자는 최치원이라는 인물에 대해 회고를 하는 데서 그치지 않고, 인물 또는 글씨에 대한 논평을 한 경우도 있다.

최치원은 우리나라 문학의 비조로 알려져 있거니와, 유학자이면서 만년에 불가와 선가에 몸을 의탁하여 후세에 '유선(儒仙)'으로 일컬어진 인물이다. 또 신선과 관련된 수많은 전설을 남긴 인물이기도 하다. 특히 지리산 쌍계사·청학동·삼신동 등지에는 그가 신선이 되어 살아있다는 전설이 남아 있어 신비감을 더하였다. 따라서 최치원에 대해 자신의 처지나 입장에 따라 논평을 한 것이 있기 때문에 이를 통해 유람자의 정신세계를 엿볼 수 있다.

김종직은 쌍계사까지 유람하지 못하였다. 그러나 그는 세석에서 쌍계사가 저쪽에 있다는 승려의 말을 듣고 다음과 같이 회상하였다.

> 최고운이 일찍이 이곳에서 노닐었는데, 돌에 새긴 글씨가 남아 있다. 고운은 붙잡아 매어둘 수 없는 사람이었다. 기개를 자부하였지만, 어지러운 세상을 만나 중국에서 불우했을 뿐만 아니라, 우리나라에서도 용납되지 못하자 마침내 미련 없이 속세를 등졌다. 깊고 고요한 산골짜기는 모두 그가 노닐었던 곳이다. 그러니 세상 사람들이 그를 신선이라 불러도 부끄럼이 없으리라.[39]

김종직은 최치원을 불우한 사람으로 보고 있다. 불우라는 말은 어진

---

39) 최석기 외 『선인들의 지리산 유람록』, 돌베개, 2000, 38쪽(金宗直의 「遊頭流錄」).

신하가 훌륭한 임금을 만나지 못했다는 뜻이다. 그가 최치원을 바라보는 시점은 바로 불우에 있다. 그래서 그는 최치원이 세속을 떠나 물외의 산수를 노닐었다고 하였다. 세상 사람들이 그를 신선이라고 부른다는 말 속에는, 자신은 그를 신선으로만 보지 않는다는 뜻이 숨어 있다. 그렇다면 김종직은 최치원을 '불우한 유자(儒者)'로 본 것이다.

김일손은 최치원이 쓴 '쌍계석문' 필적에 대해서는 '어린아이의 습자와 같다'고 혹평을 하였다. 그러나 그는 최치원에 대해서는 그리워하는 마음을 드러냈다.

그런데 유독 이 비석에 대해서는 끝없이 감회가 일어나니, 이 어찌 고운의 손길이 여전히 남아 있고, 고운이 산수 사이에 노닐던 그 마음이 백세 뒤의 내 마음에 와 닿기 때문이 아니랴. 내가 고운의 시대에 태어났더라면, 그의 지팡이와 신발을 들고서 모시고 다니며, 고운으로 하여금 외로이 떠돌며 불법을 배우는 자들과 어울리게 하지는 않았을 것이다. 고운이 오늘날 태어났더라면, 반드시 중요한 자리에 앉아 나라를 빛내는 문필을 잡고서 태평성대를 찬란하게 표현했을 것이며, 나 또한 그의 문하에서 붓과 벼루를 받들고 가르침을 받았을 것이다. 이끼 낀 비석을 어루만지며 감개한 마음을 금치 못했다. 다만 비문을 읽어보니, 문장이 변려문으로 되어 있고, 또 선사나 부처를 위해 글짓기를 좋아하였다. 어째서 그랬을까? 아마도 그가 만당 때의 문풍을 배웠기 때문에 그 누습을 고치지 못한 것이 아닐까? 또한 숨어사는 사람들 속에 묻혀서 세상이 쇠퇴하는 것을 기롱하며, 시속을 따라가면서 선사나 부처에 몸을 의탁하여 자신을 숨기려 한 것이 아닐까? 알 수 없는 일이다.40)

---

40) 상동, 93~94쪽(金馹孫의 「頭流紀行錄」).

　김일손은 최치원이 자기 시대에 태어났으면 나라의 문필을 빛내는 중요한 자리에 앉아 태평성대를 노래했을 것이라고 상상하고 있다. 그의 문재를 높이 평한 것이다. 그리고 그가 입산한 것에 대해, 불가에 몸을 의탁해 자신을 숨기려 한 것으로 보았다. 김일손은 최치원을 세상을 피한 은군자로 본 것이다.

　박여량은 쌍계사 방면을 유람하지 못했기 때문에 그 아쉬움을 유람록 말미에 다음과 같이 기록해 놓았다.

　　이 산의 남쪽에는 신흥사·쌍계사·청학동과 같은 빼어난 경관이 있는데, 일찍부터 마음속에 담아두고 있지 못하던 곳이다. 나는 한번만이라도 기이한 곳을 찾고 진경을 탐방하여 '쌍계석문' 큰 네 글자를 손으로 만져보고, 팔영루 아래의 맑은 물에 발을 씻고, 아득한 옛날의 유선을 불러보고, 천 길 절벽에서 학의 등에 올라타고서 선경을 유람하여 내 평생의 숙원을 풀고 싶었다.[41]

　박여량은 기본적으로 신선세계를 유람하며 세속에 찌든 때를 씻어내고 싶은 마음이 있다. 그런 그에게 최치원은 유선으로 인식되고 있다. 선망의 대상이 된 것이다. 그래서 그는 최치원의 글씨를 만져보고 싶고, 그를 불러보고 싶고, 그가 타던 학을 타고 싶은 마음이 강렬해진 것이다.

　박장원은 쌍계사를 유람하지 않았기 때문에 최치원에 대한 언급이 없다. 남주헌은 최치원의 글씨, 진감선사비, 고운영당, 진간선사와의 관계 등을 언급하면서도 자기의식을 드러내지 않았다. 노광무 역시 어디에 들렀고 무엇을 보았다는 식의 기록밖에는 남기지 않았다. 따라서

---

41) 상동, 169쪽(朴汝樑의 「頭流山日錄」).

이들의 최치원에 대한 인식을 유람록에서 찾아볼 수 없다.

이상에서 역사를 회고 한 기록 가운데 쌍계사 최치원의 유적 및 최치원에 대한 평가를 살펴보았는데, 대체로 부정적 인식보다는 '불우한 지식인', '세상을 피한 은군자', '유선' 등으로 표현되고 있다. 그러나 조선 중기 이황은 최치원에 대해 사상이 순정하지 않기 때문에 문묘에 종사하기 부적합하다고 하였으며,[42] 19세기 송병선도 최치원이 선학(禪學)으로 기운 것이 육구연보다 심하니 문묘에 배향되기에 합당치 않다고 하였다.[43]

6. 자아성찰과 심성수양에 대한 의식

지리산을 유람하면서 자아를 성찰하고 심성수양에 대해 경각심을 일깨우는 일화는 조식의 「유두류록(遊頭流錄)」에 자주 보인다. 이는 그가 앞 시대 사림파와는 달리 도덕적 실천을 위주로 하는 심성수양에 학문의 정신을 두고 있었음을 여실히 알게 해 준다.

그런데 본고에서 다루는 6인의 유람록 가운데 그의 재전문인인 박여량의 유람록에 그와 유사한 기록이 보여 주목된다. 박여량은 천왕봉에 올랐다가 중봉을 경유해 소년대를 거쳐 행랑굴에 이르는 급경사 구간을 매우 빠르게 달려 내려간 듯하다. 그때의 상황을 그는 유람록에 다음과 같이 기록해 놓았다.

　　　한번 걸음을 옮기는 사이에 이렇게 멀리 내려왔으니, 이른바 '악을 따

---

42) 李滉, 『退溪集』『언행록5』「類編」.
43) 宋秉璿, 『淵齋集』권21 「頭流山記」.

르는 것은 산에서 내려오는 것처럼 쉽다'는 말을 두려워하지 않을 수 있
겠는가.[44]

조식은 불일폭포를 구경하고 쌍계사로 내려올 적에 "처음 위로 오를
적에는 한 걸음을 내딛기가 힘들더니, 아래쪽으로 내려올 때에는 단지
발만 들어도 몸이 저절로 쏠려 내려갔다. 그러니 어찌 선을 좇는 것은
산을 오르는 것처럼 어렵고, 악을 따르는 것은 무너져 내리는 것처럼
쉬운 일이 아니겠는가."라고 하였다.[45] 여기서 '선을 좇는 것은 산을
오르는 것처럼 쉽고, 악을 따르는 것은 무너져 내리는 것처럼 쉽다[從善
如登 從惡如崩]'는 말은 『국어(國語)』 「주어(周語)」에 나오는 말이다. 조식
은 산을 오르내리면서 『국어』의 말을 떠올리며 자아를 성찰한 것이다.

조식의 이 말은 후대 산중고사가 되어 후인들의 입에 회자되었다. 위
인용문의 박여량의 말도 이런 조식의 고사를 떠올리며 자신을 돌아본
것이다. 이런 것들은 16세기 도덕적 실천을 중시한 남명학파에서 특히
중시되어 일상에서 성찰하고 존양하는 의식을 드러내고 있다. 바로 생
활공간의 곳곳에 잠명(箴銘)을 써 붙여 놓고 심성수양을 생활화한 것이
그것을 대변해 준다.

남명학파의 이런 삶의 방식이 다른 사람의 유람록에서는 찾아볼 수
없는데, 박여량의 유람록에만 유독 보인다. 그는 제석당 근처 봉우리
곳곳에 매를 잡는 움막이 설치되어 있는 것을 보고서, 다음과 같이 느낌
을 기록해 놓았다.

---

44) 상동, 165쪽(朴汝樑의 「頭流山日錄」).
45) 상동, 113쪽(曺植의 「遊頭流錄」).

아! 움막을 엮고 덫을 설치하여 만리 구름 속을 나는 매를 엿보니, 높고 낮은 형세로 말하자면 현격한 차이가 나는 듯하지만, 매가 끝내 덫에 걸림을 면치 못하는 것은 욕심이 있기 때문이다. 무릇 천하의 만물 가운데 욕심을 가진 놈은 제압되지 않는 것이 없으니, 사람이 만물의 영장이 됨을 어찌 돌이켜보지 않으랴. 또한 기구를 설치해 놓고 기다리는 자들은 모두 자신이 매를 잡을 수 있을 것이라고 생각하지만, 끝내 매를 잡는 사람은 한두 사람에 불과하니, 잡히는 매의 수도 알 수 있겠다.[46]

이는 매와 인간의 욕심에 대해 성찰한 것이다. 지리산 주능선에는 매를 잡으려고 움막을 설치한 채 산봉우리 위에서 사는 사람들이 많았던 듯하다. 김종직은 그런 기구를 수없이 보았다고 기록하고 있다. 또 그 역시 박여량과 마찬가지로 매가 먹이를 탐내다가 그물에 걸리니 사람들에게도 경책이 될 만하다고 하여,[47] 탐욕이 화가 됨을 성찰하고 있다.

그러나 본고에서 논의 대상으로 한 6인 가운데는 김종직과 박여량의 유람록에서 이와 같은 내용이 보일 뿐, 다른 사람들의 유람록에는 나타나지 않는다. 이 역시 조선후기 박장원·남주헌·노광무 같은 사람들의 안중에는 들어오지 않았던 것이다. 대체로 매를 잡는 사냥꾼들에 대해서는 노역을 동정하는 것과 매가 이익을 탐하다 화를 당하는 두 가지 측면을 거론하고 있는데, 박여량은 특히 그런 의식을 잘 드러내고 있다.

---

46) 상동, 159쪽(朴汝樑의 「頭流山日錄」).
47) 상동, 37쪽(金宗直의 「遊頭流錄」).

Ⅳ. 맺음말

함양 지역 사대부들이 남긴 지리산 유람록은 모두 6편으로, 19세기 노광무를 제외하면 작가는 모두 전·현직 관료들로 나타난다. 또 노광무를 제외하고는 모두 천왕봉을 목표로 지리산을 유람하였다. 유람 시기를 분류해 보면, 15세기 말이 2건, 17세기가 2건, 19세기 2건으로 나타난다. 작가별로 분류해 보면 15세기 말의 사림파가 2인, 17세기 초 남명학파가 2인, 17세기 기호 서인계 관료 1인, 19세기 초 기호 노론계 관료 1인, 19세 중반 함양 거주 재야 유학자가 1인으로 나타난다.

이 6인의 유람 목적을 살펴보면, 노광무는 지리산권역에 은거한 유학자들의 유허지 및 명승을 둘러보기 위한 목적으로 유람하였고, 나머지 5인은 모두 천왕봉을 목표로 했기 때문에 기본적으로 공자의 등태산이 소천하의식을 맛보기 위한 것이었다. 그러나 개인적 처지나 입장, 시대적 인식 등에 따라 다양하게 나타난다.

김종직은 천왕봉에서 일출을 보고 사방을 조망하는 데 마음이 있었고, 김일손은 자기 나라 산천은 둘러보아야 한다는 일차적 목적 외에도 시야를 넓히고 정신적 자유를 누리고 싶어서 유람하였다. 박여량은 일출을 보고 시야를 확대하는 데 목적이 있었으며, 박장원은 시야를 넓게 하는 데 있었다. 남주헌도 일출을 보고 시야를 넓히는 데 있었다.

본고에서는 이 6인의 유람록에 나타난 정신세계를 몇 가지로 나누어 살펴보았는데, 이를 정리하면 다음과 같다.

첫째, 등태이소천하 의식이다. 이 의식은 천왕봉을 목적지로 한 사람들에게서 기본적으로 나타나는 의식이다. 여기에서 주로 일출과 월출을 구경할 때의 의식, 그리고 사방을 조망하면서 느끼는 의식에 초점을 맞추어 살펴보았다.

김종직은 일출을 간절히 열망하였는데, 그것은 '공경히 떠오르는 해를 맞이하는' 요임금 시대의 정치적 이상을 그리워했기 때문이다. 김일손은 조롱박 같은 현실적 삶을 인정하면서도 넓고 높은 세계를 지향하는 의식을 드러내고 있다. 박여량은 일출 장면을 임금이 임어하는 것에 비유하여 '공경히 떠오르는 해를 맞이하는' 의식을 잘 드러내고 있다. 박장원은 일출이나 사방조망보다는 달밤의 천왕봉 광경에 취해 탈속적 정서를 드러내고 있다. 남주헌은 김일손과 비슷하게 현실세계를 떠나 광활한 우주로 노닐고 싶은 자유로운 정신적 지향을 드러내고 있다.

이를 통해 볼 때, 등태산이소천하 의식은 박장원·남주헌 등 조선후기 사대부들보다 김종직·박여량 등 조선전기 사대부들에게서 더욱 강렬하고 선명하게 드러나는 것을 알 수 있다. 그것은 사대부로서의 자기각성이 사화 등을 통해 더 첨예해졌기 때문이다.

둘째, 민족의 영산에 대한 자긍의식이다. 김종직·김일손·박여량·박장원은 '두류산'이라는 명칭을 썼고, 남주헌은 '지리산'이라는 명칭을 썼으며, 노광무는 '방장산'이라는 명칭을 썼다. 이를 보면, 조선전기 또는 중기의 지식인들이 민족적 영산으로 지리산을 보다 선명히 인식한 것을 알 수 있다. 노광무의 경우, 민족의 영산에 대한 인식이 쇠퇴하여 의식이 없기 때문에 '방장산'이라고 쓴 듯하다.

셋째, 경세제민 의식이다. 조선전기 사림파인 김종직·김일손의 경우는 이런 의식이 두드러지게 많이 나타나는데, 나머지 박여량·박장원·남주헌·노광무의 유람록에는 민생문제와 경세제민에 대한 의식이 거의 나타나지 않는다.

넷째, 무속·불교에 대한 비판의식이다. 천왕봉 성모에 제사하는 문제에 대해 김종직·김일손보다는 정여창의 문제의식이 더욱 분명하여 제사를 지내지 못하게 하였다. 그러나 박장원·남주헌 등은 성모에 제사하는 문제에 대해 부정적 인식을 한 것이 없거나 아예 언급하지 않았다. 이런 점에서 역시 의식 성향의 차이를 알 수 있다.

또한 무속에 대한 비판의식도 김일손·박여량 등은 혹세무민으로 강력하게 비판하고 있는데 비해, 박장원·남주헌·노광무 등은 전혀 비판한 것이 보이지 않는다. 김종직의 유람록에 무속에 대한 비판이 없는 것은 의식이 부족했다기보다는 무속의 폐해에 대해 목격하지 못했기 때문에 기술하지 않은 것으로 보인다.

불교에 대한 비판의식은 김종직·김일손·박여량의 유람록에는 명료하게 드러나는데 비해, 박장원·남주헌·노광무의 유람록에는 거의 보이지 않는다.

다섯째, 역사에 대한 회고와 역사적 인물에 대한 논평이다. 6인의 유람록에는 모두 역사적 유적지나 역사적 인물에 대해 언급한 것이 나타나는데, 작가의식을 개입하지 않고 사실만 기록한 것이 많다. 쌍계사에 있는 최치원의 글씨와 최치원이라는 인물에 대해서는 그나마 논평을 한 것이 있는데, 남주헌·노광무는 이 경우에도 자기의식을 드러내지 않았다. 그러나 나머지 4인은 모두 자기의 견해를 드러내고 있어 주목해 볼 만하다. 이를 검토한 결과 김종직·김일손·박여량·박장원 모두 최치원에 대해 부정적 인식을 한 것은 보이지 않고, 불우한 지식인, 은군자, 유선 등으로 보고 있다. 이는 후대 송병선 등이 최치원을 문묘에서 퇴출시켜야 한다고 하는 인식과는 상당히 거리가 있다.

여섯째, 자아성찰과 심성수양에 대한 의식이다. 이런 의식은 16세기 도학자 조식의 유람록에 본격적으로 나타나는데, 본고에서 논의한 6인

가운데는 그의 재전문인 박여량의 유람록에 이런 성향이 나타난다.

 이상의 논의를 종합해 보면, 김종직·김일손·박여량 등 조선전기 사림파에 속한 사대부층의 유람록에 나타나는 의식과 조선후기 박장원·남주헌 등 한양 출신 사대부층의 유람록에 나타나는 의식이 확연히 다른 것을 알 수 있다. 또한 19세기 함양에서 활동한 재야학자 노광무의 유람록에는 개인적 수양은 물론 역사와 사회에 대한 의식이 매우 흐릿해졌음을 확인할 수 있다.

19~20세기 강우학자의 지리산 인식과 천왕봉

강정화

Ⅰ. 머리말

지리산 최고봉인 천왕봉은 산행이 일반화된 지금도 건각(健脚)의 산꾼이 아니면 쉽게 오를 수 없는 곳임이 분명하다. 그럼에도 불구하고 많은 사람들은 천왕봉을 등정하기 위해 수없이 계획하고 또 길을 나선다.

그런데 책상머리에서 책만 읽던 조선시대 유학자들도 지리산 천왕봉에 올랐다. 시대마다 지리산을 찾아 천왕봉에 오른 이들의 수치가 달랐는데, 그중 서구열강과 일본의 제국주의 야욕으로 인해 국내외 전반에서 심각한 위기를 감지하던 19세기 중반과 20세기 초에는, 그 어느 시대보다 많은 유학자들이 지리산을 찾았다. 앞 시기인 18세기까지와 비교해 보아 월등히 많은 양의 유산(遊山) 작품이 나타나고,[1] 특히 강우(江右) 지역 학자에게서 두드러진다.[2] 그들은 왜 그 높은 지리산 천왕봉을

---

1) 강정화·황의열·구경아, 『지리산 유산기 선집』, 브레인, 2008; 강정화·최석기, 『지리산, 인문학으로 유람하다』, 보고사, 2010. 현재까지 지리산 유산기는 약 100여 편이 발굴되었다.

힘겹게 올랐는가? 그곳에서 보고자 했던 것은 무엇인가? 이 글은 이러한 궁금증에서 시작되었다.

주지하듯 남명학(南冥學)의 산실이었던 강우지역은 인조반정으로 북인정권이 몰락하면서 이후 200여 년 동안 학문의 중심지 역할을 못하다가, 19세기 중반에 이르러 수많은 대학자들이 배출되었다. 이들은 주로 근기남인의 학맥을 이은 성재(性齋) 허전(許傳 1797~1886), 정재(定齋) 유치명(柳致明)을 통해 퇴계학맥을 계승한 한주(寒洲) 이진상(李震相 1818~1886), 그리고 율곡학을 계승한 노사(蘆沙) 기정진(奇正鎭 1798~1879)에게서 수학한 문인들인데, 강우지역은 이들에 의해 질적·양적으로 그 어느 시기 못지않은 활발한 학술활동과 심도 있는 학문적 발전을 이룩하였다.

이 시기 강우지역의 학문적 특징은 이렇듯 서로 다른 성향을 지닌 학자들이 다른 문하에도 겸하여 출입하거나 다양한 교유를 통해 함께 활동하면서도 상충하거나 배척하지 않고 공존했다는 점을 들 수 있다. 바로 심재(深齋) 조긍섭(曺兢燮 1873~1933)이 말한 '논의와 원류가 혹 같지 않고 조예의 심천(深淺) 또한 각기 달랐으나, 같은 시대에 함께 일어나서 광채와 울림을 교접하였다'[3)]고 한 경우이다. 따라서 이들은 계승된 학통에 다소 차이가 있어도 일의 형편상 협조체제를 구축하기도 하였고,

---

2) 이 시기의 지리산 유산기 저자 중 경상도 산청의 裵瓚과 柳文龍·金永祚·閔在南, 함양의 安致權과 盧光懋, 진주 단목의 河益範, 하동 옥종의 河達弘, 함안의 朴致馥·趙性濂, 합천의 許愈와 鄭載圭, 사천 곤명에 살다가 하동 옥종으로 이주하여 세거했던 姜炳周 등 강우지역 학자들이 대부분을 차지하고 있다.

3) 曺兢燮, 『深齋集』 권26 「霞峰趙公墓碣銘」. "嶺之右頭流黃梅之間 五六十年以來 文風甚盛 老德宿儒 磊落相望 余以耳目所睹記 蓋三嘉有朴晚醒梅屋許后山鄭老柏 丹城有金端溪崔溪南朴鶴山郭俛宇金勿川 晉州有趙月皐姜斗山李南川月淵曺復庵 皆斯文之選 而諸君子多師性齋許氏蘆沙奇氏寒洲李氏 論議源流或不同 所造深淺亦各異 而並時偕作 交光接響 數百年所未有也".

학문 입장에 따라 정밀한 분석과 치열한 토론을 통해 자기의 학문역량을 심화시켰으며, 외세의 침입과 일제에 의한 망국의 시대 상황에 대해서도 일정 부분 공감대를 형성하며 대처하였다.4)

이 시기 강우지역 학자에게서 나타나는 또 하나의 특징은 바로 활발한 지리산 유람이다. 당시 강우학자들의 인근지역 명승을 찾는 유람은 일종의 유행풍조와 같았는데,5) 특히 당파와 학맥을 초월한 이러한 학문적 분위기로 인해 강우지역 곳곳에 거주하던 학자들이 서로 어울려 유람했던 기록이 여럿 보인다.

이 시기 강우지역 학자에게서 이렇듯 지리산 천왕봉으로의 유람이 잦은 이유는 무엇인가. 그들은 민족의 영산이자 지역의 명산인 지리산에서 무엇을 찾고자 한 것인가. 이 글은 19~20세기 강우학자들의 지리산 유람과 천왕봉에 대한 인식을 고찰해 봄으로써, 지역의 명산인 지리산 천왕봉이 그들의 정신 속에 어떻게 형상화되어 나타나는지를 살펴보고자 한다. 이를 통해 지리산이, 특히 지리산 천왕봉이 갖는 정체성 확립에 또 하나의 가능성을 제시해 줄 것으로 기대된다. 본고는 이 시기 강우지역 학자들의 지리산 유람 작품 중 천왕봉을 읊은 한시를 중심으로 살핀 것임을 밝혀 둔다.

---

4) 정경주, 「江右地方 許性齋 門徒의 學風」, 『남명학연구』 10집, 경상대 남명학연구소, 2000, 129~132쪽.

5) 이 시기 수많은 학자들의 문집 속에는 유달리 인근 명승을 유람하고 읊은 遊山記와 遊山詩가 많이 전한다. 지리산은 물론 합천 가야산과 남해 錦山을 비롯하여 集賢山·白馬山·月牙山 등 다양하게 나타나는데, 그중 단연 지리산 유람이 가장 많았다. 지리산 자락에 위치한 각종 명승지, 예컨대 대원사 등을 포함한 여러 사찰이나, 역대 뛰어난 선현들이 깃들어 살았던 유허지를 찾는 유람도 잦았으며, 특히 남명 조식의 유허지인 德山과 그의 족적이 남아있던 여러 장소들이 모두 유람지로 많이 채택되었다.

Ⅱ. 강우학자의 지리산 유람 개관

19~20세기 강우학자 중 지리산 천왕봉을 등정하고 작품을 남긴 인물
은 아래 표와 같이 60여 명이 족히 넘는다.6)

저자	號	거주	師承	저자	號	거주	師承
姜聖中(1898~1939)	梨堂	晋州	河謙鎭門人	李宅煥(1854~1924)	晦山	花亭	溪南從遊
姜龍夏(1840~1908)	武山	咸陽	鼓山門人	李鉉燮(1879~1960)	伆齋	昌原	小訥門人
姜貞秀(1900~1984)	隻菴	晋陽	河謙鎭門人	李鉉郁(1879~1948)	東菴	晋州	俛宇晦堂門人
郭鍾錫(1846~1919)	俛宇	沙月	晚醒寒洲門人	田璣鎭(1889~ ?)	飛泉	宜寧	艮齋門人
權鳳鉉(1872~1936)	吾岡	丹城	崔益鉉門人	鄭 琦(1879~1950)	栗溪	陜川	老栢軒門人
權鵬容(1900~1970)	近菴	丹城		鄭珪錫(1876~1954)	誠齋	山淸	從艾山松山遊
權載奎(1870~1952)	松山	丹城	溪南勉庵老栢軒門人	鄭奎元(1818~1877)	芝窩	基谷	洪梅山門人
權昌鉉(1900~1976)	心齋	丹城	權載奎子	鄭道鉉(1895~1977)	厲菴	咸陽	艮齋門人
權泰斑(1879~1929)	惺齋	立石	相續子	鄭鳳基(1861~1915)	守軒	淸水	淵齋勉菴門人
權平鉉(1897~1969)	華隱	宜寧	澹山河祐植門人	鄭載圭(1843~1911)	老栢軒	勿溪	奇蘆沙門人
權憲貞(1818~1876)	遜窩	九印		鄭濟國(1867~1945)	柳溪	晋州	
金克永(1863~1941)	梅西	勝山		鄭濟鎔(1865~1907)	溪齋	晋州	俛宇門人

---

6) 강정화·구경아,『지리산 유산시 선집, 천왕봉』, 이회, 2009. 이 수치는『지리산 유산
기 선집』에 실린 인물의 문집과 한국고전번역원·경상대학교 한적실 문천각의 DB 자
료, 경상대 남명학연구소의 藏書를 대상으로 하여 詩題에 '天王峰'이 들어간 작품의
저자만을 선별한 것이다. 발굴된 지리산 유산기를 살펴보면, 지리산 등정은 동행이
2~3명에서부터 많게는 400여 명에 달했으니, 실제 천왕봉에 올라 작품을 남기지 않았
거나 혹은 '천왕봉'이란 키워드가 들어가지 않은 詩題까지 산정한다면, 작품 수는 이를
훨씬 능가할 것이다. 또한 남명학연구소의 특성상 소장된 漢籍이 남명학과 관련한 강
우지역 학자들의 문집이 많음을 감안하더라도, 발굴된 전체 작품의 8~9할이 강우지역
학자의 것으로 나타났다. 표에 제시된 각 인물 자료는『남명학파의 형성과 전개』(이상
필, 와우출판사, 2000) 말미에 부록으로 첨부된 「남명학파 관련 인명록」을 우선적으로
참조하였고, 그 외 인물은『지리산 한시 선집』에 수록된 한시 저자 목록을 참조하였다.

金永祚(1842~1917)	竹潭	山淸	從遊崔益鉉宋秉璿	曺兢燮(1873~1933)	深齋	昌寧	俛宇西山門人	曺
金麟燮(1827~1903)	端磎	法坪	柳致明許傳門人	相夏(1887~1925)	石菴	臺下		
金鎭祜(1845~1908)	勿川	法勿	晩醒性齋寒洲門人	趙性家(1824~1904)	月皐	檜山	奇蘆沙門人	
金會錫(1856~1933)	愚川	安義	淵齋宋秉璿門人	崔琡民(1837~1905)	溪南	玉宗	蘆沙門人	
文尙海(1765~1835)	滄海			河謙鎭(1870~1946)	晦峰	士谷	俛宇門人	
文晉鎬(1860~1901)	石田	稷田		河達弘(1809~1877)	月村	宗化	定齋門人	
朴致馥(1824~1894)	晩醒	三嘉	定齋性齋門人	河鳳壽(1867~1939)	栢村	栢谷	俛宇門人	
裵瓚(1825~1898)	錦溪	山淸		河龍煥(1892~1961)	雲石	水		
安益濟(1850~1909)	西岡	宜寧		河祐植(1875~1943)	澹山	丹牧	淵齋勉菴艮齋門人	
安致權(1745~1813)	乃翁	咸安	黃後幹門人	河應魯(1848~1916)	尼谷	安溪	性齋門人	
柳汶龍(1753~1821)	槐泉	丹城	與李南皐從遊	河益範(1767~1813)	士農窩	丹牧	性潭門人	
李敎宇(1881~1950)	果齋	丹城	老栢軒門人	河仁壽(1830~1904)	梨谷	月橫	月村子蘆沙門人	
李圭南(1870~1944)	南湖	山淸	端溪后山勿川俛宇門人	河載文(1830~1894)	東寮	水谷	月村門人	
李道復(1862~1938)	厚山	丹城	淵齋門人	河貞根(1889~1973)	黙齋	丹牧		
李承現(1883~1956)	栗軒	河東		河鍾洛(1895~1969)	小溪	鶴洞	河謙鎭門人	
李正模(1846~1875)	紫東	于石	晩醒寒洲門人	河憲鎭(1859~1921)	克齋	士谷	月村后山俛宇門人	
李鍾浩(1884~1948)	拓齋	晉州	趙一山門人	許模(1876~ ？)	觀川	丹城	后山門人	
李準九(1851~1924)	信菴	咸安	勉菴崔益鉉門人	許愈(1833~1904)	后山	吾道	寒洲門人	

이는 이전 18세기까지의 작품 수에 비하면 월등히 많은 수치이다. 이들 중 19세기 초반 천왕봉을 등정한 인물은 유문룡(柳汶龍)·문상해(文尙海)·안치권(安致權)·하익범(河益範)·하홍달(河達弘) 등이다. 유문룡은 1799년 8월 16일부터 3일 동안 신명구(申命耉) 등 25인과 함께 덕산·중산리를 거쳐 천왕봉에 올랐고, 안치권은 1807년 2월에, 하익범 역시 1807년 3월 천왕봉에 올랐으며, 하달홍은 1851년 윤8월 천왕봉에 올라 작품을 남겼다. 진주에 살았던 문상해는 시기가 자세하지 않으나 덕산을 통해 천왕봉에 올라 「등천왕봉(登天王峰)」·「숙천왕봉응막(宿天王峰鷹幕)」·「관일출

(觀日出)」·「억천왕봉(憶天王峰)」 등의 작품을 남겼다.

그 외 인물들 중 표에 나타난 사승관계를 살펴보면 학맥과 당색을 초월한 당시 강우지역의 학문적 분위기를 보여주듯 다양한 학맥을 계승한 것으로 나타나며, 이들의 거주지 또한 진주·함양·단성·의령·산청·안의·삼가·합천·함안·하동·횡천·수곡·옥종 등으로 나타난다. 이들 중 천왕봉 등정 일정이 확인 가능한 인물을 중심으로 그들의 지리산 유람과 작품을 살펴본다면, 대략 박치복·김인섭·조성가·허유·최숙민·김영조·정재규·곽종석·정기·김진호·배찬·조긍섭·하달홍·하종락 등을 거론해 볼 수 있다.

박치복은 유치명과 허전의 문인으로, 함안에서 살다가 합천 삼가로 이주하여 활발한 학문 활동을 전개한 인물이다. 그는 1877년 8월 이진상·김인섭·곽종석 등 인근의 여러 학자들과 함께 덕산을 거쳐 대원사 방면으로 천왕봉에 올랐다. 그는 유산기록인 「남유기행(南遊記行)」과 다수의 시를 남겼고, 남해 금산(錦山)까지 유람한 후 일정을 마쳤다. 단성에 살았던 김인섭과 김진호·곽종석 또한 서로 인접한 곳에 살면서 함께 지리산을 유람하고 시를 남겼는데,[7] 김인섭은 「등천왕봉(登天王峰)」을 비롯하여 다수의 작품을 지었으며, 김진호 역시 「천왕봉」 등의 시를 남겼다. 허유의 「두류록(頭流錄)」에 의하면 김진호는 1877년 8월 5일부터 9일 동안 곽종석 등과 함께 천왕봉을 유람하고 돌아왔다. 특히 곽종석은 지리산 유람 후 「두류기행이십오편(頭流記行二十五篇)」과 「후두류기행삼십편(後頭流記行三十篇)」 등 수십 편의 연작시를 남겼다. 산청 장계리

---

7) 이들은 인근 지역에 접해 살았으나 그들의 학문 성향은 차이를 보였다. 김인섭은 유치명과 허전에게 배웠고, 김진호는 허전·이진상·박치복에게 수학했으며, 곽종석은 이진상과 박치복의 문하에서 수학하였다.

(長溪里)에 살았던 김영조는 면암(勉庵) 최익현(崔益鉉)과 연재(淵齋) 송병
선(宋秉璿)을 종유하였는데, 1867년 8월 26일부터 나흘 간 천왕봉을 유
람하고 「유두류록(遊頭流錄)」과 시를 남겼다.

　기정진의 문인 조성가는 1877년 지리산을 유람하고 「두류록팔수(頭流
錄八首)」 등을 남겼다. 하동 옥종에 살던 최숙민과 삼가 사람 정재규는
강우지역에서 기정진의 학문을 발전시킨 대표적 문인으로, 이들 역시
1877년 대원사 방면으로 함께 천왕봉에 올라, 정재규는 유산기인 「두류
록」과 많은 작품을 남겼으며, 최숙민 또한 「천왕봉」 등을 남겼다. 삼가
에서 정재규와 함께 활발한 강학 활동을 펼쳤던 허유는 곽종석과 함께
강우지역에서 이진상의 학맥을 계승한 대표적 문인으로, 그 역시 유산
기와 함께 시를 남기고 있다. 합천 사람 정기는 정재규의 문인으로,
1934년과 1938년 두 차례에 걸쳐 지리산을 유람한 것으로 나타난다.[8]

　산청에 살았던 배찬은 그의 「유두류록」에 의하면 고을 수령이 그에게
천왕봉 일월대(日月臺)에 함께 오를 것을 제안하여 5일 동안 유람한 기록
이 보이나, 그 연대와 일정은 자세치 않다. 가장 최근 작품으로는 1964
년에 지어진 하종락의 「두류산동유록(頭流山同遊錄)」을 들 수 있다. 회봉
(晦峯) 하겸진(河謙鎭)의 문하에서 수학한 그는 중산리·법계사를 거쳐 천
왕봉에 올랐고, 「등천왕봉(登天王峯)」 등의 작품을 남겼다.

　이 시기 강우지역에서는 이들 외에도 지역이나 학맥을 벗어나 다양
한 성향의 학자들이 천왕봉에 올라 자신의 감회를 표출했음을 알 수 있
다. 그렇다면 이처럼 많은 당대 최고의 학자들이 지리산 천왕봉을 찾은
이유는 무엇인가.

---

8) 정기는 1934년의 유람으로 「遊方丈山記」를, 1938년에는 「德川記」를 남겼다.

Ⅲ. 지리산 인식의 사상적 기저

강우지역 학자에게 있어 지리산 인식은 남명(南冥) 조식(曺植 1501~1572)과 직결된다. 더 천착해서 언급하자면 ① 남명이 1558년 청학동 방면을 유람하고 쓴 「유두류록」에 표출한 지리산 인식은 어떤 것인가, ② 남명이 61세 되던 1561년 삼가 뇌룡정(雷龍亭)에서 지리산을 찾아 산청 덕산(德山)으로 이주한 목적이 무엇인가를 밝히는 것과 관련성이 깊다. 남명은 사후 강우지역 학자들의 지리산 인식의 그 이념을 지배해 왔다고 해도 과언이 아니다.

따라서 그간 남명의 지리산 인식과 관련한 연구 또한 「유두류록」에 천착하여 이루어졌으며,9) 이후 남명학파 관련 문학연구에서도 이러한 성향이 반영되어 많은 성과가 산출되었는데,10) 이 또한 연구의 맥이 관통하고 있음을 알 수 있다.

본 장에서의 논지 전개 또한 이러한 기본 흐름에서 크게 벗어나지 않는다. 다만 본고에서 다루고자 하는 것이 19세기 중반 이후 강우지역 학자의 천왕봉에 대한 인식을 살피는 것인 만큼, 남명의 지리산 인식 전반에 대한 논의보다 천왕봉 인식에 천착하여 논의의 범주를 좁혀 보고자 한다. 이렇게 본다면 본 장의 논의는 '남명에게 있어 천왕봉은 어

---

9) 이정희,『두류산 유람록에 나타난 영남사림의 정신세계』, 경상대 석사학위논문, 1995; 정우락,「남명의 유두류록에 나타난 기록성과 문학성」,『남명학연구』4집, 경상대 남명학연구소, 1994; 최석기,「남명의 산수유람에 대하여」,『남명학연구』5집, 경상대 남명학연구소, 2003; 金慶洙,「遊頭流錄에 나타난 南冥意識에 대하여」,『南冥學報』2집, 南冥學會, 2003; 박언정,『15~16세기 지리산 유람록 연구』, 동국대학교 석사학위논문, 2004.

10) 조동일,「조식의 시문에 나타난 지리산의 의미」,『남명사상의 재조명』, 예문서원, 2006; 김동준,「俛宇 郭鍾錫의 漢詩에 부조된 지리산의 형상」,『면우 곽종석의 학문과 사상』, 술이 2010.

떤 의미였는가'로 좁혀 볼 수 있으며, 결국 위에서 언급한 ②의 '61세
된 남명이 노년에 고향을 버리고 덕산으로 들어온 이유는 무엇인가'라
는 것에서 논의를 시작해 볼 수 있다.

먼저 지리산 천왕봉에 대한 남명의 인식을 파악할 수 있는 언급들을
살펴보자.

봄 산 어느 곳엔들 향기로운 풀 없으랴만	春山底處無芳草
천왕봉이 상제에 가까움을 사랑할 뿐이네	只愛天王近帝居
빈손으로 들어와 무얼 먹고 살 것인가	白手歸來何物食
은하 같은 십 리의 물 먹고도 남는다네	銀河十里喫有餘[11]

청컨대 천 석 들이 종을 보게나	請看千石鍾
크게 치지 않으면 소리가 없다네.	非大扣無聲
어떻게 하면 저 두류산처럼 될까	爭似頭流山
하늘은 울어도 오히려 울지 않는구나	天鳴猶不鳴[12]

큰 기둥 같은 높은 산이	高山如大柱
하늘 한 쪽을 버티고 섰네	撐却一邊天
잠시도 내려놓은 적 없는데도	頃刻未嘗下
자연스럽지 않음이 없도다.	亦非不自然[13]

천 자 되는 높은 회포 걸어 둘 곳 없으니	高懷千尺掛之難
방장산 제일 높은 상봉에 걸어 두리라	方丈于頭上上竿
하늘엔 삼세의 기록 보관되어 있을 테니	玉局三生須有籍

---

11) 曹植, 『南冥集』 권1 「德山卜居」.
12) 曹植, 『南冥集』 권1 「題德山溪亭柱」..
13) 曹植, 『南冥集』 권1 「偶吟」.

훗날 내 이름 석 자 그곳에서 직접 보겠지   他年名字也身看[14]

첫 번째 시는 위 ②의 물음에 대한 해답이라 할 수 있다. 곧 2구를 통해 남명이 61세의 노년에 하늘과 맞닿아 우뚝 솟은 지리산 천왕봉을 찾아 덕산 골짜기로 들어왔음을 확인할 수 있다. 「유두류록」의 말미에서 밝혔듯 남명은 이전에 이미 여러 차례 지리산을 찾아 살 곳을 살폈고,[15] 결국 천왕봉이 훤히 올려다 보이는 덕산에 터를 잡고 세상을 떠날 때까지 살았다.

천왕봉의 어떤 면이 노년의 남명을 덕산으로 이끌었을까. 그 해답은 두 번째·세 번째 시에서 확인된다. 산천재(山天齋)는 남명이 덕산에서 세상을 떠날 때까지 살았던 거처인데, 여기서의 '산천'은『주역』대축괘(大畜卦)의 괘사인 "강건하고 독실하고 휘광(輝光)하여 날마다 그 덕을 새롭게 한다."는 뜻을 취하였다. 남명은 천왕봉을 우러르며 날마다 강건하고 독실하게 자신의 덕을 새롭게 하고 싶었던 것이다. 그래서 저 천왕봉처럼 하늘이 울지언정 끄덕도 않는 그 의연함을 배우고, 나아가 이 세상의 커다란 울림이 되고 싶었던 것이다. 어떤 어려움에도 큰 선비로서의 책임과 지조를 내려놓지 않는, 그러면서도 세상과 융합된 삶을 살고자 하였다. 우뚝하니 솟아 한 순간도 이고 있는 하늘을 내려놓지 않으면서도, 하늘과 자연과의 일치를 이루는 천왕봉의 강인함과 변함없는

---

14) 曺植,『南冥集』권1「頭流作」.

15)「유두류록」의 말미에서 남명은 "나는 일찍이 이 산을 왕래한 적이 있었다. 德山洞으로 들어간 것이 세 번, 靑鶴洞·神凝洞으로 들어간 것이 세 번, 龍游洞으로 들어간 것이 세 번, 白雲洞으로 들어간 것이 한 번, 獐項洞으로 들어간 것이 한 번이었다. 그러니 어찌 산수만을 탐하여 왕래한 것이라면 번거로운 산행을 꺼리지 않았겠는가? 평생 동안 품고 있던 계획인, 華山의 한 모퉁이를 빌어 일생을 마칠 곳으로 삼으려 했던 것일 뿐이다."라고 하여, 덕산으로의 이주 전에 이미 10여 차례 탐방이 있었음을 알 수 있다.

자세를 견지하려 끊임없이 노력하였다. 곧 천도에 다가가 있는 천왕봉을 통해 자신을 그 경지로까지 끌어올리려 했던 것이다. 남명에게 있어 천왕봉은 곧 자신이 도달해야 할, 추구해야 할 구도(求道)의 극치이자 닮고자 한 목표였던 것이다. 그래서 네 번째 시에서는 쉼 없는 노력을 통해 언젠간 그 이상을 이루리라 희망하고 있다.

이렇듯 평생 독실한 수신과 철저한 실천을 강조했던 남명의 유풍은 그의 사후 강우지역 학자들에게 고스란히 계승되었다. 예컨대 함양에 살았던 감수재(感樹齋) 박여량(朴汝樑 1554~1611)은 1610년 9월 용유담·군자사를 거쳐 천왕봉에 올랐는데, 그는 꼭대기에서 아래를 조망하며 "이 봉우리의 동남쪽으로 긴 골짜기가 1백 여리쯤 뻗은 곳에 '덕산'이라는 고을과 '덕천(德川)'이라는 시내가 있다. 바로 남명 조식 선생이 터를 잡고 사셨던 곳이다.……천 길이나 되는 봉우리 위에서 선생의 크게 은둔하신 기상을 상상해 보건대, 천 길 봉우리 위에서 또 천 길 봉우리를 바라보는 격이다."[16]라고 하였다. 박여량은 천 길의 천왕봉 위에 올라서서 남명을 떠올렸고, 남명이 천왕봉을 우러러 천도에 다가가고자 했던 것처럼, 그 역시 천왕봉을 통해 남명의 경지에 다가가려 했던 것이다. 남명의 천왕봉이 그보다 더 높은 천도에 있음을 피력한 것이라 하겠다.

지리산 천왕봉에서의 남명에 대한 회상은 강우지역 학자들에게서만 찾아지는 것은 아니다. 경북 칠곡 사람 지암(遲庵) 이동항(李東沆 1736~1804)은 1790년 3월 28일부터 5월 4일까지 합천 가야산을 거쳐 지리산

---

16) 朴汝樑, 『感樹齋集』 권6 「頭流山日錄」. "峯之東南 長谷百里許 有洞曰德山 有水曰德川 南冥曺先生所卜築也 墓與祠皆在于此 祠之額曰德川 今上所賜也 方在千仞峰頭而 想像先生肥遯氣象 千仞峯頭 又望千仞峯也"

을 유람하였는데, 그 역시 천왕봉 꼭대기에 올라 아래로 세상을 조망하고서 인간사에 대한 무상함과 연민을 토로한 후, "오직 그 이름이 우주에 드높고 그 빛이 서책에 남겨져 백세토록 존경을 받는 사람만이 마땅히 이 봉우리와 그 존귀함과 위대함을 짝할 만하다. 지리산 남쪽의 남명 조식과 수우당(守愚堂) 최영경(崔永慶), 지리산 북쪽의 일두(一蠹) 정여창(鄭汝昌)과 동계(桐溪) 정온(鄭蘊)이 바로 이런 분들이다. 이 분들은 어떤 도를 준행하여 그렇게 된 것인가."17)라고 하여, 지리산 천왕봉과 짝할 만한 선현들로 단연 남명을 먼저 떠올렸던 것이다.

십 층의 눈 덮인 봉우리 비단 적삼 펼친 듯　　雲岑十上振蘿衫
산해정의 높은 풍취 세상에선 끊어졌구나　　　山海高風絕世凡
천 년의 옥 같은 모습 멀어졌다 한하지 마오　　玉色千年休恨隔
만 길의 천왕봉은 여전히 우뚝하니 서 있네　　天王萬仞尙巖巖18)

담장 동쪽으로 떨어진 두어 칸의 사당　　數間祠廟隔牆東
가을 날 아들과 함께 받들어 우러렀네　　秋日奉瞻與子同
오랜 훗날 후학의 감회 이길 수 없어　　曠古不勝後學感
오늘날 선생의 풍도 뉘라서 계승하나　　至今誰繼先生風
참된 근원 맑은 소매 너머로 활발한데　　眞源活潑淸襟外
바른 길은 아무리 둘러봐도 황량할 뿐　　正路荒蕪八望中
지척의 천왕봉 우뚝함이 근심스럽지만　　咫尺天王愁峻處
오르고 또 오르면 하늘과 통하리라　　行行且到庶幾通19)

---

17) 李東沆, 『遲庵集』 권3「方丈遊錄」. "惟其名高宇宙 光垂竹帛 爲百世之瞻仰者 當與此峯 配其尊大 山南之南冥·守愚 山北之一蠹·桐溪 是也 是遵何道而然也"
18) 鄭必達, 『八松集』 권1「憶南冥先生」.
19) 金麟燮, 『端磎集』 권2「謁南冥先生祠 退山天齋 有感」.

첫째 시는 남명의 재전문인 정필달(鄭必達 1611~1693)의 작품이고,[20] 뒤의 것은 19세기 단성 법물(法勿)에 살았던 김인섭(金麟燮)의 작품이다. 두 작품은 시기적으로 200여 년의 차이가 있으나, 남명 사후 강우지역에서 그 유풍이 쇠잔해졌음을 안타까워하는 마음이 공통적으로 나타나 있다. 또한 두 작품에서는 지리산 천왕봉이 오랜 세월에도 불구하고 강우학자들에게 남명의 고결한 정신으로 인식되고 있음을 확인할 수 있다. 곧 정필달은 만 길의 천왕봉이 우뚝하니 버티고 있는 한 현실에서 남명의 고풍이 쇠락해졌음을 한스러워 할 필요가 없다 하였고, 김인섭 또한 남명이 그러했듯 천왕봉을 통해 천도에 도달하려는 구도의 과정으로 인식하고 나아가 끊임없이 노력할 것이라 다짐하고 있다.

이렇듯 남명 사후 강우지역 학자들은 남명을 통해 지리산 천왕봉을 인식했고, 또한 천왕봉을 통해 남명을 반추해 보는 사고, 곧 '지리산 천왕봉=남명 조식'이라는 인식이 내재해 있었던 것이다. 이러한 인식은 여러 작품에서 확인할 수 있다. 남명의 문인 각재(覺齋) 하항(河沆 1538~1590)이 임란 때 불타 버린 덕천서원 터를 지나면서 "난리 후 처음 서원 찾아가니/ 시냇가에 세심정만 남았네/ 눈에는 새 서직(黍稷) 놀랍고/ 걸음은 옛 문정(門庭) 잃었네/ 현송(絃誦)하던 많은 선비 생각나고/ 향사하던 중정일 그려 보네/ 천왕봉은 오히려 변함없건만/ 구름 너머로 몇몇 봉우리 푸르르구나"[21]라고 한 것이나, 진주 수곡에 살던 용와(容窩) 하진현(河晉賢 1776~1846)이 덕천서원 경의당(敬義堂)에서 "담장 안에 우리

---

20) 거창에 살았던 정필달은 남명의 문인 桐溪 鄭蘊과 재전문인 凌虛 朴敏에게 수학하여 남명학을 사숙했던 인물이다.

21) 河受一, 『松亭集』 권1 「過德山書院 院盡灰 獨洗心亭在 仍有感」. "亂後初尋院 溪頭獨有亭 眼驚新黍稷 行失舊明庭 絃誦思多士 蘋蘩憶仲丁 天王猶不動 雲外數峰靑"

르고 의지할 곳 있으니/ 길이 천왕봉과 함께 세상에 살리라"[22] 하였고, 또한 면우(俛宇) 곽종석(郭鍾錫)의 문인 하봉수(河鳳壽 1867~1939)가 "만 길 이나 우뚝하니 솟아있는 천왕봉/ 완연히 그 옛날 거닐던 남명을 대하는 듯"[23]이라 한 몇몇 언급에서 이를 확인할 수 있다. 이러한 인식은 인조반정 이후 강우지역에서 남명학이 쇠퇴한 이후에도 이들의 정신 속에 내재되어 있었으며, 이는 19~20세기까지도 지속되었음을 알 수 있다.

요컨대 19~20세기는 국내외적으로 나라가 어려운 시기였고, 강우지역에서 활동했던 수많은 학자들은 각각 학풍과 학맥에서 다양한 성향을 견지하면서도, 궁극적으로는 유학의 도를 부지(扶持)하는 것으로 현실적 어려움을 극복하고자 하였다.[24] 이러한 과정에서 강우지역의 대표적 유학자였던 남명의 학문과 정신을 회복해야 할 필요성을 절감하게 되었고, 그들에게 있어 남명은 어려운 시기를 굳건한 의지와 실천적 자세로 일관한 선현의 모습이었다. 특히 남명이 지리산 천왕봉을 통해 이루고자 했던 구도의 세계는 당시 강우지역 학자들이 도달하고자 하는 목표와 일치하였다. 때문에 이 시기 수많은 강우지역 학자들은 남명을 찾아 천왕봉에 올랐고, 나아가 천왕봉은 남명과 동시에 그들이 추구해야 할 천도의 세계였던 것이다.

---

22) 河晉賢, 『容窩集』 권2 「敬義堂」. 시의 전문은 다음과 같다. "石逕重重轉若環 洞天中闢 一仙寰 風高百祀曺夫子 勢厭三韓方丈山 開啓人文德施普 作興雲雨澤流殷 宮墻尙有瞻依 地 永與天王住世間"

23) 河鳳壽, 『栢村集』 권2 「敬義堂 將成湖南·金澤柱·李建模來會 與朴在九·河載華·金駿 永 唱酬已成一軸 余末至 駿永要次韻 敢辭」. "一天王出萬嵯峨 宛對冥翁昔所過"

24) 강정화, 「노백헌 정재규의 삶과 학문」, 『남명학연구』 29집, 경상대 남명학연구소, 2010, 155~184쪽.

Ⅳ. 한시에 나타난 천왕봉의 형상과 그 의미

1. 도반으로서의 형상과 구도의 극치

19~20세기 강우지역 학자들의 한시에 나타난 지리산 천왕봉 인식을 살피기 위해서는 우선 Ⅲ장에서의 언급을 연장하여 주목해 볼 필요가 있다. 곧 이들은 지리산 천왕봉을 남명과 동일시하여 인식하였으며, 나아가 남명이 인식했던 도반(道伴)으로 형상화하고 있다는 점이다.

취성정 아래에는 물소리만 잔잔한데 　　　醉醒亭下水潺潺

사람 가고 정자 비어 저녁 새 돌아오네 　　人去亭空暮鳥還

난간 밖의 산봉우리 변함없이 우뚝하니 　軒外尖峰依舊屹

뉘라서 노력하여 다시 부여잡고 오르랴 　何人努力更躋攀[25]

위 시는 문상해(文尙海)가 덕천서원 앞의 취성정(醉醒亭)을 유람하고서 읊은 것으로, 강우지역 학자들에게 천왕봉은 남명이 평생 도달하고자 노력했던 도반의 모습임을 알 수 있다. 때문에 오랜 세월에도 변함없이 웅장하게 버티고 서 있는 천왕봉은 그들이 추구해야 할, 반드시 회복해야 할 남명의 정신이었다. 송병선·송병순·전우의 문인 창수(蒼樹) 정형규(鄭衡圭 1880~1957)가 천왕봉에 올라 "천왕봉의 기상은 그 웅장함이 이와 같으니/ 응당 남명선생과 난형난제 할 만하리"[26]라고 하여, 천왕봉의 그 위용에 버금가는 인물로 남명을 자연스레 떠올리는 것이 그 대표적 사례라 하겠다.

---

25) 文尙海, 『滄海集』「醉醒亭」.

26) 鄭衡圭, 『蒼樹集』권1「登天王峰」. "方丈危乎萬仞屹 登臨怳惚不能名 擧頭或恐三辰逼 發語多疑上帝驚 澗底曾經高士屐 峯前幾揷使君旌 天王氣像雄如許 應與冥翁難弟兄"

뿐만 아니라 위 인용시에서도 알 수 있듯 천왕봉에 투영된 도반으로
서의 형상은 천도를 추구하는 과정으로 표출되기도 하였는데, 특히 구
도의 과정을 유산(遊山)의 여정으로 인식하는 것이 일반적이다. 예컨대
하늘은 인간이 외경하는 곳으로 천도의 극치인데, 이런 하늘을 떠받치
고 있는 천왕봉은 곧 인간이 추구해야 할 천도에 가장 가까이 다가간
곳으로 인식하였다. 때문에 그곳을 찾아 오르는 힘든 여정은 바로 구도
의 과정이며, 천왕봉은 그 구도의 정점이라 인식한 것이다.27) 박치복의
다음 기록을 살펴보자.

> 하늘에 꽂힌 웅장한 봉우리는 사람의 힘으로 오를 수 있는 곳이 아닌
> 듯하였다. 『맹자』에 "뜻이 전일하면 기(氣)를 움직인다."고 하였는데, 우
> 리들은 모두 50~60대 노인들로서 능히 험한 곳을 지나고 강한 것을 꺾으
> 며 애써 올라 하루 만에 정상에 이르렀으니, 이는 뜻이 전일했기 때문이
> 다. 그 뜻을 학문을 하는 데 적용하여 심선(沈船)의 맹세처럼 분발하고,
> 수없이 많은 이정표를 지나치며 달리는 그 용기를 내어 강건하고 부지런
> 히 공부하여 죽은 뒤에 그만둔다면, 성현의 경지에 이르지 못하리라 어
> 찌 걱정하겠는가.28)

이는 박치복이 천왕봉에 올랐다가 하산하는 도중 천왕봉을 돌아다보
며 일행들에게 했던 언급이다. 천왕봉은 아래에서 올려다 볼 적에는 인
간이 도달할 수 없는 곳으로 인식하였으나 부단한 노력으로 결국 정상

---

27) 최석기, 「남명학파의 지리산 유람과 남명정신 계승양상」, 『장서각』 6집, 한국학중앙
연구원, 2001, 75~80쪽.
28) 朴致馥, 『晚醒集』 권7 「南遊記行」. "揷天雄巒 似非人力可到 孟子曰 志壹則動氣 吾輩俱
以耆艾 能躡險摧剛 努力向上 不終日蹴到上頂 志壹故也 若移之於此學 奮沈船之誓 賈歷
埃之勇 乾乾孳孳 死而後已 則何患不到聖賢地位"

에 올랐듯, 구도의 극치인 도의 절정 또한 끊임없는 공부만이 그곳으로 이끈다고 하였다. 마치 남명이 만년에 산천재로 들어와 죽을 때까지 강건하고 부지런히 천도(天道)의 세계를 향해 수신의 노력을 내려놓지 않았던 것과 마찬가지이다.

방장산 높다하나 하늘 아래 있으니	方丈雖高在天下
제군들은 오를 수 없다 말하지 말라	諸君休道我不能
기를 쓰고 올라가 천왕봉에 앉아서	努力躋攀峰上坐
꼭대기에 더 높은 곳 있음을 보게나	試看頂上尙餘層29)
부지런히 끝까지 노력하여	努力工夫極
저물녘에야 정상에 올랐네	薄曛始到巓
예로부터 높이 솟아 있어	自來高占地
여기서 하늘까지 통하였네	此去上通天
해동의 땅에 웅장하게 서리어	雄壓三韓外
만 리 밖까지 가물가물 보이네	迷茫萬里邊
맑은 가을 상쾌한 기분으로	秋晴心氣爽
이미 속세를 훌쩍 벗어났네	出世已超然30)
걷고 걸어 오르고 올라 꼭대기에 닿아	步步登登抵極巓
천왕봉 위에서 신선인 양 앉아 있네	天王峰上坐如仙
삼천 리 강산을 실컷 다 보고 나서	縱眸可盡三千域
손을 뻗으니 한 자 반 하늘에 닿을 듯	展手如捫尺五天31)

---

29) 河益範, 『士農窩集』 권1 「登天王峰二首」.
30) 金麟燮, 『端磎集』 권1 「登天王峰」.
31) 許模, 『觀川遺稿』 권1 「登天王峰」.

'독서여등(讀書如登)'·'독서여유산(讀書如遊山)'이란 말을 통해서도 알수 있듯, 조선시대 유학자들은 산행을 공부의 과정으로 인식하였다. 산행 도중 접하는 경물을 통해 자연의 오묘한 이치와 사물의 근원을 체득하였다. 무엇보다 산행 과정의 힘겨움을 구도의 과정으로 인식하여 자신과 문인들을 경책하였다.[32]

위 인용시에서 알 수 있듯 당시 강우지역 학자들에게 천왕봉은 올려다보면 하늘과 닿아있어 넘을 수 없는 경지로 여겼다. 그러나 그곳에오르는 것이 힘들고 고된 일이긴 하나 그 과정을 거치고 나면 광활한정상의 세계에 닿을 수 있고, 그곳에 서면 또 다른 더 높은 경지가 있음을 알게 된다. 마찬가지로 학문이나 구도에 있어서도 쉼 없이 정진하여한층 더 높은 차원으로 나아갈 것을 강조하고 있다. 지리산 천왕봉은강우지역 학자들에겐 그들이 궁극에 도달해야 할 구도의 극치이자, 또한 그를 넘어선 더 높은 경지의 세계였던 것이다.

2. 천제로서의 형상과 국태민안 염원

'천왕봉'이라는 명칭에 대해 세상 사람들은 신상(神像)이 모셔져 있는곳이어서 그렇게 부른다고 생각한다. 내 나름대로 생각해 보건대, 이 산은 백두산에서 발원하여 흘러 내려 마천령·마운령·철령 등이 되었고, 다시 뻗어내려 동쪽으로는 오령·팔령이 되고 남쪽으로는 죽령·조령이

---

32) 이는 李滉의 「讀書如遊山」에서 두드러지게 나타나며, 그의 문인 寒岡 鄭逑(1543~1620)가 "무릇 독서는 유산하는 것과 같으니 산을 반도 오르지 못하고서 그치는 사람도 있고, 두루 다니고서도 그 멋을 알지 못하는 사람도 있다. 반드시 산수의 멋을 알아야만 비로소 유산했다고 이를 것이다."라고 한 언급에서 더욱 심화된 모습을 확인할 수 있다.

되었으며, 구불구불 이어져 호남과 영남의 경계가 되었으며, 남쪽으로
방장산에 이르러 그쳤다. 이 산을 '두류산'이라 한 것이 이런 연유 때문에
더욱 극명해진다. 하늘에 닿을 듯 높고 웅장하여 온 산을 굽어보고 있는
것이 마치 천자가 온 세상을 다스리는 형상과 같으니, 천왕봉이라 일컬
어진 것이 이 때문이 아니겠는가?[33]

　박여량의 위 언급은 지리산과 천왕봉에 대한 조선시대 유학자들의
인식을 살펴 볼 수 있어 주목된다. 지리산은 백두산에서 발원하여 뻗어
내린 산으로, 백두산이 천상의 산이라면 지리산은 지상에 있는 최고의
산이다. 백두산이 조종인 하늘의 제왕 같은 산이라면, 지리산은 제왕의
자손으로 이 세상을 다스리는 천손(天孫) 같은 산이다. 특히 웅장하게
솟아있는 천왕봉은 마치 이 세상을 다스리는 천자의 위상으로 형상화하
였다.
　이렇듯 지리산 천왕봉을 천자의 형상에 견주어 외경하는 모습은 여
러 기록에서 확인할 수 있다. 부사(浮査) 성여신(成汝信 1546~1632)이 천왕
봉에 올라 아래로 여러 산들을 굽어보며 "호남의 서석산과 월출산/ 강
우의 가야산과 자굴산/ 고개 숙이고 엎드려 있어/ 첩이나 신하와 다를
바 없네."[34]라고 하여, 호남과 강우지역의 여러 산들을 마치 임금을 향
해 고개 숙인 첩이나 신하 같다고 하였다. 그는 세상에서 높다고 자부하
거나 혹은 이름 없는 산들을 모두 천왕봉을 향해 엎드린 백성들에 비유

---

33) 朴汝樑, 『感樹齋集』 권6 「頭流山日錄」. "天王之稱 世以爲神像所居而云也 余則竊以爲
　　玆山發於白頭山 流而爲磨天磨雲鐵嶺等 關關東爲五嶺八嶺 南爲竹嶺鳥嶺 逶迤而爲湖嶺
　　之界 南至方丈而窮焉 以其頭流者 以此而尤極 穹隆雄偉 俯臨諸山 如天子臨御宇內之像
　　其稱以天王者 無乃以此耶."

34) 成汝信, 『浮査集』 권2 「遊頭流山詩」. "湖南之瑞石月出 江右之伽倻闍崛 低頭而屈伏 無
　　異乎臣妾"

하기도 하였다.

이 뿐인가. 어우(於于) 유몽인(柳夢寅 1559~1623)은 천왕봉에 올라서서 "동쪽의 천 봉우리 제후처럼 복종하고/ 남쪽의 만 리 능선 천자가 순행하듯/ 큰 깃발 높은 깃발 군대가 사열한 듯/ 날고뛰는 참마·복마 천리마가 나열한 듯 / 조정의 많은 관리들 품계 따라 정렬한 듯/ 사해의 빛나는 보배 조정에 가득한 듯"35)이라고 하여, 천왕봉을 중심으로 한 주변의 모든 형상을 천자와 견주어 표현하였다. 천왕봉은 백두에서 뻗어와 국토의 남단에 자리 잡은 그 위용만으로도 이미 제왕으로서의 존재감을 드러내었던 것이다.

따라서 그곳에 올라 아래로 세상을 조망하는 자라면 온 세상을 품은 상제(上帝)와 같은 넓은 마음을 갖게 된다. "그대는 보지 못했는가, 방장산 위의 제일봉을/ 이 봉우리 한 번 오르면 만 리를 보고 온 세상 품게 되지/ 하늘은 높은 줄을 모르고 세상이 넓은 줄만 알지/ 산은 겹겹이 늘어서고 바다는 넘실넘실 물결치네/ 보잘것없는 이 한 몸 높이 올라 사방을 바라보니/ 무엇인들 우리 가슴 속에 포용하지 못하랴"36)라고 한 시구에서 보듯, 경세제민의 이상을 지닌 조선시대 유학자라면 지리산 천왕봉에 올라 국태민안을 염원하는 천자의 마음을 품게 되는 것은 당연한 귀결일 것이다.

---

35) 柳夢寅, 『於于集』 後集 권2 「遊頭流山百韻」. "千山東散詣侯服 萬里南馳天子巡 大纛高牙森隊仗 飛驂舞服列騏駰 朝班濟濟千官品 庭實煌煌四海珍"

36) 승려 應允(1743~1804)의 「頭流山會話記」에 나오는 시로, 1803년 8월 당시 옥천군수와 함양군수 일행이 지리산을 유람한다는 소식을 듣고 실상사에서 만나 그들과 다수의 시를 주고받았는데, 이는 그중 옥천군수가 지은 것이다. "君不見方丈山上山上峰 一上此峰使人萬里眼八荒胸 天不覺高只覺大覆之有餘 山重重海重重 余乃一身渺然而高視兮 孰非吾人腔子裡所包容"

이는 국내외적으로 개화기의 혼란이 악화되어 가던 19~20세기 강우
지역 학자들에게서도 예외가 아니었다. 그들은 천왕봉에 올라 나라를
걱정하고 임금을 염려하며, 그 속에서 고생하는 백성들을 안타까워하
였다.

밤이 이미 다하여 하계가 침침터니	下界沈沈夜已央
한 줄기 붉은 광채 동쪽하늘에 비치네	一端紅暈自扶桑
바다 밑서 떠올라 하늘에 솟구치니	直從海底當天起
온 나라의 누구인들 광명 아니 입으랴	萬國何人不被光[37]

고개 돌려 한양을 바라보니	回首望京華
아득하니 산천이 막혀있네	杳杳隔山川
임금께선 얼마나 머무를꼬	玉輿何年駐
정갈한 제물로 제사 올리네	奠禧致吉蠲
한 번 신령의 도움을 얻어	一賴巨靈佑
아, 오백 년이 지났도다	熙哉五百年
어찌 끝까지 덕을 베풀지 않아	爲德何不卒
차마 이 땅을 뒤집어놓았는지	忍令地維顚
하늘 끝에 앉아 나직이 읊조리며	沈吟坐天末
웅대한 포부로 이 시를 짓노라	强懷述此篇[38]

위 시는 지리산 천왕봉에 올라 일출 때의 그 밝은 햇살이 온 나라에
골고루 퍼지는 모습을 보고 읊은 것이다. 곧 하늘의 햇살이 이 세상 어
느 곳에도 골고루 비치듯 군주의 혜택이 이 나라 백성에게 공평하게 미

---

37) 文尙海, 『滄海集』「觀日出」.
38) 姜聖中, 『梨堂遺稿』권1「天皇峰」의 일부.

치기를 염원한 작품이다. 아래 시는 회봉 하겸진의 문인 강성중(姜聖中 1898~1939)의 작품으로, 20세기의 혼란한 시대 상황을 읊었다. 그 역시 천왕봉 꼭대기에 올라 북쪽을 바라보며 곤란에 처한 군주를 떠올렸고, 그와 함께 위기에 처한 나라와 백성을 염려하는 당대 유학자의 모습을 표출하고 있다. 아래 시를 읽어 보자.

방장산 제일 높은 봉우리는 천왕봉	方丈上峰是天王
천왕이란 그 이름 존귀하고 위대하네	天王之號尊且皇
세인들은 천왕봉의 귀중함 알지 못하고	世人不識天王重
천왕봉을 마당처럼 함부로 여긴다네	足踏天王如唾場
우러를 봉우리지 어찌 밟을 봉우리랴	寧可仰止那可踏
산이 귀중함이 아니라 그 이름이 황송한 것	山非重也名是惶
이번 산행 이 봉우리 능멸할 마음 아니니	今行未敢凌高意
춘추의 대의는 마음속에 이미 내재한 것	春秋大義在腔腸
사나운 비바람에 산 동쪽이 어두웠으나	六鷄風雨山東晦
걸출한 한 선비가 기강을 능히 부지했네	一士偶儻能扶綱
오래되었네 천왕봉에 영웅 기상 없어진 지	久矣天王無英氣
오랑캐가 제멋대로 날뛰는 세상 되었으니	至使蠻夷恣搶攘
번갈아 비추던 해와 달이 없어지니	雙明日月放燕地
온 세계 사람들이 한양에서 들끓네	萬國衣冠動漢陽
발이 위에 있고 머리가 아래에 있다던	足反居上頭居下
가의 태부 말씀 오늘날 절실하네	太傅之言今切當
후한의 원안은 덧없이 왕실을 그리며	袁安空自懷王室
한밤에도 가슴 쓸며 눈물을 흘렸다네	中夜撫拕涕淚滂
미천한 신 화 땅 봉인처럼 간절히 축원하니	微臣偏切華封祝
천왕봉이 영험한 빛 드러내길 염원할 뿐	但願天王發靈光
신검과 귀부를 휘둘러 요귀를 몰아내시어	神劍鬼斧驅魍魎

넓고 맑은 이 땅에 맑은 세상 돌아오길   廓淸區宇回霽暘
천왕의 강함만큼 우리나라 안정되게 하옵시고   奠我家邦如天王之强
천왕의 장수처럼 우리 황제 장수하게 하옵소서   壽我皇帝如天王之長
천 년토록 만 년토록 대대손손   於千萬年
이 나라 영원히 무궁하게 하옵소서   永享無疆

높기로는 하늘만큼 높은 것이 없고   高高莫如天之高
존귀하기로는 천왕만큼 존귀한 것 없다네   尊尊莫如王之尊
이 산이 비록 높으나 땅 위에 있으니   此山雖高猶在地
높다한들 어찌 하늘 문까지 닿으랴   高高那得及天門
이 산이 존귀하나 이 나라의 국토이니   此山雖尊猶國土
존귀한들 어찌 천왕과 이름을 함께 하리   尊尊那得名相渾
산 위의 하늘은 이 산의 왕이시니   山之天也山之王
천황을 통솔함도 천왕께서 천지인을 조율하듯   統天皇王調三元
바라노니 천왕봉 위의 신령이시여   但願天王峰上靈
우리 천왕의 대대손손 영원토록 보좌하소서   輔我天王萬萬世子孫
그 덕은 천왕봉의 존귀함처럼 귀하고   德如天王峰之尊
그 복은 천왕봉의 높이만큼 높게 하여   福如天王峰之高
한 번 온 천하의 먼지를 쓸어주소서   一掃煙塵廓乾坤[39]

　이 시는 사미헌(四未軒) 장복추(張福樞)의 문인 과재(果齋) 장석신(張錫藎
1841~1923)의 작품[40]으로, 근세기 우리나라의 어려운 상황과 지식인의

---

39) 張錫藎의『南選集』「頭流錄」에 수록된 「天王峰歌」의 全文이다.
40) 「南選錄」에는 천왕봉을 유람하고 지은 「頭流錄」과 청학동 일대를 유람하고 지은 「岳
　陽錄」이 일정별로 실려 있다. 「두류록」의 코스를 대략 살펴보면 단성→덕산→중산촌
　→법계암을 거쳐 천왕봉 일월대에 올라 일출을 보았으며, 「악양록」에는 횡천→하동
　→악양→화개→쌍계사→불일암→칠불사 등 청학동 일대를 두루 유람한 것으로
　나타난다. 장석신은 해당 경로에서 접하는 명승을 빠뜨리지 않고 모두 기록하였는데,

고뇌가 고스란히 표출되어 있다. 작자는 지리산 천왕봉의 영웅 기상이 없어져 온 세상이 오랑캐가 날뛰는 세상이 되었다고 술회한 후, 천왕봉이 예전의 그 우뚝한 기상을 회복하기를 염원하고 있다. 지리산 천왕봉은 곧 우리나라의 상징이고, 우리 임금의 상징이기 때문이다. 천왕봉의 기상이 쇠퇴하여 국력이 약해졌고, 나아가 나라가 침략당하는 수난을 겪고 군주가 억압과 멸시를 당한다고 판단하였던 것이다. 이러한 안팎의 위기에서 나라를 보존하고 자존감을 높이는 것은 지리산 천왕봉이 그 영험한 빛을 회복하는 것이며, 그래야만 이 땅에도 안정된 세상이 열린다고 희망하였다. 그래서 이 나라와 이 땅을 다스리는 임금의 강건함을 축원하였다. 어떤 상황에서도 변함없는 천왕봉의 강함만큼 나라를 안정되게 하고, 그 오랜 시간 끄떡없는 천왕봉의 장수(長壽)처럼 우리 군주도 장수하게 해서, 대대손손 이 나라를 영원하게 해 달라 염원하고 있다.

특히 마지막 구절에서 "바라노니 천왕봉 위의 신령이시여/ 우리 천왕의 대대손손 영원토록 보좌하소서/ 그 덕은 천왕봉의 존귀함처럼 귀하고/ 그 복은 천왕봉의 높이만큼 높게 하여/ 한 번 온 천하의 먼지를 쓸어주소서"라고 하여, 지리산 천왕봉의 신성함과 존귀함만큼 우리나라의 자존감을 환기시키고 있다. 곧 이러한 '지리산 천왕봉=조선=군주'라는 인식은 변함없이 강인함을 보이는 지리산 천왕봉처럼, 이 어려운 시기를 극복하고 대대손손 강성한 나라로 지속되기를 바라는 개화기 유학자들의 염원이었다.

장소마다 시를 읊고 각 시에는 서문을 붙여 유산기를 대신하였다.

3. 성현으로서의 형상과 존모의식

지리산 천왕봉에 투영된 또 다른 특징은 선현에 대한 존모의식을 들수 있다. 더 정확히 표현하자면 선현들의 지리산 유람에 대한 동경과 존숭이라 할 수 있다. 이는 유산 도중 접하는 산수자연을 그 자체로써 인식하는 것이 아니라 그와 관련한 선현을 떠올리며 작자의 정신적 가치와 접목시켜 표출함을 일컫는다.

지리산 유산기에서 자주 거론되는 인물은 공자·한유(韓愈)·주자(朱子)이다. 공자가 동산에 올라 노나라를 작게 여기고 태산에 올라서는 천하를 작다고 한 언급[41]이나, 한유가 형산(衡山)을 유람하고 주자가 남악(南嶽)을 등정한 것은 조선조 유학자에겐 그들과 공감하려는 염원의 매개였고 또 반드시 계승해야 할 목표였다. 예컨대 청파 이륙은 지리산 유람 후기(後記)에서 공자의 '등태산소천하(登泰山小天下)'의 감회를 믿지 않았는데 천왕봉에 오른 후 믿게 되었다고 하였고,[42] 남명의 문인 부사 성여신은 "내 알지 못하겠다/ 공자께서 태산과 동산에 오르셨을 때와/ 정자(程子)가 남여(藍輿)로 3일 동안 유람했을 때와/ 주자가 눈 내리는 남악을 유람했을 때도/ 오늘 나처럼 마음과 눈이 활달했을까?"[43]라고 하였는데, 이는 조선조 유학자들이 지리산을 유람하는 주요 목적이었던 것이다.

---

41) 『孟子』「盡心 上」에 "공자가 동산에 올라 노나라를 작다고 하셨고, 태산에 올라 천하를 작다고 하셨다. 바다를 본 자에게는 물이 되기 어렵고, 聖人의 문하에서 노닌 자에게는 말을 하기 어렵다."고 하였는데, 이는 맹자가 높은 산에 올라 안목을 넓힌 것을 인용하여 학문을 하는 데 비유한 말이다.

42) 李陸, 『靑坡集』 권2 「遊智異山錄」. "昔孔子登東山而小魯 余始疑而終信之 登太山而小天下 余甚怪焉 及登是山 然後知聖人之言 不誣也"

43) 成汝信, 『浮査集』 권2 「遊頭流山詩」. "吾不知 夫子之登泰山登東山 程子之藍輿三日 晦翁之雪中南嶽 亦如今日之豁心目"

이 산은 하늘만큼 오르기가 어렵다는데	玆山艱陟擬諸天
스스로 비웃노니 팔십 노인도 올랐다네	自笑猶能八袠年
상제는 지척에서 이리저리 서성이고	上帝周旋咫尺地
삼한 땅은 푸른 바다 저 끝에 있다네	三韓指點蒼茫邊
아득하니 선현들의 지난 행적 많았고	悠悠往蹟多先哲
쓸쓸하니 노선과의 기이한 인연 몇이던가	落落奇緣幾老仙
태산 오른 성인의 탄식 실로 까닭 있으니	登泰聖歎良有以
천 년을 거슬러 올라 오래도록 머무네	游泗千載故留連44)

천 길의 두류산 저녁 바람 몰아가니	千仞頭流駕晚風
속세에선 내 흉금 개입할 물건 없다네	世間無物介吾胸
문득 회옹을 배우려는 호기가 일어나	儻學晦翁豪氣發
낭랑히 읊다가 나는 듯 천왕봉 내려오네	朗吟飛下天王峰45)

위 시는 정재규의 문인 송산(松山) 권재규(權載奎 1870~1952)가 천왕봉
에서 지은 것이고, 아래 시는 정재규와 함께 기정진의 문하에서 수학한
월고 조성가의 작품이다. 두 사람은 천왕봉에 올라 공자와 주자의 감회
를 느끼고자 하였고, 두 선현의 유람을 본받고자 하였다. 그들이 천왕
봉에 오른 것은 바로 공자와 주자 때문이었던 것이다.

공자·정자·주자는 조선시대 유학자들에게 최고의 존숭 대상이었다.
공자나 주자가 태산과 남악에 올라 넓고 크게 세상을 바라보는 안목과
호방한 기상을 기르도록 강조하고, 한유가 기도를 통해 산과 인간의 숭
고하면서도 신성한 교감을 이끌어낸 것처럼,46) 조선시대 유학자들도

---

44) 權載奎, 『而堂集』 권4「上天王峰」.
45) 趙性家, 『月皐集』 권5「宋心石秉珣諸人見訪 因登天王峰 歸示其所賦詩 遂次其韻二首壬
寅」

자신의 유산을 통해 그들과 공감하려 하였다. 선현처럼 느끼고, 선현의 경지까지 오르고자 함이 목적이었다. 곧 공자·정자·주자 등 선현들의 유람을 자신의 유람 목적으로 삼고, 나아가 선현의 유람을 동일시하여 자신들의 유람을 더 높은 차원으로 끌어올리려 했던 것이다.[47] 명암 정식이 "정상에 오르자 가슴이 시원하여 마치 하늘에 오른 듯하였다. 공자께서 태산에 올라 천하를 작게 여기신 마음이 들었을 뿐만 아니라, 추(鄒) 땅의 성인 맹자께서 이른바 태산을 끼고서 북해를 뛰어넘는다고 한 기상과 장자(莊子)가 해와 달의 곁에 가서 우주를 껴안는다고 한 기개를 나도 거의 느낄 수 있었다."[48]라고 한 것처럼, 이는 그들이 도달해야 할 목표인 성현의 경지를 넘어선 그 이상의 가치를 궁구하려는 의지와도 관련된다. 지리산 천왕봉은 바로 그들 목표의 정점이었던 것이다. 이는 눈으로 보이는 경지를 초월하여 보다 높은 정신적 가치를 궁구하려는 유가적 인식 체계라 할 수 있다.

아! 높고도 웅장한 방장산은 우리나라에 치우쳐 있어, 그 이름이 천자가 봉선하는 산에 끼이지도 못하고 한갓 진 시황과 한 무제의 건상의 탄식만 불러일으킬 뿐이었다. 비록 이 점이 한스럽기는 하나, 최치원 같이 도를 닦은 사람이나, 한유한 같이 고결한 사람이나, 김종직·김일손 같이 박식하고 단아한 사람이나, 정여창·조식 같이 도학을 밝힌 여러 사람들이 발걸음을 이어 명승을 찾아 이 산 속에서 배회하거나 깃들어

---

46) 한유는 衡山을 유람할 적에 衡嶽廟를 참배한 후 신에게 맑은 날씨를 기원하는 기도를 올렸고, 그 감응 때문인지 형산의 모습을 온전히 볼 수 있었다.

47) 강정화, 「智異山遊山記에 나타난 조선조 지식인의 산수인식」, 『남명학연구』 26집, 경상대 남명학연구소, 2008, 273~275쪽.

48) 鄭栻, 『明庵集』 권5「靑鶴洞錄」. "及上峯頭 則胸中快濶 若登天然 不但有吾夫子登泰山 小天下之意 而鄒聖所謂挾泰山超北海 莊叟所謂旁日月挾宇宙者 庶我能之矣"

살아 그 이름이 지리산과 더불어 만고에 길이 남았으니, 또한 어찌 이
산의 다행이 아니겠는가.49)

위 인용문에서 알 수 있듯 앞 시대 선현들의 유람이 자신들의 유람
목적이 되기도 하였다. 20세기 영남 유림의 대표 학자인 회봉 하겸진이
"지리산을 오고 간 사람들도 앞뒤로 계속 이어졌다. 신라의 문창후 최
치원, 조선의 점필재 김종직, 탁영 김일손, 일두 정여창이 있다. 또 지
리산에 들어와 거문고를 연구한 신라의 옥보고(玉寶高), 고려시대 녹사
(錄事)를 지낸 한유한, 조선의 조위·유호인·남효온(南孝溫)·기대승(奇大
升)·이정(李楨)·이희안(李希顔)·이광우(李光宇)·허목(許穆)·성여신(成汝
信)·하징(河澄)·하홍도(河弘道)·한몽삼(韓夢參)·이재(李栽)·정식(鄭栻)·권
두경(權斗經) 등은 모두 지리산과 관련된 시와 기문을 후대에 남긴 사람
들이다. 그러나 그 안팎의 빼어난 형세를 샅샅이 살펴 본 것으로는 남명
조식이 그 오묘함을 얻은 것 만함이 없다.50)"라고 한 언급에서 알 수
있듯, 지리산은 역대로 수많은 선현들이 인연을 맺었던 곳이다. 이러한
역대 선현들의 삶은 곧 뒷시대 후학들의 전범이 되었다.

예컨대 명암(冥菴) 이주대(李柱大 1689~1755)는 김종직과 김일손·조식
의 유람을 계승해 지리산에 올라서는 곳곳에서 세 사람의 유람과 비교
하며 기술하였고,51) 근세의 단성 사람 김학수(金鶴洙 1891~1974)도 바로

---

49) 河益範,『士農窩集』권2「遊頭流錄」. "噫 以若方丈之崇高雄勝 僻在海東 名不登於天子
　　之禪封 徒起秦漢君褰裳之歎 雖若可恨 而修鍊如崔文昌 高潔如韓錄事 博雅如佔畢濯纓
　　道學如一蠹南冥諸先生 踵武搜勝 徜徉棲息於其中 名留萬古與之齊壽 亦豈非玆山之幸歟"

50) 河謙鎭,『晦峯集』권28「遊頭流錄」. "往來之士 前後相望 如崔文昌·金佔畢·金濯纓·鄭
　　一蠹 －又如玉寶高·韓錄事·曺梅溪·俞潘溪·南秋江·奇高峯·李龜巖·李黃江·李竹閣·
　　許眉叟·成浮查·河滄洲·河謙齋·韓釣隱·李密庵·鄭明庵·權蒼雪 皆是－ 皆有詩記之傳
　　後者 而若其究觀內外之形勝 無如南冥之爲得其妙矣"

앞 시대 1877년 박치복이 이진상·김인섭·곽종석 등 영남의 대학자들과 천왕봉에 올랐던 유람을 상기하며 그들의 운치와 유상(遊賞)을 본받기 위해 그들이 올랐던 같은 달에 천왕봉을 오르기도 하였다.[52]

요컨대 조선시대 유학자들은 지리산 천왕봉에 올라 역대 선현들의 높은 경지를 생각하였다. 지리산의 산수는 그 자체만으로 존재하는 것이 아니라 지리산을 찾거나 그 속에서 살다간 선현이 있었기에 만고에 그 이름을 드러낼 수 있었으며, 그 인식의 정점에 바로 천왕봉이 있었던 것이다.

V. 맺음말

이상으로 19~20세기 강우지역 학자들의 지리산 인식과 천왕봉에 투영된 형상 등을 그들의 유산시(遊山詩)를 중심으로 살펴보았다. 그들의 사상 저변에는 강우지역의 선현인 남명 조식의 지리산 및 지리산 천왕봉에 대한 인식이 오랜 역사의 굴곡에도 불구하고 확고하게 자리하고 있음을 확인하였다.

나아가 한말의 국내외 위기 상황에서 지리산 천왕봉은 당대 지식인의 자존감이자 나라의 상징임을 확인하였다. 곧 이 시기 강우지역 학자

---

51) 李柱大, 『冥菴集』 권2 「遊頭流山錄」. 이주대는 자신의 유람 일정·거리·동행자에서부터 기록의 상세한 정도나 유산 이후의 감흥까지 모두 세 사람의 유람과 비의하여 기록하였다.

52) 金學洙, 『逑菴遺集』 권4 「遊方丈山記行」. "今余之居 距玆山不過百里 常有一登覽之願而尙未及焉 丁丑之秋八月 法勿諸公 要余而言曰 昔李寒洲·朴晩醒·金端磎·郭俛宇諸先生 以是年是月 登天王峰 一時人物之萃 風韻之盛 近世無比 荏苒之間 甲年已回 吾輩文章事業 雖非等倫 而遊賞之興 不在人後 盍與一圖之 余欣然壯之 遂以十六日 爲發程之計"

들은 그들의 학파적 성향에 따라 현실대처 방식이 다를 수 있었으나, 그들의 정신과 이념을 지배하는 체계는 전통 유학이었다. 따라서 유학자적 관점에서 그들이 인식했던 지리산 천왕봉은, 남명 조식이 그러했듯 그들이 추구해야 할 도반으로서의 형상이었고, 이 세상을 주재하는 천제의 형상이었으며, 나아가 그들이 존숭했던 성현의 형상으로 나타났다. 이를 통해 한말 강우지역 지식인들에게 지역의 명산이자 민족의 영산인 지리산이 그리고 지리산 천왕봉이 어떤 의미였는가를 확인할 수 있었으며, 또한 지리산의 정체성 확립에 한 걸음 더 다가갈 수 있었다.

> 지금 두류산은, 백두산에서 시작하여 면면이 4천 리나 뻗어 온 아름답고 웅혼한 기상이 남해에 이르러 엉켜 모이고 우뚝 일어난 산으로, 열두 고을이 주위에 둘러 있고 사방의 둘레가 2천 리나 된다. 안음과 장수는 그 어깨를 메고, 산음과 함양은 그 등을 짊어지고, 진주와 남원은 그 배를 맡고, 운봉과 곡성은 그 허리에 달려있고, 하동과 구례는 그 무릎을 베고, 사천과 곤양은 그 발을 물에 담근 형상이다. 그 뿌리에 서려 있는 영역이 영남과 호남의 반 이상이나 된다.……내 발자취가 미친 모든 곳의 높낮이를 차례 짓는다면 두류산이 우리나라 첫 번째 산임은 의심할 나위가 없다.[53]

지리산은 어떤 산인가. 우리 산하의 모든 경관을 발로 밟고 눈으로 확인하고서 자신을 천하를 두루 유람한 사마천에 비유해도 뒤지지 않을 것이라 자부했던 유몽인은, 우리나라의 산천 중 지리산이 최고라 하였

---

53) 柳夢寅, 『於于集』 권6 「遊頭流山錄」. "今夫頭流 根發於白頭山 綿延四千里 扶輿磅礴之氣 窮於南海 蓄縮而會 挺拔而起 環擁十二州 周廻二十里 安陰長水擔其肩 山陰咸陽負其背 晉州南原服其腹 雲峰谷城佩其腰 河東求禮枕其膝 泗川昆陽濱其足 其蟠根之太半於湖嶺……舉余足跡所及者 第其高下 頭流爲東方第一山 無疑"

다. 지리산 천왕봉에서 바라보는 그 걸출하고 웅장한 경관이 으뜸이라 칭송하고 있다.

그 뿐인가. 유몽인은 지리산을 문장에 비유하자면, 굴원(屈原)과 이사(李斯)와 가의(賈誼)와 사마상여(司馬相如)와 양웅(揚雄)의 장점을 모두 겸비한 사마천의 글에 해당하고, 시(詩)에 비유하자면 당나라 때의 유명한 시인 맹호연(孟浩然)과 위응물(韋應物)과 왕유(王維)와 가도와 이상은(李商隱)의 장점을 모두 겸비한 시성(詩聖) 두보(杜甫)의 시에 해당된다고 하였다.54) 유몽인에게 있어 지리산은 천하의 그 어떤 명산에도 감히 비견되지 않는 자긍심의 산이었던 것이다.

19~20세기 강우지역 학자들에게서 보이는 지리산 천왕봉에 대한 인식 또한 유몽인을 비롯한 역대 유학자들의 인식의 연장선상에 있는 것이며, 이는 예나 지금이나 그 많은 사람들이 지리산을 찾는 까닭이기도 하다. 이것이 바로 지리산 천왕봉이 갖는 정체성이다.

---

54) 上同. "比之文章 屈原哀李斯壯賈誼明相如富子雲玄 而司馬遷兼之 浩然高應物雅摩詰工 賈島淸日休險商隱奇 而杜子美統之 今以多肉少骨少頭流 則是劉師服以糞壤譏韓退之也 是可謂知山也哉"

지리산 유람록으로 본 최치원

강정화

Ⅰ. 머리말

역사 속 인물 가운데 최치원만큼이나 지속적인 연구와 다양한 평가를 받고 있는 이도 드물 것이다. 이를 입증이라도 하듯, 최치원과 관련한 그간의 연구 성과는 풍부하다. 한국학술정보시스템(www.riss.kr)에 탑재된 '최치원' 관련 기록을 살펴보면 2천여 건이 넘는 자료를 확인할 수 있다. 그의 문집이 19세기 말 20세기 중반에 출간[1]된 점을 감안한다면, 이러한 수치에 더욱 놀라게 된다.

연구 분야 또한 매우 다양하다. 생애를 포함한 작가론 연구를 비롯해, 그가 생존했던 삼국시대 말기 국내외의 역사적 시대적 상황과 관련한 연구, 한시를 포함한 문학 분야, 유불선(儒佛仙) 3교와 관련한 사상사적 측면, 중국 사적(史籍)에 오를 만큼 칭송되었던 문장력, 그리고 서체 및 후대의 문묘종사 논란에 이르기까지 참으로 다양한 각도에서 조명하고 있다. 또한 그간의 연구 성과와 향후의 방향을 점검하는 자리가

---

1) 『桂苑筆耕集』은 1834년·1918년·1930년에, 『孤雲集』은 1926년에 간행하였다.

두어 차례 진행되기도 하였다.[2] 이는 '최치원'이 갖는 삶의 좌표 설정
에 대한 고찰이 그만큼 다층적이면서도 난해하다는 또 다른 표현이기
도 하다.

본고는 조선시대 사인(士人)이 남긴 지리산 유람록을 중심으로 그 속
에 표출된 최치원 관련 인식을 고찰해 보고자 한다.[3] 지리산 유람록은
조선초기 청파(靑坡) 이륙(李陸)의 유람[4]에서부터 100여 편이 넘게 발굴
되었다.[5] 5백여 년의 시간차에도 불구하고 이들 지리산 유람록에는 최
치원과 관련한 기록이 끊임없이 등장한다. 게다가 동일한 대상, 곧 최
치원의 일화와 전설이 남아전하는 지리산권역의 유적에 대해, 수백 년
에 걸쳐 수많은 인물들이 최치원에 대해 언급하고 있다. 본고는 이러한
기록을 통해 조선시대 사인들의 최치원에 대한 인식을 살피고자 한다.
이는 선행연구에서 산출된 최치원 관련 인식의 폭을 확대하고, 나아가
지리산권역과 관련한 인물사적 연구를 통해 지리산권 문화 연구 방법론
을 확장하는 계기가 될 것으로 기대한다.

---

2) 최병헌, 「孤雲 崔致遠 연구의 문제점과 과제」, 『원불교사상과 종교문화』 21집, 원광대
   학교 원불교사상연구원, 1997; 장일규, 「최치원 연구의 성과와 전망」, 『北岳史論』 9집,
   북악사학회, 2002.

3) 현재까지 발굴된 지리산과 관련한 최치원 연구로는 「최치원과 지리산」(최석기, 『韓文
   化硏究』 2집, 한국한자한문능력개발원, 2009)이 있다. 논자는 지리산 유람록에서 언급
   된 최치원 관련 기록을 중심으로, 최치원은 '시대와 어긋난 불우한 유학자'였다는 논지
   를 밝히는 데에 주안점을 두고 전개하였다.

4) 李陸의 지리산 유람은 1463년 8월에 이루어졌으며, 「遊智異山錄」과 「智異山記」가 전
   한다.

5) 강정화 외, 『지리산 유산기 선집』, 이회, 2008.

Ⅱ. 지리산 유람록에 나타난 최치원 관련 기록

우리나라 산천에는 최치원의 이야기로 넘쳐난다. 최치원이 만년의 터전으로 삼았던 지리산과 가야산은 특히 그의 일화와 전설이 많은 곳이다. 두 산에서 접하는 그의 유적과 이야기는 수백 년의 역사 속에 이어져 온 것이며, 조선시대 사인이 두 산에서 만난 유적 또한 이에서 크게 벗어나지 않는다.

지리산 유람록에 등장하는 최치원 관련 유적은 주로 하동(河東) 쌍계사(雙磎寺)와 삼신동(三神洞) 방면에 집중된다.6) 최치원의 글씨로 알려진 쌍계사 입구의 '쌍계석문(雙磎石門)' 석각이 있고, 쌍계사 경내에는 최치원이 찬서(撰書)하고 전액(篆額)한 진감선사대공탑비(眞鑑禪師大功塔碑)와, 최치원이 청학과 노닐었다 하여 이름 붙여진 청학루(靑鶴樓)가 있으며, 지금은 없어졌지만 조선후기까지도 그의 영정을 안치했던 고운영당(孤雲影堂)이 있었다. 쌍계사 뒤쪽을 따라 불일암(佛日庵)으로 오르면 최치원이 청학을 불렀다는 환학대(喚鶴臺), 불일폭포 앞에는 그가 폭포를 완상하던 완폭대(翫瀑臺)가 있었다. 삼신동 신흥사(神興寺) 계곡에는 그의 필체로 알려진 '삼신동(三神洞)' 석각과, 최치원이 세상사를 들은 귀를 씻었다는 '세이암(洗耳嵒)' 석각이 있다. 화개동 입구에서부터 삼신동 계곡까지는 '최치원의 공간'이라 해도 과언이 아닐 만큼 그의 일화와 전설로 가득 차 있다.

---

6) 그 외에도 최치원이 速含太守[함양태수]로 재직 시 지었다는 함양의 學士樓, 그의 시호를 따서 이름한 文昌臺, 그의 호를 따서 이름한 孤雲洞, 그의 글씨로 전해지는 단속사 입구의 廣濟嵒門 石刻 등이 전해지고 있다. 그러나 학사루와 문창대 및 고운동은 지리적 여건에 의해 조선조 유학자의 지리산 유람의 주요 경로가 아니었고, 광제암문 석각은 단속사의 명성과 함께 제법 거론되기는 하나 쌍계동과 삼신동 유적에 비할 바가 아니다.

이 중 진감선사대공탑비는 최치원이 왕명에 의해 쌍계사를 중창한 승려 혜소(慧昭)의 사적을 찬서하고 전액한 유일한 사적이다. 그 내용까지 섭렵한다면, 대공탑비는 최치원의 사상과 문장력 및 글씨까지 망라해 볼 수 있는 대표적 유적이다. 지리산 유람록에 나타난 최치원 관련 언급 또한 이 진감선사대공탑비에 집중적으로 나타난다. 쌍계사 고운 영당의 최치원 영정은 조선시대 때 전해지는 기록과 후인의 기억에 의거해 제작된 것이며, 그 외의 것들은 최치원 관련 일화와 전설에 의거해 형성된 관념적 유적일 뿐이다.

유념해야 할 것은 지리산 유람록에 나타난 최치원 관련 언급은 그들의 의도되지 않은 기록이라는 점이다. 조선시대 사인들은 유람 도중 최치원 관련 유적을 접하고서 그에 대한 단상을 피력하였는데, 그 속에는 최치원에 대한 그들의 의도하지 않은 인식들이 표출되고 있다. 동일한 유적을 접하고도 아무런 언급이 없는가 하면, 마치 자신의 처지와 동일시한 연민을 드러내거나, 반대로 강한 비판의식을 표출하기도 하였다. 이때의 기록은 장문의 논리적이거나 청탁에 의한 의도된 글이 아니다. 의도하지 않은 장소에서의 준비되지 않은 언급, 이것이야말로 그들의 진정성을 엿볼 수 있는 좋은 제재라 할 수 있다.

먼저 지리산 유람록 속 최치원 관련 기록을 시대별로 분류하여 공통적으로 나타나는 내용을 적출해 보았다.

〈표 1〉7)

시기	유람 인물	관련 주요 공통 내용	
15세기	金宗直, 南孝溫, 金馹孫 (曺偉, 俞好仁)	세상을 이끌 재능을 지녔으나 불우하여 세상에 제대로 쓰이지 못했다	文才가 뛰어났다
16세기	曺植, 邊士貞 (黃俊良, 奇大升, 河受一)		
17세기	柳夢寅, 成汝信, 趙緯韓, 梁慶遇, 吳斗寅, 金之白, 宋光淵(文弘運)	신선이 되어 청학동에 살고 있다	
18세기	金昌翕, 申命耉, 鄭栻, 黃道翼, 李柱大, 朴來吾		佛家와 仙家의 영향이 많다
19세기	南周獻, 河益範, 鄭錫龜		
19세기말 ~20세기초	宋秉璿, (田愚) 金澤述	불가를 숭상하였으니 儒家者가 아니다	

먼저 눈에 띄는 것은 그의 문재에 관한 인정이다. 남효온·김일손·황준량·하수일·유몽인·양경우 등이 강하게 표출하였으니, 조선중기 이후까지 지속적으로 나타난다고 하겠다. 조선초기 유람자에게서는 특히 그의 '불우'에 대한 안타까움이 공통적으로 나타나는데, 주로 글씨와 문장을 매개로 피력하였다. 16~17세기에는 청학동에서 최치원을 찾는 선계(仙界)로의 선망이 강하게 나타나며, 이는 19세기 중반까지도 보인다. 18세기~19세기 중반에 보이는 도가(道家)와 선가(仙家)에 대한 비판은, 19세기 말 20세기 초에 이르면 그의 사상을 강하게 비판하는 것으로 나타난다. 〈표 1〉에서 보듯 최치원과 관련한 다양한 인식과 평가들

---

7) 표 안의 ( ) 속 인물은 유람록을 남기지 않았으나, 지리산 유람시 및 여타 경로를 통해 최치원 관련 기록을 남긴 부류이다. 논지 전개를 위해 필요한 인물들만 발췌하여 수록하였다.

이 뒤섞여 있어, 시대별 혹은 인물 간 공통요소를 추출해내기가 쉽지
않다.

다음으로 유적별 기록을 분류해 보자. 우선 쌍계석문 석각과 관련한
기록은 조선초기부터 말기까지 다양한 인물에게서 보이며, 특히 임진
란 이후인 17~18세기 인물에게서 집중적으로 나타난다. 대체로 최치원
의 친필로 인정하면서 서체를 품평하는 내용이 많이 보인다. 최치원의
서첩을 구해 그의 필체를 익힐 만큼 탐닉하거나[8] 안진경(顔眞卿)의 글
씨보다 우월하다고 극찬한 경우[9]가 있는 반면, 어린 아이의 습자와 같
은 수준이라 폄하하기도 하였다.[10] 쌍계석문은 쌍계동으로 들어서는
입구에 있는 바위의 각자로, 최치원을 만나는 첫 관문임과 동시에 조선
초기 지리산 유람록에서부터 보이는 유서 깊은 유적이다. 따라서 이를
접하는 조선시대 사인의 감회는 남달랐으며, 때문에 많은 기록이 전하
고 있다.

고운영당은 17세기 후반 송광연(宋光淵 1638~1695)의 「두류록(頭流錄)」
에 처음 등장해[11] 19세기 말까지 나타난다.[12] 특이한 것은 이 시기 그의
초상화를 통해, 탁월한 능력을 지녔음에도 불우하여 불가나 선가에 심

---

8) 柳夢寅, 『於于集』 권6 「遊頭流山錄」.

9) 梁慶遇, 『霽湖集』 권11 「歷盡沿海郡縣 仍入頭流 賞雙溪新興紀行錄」.

10) 金馹孫, 『濯纓集』 권5 「頭流紀行錄」.

11) 宋光淵, 『泛虛亭集』 권7 「頭流錄」. 송광연의 지리산 유람은 1680년 8월 20일부터 27일
까지 순창을 출발하여 곡성 → 구례 → 쌍계사 → 삼신동을 구경하고 제석봉을 거쳐 천
왕봉에 올랐다가 인월과 운봉을 거쳐 귀가하는 일정이었다.

12) 김성렬은 1884년 5월 1일부터 9일까지 청학동을 일대를 유람하고 「유청학동일기」를
남겼는데, 그때 지은 「雙溪寺 謹次東崖梁公亨遇韻」(『兼山集』 권1)에 의하면, "盡日緣流
到石門 溪山省識舊時痕 晩花冉冉春猶在 亂樹陰陰晝亦昏 眞堪遺碑鑑共語 孤雲影帖尙今
存 玉簫千載仙人去 鶴背華扁手自捫"라고 하여, 그 당시까지만 해도 영당의 초상화가
남아 있었음을 확인할 수 있다.

취했던 인물로 일관되게 나타난다는 점이다. 불우의 삶에 대한 탄식이라는 점에서는 조선초기의 인식과 유사하나, 이 시기는 도가와 선가로의 심취, 그의 선취(仙趣)에 집중된 차이점이 있다. 송광연은 "고운의 인물과 재주를 가지고서 중국에서도 알아주는 임금을 만나지 못하고, 우리나라에서도 받아들여지지 못해, 선가·불가의 도에 자취를 감추고 산수에 묻혀 배회하다가 생을 마감했다. 때를 만나기 어려움이 이와 같구나!"[13]라고 하였고, 황도익(黃道翼 1678~1753)은 "안타깝도다! 불세출의 이름난 사람으로서 불가에 자취를 의탁했으니, 학술의 방법을 선택할 적에 신중하지 않을 수 있겠는가"[14]라고 하여, 그의 불우한 삶과 불·선가로의 은거 등을 술회하고 있다. 박래오(朴來吾 1713~1785)는 최치원을 '선옹(仙翁)'으로, 그의 유적을 '선계'로 비유하였고,[15] 하익범(河益範 1767~1815)은 최치원을 '유선(雲仙)' 또는 '연단술을 익힌 최문창(崔文昌)'[16]으로 표현하였다.[17]

진감선사대공탑비는 조선 말기까지 지속적으로 그리고 다양한 기록

---

13) 宋光淵, 『泛虛亭集』 권7 「頭流錄」.

14) 黃道翼, 『夷溪集』 권13 「頭流山遊行錄」.

15) 朴來吾, 『尼溪集』 권12 「遊頭流錄」.

16) 河益範, 『士農窩集』 권2 「遊頭流錄」.

17) 지리산 유람록에서는 최치원을 두고서 오롯이 유학자의 형상만을 읽어내는 기록은 보이지 않고, '學士·文昌侯·儒仙' 정도로 표현하고 있다. 그러나 가야산에 위치하는 최치원의 유적을 읊은 기록에서는 온전한 유학자의 모습을 읊어낸 작품도 보인다. 이 것이 최치원과 관련하여 조선조 士가 인식한 지리산과 가야산이 지닌 차별성인가에 대해서는 추후 논의할 일이다. 趙寅永(1782~1850), 『雲石遺稿』 권10 「孤雲影堂記」. "伽倻之爲名山 以先生也……然先生 百世師也 肇倡斯文 配食聖廟 吾儒之尊之也固宜 而學仙者曰 先生吾師也 學佛者曰 先生吾師也 杖屨所及 競爲之崇奉焉 彼崇奉焉者 徒欲得先生重耳 烏知其誣賢也哉……余惟先生之文章聲名 洋溢天下 非末學可贅也 竊恐夫後之入此山者 疑先生於仙佛之間也 不得不爲之辨"

을 남긴 유적이다. 글씨와 문장에 대한 언급, 그의 불우에 대한 연민, 무엇보다 최치원의 사상에 대한 비판이 강하게 표출되고 있다. 왕명에 의해 찬술되었다고는 하나, 승려 혜소의 일대기와 업적을 칭송했다는 점과, 내용면에서 최치원의 유학자로서의 사상과 정신이 혼재되어 나타나기 때문에, 조선 말기까지 불가를 옹호했다는 비판을 면치 못하는 대표적 유적이다. 이에 대한 혹평은 조선 말기에 이르러 더욱 강하게 나타난다.

이상의 두 가지 방식으로 분류하였으나, 그 내용에 있어 어느 한쪽만의 일관성을 읽어내진 못하였다. 그러나 두 가지 방식을 종합해서, 시기나 인물 분류를 배제하고 내용을 중심으로 그 특징을 도출하고, 그 특징에 해당되는 인물과 시기를 분류해 보자. 곧 내용 중심으로 분류하되, 장시간 일관되게 그리고 강하게 나타나는 인식을 적출하는 방법이다. 이에 따라 관련 기록을 정리하면 다음 네 가지로 압축할 수 있을 듯하다. 이를 중심으로 조선시대 사인의 최치원에 대한 인식을 살펴보고자 한다.

〈표 2〉

내용	유람자	주요시기
① 타고난 문재에도 불우하였다	**김종직, 남효온, 김일손, 조위**, 유호인, 송광연	조선초기
② 글씨에 뛰어났다	남효온 · 김일손 · **황준량 · 하수일 · 황위** · 유몽인 · 양경우 · 오두인 · **김지백**	임진란 이후
③ 산수 간에 은거하여 신선이 되었다	기대승 · **성여신 · 조위한**, 박래오, **신명구**, 하익범	
④ 불가와 도가에 심취한, 유학자가 아니다	박래오, 황도익, 정석구, **송병선, 전우, 김택술**	조선말기

Ⅲ. 조선조 사인의 최치원에 대한 인식

1. 불우에 대한 연민과 위무

점필재(佔畢齋) 김종직(金宗直 1431~1492)은 함양군수로 부임한 이듬해
인 1472년 중추절을 전후하여 함양 용유담(龍游潭)과 군자사(君子寺) 방
면으로 지리산 천왕봉에 올랐고, 남효온은 그보다 15년 뒤인 1487년에,
김일손은 1489년 진주학관으로 내려왔다가 정여창(鄭汝昌)과 함께 지리
산을 유람하였다. 김종직을 비롯한 그의 문하생 중 유람록을 남기지 않
았으나 지리산 유람이 확실시 되는 인물을 꼽으라면, 김굉필(金宏弼)·정
여창·조위(曺偉)·유호인(俞好仁)·최충성(崔忠成)·홍유손(洪裕孫)·양준(楊
浚) 등이 확인된다.[18]

> 고운은 얽매이지 않은 사람이었다. 기개를 자부하였지만 어지러운 세
> 상을 만나, 중국에서 불우했을 뿐만 아니라 우리나라에서도 용납되지 못
> 하자, 마침내 미련 없이 속세를 등졌다. 깊고 고요한 산골짜기는 모두
> 그가 노닐었던 곳이다. 그러니 세상 사람들이 그를 신선이라 불러도 부
> 끄럼이 없으리라. (김종직, 「유두류록」)

김종직은 최치원의 유적을 직접 방문하지 않았으나, 세석평에 이르
러 동행한 승려가 남쪽을 가리키며 쌍계사라고 하자, 곧장 최치원을 떠
올리며 위와 같이 언급하였다. 김종직의 위 언급에서 주목할 것은 두
가지이다. 최치원은 시대의 '불우'한 인물이라는 것이 그 하나이고, 그

---

18) 조위와 유호인은 스승 김종직의 지리산 유람에, 정여창은 김일손의 유람에 동행하였
고, 그 외 인물은 남효온의 지리산 유람록인 「智異山日課」에서 확인할 수 있다.

러면서도 현실에 연연해하는 것이 아니라 물외에서 노닌 자유로운 존재임을 높이 평가한 것이 나머지 하나이다.

주지하듯 김종직은 「조의제문(弔義帝文)」을 짓고도 세조에게 출사하였고 한명회를 칭송하는 시를 지어[19] 사상과 처세가 의심스럽다는 평가를 받았으며,[20] 훈척의 시기와 견제를 피해 외직으로 나가는 경우가 있었으나 세상을 떠나기 직전까지 환로에 있었던 인물이다. 그는 일생 벼슬에 대한 집착을 보인 인물이라 할 수 있다. 그런 그에게 있어 최치원은 부러움과 선망의 대상이었다. 시대의 불우를 과감히 떨치고 현실을 벗어난 삶을 살 수 있는 그 용기를 높이 산 것이다. 김종직에게 있어 최치원은 세상을 구제할 뛰어난 능력을 지녔음에도 현실에 쓰이지 못하여 세상을 벗어난 은둔자의 형상이었던 것이다.

최치원은 귀국 후 자신의 포부를 펼쳐보려 했으나 크게 등용되지 못하고 외직인 태인현감(泰仁縣監)으로 나가게 되었다. 김종직은 태인의 연지(蓮池)에서 최치원을 그리워하며 다음과 같은 시를 지었다.

할계하던 그때에도 맑은 향기 전파했기에	割雞當日播淸芬
가시나무에 깃들어 사는 난새라 하였었지	枳棘棲鸞衆所云
천 년 전 시 읊던 그 마음 어디서 찾을까	千載吟魂何處覓
일만 개의 연꽃줄기가 제각각 고운이로다	芙蕖萬柄萬孤雲[21]

큰 능력을 지닌 인재가 작은 고을을 다스리는 우도할계(牛刀割鷄)의

---

19) 金宗直, 『佔畢齋集』 권6 「狎鷗亭上黨府院君請賦」.
20) 許筠, 『惺所覆瓿藁』 제11권 「金宗直論」. "若宗直者 眞所謂私其利 竊其名 偃然徒朱軒赤紋者也"
21) 金宗直, 『佔畢齋集』 권21 「泰仁蓮池上 懷崔致遠」.

현실을 비꼬고 있다. 가시나무는 난새가 깃들 곳이 아님에도 그곳에 깃들어 살고 있음을 통해, 난새의 능력을 제대로 인정해 주지 않는 현실을 안타까워하고 있다. 난새는 최치원이자 김종직 자신이다. 현실에서 능력을 크게 발휘하지 못하고 작은 고을을 다스리고 있지만, 그곳에서 선정을 펼쳤던 최치원을 통해 현실 속의 자신을 보았다. 자신을 최치원과 동일시하여 현재의 자신을 합리화하고 그를 통해 위무 받으려 한 것이다.[22]

남효온은 모친의 손에 이끌려 초시(初試)를 치렀으나 이후 소릉복위 등을 청하는 소(疏)가 임사홍(任士洪)과 정창손(鄭昌孫)의 반대로 받아들여지지 않자, 방랑과 유랑으로 삶을 일관하였다. 무관(無官)의 서생으로 홀로 지리산 유람을 떠나던 당시의 상황도 이에서 크게 벗어나지 않았다. 지리산 유람 시기[23]를 전후하여 남효온의 개인적 상황을 살펴보면, 가정적으로는 부모처럼 자신을 거둬주던 고모와 둘째 아들의 연이은 죽음이 그를 고통스럽게 하였고, 강응정(姜應貞)·정여창 등과 조직한 소학계(小學契)를 중심으로 추진되었던 성급한 사회개혁의 실패, 홍유손·신영희(申永禧) 등과 함께 죽림칠현(竹林七賢)을 본떠 결성한 죽림우사(竹林羽社)로 인해 동문 김굉필 등과의 절교는, 당시 남효온이 처한 세상과의 불화와 고립을 보여주는 단적인 사건들이다.[24]

---

22) 이는 김종직이 문인 俞好仁과 더불어 가야산 해인사를 유람하면서 최치원의 일화가 전하는 유적을 읊은 여러 시에서도 확인할 수 있다. 특히 최치원의 바둑판이라 전해지는 곳에서 지은 시에는 이러한 감회를 더욱 절실히 표출하고 있다. 金宗直, 『佔畢齋集』 권14 「海印和板上韻三首 與克己同賦」. "孤雲佳遯客 白日大名聞 巾屨同蟬蛻 風標混鶴群 碁盤空剝落 詩石半剜分 細履仿佯地 追懷祇自勤"

23) 남효온은 1487년 9월 27일부터 10월 13일까지 산청 남사를 출발하여 천왕봉에 오르고, 영신봉을 따라 하동 칠불사로 하산하여 청학동을 유람하였다. 南孝溫, 『秋江集』 권6 「智異山日課」.

이러한 복잡미묘한 세상사 속에서 갈등하고 고뇌하던 남효온이, 홀로 떠난 지리산 유람에서 만난 최치원은 현실에서 염원하던 자신의 모습과 흡사하였다. 때문에 그는 「지리산일과(智異山日課)」에서 유람 도중 접하는 최치원 관련 유적, 예컨대 최치원이 독서하던 방이라 전해지는 단속사의 선방, 그의 친필로 전해지는 쌍계석문 석각, 불일암 일대의 전경 등을 놓치지 않고 담담하게, 때로는 장황하게 수록하고 있다.

어찌하여 신라의 교지 두 번이나 받들어	胡爲再奉鷄林敎
세상의 평범한 한 노승 사적을 기술했나	疏錄人間一庸叟
축원하고 염불함은 망령되고 우매한 일	祝上念佛妄庸事
은근히 칭송의 말들 입에서 흘러 넘쳤네	慇懃讚嘆不容口
혜소의 일과 자취는 내 보고 싶지 않고	慧昭事跡不欲觀
용처럼 꿈틀대는 가는 글씨에 경탄할 뿐	但驚細筋龍蛇走
문장은 덜한 노력에도 이백의 글과 같고	文如李白差鍛鍊
글씨는 백영처럼 취중의 정취를 얻었네	書得伯英醉中趣
이 나라 문장이 공에게서 비롯되었으니	此邦文字自公始
우리나라 학사 가운데 공이 으뜸이라네	靑丘學士公爲首[25]

위 시는 남효온이 지리산 유람 때 쌍계사에 들러 진감선사대공탑비를 읊은 시의 일부이다. 일개 승려의 행적을 칭송하는 글이나 지었다고 폄하하고 있지만, 그의 문장만큼은 우리나라의 으뜸이라 칭송하였다. 뛰어난 글씨와 문장력을 지니고도 나라의 큰 쓰임에 활용되지 못하고

---

24) 정출헌, 「秋江 南孝溫과 遊山」, 『한국한문학연구』 47집, 한국한문학회, 2011, 349~360쪽.
25) 南孝溫, 『秋江集』 권2 「讀雙磎寺碑」.

한갓 승려의 행적을 찬양하는 일에나 쓰인다는 것으로써 그에 대한 안타까움을 표출하고 있다. 남효온이 생각하는 최치원은, 재주가 높고 뜻이 뛰어났으나 고국에서 때를 만나지 못해 당나라로 유학하였고, 귀국해서도 험난한 때를 만나 자신의 뜻을 펼치지 못한 채 천석(泉石)의 사이에서 평생을 보낸 인물이었다.[26] 그 역시 최치원을 불우한 인물로 인식하였으며, 그의 삶을 통해 자신의 고단한 처지와 현실을 위무 받으려 하였다. 때문에 최치원이 부여잡고 개울을 건넜다는 전설과 함께 쌍계사에 전해지는 고목의 뿌리 하나에서도 차마 떠나지 못하고 한참을 서성인다거나, 지리산 유람 이후 곧장 해운대(海雲臺)로 유람을 떠나 최치원의 흔적을 찾는 남효온의 모습[27] 또한 같은 맥락에서 이해할 수 있겠다.

　지리산 유람록에서 최치원과 관련하여 가장 핍진한 기록을 남긴 인물은 단연 김일손이다. 그의 「두류기행록(頭流紀行錄)」에는 최치원에 대한 언급이 유달리 많다. 단속사와 쌍계사에 전해지는 유적 외에도, 신흥사 입구의 외나무다리에 얽힌 최치원 관련 설화를 장황하게 기록함으로써, 최치원에 대한 각별한 관심을 표출하였다. 급기야 쌍계사 진감선사대공탑비에 이르러서는 감흥의 절정에 이른다.

---

26) 南孝溫, 『秋江集』 권4 「遊海雲臺序」. "才高志秀 不偶於鄕 入唐登第 仕至翰林供奉 從將軍高騈擊黃巢 手自艸檄 黃巢破 唐室危 乞骸骨東還 適値鷄林黃葉 世道崎嶇 遂放情自晦 膏肓泉石 遊遨終其身"

27) 남효온의 지리산 유람은 봄·가을에 행해졌던 여느 유람과 달리 1487년 9월 27일부터 10월 13일까지 16일 동안, 동행 없이 홀로 떠난 초겨울 산행이라는 점이 특징이다. 이는 그의 유람이 사전에 계획된 것이 아님을 반증하는 것이기도 하다. 남효온은 지리산 유람에서도 돌아온 한 달 뒤인 11월 14일 해운대를 찾아가 최치원을 만났다. 『秋江集』 권4 「遊海雲臺序」.

이번 유람에 비석을 구경한 것이 많았다. 단속사 신행의 비석은 원화 연간에 세웠으니, 광계보다 앞선다. 오대산 수륙정사의 기문은 권적이 지었으니, 그 또한 한 세상의 문사였다. 그런데 유독 이 비석에 대해서는 끝없이 감회가 일어나니, 이 어찌 고운의 손길이 여전히 남아 있고, 고운이 산수 사이에 노닐던 그 마음이 백세 뒤의 내 마음에 와 닿기 때문이 아니랴. 내가 고운의 시대에 태어났더라면, 그의 지팡이와 신발을 들고서 모시고 다니며, 고운으로 하여금 외로이 떠돌며 불법을 배우는 자들과 어울리게 하지는 않았을 것이다. 고운이 오늘날 태어났더라면, 반드시 중요한 자리에 앉아 나라를 빛내는 문필을 잡고서 태평성대를 찬란하게 표현했을 것이며, 나 또한 그의 문하에서 붓과 벼루를 받들고 가르침을 받았을 것이다. 이끼 낀 비석을 어루만지며 감개한 마음을 금치 못했다. 다만 비문을 읽어보니, 문장이 변려문으로 되어 있고, 또 선사(禪師)나 부처를 위해 글짓기를 좋아하였다. 어째서 그랬을까? 아마도 그가 만당 때의 문풍을 배웠기 때문에 그 누습을 고치지 못한 것이 아닐까? 또한 숨어사는 사람들 속에 묻혀 세상이 쇠퇴하는 것을 기롱하며, 시속을 따라가면서 선사나 부처에 몸을 의탁하여 자신을 숨기려 한 것이 아닐까? 알 수 없는 일이다.[28]

위 인용문에서 보듯 김일손은 스승 김종직이나 남효온과는 달리 최치원에 대해 대단히 호의적이다. 왜일까? 최치원은 당대 최고의 문장가이다. 변려문(駢麗文)은 정교한 대구를 번갈아 사용하는 등 까다로운 형

---

28) 金馹孫, 『濯纓集』권5 「頭流紀行錄」. "所見碑碣 多矣 斷俗神行之碑 在於元和 則先於光啓矣 五臺水精之記 撰於權適 則亦一世之文士也 而獨於此 興懷不已者 豈孤雲手澤尙存而孤雲所以徜徉山水間者 其襟懷有契於百世之後歟 使某生於孤雲之時 當執杖屨而從 不使孤雲踽踽與學佛者爲徒 使孤雲生於今日 亦必居可爲之地 擒華國之文 賁飾太平 某亦得以奉筆硯於門下矣 摩挲苔蘚 多少感慨 第讀其詞偶儷 而好爲禪佛作文 何也 豈學於晚唐而未變其習耶 將仙逸隱淪 玩世之衰 而與時俛仰 托於禪佛 以自韜晦耶 不可知也"

식을 중요시 하나, 당시의 국가문서나 외교문서 등에 사용되던 공식 문체였다. 때문에 최치원이 변려문에 능통했다는 점에 주안하여 그의 사상적 깊이를 의심하기도 하나, 오히려 변려문에 탁월했던 그의 문장 능력은 신라의 국제적 위상을 드높였다는 점에서 높이 평가받을 만하다.29) 최치원은 자신의 문장으로 국가와 민족을 위해 당대 지식인으로서의 역할과 의무를 다하려 했다고 할 수 있다.

김일손 역시 문장에 탁월한 재능을 보인 인물이다. 그는 사문(師門)에서 문병(文柄)을 잡을 인물로 기대를 모았고, 스승의 권유에 따라 한유(韓愈)의 문장 공부에 열의를 다하여 성취가 있었던 인물이다. 중국 사신도 그를 일러 '동국의 한창려(韓昌黎)'라 하였고,30) 남곤(南袞)과 권응인(權應仁) 또한 그의 문장을 칭송하였으니,31) 문장에 있어 뛰어난 능력은 후대까지도 인정되었던 것으로 보인다.

김일손은 최치원에게서 문장을 통해 국가와 시대에 충실하려 했던 지식인을 본 것이다. 바로 자신의 모습이다. 때문에 최치원의 시대에 태어났더라면 그를 섬겼을 것이며, 자기 당대에 태어났더라면 중요한 자리에 앉아 문필로써 태평성대를 구가했을 것이라 자부하였다. 비록 최치원과 자신의 시대상황이 달랐다 하나, 문병을 잡아 문장으로 국가와 민족을 위하고자 했던 김일손의 사의식(士意識)이 최치원에 대한 감

---

29) 민족문학사연구소, 『한국 고전문학 작가론』, 소명출판, 2006.

30) 宋時烈, 『宋子大全』 권137 「濯纓先生文集序」.

31) ① 許筠, 『惺所覆瓿稿』 권25 惺叟詩話, 「南袞嘗言金馹孫之文朴誾之詩不可易得」. "南止亭嘗言金馹孫之文 朴誾之詩 不可易得 此語誠然 朴之詩 雖非正聲 嚴縝勁悍 如春陰欲雨鳥相語 老樹無情風自哀之句 學唐纖麗者 安敢劘其墨乎" ② 權應仁, 『松溪漫錄』. "濯纓金先生 以文章自名 南止亭常稱曰 挹翠軒之詩濯纓之文 其文集盛行於世而詩則罕傳 三嘉縣觀水樓有一律云……詩與文孰優 觀者詳之"

개로 발현된 것이라 할 수 있다. 그리고 김일손 또한 그러한 재능을 뜻대로 펼치지 못한 최치원의 불우한 삶을 회상하며 그를 통해 자신의 현실적 상황을 위무 받고 있는 것이다.

 이상에서 보듯 최치원의 불우에 대한 연민은 특히 초기사림에게서 집중적으로 나타난다. 이 시기는 아직 확고한 성리학적 시각에 의한 최치원 비판이 본격적으로 일어나기 전이었고, 따라서 최치원에 대한 인식 또한 정치적 사상적 측면보다는 그 삶의 전반에 대한 표현이 많이 보인다. 조선초기는 훈구세력과 초기사림의 대립이 성행하였고, 훈척에 비해 초기사림은 능력을 소유했음에도 불구하고 이를 제대로 인정받지 못하는 것이 현실적 상황이었다.[32] 김종직과 그의 문도로 대표되는 이들은 그들 시대가 직면한 정치적 사상적 상황에서 보더라도, 혹은 그들 각각의 상황에서 고려해 보더라도, 현실에서 자신의 능력을 제대로 펼칠 기회를 얻지 못한 불우의 삶이라는 점에서 동질감을 지녔고,[33] 이러한 동질감은 그들 자신을 위무하는 방편으로 작용하였다고 생각된다. 이들에게 있어 지리산 속 최치원은 현실에서 상처 받은 또 다른 자신의 모습임과 동시에 그 상처를 어루만져 줄 위무의 손길이었던 것이다.

---

32) 송재소, 「점필재 문학 연구의 몇 가지 문제」, 『김종직의 사상과 문학』, 밀양문화원, 2005, 90쪽.

33) 최치원에 대한 초기사림의 이런 인식은 위 세 인물 외에 梅溪 曺偉에게서도 나타난다. 曺偉, 『梅溪集』 권4 「題崔文昌傳後」. "或者疑其以公之大才 卷以東歸 陳力就列 遇事匡救 彌縫其闕失 粉飾其文治 則國勢不至於捏琉 萱裔何遽於猖獗 而顧乃棲遲偃仰 不屑仕宦 國之危亡 視若越人之肥瘠 無乃幾於潔身而亂倫 懷寶而迷邦者耶 是不然……噫 以公之才 生於今日之盛時 其黼黻王猷 振起大雅之風者 爲如何哉 人與時不偶 命與才不諧 豈非千古之恨"

2. 문단의 변화와 서체에 대한 칭송

최치원의 탁월한 문재는 고려와 조선에서 전반적으로 인정받은 부분
이었으나, 엄밀히 살펴보면 그 '인정'에 있어 다소 차이를 발견할 수 있
다. 고려시대가 '당대 최고의 당(唐)나라 문인에 비견될 만큼 우리의 문
학을 세계적 수준으로 성취한 인물'이라는 자부심을 표출한 경우라
면,34) 조선시대는 유학적 가치체계에 따라 그에 대한 평가가 시대마다
약간씩 달랐다. 예컨대 조선시대에는 초기부터 최치원과 관련하여 문
묘종사의 당위성 논의가 지속적으로 제기되었는데, 이는 유가적 사회
질서의 정착과 성리학 사상의 경직화 과정과 관련이 있다.35) 특히 중종
대 이후로는 '도통의 전수와 출처(出處)의 정당성'이라는 두 가지 방향으
로 논의의 가닥이 잡히는데, 이와 관련한 최치원에 대한 비판은 퇴계(退
溪) 이황(李滉)에 의해 정점에 이른다.36) 따라서 그의 학문적 사상적 성
향과 관련한 논의는 적어도 퇴계 이후 비판을 면치 못하는 것으로 치우
쳤고, 이는 그의 문재에 대한 평가에도 일정부분 영향을 끼쳤다.

---

34) 김부식의 『三國史記』에 실린 崔致遠列傳, 李奎報의 「唐書不立崔致遠列傳」(『東國李相
   國集』 권22)에서 특히 집중적으로 나타나는데, 이의 기록에 의거해 고려인의 자부심으
   로 자주 회자되었다.

35) 정경주, 『한국 중세문화 인물 연구』, 신지서원, 2010, 41쪽. 그 논의의 중심 사안으로
   는 '鷄林黃葉 鵠嶺靑松'이라는 구절이 든 祥瑞를 왕건에게 올렸다는 사실의 眞僞 문제,
   처자를 이끌고 가야산에 은거했다는 出處의 명분 문제, 佛家文字를 많이 저술하였다는
   사상적 순수성의 문제가 그것이며, 이러한 문제 제기는 그의 학문성취에 대한 평가척
   도의 변화와 그 맥을 함께 하였다.

36) 李滉, 『退溪集』 續集 권5 「退溪先生言行錄」. "中朝去文廟追崇之號 改題先聖先師 朝廷
   亦有欲遵是制者 先生曰 聖人之德 雖不以封贈而有所加損 然尊以是號 世代已久 程朱大儒
   亦無異議 而一朝削去 實所未安 今此舉措 何可輕議 我朝從祀之典 多有未喩者 如崔孤雲
   徒尚文章 而諂佛又甚 每見集中佛疏等作 未嘗不深惡而痛絕之也 與享文廟 豈非辱先聖之
   甚乎 可歎可歎 又曰 我朝四賢 雖有功德 至於從享聖廟 則未可輕議也 時館學生上疏請從
   祀 先生聞之 終不以爲是"

예컨대 퇴계의 문인 황준량(黃俊良 1517~1563)은 을사사화가 일어나기 직전인 1545년 파직되어 낙향했다가, 곧장 함양의 유자옥(俞子玉) 등과 지리산을 유람하였다. 그는 유람 도중 지리산에 은거했던 한유한(韓惟 漢)과 최치원을 회고하였는데, 특히 최치원에 대해서는 "최고운 불러내 최근 소식 묻고프나/ 선유하며 신령한 자취 어디쯤 날고 있는지/ 화망 에서 몸을 빼내 화려한 글 솜씨 떨쳤기에/ 맑고 아름다운 풍도와 그 명 성 후인들이 흠모한다네"37)라고 한 것이나, 신재(愼齋) 주세붕(周世鵬)에 게 올린 편지에 최치원을 일러 '문장으로 세상에 이름을 떨쳤으나 유학 자로서의 경세지학은 없었습니다'38)라고 한 언급에서, 최치원의 탁월 한 문장은 인정하나 유학자로서의 면모를 인정하지 않음으로써 스승의 견해를 존중하는 모습을 보이고 있다. 조식(曺植)의 문인 하수일(河受 一)39) 또한 진감선사대공탑비를 보고서 '불가는 유가자(儒家者)가 할 일 이 아니니, 최치원의 행적 중 「토황소격문(討黃巢檄文)」한 편만 적합하 다'고 하였다.40) 그의 문장만을 인정한 것이다.

그런데 지리산 유람록에서는 그의 문장이 아니라 서체에 대한 칭송 이, 특히 임진란 이후의 유람자에게서 집중적으로 나타난다. 유몽인(柳 夢寅)·양경우(梁慶遇)·조위한(趙緯韓)과, 조금 뒷시대 유람자인 김지백(金

---

37) 黃俊良, 『錦溪集』권1「遊頭流山紀行篇」. "欲喚孤雲訪消息 仙遊何許飛靈踪 抽身禍網振 華藻 風聲沒世欽淸丰"

38) 黃俊良, 『錦溪集』권4「上周愼齋論竹溪志書」. "有薛弘儒, 崔文昌 生于羅季 薛則譯五經 訓後學特其章句之末耳 崔以文章鳴天下 亦非經世之學也"

39) 이상필, 『松亭集 解題』, 『남명학연구』13집, 경상대 남명학연구소, 2002, 339쪽. 하수 일은 시문 창작에 관심을 기울이지 않던 여느 江右學者에 비해, 문장 수련에 남다른 노력을 기울였고 또 뛰어난 실력으로 칭송받았던 인물이다.

40) 河受一, 『松亭集』권2「題雙溪寺崔學士碑後」, "龜足龍冠幾百年 至今猶不受苔錢 早知 空寂非吾事 只合黃巢一檄傳"

之白)·오두인(吳斗寅)·송광연(宋光淵) 등의 언급에서 확인해 볼 수 있다.

쌍계석문에 이르렀다. 최고운의 필적이 바위에 새겨져 있었는데, 글자의 획이 마모되지 않았다. 그 글씨를 보건대, 가늘면서도 굳세어 세상의 굵고 부드러운 서체와는 사뭇 다르니, 참으로 기이한 필체다. 김탁영은 이 글씨를 어린아이가 글자를 익히는 수준이라고 평하였다. 탁영은 글을 잘 짓지만, 글씨에 대해서는 배우지 않은 듯하다.……나는 어려서부터 최고운의 필적이 예스럽고 굳센 것을 사랑하여 판본이나 탁본의 글씨를 구해 감상하였다. 그러나 임진왜란을 겪으면서 집도 글씨도 모두 없어져 늘 한스럽게 여겼다. 내가 의금부 문사랑(問事郞)이 되었을 적에 문건을 해서로 쓰는데, 곁에 있던 금오장군(金吾將軍) 윤기빙(尹起聘)이 한참 들여다보더니 "그대는 일찍이 최고운의 서법을 배웠소? 어찌 그리도 환골탈태를 잘하시오."라고 했었다. 지금 진본을 보니, 어찌 옛 사람을 위문하며 감회가 일어날 뿐이랴.[41]

바위 하나에 각각 두 글자씩 새겨져 있었는데 필획이 정돈되어 있고 서체가 엄격하며 칼과 창이 교차한 듯하니 참으로 고운 최치원의 친필이다. 찡하니 가슴이 뭉클하여 말에서 내려 우두커니 바라보았다. 대체로 당대(唐代)의 명필로 모두 저수량(楮遂良)·안진경을 말하면서 최학사만은 일컫는 말을 듣지 못했으니, 외국 사람이기 때문이 아니었을까? 저수량은 논하지 않더라도, 안진경의 마애비각본을 본 적이 있는데, 결코 여기에 미치지 못했다.[42]

---

41) 柳夢寅, 『於于集』 권6 「遊頭流山錄」, "至雙溪石門 有崔孤雲筆蹟 字劃不泐 觀其書 瘦且硬 絕異世間肥軟體 眞奇筆也 金濯纓謂兒童習字者之爲 濯纓雖善文 至於書 未之學也……且余自少愛孤雲筆蹟之古勁 得墨本傳壁以玩之 經壬辰亂 室與書 俱亡 常以爲恨 及爲金吾問事郞 楷書文案 傍有金吾將軍尹起聘 熟視之曰 子曾效孤雲書法乎 何奪胎甚也 今見眞本 豈但弔古興懷 兼有感舊之悲也"

42) 梁慶遇, 『霽湖集』 권11 「歷盡沿海郡縣 仍入頭流 賞雙溪新興紀行錄」, "一石各書二字 畫

유몽인은 문·시·서에 두루 뛰어나 당시 문단의 중심에 있던 인물이
었지만, 최치원에 대해서는 위의 기록에서 보듯 문장보다는 글씨에 대
한 칭송으로 일관한다. 특히 최치원의 서체에 유독 관심이 많아, 어려
서부터 그의 서첩을 구해 익힐 만큼 매료되어 있었다.[43] 유몽인은 어린
아이의 습자한 것과 같다고 평했던 김일손의 안목[44]을 폄하하면서까지
최치원의 글씨를 높이 평가하고 있다. 송광연 또한 '필력이 서까래처럼
곧고 힘차다'고 평한 후, "그런데 탁영은 글자를 익히는 아이의 글씨에
비유하였다. 무슨 소견으로 그렇게 말했는지 모르겠다."고 하여, 그 역
시 최치원의 글씨를 칭송하였다. 양경우는 당대 최고의 서예가인 안진
경보다 더 우월한 솜씨라 자부하면서도, 자국인이 아니라는 이유로 당
나라에서 정당한 평가를 받지 못했음을 못내 아쉬워하고 있다.

이외에도 조위한은 "네 개의 큰 글자가 장엄하여, 용과 이무기가 뒤
엉켜 승천하는 듯하고, 칼과 창을 비스듬히 잡고 서 있는 듯하다"고 하
였고, 오두인은 "글자의 획이 매우 기이하고 예스러웠다."라 하고 진감
선사대공탑비에 대해서는 "용과 뱀이 얽힌 듯 필적이 지금까지도 뚜렷
하니, 가히 불후라 할 만하다."라고 하였으니, 이 시기의 최치원 관련
유람기록은 그의 글씨에 대한 칭송으로 일관함을 확인할 수 있다. 최치

整體嚴 劍戟交橫 眞孤雲手迹也 森然魄動 下馬佇眙 盖唐朝數名筆者皆曰 楮太傅顔太師
而獨崔學士無聞焉 得非以外國故歟 卽毋論楮公 曾見顔公磨崖碑刻本 決不及此"

43) 柳夢寅,『於于集』권5「答南都憲季獻書」. "僕學古詩古文 又好古人書法 皆從十五歲始
文自三代兩漢止韓柳 目不窺宋以下之作 拘拘法制 如申韓律令 慘刻峻急 頗不自滿於意 詩
自先唐以上止於李杜韓 下及於黃 橫驅別鶩 如泛駕脫羈之馬 不避深峭 然後快於心 自以
爲詩勝於文 書自中國及東方 學崔致遠楷字 又博取張弼崔興孝金絿黃耆老草書 避子昻安
平 若將冼 屈伸盤縮 皆遵古畫 恣睢狂逸之氣 老而不衰"

44) 이 내용은 김일손의 「두류기행록」에 수록되어 있다. 최석기 외 옮김,『선인들의 지리
산 유람록』(돌베개, 2000), 93쪽.

원은 동국문종(東國文宗)으로 일컬어질 만큼 문장에 있어 인정을 받았음에도 불구하고 이 시기 지리산 유람록에서는 그의 문장이 아닌 서체에 대한 칭송 일색인 것은 왜일까?

우선 유람자가 최치원의 필적이라 전해지는 글씨를 직접 목격한 감회를 기록했기 때문으로 보인다. 주로 진감선사대공탑비와 '쌍계석문' 석각에서 나타나는데, 실제 장소에서 글씨를 접했을 때의 그 현장감과 감회는 남달랐을 것으로 보인다. 때문에 '용과 이무기가 뒤엉켜 승천하는 듯하다'거나 '용과 뱀이 얽혀 있는 듯하다'는 등과 같이 섬세하고 핍진한 표현이 가능했던 것이다. 대공탑비 내용과 관련한 언급은 지리산 유람록 전체에서도 극히 일부인데, 승려의 사적을 칭송한 내용인 만큼 조선조 사인들이 언급조차 꺼려했을 것이고, 따라서 글씨에 대한 기록이 그만큼 용이했고, 또 많은 분량이 전하게 된 것이라 생각된다.[45]

이 시기 조선 문단에 일었던 변화 또한 하나의 요인이 될 수 있겠다. 임진란을 전후한 조선은 성리학적 이념체계가 확립되던 시기를 지나, 그 사회를 지탱하던 가치체계의 혼란을 초래한 시기였다. 즉 정치사상적 문학적 측면에서 다양한 변화가 일어나고 있었다. 이러한 다변화 양상을 보인 원인으로는, '양란(兩亂)의 진행과 그 복구과정에서 발생한 지성계의 반성적 자각, 전란에 구원한 명(明)과의 활발한 교류에 기인한 외부의 자극, 양명학이라는 새로운 사상의 충격, 명·청교체에 기인한 국제정세의 변화와 조선의 위상 정립 및 대처' 등이 거론되었다.[46]

---

45) 강정화·구경아, 『지리산 한시 선집, 청학동』, 이회, 2009.

46) 신승훈, 「조선중기에 나타난 문학적 典範에 대한 논란에 관하여」, 『동양한문학 연구』

이처럼 복잡하고 다양한 변화는 이 시기 문인의 의식세계에도 영향을 끼쳤다. 특히 이 시기는 이전의 문풍이 만당풍(晩唐風)에 머물렀다는 비판과 함께 성당풍(盛唐風)이 창작과 비평의 기준으로 인식된 점을 주목해 볼 만하다.[47] 최치원의 문장은 이러한 변화의 흐름에서 보아 비판의 대상이 되었는데, 그중 가장 혹독하게 비판한 이가 허균이다.

> 우리나라는 바다 모퉁이에 치우쳐 있어 당나라 이전의 문헌은 거의 없다.……신라 말에 이르러 고운학사가 처음으로 그 명성이 컸으나, 지금으로써 본다면 문(文)은 가벼워 시들고, 시(詩)는 엉성하고 허약하여, 허빈(許彬)이나 정곡(鄭谷)의 사이에 두더라도 그 누추함을 드러내는데, 성당의 시인들과 공교함을 다투게 하겠는가?[48]

> 최고운 학사의 시는 당나라 말기에 두더라도 정곡이나 한악(韓偓)의 부류 정도이니, 모두 천박하고 두텁지 못하다.[49]

허균은 문단의 변화 과정 중 기존의 문학관에서 이탈한 면모를 가장 두드러지게 보여준 인물로, 문학은 반드시 세교(世敎)와 연관 지어 사회의 현실과 삶의 진실을 담아내야 한다고 주장하였다.[50] 허균의 이러한

21집, 동양한문학회, 2005, 133~136쪽.

47) 김성기, 「양경우의 시인식과 시세계」, 『한국 한시작가 연구』 9집, 한국한시학회, 10~12쪽.

48) 許筠, 『惺所覆瓿藁』 권10 「答李生書」. "吾東僻在海隅 唐以上文獻邈如……及羅季 孤雲學士始大厥譽 以今觀之 文非以萎 詩粗以弱 使在許, 鄭間 亦形其醜 乃欲使盛唐爭其工耶"

49) 許筠, 『惺所覆瓿藁』 권25 「惺叟詩話」. "崔孤雲學士之詩 在唐末亦鄭谷韓偓之流 率佻淺不厚"

50) 신승훈, 「조선중기에 나타난 문학적 典範에 대한 논란에 관하여」, 『동양한문학연구』 21집, 동양한문학회, 2005, 140~142쪽.

문학관에서 볼 때 변려문의 작가 최치원이 비판의 대상이 되었음은 물
론이다. 허균은 그를 우리나라 문장의 시조로 인정하면서도 시·문 모
두 그 품격이 현저히 떨어진다고 평하고 있다.[51] 이러한 문단의 변화와
최치원 문장에 대한 비판은 이 시기 지리산 유람록 저자들도 비켜가지
못했을 것으로 보인다. 이들 또한 정치적 당파성에 의해 혹은 신분상의
차별 등 여러 요인에 의해 자신의 자질을 온전히 발휘하진 못하였지만,
당대 문단의 흐름 중심에 있었던 인물이기 때문이다.

이러한 개연성과 연관하여 이 시기 지리산 유람록 저자들의 교유관
계를 주목해 볼 만하다. 유몽인과 양경우의 절친한 교분은 여러 작품에
서 확인되며,[52] 동향의 벗인 양경우와 조위한의 교유는 선대는 물론 형
제간으로 확대 지속되었고,[53] 조위한과 허균[54]·권필[55]과의 교유, 선
대에서부터 시작된 허균과 권필의 교유[56] 등에서 확인되듯, 이들의 교
유는 당대 문단의 흐름을 주도할 만큼 서로 친밀하게 연계되어 있었다.
게다가 이들은 대부분 환로가 순탄하지 않다는 공감대를 형성하였고,

---

51) 許筠, 『惺所覆瓿藁』 권2 「病閑雜術」. "我國文章天下聞 羅季始稱崔孤雲"
52) 유몽인은 1611년 남원부사 재직 시 지리산을 유람하고 유람록인 「유두류산록」과 장편
    시 「遊頭流山百韻」을 비롯하여 유람시 30여 수를 頭流錄이란 題名으로 묶었는데, 이에
    대해 양경우가 쓴 장편시 「題府伯默好柳相公頭流錄 長律四十韻」이 전한다.
53) 남원에 살았던 조위한은 양경우의 부친 梁大樸의 문집 『靑溪集』에 발문을 지었으며,
    1618년 청학동 유람에는 자신의 아우 趙纘韓, 양경우의 동생 梁亨遇 등이 동행하였다.
54) 두 사람의 빈번한 교유는 『惺所覆瓿藁』에서 확인할 수 있는데, 『玄谷集』에는 실려
    있지 않다. 아마도 반역에 연루된 허균의 죽음 이후 문집을 간행하는 과정에서 두 사람
    관련 기록을 삭제했기 때문으로 보인다.
55) 조위한은 권필과 절친했으며, 문학적 교류도 빈번하였다. 『石洲集』에는 「有懷趙持世」
    등 조위한과 관련한 작품이 10여 수 이상 실려 있으며, 「師友錄」에도 그와 관련한 일화
    가 소개되고 있다.
56) 김창호, 「권필과 허균의 교유와 그 당대적 의미」, 『한국한문학연구』 42집, 한국한문
    학회, 2008, 158~165쪽.

이러한 삶의 불우는 그들의 문학세계에도 유사성을 지니는 계기가 되었을 것이다.57) 따라서 이들 지리산 유람록 저자들 역시 최치원 문장과 연관하여 당시 문단에 일었던 일련의 평가에 대해 묵언의 공감대를 형성하였을 것이며, 다만 지리산 유람에서는 이러한 비평에서 비껴 있는 최치원의 글씨를 직접 확인함으로써 보다 적극적인 의사표출이 가능했던 것이라 생각된다.

3. 이상향으로서의 청학동과 신선

당에서 문명을 떨치던 최치원이 귀국하여 지방관을 전전하다가 궁극엔 방랑과 은거로 삶을 마감하였다. 이후 그의 발길이 닿았다고 전해지는 전국 곳곳에는 수많은 일화와 전설이 가미되어 신비감을 증폭시켰다. 이는 지리산이 더욱 심하다. 『삼국사기』 열전에는 최치원이 '지리산 쌍계사에서 노닐었다'고만 되어 있을 뿐 지리산에 살았다는 기록이 없다. 그럼에도 후대인들은, 특히 많은 조선조 사인들은 지리산에서 최치원을 찾았다. 그리고 그들 기억 속의 최치원은 청학을 타고 날아간 신선의 모습이다.

동양에서 이상향 공간의 표상 방식은 다분히 관념적으로 그리고 내세에 대한 희망으로 설명되어 왔으며,58) 그중 중국의 무릉도원(武陵桃源)과 우리나라의 청학동이 대표적이라 할 수 있다. 지리산 유람록에서 감지되는 이러한 최치원 형상은 청학동 인식과 관련이 깊다. 지리산 유

---

57) 이희경, 『조위한의 잡체시 연구』, 경상대 석사학위논문, 2002, 9~16쪽.
58) 유병림, 「이상의 공간적 표상의 문제」, 『환경논총』 30집, 서울대학교 환경대학원, 1992, 143~144쪽.

람록에 나타난 청학동은 대개 불일암·불일폭포가 있는 쌍계사 위쪽 일 대로 일관되게 나타난다. 조선시대 사인들은 줄곧 청학동을 찾아 이곳 으로 찾아들었는데, 특히 임진란 이후 소외된 이들에게서 집중적으로 나타난다.[59] 그들은 지리산 청학동을 찾아 와 신선이 되어 날아간 최치 원을 찾았다.

청학동은 조선조 사(士)의 이상향이다. 특히 이 일대가 청학동으로 인식된 데에는 최치원과 고려시대 이인로(李仁老)의 영향이 절대적이었 다. 이인로는 무신정변 이후 은거를 결심하고 지리산 청학동을 찾아 삼 신동 신흥사까지 왔다가 결국 찾지 못하고 돌아갔다.[60] 그가 삼신동까 지 갔는데도 결국 찾지 못했다는 기록에서, 조선조 사인은 청학동의 구 체적 공간을 이인로가 미처 가보지 못한 불일폭포 주변으로 한정시켰 던 것이다.

김종직은 "아! 여기가 옛 사람이 이른바 신선이 놀던 데라는 곳인가? 이곳은 속세와 그리 멀지 않는데 미수(眉叟) 이공(李公)이 어째서 찾다가 못 찾았을까?"라고 하여 자연스레 이인로를 연상시키고 있으며, 남효온 이 쌍계사와 불일암 일대에 이르러 이인로의 시를 떠올리며 "그는 성문 안 쌍계사 앞쪽을 청학동이라 여긴 것이 아닐까? 쌍계사 위 불일암 아 래에도 청학연(靑鶴淵)이 있으니, 이곳이 청학동인 것은 의심할 나위가 없다."라고 한 기록에서 이를 확인할 수 있다.

이인로가 지리산 청학동에 대한 공간적 범위를 한정시켜 주었다면, 최치원은 청학동에 대한 관념적 형상을 심화하고 고착시킨 인물이라 할

---

59) 許穆·邊士貞·梁大撲·成汝信·趙緯韓·梁慶遇·金之白·申命耈·吳斗寅·鄭栻·宋光淵· 黃道翼·金道洙 등이 이곳을 청학동으로 인식하고 유람록을 남겼다.
60) 李仁老, 『破閑集』 권1 제14항.

수 있다. 그가 처했던 현실의 불우, 만년의 은거 등이 조선조 사인의
공감대와 동경을 불러일으킨 것이다. 현실에서 고뇌하는 삶의 자취에
서는 동질감을 느끼면서도, 만년의 은거는 이를 벗어던진 탈속적 존재
로 인식하였다. 그들 스스로는 현실과 이상 사이에서 끊임없이 갈등하
면서도 결코 현실을 등질 수 없는, 그런 결단을 과감히 결행한 이상적
인물로 형상화하였다. 그를 현실 속 인물이 아니라 관념적 이상 속에
사는 자유로운 영혼으로 동경하였고, 이러한 동경은 선계에 사는 신선
의 형상으로 심화되었으며, 급기야 지리산 청학동을 상징하는 형상으
로 고착화되었던 것이다.

　그러나 생전에 지리산에 살지 않았던 최치원이 청학동의 상징적 인
물로 인식된 계기와 그 시기는 확실치 않다. 다만 "최문창이 이곳에서
책을 읽으면 신령스런 용이 그때마다 나와 그 소리를 들었고, 학도 그
소리에 맞춰 공중을 날며 춤을 추었다. 어떤 때는 최공이 허공에다 '한
일자[一]'를 그려 다리로 삼아서 왕래하기도 하였다."라거나,[61] 최고운
은 아직도 죽지 않고 청학동에 살아있다는 등의 속설이 조선초기 유람
록에서부터 등장하는 것을 보면, 청학동에 투영된 최치원 관련 인식은
훨씬 이전부터 형성되었던 것으로 보인다.

세상에선 최씨가 금돼지에서 나왔다하나	世傳崔子金猪産
가야에서 학업 닦아 문장에 뛰어났다네	鍊業伽倻文字工
바다를 건너 가 온 천하를 유람했으며	泛海橫行李天下
화려한 문장 솜씨로 신라에서 벼슬했네	摛華衣被羅朝中
신선 된 그 해 쌍계석문엔 달이 떴겠지	當年羽化石門月

---

61) 李陸, 『靑坡集』 권2 「遊智異山錄」.

천년 전 금을 타던 그 마음 청학동 바람이라　　千載琴心鶴洞風
붉은 시내의 그 다리를 지금도 본다면　　　　或看至今紅水棧
노새 타고 선동을 데리고서 건너가리라　　　　靑驢橫渡領仙童

가정 마을 지날 적에 취기가 돌더니　　　　　柯亭道上帶微醺
신선 세계 찾아 드니 황혼이 뉘엿뉘엿　　　　尋到仙區野色昏
횃불 들고 다리 건널 제 바윗돌 울퉁불퉁　　束火渡橋危石露
부여잡고 누각 오르니 저녁 종소리 들리네　　攝衣登閣暮鐘聞
저녁 안개 내려앉아 어스름한 삼신동　　　　煙霞縹緲三神洞
이끼 끼어 희미한 쌍계석문 네 글자　　　　　苔蘚微茫四字門
선원으로 가고픈 데 그곳이 어딘가?　　　　　欲泝仙源何處是
향로봉 위에서 최고운을 불러 보네.　　　　　香爐峰上喚孤雲[62]

　첫 번째는 유몽인이 지리산에서 만난 다섯 선현을 회고하며 시를 읊었는데, 그 중 최치원을 노래한 작품이다.[63] 그는 나머지 4인, 예컨대 정여창은 당대 도학의 종장으로, 한유한은 만고에 빛날 열사로, 조식은 벽립천인(壁立千仞)의 높은 기상을 지닌, 그리고 노신(盧禛)은 절개 높은 역사적 인물로 노래하였다. 네 인물은 후인의 추앙을 받는 전형적인 사인의 형상으로 노래한 데 반해, 위 시에서 보듯 최치원에 대해서는 신선의 형상으로 묘사하였다. 최치원은 신선이 되어 청학동에 뜬 달로, 청학동에 부는 바람소리로 여태껏 살아있다고 하였다. 그래서 청학동으로 건너던 그 다리를 혹 보게 된다면 자신도 최치원을 좇아가고픈 마음을 피력하고 있다. 유몽인이 지리산 청학동에서 만난 최치원은 신선의

---

62) 成汝信, 『浮查集』 권5 「方丈山仙遊日記」.
63) 柳夢寅, 『於于集』 後集 권2 「懷賢五首」. 그는 최치원을 포함하여 鄭汝昌·韓惟漢·曹植·盧禛을 회고하는 시를 지었다.

형상이었던 것이다.

두 번째 시는 성여신이 하동 청학동 일대로 유람하고서 쌍계사 요학루(邀鶴樓)에 올라 지은 것이다. 그 역시 이곳으로의 유람을 신선세계를 찾는 것으로 인식하였고, 선계로 안내할 인물로 신선이 된 최치원을 부르고 있다. 성여신은 선계로의 유람을 추구한 절정의 인물로 알려져 있다. 71세 때 청학동 방면으로 유람하였는데, 자신을 포함한 동행자를 팔선(八仙)64)이라 불렀을 뿐 아니라 자신들의 유람이 신선들의 놀이였기 때문에 유산기를 「방장산선유일기(方丈山仙遊日記)」라 제목하였다. 그는 이 유람에서 장편의 「유두류산시(遊頭流山詩)」를 포함하여 수많은 유선시(遊仙詩)를 지었다.

이외에도 조위한은 청학동에 들어서니 "마음과 영혼이 상쾌해져 훌쩍 속세를 벗어난 듯한 생각이 들었으며, 암굴 사이에서 최고운의 음성이 황홀하게 들리는 것처럼 느껴졌다."고 하였고, 박여량은 '쌍계사 팔영루(八詠樓) 아래의 맑은 물에 발을 씻고, 아득한 옛날의 유선(儒仙)을 불러 보고, 천 길 절벽에서 학의 등에 올라타고서 선경을 유람하는 것을 평생의 숙원으로 여겼다'고 하였고,65) 명암(明庵) 정식(鄭栻 1683~1746)이 신흥사 앞 계곡의 세이암에서 "세이암에서 인간세상 상념들 끊어버리고/ 노을에 서성이며 최고운을 그려보네."[洗耳巖邊塵想絕 徘徊斜日憶崔仙]66)라고 한 것 등이 모두 이에 해당된다.

그러나 이들은 모두 청학동의 선계를 이상향으로 갈망하면서도, 그

---

64) 성여신은 이 유람에서 동행했던 이들을 모두 신선의 호를 붙여 불렀는데, 예컨대 성여신은 浮査少仙, 정희숙은 玉峰醉仙, 강사순은 鳳臺飛仙, 박민은 凌虛步仙, 이근지는 洞庭謫仙, 성박은 竹林酒仙, 문홍운은 梅村浪仙, 성순은 赤壁詩仙이라 하였다.

65) 朴汝樑, 『感樹齋集』권6 「頭流山日錄」.

66) 鄭栻, 『明庵集』권2 「神興庵」.

것은 어디까지나 자신의 내면에 설정한 관념적 공간일 뿐이었다. 그들은 현실에서의 갈등을 회피할 가상의 공간을 갈구했고, 마치 그것을 현실적 공간에서 찾은 듯하나 그들의 내면에 구축된 관념적 이상이었던 것이다. 선계인 청학동으로의 유람을 갈구하고 그 속에서 신선이 된 최치원을 염원하면서도, 그것은 현실을 온전히 등진 것이 아니라 현실과 이상 사이에 각각 한쪽 발을 걸치고 있는 그런 상태라 할 수 있다.

청학동 속 백운산은	靑鶴洞白雲山
별개의 천지로 인간세상 아니니	別有天地非人寰
내 이에 오리 타고 그 사이 나르네	我從鳧鴈飛其間
이 몸 또한 금일의 고운이니	是亦今日之孤雲
고운 찾아 따르지 못함을 한탄 말라	莫恨孤雲不可攀[67)

　청학동을 선계라 하면서도 진(眞)을 찾는 작자의 주체성을 강조한 것으로 보인다. 곧 작자가 선계에 들었으나 현실의 내가 곧 선계의 고운이다. 내가 서 있는 이곳이 바로 선계이고, 내가 처한 이 현실이 곧 선계인데, 그렇다면 굳이 신선이 되어 날아간 최고운을 찾을 필요가 없는 것이다. 조선조 사인들이 지리산에서 찾는 청학동은 유학자적 자장 속에 내재된 관념적 이상향으로써, 현실을 벗어나지 못하는 그들이 강구해 낸 나름의 자기구제의 방식이자 공간에 불과했으며, 신선의 형상으로 갈구했던 최치원 또한 현실 속의 또 다른 그들 자신의 모습이었던 것이다.

---

67) 河受一, 『松亭集』, 「靑鶴洞歌」.

4. 이단에의 혹평과 존도

19~20세기 지리산 유람록은 대략 50편 정도가 확인되는데, 발굴된 전체 유람록의 절반에 해당하는 수치이다.68) 이는 이전에 비해 이 시기의 지리산 유람이 급격히 증가했음을 의미한다. 그리고 이 시기 지리산 유람록의 저자와 유람코스를 살펴보면 명확한 양분 현상을 확인할 수 있다. 19세기에는 함양군수로 재직 시 유람한 남주헌(南周獻)과 송병선(宋秉璿), 광양의 황현(黃玹), 남원의 김성렬(金成烈)·정석귀(鄭錫龜), 20세기 구례의 김규태(金奎泰), 남원의 김교준(金敎俊)·정종엽(鄭宗燁), 정읍의 김택술(金澤述), 화순의 양회갑(梁會甲), 그리고 오정균(吳正枸)·양재경(梁在慶) 등을 제외하면, 모두 영남의 강우(江右) 지역 인물에게서 지리산 유람록이 산출되었다.69) 사승관계로 살펴보면 영남지역은 곽종석(郭鍾錫)·허유(許愈)·정재규(鄭載圭) 등의 문인이, 호남지역은 송병선·기우만(奇宇萬)·전우(田愚) 등의 문인이 주를 이룬다.

이들의 유람코스를 살펴보면, 강우지역 인물은 지역의 선현인 남명 조식의 유적지 덕산(德山)을 거쳐 법계사나 대원사 방면으로 천왕봉을 오르는 일정이, 그리고 호남지역 인물은 하동 청학동으로의 유람이 일관되게 나타난다. 이 시기 강우학자 가운데 청학동을 유람하고 유람록을 남긴 인물은 극히 일부이며,70) 반면 호남의 인물들은 청학동 일대만

---

68) 강정화, 『지리산 유산기 선집』, 이회, 2008.

69) 19세기에는 경상도 산청의 裵瓚과 柳文龍·金永祚·閔在南, 함양의 安致權과 盧光懋, 진주 단목의 河益範, 하동 옥종의 河達弘·姜炳周, 함안의 朴致馥·趙性濂, 합천의 許愈와 鄭載圭가 있으며, 20세기에는 함양의 裵聖鎬, 진주의 李壽安과 河謙鎭, 덕산의 鄭德永, 단성의 金學洙 등이 모두 영남의 인물들이다.

70) 산청 출신의 柳文龍이 쌍계사 일대를 유람하고 「遊雙溪記」를 남겼다. 그 외 安義 출신의 金會錫이 천왕봉과 청학동을 유람한 후 「智異山遊賞錄」을 남기기도 하였다.

을 유람코스로 택한 경우가 대부분이다.

19세기 중반 이후 강우지역에는 인조반정 이후 미미했던 학문 활동이 크게 일어나 각 지역에서 수많은 학자가 배출되었고, 조식을 정신적 지주로 여겨 그의 정신을 본받아 한말의 난세를 극복하려는 강한 동질감을 형성하였다. 조식이 생전에 찾았던 지리산의 여러 유적지를 탐방해 봄으로써 그 정신을 되새기는가 하면,[71] 무너져 가는 도를 부지하기 위한 일환으로 '큰 근원인 도'[大源]를 염원하여 대원사(大源寺)를 찾는 유람이 유행처럼 행해졌다.[72]

호남지역 학자에게서 청학동으로의 유람이 잦은 요인은 우선 지리적 접근성을 들 수 있다. 선현들의 지리산 유람은 유람자의 지역적 근거지에 따라 코스가 달라졌다. 예컨대 경북 성주를 비롯하여 합천·삼가 및 경상우도 지역 유람자는 덕산을 거쳐 중산리로 오르거나, 대원사를 거쳐 유평(柳坪) 방면으로 오르는 것이 일반적인 반면, 남원을 비롯해 장성·구례·광양 방면의 유람자는 하동 청학동 일대를 거쳐 영신봉을 따라 천왕봉으로 오르거나, 운봉 인월을 거쳐 함양 백무동으로 오르는 것이 일반적이다. 이는 거주지 중심의 지리적 환경을 이용한 산행의 적의(適意)함이라 볼 수 있다.[73]

---

71) 이와 관련해서는 경상대 남명학연구소의 그간의 연구 성과를 통해 충분히 확인할 수 있다. 남명학연구소는 그 동안 19~20세기 강우지역의 여러 학파에서 활동했던 학자들을 발굴하고 조명하는 연구를 지속적으로 진행하여 그 성과를 출간하고 있는데, 예컨대 『后山 許愈의 학문과 사상』(2007), 『勿川 金鎭祜의 학문과 사상』(2007), 『晚醒 朴致馥의 학문과 사상』(2007), 『俛宇 郭鍾錫의 학문과 사상』(2010), 『橘下 崔植民과 溪南 崔琡民의 학문과 사상』(2011) 등이 있다. 이들이 강우지역에서 남명 정신을 계승하는 양상에 대한 연구 성과도 포함되어 있다.

72) 강정화·구경아, 『지리산 한시 선집, 단성·덕산·산청·함양·거창』, 이회, 2010. 대원사를 읊은 한시는 특히 한말 강우지역 학자에게서 집중적으로 나타난다.

73) 강정화, 「청계 양대박의 지리산 읽기, 두류산기행록」, 『동방한문학』 47집, 동방한문

그리고 청학동 인근 지역인 하동과 구례에서의 활발한 강학 활동을 또 다른 요인으로 지적할 수 있다. 19세기 중반을 전후하여 호남지역에는 노사학파(蘆沙學派)·간재학파(艮齋學派)·연재학파(淵齋學派)·화서학파(華西學派) 등의 많은 인물들이 활동하였다. 특정한 하나의 학파나 학맥이 전일적으로 지역의 학계를 주도했다기보다는 다양한 학맥의 학파들이 형성되었다고 할 수 있다.[74] 이는 당시 강우지역에서도 공통적으로 나타나던 현상인데, 이들 두 지역에서 활동하던 각 학파의 인물들은 지리산 인근의 사찰이나 누정에 모여 강회를 여는 일이 잦았다. 자신이 속한 학파의 학문적 심화와 결속력을 강화하고 또 타 학파와의 교유를 확산시키기 위해 강회에 적극적으로 참여하였다. 청학동 일대의 대표적 강학처로는 정여창의 은거지인 하동 악양정(岳陽亭)과 구례 화엄사(華嚴寺) 등이 활용되었다.[75] 이들은 수일간의 강회를 마친 후 인근의 청학동 일대를 유람하거나, 반대로 유람 일정 도중 강회를 열어 인근지역 학자들 간 교유의 장으로 활용하기도 하였다.

그런데 이 시기 호남 유학자의 청학동 유람록에서 최치원에 대한 인식의 한 단면을 확인할 수 있다.

다리를 건너 절에 이르자, 뜰에 진감선사비가 서 있었다. 글과 글씨 모두 최고운의 손에서 나왔는데, 당 희종 광계 3년(887)에 지은 것이다. 그 내용에 "공자는 그 단초를 드러냈고, 석가는 그 이치를 궁구했다."라

학회, 2011, 105~108쪽.

74) 박학래, 「19세기 호남 성리학의 전개와 특징」, 『국학연구』 9집, 한국국학진흥원, 2006, 216~217쪽.

75) 강정화, 「노백헌 정재규의 삶과 학문」, 『남명학연구』 29집, 경상대 남명학연구소, 2010, 173~178쪽.

고 하였으며, 또 "유교와 불교는 한 가지 이치이다."라고 하였다. 최문창의 미혹은 선학(禪學)으로 기울었던 육구연보다 심하니, 어찌 문묘에 배향되기에 합당하다 할 수 있겠는가.76)

지리산 유람록에서 진감선사비의 내용과 관련한 구체적인 기록은 이 시기에 와서 이루어진다. 대개 그의 불우한 삶과 유자(儒者)로 자처하면서도 선승의 행적을 칭송했다는 정도로 언급되어 왔는데, 이 시기에 이르면 구체적인 문구를 들어가며 최치원을 평가하기에 이르고, 특히 비판의 강도가 매우 높게 나타나는 것이 특징이다. 주로 진감선사대공탑비의 내용 중 '유석일리(儒釋一理)'와 '공발석궁(孔發釋窮)'이란 문구를 들어, 유가와 불가를 동등한 지위로 옹호하는 그의 인식을 강하게 비판하고 있다.

이와 관련하여 주목할 점은, 그의 이단에 대한 혹평이 문묘종사 관련 비판으로 이어진다는 것이다. Ⅲ-2장에서도 잠시 언급하였듯, 최치원의 문묘종사와 관련한 비판은 이황에 이르러 정점에 달하고 이후 지속적으로 제기되어 왔었는데, 이 시기에 이르러 지리산 유람록에 처음 등장하고 있다. 송병선은 최치원이 이단인 선학에 심취하였으니 그대로 문묘에 종사하는 것은 부당하다는 점을 강조하고 있다. 이러한 주장은 20세기의 호남 유학자인 김택술의 「두류산유록(頭流山遊錄)」에서도 여실히 나타난다.77)

---

76) 宋秉璿, 『淵齋集』 권21 「頭流山記」. "渡橋至寺 庭有眞鑑禪師碑 而文與筆 皆出孤雲之手 卽唐僖宗光啓三年也 其文曰孔發其端 釋窮其致 又曰有釋一理 文昌之惑 甚於蔥嶺帶來者 豈可合於配食聖廟之列哉"

77) 김택술의 지리산 유람은 1934년 3월 19일부터 4월 7일까지, 고향인 정읍을 출발하여 순창→남원→운봉→함양을 통해 천왕봉에 올랐고, 칠불암 방면으로 하산하여 청학

유가의 도에는 대본과 달도가 있는데	儒有大本與達道
허무적멸은 불가에서 귀히 여긴다네	虛無寂滅佛所寶
동정체용은 본디 제각각 다른 것인데	動靜體用本自殊
혼용해서 구분치 않아 모호해졌다네	混而無分已糊塗
'공발석궁'이란 도대체 무슨 말인가	孔發釋窮是何言
유가 취해 불가로 드니 불교를 높인 것	援儒入佛佛反尊
최고운은 아마도 유가자가 아니리니	孤雲豈非儒家子
명분과 실상이 서로 다르지 않은가	無乃名實不相似
퇴계 이후 연재와 간재에 이르렀으니	退溪而後連淵艮
참으로 천년토록 전해질 논의로다	良有以來千秋論[78]

　김택술 또한 최치원의 불가로의 심취를 들어 비판하고 있다. 유자로 자처하면서도 불가를 더 숭상하였음을 들어, '유가자가 아니다'는 말로써 송병선에 비해 보다 강도 높은 비판을 가하고 있다. 김택술은 간재 전우의 학문을 계승한 호남의 대표적 인물이다. 전우는 을사늑약이 행해진 1905년, 최치원의 진감선사대공탑비와 지증대사적조탑비(智證大師寂照塔碑)에 대한 발문을 지었는데, 특히 진감선사대공탑비의 내용 중 '공자는 그 단초를 드러내었고, 석가는 그 이치를 다하였네[孔發其端 釋窮其致]'라고 한 것 등에 혹평을 가하였다. 그리고는 "이는 그가 숭상하는 바가 부처에 있고 공자에 있는 것이 아님이 명백하다. 아, 진실로 그 말과 같다면, 예컨대 주공(周公)과 공자가 인륜의 도를 다한 것은 지극한 도가 되기에 부족하고, 정자(程子)와 주자(朱子)가 불씨(佛氏)를 배척한 것은 그 대지(大旨)를 안다고 할 수 없으며, 또한 더불어 지극한 도를 말하

동을 유람하고, 구례와 남원을 거쳐 귀가하였다.
78) 金澤述, 『後滄集』 권17 「頭流山遊錄」.

기에도 부족한 것이다. 아, 위태하도다. 만약 이것이 최공의 문장이 아니라 승려들이 거짓으로 지어낸 것이라면 다행이나, 그렇지 않다면 그를 공묘(孔廟)에 종향하는 것은 합당하지 않다. 이퇴계(李退溪)·유미암(柳眉巖)·이지봉(李芝峯) 등 제현의 논의는 마땅히 백세의 공안(公案)이 될 것이다."79)라는 말로 끝맺고 있다. 최치원의 이단 심취와 관련한 문묘종사 비판은 퇴계에 이어 유희춘(柳希春)80)과 이수광(李睟光)81)을 거쳐 송병선과 전우에까지 이르렀으니, 곧 20세기까지 지속되었던 것이다. 위 인용시 7~8구의 '퇴계 이후 연재와 간재로 이어진 논의'란 바로 이를 두고 일컬은 것임을 알 수 있다.

주지하듯 위태로운 한말의 유학자들은 '나라는 망할지언정 도가 망해서는 안 된다'는 정신으로 전통유학의 절대적 도를 부지하고 확립하려 부단히 노력하였다. 따라서 당시 서학을 포함한 이단에의 혹평은 그 어느 시기보다 강하게 진행되었다. 이는 다소 방법상의 차이가 있으나, 한말의 다양한 학파 내에서 공통적으로 나타나는 현상이었다. 이 시기 지리산 유람록에 나타난 최치원 관련 비판 또한 그러한 연장

---

79) 田愚, 『艮齋集』前編 권16 「跋眞鑑智證二碑乙巳」. "是其所尙在佛 而不在孔子 章章明矣 噫 誠如其言 則如周孔之盡人倫者 不足爲至道 而程朱之排佛氏者 不可謂識其大 而不足與 言至道矣 嗚呼殆哉 如曰此非崔公文而僧徒僞撰則幸矣 不然則不合孔廟從享 退溪眉巖芝 峯諸賢之論 當爲百世公案矣"

80) 柳希春, 『眉巖集』권3 「答相公書」. "伏承手筆垂答 仰審台候萬福 仰戀已深 況蒙俯酬空 空之間如影響 不勝感悚之至 所示所改 皆當於理 不勝歎伏 四賢從祀 時未決矣 崔孤雲事 希春前日亦疑其無功於斯文 而只有文章華國於晦冥之際而已 今審沒溺於佛 其不合孔庭 如台諭 但其來已久 只取一節 未敢輕議 故不以語人爲計 台鑑之辭 聖上之答 皆出於至誠 一介小臣 何敢措辭於其間哉 伏惟"

81) 李裕元, 『林下日記』권24 「崔孤雲廟庭配享」. "李晬光曰 余按 高麗顯宗 以致遠貽書太祖 有鷄林黃葉鵠嶺靑松之語 爲密贊祖業 功不可忘也 特令從祀先聖廟庭 此偶出於一時 而因 循不改焉耳 後之議者 取退溪此論而折衷之 可矣"

선에서 이해할 수 있다. 연재와 간재 등에 의해 보다 강한 비판이 나타
나며, 그 외 호남의 유학자인 정석귀·김성렬, 연재의 문인 김회석(金會
錫), 노사학을 계승한 율계(栗溪) 정기(鄭琦)의 문인 오정표와 김규태 등
은 청학동을 유람했으나 최치원에 대한 이런 기록이 보이지 않는다.
따라서 이러한 혹평의 요인을 학파의식과의 긴밀성에서 찾는 것은 무
리일 듯하다.

다만 간재와 연재의 긴밀한 교유는 확인할 길이 없으나, 연재의 동생
심석재(心石齋) 송병순(宋秉珣)과는 절친하였으며, 특히 연재 문인과의
교유 또한 활발하였다. 또한 간재의 문인 중 연재의 문하에서 수학한
인물이 많아, 학파 간 학설의 기본 인식에 있어 공통점이 적지 않았
다.[82] 김택술의 시에서 퇴계 이후 연재와 간재를 나란히 언급하는 것에
서도 확인되듯, 이러한 친밀한 교유와 공통점은 최치원의 이단 관련 비
판에서도 그대로 드러난 것이라 생각된다. 그러나 이에 대해서는 보다
정치(精緻)한 논의를 필요로 한다.

Ⅳ. 맺음말

이상으로 지리산 유람록에 나타난 조선조 사인의 최치원에 대한 인
식을 4가지로 적출하여 고찰해 보았다. 주로 하동 청학동에 포진한 최
치원 유적을 유람하고서 감회를 기록한 것이나, 최치원 삶의 전반과 사
상 등을 두루 표출하고 있음을 확인하였다. 조선조 사인에게 있어 최치

---

82) 박학래, 「간재학파의 학통과 사상적 특징」, 『유교사상연구』 28집, 한국유교학회,
    2007, 76~81쪽.

원은 불우한 자기 삶을 위무하는 존재였으며, 불화(不和)한 현실을 잠시
나마 벗어나 이상향의 세계로 이끄는 안내자였으며, 때로는 출중한 재
주를 지닌 선망의 대상으로, 때로는 자신과 다른 사상을 지닌 비판의
대상으로 인식되었다.

　여기에 주목해 볼 만한 몇 가지가 있다. 먼저 이들 네 가지 인식은
조선시대 전 시기 동안 복합적으로 나타났다는 점이다. 이는 분명 순차
성을 띄고 나타난 것이 아니다. 다만 특정 시기에 시대적 조류나 집단성
에 의해 어떤 성향이 더 강하게 나타나는 정도의 차이가 있을 뿐이다.
그럼에도 불구하고 보다 장시간 그리고 강하게 나타나는 성향을 중심으
로 분류해 본 결과 시대성을 반영한 의식들이 은연 중 드러나는 것 또한
부인할 수 없는 사실이었다.

　지리산 유람록에 나타난 최치원 관련 기록은 그에 대한 논리적이고
전문적인 글이 아니다. 곧 조선시대 사인의 지리산 유람은 최치원을 만
나기 위함이 아니었다. 때문에 그에 대한 기록 또한 유적을 접한 감회를
적은 단상에 불과하다. 그러나 그러한 의도하지 않은 단상들, 그것도
수백 년에 걸친 이러한 기록들이 오히려 최치원에 대한 인식을 고찰하
는데 보다 진정성을 확보하고 있음을 확인할 수 있었다.

　마지막으로 지리산 유람록에 나타난 최치원에 대한 인식은 인식 대
상인 '최치원'이란 인물보다 조선조 사인에 초점을 두고 있음을 확인하
였다. 예컨대 진감선사대공탑비에 나타난 '유불일리(儒佛一理)' 의식은
최치원 당대에 성행했던 삼교동원(三敎同原) 사상에서 크게 벗어나지 않
는다.[83] 따라서 최치원의 불가·선가 사상에 대한 조선조 사인의 비판

---

83) 천인석, 「孤雲 崔致遠의 유학사적 위치」, 『유교사상연구』, 한국유교학회, 1996, 73~
　　74쪽.

은 최치원이라는 인물에 대해 그 대상 자체로써 인식한 것이 아니라,
모두 사인의 위치에서 가늠한 것에 기인한다. 때문에 천 여 년이 지난
지금까지도 최치원은 여전히 회자되는 인물 중 한 사람이 될 수밖에 없
는 것이다.

제2부

유람록으로 지리산 읽기

사림들의 유람 입문서, 김종직의 「유두류록」

이성혜

Ⅰ. 머리말

점필재(佔畢齋) 김종직(金宗直 1431~1492)에 대한 논의는 이미 풍부하다. 그가 나고 자란 외가 밀양에는 점필재연구소[1]가 있고, 이 연구소와 밀양문화원이 공동으로 매년 점필재의 학문과 사상에 대한 학술대회를 개최하고 있으며, 여기서 거둔 성과를 책으로 발간하기도 하였다. 『김종직의 사상과 문학』(밀양문화원, 2005)은 「제1차 점필재 김종직의 도학사상과 유학사상의 위치」, 「제2차 점필재 김종직의 문학세계」, 「제3차 김종직의 학문의 계승과 전개」란 주제의 학술회의 결과를 싣고 있는데, 여기에는 대주제에서도 알 수 있듯이, 점필재의 생애와 사상, 문학과 역사의식 등 그에 관한 모든 것이 조명되어있다. 이뿐만이 아니다. 점필재에 관한 학위 논문과 학술지 논문이 수 십 편에 달하며, 그 외에 부수적이거나 방계적으로 다루어진 학술 논문을 포함하면 그에 관한 논

---

[1] 부산대학교 부설 점필재연구소이다. 물론 이 연구소에서 점필재에 대한 것만 연구하는 것은 아니다. 그러나 점필재가 연구의 키워드인 것만은 분명하다.

의는 헤아리기조차 어렵다. 이 논의의 양직인 면만 봐도 점벌재가 어떤 인물일지는 짐작하고도 남음이 있다. 위대한 인물이거나, 아니면 문제적 인물이다. 점필재는 그 두 가지를 다 겸하였다.

그를 바라보는 학계의 시선은 두 가지이다. 조선중기 사림파의 종장(宗匠)으로 한국 도학(道學)의 계보를 이은 거유(巨儒)라는 것이 학계의 정설이면서 동시에 「조의제문(弔義帝文)」을 짓고도 세조에게 출사하였고, 한명회를 칭송하는 시를 지었으므로2) 그의 사상과 처세가 의심스럽다는 것이다. 허균은, '김종직과 같은 사람은 참으로 이익을 취하고, 명망을 훔치며, 능청스레 단지 수레를 붉게 하고, 인끈을 붉게 한다고 말해지는 사람이다'3)라고 비난했다. 이황 역시 '김종직은 학문하는 사람이 아니다. 그가 종신토록 일삼은 것은 단지 문장일 뿐이다'4)라고 평가 절하했다. 이황의 이 평가에 대해서는 김종직의 시대와는 달리 조광조의 시대 이후에 비로소 도학의 비중이 절대적으로 높아졌던 사림파의 내적 흐름을 외면하고, 자신의 시대에 근거하여 김종직을 비판한 것이므로 김종직에 대한 이황의 이해에는 일종의 오해가 있다는 평가가 있다.5) 바로 이런 점, 전 방위에서 그를 다룬 많은 논문들이 이미 상재되었다는 점과 한국 성리학의 도맥을 이었다는 후대의 추숭과 함께 뭔가 석연치 않은 그의 행보를 해명하기가 여전히 난감하다는 점이 또 다시 그에 대

---

2) 김종직, 『점필재집』 권6 「狎鷗亭上黨府院君請賦」.

3) 허균, 『惺所覆瓿藁』 제11권 「金宗直論」. "若宗直者 眞所謂私其利 竊其名 偃然徒朱軒赤紱者也"

4) 김성일, 『학봉집』 속집 권5 잡저 「퇴계선생언행록」. "金佔畢齋 非學問底人 終身事業 只在詞華上"

5) 정우락, 「김종직의 문학정신과 동국문화에 대한 자각」, 『김종직의 사상과 문학』, 밀양 문화원, 2005, 8쪽.

해 새로운 논의를 펼치기가 쉽지 않다. 논의의 질적인 측면을 헤집는다
고 하더라도 어렵기는 마찬가지다. 수많은 기존 논의들이 고찰하고 규
명하여 수립한 점필재의 문학과 사상은 여전히 쟁점이 존재하지만 학계
의 일정한 동의를 얻은 것이며, 설사 거기에 인식과 시각적 오류가 있다
하더라도 필자의 천학(淺學)으로서는 이를 찾아내기가 쉽지 않다. 그렇
기 때문에 점필재에 대해 또 다른 지면을 마련한다는 것은 이제까지의
성과를 요약 정리하는 수준을 벗어나기 어려운 것이 사실이다. 그럼에
도 불구하고 그에 대한 논의를 펼치는 것은 두 가지 이유 때문이다. 하
나는 이 자리가 불혹의 나이에 두류산 자락의 함양 군수로 온 점필재와
그가 마음에 품고 있던 두류산 유람을 하고 기록한 「유두류록」에 대해
다시 한 번 감상하는 자리라고 할 수 있기 때문이며,[6] 다른 하나는 점
필재에 대한 많은 논의에도 불구하고 「유두류록」에만 집중한 산뜻한 논
의가 보이지 않는다는 점이다.[7] 때문에 이 글은 가급적 4박 5일간의
두류산 유람기인 「유두류록」에만 집중하였다.

　특히 이 논문은 공자가 어떤 외물(外物)에도 흔들림이 없다고 표현한
불혹의 나이에 두류산 자락에 있는 함양 군수로 오게 된 정치적·학문적
인연에 집중하였다. 이 인연이 점필재가 두류산을 유람하게 된 결정적
이유이고, 이곳에서부터 이후 사화(士禍)에 연루되는 많은 사림 제자들

---

6) 이 논문은 2010년 3월 12일 〈지리산문학관 개관기념 지리산 유람록 학술대회〉에서
　발표한 것을 수정한 것이다. 때문에 논문 집필 동기의 첫 번째 이유를 그대로 둔다.
7) 점필재의 「유두류록」만을 다룬 논문이 있기는 하다. 김홍영의 「점필재의 '유두류록'
　에 대하여」(1997)가 그것인데, 이 논문은 「유두류록」에 초점을 맞춘 초기의 논문답게
　서지적인 상황을 설명하였고, 의의를 몇 가지로 나누었지만, 인용한 시나 문장은 번
　역도 없고, 정치적 분석도 없다. 물론 필자의 이 논문이 산뜻한 논문이라고 자신하지
　도 않는다.

과 학문적 인연을 맺었기 때문이다. 이러한 시각으로 점필재가 두류산과 천왕봉에서 무엇을 보고, 무엇을 느꼈으며, 생각했는지, 이후 그의 유람록이 어떤 영향을 끼쳤는지를 담백하게 고찰하였다.

Ⅱ. 함양군수가 되어 두류산과 맺은 인연

사람의 삶이란 리허설이 없는 무대이다. 그 순간 거기 가지 않았으면, 그 시간에 거기 없었다면이라는 가정은 성립되지 않는다. 동양에서는 이를 주로 인연이란 말로 해결한다. 그때 그 순간의 만남. 사람과 사람만이 아니라, 자연과의 만남도 인연이 있어 보인다.

점필재 김종직은 공자가 말한 불혹의 나이에 함양군수가 되어 두류산의 품안으로 들어갔다. 공자의 말에 의하면, 불혹이란 이립(而立)을 거쳐 지천명(知天命)으로 가는 나이로 외물(外物)에 흔들릴 것도, 외물에 두려울 것도 없는 나이이다. 이것을 세속에 대한 욕망이 사라진다는 뜻으로 해석해도 된다면 불혹이란 나이는 세상에 대해 객관적인 시각을 가지고 가치중립적으로 맞설 수 있는 나이라고 하겠다. 특히 점필재에게 있어 불혹은 그런 나이였다고 보인다. 그의 40대는 그의 삶에 있어 중요한 전환점이었다. 그가 조선중기 사림파의 조종(祖宗)이 된 것도 불혹의 나이에 함양과 두류산과 맺는 인연에서 비롯되었으며, 후에 부관참시를 당하는 것도 이때 맺은 인연으로 인한 결과였다. 물론 그가 정몽주→길재→김숙자에게로 내려오는 한국 성리학의 도맥(道脈)을 이어받았다고 하지만, 두류산의 정기를 받고 있는 함양의 군수로 오지 않았다면, 또 그가 만약 20대에 왔다면 점필재 개인의 역사는 물론 한국의 역사와 정치 및 문학사는 달라졌을 것이다. 뿐만 아니라, 그가 20대에 「조의제문」을 지었지만 탁영 김일손을 만나지 않았다면 무오사화는 일어나지 않았을지도 모르겠다. 물론 점필재의 40대 이후의 삶이 전혀 흔들림 없는 강고한 삶이었다고 단언하기는 어렵다. 40대 이후에 지은 시에서 여전히 세속에 흔들리며 갈등하는 그를 발견할 수 있다. 하지만 함양군수를 시작으로 선산·전주 등지를 거치는 40대 이후의 관리로서의 그는 향음주례(鄕飮酒禮)와 향사례(鄕射禮)·양로례(養老禮)를 실시하고, 지방지를 기록하는 등 기층민의 삶에 대한 애정과 향토문화에 대한 관심을 실천하였으며, 강직하고 기개 넘치는 젊은 후학을 기르는데 주저하지 않았다.

외가인 밀양에서 태어난 점필재의 10대는 밀양에서 가학(家學)을 익히던 지학기(志學期)였다. 그는 19살에 부친을 따라 상경한다. 그리고 23살에 진사에 합격하고 성균관에서 경전을 읽었다. 그의 20대는 성균관에서 독서하던 수학기(修學期)였으며, 부친상을 당해 여묘(廬墓)살이 하던 시기이기도 하였다. 그는 29살인 1459년에 문과에 급제하고, 권지승문원부정자(權知承文院副正字)에 제수되면서 본격적인 벼슬살이를 시작하였다. 30대 때의 관직 생활은 각종 책문(冊文)을 봉교찬(奉敎撰)하는 등 문명(文名)으로 이름을 날려 훈구파 계열의 인사들로부터 아낌없는 찬사를 받았으며, 자주 어전에 나가 선발된 문신들과 함께 강론하면서 왕으로부터 자주 상사(賞賜)를 받았다.[8] 그가 세조 3년인 1457년에 「조의제문」을 지었다고 하지만, 그는 훈구파 계열의 인사들과도 어울렸고, 세조의 조정에서 그를 위해 글을 짓고 상을 받기도 하는 등 그의 사상은

---

8) 이수환, 「점필재 김종직의 생애와 교육활동」, 『김종직의 사상과 문학』, 밀양문화원, 2005, 34쪽.

뚜렷하지도 견고하지 못했다. 이는 어떤 말로도 변명하기 어렵다. 그러나 33세 때인 1463년(세조 9), 사헌부감찰로 문신들의 잡학(雜學) 수련과 궁중불사를 반대하다가, 세조의 제학(諸學)진흥책을 비판한다하여 파직을 당하기도 하였다. 그는 당시의 심정을 다음과 같이 노래했다.

<table>
<tr><td>당시에 나 또한 공연히 벼슬하였으니</td><td>當時我亦謾爲官</td></tr>
<tr><td>오늘 병 때문에 한가한 것 아니라네</td><td>今日非因病得閑</td></tr>
<tr><td>진흙탕 길에 수레가 빠졌으니</td><td>泥潦康莊車馬陷</td></tr>
<tr><td>알겠다, 벼슬살이 본래부터 어려운 것을</td><td>方知行路向來難9)</td></tr>
</table>

전체적인 시의 정서는 벼슬살이에 대한 회의이다. 특히 1구의 '공연히[謾]'란 말에서 그러한 기운이 강하게 뿜어져 나온다. 그런 벼슬살이에 나갔기 때문에, 오늘 병 때문에 한가한 것이 아니라 파직을 당하는 수모를 겪었다는 뜻이다. 벼슬길이 원래 진흙탕 길이니 수레가 빠질 것은 시기의 문제이다. 그는 파직을 당하고서 비로소 벼슬살이의 어려움을 깨닫는다. 하지만 그 뒤 영남병마절도사평사, 홍문관 수찬, 이조좌랑, 예문관 응교지제교, 수찬 등을 차례로 역임하고, 성종 2년 그의 나이 마흔에 노모 봉양을 위해 외직을 자임하여 함양군수를 제수 받았다. 이때 그가 외직을 자임한 것은 노모 봉양이라는 명분을 내세웠지만, 그 수면에는 중앙 정계에서 훈척들의 끊임없는 견제를 받는 것보다 지방 수령으로 나가서 자신의 뜻을 마음껏 펼치는 것이 낫다고 생각했다는 분석이 있다.10) 중앙 정계의 훈척들과 관계가 불편했음에도 불구하고

---

9) 김종직, 『점필재집』 권1 「次兼善三首」 중 제1수.
10) 송재소, 「점필재 문학 연구의 몇 가지 문제」, 『김종직의 사상과 문학』, 밀양문화원, 2005, 90쪽.

그는 여전히 벼슬에 대한 집착을 보인다.

젊을 땐 버들개지 같은 마음도 넉넉했는데	少日只饒心似絮
중년엔 어찌하여 부평초 되기를 다투는가	中年爭奈絮爲萍
부평초는 물결 따라 끌려 다니지만	萍隨流水潛句引
정처 없이 허공을 떠도는 것보단 나으리	猶勝飄空無定情[11]

이 시는 그가 함양군수로 나가기 직전에 쓴 시로 추정된다.[12] 젊은
날엔 마음이 버들개지 같이 정처 없이 떠돌아다니지만 넉넉하다. 왜냐
하면 벼슬에 대한 욕망이 없기 때문이다. 그러므로 자유로움이 좋은 것
이다. 그런데 중년이 되면 자유롭지 못하고 물결에 끌려 다녀야 하는
부평초가 되기를 다툰다. 왜인가? 점필재는 부평초가 비록 물결을 따라
끌려 다니지만, 정처 없이 허공을 떠도는 버들개지보다는 낫다고 말한
다. 그가 말하는 부평초란 벼슬살이이다. 즉 벼슬에 대한 욕망이 생긴
것이다. 이 시에서 그의 여전한 벼슬에 대한 욕망과 집착을 볼 수 있다.
그가 쓴 시들을 보면 이후에도 벼슬에 대한 욕망이 완전히 사라졌다고
할 수는 없다.[13] 그러나 적어도 함양군수직을 정점으로 그의 삶은 달라
졌다.

점필재가 함양군수로 부임한 다음해인 1472년에 일두 정여창(1450~
1504)과 한훤 김굉필(1454~1504)이 그에게 와서 글을 읽었다.

---

11) 김종직, 『점필재집』 권6 「和兼善送春 用國華韻 九絶」 중 제3수.
12) 송재소, 「점필재 문학 연구의 몇 가지 문제」, 『김종직의 사상과 문학』, 밀양문화원,
  2005, 84쪽.
13) 심경호, 「점필재와 그 문인들의 한시에 대하여」, 『김종직의 사상과 문학』, 밀양문화
  원, 2005.

일두 정여창과 한훤 김굉필은 서로 친구 사이로 함께 선생의 문하에 와서 배우기를 청했다. 선생은 고인이 학문한 차례에 따라 가르쳐서, 먼저 『소학』과 『대학』을 읽히고, 『논어』와 『맹자』를 읽게 하였다.14)

함양군수 시절, 후에 사림파의 핵심으로 무오사화와 갑자사화에 연루되어 모두 죽음을 맞게 될 두 인물이 그의 문하로 들어온 것이다. 두류산의 기운 속에 이 강직한 젊은이들과의 인연이 점필재를 사림파의 종장으로 부상시키며, 두 사화가 일어나는 씨앗으로 작용했다고 보인다. 점필재와 두류산 유람을 함께하는 조위는 처남으로 이때 그의 문하에서 예서(禮書)를 읽었다. 조위는 1495년(연산군 1) 대사성으로 지춘추관사가 되어 『성종실록』을 편찬할 때, 사관 김일손이 점필재의 「조의제문」을 사초에 수록하여 올리자 원문대로 받아들여 편찬하게 하였다. 이 때문에 1498년 성절사(聖節使)로 명나라에 다녀오다가 때마침 일어난 무오사화에 점필재의 시고(詩稿)를 수찬한 장본인이라 하여 의주에서 체포되어 투옥되었다. 이후 그는 순천으로 옮겨진 뒤 죽었다. 점필재는 함양군수를 지낸 뒤 선산부사가 되어 고향으로 돌아가지만, 함양에서 맺은 사제(師弟)의 학문적 연찬은 더욱 확대되었다.

이해 여름에 수재 김굉필·생원 이승언·참봉 원개·생원 이철균·진사 곽승화·수재 주윤창이 선산부의 향교에 모여서 옛 글을 토론하면서 선생의 문하에 나아가 수개월 동안 묻고 논변하였다.15)

---

14) 김종직, 『점필재집』 「연보」 성종 3년. "一蠹鄭汝昌與寒暄金宏弼相友 詣先生門下 請學 以古人爲學次第教之 先讀小學大學 遂及語孟"
15) 김종직, 『점필재집』 「연보」 성종 8년. "是歲仲夏 金秀才宏弼·李生員承彦·元參奉槩 ·李生員鐵均·郭進士承華·周秀才允昌 會府之鄉校 討論墳典 就門下 問辨數月矣"

함양군수 시절 제자가 된 김굉필을 비롯하여 더 많은 젊은이들이 점
필재의 문하로 모여들었다. 『예기』「학기」에 '교학상장(敎學相長)'이란
말이 있다. 거기에는, '배운 뒤에 부족함을 알고, 가르친 뒤에 막힘을
알게 된다.[學然後知不足 敎然後知困]'고 하였다. 점필재가 가학의 도맥을
이어받았으며, 20대에 「조의제문」을 지었고, 한양에 있을 때부터 틈이
나면 후학을 가르쳤다[16]고는 하지만, 진정한 학문적 사제의 인연은 함
양군수 시절부터 비롯되었다고 할 수 있다. 이 시기는 여러 조건들이
맞아떨어졌다고 보인다. 점필재가 불혹의 나이로 가학으로 전수받은
학문이 무르익었으며, 이미 중앙 정계에서 벼슬에 대한 쓴 맛도 보았고,
함양이라는 외지에 두류산의 정기가 가득 서려있는데, 거칠 것 없는 젊
음에 강직함마저 지닌 젊은 학도들이 몰려와 불을 당긴 것이다. 이로써
점필재와 그 문도들은 '효학반(斅學半)'을 이루었다. 설령 그 결과가 무
오사화와 갑자사화로 이어지고, 부관참시로 맺었다고 하더라도 역사는
그들에게 사림파 혹은 도학파라는 용어를 바쳤으며, 훈구파로 정체되
고 침체된 조선중기 정계의 물결을 뒤흔들어 일정부분 흘러가게 한 공
을 인정하고 있다.

후학 양성에 있어 점필재는 이미 호랑이 등에 올라탄 것으로 보인다.
성종 16년(1485), 병으로 성균관동지사를 일시 퇴직하고 밀양에서 요양
할 때도 배우려는 사람들이 사방에서 모여들었으며,[17] 벼슬에서 은퇴
한 뒤에도 원근의 학자들이 모여들었다.[18] 그는 이를 사양하지 않고 받
아들여 정주(程朱)의 학문으로 후학을 가르쳤으며, 도학을 밝히는 것을

---

16) 『점필재집』, 「연보」 세조 10년. "敎誨不倦 學徒坌集 塡溢街巷"
17) 『점필재집』, 「연보」 성종 16년.
18) 『점필재집』, 「연보」 성종 21년.

사업으로 삼았다. 이렇게 맺어진 제자와 또 그 제자들은 조선중기 훈구파를 견제하는 강력한 야당세력으로 급부상했으며, 성종과 스승 점필재의 후의와 보호 속에 중앙 정계에 진출하여 새로운 정치를 이루고자 절치부심했다. 물론 이들의 새로운 정치는 위기를 느낀 훈구파의 반격을 받아 무오사화와 갑자사화로 날개가 꺾였고, 심지어 점필재는 부관참시까지 당했으며, 점필재로 점화된 사림파는 이른바 초토화되어 지방으로 쫓겨나는 신세가 되었다.

Ⅲ. 천왕봉에 두 번 오르다

점필재는 나이 마흔, 공자가 말한 불혹이 된 1471년 봄에 함양군수가 되어 두류산 품으로 왔다. 고개만 들면 두류산의 우뚝한 푸른 봉우리가 바로 눈에 들어왔지만, 그는 그곳을 부임한 지 2년이 다 되도록 유람하지 못했다. 1472년 가을, 관동(關東)에서 와서 그에게 예서를 배우던 조위(曺偉 1454~1503)가 돌아가겠다고 하면서 그에게 두류산 유람을 청하였다. 점필재는 이 청을 받아들이며, 그 이유를 다음과 같이 적었다.

> 나 또한 몸이 날로 허약해지고, 다리의 힘은 더욱 쇠약해져 올해 유람을 하지 않으면 내년을 기약하기 어렵겠다고 생각했다. 더구나 때는 바야흐로 음력 8월, 습하고 흐릿한 기운이 걷혔으니, 보름날 밤에 천왕봉에서 달을 보고, 닭이 우는 새벽에는 떠오르는 해를 보며, 밝은 아침에는 또 사방을 두루 본다면 일거양득이 될 것이라고 생각하여 마침내 유람하기로 결정하였다.[19]

---

19) 김종직, 『점필재집』 권2 「遊頭流錄」. "余亦念羸瘵日增 脚力盆衰 今年不遊 則明年難卜

점필재가 밝힌 유람의 이유는 두 가지이다. 하나는 그 자신의 건강문제이고, 다른 하나는 자연의 절기이다. 점점 쇠약해지는 자신의 육체가 유람을 미루었다가는 영영 유람할 수 없을지도 모른다는 위기감과 마침 음력 8월이라 기운이 맑으니 둥근 보름달을 천왕봉에서 맞는다는 것은 무척 운치 있는 일이라 판단한 때문이다. 그러나 이는 표면적인 이유이다. 그가 천왕봉에 올라 성모묘(聖母廟)에서 성모에게 고유한 내용을 보면, 천왕봉에 오른 이유는 공자의 '등태산소천하(登泰山小天下)'의 호연지기를 느끼고자 함이었다. 그의 말을 들어보자.

　　저는 일찍이 공자께서 태산에 올라 천하를 관찰하신 것과 한유가 형산(衡山)을 유람한 뜻을 흠모하였지만 관직에 매인 몸인지라 소원을 이루지 못했습니다. 금년 가을에 남쪽 경내의 농사를 둘러보다가 우뚝한 봉우리를 우러러보고는 간절한 마음이 절실하였습니다.[20]

공자는 일찍이 동산에 올라 노나라가 작다고 하였고, 태산에 올라 천하를 작다고 하였다.[21] 이는 높은 곳에 올라 안목을 넓히고, 기상을 높인다는 뜻이다. 같은 맥락에서 당나라 문장가 한유는 오악(五嶽)의 하나인 남악(南嶽) 형산을 유람했다. 점필재 역시 그러한 이유로 두류산을 유람하고자 하였다는 것이다. 이렇게 호연한 기상을 함양하고자 높은 산, 특히 지리산 천왕봉에 오르는 것은 조선조 선비들이 유산(遊山)하는

　　況時方仲秋 霽霾已霽 三五之夜 翫月於天王峯 鷄鳴觀日出 明朝又周覽四方 可一擧而兼得 遂決策遊焉"
[20] 김종직, 『점필재집』 권2 「遊頭流錄」. "某嘗慕宣尼登岱之觀 韓子遊衡之志 職事羈纏 願莫之就 今者仲秋 省稼南境 仰止絶峯 精誠靡阻"
[21] 『孟子』「盡心 上」.

중요한 목적이었다. 남명의 문인 성여신(成汝信 1546~1632)도 천왕봉에 올라 다음과 같이 말했다.

> 내 알지 못하겠다. 공자께서 태산에 오르고 동산에 오르셨을 때, 정자께서 남여로 3일 동안 유람했을 때, 주자께서 눈 내리는 남악을 유람했을 때도 오늘 나처럼 마음과 눈이 활달했을까?[22]

점필재의 두류산 유람에 대한 바람은 오래 미루어지다가 함양군수가 되고서도 일 년이 지난 뒤에서야 이루어졌다. 1472년 8월 14일 함양 병곡면에 있던 덕봉사의 승려 해공(海空)을 길잡이로 하여 유호인(俞好仁 1445~1494)·조위·한인효(韓仁孝)와 함께 드디어 유람 길에 올랐다. 유람은 4박 5일간의 짧은 일정이었다.[23]

첫날은 엄천(嚴川)과 화암(花巖)을 지나 환희대·선열암·신열암을 거쳐 고열암에서 숙박하였다. 떠나기 전 다리의 힘이 약해 걱정하던 점필재는 일행 중 가장 먼저 삼반석(三盤石)에 올라 향로봉과 미타봉을 굽어보았다. 그런 그를 고열암 주지는 알아보지 못하고 그에게 고을 원님이 어디계시냐고 물어 주위를 웃음바다로 만들었다. 유람 이튿날이자 보름날은 날이 흐렸다. 점필재는 천왕봉을 향해갔다. 청이당→영랑재→소년대→해유령→중봉→마암을 거쳐 저녁 무렵 천왕봉에 올랐다. 흐

---

22) 成汝信,『浮査集』「方丈山仙遊日記」."吾不知 夫子之登泰山登東山 程子之藍輿三日 晦翁之雪中南嶽 亦如今日之豁心目"

23) 유람의 노정은 함양군 관아를 출발하여 엄천→화암→지장사→환희대→선열암→신열암→고열암(1박)→쑥밭재→청이당→영랑재[下峯]→해유령→중봉→마암→천왕봉→성모사(1박)→통천문→향적사(1박)→통천문→천왕봉→통천문→중산[제석봉]→습한 평원[沮汝原]→창불대→영신사(1박)→영신봉→한신계곡→백무동→실택리→등구재→함양군 관아로 돌아오는 코스였다.

린 날씨에다 저녁이 되어 주위는 잘 보이지 않았다. 길안내를 한 해공과
법종 스님이 성모묘에 들어가 빌면 날씨가 개인다고 하자 점필재는 갓
을 쓰고 띠를 매고 손을 씻은 뒤 사당에 들어가 술과 과일을 차려놓고
성모에게 고유했다. 이를 보면 점필재는 유연한 사고를 가진 지식인이
었다. 그에게서 성리학으로 무장한 완고한 유자(儒者)의 모습은 보이지
않는다. 후에 그의 제자 정여창은 김일손이 성모묘에서 제사지내려 하
자 굳이 말렸다.

　　밤이 깊어지자 달빛이 희미하게 비쳤다. 기뻐서 일어나 보니 곧 먹구
　　름이 달을 가려 버렸다. 돌 더미에 기대어 사방을 둘러보니, 온 천지가
　　한 덩어리로 어우러져 큰 바다 가운데 한 척의 작은 배를 타고 이리저리
　　기울어지면서 파도 속에서 휩쓸리는 듯하였다. 나는 웃으면서 동행한 세
　　사람에게 말했다. "비록 한유(韓愈) 같은 정성과 왕저(王著) 같은 도술은
　　없지만 다행히 그대들과 함께 우주의 원기를 타고 혼돈의 태초에 떠있으
　　니, 어찌 좋은 일이 아니겠는가?"[24]

　천왕봉에서 맞이한 달과 밤에 대한 점필재의 감상이다. 그는 우주의
원기를 느끼며 태초의 혼돈 속에 있는 황홀함을 맛본다. 흐린 날 깊은
밤에 1915m의 허공, 게다가 집을 날려 버리고 봉우리를 뒤흔들 듯 한
기세의 음산한 바람이 동쪽 서쪽에서 마구 불어와 운무에 의관이 다 젖
는 경관[25]을 혼돈의 태초라 여기는 것은 타당하다. 이를 두려워 않고

---

24) 김종직, 『점필재집』권2 「遊頭流錄」. "夜深 月色黯黯 喜而起視 旋爲頑雲所掩 倚疊四瞰
　　六合㳅洞 若大瀛海之中 乘一小舟 軒昂傾側 將淪于波濤也 笑謂三子曰 雖無退之之精誠
　　知微之道術 幸與君輩 共御氣母 浮游混沌之元 豈非韙歟"
25) 김종직, 『점필재집』권2 「遊頭流錄」. "日且昏 陰風甚顚 東西橫吹 勢若撥屋振嶽 嵐霧坌
　　入 衣冠皆潤"

즐기는 점필재의 기상이 또한 장대하다. 그가 비유한 한유는 당나라 문장가이고, 왕저는 명나라 사람이다.

　점필재는 보름날 밤을 혼돈의 태초 같은 천왕봉에서 보내고 비에 젖은 돌길을 구르듯 내려와 16일에는 향적사에 머물렀다. 저물녘에 천왕봉의 운무가 걷히자 그는 손을 흔들며 기뻐하였다. 17일 새벽, 그는 새벽밥을 먹고 다시 천왕봉에 올랐다. 또 다시 성모묘에 들어가 술을 부어 놓고 사례했다. "오늘 천지가 맑게 개이고 산천이 확 트인 것은 진실로 신명의 은택입니다. 매우 기쁘고 감사합니다."[26] 날씨는 개어 사방에 구름 한 점 없었다. 그는 다시 오른 천왕봉에서의 감회를 다음과 같이 노래했다.

산신령은 장난치기 좋아하여	山靈似戲劇
안개와 비, 바람까지 몰아치네	霧雨兼顚風
마음을 가다듬어 말없이 기도하여	齊心且黙禱
가슴 속 티끌 씻어주기 바랐네	庶盪芥滯胸
오늘 아침 홀연히 맑게 개었으니	今朝忽淸霽
신께서 내 마음을 알아주셨네	神其諒吾裏
다시 올라가는 고됨을 잊고서	遂忘再陟勞
천왕봉에서 우주를 바라보네	絕頂窺鴻濛
시원한 마음으로 조그만 사물을 굽어보니	浩浩俯積蘇
천지 밖에 있는 듯하구나	如脫天地籠
뭇 산은 만 리에서 조회하고	群山萬里朝
높은 산들은 눈 아래에 있네	眼底失窮崇[27]

---

26) 김종직, 『점필재집』 권2 「遊頭流錄」. "今日 天地淸霽 山川洞豁 實賴神休 良深欣感"
27) 김종직, 『점필재집』 권8 「再登天王峯」.

그가 시에서 말한 것처럼 그는 힘든 길을 마다않고 또 올라갔다. 하루를 건너 두 번이나 천왕봉에 오른 것이다. 흔치 않은 일이다. 더욱이 4박 5일의 짧은 여정에 3일을 천왕봉을 위해 할애하였으니, 두류산 유람이라기보다는 천왕봉 유람이다. 때문에 그는 혼돈의 태초 같은 천왕봉을 보았고, 맑게 개어 구름 한 점 없는 천왕봉에서 마치 땔나무를 쌓아놓은 듯한 우주를 바라보며 세상 밖에 있는 듯한 호연(浩然)함을 느꼈다. 그는 천왕봉에서 천지 사방을 둘러보고 내려와 영신사에서 잤다.

천왕봉을 두 번씩 올라가 보았으니, 그의 유람 목적은 다 이루었다고 하겠다. 그의 실제적인 유람 목적은 공자의 '등태산소천하(登泰山小天下)'의 기상을 느끼기 위한 것이었다. 때문에 그는 비바람 치는 천왕봉에서 자는 것도 마다하지 않았고, 님을 기다리듯 향적사에 머물며 천왕봉 운무가 걷히기를 기다려 또 다시 올라갔던 것이다. 목적을 이룬 그는 다음날 18일, 함양 관아로 돌아왔다. 산을 내려와 골짜기 입구 사당에서 하인들이 가져온 옷을 갈아입고 말을 타고 실택리(實宅里)로 가자 노인 몇명이 그를 맞아 절을 하며, 그가 별탈없이 유람을 마치고 돌아온 것을 하례했다. 그러자 그는 '공무를 제쳐두고 유람하였는데도 백성들이 탓하지 않으니, 그제야 안심이 된다[28]'며 백성을 두려워하는 목민관의 태도를 내비쳤다. 그는 곧바로 관아로 갔다. 그는 유람한 것은 겨우 닷새이지만 가슴속이 탁 트이고 시야가 넓어짐을 느끼며, 처자와 아전들이 자신을 본다면 유람하기 전과는 달라졌다고 여길 것이라 하였다.[29] 그만큼 두류산 유람에 대한 감흥과 그곳에서의 사유가 컸다는 뜻이라 해

---

28) 김종직, 『점필재집』 권2 「遊頭流錄」. "余始喜 百姓不以優遊廢事罪我也"

29) 김종직, 『점필재집』 문집 권2 「遊頭流錄」. "出遊纔五日 而頓覺胸次神觀 寥廓蕭森 雖妻孥吏胥視我 亦不似舊日矣"

석된다. 이전과는 달라졌을 그의 사유와 행보는 이후의 삶에 대한 그의 연보가 잘 말해주고 있다.

점필재는 유람록을 마무리 하면서, 만약 두류산이 중국에 있었다면 숭산이나 태산보다 먼저 천자가 올라가 봉선(封禪)을 하였을 것이고, 옥첩(玉牒)의 글을 봉하여 상제에게 올렸을 것이라 칭송하였다. 또 두류산의 숭고하고도 빼어남은 당나라 문장가 한유나 남송의 유학자 주희(朱熹), 혹은 당나라 신선 여동빈(呂洞賓) 같은 사람들이 살법한 곳이라 하면서, 그런데 지금 용렬한 사람, 도망친 종, 신분을 숨긴 자, 불법을 배우는 자들의 소굴이 되고 말았다고 사족(蛇足)하였다. 이 사족은 점필재의 사대부 유학자로서의 한계가 드러난다고 보인다.

Ⅳ. 사림들의 유람 입문서가 된 「유두류록」

점필재의 「유두류록」은 1472년 음력 8월 14일 점필재가 유호인·조위·한인효와 함께 함양군 관아를 출발하여 15일과 17일 두 번 천왕봉에 올랐다가 18일 함양군 관아로 돌아온 4박 5일 간의 두류산 유람을 기록한 것이다. '1472년 추석이 5일 지난 날에 썼다[歲壬辰仲秋越五日書]'고 하였으니, 유람에서 돌아온 지 2일 만에 내처 쓴 것이다. 유람에서 보고 느꼈던 정서와 감흥을 잃지 않고 기록하려는 열정이 묻어나며, 또한 유람의 감동이 컸음을 웅변하는 것이라고 하겠다.

조선시대 사대부들의 지리산 유람록은 1463년에 창작된 이륙(李陸 1438~1498)의 「지리산기(智異山記)」가 최초이다.[30] 그러나 이륙의 「지리

---

30) 최석기, 「조선시대 사대부들의 지리산 유람과 사의식」, 『선인들의 지리산 유람록』,

산기」는 크게 반향을 일으키지 못했다. 반면 점필재의 「유두류록」은 조선시대 유람록에 큰 영향을 미쳤다. 이 유람록은 사림들의 유람 입문서가 되었는데, 거기에는 중요한 덕목이 있기 때문이다. 첫째는 서정적인 글쓰기이고, 둘째는 유람의 장소에서 옛사람과 옛일을 사유하는 인문적 사고가 있다. 셋째는 백성에 대한 목민관의 연민과 따뜻한 시각이 있으며, 넷째는 지식인의 이성적 가치 판단이 있다. 점필재의 「유두류록」은 단순하고 무미건조한 노정(路程)만을 제시한 것이 아니고, 각 유람의 장소에서 민생을 생각하고, 올바른 가치 판단을 하고자 하며, 자연 경물에 대한 진솔한 자신의 감정을 담아냈다. 때문에 「유두류록」은 기록성과 문학성을 동시에 취득한 인문지리서인 것이다.

점필재의 「유두류록」에는 지나는 노정과 그곳에 있는 자연의 모습을 감칠맛 나는 생생한 표현으로 묘사하고 있다. 그가 천왕봉을 향해 수풀 속을 헤치며 가는 길에 큰 나무들이 죽어 길에 쓰러져 다리가 되어있고, 반쯤 썩은 것은 가지가 땅에 걸쳐 있어 그 위를 지나게 되자, '말을 탄 것처럼 출렁거렸다'라고 동적으로 묘사하고 있다. 또 아홉 고개를 다 지나고 산등성이를 따라 걸을 때는, '지나는 구름이 갓을 스쳤다'거나, '풀과 나무들은 비가 내리지 않았는데도 젖어 있었다'라는 표현을 쓰기도 하였다. 또 보름날 밤 흐리고 비바람 치는 천왕봉에 머물게 되었을 때는, 우주의 원기를 타고 혼돈의 태초에서 떠돈다고 장자적 표현을 하기도 하였다. 천왕봉에서 내려와 향적사에 머물 때는 '바위틈으로 물이 나무홈통을 따라 졸졸 흘러 물통에 떨어지고 있었다'라는 사실적이면서도 정감어린 묘사를 하기도 했다. 또 그는 향적사에서 천왕봉을 바라보

돌베개, 2000, 385쪽.

다가 운무가 천왕봉으로부터 걷히는 것을 보고는 '나는 손을 흔들며 매우 기뻐하였다'라고 진솔한 감정을 여과 없이 드러내었다. 「유두류록」에 담긴 서정적인 글쓰기는 이뿐만이 아니다. 그가 향적사 문 앞 반석에서 멀리 바라보다가, 산과 바다의 섬들이 운무 사이로 다 보이기도 하고, 반쯤 보이기도 한 것을 보고는, '마치 휘장 안에 있는 사람들의 상투만 보이는 것 같다'고 짓궂게 묘사하기도 했다. 시루봉을 지나 세석평원에 이르렀을 때는 단풍나무를, '줄기는 문설주처럼 서 있고, 가지는 문지방처럼 휘어져 있다'고 묘사했다. 이런 아름답고 서정적인 묘사로 인해 그의 유람록은 건조하거나 지루하지 않다.

점필재는 유람의 장소에서 옛사람을 생각하고 그 시대를 생각하는 인문적 사유를 한다. 비록 그 사유가 심도 있고 정치하게 묘사되어 있진 않으나, 그가 가볍게 던진 문장의 행간에는 시대와 불우했던 역사 인물에 대한 안타까움이 묻어있다. 영랑재에서는 신라 화랑 영랑을 떠올리고, 쌍계사를 바라보면서는 신라시대 문장가 최치원을 생각한다. 그는 최치원이 기개(氣槪)를 자부하였지만 어지러운 세상을 만나 중국에서도 뜻을 얻지 못했고, 신라에서도 용납되지 못했음을 탄식했다. 또한 최치원은 붙잡아 매어둘 수없는 큰사람이라고 판단하였다. 창불대(唱佛臺)에 올라서는, 길을 안내하던 승려 해공이 악양현 북쪽을 가리키며 청학사(靑鶴寺)가 있던 동네라고 알려주자, 고려 문인 이인로를 떠올린다. 이인로는 복고(腹稿)라 불린 천재적인 문장가였으나 무신란으로 인해 속세를 등지고 조선의 무릉도원이라 전해오던 청학동을 찾아 나섰으나 찾지 못하고 「청학동기」를 썼던 인물이다. 점필재는 최치원과 이인로를 그리며 이렇게 청학을 노래했다.

청학 탄 신선은 어느 곳에 사는지   靑鶴仙人何處棲
홀로 청학 타고 마음대로 다니겠지   獨騎靑鶴恣東西
흰 구름 가득하고 소나무 삼나무 울창하니   白雲滿洞松杉合
유람객들이 왔다가 절로 길을 잃겠네   多少遊人到自迷[31]

　지리산 쌍계사와 불일암 중간쯤에는 최치원이 학을 불러 타고 다녔다는 전설이 전해지는 환학대(喚鶴臺)가 있다. 위의 시 1~2구의 청학 탄 신선은 최치원을 뜻하며, 3~4구에서 길을 잃는 유인(遊人)은 청학동을 찾아왔으나 찾지 못했다는 이인로를 염두에 둔 것이다. 불우했던 두 문인의 행적을 행간에 펼치며 담담하게 읊고 있다.

　점필재의 유람록에는 목민관으로서 백성의 삶을 제대로 돌보고자 하는 따뜻한 마음도 들어있다. 그는 여행 이튿날 영랑재를 지나 천왕봉을 향해 가다가 말라 죽어 뼈대만 남은 나무들을 보았다. 이를 보고 이 지역 주민들이 매년 가을이 되면 잣을 따서 공물(貢物)의 수량을 채워야 하는데, 한 나무에도 잣이 달리지 않은 당해의 상황을 인지하였다. 그는 '수령이 마침 이 실상을 보았으니 다행이다'라며 위안하고 있다. 만약 그러한 사정을 몰랐다면 지역민들에게 공물의 수량을 맞추라고 닦달했을 것이며, 그렇게 되면 지역민들의 고충은 불을 보듯 환할 것인데, 마침 자신이 지역의 실상을 알게 되어 다행이란 것이다. 그의 이런 마음은 함양에 차를 재배하는 생산적 활동으로 이어지기도 하였다. 잠시 보자.

　　나라에 바치는 차가 우리 고을에서는 생산되지 않는데도, 해마다 백성들에게 이를 부과하였다. 때문에 백성들은 차값을 가지고 전라도에서 사

---

31) 김종직, 『점필재집』 「靈神庵」.

오는데, 대략 쌀 한 말에 차 한 홉을 얻는다. 내가 이 고을에 부임하여 그 폐단을 알고는 백성들에게 부과하지 않고 관에서 여기저기 얻어서 납부하였다. 그런데 삼국사기를 보니, '신라 때에 당나라에서 다종(茶種)을 얻어와 지리산에 심게 했다'는 말이 있었다. 아, 우리 고을이 바로 이 산 밑에 있으니, 어찌 신라 때에 남긴 종자가 없겠는가? 그래서 부로(父老)들을 만날 때마다 찾아보게 하였더니, 과연 엄천사(嚴川寺) 북쪽 대숲 속에서 두어 떨기의 다종을 발견하였다. 나는 너무 기뻐서 그 땅을 다원(茶園)으로 만들게 하였다.[32]

점필재가 다원(茶園)을 만들고 기뻐서 시를 지으며 그 동기를 밝힌 글이다. 목민관의 따뜻한 마음과 군민의 삶과 밀착된 행정을 펼치고자 하는 그의 노력이 돋보인다.

천왕봉 바로 아래에는 마암(馬巖)이 있다. 전하는 말에 의하면 가뭄이 들 경우 사람들을 시켜 이 바위에 올라가 발을 구르며 빙빙 돌면 천둥과 비가 내린다고 한다. 점필재는 이 마암에서 '지난해와 올 여름에 사람을 보내 시험하여 효험을 보았다'고 고백했다. 이는 미신을 떠나 지역민의 고충을 해결하고자 하는 목민관의 간절한 마음이다. 그는 또 영랑재에서부터 세석평원까지 능선 곳곳에 매를 잡으려고 설치한 기구를 보았다. 그것은 이루 다 기록할 수 없을 정도였다고 한다. 그는 여기서 두 가지를 생각한다.

매는 하늘을 나는 생물이다. 험준한 곳 깊은 숲 속에 덫을 설치하고

---

32) 김종직, 『점필재집』 권10 「茶園二首」. "上供茶 不産本郡 每歲 賦之於民 民持價買諸全羅道 率米一斗得茶一合 余初到郡 知其弊 不責諸民 而官自求丐以納焉 嘗閱三國史 見新羅時得茶種於唐 命蒔智異山云云 噫 郡在此山之下 豈無羅時遺種也 每遇父老訪之 果得數叢於嚴川寺北竹林中 余喜甚 令建園其地"

노리는 자가 있는 줄 어찌 알겠는가? 먹이를 보고 탐내다가 순식간에
그물에 걸리거나 올가미에 걸려드니, 또한 사람들에게도 경계가 될 만하
다. 게다가 나라에 진헌하는 것은 한두 마리에 불과한데, 노리갯감으로
충당하기 위해 해진 옷을 입고 겨우 밥 한 술 뜨는 사람들에게 밤낮으로
눈보라를 무릅쓰고 천 길 봉우리 위에 엎드려 있게 하니, 어진 마음을
가진 사람이라면 차마 하지 못할 일이다.[33]

　점필재는 먹이를 보고 탐내다가 그물에 걸리는 매를 통해 인간의 삶
을 성찰한다. 매는 하늘을 나는 동물이므로 숲 속에 자신을 잡으려고
놓은 덫이 있으리라고는 생각하지 못한다는 것이다. 그 방심 속에 매는
덫에 걸린다. 인간의 삶에도 덫은 곳곳에 있고, 벼슬길은 더욱 예상하
지 못한 덫이 많다는 뜻이다. 게다가 나라에 진헌하는 것은 한두 마리에
불과한데, 벼슬아치들은 자신의 노리갯감으로 충당하기 위해 불쌍한
백성들을 마구 부린다. 과연 벼슬아치들은 매를 잡기 위해 밤낮으로 눈
보라를 무릅쓰고 천 길 봉우리 위에 엎드려 있어야 한다는 것을 알기나
하겠는가? 흔히 사람들은 자신이 알고 있는 것이나 관심에 따라 보게
된다. 어떤 사람은 우뚝 솟은 봉우리만 보기도 하고, 어떤 사람은 잔잔
한 풀들에 관심을 둔다. 자연에 존재하는 것에서 그 자체의 형상을 보기
만 하는 사람도 있지만, 그것을 자신의 내면으로 끌어와서 반추하는 사
람도 있다. 점필재의 유람록에는 삶에 대한 성찰과 사유가 담겨있다.
　그런가 하면, 그의 유람록에는 곳곳에 지식인의 독서기(讀書氣)와 합
리적이라는 이성적 인식이 드러난다. 그러나 이 이성적 인식은 때론 완

---

33) 김종직, 『점필재집』 권2 「遊頭流錄」, "鷹準雲漢間物也 安知峻絶之地 有執械豊蔀而伺
　者 見餌而貪 猝爲羅網所絓 條簇所制 亦可以儆人矣 且夫進獻 不過一二連 而謀充戲玩 使
　鶉衣啜飱者 日夜耐風雪 跧伏於千仞峯頭 有仁心者 所不忍也"

고한 성리학적 사유를 배경으로 하고 있어서 무미건조한 돌산과 같이
옥에 티가 되기도 한다. 우선 그는 보름날 천왕봉으로 가는 길에 청이당
을 지나고 영랑재를 올라가는 길이 매우 가팔라 나무뿌리를 부여잡고서
겨우 오르내리게 되자, 「봉선의기(封禪儀記)」34)를 인용하며 '뒷사람은
앞사람의 발밑만 보고, 앞사람은 뒷사람의 이마만 보았다'고 하였다.
천왕봉에 있는 성모묘의 성모에 대해서는 세상 사람들은 석가의 어머니
마야부인이라고 믿고 있는데, 점필재는 이를 고려 태조의 어머니 위숙
왕후(威肅王后)라고 주장하였다. 그가 근거로 내세우는 것은 이승휴
(1224~1300)의 『제왕운기』이다. 『제왕운기』에 '성모가 도선국사에게 명
하였다[聖母命詵師]'라는 구절의 주에 '지금의 지리산 천왕봉이다'라고
부기되어있다는 것이다.35) 그러니 성모는 태조의 어머니 위숙왕후라는
것이다. 그러나 그는 여기에도 문제가 있다고 한다. 즉, 선도성모에 관
한 전설36)을 익히 들은 고려 사람들이 자기 나라 임금의 계통을 신성시
하고자 하여 이 설을 지어냈으며, 이승휴는 이를 그대로 기록한 것으로
이 또한 믿기 어렵다는 것이다. 점필재의 합리적 인식이 잘 드러나는
대목이다.

그가 두 번째로 천왕봉에 올라가서는 "멀리 바라볼 적에 그 요령을
얻지 못하면 나무꾼의 견해와 무엇이 다르겠는가? 대개 먼저 북쪽을 보
고, 다음으로 동쪽을 보고, 다음으로 남쪽, 그리고 서쪽을 바라보아야
한다. 또 가까운 곳으로부터 먼 곳을 바라보는 것이 옳다."37)라며 나무

---

34) 封禪은 고대 제왕이 天地의 신에게 제사지내는 것을 말하며, 「封禪儀記」는 그 봉선에
   관한 의례를 기록한 글이다.

35) 이승휴, 『제왕운기』 하권 「本朝君王世系年代」.

36) 仙桃山의 聖母는 중국 황실의 딸로 신선술을 배웠으며, 뒤에 辰韓에 이르러 아들을
   낳아 동국의 시조가 되었다고 한다. 『삼국유사』 제7권 感通篇 「仙桃聖母隨喜佛事」.

꾼과 다른 지식인의 합리적 행동을 과시하기도 했다. 하지만 동→서
→남→북의 순서로 바라보고, 먼 곳에서 가까운 곳으로 본다고 하여
무슨 문제가 있겠는가? 천왕봉에서 내려올 때에는 석문을 지나 중산(中
山)[38]에 올랐다가 산등성이를 따라 걸으며, 그 사이에 있는 10여개의
봉우리들이 그 빼어남에도 불구하고 명칭이 없음을 안타깝게 여긴 유호
인이 점필재에게 이름을 지으라고 청하자, "증거가 될 만한 것도, 믿을
만한 것도 없는데 어찌 이름을 붙이겠는가?"[39]라며 물러섰다.

　점필재가 쓴 인문지리서로서의 「유두류록」은 이후 사림들의 유람 입
문서가 되었다.[40] 이 유람록의 형식적인 구성과 주제의식은 이후 사림
들의 유람록 전범이 되었다. 도입부에 유람의 배경을 서술하고, 그 다음
여정부에서 날짜별로 여정과, 경물 묘사, 자신의 감회 등을 서술하며,
마지막에 총평의 의론을 펼치는 방식은 김종직의 「유두류록」 이후 거의
모든 지리산 유기에서 흔히 볼 수 있는 형식이다.[41] 또한 산수 감상을
정신적 내면화로 체화하는 인문적 감상은 조선중기 사림들의 유람록을
지배하는 사상이다. 이는 김일손의 「속두류록(續頭流錄)」, 남효온의 「지
리산일과(智異山日課)」, 조식의 「유두류록(遊頭流錄)」, 유몽인의 「유두류
산록(遊頭流山錄)」 모두에서 확인되며, 조식에게서 극대화된다. 즉, 산을
오르는 어려움은 선(善)을 행하는데 비유하고, 산을 내려오는 쉬움은 악

---

37) 김종직, 『점필재집』 권2 「遊頭流錄」. "余日 夫遐觀而不得其要領 則何異於樵夫之見 盡
　　先望北而次東 次南次西 且也自近而遠 可乎"
38) 帝釋峯을 가리키는 듯하다.
39) 김종직, 『점필재집』 권2 「遊頭流錄」. "余日 其於無徵不信何"
40) 유몽인은 김종직의 유람록과 김일손의 유람록을 보았다고 밝히고 있다. 柳夢寅, 『於
　　于集』 후집 권6 「유두류산록」. "竊觀佔畢濯纓之錄."
41) 안세현, 「유몽인의 '유두류산록' 연구」, 『동양한문학연구』 제24집, 동양한문학회,
　　2007, 236쪽.

(惡)을 행하는데 비유한다거나, 철저한 유교적 현실주의에 바탕을 두고 있는 점, 유람 중에 조세의 무거움이나 공물을 사서 충당하는 민간의 현실을 목격하고 염려하는 점, 또 불교에 대한 비판적 인식이 담겨있는 점 등이 그러하다. 이들 유람록은 다시 16세기 중·후반기 주로 영호남 지역에 거주하는 사림들을 중심으로 지리산 유람과 유람록에 영향을 미치고 있다.42) 점필재 이후 등장하는 이들 사림들의 유람 문화와 유람록이 점필재의 「유두류록」의 인문지리적 사유를 띠고 있으며, 이들이 점필재의 직전 제자이거나 재전 제자라는 점과 사상적 성향을 공유하는 같은 범주의 지역 문인이란 점에서 점필재의 「유두류록」의 영향은 크다고 할 것이다.

V. 맺음말

이 글은 점필재 김종직의 「유두류록」의 의미를 유람록에 한정하고 집중하여 간명하게 살핀 것이다. 글은 점필재의 두류산 유람이 두류산의 품속에 있는 함양군수로 오게 되었으므로 가능하게 되었다는 점을 단서로 출발하였다. 여기에 주목하여 두류산과 점필재의 인연과 만남의 시기, 그리고 그것이 훗날 역사에 불러올 의미를 간략한 그의 경력과 함께 2장에서 다루었다. 3장에서는 4박 5일간의 짧지만 풍부한 내용이 담긴 「유두류록」을 그의 유람 일정을 따라 가면서 고찰하였다. 그러나 이 장에서는 그가 5일간의 짧은 일정에 두 번이나 천왕봉에 올라갔으며, 이를 위해 하루를 향적사에 머물러 사실상 두류산 유람이라기보다는 천왕

---

42) 이에 대해서는 최석기(2000)의 논문과 각 문인들의 개별 연구를 참조할 것.

봉 유람이라고 할 수 있는 천왕봉 일정과 그에 대한 그의 소회(所懷)에 집중하였다. 4장에서는 유기(遊記)의 일부가 아닌, 독립된 유산록으로서 「유두류록」이 갖는 의미를 짚어보았다.

점필재는 공자가 말한 불혹의 나이 마흔에 지리산 품속에 있는 함양 군수로 오면서 지리산을 유람하게 되었고, 그때 그의 문하로 찾아온 정여창 김굉필 등의 스승이 되어 영남사림의 종장으로 부상한다. 이 인연은 훗날 무오사화와 갑자사화로 이어지는 중요한 단초가 되며, 점필재는 부관참시를 당하게 된다. 때문에 이 인연의 고리, 함양군수가 되어 지리산의 자락으로 오게 된 것은 자못 의미심장하다. 또 점필재는 특이하게도 짧은 5일의 일정 속에 두 번이나 천왕봉에 오르는 기염을 토한다. 덕분에 그는 흐린 날씨에 사납게 몰아치는 비바람으로 혼돈의 태초가 된 천왕봉을 체험하며, 화창하게 맑아 천지 사방의 사물들이 환한 모습으로 발아래 늘어서고 쌓여 있는 모습을 천왕봉에 서서 굽어 볼 수 있었다.

점필재의 「유두류록」은 1463년에 창작된 이륙의 「지리산기」에 이어 기록된 것이지만, 이륙의 「지리산기」가 별반 주목을 받지 못한 반면, 점필재의 유람록은 이후 그의 제자들을 중심으로 사림들의 유람 입문서가 되었다. 그 결과 산출된 대표적 유람록이 김일손의 「속두류록」이다. 점필재를 한없이 추종했던 김일손은 1498년 『성종실록』을 편찬할 때, 스승 김종직이 쓴 「조의제문」을 사초에 실어 능지처참되었으며, 무오사화의 빌미를 제공하였다. 물론 점필재를 비롯한 이들 무오 사림들은 중종반정 이후 모두 신원되었다.

추강 남효온과 유산
- 한 젊은 이상주의자의 상처와 지리산의 위무

정출헌

I. 머리말: 남효온의 지리산 유산을 읽는 방식

추강(秋江) 남효온(南孝溫)은 조선의 명산으로 영안도(永安道)의 오도산(五道山), 강원도의 금강산(金剛山), 경상도의 지리산(智異山)을 꼽았다.[1] 그 명산 가운데 지리산을, 남효온은 그의 나이 34세 되던 1487년(성종 18) 9월 27일부터 10월 13일까지 유람했다. 그리고는 그때의 여정을 「지리산일과(智異山日課)」라는 유산록에 담았다. 남효온의 전국에 걸친 방랑은 잘 알려진 바 있지만, 지리산 유람은 각별한 바 있다. 그보다 15년 전 스승 점필재 김종직도 지리산을 유람한 뒤 「유두류록(遊頭流錄)」을 남겼고, 그보다 2년 뒤 점필재의 제자이자 남효온의 사우(師友)였던 탁영 김일손도 「속두류록(續頭流錄)」[頭流紀行錄]을 남겼던 것이다. 김종직과 그의 제자 그룹이 잇따라 지리산을 유람하고 그 여정과 감회를 기록으로 남겼던 이런 현상이 우연만은 아닐 터다.[2]

---

1) 남효온, 박대현 역, 『추강집』 권5 「遊金剛山記」, 민족문화추진회, 2007.

그 점, 기존 연구자들도 15세기 지리산 유람록의 특징적 현상으로 주목한 바 있다.[3] 아마도 거기에는 훈구파의 강력한 지배 권력에 균열을 일으키며 등장한 신진사류(또는 초기사림파)의 지리산 유람에서 새로운 사의식(士意識)의 형성을 확인해 보려 한다거나 16세기 도학자들의 산수미학과는 구별되는 그 무엇을 발견해보려는 의도가 잠복되어 있었던 것으로 보인다. 실제로 한 편의 유산기로부터 시대적 변화의 조짐을 읽거나 유파 간의 미세한 차이를 읽어보려는 이런 노력은 적지 않은 성과를 거두었다. 하지만 일말의 아쉬움이 없지는 않다. 각자의 처지에서 살아움직이던 개별적 인간을 시대, 집단, 유파로 뭉뚱그려 파악하려는 거대 담론의 한계를 종종 목도하게 되기 때문이다. 조선전기 지배세력의 구도를 훈구파와 사림파로 이분화 하는 통념에 대한 문제점이 드러나고 있다는 점은 차치하고서라도 김종직의 젊은 제자들이 지향점을 어떻게 달리해나갔는가에 대한 실상을 간과하곤 했던 것이다.

그런 한계를 극복하기 위해서는 김종직과 그 제자들 간에 흐르는 공감대를 인정하면서도 남효온의 「지리산일과」만이 가지고 있는 독특한 면모를 밝히는 데 보다 많은 관심을 기울일 필요가 있다. 뿐만 아니다. 조선시대 사대부의 유산(遊山)에 대한 우리들의 통념, 곧 성리학적 심성

---

2) 이들 외에 자신의 유람록을 남기지는 않았지만, 김종직 제자들 가운데 김굉필·정여창·조위·유호인·최충성·홍유손과 같은 인물로 지리산을 오르거나 머물며 공부한 사실이 있다. 지리산 유산은 15세기 후반 新進士類에게 각별한 의미를 지니는, 일종의 성지 순례와 같은 것이었다.

3) 현재 조사된 지리산 유람록은 90여 편 가운데 15세기에 창작된 작품은 이들 세 편이 유일하다. 물론 李陸(1438~1498)이 김종직보다 9년 앞선 1463년 8월 지리산을 유람한 뒤 「智異山記」를 남겼지만, 일정에 따라 유산의 여정을 기록한 통상적인 유람록과 구별되기에 함께 거론하기 어렵다. 강정화, 「지리산 遊山記에 나타난 조선조 지식인의 山水認識」, 『남명학연구』 26집, 경상대 남명학연구소, 2008.

수양 및 그것의 실천적 행위로 일반화하려는 접근 방식과도 일정한 거리를 둘 필요가 있다. 물론, 조선시대 사대부들이 천왕봉에 오르면서 높은 정신적 지향을 추구하고, 청학동을 찾아가면서 탈속적 선취(仙趣)를 희구하는 모습을 읽어낼 수는 있겠다.[4] 하지만 이런 결론에 도달하기 위해서는 관습화된 감회에만 주목할 것이 아니라 지리산 유산의 과정에서 발견되는 감정의 미세한 떨림과 변화를 그들 각각이 처했던 삶의 여정 위에서 보다 꼼꼼하게 읽어보려는 노력이 필요하다. 이를테면 남효온은 왜 지리산에 오르게 되었고 오르내리면서 어떤 심경의 파동을 보이고 있는가를, 구체적인 삶의 맥락과 관련하여 읽어야 그의 지리산 유산과 그때 남긴 「지리산일과」의 진면목이 드러나게 될 것이다. 따라서 오늘의 논의는 "개인을 집단적 성향으로 환원하여 예단하지 말 것", "지리산 유람은 남효온의 내면에 어떤 파문을 일으켰는가에 유념할 것"이라는 점에 초점을 맞출 것이다. '한 젊은 이상주의자의 상처', 그리고 '지리산의 위무(慰撫)'라는 다소 감상적인 제목으로 논의를 시작하는 까닭이다.

Ⅱ. 남효온의 「지리산일과」, 그리고 그때 거둔 시문과 전설

조선시대 사대부에게 있어 유산은 예사사람들과 구별되는 특별한 행위로 이해되곤 했다. 퇴계 이황의 청량산·금강산 유람을 비롯하여 남명 조식의 지리산 유람이 연구자들에게 깊은 관심을 끌었던 근거이다.

---

4) 최석기, 「조선시대 士人들의 지리산 유람을 통해 본 士意識: 15~16세기 지리산 유산기를 중심으로」, 『한문학보』 20집, 우리한문학회, 2009.

단순한 놀이로만 읽히지 않았던 것이다. 앞서 언급했던 것처럼, 이들보
다 한두 세대 선배였던 김종직과 그 제자들의 지리산 유람도 그러했다.
15세기 지리산 유람의 성격을 결정짓는 이들의 유산기를 정리하면 다음
과 같다.

- 김종직(41세, 1472.8.14~8.19), 「유두류록」[등반자: 김종직과 제자
  유호인, 조위, 한인효]
- 남효온(34세, 1487.9.27~10.13), 「지리산일과」[등반자: 남효온]
- 김일손(25세, 1489.4.11~4.26), 「속두류록」[등반자: 김일손과 사우
  정여창, 서형 김형종]

김종직은 영남인으로 영남에서 가장 높은 산에 올라 넓은 세계를 굽
어보고자 하는 염원을 오랫동안 간직하고 있다가 함양군수 시절 실행
에 옮길 수 있었다. 제자 남효온·김일손 역시 김종직의 그런 동기와
경험이 직·간접적으로 영향을 주었으리라 짐작된다. 15세기 후반에 집
중된 김종직과 그 제자들에 의해 주도된 지리산 유람이 신진사림의 새
로운 정치적·사상적·문화적 모색으로 읽힐 법한 유력한 근거이다. 실
제로 신진사림이 네 차례의 사화(士禍)를 겪었던 16세기 전반에는 지리
산 유람이 자취를 감추었다가 남명 조식이 57세 되던 1558년 김홍·이
공량·이희안·이정 등과 함께 한 16일간(4.10~4.26)의 지리산 유람을 담
은 「유두류록」 이후 재개되는 현상도 크게 다르지 않다. 그런 점에서
15~6세기 지리산 유람록에서 발견되는 사의식, 곧 '불교·무속에 대한
비판', '경세제민의 현실인식', '역사에 대한 회고와 논평', '자아성찰과
심성수양', '국토산하에 대한 인식' 가운데 15세기 유람록과 16세기 유
람록의 차별적 면모를 밝히고, 15세기 김종직 제자들 간에도 미묘한 차

이가 발견된다는 선행 연구는 경청할 만하다.[5]

오늘 우리가 다루려는 남효온의 지리산 유산에서는 현실세계와의 불화를 해소하기 위해 현실과 동떨어진 선계(仙界)에서 유희(遊戯)하려는 의식이 엿보인다는 지적이 있었다.[6] 하지만 남효온의 「지리산일과」에서는 기존에 자주 주목받았던 사의식이 잘 드러나지 않는다. 물론 유산 과정에서 목도한 승려의 행태 및 무속 행위를 신랄하게 비판하는 대목이 없는 것은 아니다. 하지만 제목을 '일과(日課)'라고 달았듯, 자신의 심경을 드러내지 않은 채 날짜에 따라 여정을 담담하게 기록하는 데 충실한 것이다. 그런 까닭에서인지 남효온의 「지리산일과」는 그동안 작품에 값할 만큼의 주목을 부여받았다고 보기 어렵다. 독자적인 분석의 대상조차 되지 못한 채, 조선전기 사대부의 지리산 유람을 살피는 자리에서 간헐적으로 언급될 따름이었다.

하지만 그런 부진함을 극복하기 위해서는, 우선 유산 과정에서 거두어진 일련의 시문이나 전설과 긴밀하게 연계하여 남효온의 「지리산일과」를 다시 읽을 필요가 있다. 현존하는 『추강집』을 살펴보면, 남효온이 관동·관서·호남 지역을 유람하며 남긴 「유금강산기(遊金剛山記)」·「송도록(松京錄)」·「지리산일과」는 문집 여기저기에 산재한 시문들과 한 데 묶여 있었던 것으로 보인다. 시문들이 본래 유람록 본문 속에 포함되어 있

---

5) 최석기, 앞의 논문, 43~46쪽.
6) 남효온의 지리산 유람과 관련된 연구로는 다음 논문들이 참고가 된다. 강정화, 「지리산 遊山記에 나타난 조선조 지식인의 산수인식」, 『남명학연구』 26집, 경남문화연구원, 2008; 강정화, 「지리산 遊山詩에 나타난 名勝의 문학적 형상화」, 「동방한문학」 41집, 동방한문학회, 2009; 홍성욱, 「조선전기 遊頭流錄의 지리산 형상화 연구」, 『한문학논집』 17집, 근역한문학회, 1999; 정치영, 「조선시대 사대부들의 지리산 여행 연구」, 『대한지리학회지』 제44권 제3호, 대한지리학회, 2009.

었던 것이다. 그러다가 문집을 편찬할 때 시문이 떨어져 나왔고, 그것들을 시(詩) 형식별로 편찬하는 과정에서 독립된 작품처럼 뿔뿔이 흩어졌던 것이다. 때문에 이들을 일자별로 재배치한 뒤, 그날 일과의 기사들과 한 자리에 놓고 읽을 필요가 있다. 그럴 때 여정에 대한 사실적 기록인 「지리산일과」와 내면의 심회를 읊고 있는 시문 작품들은, 16일 동안 지리산을 '홀로' 유람했던 남효온의 모습을 온전하게 드러내줄 것이다. 이들 시문을 일자별로 정리하면 다음과 같다.

[남효온의 지리산 유산 시문 목록][7]

① 잡　　　록: 「지리산일과(智異山日課)」(1487년 9월 27일~10월 13일)

② 오언고시: 「유천왕봉(遊天王峰)」(9월 30일)

③ 유 산 기: 「유천왕봉기(遊天王峰記)」(9월 30일)

④ 절　　　구: 수좌 형유(泂裕)가 시를 청하여 절구 한 수를 남김(10월 3일, 刪削)

⑤ 칠언율시: 「서봉천사루창(書奉天寺樓凶)」(10월 6일)

⑥ 오언고시: 「유석음(儒釋吟)」(10월 9일)

⑦ 칠언고시: 「독쌍계사비(讀雙溪寺碑)」(10월 9일)

⑧ 절　　　구: 객승(客僧) 학유(學乳)가 시를 요구하기에 절구 한 수를 지어줌(10월 9일, 刪削)

⑨ 오언절구: 「보주암 차조성운(普珠庵 次祖成韻)」(10월 10일)

---

7) 지리산 관련 시문들이 본래 「지리산일과」 속에 포함되어 있었을 것으로 추정되는 하나의 단서로는 『추강집』 권3에 실려 있는 「普珠庵 次祖成韻」이 「지리산일과」 10월 10일 조에도 원문 그대로 실려 있는 것을 들 수 있다. 문집 편찬할 때, 부주 또는 일과와의 긴밀한 연관성으로 인해 삭제하지 못한 결과이다. 그리고 刪削이라 표시한 ④·⑧ 두 작품은 「지리산일과」에는 泂裕와 學乳에게 지어주었다고 밝혀놓고 있으나 현존 문집에는 실려 있지 않은 경우이다. 문집 편찬할 때, 작품의 산삭 기준에 의해 실리지 못한 것으로 보인다.

남효온은 당대 일류 문사답게 지리산 유람의 감흥을 잡록·유기·고시·절구·율시·오언·칠언 등 다양한 형식으로 총 9편의 작품을 지었다. 때문에 이들을 여정별로 따라 읽어 가면, 건조한 일지(日誌)처럼 읽히던 「지리산일과」는 무척 생동하게 다가온다. 간략한 풍경 묘사나 사실적 기록조차 의미심장한 의미를 담고 있는 경우가 많은 것이다. 이를테면 남효온은 산사에 들러 승려들에게 전해들은 전문(轉聞) 또는 전설을 군데군데 기록해 두고 있는데, 이들은 전체 서술과 불균형을 이룰 정도로 장황한 경우도 있다. 하지만 이런 불균형보다 눈길을 끄는 것은, 그들을 대하는 남효온의 태도이다. 석가의 어머니인 마야부인이 지리산 신령이라는 전설[9월 30일, 향적암], 상무주(上無住) 터에서 도를 닦았다는 의신조사(義神祖師)의 전설[10월 2일, 의신암], 송나라 인종황제가 죽은 총비(寵妃)를 위해 극륜사(極倫寺)를 지어주었다는 전설[10월 5일, 극륜사] 등은 전해들은 바를 자세하게 기록한 뒤, 끝에 황당하다거나 근거 없는 이야기라는 비판적 견해를 밝혀두고 있다. 불교와 무속을 비판하던 초기 사림들의 태도를 보여주는 것이다.[8] 하지만 황당하기로 말한다면 별반 다르지 않을 법한 다음 전설들에 대해서는 일체의 부정적 평가를 내리지 않은 채 곡진하게 기록하고 있다. 그런 삽화로 다음 세 가지를 꼽을 수 있는데, 해당 부분을 인용해 보기로 한다.

---

8) 그렇다고 해서 남효온의 불교 및 불승에 대한 비판이 무조건적인 것이 아니었다. 자신을 인도하는 사람이 僧侶였고 자신에게 잠자리를 제공하는 장소가 山寺였던 것처럼, 지리산에서의 남효온에게 그곳의 그들은 휴식의 장소이자 유산의 벗이었다. 실제로 남효온은 "一岰은 자못 총명하여 禪旨를 깨달았고 일찍이 無字 화두에 대해 대의를 대략 간파하고 있었다. 나에게 『六祖壇經』을 보여주었는데 자못 청정하여 애호할 만하였다."(9월 29일)라거나 "奉天寺는 대숲에 있고 누각 앞의 긴 시내가 밑을 지나가며 우니 아름다운 사찰이었다."(10월 5일)라며 자신의 심경을 곱게 드러내고 있다. 혹세무민하는 불교와 불승의 행태에 대해서만 날카로운 비판을 가했던 것이다.

[1] 옥보고 전설(10월 2일)

북쪽으로 초료조재를 보며 남쪽으로 풀숲 속으로 내려가 30리를 가서 칠불사에 이르렀다. 절의 본래 이름은 운상원이다. 신라 진평왕 때에 사찬(沙飡) 김공영(金恭永)의 아들로 이름이 옥보고(玉寶高)라는 사람이 있었다. 거문고를 메고 지리산 운상원에 들어가서 50여 년 동안 거문고로 마음을 닦으며 30곡을 작곡하여 매일 연주하였다. 경덕왕이 거리의 정자에서 달을 구경하고 꽃을 감상하다가 홀연히 거문고 소리를 들었다. 왕이 악사(樂師) 안장(安長)과 악사 청장(請長)에게 묻기를 "이것은 무슨 소리인가?" 하니, 두 사람이 말하기를 "이는 인간 세상에서 들을 수 있는 소리가 아니니, 바로 옥보선인(玉寶仙人)이 거문고를 타는 소리입니다." 하였다. 왕이 7일 동안 재계하자, 옥보가 왕 앞에 이르러 30곡을 연주하였다. 왕이 크게 기뻐하고 안장과 청장으로 하여금 익혀서 악부(樂府)에 전하게 하였다. 또 그가 거처하던 절에 큰 가람을 세우니, 37국이 모두 이 절을 으뜸으로 여겨 원당(願堂)을 삼았다. 형 수좌(泂首坐)는 선법(禪法)을 조금 알아 산중 승려들의 스승이 된 사람인데, 이상은 그가 나에게 들려준 이야기이다.

[2] 연기조사 전설(10월 7일)

밥을 먹은 뒤에 내려와서 황둔사(黃芚寺)를 구경하였다. 절의 옛 이름은 화엄사(花嚴寺)로, 명승(名僧) 연기(緣起)가 창건한 것이다. 절의 양쪽은 모두 대나무 숲이었다. 절 뒤에 금당(金堂)이 있고, 금당 뒤에 탑전이 있는데, 전각이 몹시 밝고 산뜻하였다. 차 꽃과 큰 대나무와 석류나무와 감나무가 그 곁을 에워싸고 있었다. 넓은 들판을 내려다보니 긴 시내가 가로로 걸쳐 있는데, 그 아래가 웅연(熊淵)이다. 뜰 가운데에 석탑이 있었다. 탑의 네 모퉁이에 탑을 떠받치는 네 기둥이 있고, 또 부인이 중간에 서서 정수리로 떠받치는 형상이 있다. 승려가 말하기를 "이것은 비구니가 된 연기의 어머니입니다." 라고 하였다. 그 앞에 또 작은 탑이 있었다. 탑의 네 모퉁이에 또한 탑을 떠받치는 네 기둥이 있고, 또한 남자가 중간에 서서 정수리로 떠받치며 탑을 떠받치고 있는 부인을 우러러 향하고 있는 형상이 있으니, 이것이 연기이다. 연기는 옛날 신라 사람으로, 그 어머니를 따라 이 산에 들어와서 절을 세웠다. 제자 천 명을 거느리고서 화두(話頭)를 정밀히 탐구하니, 선림(禪林)에서 조사(祖師)라고 불렀다.

[3] 최치원 전설(10월 9일)

쌍계사 위 불일암(佛日庵) 아래에 청학연(靑鶴淵)이 있으니, 여기가 청학동임은 의심할 것이 없다. 절 앞에 광계(光啓) 3년 7월 모일에 세운 진감선사비명(眞鑑禪師碑銘)이 있으니, 바로 문창후(文昌侯)가 교서를 받들어 짓고 글씨와 전액도 아울러 쓴 것이다. 선사의 이름은 혜소(慧昭)이다. 당나라에 들어가 유학하였고, 고국에 돌아와서 이 절을 창건하고 임금을 위해 염불하며 일생을 마쳤다. 문창후가 그의 도를 칭찬한 것이 너무 심하니, 선사는 문자선(文字禪)을 한 사람이 아니겠는가. 그렇지 않다면 문창후가 어찌 추앙함이 이와 같단 말인가. 내가 비석을 다 읽고서 나무뿌리로 된 다리를 건넜다. 산승이 전하기를 "문창후가 손으로 나무뿌리를 틀어잡고 시냇물을 건너자, 그 뿌리가 점점 커져 다리가 되었던 것입니다. 600년 뒤에 들불에 타게 되었으나 아직도 검은 줄기가 남아 있습니다."라고 하였다. 절 앞에 흰 국화 몇 떨기와 사계화(四季花) 한 그루가 있었다. 내가 꽃 사이에 앉아 쉬면서 차마 떠나가지 못하였다. 절 뒤에 금당이 있으니, 친구 여경(餘慶)과 징원(澄源)9)이 이 방에서 글

---

9) 餘慶은 홍유손이고, 澄源은 楊浚이다. 모두 점필재의 제자들이다. 양준은 속이 깊고 침착하며 도량이 커서 가난하여도 걱정이 없이 도를 즐기기를 담담히 하였으며, 국량이 웅장하고 깊어 겉으로 드러나지 않도록 수양을 닦아 총명이 날로 진전하였다고 한다. 유림들은 그를 낮게 보았으나 오직 홍유손만이 그의 인품을 잘 알았다고 남효온은 「사우명행록」에서 밝혀두고 있다. 그들 둘은 지리산에서 함께 공부하면서 서로의 우정을 닦았던 것이다.

을 읽었다. 방 앞에 팔영루(八詠樓) 옛터가 있으니, 곧 문창후가 거처하
던 방이다. 지금은 큰 대나무 수십 줄기만 있을 뿐이다.

길게 인용했지만, 승려들에게 전해들은 사연의 골자는 간단하다. 공
간을 뛰어넘은 옥보고의 거문고 소리, 석탑을 머리로 떠받치고 있는 연
기(緣起) 모자(母子)의 형상, 그리고 지금까지 남아전하는 최치원의 발자
취. 흥미롭기는 하지만 상식적으로 이해하기 어려운 기이함도 담고 있
다. 그럼에도 남효온은 이들 전설에 얽힌 그 허황함을 들춰내어 비판하
는 대신 사실로서 담담하게 기록할 뿐이다. 나름 합리적인 잣대로 지리
산에서 보고들은 견문의 허실을 판단하던 태도에 비추어볼 때 납득하기
어렵다. 신라 옛 선인들의 숨결이 담겨있는 전설, 곧 국토산하와 자국문
화에 대한 새로운 인식의 발양으로 이해해야 하는가? 하지만 그런 독법
보다는 그때 들었던 그 전설들은 남효온의 깊은 내상(內傷)에 각별한 공
감을 불러일으킨 것으로 읽어야 온당할 듯하다. 지리산을 유람하던 그
즈음, 남효온에게 '거문고'·'어머니'·'최치원'은 참으로 가슴 저리게 다
가오는 그 무엇이었던 것으로 보이기 때문이다. 이런 작은 단서를 출발
점으로 삼아 남효온의 지리산 유산과 그 의미를 다시 읽어보기로 하자.

Ⅲ. 남효온의 상처, 지리산 유람에서 만난 세 장면

1. 칠불사의 거문고, 또는 한때 어울렸던 벗들에 대한 그리움

남효온은 34세 되던 늦가을 지리산을 찾았다. 유산이야 봄이든 가을
이든 모두 나름대로의 정취가 있는 것이긴 하지만, 9월 27일에 시작된

남효온의 지리산 유람은 늦은 감이 없지 않다. 실제로 천왕봉에 오르던 9월 30일은 "서리가 매섭고 땅이 얼어 추위가 산 아래보다 갑절이나 더" 할 정도였고, 10월 10일 쌍계사 불일암을 찾았을 때는 눈이 내리기까지 했다. 천왕봉에서 보름달 뜨는 것을 보고 싶어 8월 중순에 출발했던 김 종직이든 봄꽃이 만발한 지리산 봄 경치를 보려고 4월 중순에 출발했던 김일손과는 사뭇 다른 것이다. 뿐만 아니라 김종직과 김일손은 지리산 유람을 오르고 싶던 오랜 숙원과 동반자를 모아 출발하기 전의 들뜬 모습을 글 첫머리에 상세하게 밝혀두고 있다.

하지만 남효온의 「지리산일과」는 그렇지 않다. 등반 전의 과정을 일체 언급하지 않은 채, 그저 "정미년 9월 27일 계해일, 진주(晉州) 여사등촌(餘沙等村)을 출발하여 단속사(斷俗寺)로 향하였다."로 시작한다. 어떤 목적과 계기로, 누구와 지리산 유람을 하게 되었는지가 완전히 생략된 것이다. 하지만 생략이 아니라 기록할 만한 사연이 본디 없었던 것인지도 모른다. 특별한 목적이 있어 지리산을 오른 것도 아니고, 함께 할 누구도 없는 쓸쓸한 유산이었던 것이다. 문집에는 지리산에 오르기 직전, 자신의 심경을 토로하고 있는 시가 실려 있다. 절친했던 사우 홍유손에게 보낸 「기여경 이수(寄餘慶二首)」가 그것이다.

가을 저문 두류산엔 낙엽 깊이 쌓였는데　　　秋晚頭流落葉深
산행에 지닌 것은 오직 한 장 거문고라오　　　山行惟有一張琴
며칠이나 함께 자면서 반갑게 만났던가　　　連床幾日逢靑眼
이 밤 등불 앞엔 만 리의 그리운 마음일세　　　此夜燈前萬里心

세상 인연 사람 속여 반백 머리 새로운데　　　世緣欺客二毛新
구월이라 된서리에 기러기 떼 날아오네　　　九月霜嚴鴻雁賓

온 나라 사대부들 예법 갖춘 선비인지라　　擧國搢紳皆禮士
완적(阮籍) 같은 이내 신세 더욱더 괴롭구려　阮生身世益酸辛[10]

　산행을 앞둔 그때는 '가을 저문 두류산' 또는 '9월이라 된서리'라는
표현이 말해주듯, 지리산에 오르던 9월 27일 직전임에 분명하다. 된서
리가 내리는 즈음 지리산으로 향했던 것인데, 온 나라 사대부들이 모두
예법을 갖춘 사람들이라서 완적처럼 방랑의 삶을 살고 있는 자신은 홀
로일 수밖에 없었다. 그때 문득 홍유손이 떠올랐다. 홍유손은 죽림칠현
을 본떠 29세(1482년) 되던 봄에 결성했던 죽림우사(竹林羽社)의 핵심 멤
버이자 자신과 뜻이 잘 맞았던 절친한 벗이었다. 지리산에 들어가 공부
를 하고 돌아온 홍유손에게 지리산의 이야기를 실컷 들었던 것도 굳이
그를 떠올린 까닭이겠다. 하여튼 몇날 며칠 밤을 지새우며 회포를 털어
놓던 홍유손의 부재는 절실하게 그리웠다. 그런 그리워하는 시를 한 수
지어 부쳐 보낸 뒤, 지리산을 쓸쓸히 올랐던 것이다.
　게다가 남효온은 애초부터 지리산을 염두에 삼고 그 먼 남도의 끝인
진주에 내려온 게 아닌 것처럼 보인다. 지리산에 오르기 전, 진주에서
지은 두 편의 시가 그때의 정황을 짐작케 해준다. 한 편은 10년 전의
벗인 최재청(崔載淸)이 사천에 살고 있어 만나 지어준 시이고, 다른 한
편은 진주 촉석루에 혼자 올라 지은 시이다. "누른 낙엽 창 앞에서 바스
락 소리 내니, 지나간 십 년 세월이 한바탕 꿈같구려.[黃葉囪前暗響乾 十年
往事似邯鄲]로 시작되는 「사천에서 머물며 최재청에게 주는 4수[泗川留贈
崔載淸 四首]」의 마지막 두 수를 보기로 한다.

---

10) 남효온, 『추강집』 권3 「寄餘慶 二首」.

안도의 높은 풍류 고금에 다시없기에   安道風流無古今
자유가 흥취 타고 산음 땅을 방문했소   子猷乘興訪山陰
생꼴 한 묶음으로 내 말을 잡아두니   靑蒭一束留余馬
친구의 정중한 마음 상상할 수 있구려   想得故人鄭重心

많은 생애 오랜 번뇌 머리 흰 사람 재촉하여   多生結習催頭白
오늘은 하늘 끝을 필마 타고 떠돈다오   此日天涯匹馬行
시절이 풍년이어도 시 값이 헐하더니   時富歲豐詩價短
한 잔 술에 친구 정을 정녕 잘 알겠구려   一梣偏識故人情[11]

제3수는 진(晉) 나라 자유(子猷, 王羲之)가 산음(山陰)에 살면서 눈 내리는 밤, 불현듯 섬계(剡溪)에 있는 벗 안도(安道, 戴逵)가 생각나서 작은 배를 타고 찾아갔다 정작 그 곳에 도착해서는 들르지 않고 문 앞에서 되돌아왔다는 고사로 시작한다. 남도를 방랑하던 남효온은 문득 사천에 은거하고 있는 친구가 생각나서 찾았던 것이다. 하지만 그는 고사의 주인공처럼 자연의 흥취에 겨워 그냥 되돌아오지 않고, 기어코 벗의 집에 들렀다. 돌아갈 곳도 묵을 곳도 없이 필마로 떠도는 그는 그만큼 절박했고 벗도 그리웠다. 물론 넉넉하게 대접하며 머물다 가라고 잡기도 했다. 하지만 머물지 않고 이내 떠났다. 제4수에서 그 까닭을 짐작할 수 있다. 사천 와룡산 기슭에서 풍요롭게 지내던 벗이 옛정을 넉넉히 베풀기도 했지만, 필마로 남도(南道) 여기저기 떠돌던 남효온의 처지는 그와 달랐다. 풍년이 들었음에도 시 값 헐한 세태를 경험한 그로서는 잡는다고 마냥 머물 수 없는 없었다. 그리하여 이별의 시를 지어주고는 툭툭 털고 일어섰다. 진주 촉석루에 올랐던 것도 그 즈음으로 보인다. 남효온은

11) 남효온, 『추강집』 권3 「泗川 留贈崔載淸 四首」.

그런 자신의 정경을 이렇게 읊조렸다.

누각이 큰 강가에 우뚝하니   樓壓大江面
기이한 경관 해동에 으뜸일세   奇觀甲海東
올라서 마시는 한 잔 물   登臨一瓢水
차갑기가 선승과 같도다   冷與禪僧同[12]

그토록 술을 즐기고 벗들과 무리지어 노닐기 좋아하던 남효온이 아무도 없이 홀로 누각에 올라 찬 물을 마시고 있는 모습. 해동 제일의 경관을 자랑하는 촉석루에 오른 남효온의 모습이다. 그때 그는 아무도 없이 혼자였다. 남효온의 절친한 벗 신영희(申永禧)가 지은 『사우언행록(師友言行錄)』과 이긍익이 지은 『연려실기술』에는 다음과 같은 일화가 전한다.

[1] 김굉필이 일찍이 나[신영희]를 책망하기를, … "남효온과 무풍정(茂豊正)과 수천정(秀泉正)과 허반(許磐)은 모두 진(晉)나라 선비들의 풍습이 있다. 진 나라는 청담으로 폐해를 입었으니 10년이 못 가서 화가 이 무리들에게 미칠 것이다. 나는 맹세코 지금부터 자네들과 다시 내왕하지 않을 것이다."라고 하더니, 후에 모두 몸을 보전하지 못하였다.

[2] 남효온의 병이 위독하여 김굉필이 가서 문병하였으나 남효온이 거절하고 보지 않으므로 김굉필이 문을 열고 들어갔다. 남효온은 벽을 향해 누워서 말 한 마디 없이 영원히 결별하였으니, 이는 김굉필과 절교하는 것이었다.

---

12) 남효온, 『추강집』 권3 「晉州 矗石樓」.

김종직의 제자이자 절친한 벗조차 남효온과 결별하고 떠나갈 정도였
다. 철저하게 고립되어갔던 남효온은 문득 혼자만의 지리산 산행을 결
심했던 게 아니었을까? 그리하여 지리산 자락의 낯선 객지에서 홀로 밤
을 지새우다가 그래도 생각나는 벗 홍유손에게 시를 지어 부쳤던 것이
다. 그 날의 시에서 분명하게 밝혔듯, 남효온의 산행에 동반한 벗이라
곤 오로지 '거문고 한 장' 뿐이었다. 하지만 「지리산일과」 어디에도 남
효온이 거문고를 탔다는 기록은 보이지 않는다. 들어줄 사람도 없었다.
그리고 보면, 「지리산일과」에는 남효온의 대화가 거의 없다. 기껏해야
길을 안내하는 승려 또는 하룻밤을 머물던 절의 승려들과 때론 속 깊은,
하지만 대개 허무한 대화만 주고받을 뿐이다. 아마도 남효온은 그때 아
스라하게 옛 생각에 젖어들었을 지 모른다.

　　[9월 9일] 백원(百源, 이총)이 돌아보면서 부르자 정중(正中, 이정은)
　이 비파를 타다가 혹 거문고를 타고, 송회령(宋會寧)이 피리를 불고, 석
　을산(石乙山)이 노래를 부르고, 자용(子容, 우선언)이 일어나 춤을 추니
　비파와 노래와 피리가 매우 절묘하게 어우러졌다.……[11일] 회령이 피리
　를 불고, 정중이 거문고를 타서 기쁨을 다한 뒤에 그만 두었고, 달빛을
　타고 피리를 불며 유숙하는 집에 이르러 묵었다.……[12일] 정중이 거문
　고를 타니, 산승이 모두 귀를 세우고 들었다. 나와 자용은 이를 잡다가
　혹 담론하기도 하고 혹 춤추기도 하였다.……[13일] 밥을 먹은 뒤에 문밖
　섬돌 위에 나가 앉아 거문고를 타니, 승려들이 또한 나와서 들었다.[13]

지리산을 오르기 2년 전인 1485년, 32세의 남효온은 절친했던 사우
우선언·이정은 등이 찾아와서 함께 관서지방을 유람했다. 위의 인용문

---

13) 남효온, 『추강집』 권6 「松京錄」.

은 그때의 유람을 기록한 「송경록(松京錄)」 가운데 거문고와 관련되는
몇 대목들이다. 그때 벗들과 함께 했던 관서유람은 시종일관 흥겨움으
로 가득 찼었다. 하지만 지리산을 오르고 있는 지금의 남효온은 전혀
다르다. 보름이 넘도록 한 번도 타지 않았던 거문고를 안고 다녔을 그에
게, 옥보고가 지리산 칠불사(七佛寺)14)에서 거문고를 타자 그 소리가 천
리 떨어진 경주에까지 울려 퍼졌다는 전설은 사실 여부를 떠나 너무나
도 그리운 꿈이었을 터다. 그리하여 남효온은 홍유손을 그리워하며 거
문고를 남모르게 탔을 것임에 틀림없다. 기록으로 남기지는 않았지만.

2. 화엄사의 석탑, 또는 까맣게 기다리는 어머니의 그림자

남효온의 지리산 유람은 이렇듯 쓸쓸했다. 2년 전만 해도 관서 지방
을 벗들과 깔깔거리며 웃고 즐기던 유람이 이토록 바뀌어버린 까닭은
무엇일까? 어렵지 않은 질문이다. 남효온 하면 전국을 떠돌던 방외인으
로 기억하고 있고, 그런 길을 걷게 만든 내력은 젊은 시절 올렸던 한
장의 상소 때문이다. 성종 9년(1478), 잇따른 천재지변으로 인한 求言에
답해 올린 이른바 소릉복위상소('昭陵復位上疏')'는 한 젊은 이상주의자의
삶을 온통 뒤죽박죽으로 만들어버렸다. 모두 여덟 조목으로 이루어진
상소 내용은 하나하나 모두 중요하지만, 마지막 조목의 소릉복위는 당
대에는 물론이고 뒷날 비상한 주목을 받게 된다. 그리하여 남효온의 모

---

14) 七佛寺는 지리산 토끼봉의 해발고도 830m 지점에 있는 사찰로, 가락국 김수로왕의
일곱 왕자가 이곳에 암자를 짓고 수행하다가 2년 만에 성불했다는 전설로 그런 이름으
로 불렸다. 그 일곱 왕자를 성불시킨 보옥선사는 거문고의 명인이었으며, 신라 경덕왕
때는 옥보고가 입산하여 수많은 거문고곡을 지었을 정도로 거문고와 인연이 깊은 절이
었다.

든 것은 그때 그 상소로 설명되고 해석된다.

　남효온이 상소를 올리기 전, 강응정·정여창 등 성균관 유생들과 함께 조직한 '소학계(小學契)[孝子契]는 지금 생각하면 유치한 감도 든다. 하지만 성리학적 규범과 실천을 그 무엇보다 강조하고 있다는 사실까지 소홀히 여겨서는 안 된다. 성리학적 실천 윤리로 자기 개인의 일거수일투족은 물론 가족·사회 질서까지 완벽하게 뒤바꾸려했고, 그걸 훈구관료들이 장악하고 있던 정치판에까지 관철시키려 했던 젊은 사림들의 꿈은 무모할 정도로 과격했던 것이다. 그런 점에서 그들은 혁명을 꿈꾸던 이상주의자라 불러도 좋겠다.15) 하지만 그들의 꿈은 좌절되었고, 그때 그들은 자신의 울분을 술과 벗으로 이겨내려고 했다. 30대 초반에 새롭게 결성한 죽림우사는 그런 점에서 이상주의자가 선택한 또 다른 극단이었던 것이다. 절망이 기교를 낳듯.

　도학의 길을 걸으려 했던 김굉필이 죽림우사와 거리를 두려했던 것은, 그 무렵 그들의 균열과 불화를 단적으로 보여준다. 남효온은 그 무렵부터 점차 고립의 길로 내몰렸겠지만, 그럼에도 불구하고 32세에 연이어 떠난 관동유람과 관서유람에서의 행로에는 예전의 호기와 풍류를 여전히 간직하고 있었다. 뿐만 아니라 「귀신론(鬼神論)」(1482~1484, 29~31세)이라든가 「성론(性論)」(1485년, 32세)과 같은 학술적 깊이를 갖춘 논설을 경지재(敬止齋)라는 서실에서 저술한 것도 그 즈음이었다. 젊은 이상주의자로서의 면모를 좌절과 울분 속에서도 여전히 견지하고 있었던 것

---

15) 허균도 "그런 抗疏를 하던 해에 남효온은 겨우 20세였다. 수양하던 바가 과연 다 성취되었는지도 모르거니와, 한갓 가슴속에 격앙된 것으로써 기필코 임금이 시행해주기를 기대하면서 될 때인가 아닌가를 알지 못했다."고 하면서 남효온의 성급하고도 과격한 꿈을 지적한 바 있다. 허균, 『惺所覆瓿藁』 권11 「南孝溫論」.

이다. 하지만 그로부터 불과 2년이 지난 뒤, 34세의 남효온은 왜 그토록
고독하게 방랑하다가 지리산에 올랐던 것일까? 거기에는 한 인간의 행
로를 결정짓는다는 사회적·정치적·경제적 원인만으로는 설명되지 않
는 그만의 개인사가 끼어들고 있었는지도 모른다. 그런 점에서 다음의
시는 예사롭지 않다.

> 금강 서쪽에서 맞는 객지의 정월 초하루 客中元日錦江西
> 천리 밖의 사람이 편지 한 장 가져왔네 千里人來一紙書
> 마음 씻고 부처에게 참배도 하기 전에 未及洗心參佛祖
> 폐와 간이 고갈됨이 사마상여 같구나 肺肝枯渴馬相如[16]

　정미년, 곧 1487년 새해를 남효온은 집을 떠나 충청도 금강 부근에서
맞이하고 있었다. 지리산 유람을 했던 바로 그 해의 첫날이다. 남녘으
로 향하던 남효온은 마침 집에서 부쳐온 편지를 받았던 모양인데, 사연
은 알 수 없다. 하지만 소갈증 걸린 사람처럼 속이 타들어가게 만드는
편지였음에 분명하다. 무슨 사연이었을까? 남쪽으로 내려가고 있는 자
신을 만류하는 내용이 아니었을까, 짐작 된다. 그렇게 추측하는 단서
는, 그보다 한 달 전에 쓴 한 편의 만시(輓詩)에서 발견된다. 남효온은
고모의 장례식을 마친 11월에 다음과 같은 시를 지었다.

> 도에다 뜻을 두어 거의 빗장 열었으니 知止開門幾發楗
> 『수심결』한 권이 평생 뜻에 합치하였네 修心一訣契平生
> 오늘저녁 밤비에 낙엽 쓸쓸히 떨어지니 蕭蕭一葉今宵雨

---

16) 남효온, 『추강집』권3 「丁未元日」.

진루로 떠나가서 피리 소리 들으시리라 　　　　去聽秦樓一兩聲[17]

　　남효온은 제목 아래 "우씨(禹氏)에게 시집간 선군(先君)의 여동생은 일찍이 『수심결』을 읽어 성명(性命)의 이치에 깊이 밝았다. 병오년(1486) 7월에 집에서 세상을 떠나 11월에 장사를 지냈다. 후사는 없다."는 원주를 달아 절절한 슬픔을 표해두었다. 피리를 잘 불던 진 목공(秦穆公)의 딸 농옥(弄玉)이 남편 소사(簫史)가 있는 천상으로 올라갔다는 고사를 인용하고 있는 걸 보면, 고모부는 먼저 죽었던 모양이다. 후사도 없이 죽어간 고모에 대한 슬픔은 그래서 더욱 가누기 어려웠으리라.

　　인생의 덧없음을 경험한 남효온은 장례를 마치자마자 정처 없이 남녘으로 발길을 잡았던 것으로 짐작된다. 하지만 남효온이 그해에 겪었던 슬픔은 고모의 죽음에만 그치는 것이 아니었다. 그해 2월 병치레를 자주하던 둘째 아들 종손(終孫)도 죽었다. 남효온은 그 슬픔을 「丙午二月六日 次子終孫化去 詩以祭之 三首」와 「제종손문(祭終孫文)」에 고스란히 담아두었다. 자식 잃은 아비의 슬픔이야 굳이 말할 필요조차 없는 것이지만, 그래도 그때의 심사를 짐작할 수 있으니 한 대목 인용해 보기로 한다.

　　　오호라! 네가 태어난 뒤 10년 동안 여름에는 부채가 없고 겨울에는 갖옷이 없었으며, 음식은 겨우 하루에 두 끼이고 거처는 좋은 집이 없었네. 잠잘 때에 이불과 베개가 없고 앉을 때에 방석이 없었으며, 죽어서는 염습할 옷이 없고 묻힐 때에는 곽(槨)이 없었네. 지난해 을사년(1485)에 농사 수확이 없어 온 집안이 울먹이며 나물과 죽을 먹었으니, 굶주림과

---

17) 남효온, 『추강집』 권3 「會葬姑氏 二首」.

추위가 뼈를 침범하여 네가 학질에 걸렸었네. 이때 다행히 화를 면했으나 봄이 되어 결국 세상을 떠나니 거적으로 관을 덮어 볏짚으로 묶었네.[18]

극심한 흉년은 누구든 피해갈 수 없고, 남효온도 그랬다. 나물과 죽으로 연명하던 차에 어린 둘째 아들이 학질에 걸려 앓다가 이듬해 죽었던 것이다. 힘겨운 살림살이와 어린 자식과 홀로된 고모의 연이은 죽음은 젊은 이상주의자를 절망의 나락으로 밀어 넣었다. 게다가 마지막 희망을 걸었던 맏사위가 과업을 포기하고 고향 김해로 내려간 것도 그 해 3월이었다.

폐병이 근년 들어 더욱 심해지고	肺病年來甚
근심 걱정은 나날이 침노해 오네	憂愁日日侵
지난달 봄에 자식 잃은 애통함이	春前喪子痛
늦은 봄에 그대 보내는 심정일세	春後送君心[19]

남효온이 맏사위 이온언(李溫彦)에게 거는 기대는 남달랐다. 개성 부근 산사에서 공부하고 있는 사위에게 학업에 정진할 것을 당부하는 시를 여럿 보냈거니와 고향으로 돌아갈 때는 무려 열 한 수의 시를 주며 애달픔을 감추지 않았다. 과거를 포기하고 낙향하는 사연이 밝혀져 있지 않지만, 그로부터 2년 뒤 죽는 걸 보면 심각한 병에 걸렸던 것으로 짐작된다. 큰 아들은 광병(狂病)을 앓고 있었고, 둘째 아들은 굶주림에 죽고, 맏사위조차 병들어 내려가는 잇따른 우환은 좌절한 남효온에게

18) 남효온, 『추강집』 권7 「祭終孫文」.
19) 남효온, 『추강집』 권3 「丙午暮春哉生魄 廣津別和叔 十一首」.

폐병을 안겨주었는데 고모조차 후사 없이 죽어갔던 34세의 겨울.

남효온은 고모의 장례를 치른 뒤, 집을 떠나 충청도 금강 부근의 객지에서 쓸쓸하게 정월 초하루를 맞이했다. 자식과 손자를 잃은 슬픔에 빠져있었을 아내와 어머니를 남겨 둔 채, 남효온은 그렇게 전국 방랑의 길을 떠났던 것이다. 그렇다면 그때 받아본 집에서 온 편지의 사연이란 짐작할 수 있으리라. 실제로 편지를 받고서도 발길을 멈추지 않은 채 차현(車峴)을 넘어 남쪽으로 가는 자신의 심경을 읊은 시가 남아 있다.

차고개 푸른 하늘에 닿았는지라	車峴根靑冥
해진 채찍 애오라지 한 번 울리네	弊鞭聊一鳴
아이종 미련하여 저녁밥 염려되고	僮頑虞夕爨
조랑말 병들어 외로운 길 한탄하네	馬病嘆孤征
비 내린 뒤라서 산골 풀 젖었고	雨過澗毛濕
잔설이 녹아서 봄물이 생겼구나	雪消春水生
머리 돌려 보건대 북당이 아득하니	回頭北堂遠
떠도는 자식 심정 한량이 없어라	遊子無限情[20]

차현(車峴)은 공주목(公州牧) 서북쪽에 있는 고개이고, 잔설이 녹아 봄물이 흐르기 시작하니 정월 초하루로부터 멀지 않은 시간이다. 남효온은 편지를 뒤로 하고 이렇듯 고개를 넘고 있었던 것이다. 고개를 넘으면 아득해질 어머님 계신 서울, 그리고 정처 없이 떠돌고 있는 유자(遊子)의 남녘. 남효온은 그렇게 어머니에 대한 걱정과 죄스러움을 가슴에 품은 채 지리산에 올랐던 것이다. 그러던 중 화엄사 뜰 가운데서 만난 연기모

---

20) 남효온, 『추강집』 권2 「車峴」.

자(緣起母子)의 애처로운 모습은 예사로울 수 없었을 터다. 무거운 석탑을 머리로 떠받치고 있는 연기의 어머니, 그리고 그 앞에 석등을 머리에 인 채 단정히 무릎 꿇어 우러르는 아들의 모습은 남효온 모자의 모습이기도 했다. 화엄사에 들렀을 때 보았던 화엄사사자삼층석탑에 얽힌 전설을 그토록 곡진하게 기록하도록 만든 까닭이다. 불효의 방랑을 하고 있던 남효온은 속으로 흐느껴 울었으리라. 차마, 글로 밝히고 있지는 않았지만.

3. 쌍계사의 최치원, 또는 지리산이 어루만져 주는 위무의 손길

지리산의 최정상인 천왕봉에 오르는 것과 지리산 곳곳에 배어있는 고운 최치원의 발자취를 찾는 것은 지리산 유람의 하이라이트라 할 수 있다. 김종직도 그러했고 김일손도 그러했다. 남효온도 다르지 않았을 것이다. 하지만 남효온에게는 여느 유람록에 비해 그에 대한 기대가 선명하게 드러나지 않는 편이다. 천왕봉에 오르던 날의 「지리산일과」는 이렇듯 덤덤하다.

의문(義文)·일경(一冏) 선사와 함께 향적암(香積庵)에서 상봉(上峰)으로 올라갔다. **구름에 묻히고 바람에 깎이어 나무는 온전한 가지가 없고 풀은 푸른 잎이 없었다. 서리가 매섭고 땅이 얼어 추위가 산 아래보다 갑절이나 더하였다.** 구름사다리와 석굴은 겨우 한 사람이 지나갈 정도였는데 우리들이 뚫고서 올라갔다. 상봉에 올랐을 때 이른바 천왕(天王)이라는 것을 보았다. 승려가 말하기를 "이는 석가의 어머니 마야부인(摩倻夫人)이 이 산의 신령이 된 것으로, 당세의 화복을 주관하다가 장래에 미륵불을 대신하여 태어날 자입니다."라고 하였다. 그 말이 어찌 이리 황당하며 근거가 없단 말인가. 나는 사당 모퉁이의 바위 부리에 앉았다. **엷은 구름이 사방으로 걷히어 산과 바다를 헤아릴 수 있었고, 전라도와 경상도가 내 발 밑에 있었다.** 사당 안에는 어모장군(禦侮將軍) 정의문 (鄭義門)의 현판 기문이 있고, 내 벗 김대유(金大猷) 등의 이름이 현판 위에 적혀 있었다. 저녁이 되어 향적암으로 도로 내려오니, 왕복 20리 길이었다.[21]

지리산 유람을 시작한 지 사흘이 지난 9월 30일, 최상봉 천왕봉에 오른 감흥 치고는 참으로 무미건조한 것이다. 으레 터뜨리게 되는 '태산에 오르니 천하가 작게 보였다.'는 공자의 감탄 대신 "전라도와 경상도가 내 발 밑에 있었다."는 독백뿐이었다. 마야부인이 천왕이 되었다는 속설에 대한 냉담한 평가만 유사할 뿐, 남효온에게 있어 그곳은 김종직 · 김일손과 달리 서리가 매섭고, 땅이 얼고, 견디기 힘든 추위의 황량한 느낌으로 다가왔던 것이다. 하지만 정말 그뿐이었을까? 아니다. 앞서 지적했던 것처럼, 담담하게 여정을 기록한 「지리산일과」와 달리 두 편의 시문을 통해 이곳에서의 남다른 감회를 남겼다. 「유천왕봉기」와 「유천왕봉」이 그것이다. 먼저, 「유천왕봉기」에서 가장 인상적인 남효온의 생각을 들어보자.

이 산은 참으로 성인과 많이 닮았다 하겠다. 점필재 김종직 선생이 자미(子美)의 '방장삼한외(方丈三韓外)'의 구절에 의거하여 이 산을 방장 산(方丈山)이라 하였다. 중국 사람은 모두 이 산에 불사초가 있다고 여겼으나 이는 알 수 없는 일이다. **어쩌면 산 아래 사람들이 산속에 나는 물건에 의지하여 태어나고 길러지기 때문에 "이 산에 힘입어 살아난다."고**

---

21) 남효온, 『추강집』 권6 「智異山日課」.

**말한 것이 중국에 와전되어 바다 밖 방장산에 참으로 불사초가 있다고
실제로 생각하였고,** 진시황과 한 무제(漢武帝)처럼 생명을 탐하고 욕심
을 극도로 부렸던 사람들이 이 소문을 듣고 바다를 건너와서 불사초를
구한 것이 아니겠는가.22)

남효온은 천왕봉에 올라 사방에 늘어선 명산과 군현(郡縣)들을 낱낱
이 열거한다. 그러고 난 뒤, 지리산에서 나는 과일·약재·반찬·가죽·
사냥·공예품·재목·관곽·구황에 소용되는 산물들도 자세하게 꼽으면
서 지리산의 그런 면모를 이렇게 읽는다. "성인(聖人)이 옷을 드리우고
팔짱을 낀 채로 가만히 있어 비록 임금의 힘이 나에게 미치는 것을 보지
못하지만 재성(裁成)하고 보상(輔相)하는 방도를 만들어 사람을 돕는 것
과 같은 것이다."라고. 그러면서 불사초가 자라는 방장산이란 속설을
뒤집어버린다. 스승 김종직의 견해를 부정하면서까지 김종직은 두보의
'방장삼한외(方丈三韓外)'란 시구에 의거해 방장산을 지리산에 비정했던
바 있었지만, 남효온은 그런 허황한 자부에 들뜰 수 없을 만큼 절박했던
것이다.

실제로 「지리산일과」에는 하루하루의 일과를 적어가는 가운데 쌀과
반찬에 대한 기사가 종종 눈에 띈다. 이를테면 이런 식이다. "덕산사(德
山寺) 의화주(誼化主)가 밥을 대접했다."(9월 28일), "벌초막(伐草幕) 승려
설근(雪根)이 김치와 간장을 가져다 주었다."(10월 4일), "쌀 다섯 되를 남
겨두고 설근과 작별했다."(10월 5일), "봉천사(奉天寺) 수좌 법민(法敏)이
양식 떨어진 것을 보고 쌀 다섯 되를 주었다."(10월 7일), "봉천사에서 최
충성이 흰쌀 네 말을 주며 작별했다."(10월 9일), "11일부터 오늘 아침까

---

22) 남효온, 『추강집』 권4 「遊天王峰記」.

지 나와 노복 다섯 사람에게 해한(海閒)이 모두 식량을 마련해 주었다."(10월 13일) 등등. 남효온의 지리산 유람은 먹을 것을 걱정할 정도로 궁핍했던 것이다. 그건 영남을 순시하던 재상 김은경(金殷卿)이 노자를 주어 전송하고, 함양군수 이잠(李箴)이 후한 노자를 주고, 단성현감 최경보(崔慶甫)가 노자를 후히 보내주어 풍족하고 흥겹게 지리산 유람을 했던 김일손의 유람과 다르다. 아니, 소를 잡고 10여 명의 기생과 악공들이 풍악을 연주하며 출발했던 조식의 유람과는 더더욱 다르다. 남효온의 지리산은 '나와 노복 다섯' 뿐인 외롭고도 궁핍한 유람이었던 것이다. 사정이 이러할진대, 천왕봉에 오른 감회도 남다를 수밖에 없었다. 그곳에 올라선 남효온은 다음과 같은 비감에 젖어 들기도 했다. 장편의 오언고시로 써내려간 「유천왕봉」의 마지막 대목이다.

인간 세상엔 세계가 넓디넓고	人間世界廣
머리 위엔 흰 해가 빨리 달리네	頭上白日駛
방촌의 공도 거두지 못했거늘	未收方寸功
백년 인생은 한번 취한 듯하네	百年如一醉
유가는 명덕을 밝힌다 하고	儒言明明德
선가는 정기를 다스린다 하고	僊言治鼎器
노자는 현빈을 지킨다 하고	老言守玄牝
불가는 불이를 닦는다 하니	佛言修不二
분분한 수만 가지 학설 중에	紛紛萬說者
무엇이 제일가는 의리일런가	孰爲第一義
정상에 올라선 더욱 처참하여	登臨益慘悽
도주공의 생각을 길이 애통해하네	永痛朱公思[23]

---

[23] 남효온, 『추강집』 권4 「遊天王峰」.

드넓은 세상에서 덧없이 흘러가는 세월, 천왕봉에 올라선 남효온은 작은 공업도 이루지 못한 자괴감에 빠져들었다. 아니, 깊은 방황에 빠져들었다. 이제 앞으로 남은 인생의 행로, 어디로 가야하는가? 유가, 선가, 도가, 불가 등등. 그는 그 어떤 길도 확신할 수 없을 정도로 심하게 흔들렸던 것이다. 결국 덧없는 명예도 재물도 모두 흩어버린 채 은자로서의 삶을 마친 도주공(陶朱公)을 생각하며 아픈 가슴을 달랠 수밖에 없었다. 그런 감회는 "예로부터 이 봉우리에 오른 사람이 있었겠지만, 어찌 오늘 우리처럼 이렇게 명쾌하게 살펴보았겠는가?"24)라던 김종직의 자부와 다르고, "어찌하면 그대[김굉필]와 더불어 악전(偓佺)의 무리를 맞이하여 기러기나 고니보다 높이 날며, 몸은 세상의 밖에 노닐고 우주의 근원까지 다가가 기(氣)가 생성되기 이전의 시점을 관찰할 수 있을까?"25)라던 김일손의 기개와도 다르다. 비록 모친의 봉양을 위해 함양 군수와 진주학관으로 영남에 내려왔다가 지리산에 올랐던 그들과 남효온의 처지는 너무도 현격했던 것이다. 갈 곳 없는 포의(布衣)의 신세로 지리산에 오른 남효온에게 가장 깊은 인상으로 다가왔던 것은 천왕봉이 아니라 이틀을 더 걷다가 마주친 다음의 장면이다.

> 빈발암(貧鉢庵)을 출발하여 영신암(靈神庵)을 통과하고 서쪽 산 정상의 수목 속으로 30리를 가서 의신암(義神庵)에 이르렀다. 암자 서쪽은 모두 긴 대나무이고, 감나무가 대나무 사이에 뒤섞여 나 있었다. 붉은 감이 햇빛에 투명하였다. 방앗간과 뒷간도 대나무 사이에 있었다. **근일에 구경한 아름다운 경치로는 이에 비할 것이 없었다.**26)

---

24) 김종직, 「遊頭流錄」. 인용은 최석기 외 옮김, 『선인들의 지리산 유람록』, 돌베개, 2000, 35쪽.
25) 김일손, 「頭流紀行錄」, 최석기, 앞의 책, 84~85쪽.

10월 2일의 한낮, 남효온이 만난 의신암의 정경이다. 대나무와 감나무에 둘러싸여 있는 정갈한 암자, 그리고 붉게 익은 감에 부딪쳐 눈부시게 흩어지는 한낮의 햇살. 어디서든 만날 수 있을 것 같은 풍경이었건만, 남효온은 '근일에 구경한 아름다운 경치로는 이에 비할 것이 없었다.'며 그 장면을 가장 인상 깊게 기억하고 있다. 지리산 유람의 절정인 천왕봉을 엊그제 보았음에도 불구하고. 그러고 보면, 남효온에게 지리산 유람에서 가장 인상 깊은 대목은 대체로 의신암과 같은 풍광들이었다. 지리산 기슭의 양당(壤堂)이라는 마을을 지나면서는 "집집마다 큰 대나무가 숲을 이루고 감나무와 밤나무가 뒤덮고 있었다. 사립문이나 닭과 개들이 영락없이 무릉도원(武陵桃源)이나 주진촌(朱陳村)인 듯하였다."(9월 27일), 봉천사에 이르러서는 "절은 대숲 속에 있고, 누각 앞의 긴 시내가 대나무 밑을 지나가며 우니, 아름다운 사찰이었다."(10월 5일), 오대사(五臺寺)를 지나 부윤(府尹) 하숙부(河叔孚)의 집을 지나치면서는 "집이 산을 등지고 물을 마주하였으며, 채소밭이 앞에 일구어져 있고 대나무 숲이 두루 펼쳐졌으니 중장통(仲長統)의 「낙지론(樂至論)」에서 말한 것과 다름없었다."(10월 13일)라는 등이 그러하다. 집을 떠나 전국을 떠돌고 있던 그는 지친 몸을 쉬고 싶었던 것이다.

그런 남효온에게 최치원의 유유자적한 자취는 하나의 작은 소망으로 다가왔을 것임은 미루어 짐작하기에 어렵지 않다. 지리산 유람 첫날, 단속사 동쪽 모퉁이에서 마주친 독서하던 방으로부터 시작된 최치원의 발자취는 최치원이 직접 썼다는 쌍계사 입구의 '쌍계석문(雙溪石門)'을 들어서자 여기저기 편만해 있었다. 비록 신선 같은 삶을 누리고 있었으

---

26) 남효온, 『추강집』 권6 「지리산일과」.

면서도 왕명을 받들어 한낱 승려인 혜소(慧素)의 행적을 찬탄했던 것이
불만스럽긴 했지만, 최치원은 여전히 우리나라 문장과 학사의 으뜸이
었던 것이다.[27] 그리하여 의문(義文)이 인도하는 대로 여정을 밟아왔던
남효온은, 이제까지와는 달리 주도적으로 최치원의 자취를 찾아 나서
기 시작한다. 불일암(佛日庵)의 승려 조성(祖成)에게 최치원이 노닐었다
는 청학연(靑鶴淵)을 같이 가보자고 간청했지만 길이 험해 찾지 못한 사
실까지 기록하며, 그 아쉬움을 드러내고 있을 정도였다. 뿐만 아니라
최치원이 거처하던 팔영루(八詠樓) 앞의 선방(禪房)에서 하룻밤을 묵기도
했거니와 "절 앞의 흰 국화 몇 떨기와 사계화 한 그루가 있었다. 내가
꽃 사이에 앉아 쉬면서 차마 떠나지 못하였다."[28]고 하면서 더 머물고
싶은 소회를 직접 표현하기도 했다.

　이런 남효온의 태도에서 현실세계를 벗어나고픈 탈속적인 선취를 읽
을 수 있을 법도 하다. 하지만 그 경계가 모호하기는 하지만 천왕봉에서
보았듯, 남효온은 어떤 한 방향을 선택하기에는 마음이 너무 여리고 번
민도 너무 많았던 사람이다. 쌍계사에서 전해들은 최치원의 전설과 최
치원의 자취를 더듬는 것은 아스라한 소망이지 구체적인 현실은 아니었
던 것이다. 지리산 유람이 거의 끝나가는 쌍계사를 뒤로하고 나설 때,
천왕봉에서 지어 시통(詩筒)에 간직하고 다녔을 「유천왕봉기」의 마지막
구절은 그래서 더욱 절절하다.

　　내가 천왕당(天王堂)의 돌부리에 앉아 사방을 둘러보며 한참 동안 있
　　자니, 속념(俗念)이 없어지고 신기(神氣)가 기뻐졌다. 다만 생각건대 세

---

27) 남효온, 『추강집』 권2 「讀雙溪寺碑」.
28) 남효온, 『추강집』 권6 「지리산일과」.

속의 선비는 몸이 명리의 굴레에 매여 있어 위로 부모를 섬기고 아래로 처자를 기를 즈음에 산을 오르고 물에 임하는 날이 적으니, 함께 올라온 승려에게 물어보면 일경(一冏)과 의문(義文)이 직접 눈으로 본 바일 것이다. **뒷날 집으로 돌아가서 처자는 굶주림에 울고 노비는 추위에 울부짖어 온갖 근심이 마음을 어지럽히고 번뇌의 찌꺼기가 가슴에 가득할 때에 이 글을 본다면 아마 오늘의 감흥을 갖게 될 것이다.**[29]

남효온에게 있어 지리산 유람은 일상의 근심과 번뇌를 잠시나마 잊게 만들어주는 일탈적 휴식, 그 이상도 그 이하도 아니었다. 굶주림과 추위에 시달리고 있을 노모와 식솔들로부터 결코 벗어날 수 없었던 것이다. 다만 지금의 감흥을 떠올리며 잠시나마 일상의 고통을 잊게 만들어주는 그 무엇. 남효온은 천왕봉에 걸터앉아 지리산은 모든 것을 말없이 품고 길러주는 성인과 같은 산, 아니 불사초의 다른 이름이라고 생각한 적이 있었다. 지리산은 한 젊은 이상주의자의 상처를 그렇게 말없이 어루만지며 위무하고 있었던 것이다. 지리산의 품은 그리도 넓었다. 하지만 남효온은 처음 출발했던 여사등촌(餘沙等村)으로 되돌아올 수밖에 없었고, 그 길로 노모와 처자식이 기다리는 서울로 올라갔다. 불과 한 달도 못 견디고 또 다시 참담하게 방랑의 길을 떠돌아다닐 수밖에 없었지만.[30]

---

29) 남효온, 『추강집』 권4 「遊天王峰記」.
30) 남효온의 지리산 유람은 고향 의령으로 내려가는 도중에 이루어진 것으로 보기도 했다.(김성언, 『남효온의 삶과 시』, 태학사, 1997, 51쪽) 하지만 어머니의 명으로 '닷새' 만에 고향 의령에 내려갔고, 의령현감의 호의로 해운대를 유람하고 「遊海雲臺記」를 지은 것이 11월 14일이었다. 이런 여정으로 추정해 보면, 10월 13일 지리산을 내려온 뒤 곧바로 어머님이 계신 서울에 올라갔다가 다시 경상도 의령으로 내려왔던 것으로 보인다.

Ⅳ. 맺음말: 지리산과 지리산의 벗들

10월 5일, 남효온은 고모당(姑母堂)에 올랐다가 극륜암(極倫庵)을 지나 봉천사에 이르렀다. 대숲에 쌓인 아름다운 사찰이라고 감탄했던 바로 그 절인데, 지금은 어디쯤인지 확인할 길이 없다. 오랜 세월과 함께 그렇게 사라졌다. 하지만 남효온에게 있어 봉천사는 결코 잊을 수 없는 절이었다. 그곳에서 무려 사흘을 묵었던 것이다. 첫날은 그렇다 치고, 둘째 날은 비가 내리는 바람에 길이 막혀 묵었고, 셋째 날은 화엄사로 내려가서 하루를 머물렀는데 봉천사 주지 육공(六空)과 지리산에서 공부하고 있던 최충성(崔忠成)·김건(金鍵)이 봉천사로 다시 가자고 간곡하게 청해서 하루를 더 묵었던 것이다. 지리산에서조차 늘 떠도는 여정이었는데, 사흘이나 머문 봉천사는 아늑한 휴식의 공간이자 친근한 사람들과 함께 한 공감의 공간이었던 것이다. 그곳에서 남효온은 온종일 가을비가 내리는 소리를 듣고, 밤 내내 차를 마시고 있다가 문득 절창 한 수를 얻었다. 봉천사 누각 창문 앞에 붙여둔 시는 이러했다.

이 늙은이 서른에 선비들을 떠나오니	禿翁三十謝靑衿
구월의 두류산은 비단 숲이 되었구나	九月頭流錦樹林
비바람 비껴 쳐서 누각 밖이 요란하고	雨打斜風樓外響
시냇물 대밭 뚫어 난간 앞이 졸졸대네	溪穿竹底檻前吟
서리가 온 숲 잎사귀 떨어지게 하지만	霜能脫落千林葉
가을도 나무의 생기는 시들게 못 하네	秋不彫零一木心
메말랐던 회포가 다시 살아 움직이니	枯淡襟懷還潑潑
차 마신 뒤 새벽 창엔 온 산이 어둑하네	曉囱茶罷四山沈[31]

---

31) 남효온, 『추강집』 권2 「書奉天寺樓囱」.

공부하는 선비의 길을 버리고 지금은 머리터럭 성근 늙은이, 그리고 단풍이 비단 같이 펼쳐진 9월의 지리산 풍광을 대비하는 것으로 시작하는 이 작품은 지리산 유람에서 얻은 최고 수작으로 꼽을 만하다. 비바람이 온종일 그렇게 내려치더니 어느덧 비 그친 대밭으로 흘러드는 시냇물 소리가 정겹다. 분노와 좌절로 들끓었던 젊은 시절의 삶, 그리고 격정들이 잦아든 산사에서 잠시의 평온을 얻은 걸 그렇게 표현한 것일까? 아무튼 9월의 된서리가 초목의 가을 잎을 모두 떨어지게 만들지라도 나무의 생기조차 시들게 하지는 못하리라는 깨달음은 무척이나 새롭다. 삶에 지쳐 모두 포기하고 싶었던 마음 저 밑바닥에서 무언가 꿈틀대는 느낌, 또는 투명한 아침 햇살이 창가에 비추기 직전 새벽의 희뿌연 적막감. 아마도 천왕봉을 거치고, 반야봉을 거쳐 봉천사에 이르렀던 남효온은 그 날 무언가 새로 시작할 수 있다는 희미한 위안을 얻었을 법하다. 남효온에게 시운(詩韻)이 원숙하며 청광(淸廣)·주밀(周密)하다는 극찬을 받았던 쌍계사 보주암(普珠庵)의 승려 조성(祖成)이 굳이 「서봉천사루창(書奉天寺樓囱)」에 대한 화운시(和韻詩)를 지어 전송했던 것도 그런 곡진한 내면을 읽었기 때문일지 모른다.

남효온에게 있어 봉천사는 이렇듯 잊지 못할 장소였다. 더욱이 예전부터 알고 지내던 육공(六空)이 봉천사 주지로 있었던 절이기도 했다. 육공은 남효온이 28세 되던 신축년(1481)에 조신(曺伸)·이종지(李宗之)와 함께 관서지방을 유람했을 때, 개성 감로사(甘露寺)에서 만난 승려였다. 그런 인연으로 남효온을 누각 위로 모셔 융숭하게 대접했고, 헤어지는 게 아쉬워 간곡하게 더 묵어가기를 청했던 것이다. 돌이켜보면 남효온이 감로사에서 육공을 만났을 때는, 소릉복위 상소로 적지 않은 상처를 입긴 했지만 그래도 마음을 다잡으며 과거 공부하던 꿈 많은 시절이었다. 봉천사에서 다시 만나 밤을 함께 보내며, 두 사람은 그 시절의 일을 회상했으리라 짐작된다. 다음날 온종일 비 내리는 모습을 바라보며 상념에 젖어 있다가 새벽녘에 지은 「서봉천사루창」의 첫 구절을, 나이 서른에 선비의 길을 포기했다고 시작한 게 우연만은 아니었던 것이다.[32]

하긴, 남효온이 지리산에서 만난 승려 가운데 인연이 있는 승려는 적지 않았다. 지리산 유람 첫날 들른 단속사의 주지 성공(聖空)은 일암(一庵)의 제자로서 남효온을 후하게 대접했다. 일암은 남효온 부친의 공문우(空門友)이자 자신이 어린 시절 홍천사(興天寺)에서 직접 가르침을 받은 스승이기도 했다. 일암의 제자 성공과는 동문 사이였던 것이다. 그리고 첫날밤을 묵었던 덕산사(德山寺)의 주지 도숭(道崇)과 그의 무리인 형유(泂裕)·의문(義文)·의화주(誼化主) 등도 반갑게 대접하며 밤늦도록 이야기를 나누기도 했다. 의문은 남효온의 지리산 유람 내내 안내를 맡았다. 남효온과 그들과의 관계는 정확히 알 수 없지만, 짐작할 수 있는 단서가 있다. 도숭은 비해당(匪解堂) 안평대군(安平大君)을 따르던 승려였는데, 안평대군이 패망하자 산속으로 자취를 감췄다는 정보가 그것이다. 불의로 왕위를 찬탈한 세조, 곧 수양대군에 대한 반감의 공감대가 밤늦도록 두 사람으로 하여금 이야기하도록 만들었는지도 모를 일이다. 뿐만 아니라 지리산 유람의 막바지인 사자암(獅子庵)에서 만난 해한(海閒)과 계징(戒澄)도 남효온의 젊은 시절 불가의 벗이었다. 그간 떨어져 있다가 10년 만에 다시 만났던 것이다. 역시 오랜 회포를 푸느라 밤이 깊어서야 잠자리에 들었고, 그것도 미진하여 해한(海閒)의 간곡한 청으

32) 남효온 자신이 엮은 『師友名行錄』을 보면, 李宗之와 산사에서 과거공부를 하고 있었는데 가장 절친했던 故友 安應世가 꿈에 나타나 과거공부를 만류하여 포기했다고 술회하고 있다. 그때 남효온의 나이 스물아홉이었다.

로 사자암에서 하루를 더 묵게 된다. 그러고 보면, 남효온이 남녘을 떠돌다가 지리산 유람을 결심할 수 있었던 것은 불가의 벗들이 그곳 곳곳에 흩어져 있었기 때문으로 보인다. 단속사에서 성공(聖空)을 처음 만나 시작된 지리산 유람이 역시 사자암 해한·계징[33]과의 작별로 끝나게 되는 것이다.

　지리산은 그렇게 세상과 어긋난 삶을 살고 있는 불가의 벗이 머물고 있는 또 다른 터전이었던 것이다. 어디 공문의 벗들뿐인가? 천왕봉에 올랐을 때, 사당 안에는 어모장군(禦侮將軍) 정의문(鄭義門)의 기문이 걸려 있었다. 그런데 현판 위에서 벗 김대유(金大猷, 김굉필)의 이름이 적혀 있는 걸 보았다. 김굉필이 먼저 다녀갔던 것이다. 그리고 쌍계사에서는 역시 벗인 여경(餘慶, 홍유손)과 징원(澄源, 양준)이 글 읽던 방을 보게 된다. 심지어는 봉천사에서 하루를 묵고 난 아침, 뜻밖에도 최충성과 김건이 그리 멀지 않은 지급암(知及庵)에서 공부하고 있다는 소식을 듣는다. 최충성은 김굉필의 제자로서 독실한 행실이 그 스승과 같았다고 전해진다.[34] 남효온은 제자뻘 되는 이들이 『소학』과 『근사록』을 읽고 있다는 것을 알고는 이틀 밤 동안 함께 강론을 하며 밤을 지새웠다. 그 자리는 화엄사의 설웅(雪凝), 지급암의 오도좌(悟首座)도 함께 참여하여, 사제(師弟)와 유불(儒佛)이 어우러진 진풍경을 연출하기도 했다. 지리산 산사에서 벌어진 뜻밖의 강론을 주도했을 남효온은 그들을 보며 무슨 생각을 했을까? 패기에 넘치는 창창한 젊은 후진을 보며, 자신의 호기

33) 사자암에서 만난 戒澄은 김종직, 조위, 김안국과도 시문을 주고받았을 만큼 신진사림들과 두터운 교분을 맺고 있던 승려였다. 또한 쌍계사에 만난 客僧 學乳도 예전에 자신의 벗 홍유손과 반야봉을 함께 오른 적이 있는 승려였다.
34) 남효온, 『추강집』 권7 「師友名行錄」.

롭던 젊은 시절을 떠올렸을 것이다. 실제로 최충성은 스승 김굉필과 함께 스승의 스승인 김종직의 모호한 출처를 혹독하게 비판하기도 했다. 자신이 훈구권력의 부정과 비리를 비판하는 상소를 올렸던 것처럼.

하지만 식량이 떨어진 것을 보고는 최충성이 흰쌀 4말을 주며 작별할 때, 남효온은 한없이 초라해진 자신을 뒤돌아보았을지도 모르겠다. 물론 선배 학자로서의 당당함을 잃지 않으려 노력하기도 했다. 강론에 참여하여 성정(性情)에 관한 논의를 듣고 있던 설응과 오수좌가 "마음을 잡거나 성찰하는 공부는 유가와 불가가 다름이 없습니다."라며 득의만만했을 때, 준엄한 가르침을 주었던 것도 그러하다. 설응에게 지어준 「유석음(儒釋吟)」이란 장편의 오언고시가 그것이다. 그는 그곳에서 이렇게 단호하게 가르쳤다. "검은 빛 흰빛은 색이 같지 않고, 유교와 불교는 자취 각각 다르네. / 그런데 어찌하여 장상영(張商英)이란 자, 유교를 끌어다가 불교에 붙이는가? / 네모를 깎아다가 둥글다고 하여, 눈먼 주장이 인의를 더럽혔도다."35)라고. 흑과 백처럼 다른 유교와 불교! 하지만 남효온은 며칠 전 천왕봉에 올랐을 때, 유가·선가·도가·불가 가운데 누구의 가르침이 옳은지 모르겠다며 심각하게 갈등했었다. 그럼에도 이렇게 단호하게 유불을 구별했던 것은 어설프게 넘보는 승려 앞에서만큼은 유자로서의 자존심을 지키고 싶었던 것일까, 아니면 봉천사 창에다 적어둔 다짐처럼 유자로서의 새로운 힘이 생겨난 것일까? 남효온은 그렇게 자신의 자존을 잃지 않으려 애쓰기도 하고, 거듭나고 싶은 의욕도 보이면서 지리산 자락을 걸어 내려오고 있었다. 내면의 상처를 어루만져주던 지리산의 위무를 뒤로 한 채, 번뇌 가득한 세상 속으로.

---

35) 남효온, 『추강집』 권1 「儒釋吟」. "黑白不同色 儒釋各異跡 云何張商英 援儒以附釋 剜方 以爲圓 瞽說汚仁義"

탁영 김일손의 지리산 유람과「두류기행록」

강정화

Ⅰ. 머리말

우리나라의 유산기(遊山記)는 고려 말에 문헌상 처음 등장하였고,[1] 조선 초기에 들어와 사대부들에 의해 비로소 유산(遊山)이 성행하였다. 그 중 지리산은 조선시대 사인(士人)에게 민족 강토에 대한 자긍심을 갖게 하는 영산(靈山)이었다. 그래서 이 산에 오르는 것을 평생의 염원으로 삼았고, 실제 유람 후 많은 기록을 남겼다. 현재까지 발굴된 지리산 유산기는 약 100여 편에 이르는데,[2] 금강산 다음으로 많은 양을 차지한다. 이를 조선사회가 정치·사회적으로 겪은 전환기에 따라 정리해 보면, 15세기 6편, 16세기 5편, 17세기 15편, 18세기 19편, 19세기 33편, 20세기 24편 등이다.

지금까지의 지리산 유산기 연구는 15·6세기 작품에 치중되어 있다.

---

1) 우리나라의 경우 이전까지 고려시대 林椿이 쓴「東行記」가 유산기의 최초 작품이라 알려져 있었으나, 최근 1243년에 眞靜國師가 쓴「遊四佛山記」가 발견되어 유산기 형태의 글이 훨씬 이전부터 있었음을 알 수 있다. 이후 李奎報의「南行月日記」나 李穀의「東行記」가 지어졌으나, 이들 작품은 어느 특정 산을 오른 기록이 아니다.

2) 강정화 외,『지리산 유산기 선집』, 브레인, 2008.

이륙(李陸 1438~1498)의 「유지리산록(遊智異山錄)」을 필두로 하여 김종직 (金宗直 1431~1492)의 「유두류록(遊頭流錄)」, 그의 문하에서 배출된 탁영(濯 纓) 김일손(金馹孫 1464~1498)의 「두류기행록(頭流紀行錄)」, 남효온(南孝溫 1454~1494)의 「지리산일과(智異山日課)」, 그리고 16세기의 대표작인 남명 (南冥) 조식(曺植 1501~1572)의 「유두류록」 등 개별 작가와 작품에 대한 연 구가 집중 진행되었다.3) 이륙의 작품은 우리나라 최초의 지리산 유산 기라는 점에서 그 의의를 찾을 수 있으며, 나머지 작품은 작자가 조선전 기 대표적 사림 지식인이라는 점에 주안하여, 유람 도중의 감회를 당시 시대상황이나 작가의식과 관련시킨 연구가 주를 이루었다.

본고는 탁영의 「두류기행록」에 대한 고찰이다. 주지하듯 탁영은 스 승인 김종직의 「조의제문(弔義帝文)」을 사초(史草)에 실은 것이 화근이 되 어, 무오사화 때 35세의 젊은 나이로 죽임을 당한 인물이다. 때문에 탁 영과 관련한 그간의 연구는 당시 시대상황과 그의 정치적 역할이나 역 사인식, 불굴의 직필(直筆) 정신, 도학 정신 등 무오사화와 유관한 연구 가 주를 이루었다.4) 문학 관련 연구로는 문(文)에 강했던 탁월한 능력5) 에 주력하여 그의 산문을 살핀 것 외에 사(詞)·부(賦)·명(銘)·기(記) 등과

---

3) 최강현의 『한국기행문학연구』에서는 김종직과 조식의 유산기만 인용하였고, 정우락 (1995)의 「남명의 유두류록에 나타난 기록성과 문학성」, 鄭錫龍(1986)의 「김종직의 유 두류록 소재 한시 연구」, 최석기(1999)의 「浮査 成汝信의 智異山遊覽과 遊仙詩」와 「남 명의 山水遊覽에 대하여」(1995), 안세현(2007)의 「柳夢寅의 遊頭流錄 硏究」, 문범두 (2007)의 「濯纓 金馹孫의 續頭流錄 考」 등은 개별연구이다. 그 외 이재익(1988)의 『두류 산 유산기 연구』(부산대)와 이정희(1995)의 『두류산 유람록에 나타난 영남사림의 정신 세계』(경상대)는 조식까지의 유산기를 중심으로 연구한 학위논문이다.

4) 민족문화연구회, 『탁영 김일손의 문학과 사상』, 영남대 출판부, 1998.

5) 『明宗實錄』 17년 2월 己卯(25일). "又問日 我國祖宗以來 能詩者 何人耶 天民日 金宗直 是也 惟吉日 宗直學問精微 詩文皆善 宗直之後 李荇之詩善矣 朴誾之詩 金馹孫之文 亦罕 有其比也"

관련한 연구들이 산출되었다.6)

　탁영의 「두류기행록」에 대한 기왕의 연구로는 그의 산문 관련 연구에서 일부 거론된 것7) 외에 1편이 전한다.8) 이는 문장의 기술방식과 작가의식을 중심으로 한 연구 성과로써, 다양한 언어 표현을 동원하여 자연 경물과 인문적 사상(事象)을 진지하게 성찰함으로써 이를 내면의 지적 인식과 적절히 조응시키고, 나아가 유산을 유학자의 학문하는 노력과 내면 수양방식으로 인식한 점을 부각시키고 있다. 이 또한 산이라는 공간을 통해 유학자로서 자신을 성찰하고 당대 사회가 지닌 문제를 객관적으로 이해하고자 한 초기사림으로서의 자기 인식을 분명히 한 점에서는 여타의 선구적 연구 성과와 그 맥을 같이 한다고 할 수 있다.

　따라서 본고에서는 이러한 기왕의 연구 성과를 충분히 수용하면서 크게 세 가지에 주안하여 기술해 보고자 한다. 먼저 「두류기행록」에 나타난 탁영의 유람 행로는 여타의 지리산 유산기에 보이는 유람 행로와는 다른 독특한 차별성을 지니는데, 이의 연구를 통해 탁영의 지리산 유람의 목적과 의의를 확인해 보고자 한다. 다음으로 유람 도중 표출된 몇몇 언급을 통해 초기사림으로서의 사의식(士意識)을 살펴보고, 마지막

---

6) 김영숙, 「탁영 김일손의 詞의 문학적 성격」, 『한국한문학연구』 20집, 한국한문학회, 1997; 조문주, 「탁영 김일손의 기문에 대한 일고찰」, 『한문학논집』 16집, 근역한문학회, 1998; 윤호진, 「탁영 김일손의 관처사묘지명에 대하여」, 『남명학연구』 9집, 남명학연구소, 1999; 권경렬(2005), 「탁영 김일손의 문학과 정치적 역할」; 신태영, 「탁영 김일손의 불굴의 삶과 賦」, 『한문학보』 18집, 우리한문학회, 2008; 신태영, 「탁영 김일손의 賦에 대한 연구」, 『한국한문학연구』 41집, 한국한문학회, 2008; 문범두, 「탁영 김일손의 누정기 연구」, 『한민족어문학』 55집, 한민족어문학회, 2009.

7) 권경렬, 「탁영 김일손의 문학과 정치적 역할」, 『남명학연구』 20집, 남명학연구소, 2005.

8) 문범두, 「탁영 김일손의 속두류록 攷」, 『한민족어문학』 51집, 한민족어문학회, 2007, 429~465쪽.

으로 지금까지 발굴된 100여 편의 지리산 유산기 속에서 탁영의 「두류기행록」이 갖는 위치와 의의 등을 살펴보고자 한다.

Ⅱ. 함양지역에서 탁영의 위치

탁영 김일손과 함양지역과의 인연은 함양의 대유(大儒)인 일두(一蠹) 정여창(鄭汝昌 1450~1504)과의 관계 속에서 이루어졌다. 탁영의 연보에 근거하고 『일두집』의 기록을 보완하여 두 사람의 종유 사실을 살피되, 함양지역을 중심으로 언급해 보고자 한다.9)

(1) 1480년, 탁영 17세, 일두 31세. 김종직의 문하에서 처음 만나다.

탁영은 17세인 1480년 9월, 당시 친상(親喪)을 당해 밀양에 내려와 있던 김종직에게 나아가 수학하였다. 그때 탁영은 출사하는 부친을 따라 외가가 있던 경기도 용인(龍仁)으로 이사하여 살다가 10년 만에 고향인 청도군 운계(雲溪)로 돌아온 직후였다. 탁영은 김종직의 문하에서 신교(神交)를 맺을 12인의 벗을 만나게 된다.

선생이 일찍이 말하기를 "나는 성품이 본디 남을 허여함이 적었는데, 17세 때 처음으로 점필재 선생의 문하에서 종유하면서 신교를 맺을 12인의 벗을 얻었다. 도학에 있어서는 김굉필(金宏弼)·정여창(鄭汝昌)·이심

---

9) 본 논문은 함양에 소재한 〈지리산문학관〉 개관에 맞춰 '지리산 유람록' 특집으로 집필되었다. 따라서 함양지역과 탁영과의 관련성을 살피는 것은 본 논문의 논지전개에 있어 전제되어야 할 일이다.

원(李深源)이고, 문장에 있어서는 강혼(姜渾)·이주(李胄)·이원(李黿)이며, 유일(遺逸)에 있어서는 남효온·신영희(辛永僖)·안응세(安應世)·홍유손(洪裕孫)이며, 음률에 있어서는 이총(李摠)·이정은(李貞恩)이다."라고 하였다.10)

탁영의 교유는 이들 동문을 중심으로 이루어졌다. 위 기록을 통해 김종직의 교육방식을 살필 수 있는데, 곧 문하생의 능력에 맞게 지도하여 그 자질을 발전시키고, 동문 간에는 다양하고 폭넓은 교유가 가능하도록 한 것이다.

탁영은 특히 정여창·김굉필 등과 도의(道義)의 사귐을 맺었으며, 함양지역과의 인연은 정여창을 통해 지속적으로 이루어졌다. 정여창은 23세 되던 1472년 김굉필과 함께 함양군수로 부임한 김종직의 문하에 나아가 『소학』과 『대학』 등을 배워 학문의 요지를 익혔다. 정여창은 특히 『대학』과 『중용』에 잠심한 것으로 보인다. 그의 행장에서 '어려서부터 배움에 뜻을 두어 『중용』과 『대학』에 마음을 쏟아 여러 해 공부하여 성리학에 정통하였다.'11)고 한 것이나, 소실되어 없어졌다는 『학용주소(學庸註疏)』·『주객문답(主客問答)』·『진수잡저(進修雜著)』 같은 저술 제목을 통해서도 이를 충분히 짐작할 수 있다.

---

10) 金馹孫, 『濯纓集』 「年譜」 17세조 9월 辛卯. "先生嘗言 予性本少許可 十七歲始遊佔翁之門 得神交十有二人焉 道學金大猷宏弼·鄭伯勖汝昌·李伯淵深源 文章姜士浩渾·李胄之胄·李浪翁黿·李仲雍穆 遺逸南伯恭孝溫·辛德優永僖·安子挺應世·洪餘慶裕孫 音律李百源摠·李正中貞恩"

11) 鄭汝昌, 『一蠹集』 권3 「行狀」. "先讀小學大學 遂及語孟 日承指敎 尋知綱領旨趣 硏窮道義 屢年磨礱 尤精於庸學 然不以爲有得 入頭流山 發憤勵志 依朱子學規 以涵養本源 爲進德之基 以窮探性理 爲修業之本"

　(2) 1488년, 탁영 25세, 일두 39세. 3월 함양 남계(灆溪)로 가서 정여창을 방문하다.

　탁영은 1487년 9월 모친 봉양을 이유로 외직을 청해 진주목학 교수(晉州牧學敎授)에 임명되었다. 당시 병조좌랑으로 있던 중형인 매헌(梅軒) 김기손(金驥孫)이 노모를 봉양하기 위해 창녕현감에 부임해 있었다. 탁영과 정여창은 동문이 된 이후 절친한 교유가 있었는데, 이때의 방문은 노모가 계신 창녕과 진주를 오가는 과정에서 이루어진 것으로 보인다. 탁영은 정여창과 3일 동안『대학』을 강학하고 돌아왔다. 그는 당시 강학한 일을 두고서 김굉필에게 보낸 편지에서 "학문이 점진적으로 고루 충실하게 성취되어 가는 사람은 우리들 중 이 한 사람뿐입니다."[12]라고 칭송하였으니, 두 사람 간의 심교(心交)를 짐작할 수 있다. 당시 정여창은 모친상을 당해 3년의 시묘를 마치고 섬진강 가 악양정(岳陽亭)에 머물고 있을 때였다.

　(3) 1489년, 탁영 26세, 일두 40세. 2월 정여창이 내방하여 두류산 유람을 약속하고 3일 간 머문 후 돌아가다. 4월 남계에 가서 정여창을 방문하고, 함께 15일 간 두류산을 유람하다.

　두 사람은 15일 간의 지리산 유람 후 정여창의 은거지인 악양에 가서 동정호(洞庭湖)를 구경하고, 함께 진주에 있던 동문인 목계(木溪) 강혼을 방문하여 여러 날을 함께 머물며 강학하였다. 이후 밀양으로 스승 김종

---

12) 金馹孫,『濯纓集』「年譜」25세조. "先生 與寒暄書 言與一蠹講學之事 因稱一蠹 所見漸就平實 吾輩中一人耳"

직을 찾아가 보름을 머물며 가르침을 받았고, 다시 청도 운계에 들렀다
가 모친을 뵈러 창녕에 와서야 헤어졌다. 따라서 「두류기행록」에 기록
된 유람 일정은 15일이나, 실제 이들이 함께 한 것은 한 달이 훨씬 넘는
기나긴 일정이었고, 이 기간 동안 그들은 명산의 경관을 유람하고 또
함께 강학하는 등 돈독한 우의를 다졌을 것으로 보인다.

> (4) 1490년, 탁영 27세, 일두 41세. 예문관 검열로 봉직하던 중 모친
> 병환을 이유로 사직소를 올리고 함양에 도착하다.

당시 탁영의 백형인 동창(東窓) 김준손(金駿孫)이 모친 봉양을 이유로
함양군수에 부임해 있었다. 탁영은 모친 병환 소식을 접한 후 사직을
청하는 글을 올린 즉시 함양에 도착하였다. 그때 정여창은 조효동(趙孝
仝)·윤긍(尹兢)의 천거로 소격서 참봉에 제수되었다가 시강원 설서에 보
임되었다. 따라서 이 시기 함양에 도착한 탁영은 정여창과 조우(遭遇)하
지는 못했던 듯하다. 두 사람은 모두 출사하여 환로에서 한창 재덕(才德)
을 발휘할 때였으니 함양에서의 조우가 쉽지는 않았을 것이다. 그러나
탁영에게 있어 함양은 지우(知友)의 향리인데다 동기간의 임지이고 모친
봉양이라는 이유로 함양과의 인연이 깊었으며, 또한 빈번한 왕래가 있
었음을 유추해 볼 수 있다.

> (5) 1493년, 탁영 30세, 일두 44세. 하동을 지나다 악양정의 정여창을
> 방문하여 『대학연의(大學衍義)』를 강학하다.

정여창이 지리산에 악양정을 짓고 우거한 것은 1472년이다. 여기서
3년간 잠심하여 독서하였고, 이후 출사하였다가 모친상을 치른 후 돌아

와 은일자적의 삶을 영위하고 있었다. 정여창의 심성수양은 이러한 은
거를 통해 이루어졌다고 할 수 있는데,『일두집』에서 "선생은 일찍이
지리산에 들어가 품성을 함양하고 독서하였다."[13]고 한 것이나,「탁영
연보」에서 "일두가 일찍이 악양동의 명승을 사랑하여 섬진강 입구에 집
을 지었다. 당시 시강원 설서를 사임하고 돌아와 대나무와 매화를 심어
놓고 강학하고 시를 읊조리며 그곳에서 늙고자 하였다."[14]고 한 기록에
서 이를 증빙할 수 있다.

> (6) 1498년, 탁영 35세, 일두 49세. 6월 함양에 가서 정여창을 방문하
> 다. 풍질이 있어 청계정사(靑溪精舍)에서 조양하다. 7월 사초의 일로 체
> 포되다.

탁영은 33세인 1496년 윤3월 모친상을 당하여, 이 시기에 3년상을
마쳤다. 이번 방문은 복상을 마친 탁영이 2년 전 정여창의 조문에 대한
답방이었다. 당시 정여창은 안의현감(安義縣監)을 그만두고 함양 남계에
돌아와 있었다.

탁영은 일찍부터 남계의 산수를 좋아하고 또 정여창과의 종유를 즐
겨하여, 사람을 시켜 이곳에 정사를 지었다. 정자의 편액은 정여창이
손수 '청계정사'라 이름하였다. 청계정사는 남계 가에 있었고, 개평에
있는 정여창의 구거(舊居)와도 멀지 않은 곳이었다. 이때가 탁영의 나이

---

13) 鄭汝昌,『一蠹集』「事實大略」. "先生曾入智異山 養性讀書 至於三年之久 旣遭內艱 外
除纔畢 卽携二弟 復入山中 體道益篤 又就蟾津之口 築室構亭 扁以岳陽之號 有俞濡溪詩
竝序"
14) 金馹孫,『濯纓集』「年譜」30세조. "過河東一蠹于蟾津幽居 講大學衍義 一蠹嘗愛岳陽洞
之勝 築室蟾津之口 時以設書辭歸 種竹蒔梅 講誦吟呀 若將老焉"

32세인 1495년 가을이다. 정여창을 답방한 탁영은 마침 몸에 풍질이 있어 청계정사에 머물며 조양하고 있었는데, 두 사람은 밤낮으로 학문을 강마하고 시사를 논하며 눈물을 흘리기도 하였다.

이 시기 불안하고 위태로운 시정(時政)을 읊은 작품이 바로 「취성정부(聚星亭賦)」인데, 탁영은 이틀 후 한양으로 압송되어 그달 27일 죽임을 당하였으니, 이는 그의 생애 마지막 작품이라 할 수 있다. 「취성정부」에서 탁영은 "오호라 주상이 위에서 혼미하니/ 선비들 아래서 격분하였네/ 당고(黨錮)의 화 일어나니/ 오로지 내시만 믿는구나/ 삼백 년 동안 기른 인재/ 지푸라기만도 못하게 여기었네/ 천하가 장차 수몰되려는 듯/ 사해에 사나운 파도 몰아치는구나/ 곁에서 구원코자 하나/ 또한 무엇을 할 수 있으랴."15)라고 하여, 당시의 현실을 후한 때 환관들이 일으킨 두 차례 당고의 화로 인해 나라가 극도의 혼란에 빠졌던 상황과 같다고 인식하였던 것이다.16) 탁영의 연보와 『일두집』「사실대략(事實大略)」에 의하면 두 사람은 「취성정부」를 계기로 하여 자신의 이상과 현실과의 괴리감을 오래도록 슬퍼하고 탄식하였다고 한다.17)

탁영은 이후 정여창의 죽음과 함께 함양지역에서 잊혔고, 청계정사

---

15) 金馹孫, 『濯纓集』「聚星亭賦」. "嗚呼 主昏於上 士激於下 黨錮禍作 崇信刑餘 三百年儲養之人才 草芥之不如 天下將溺 四海奔波 側手欲援 亦將奈何"

16) 신태영, 「탁영 김일손의 불굴의 삶과 賦」, 『한문학보』18집, 우리한문학회, 2008, 298~302쪽.

17) 鄭汝昌, 『一蠹集』「事實大略」. "先生嘗與濯纓 日夕講磨于精舍 或語及時事 相對流涕 濯纓偶作聚星亭賦示之日 昔朱夫子 作聚星亭贊 其意蓋有在也 此亦余之寓意也 先生日 何過慮也 濯纓日 子不聞大猷之言乎 大猷非無識人也 嘗謂德優日 觀今士氣 正類東漢之末 伯源伯恭正中文炳 皆有晉風 不出十年 禍在此輩 此言誠然 而余謂非獨士氣然也 先王 好賢如色 從諫如流 吾輩年少有志之士 自以爲身逢明主 展布所蘊 可使唐虞之治 復致於今日 盡言不諱 積忤權奸 不幸皇天不祚 仙御遽賓 時移事變 群壬得志 今禍已迫矣 烏得免乎 先生日然 相與嗟嘆者久之"

또한 폐허가 되어 농경지나 방목장으로 방치되었다. 그러다가 탁영 사후 4백여 년이 지난 1921년 정여창의 후손과 지역유림에 의해 탁영은 함양의 주요 인물로 거듭났다. 곧 옛 청계정사 터에 다시 정사를 세우고 청계서원으로 개명하여 그를 종사(從祀)하게 된 것이다.

아! 우리 문민공 탁영 김선생은 또한 백세의 사표이시다. 그 연원의 올바름과 도덕의 깊음과 문장의 탁월함과 충의(忠義)의 정직함은 해와 별같이 환하고 밝은데, 무오사화를 차마 말할 수 있으랴.……옛날 선현들이 시를 읊조리고 깃들어 살던 곳에는 서원을 세워 제사지내지 않음이 없는데, 하물며 이곳은 선생이 평소 학문을 강마하던 곳임에랴……아, 수백 년 동안 미처 이룰 겨를이 없던 그 정성을 이에서 밝고 훌륭하게 갖추었도다. 운계서원(灆溪書院)의 사우(祠宇)와 나란히 인접해 있으니, 흡사 그 옛날 두 선생이 서로 강마하여 간절히 권면하던 모습인 듯하다. 또한 봄·가을로 향사할 때는 소소(昭昭)한 영령들이 서로 이끌고서 함께 강림하여 마치 한 방에서 근엄하게 흠향하는 듯하니, 선생의 강림은 이에서 편안할 것이요, 후학의 경모하는 마음 또한 이에서 의귀할 바가 있게 되었다. 아, 참으로 성대한 일이로다.[18]

이 글은 1930년 정여창의 후손 정승현(鄭承鉉)이 쓴 「청계서원기(靑溪書院記)」의 일부로, 이를 통해 근세의 함양지역에서는 탁영이 정여창과 함께 추앙받는 인물이었음을 알 수 있다. 게다가 정여창을 향사한 남계

---

18) 함양문화원, 『咸陽樓亭志』「靑溪書院記」. "鳴乎 惟我文愍公濯纓金先生 亦百世之師也 其淵源之正 道德之邃 文章之卓越 忠義之正直 炳朗乎日星 而戊午之禍 尙忍言哉……在昔 先賢一嘯詠一逝息之地 無不起院而祀之慕 況此先生平日磨礱之地乎……於戱 數百載未遑 之誠 於是奐焉輪焉 而與灆院之廟 相捷乎一席之地 則恰似乎當日兩先生講磨切偲之源源 而又於春秋籩豆之薦 昭昭之靈 鸑鷟相將 同時陟降 儼然若一堂之享 則先生之格思 於是 乎安寧 後學之景仰 於是乎依歸 吁亦盛矣哉"

서원 곁에 청계서원을 세움으로써, 마치 4백여 년 전 두 사람이 인접하여 함께 교유했던 것처럼, 영령들도 함께 하기를 기원하는 후학들의 마음을 드러내고 있다. 이는 함양의 대유(大儒)인 정여창 못잖게 탁영 또한 이 함양에서 경모의 대상임을 상징하는 것이라 하겠다.

Ⅲ. 지리산 유람 행로와 그 특징

탁영은 진주학관으로 내려온 후 26세인 1489년 4월 14일부터 15일 동안 지리산을 유람하였다. 그의 지리산 유람은 오랜 염원 끝에 성사된 것이었다. 탁영이 진주학관으로 내려 온 까닭은 명목상 창녕에 있던 모친을 봉양하기 위해 인근 지역을 택한 것이었으나, 지리산 유람에 대한 욕구가 마음속에 깊이 자리하고 있었다. 그래서 도착한 후 매일같이 함께 유람할 동행을 찾았으나, 2년이 지나도록 그 기회를 얻지 못하였다. 그럼에도 지리산 유람은 잊어본 적이 없었다고 하였다.

> 그러나 두류산만큼은 마음속에서 잊어 본 적이 없었다. 매번 조태허 선생과 함께 한 번 유람하자고 했지만, 그가 벼슬살이에 얽매여서 나와는 왕래가 막혀 버렸다. 더욱이 오래지 않아 조태허는 어머니 상을 당해 천령으로 떠나 버렸다. 천령에 사는 상사 정백욱은 나의 정신적 벗이었다. 올봄 청도에서 「녹명(鹿鳴)」을 노래할 적에 그가 마침 내 집 앞을 지나가게 되었는데, 그때 두류산을 유람하자고 약속했었다.……천령사람 임정숙도 따라 나서, 세 사람의 행장을 준비하였다.[19]

---

19) 「頭流紀行錄」. "然頭流不敢忘懷也 每與曹太虛先生共卜一遊 而太虛簪縷有累 余阻於道
途之往來 未幾 太虛丁內艱而去天嶺矣 天嶺上舍鄭伯勗 余之神交也 今年春 歌鹿鳴於道

인용문의 조태허는 동문인 조위(曹偉 1454~1503)이고, 임정숙은 임대동(林大仝 1432~1503)을 가리킨다. 두 사람은 김종직의 유람에 동행했던 인물이다.[20] 탁영은 지리산 유람을 계획한 후 동행으로 조위를 적임자라 여기고 그에게 유람을 청하였다. 조위는 김종직의 처남이자 문인으로, 탁영이 평소 형으로 받들 만큼 친분이 두터웠다.[21] 스승의 유람을 계승하고자 했던 탁영으로서는 스승과 동행이었던 조위만한 적임자가 없다고 여겼던 것이다. 그러나 여러 사정으로 성사되지 못하고 당시 낙향해 있던 정여창과 함양사람 임대동이 동행하게 되었던 것이다.

김종직이 지리산 유람에 나선 것은 1472년이고, 탁영의 지리산 유람은 1489년이니, 두 사람의 유람에는 17년의 시차가 있다. 또한 김종직은 당시 함양군수로서 지방관료 신분이었던 반면 탁영은 한창 혈기왕성한 20대의 젊은 학관이었다. 초기사림인 두 사람의 유람에는 17년이라는 시차와 함께 여러 격차가 있겠지만, 탁영이 스승의 유람을 계승하고자 했던 뜻을 여기에서도 확인할 수 있다. 그러나 탁영의 지리산 유람의 특징은 무엇보다 그의 유람 행로에서 뚜렷이 확인할 수 있다.

조선시대 사(士)들의 지리산 유람은 대개 두 가지 목적으로 이루어졌다. 먼저 유람의 정점인 천왕봉에 오르는 것을 산행의 주요 목적으로 삼는 경우로, 주로 지리산 천왕봉에 올라 공자가 '태산에 올라 천하를 작게 여긴다[登泰山而小天下]'고 한 기분을 만끽하고, 나아가 일출 광경을

州 適過吾門 約觀頭流 無何 金相國殷卿 出按嶺南 屢以手柬 期而未赴 四月十一日己亥 追其行上謁於天嶺 問天嶺之人 則伯勗賦二鳥於京師 而還其廬已五日矣 遂得相遞 雅喜其 宿願之不愆 金相國將挽余以自隨 余辭以山行有約……天嶺人林貞叔亦從 以備三人之行"

20) 김종직,「유두류록」참조. 김종직의 유람에는 이들 외에 문인이자 함양 사람인 俞好仁 과 韓仁孝가 동행하였다.

21) 金馹孫,『濯纓集』「年譜」24세조 9월 乙酉.

보고서 정신을 상쾌하게 하는 등 사인의 호연지기를 기르는 것이 그 하나이다. 예컨대 이륙이 "공자께서 태산에 올라 천하를 작다고 하셨는데, 나는 이 말을 매우 괴이하게 여겼다. 그런데 이 산에 오른 뒤에야 성인의 말씀이 거짓이 아님을 알게 되었다."[22]라고 한 기록 등에서 확인할 수 있다.

다른 하나는 쌍계사(雙溪寺)·불일암(佛日庵)·의신사(義神寺) 등 주로 청학동(靑鶴洞)과 삼신동(三神洞) 방면을 유람한 경우인데, 현실과 이상이 괴리되었을 때 불편한 심기를 달래기 위해 이상향으로 인식되어 온 여러 곳들을 찾았다. 이는 부사(浮査) 성여신(成汝信 1546~1631)의 경우가 대표적이다. 그는 중년 이후 지리산을 홍류동으로 2번, 청학동으로 5번, 백운동으로 1번, 천왕봉으로 1번을 유람하였는데, 그의 유람은 현실과의 부조화를 달래기 위한 것이었다.[23]

지리산 유산기에 나타나는 이러한 두 가지 목적은 그들의 유람 경로를 통해서도 확인할 수 있다. 지리산 자락에 터를 잡고 살면서 자신의 은거지에서 가까운 경로를 거쳐 산행하거나 특정 지역을 특정 목적에 의해 유람하는 경우를 제외하면, 100여 편의 지리산 유산기는 대체로 천왕봉과 청학동·삼신동을 목적지로 삼아 유람한 경우가 대부분이다. 장기 일정으로 두 영역을 모두 유람한 이도 있지만, 이러한 두 목적은 20세기까지 지리산 유산기 전체를 관통한다고 할 수 있다.

그들이 읊은 지리산 한시 또한 이들 유람 경로에 보이는 명승을 중심

---

22) 李陸, 『靑坡集』 「遊智異山錄」. "昔孔子登東山而小魯 余始疑而終信之 登太山而小天下 余甚怪焉 及登是山 然後知聖人之言 不誣也"
23) 최석기, 「浮査 成汝信의 智異山遊覽과 遊仙詩」, 『남명학연구』 9집, 남명학연구소, 1999, 59~67쪽.

으로 집중되어 있다. 예컨대 천왕봉을 오르는 이들은 천왕봉 일월대(日月臺), 제석당의 성모(聖母), 용유담(龍游潭), 하동바위[河東巖], 덕산(德山)의 남명 유적지 등을 집중적으로 읊었고, 청학동을 목적지로 삼은 경우는 쌍계사·불일암·신흥동 계곡·칠불사를 읊은 시가 압도적으로 많았다.24) 천왕봉과 청학동을 겸하는 경우 또한 마찬가지로 나타났다. 때문에 그들의 유람 코스는 이러한 목적에 부합하여 다음 몇 가지 유형으로 집약해 볼 수 있다.

> A코스 : 군자사 터→하동암→제석당(장터목) → 천왕봉
> B코스 : 덕산→중산리→법계사→천왕봉
> C코스 : 함양군 휴천면 또는 산청군 금서면→쑥밭재→하봉→중봉→천왕봉
> D코스 : 화개→삼신동→세석평원→제석당→천왕봉
> E코스 : 덕산→대원사→중봉→천왕봉
> F코스 : 중산리→장터목→천왕봉

A코스는 주로 함양이나 산청 멀게는 운봉 인월에서 출발한 유람자가 즐겨 애용하던 등산로이다. 주로 용유담→군자사→하동암→제석봉→천왕봉으로 이어지는 여정이며, 양대박(梁大撲)·박여량(朴汝樑)·박장원(朴長遠)·오두인(吳斗寅)·허목(許穆)·이동항(李東沆) 등이 이 코스로 등정하였다. 현 경상남도 산청군 시천면 중산리에서 시작하는 B코스는 천왕봉까지 오르는 가장 짧은 거리의 등산로인지라, 예전 사인들도 즐겨 애용하였다. 초기의 이륙에서부터 정식(鄭栻)·박래오(朴來吾)·안치권(安

---

24) 강정화 외, 『지리산 유산시 선집, 청학동』, 이회, 2009.

致權)·강병주(姜炳周)·송병순(宋秉珣)·하종락(河鍾洛)·이수안(李壽安)·이보림(李寶林)·이갑룡(李甲龍) 등 조선후기까지 일관되게 나타난다. 기록상으로는 가장 선호한 코스라 할 수 있다. 중산리에서 등반을 시작하는 코스 중 칼바위[劍巖]에서 장터목을 거쳐 천왕봉으로 오르는 길이 바로 F코스이다. 이 코스로 오른 선현으로는 유문룡(柳汶龍)·하익범(河益範) 등이 있다.

C코스는 지리산 동부능선의 끝자락에서 천왕봉으로 오르는 경우로, 주로 쑥밭재[艾峴]를 경유해 하봉과 중봉을 차례로 거쳐 정상에 오른다. 김종직·변사정·유몽인·김영조(金永祖)·배찬(裵瓚) 등이 이 코스로 유람하였다. D코스는 청학동을 찾아 화개동과 삼신동에 들렀다가 영신봉을 거쳐 세석평원 → 장터목 → 천왕봉으로 오르는 코스이다. 지리산 유산기에 나타나는 청학동은 유람 일정상 다소 순서의 차이가 있으나, 대개 '쌍계사·불일암·불일폭포·삼신동·신흥사·칠불암' 일대를 유람한 것으로 나타난다. E코스는 산청이나 덕산에서 시작하여 대원사를 거쳐 중봉·천왕봉으로 오르는 길이다. 주로 허유(許由)·정재규(鄭載圭)·박치복(朴致馥) 등에게서 보인다.

그런데 탁영의 「두류기행록」에 나타난 유람 경로는 이러한 분류에서 벗어난 독특한 면을 지닌다. 그는 15일 간의 유람 동안 지리산 북쪽인 함양을 출발, 용유담을 구경한 후 천왕봉으로 곧장 오르지 않고 다시 함양 수동(水東)으로 갔다가, 동쪽으로 이동하여 산청의 환아정(換鵝亭)을 구경하고 단성에서 단속사(斷俗寺)를 유람한 후, 옥종면 칠정(七汀)을 경유해 오대사(五臺寺)·묵계사(黙契寺)를 보고, 다시 중산리로 길을 잡아 천왕봉에 올랐다. 실제로 탁영이 밟았던 이 경로로 천왕봉에 오른 이는 이후 보이지 않는다. 그리고는 영신봉을 거쳐 지리산권역의 남쪽인 칠불사·신흥사·쌍계사 등 청학동 일대를 구경하고, 정여창의 은거지인 악양으로 가서 동정호를 유람하였다. 결국 그의 유람 행로는 지리산권역 중 서쪽의 구례 방면을 제외한 북쪽·동쪽·남쪽 일대를 두루 유람한 셈이다.

그의 유람 경로를 위의 분류에서 굳이 찾는다면 A·B·D코스를 겸한 것으로 볼 수 있다. 탁영이 천왕봉에 오른 것은 15일 간의 유람 일정 중 9일째 되는 날이며, 이후 곧장 청학동으로 하산하였다. 천왕봉에 오르는 것이 목적이었다면, 용유담에서 A코스를 따라 오르는 것이 정석인데, 이를 버려두고 지리산 동부권역을 에돌아 찾아다녔고, 그 과정에서 사람들이 즐겨 다니지 않는 험난한 코스를 밟을 수밖에 없었다. 실제 묵계사에서 좌방사(坐方寺)를 지나 중산리로 찾아드는 그 길은 지금도 험난하여 사람들이 찾지 않는 코스이다. 탁영이 이러한 의외의 코스를 자처한 것은 산행 외의 다른 의도가 있었던 것으로 보인다. 결국 그의 유람은 산을 오르는 데 목적이 있었던 것이 아니라, 지리산권역 주변의 문화와 역사를 두루 섭렵하는 데 있었던 것으로 생각된다. 때문에 그의 유람록에는 지나는 곳마다 보고 듣고 접한 현실에 대한 감회가 특히 두드러지게 나타난다.

탁영이 이처럼 지리산권역 주변지역을 둘러보는 것으로 유람의 목적을 삼았음은 그의 언급을 통해서도 확인할 수 있다.

선비가 태어나서 한 곳에 조롱박처럼 매어 있는 것은 운명이다. 천하를 두루 보고서 자신의 소질을 기를 수 없다면, 자기 나라의 산천쯤은 마땅히 탐방해야 할 것이다. 그러나 사람의 일이 뜻대로 되거나 어긋나는 점을 생각해 보건대, 늘 마음은 있어도 바라는 대로 되지 않는 것이

열에 여덟·아홉은 된다. 내가 처음 진주의 학관이 되기를 구했던 것은, 부모님을 봉양하는 데 편하기 때문이었다. 그러나 구루(句漏)의 수령이 되었던 갈치천(葛稚川)의 마음도 일찍이 단사(丹砂)에 없었던 것이 아니었다.25)

유람과 문학적 지취의 상관성은 문학의 주체인 작자의 산수벽(山水癖)에서 연유하는 것이 일반적이다. 이러한 산수벽은 넓게 보고 깊게 느끼려는 지식인들의 지적욕구와 결부되어 다양한 문학적 지취로 표출되었다. 유람과 문학적 지취와의 상관성은 조선조 사인들도 깊이 공감하고 있었다. 김도수(金道洙 1699~1733)는 「남유기(南遊記)」에서 "세상 사람들이 반드시 사마천의 유람을 일컫는 것은 예로부터 문사들이 넓은 안목으로 담론을 장대하게 하던 것이니, 유람이 어찌 도움 되는 것이 없겠는가?"26)라고 하여, 문학적 지취에 있어 역대 어떤 인물과도 비교될 수 없는 사마천의 문장력이 바로 산수유람을 통해 습득되었다고 하였다. 이를 통해 조선조 사인들은 문학적 호기를 기르는 것이 산수유람의 또 다른 중요한 목적이었음을 확인할 수 있다.

탁영은 문장에 있어 뛰어난 능력을 인정받았던 인물로, 원유(遠遊)와 문학적 지취의 상관성을 깊이 인식했었다. 위 인용문에서 보듯 사마천같이 천하를 널리 유람하여 자신의 자질을 계발할 수 없는 것이 현실이라면, 적어도 자국의 산수자연만이라도 탐방하는 것이 마땅하다고 생

---

25) 「頭流紀行錄」. "士生而飽瓜一方 命也 旣不能遍觀天下 以畜其有 則域中之山川 皆所當探討者 惟其人事之喜違也 常有志而未副願者 什居八九 余初求爲晉學 其意則便養也 而句漏作令 葛稚川之心 又未嘗不在於丹砂焉"

26) 金道洙, 『春洲遺稿』「南遊記」. "夫世必稱子長遊者 是固古來文士之張目壯談也 然遊亦豈無助乎哉"

각하였다. 그 역시 원유를 통한 박람(博覽)은 의경(意境)이 깊어지고 묘사가 실감나게 하는 효과 외에도 기상을 길러 창작의 근원적인 힘을 얻을 수 있다고 생각하였던 것이다. 그의 연보에는 지리산 유람 외에도 남효온 등과 함께 용문산(龍門山)을 비롯한 우리나라 여러 명승을 탐방한 기록이 보이는데,[27] 이 또한 같은 맥락에서 이해할 수 있을 것이다. 그런 탁영이 우리 민족의 영산인 지리산을 진주 경내에 두고서 오르지 않을 수 없었을 것이며, 오르고자 했다면 가능한 넓은 지역을 탐방하여 깊게 보려 했음을 알 수 있다.

탁영이 함양을 출발하여 곧장 천왕봉에 오르지 않고 9일 동안 에둘러 갔던 그 코스를 살펴보면, 그의 유람 의도를 더욱 명확히 확인할 수 있다. 그가 천왕봉에 오르기 위해 중산리에 이를 때까지 들렀던 곳은, 함양의 금대암(金臺庵)·용유담·엄천사(嚴川寺), 산청의 환아정, 단성의 단속사, 하동의 오대산 수정사(水精寺)·묵계사 등이다. 이들 유적지를 분류해 보면 삼국시대에 창건된 금대암과 단속사에서부터 건국 초에 세워진 환아정까지 오랜 역사와 다양한 문화를 지닌 곳들이다. 탁영은 이들 유적에 대해 세세히 소개하고 거기에 자신의 감회를 피력하였다. 단속사에 이르러 이틀을 묵으면서 뜰에 있던 정당매(政堂梅) 관련 일화[28]나, 사찰에 보관된 고려 때의 고문서, 인근에 방치된 비문 등을 낱낱이 거론하여 치밀한 기록정신을 돋보이게 하는가 하면, 그 외에도 함양·산청·단성·하동 등 지리산권역의 여러 지역을 지나면서 그곳의 자연경관은

---

27) 연보에 의하면, 탁영의 나이 18세인 1481년 7월에는 龍門山을, 24세인 1487년 8월에는 남효온을 방문하여 10일 동안 인근의 명산을, 그 이듬해에는 남효온·홍유손 등이 내방하여 청도 운계의 雲門山을 유람한 기록이 보인다.

28) 여말선초의 姜淮伯(1357~1402)이 젊은 시절 단속사에서 독서할 적에 손수 매화나무 한 그루를 심었는데, 후에 벼슬이 政堂文學에 이르자 이 이름을 얻게 되었다고 한다.

물론 접하는 사람들의 실정, 그들에게서 들은 소소한 이야기까지 상세히 기록하고 있다.

예컨대 오대사 인근 주민들이 이정(里正)의 횡포로 번잡한 조세와 과중한 부역에 시달린다 하였고, 지리산에 잣이 많이 난다는 속설을 믿고 해마다 관아에서 잣을 독촉하므로 주민들이 산지에서 사다가 공물로 충당한다는 사실을 숨김없이 토로하였다. 또한 쌍계사에 들었을 때 관청에서 은어를 잡는데 불어난 물로 여의치 않자 중들에게 살생에 필요한 물건들을 준비하라 재촉하는 것을 보고서, 깊은 산중에까지 미친 시정의 폐단에 눈살을 찌푸리는 광경을 가감 없이 기술하고 있다. 신흥사에 이르러서는 전해오는 청학동 관련 설화를 터무니없는 이야기라 치부하면서도 기록하여 남기는 모습에서 어느 것 하나도 놓치지 않고 확인하고 전하려는 탁영의 의도와 정신을 엿볼 수 있다.

결국 탁영이 택한 유람 행로와 유람 기간 중 보여준 태도는 산수경관을 즐기기 위한 유람이 아니라, 우리 국토와 그 속에서 살아가는 인간 삶을 이해하려는 당대 지식인으로서의 자의식이었으며, 그러한 자의식은 현실성과 객관성을 중시하는 초기사림의 성리학적 사고가 발현된 것이라 이해할 수 있다.

Ⅳ. 「두류기행록」에 나타난 사의식

탁영 김일손은 초기사림의 대표적 인물로서, 그의 「두류기행록」에는 편린이나마 초기사림으로서의 성리학적 사의식이 복합적으로 나타난다. 위에서도 언급했듯 유람여정에서 확인되는 시정의 폐단을 지적한 것이나, 용유담 주변의 바위를 두고서 용이 사용하던 그릇이라 믿는 백성들에 대해 '사리를 헤아리지 않고 허탄한 말을 좋아한다'고 일침을 가한 것, 굶주림을 이기지 못한 산 속 백성들이 밭을 일구려고 좌방사 앞의 밤나무를 도끼로 찍어 넘긴 것을 보고서는 "높은 산 깊은 골짜기까지 개간하여 경작하려 하니, 나라의 백성이 많아진 것이다. 그렇다면 그들의 생활을 넉넉하게 하고, 그들을 교화시킬 방도를 생각해야 할 것이다."라고 한 언급 등에서 현실적이고 합리적이고 과학적 사고를 중시하는 조선조 성리학자의 의식세계를 엿볼 수 있다.

뿐만 아니라 천왕봉 꼭대기에 올라 성모사(聖母祠)에서 맑은 날씨와 모친의 장수를 기원하는 제문을 지어 고유(告由)하려다가 정여창의 만류로 그만둔 일이나, 함양 제한역을 지나 고개를 넘을 때 말에서 내려 천왕(天王)에게 절을 해야 한다는 것을 들은 체도 않고 지나쳐 버리는 그의 행동에서는 유학자로서의 무속에 대한 배격사상을 엿볼 수 있다. 탁영은 '정도(正道)를 지키고 사도(邪道)를 미워하여 평생 성인의 글이 아니면 읽지 않았고, 그래서 음사(淫祠)를 지날 때면 비난하거나 무너뜨리고야 말았다'고 자부할 만큼 유학적 사상체계를 견지한 성리학자였다. 아래 인용문을 살펴보자.

그 첫째 폭에는 '국왕왕계(國王王楷)'란 서명이 있으니, 곧 인종의 휘이다. 둘째 폭에는 '고려국왕왕현(高麗國王王睍)'이란 서명이 있으니, 곧 의종의 휘이다. 이 둘은 고려 국왕이 대감국사에게 보낸 문안편지였다. 셋째 폭에는 '대덕(大德)'이라 쓰여 있고, '황통(皇統)'이라고도 쓰여 있었다. 대덕은 몽고 성종의 연호다.……이를 보면 고려 인종·의종 부자는 이미 오랑캐의 연호를 받아 들였던 것이다. 이들이 선사(禪師)와 부처에게 이처럼 정성을 기울였건만, 인종은 이자겸에게 곤욕을 당했고, 의종

은 거제에 유배되는 화를 면치 못했으니, 부처에게 아부하는 것이 국가
에 이익됨이 없음이 이와 같도다.[29]

탁영 일행이 단속사에 들렀을 때 고려왕실에서 내린 고문서 3통을
보고서 언급한 부분이다. 이자겸은 딸을 인종의 비(妃)로 들여 권세를
천단하다가, 왕을 독살하려던 반역이 실패하여 영광으로 유배되었던
인물이다. 의종은 1170년 정중부 등이 일으킨 내란에 폐위되어 거제도
에 유폐되었다. 고려왕조는 불교를 국시(國是)로 받아들여 깊이 의지했
지만, 오랜 기간 내정의 혼란과 외교상의 치욕을 겪었다. 탁영은 불교
가 궁극에는 치세에 무익함을 강조하고 있다.

불교가 지닌 이러한 폐단은 탁영 당대의 실정과 별반 다르지 않았다.
조선초기는 유학을 국시로 하면서도 궁중의 내전(內殿)에서는 여전히 불
교를 숭상하였고, 이의 폐단은 궁중 내 뿐만 아니라 사회 전반에 여전히
남아 있었다. 국가의 안정적 기강 확보가 무엇보다 우선이었던 초기사
림으로서는 이러한 이단의 폐단을 지적하지 않을 수 없었고, 때문에 탁
영 역시 부처에 아부하는 것은 국가에 아무런 이익이 없다고 주장한 것
이다. 이를 통해 무속과 불교를 배격하는 초기사림의 사의식을 살필 수
있다.

그 외에도 향적사 승려가 사찰 확장을 위해 수년 간 수백 개의 목재를
구해 쌓아놓은 것을 보고서는 "우리 유자(儒者)들의 학궁에 대한 정성은
아직 멀었구나. 석가의 가르침이 서역으로부터 비롯되었으나, 어리석

---

29) 「頭流紀行錄」, "其一署國王王楷 卽仁宗諱也 其二署高麗國王王晛 卽毅宗諱也 乃正至起
居於大鑑師狀也 其三書大德而一書皇統 大德則蒙古成宗之年也 考其時不合 不可詳 皇統
則金太宗年也 仁毅父子 旣稟夷狄之正朔 又致勤於禪佛如是 而仁宗困於李資謙 毅宗未免
巨濟之厄 佞佛之無益於人國家 如此夫"

은 사람들이 그를 떠받들어 공자를 능가하게 되었다. 백성들이 사교(邪
敎)에 탐닉하는 것이 우리가 정도를 독실하게 믿는 것과 다르구나."라고
하여, 유학을 국시로 하면서도 도학 공부에 열성을 다하지 않는 사인의
학문태도를 반성하고 그러한 풍조에 대해 각성시키고 있다.

　특히 「두류기행록」에서 눈여겨보아야 할 것은 최치원(崔致遠)에 대한
탁영의 의식이다. 「두류기행록」에는 최치원에 대한 언급이 유달리 많
이 보인다. 최치원의 솜씨라 전해지는 단속사 입구의 '광제암문(廣濟嵒
門)'과 쌍계사 입구의 '쌍계석문(雙磎石門)' 석각, 무엇보다 신흥사 입구
의 외나무다리에 얽힌 최치원 관련 설화를 장황하게 기록하여 전함으로
써 최치원에 대한 탁영의 각별한 관심을 표출하였다. 급기야 쌍계사 진
감선사대공탑비(眞鑑禪師大功塔碑)의 전액(篆額)과 비문에 이르러서는 감
흥의 절정에 이른다.

　　이번 유람에 비석을 구경한 것이 많았다. 단속사 신행의 비석은 원화
　연간에 세웠으니, 광계보다 앞선다. 오대산 수륙정사의 기문은 권적이
　지었으니, 그 또한 한 세상의 문사였다. 그런데 유독 이 비석에 대해서는
　끝없이 감회가 일어나니, 이 어찌 고운의 손길이 여전히 남아 있고, 고운
　이 산수 사이에 노닐던 그 마음이 백세 뒤의 내 마음에 와 닿기 때문이
　아니랴. 내가 고운의 시대에 태어났더라면, 그의 지팡이와 신발을 들고
　서 모시고 다니며, 고운으로 하여금 외로이 떠돌며 佛法을 배우는 자들과
　어울리게 하지는 않았을 것이다. 고운이 오늘날 태어났더라면, 반드시
　중요한 자리에 앉아 나라를 빛내는 문필을 잡고서 태평성대를 찬란하게
　표현했을 것이며, 나 또한 그의 문하에서 붓과 벼루를 받들고 가르침을
　받았을 것이다. 이끼 낀 비석을 어루만지며 감개한 마음을 금치 못했다.
　　다만 비문을 읽어보니, 문장이 변려문으로 되어 있고, 또 선사나 부처
　를 위해 글짓기를 좋아하였다. 어째서 그랬을까? 아마도 그가 만당 때의

문풍을 배웠기 때문에 그 누습을 고치지 못한 것이 아닐까? 또한 숨어사
는 사람들 속에 묻혀 세상이 쇠퇴하는 것을 기롱하며, 시속을 따라가면
서 선사나 부처에 몸을 의탁하여 자신을 숨기려 한 것이 아닐까? 알 수
없는 일이다.30)

「두류기행록」에는 유적지에서 접하는 비문을 일일이 기록하고 있는
데, 인용문의 세 비석 외에 단속사에 있던 탄연(坦然)의 대감사명(大鑑師
銘)도 보인다. 탁영은 그 중에서도 최치원의 기록인 진감선사대공탑비
에서 감흥의 절정을 이룬다. 누구보다 최치원의 글과 산수 간을 떠돌던
그 마음에 감화되었던 것이다.

최치원은 불일암과 청학동에 그 족적을 남김으로써 이쪽 방면으로의
유람에서 어김없이 등장하는 인물이다. 그는 스스로 유학자로 자처하
면서도 불교에 깊은 관심을 가져 일가를 이루었는데, 지리산 유산기에
보이는 그에 대한 비판은 진감선사대공탑비로 축약된다.

조선초기의 남효온은 '임금을 위해 기도하고 염불을 하면서 일생을
마친 혜소선사(慧昭禪師)를 최치원이 그의 도를 칭찬한 것이 너무 심하
다'라고 비판하였고,31) 조선후기 유산기에서는 대체로 유가와 불가를
동등한 지위로 옹호하는 최치원의 인식에 기인하였다. 송병선(宋秉璿

---

30) 「頭流紀行錄」. "所見碑碣 多矣 斷俗神行之碑 在於元和 則先於光啓矣 五臺水精之記 撰
   於權適 則亦一世之文士也 而獨於此 興懷不已者 豈孤雲手澤尙存 而孤雲所以徜徉山水間
   者 其襟懷有契於百世之後歟 使某生於孤雲之時 當執杖屨而從 不使孤雲踽踽與學佛者爲
   徒 使孤雲生於今日 亦必居可爲之地 摛華國之文 賁飾太平 某亦得以奉筆硯於門下矣 摩
   挲莓蘚 多少感慨 第讀其詞偶儷 而好爲禪佛作文 何也 豈學於晚唐 而未變其習耶 將仙逸
   隱淪 玩世之衰 而與時俔仰 托於禪佛 以自韜晦耶 不可知也"
31) 南孝溫, 『秋江集』 권6 「智異山日課」. "寺前 有光啓三年七月日所建眞鑑禪師碑銘 乃文
   昌侯奉敎撰並書及篆額也 師名慧昭 入唐遊學 還國創此寺 祝上念佛終其身 文昌譽其道泰
   甚 師無乃文字禪耶 不然 文昌何推之如此耶"

1836~1905)은 비문의 내용 중 '유가와 불가의 이치는 한 가지이다'[儒釋一理]라는 문구를 거론하여 "최치원의 어리석음은 불교보다 심하다. 어찌 성인이신 공자를 모신 문묘에 부처를 함께 모신단 말인가?"[32]라고 하여 유학자이면서 불가에 심취한 점을 강력히 비난하였고, 김택술(金澤述 1884~1954) 역시 비문의 내용에서 '공자는 그 단초를 드러냈고, 석가는 그 극치를 궁구하였다'[孔發其端 釋窮其致]고 한 부분을 두고서 유가를 공부한 사람으로서 명실이 상부하지 않다는 것으로 비난하였다.[33]

그런데 위 인용문에서 보듯 김일손은 최치원에 대해 대단히 호의적으로 평가하였다. 왜일까? 최치원은 문장가이다. 그는 통일신라 말기에 당나라로 유학하여 문명을 떨친 후 귀국했으나 신분제의 한계와 말기적 폐단을 드러내고 있던 현실에 수용되지 못한 인물이다. 그가 활동했던 나말여초에 성행한 문체는 변려문이다. 이는 정교한 대구를 번갈아 사용하고 구절마다 화려한 수사(修辭)와 다양한 전고(典故)를 활용하는 등 까다로운 형식을 중요시 하는 대표적 문체로, 당시의 국가문서나 외교문서 등에 사용되던 공식 문체였다. 때문에 최치원이 형식을 지나치게 중시한 변려문에 능통했다는 점에 주안하여 그의 사상적 깊이를 의심하기도 하나, 오히려 국내외적으로 공인되었던 변려문에 탁월했던 그의 문장 능력은 신라의 국제적 위상을 드높였다는 점에서 높이 평가받을

---

32) 宋秉璿, 『淵齋集』「智異山記」. "庭有眞鑑禪師碑 而文與筆 皆出孤雲之手 卽唐僖宗光啓三年也 其文曰孔發其端 釋窮其致 又曰有釋一理 文昌之惑 甚於蔥嶺帶來者 豈可合於配食聖廟之列哉"

33) 金澤述, 『後滄集』「頭流山遊錄」. "寺庭有古碑一座 孤雲所撰眞鑑禪師碑銘也……余讀此作詩論之曰 儒有大本與達道 虛無寂滅佛所寶 動靜體用本自殊 混而無分已糊塗 孔發釋窮是何言 援儒入佛佛反尊 孤雲豈非儒家子 無乃名實不相似 退溪而後逮淵艮 良有以來千秋論"

만하다.34) 최치원은 자신의 문장으로 국가와 민족을 위해 당대 지식인 으로서의 역할과 의무를 다하려 했다고 할 수 있다.

탁영 역시 문장에 탁월한 재능을 보인 인물이다. 그는 점필재의 문하에서 스승의 권유로 한유(韓愈)의 문장을 익혔다. 그의 연보에 의하면 점필재는 "그대는 시문에 있어 능하지 않은 것이 없다. 나의 의발(衣鉢)을 전할 자는 그대 외에는 없으며, 훗날 문병(文柄)은 반드시 자네에게 돌아 올 것이다. 조정의 상문(上文)이 되기 위해서는 먼저 모름지기『창려집(昌黎集)』을 많이 읽어야 한다."고 조언하였고, 탁영은 이후로『창려집』 공부에 진력하여 천 번을 읽은 후에야 문장에 진전이 있었다고 피력할 만큼 열의를 다하였다. 중국 사신들도 그를 일러 '동국의 한창려'라 하였고,35) 남곤(南袞)과 권응인(權應仁) 또한 탁영의 문장을 쉬이 얻을 수 없는 능력이라 칭송하였으니,36) 문장에 있어서의 그의 뛰어난 능력은 후대까지도 인정되었던 것으로 보인다.

탁영은 문장의 효용 자체를 부정하지 않고, 문장이 자신의 현달과 국가적 위상 제고에 꼭 필요한 하나의 수단임을 인정하였다. 문학과 관련한 탁영의 직접적 언급을 통해 살펴보면 "저 사장(詞章)같은 것은 특히 말엽적인 것이다. 그러나 도가 갖춰진 자는 반드시 말이 있고, 말이 정밀하여 사람을 감발시킬 수 있는 것이 시라고 한다면, 사장은 또한 도와

---

34) 민족문학사연구소, 『한국 고전문학 작가론』, 소명출판, 2006, 25~27쪽.

35) 金馹孫, 『濯纓集』 「年譜」 18세조 2월 癸亥.

36) ① 許筠, 『惺所覆瓿稿』 권25 惺叟詩話, 「南袞嘗言金馹孫之文朴誾之詩不可易得」. "南止亭嘗言金馹孫之文 朴誾之詩 不可易得 此語誠然 朴之詩 雖非正聲 嚴續勁悍 如春陰欲雨鳥相語 老樹無情風自哀之句 學唐纖麗者 安敢髣其墨乎" ② 權應仁, 『松溪漫錄』. "濯纓金先生 以文章自名 南止亭常稱曰 挹翠軒之詩濯纓之文 其文集盛行於世而詩則罕傳 三嘉縣觀水樓有一律云……詩與文孰優 觀者詳之"

배치되는 것이 아니다."[37]라고 한 것에서 알 수 있듯, 그는 내면의 수양이 이루어져 온축되는 바가 있으면 말은 자연스레 발하게 되고, 그때의 말이 곧 시(詩) 또는 문사(文辭)라 한다면 정밀한 문사라야만 감동을 줄 수 있다는 것이다. 그리고 이러한 내면적 수행의 방법으로 수기치인(修己治人)에 도움이 되는 유가적(儒家的) 내용을 담고 있어야 하고, 이를 위해서는 반드시 유학의 기본적인 이념의 실천에 충실해야 한다는 입장이었다.[38] 이러한 측면에서 본다면 탁영이 유학의 선봉을 자임하며 이단을 배척하고 적극적으로 사회에 참여하는 것을 자기의 임무로 자각했던 한유의 문장을 전범으로 삼은 것은 당연한 귀결이라 할 수 있다.

탁영은 최치원에게서 문장을 통해 국가와 시대에 충실하려 했던 한 지식인을 본 것이다. 바로 자신의 모습을 본 것이다. 때문에 최치원의 시대에 태어났더라면 그를 섬겼을 것이며, 자기 당대에 태어났더라면 중요한 자리에 앉아 문필로써 태평성대를 구가할 것이라 자부하였다. 비록 최치원과 자신의 시대상황이 달랐다 하나, 「연보」에서 보이듯 문병(文柄)을 잡아 문장으로 국가와 민족을 위하고자 했던 탁영의 사의식이 최치원에 대한 감개로 발현된 것이라 할 수 있다.

Ⅴ. 지리산 유산기로서의 의의−결론을 대신하며

이상으로 탁영 김일손의 「두류기행록」에 나타난 유람 행로상의 특징

---

37) 金馹孫, 『濯纓集』「題權睡軒關東錄後」. "若夫詞章 特末矣 然有道者 必有言 言之精而有以感發乎人者爲詩 則詞章 亦非與道背馳者也"

38) 권경렬, 「탁영 김일손의 문학과 정치적 역할」, 『남명학연구』20집, 남명학연구소, 2005, 210~215쪽.

과 그 속에 나타난 사의식을 중심으로 살펴보았다. 탁영의 지리산 유람
은 단순히 자연경관의 아름다움을 만끽하기 위함이 아니라 국토산하와
민생에 대한 고찰을 목표로 한 인문학적 탐방이 그 목적이었으며, 이를
위해 그는 15일 동안 지리산권역의 북쪽·동쪽·남쪽 지역의 여러 유적
지를 차례로 답방하였다. 그 과정에서 보고 느낀 사실과 들은 일화까지
소상히 적은 기록들을 통해 사관(史官)으로서의 그의 철저한 기록정신까
지 엿볼 수 있었다.

그럼 지금까지 발굴된 100여 편의 지리산 유산기 속에서 탁영의 「속
두류록」이 갖는 의의는 무엇인가. 다음 글을 읽어보자.

옛 사람들 중에 두류산을 유람한 이는 많다. 그 중에서 특히 점필재
·탁영·남명 세 선생의 유람이 가장 드러난다. 이는 그들의 풍치와 드높
은 정신이 이 산과 더불어 그 우뚝함을 다투며, 이들은 유람한 뒤 유람록
을 남기고, 그 유람록에서 풍광을 묘사한 것이 그 자태를 상세히 나타냈
고 감흥을 표현한 것이 그 정감에 적합했기 때문이 아니겠는가? 변변치
못한 내가 이 세 선생의 유람에 대해 그 뒤를 이어 유람하기를 감히 바랄
수는 없지만, 한 번 유람해 보고 싶은 소원은 잠시도 마음속에 잊어본
적이 없었다.[39]

조선시대 사인의 지리산 유람은 20세기까지 꾸준히 지속되었다. 그
오랜 기간 동안 지리산은 우리나라 어떤 명산보다도 많은 사람들의 사
랑을 받아왔다. 과거 사인들이 지리산을 오를 때는 변변한 지침서가 없

---

39) 李柱大, 「遊頭流山錄」. "昔人之遊玆山者 亦多矣 獨佔畢齋濯纓南冥 三先生之遊 爲最著
豈非其人之風雅標致 與此山競其高峙 而其遊之 皆有錄也 其錄之 皆足以模狀之盡其態 陶
瀉之適其情者乎 余不佞於三先生之役 固不敢望其後塵 而一遊之願 未嘗暫忘于懷 今年春
與德卿借約 馨姪爲後約 典姪與德孫 亦合笑而願其從"

었고, 출발에 앞서 필독하거나 지참했던 것이라면 앞 시대 선현의 유산기 정도였다. 특히 애독했던 작품으로는 김종직과 김일손 그리고 조식의 유산기이다. 위 글은 경북 칠곡에 살았던 명암(冥菴) 이주대(李柱大 1689~1755)가 지리산을 유람하고 남긴 「유두류산록(遊頭流山錄)」의 일부로, 그는 이들 세 작품이 100여 편이 넘는 지리산 유산기의 진수(眞髓)라 하였다.

지리산 유람을 계획하는 사인들은 위 세 사람의 유산기가 전범이 되었던 만큼 그들의 유산기를 미리 읽었고, 그들의 유산기에 나타난 유적지를 지날 때는 필히 그 기록들을 회상하며 공감대를 형성하려 하였다.

예컨대 탁영은 「두류기행록」에서 자신이 둘러 본 지리산권역 중 가장 마음에 드는 곳은 불일암 뿐이라 하였고, 조식은 신응동(神凝洞) 계곡의 절경에 대해 찬사를 아끼지 않았는데,[40] 두 사람의 이러한 칭송은 이곳을 유람하는 후인들의 유산기에 빈번이 등장한다. 송광연(宋光淵 1638~1695)은 신응동 계곡 너럭바위에 앉아 "탁영이 이른바 '이 절은 시냇가에 세워져 있어 여러 사찰 중에서 경치가 가장 빼어나다. 그래서 유람 온 사람들로 하여금 돌아가기를 잊게 한다.'고 한 말은 참으로 바꿀 수 없는 의론이다."[41]라 하였고, 이주대는 신흥사를 찾았을 때 "지형을 따라 여러 모양을 드러내고, 부딪히는 곳마다 기이한 형상을 드러내는 점은

---

40) 曺植, 『南冥集』 「遊頭流錄」. "二十日 入神凝寺……新雨水肥 激石濆碎 或似萬斛明珠 競瀉吐納 或似千閃驚雷 杳作噫吼 怳如銀河橫截 衆星零落 更訝瑤池燕罷 綺席縱橫 黝黝成潭 龍蛇之隱鱗者 深不可窺也 頭頭出石 牛馬之露形者 錯不可數也 瞿塘峽口 方可以喻其變化出沒 眞是化工老手戱劇無藏處也 相與睢盱䰟魄 欲哦一句不得 一響歌吹 衆聲僅如大瓮中細腰之鳴 不能成聲 祗爲溪神之玩而已"

41) 宋光淵, 『泛虛亭集』 「頭流錄」. "到神興寺舊基 澄潭盤石 實洞中之初見 巖刻洗耳巖三字 濯纓所謂臨澗而搆 最勝於諸刹 遊人足以忘歸云者 誠不易之論"

탁영과 남명 두 선생이 이미 부족함이 없이 다 표현하여 산신령의 뜻을
버리지 않았으니, 어찌 나의 졸렬한 글재주를 용납하겠는가?"42)라고
하였다. 특히 이주대는 불일암에 이르러서는 그 빼어난 절경을 칭송하
다가도 "다만 붓끝으로 묘사해 낼 수 있는 것은 두 선생의 유람록에 다
표현해 놓았으니, 나는 더 이상 군더더기 말을 붙이지 않겠다."라 하였
고, 불일폭포 주위가 청학동이라는 말에 대해서도 "점필재와 탁영 두
선생은 그러하다는 견해와 그렇지 않다는 견해 사이를 견지하였고, 남
명 선생은 이곳이 청학동이라는 말을 그대로 믿고 의심하지 않았다."라
고 한 후, 자신은 어느 것이 맞는지 모르겠다고 기록하고 있다.43)

　이러한 현상은 후대에 와서도 마찬가지로 나타난다. 함양군수로 있
던 남주헌(南周獻)은 1807년 3월 24일 경상관찰사 윤광안(尹光顔) · 진주
목사 이낙수(李洛秀) · 산청현감 정유순(鄭有淳)과 함께 청학동을 거쳐 천
왕봉을 유람하였는데, "관찰사가 남효온 · 김종직 · 김일손 등의 지리산
유람록을 가져왔기에 때때로 빌려 읽어 유람 도중 사찰과 봉우리의 이
름을 미리 알 수 있었다."44)고 하였고, 이들과 비슷한 시기인 1807년
3월 26일부터 4월 8일까지 천왕봉과 청학동을 겸하여 유람했던 하익범
또한 천왕봉에서의 일출 광경을 보고서 "눈으로 볼 수 있는 곳의 산과

---

42) 李柱大, 『冥菴集』「遊頭流山錄」. "明日 乃霽 出寺門 折而西行十餘里 神興菴在焉 最以
　水石稱於山中者也 當其虎蹲龍拏之勢 則噴風激雷 心目俱壯 淵凝瀨悲之際 山靜谷幽 形
　神與寂 所以因地現相 隨觸出奇者 濯纓南冥兩先生 稱之無遺欠 足不負山靈矣 何容余拙
　喙也"

43) 上同. "瀑沛自東峯之最高處 循壁直瀉 高幾萬仞 下注爲鶴潭 其奇儵雄快 不識廬山飛流
　面目 比此何如耳 顧其筆力可摸寫者 二先生錄之盡矣 余又何敢贅也 但佛日之爲靑鶴洞 自
　來俗傳 佔畢濯纓兩先生 置之於然否之間 而南冥先生 則直信之而不疑 又云靑鶴兩三棲其
　巖隙 有時飛出盤回者 以實其說 愚未知三老之孰得也"

44) 南周獻,「智異山行記」. "遂簡率討輕裝 只韻書一册 觀察持秋江佔畢濯纓遊智異錄 時時
　借覽 預知寺菴峯巒之名"

내와 고을 이름은 이미 탁영선생의 유산기에 다 수록되어 있으니, 내가 무엇을 더 서술하겠는가?"[45]라고 한 후 곧장 하산길에 오른다. 송병선은 유람하기 전 탁영의 유산기를 읽었는데, 불일암에 이르러 탁영이 불일암을 칭송했던 기록을 상기하였고, 청학동에 대한 탁영과 조식의 언급에 동조하는 모습을 보이기도 한다.

후인들은 지리산 곳곳의 명승에 닿으면 이들 세 선현의 유산기록을 떠올리며 그들과 공감대를 형성하고, 나아가 자신의 유람을 선현들의 수준으로 끌어올리려 했다. 이는 유산 도중 접하는 산수자연을 그 자체로써 인식하는 것이 아니라 그와 관련한 선현을 떠올리며 작자의 정신적 가치와 접목시켜 표출함을 일컫는다. 이러한 인문적 산수유람은 산수자연에서 느끼는 시적자아의 다층적 인식구조를 살피는데 아주 유효하다.

또한 후인들은 선현들이 은거했던 곳이나 행적이 남아 전하는 유적지에 이르러 그들과 관련한 일화와 삶을 회고하고, 나아가 자신의 삶의 지남(指南)으로 삼기도 하였다. 예컨대 청학동으로의 유람에서 빠지지 않고 들리는 곳이 바로 정여창이 은거했던 화개동의 악양정인데, 유몽인은 이곳에 이르러 탁영과 정여창을 회고하며 그들의 삶을 안타까워하였다.

「두류기행록」에 의하면, 탁영 일행이 동상원사(東上元寺)에서 묵고 법계사에 오를 적에 좋은 재목의 고목들이 쓰러져 즐비하였다. 그러자 탁

---

45) 河益範, 『士農窩集』「遊頭流錄」, "質明 日影始吐彩 霞浮動 遠近峯巒 海中島嶼 次第呈露 但蒼然茫然 怳惚不可爲狀 而實平生最初壯觀 至如目力所窮 山川州縣之名 已悉於濯纓先生遊山記 小子何述焉 酒罷 迤由石門以下 峯上則松檜躑躅 皆骫骳拳曲 爲風所持 左靡而纔盈尺"

영은 '이렇듯 좋은 나무들이 훌륭한 목공을 만나지 못해 동량의 재목으로 쓰이지 못하고 빈산에서 말라 죽은 것을 생각하니, 조물주를 위해서 애석히 여길 만한 일이었다. 그러나 또한 이 나무들은 천수를 다 누렸구나.'라고 하였다. 유몽인은 악양정에서 「두류기행록」에 나오는 위의 일화와 탁영의 언급에 대해 "아, 말은 마음의 소리이다. 마음은 본래 텅 비고 밝으니, 말이 발하여 징험이 있게 된다. 그 뒤에 일두는 옥에 갇혔다 죽었고, 탁영도 요절하였다. 그들의 천수는 모두 조물주의 입장으로서는 애석하게 여길 만한 일이었으니, 어찌 말의 예언에 징험이 있는 것이 아니랴."[46)]라고 하여, 아름다운 자연경관을 보는 것에서 그치지 않고 그 속에서 살았던 사람을 보고, 그들의 삶을 들여다봄으로써 그 시대를 이해하고, 나아가 이를 통해 지금의 시대를 이해하려 했다. 선현들의 선택과 행위를 통해 지금 시대가 추구해야 할 목표와 행해야할 행의(行誼)를 생각하였던 것이다. 이렇듯 유적지에서 그와 관련한 인물의 삶과 시대를 회고하고 지금의 세상을 조망하는 행위는 조선후기까지 지속되게 나타난다.[47)]

　요컨대 김종직·김일손·정여창·조식 등은 조선조 사인에게 숭배의 대상이었고, 조선조 사인들은 자신의 유산을 통해 그들과 공감하려 하

---

46) 柳夢寅, 『於于集』「遊頭流山錄」. "噫 言者 心之聲也 心本虛明 言發而有徵 其後 一蠹死於囚繫 濯纓亦夭 其天年皆爲造物者所惜 豈非言讖之有徵歟"

47) 최석기 외(2009). 鄭栻은 정여창이 공부하던 악양 옛 터에서 감격하여 흠모하는 마음에 머리털이 곤두선다고 하였고, 宋秉珣은 정여창의 「岳陽」에 차운하면서, 유허지가 남아있는 것만으로도 흠모의 정을 불러일으키는데, 더구나 지방 유림들이 그의 유허지를 중수한 사실을 거론하며, 世風을 갱신할 만큼 정여창의 영향이 크다고 칭송하였다. 이외에도 유산기 저자 가운데 朴致馥·梁會甲·金奎泰·鄭琦·吳正杓·李玄逸·李栽 등이 이곳에 들러 정여창을 회고하며 차운시를 읊었다. 金澤述은 화개를 지날 때 정여창의 시를 읊고 거기에 차운하여 시를 지었다.

였다. 선현들처럼 느끼고, 선현의 경지까지 오르고자 함이 목적이었다. 곧 선현들의 유람을 자신의 유람 목적으로 삼고, 나아가 선현의 유람을 동일시하여 자신들의 유람을 더 높은 차원적으로 끌어올리려 했던 것이다. 눈으로 보여지는 경지를 초월하여 보다 높은 정신적 가치를 궁구하려는 조선조 사인들의 유가적 인식 체계라 할 수 있다. 탁영의 「두류기행록」은 그 전범의 하나였던 것이다.

도탄 변사정론
- 지리산 자락에서 꽃핀 극적 인생 변주

정시열

Ⅰ. 머리말

본고는 조선중기의 선비 변사정(邊士貞 1529~1596)에 대한 고찰을 목적으로 한 인물론이다. 변사정은 널리 알려진 분이 아니다. 필자의 조사에 의하면 변사정은 임진왜란 당시 의병 관련 기록에서 그 이름이 보일 뿐 다른 분야에서는 언급된 적이 없었는데 최근 선인들의 지리산 유람록을 모아 놓은 책1)에 그의 「유두류록(遊頭流錄)」이 소개됨으로써 문학 분야에 처음으로 등장했다. 이처럼 그에 대한 연구가 희소한 실정은 지리산에서 40년 세월을 보냈다는 남다른 생애와 무관치 않아 보인다.

현실참여적인가 아닌가를 기준으로 한 인물을 평가할 때 그 결과는 참으로 다면적일 수밖에 없다는 생각이 든다. 도탄 변사정이라는 인물을 놓고 볼 때 이러한 평가의 어려움은 더욱 분명해진다. 본고는 도탄의

---

1) 이륙 외, 옮긴이 최석기 외, 『(지리산 유람록) 용이 머리를 숙인 듯 꼬리를 치켜든 듯』, 보고사, 2008.

문집인『도탄집(桃灘集)』(2권 2책과 부록 1책)에 실린 글들을 통해 변사정이라는 인물이 거쳐 간 삶의 자취를 되짚어 보고, 그의 생애에 나타난 몇 몇 특징적인 면들에 대해 논의하고 품평하는 장이 될 것이다.

도탄이 평생 썼던 시(詩)와 문(文)은 정유재란 때 소실되었다. 현재 전하는『도탄집』은 문도와 제현으로부터 수합한 글들을 모아서 편찬한 것이다.『도탄집』의 구성을 보면 시 15수, 만사 14수, 잡저 2편(유람록), 책문 2편, 제문 5편, 소 3편, 서 18편과 부록으로 이루어져 있다. 서에 속해 있는「용성지(龍城誌)」와「창의실적(倡義實蹟)」은 내용상 서찰이 아니다. 이외에도 변씨수성도(邊氏受姓圖), 세계(世系), 연보가 있고, 부록에 행장이 들어 있어 도탄에 대한 정보를 얻을 수 있다.

Ⅱ. 생애와 학문 연원

이 장에서는 연보와 족보 그리고 행장 등의 자료를 바탕으로 변사정이라는 인물에 대해 소개하고 그의 생애에 대해 살펴보도록 하겠다.

1. 불우한 유년과 원대한 기상

변사정의 본관은 장연(長淵), 자는 중간(仲幹), 호는 도탄(桃灘)이다. 1529년(중종 24) 서울에서 출생했으며 나면서부터 총명하고 용모가 청수해서 남다른 데가 있었다. 시조는 고려 인종조에 중문기후(中門祇侯)로 연성부원군(淵城府院君)에 봉해진 유녕(有寧)이다. 도탄은 그의 14세손이다. 도탄의 증조부 곤(崑)은 교하현감(交河縣監), 조부 희철(希哲)은 현감, 부친 호(灝)는 사포서 별제(司圃署別提)를 지냈으며, 모친은 집의를 지낸

초계정씨(草溪鄭氏) 옥견(玉堅)의 딸이다.

이미 6세 때 타고난 자질이 수연(粹然)하고 신기(神氣)가 빼어나서 영민한데다 그 조숙함이 어른과 같아 부친의 사랑을 받았다. 그리고 7세 때 글을 지었으며 쇄소응대(灑掃應對)의 예절을 자득했기에 장자(長者)의 기상이 있었다. 이로 보아 도탄은 어려서부터 그 인물됨이 비범했음을 짐작할 수 있다. 도탄이 9세 되던 해 부친 별제공은 생질 이계의 임소인 금산관아에 머물고 있었는데 갑자기 병환이 위중해져 처가가 있는 영남의 안음으로 가서 운명했으며, 그의 모친 역시 붕성지통(崩城之痛)에 병이 생겨 남편의 뒤를 따른다. 이렇게 하루아침에 고아가 된 도탄은 어린 나이에도 불구하고 형들과 함께 양친의 3년상을 치르니 사람들이 효자라고 칭탄해마지 않았다.

남달리 조숙했던 도탄에게 있어 유년 시절 이러한 상실의 경험은 마음에 큰 상처로 남았으리라 짐작된다. 부모님의 사랑 속에서 한창 재롱을 부릴 나이에 하늘 같은 의지처를 잃은 그는 11세 때 한양의 고향집으로 가서 장형(長兄) 사원(士元)에게 학문을 연마했다. 이 무렵 성리의 학설에 잠심하고, 『역전』의 뜻을 궁구하는 등 학업에 몰입하는 모습에 자못 원대한 기상이 있었다고 한 것으로 보아 도탄은 배움의 초기부터 학문에 대한 진지함과 열정을 아울러 갖추었음을 알 수 있다.

2. 청년기의 학구열과 신독(愼獨)

도탄은 청년기로 접어든 20세에 생원인 점(點)의 딸, 경주김씨를 아내로 맞이했으며, 그 후 자신의 학구열을 스승과의 인연으로 이어갔는데, 21세 때 도학자인 옥계(玉溪) 노진(盧禛)[2]을 찾아가 성리학에 대해 강명하는 기회를 갖게 된 것이 그 시작이다. 그리고 22세 때 과거 응시를 단념하고 사문(斯文)을 자신의 임무로 삼겠다고 뜻을 세운 뒤 회음사(檜陰寺)에 들어가 엄하게 독서하며 산문을 나오지 않은 것이 5~6년이었다. 23세 봄, 옥계로부터『성리대전』한 질을 받고 면학을 격려 받았다. 25세에 도탄은 선산(先山)이 멀리 안음에 있는 것을 한스럽게 여겨 처가가 있는 남원에서 지냈다. 또한 평소 집에서 지내기를 청한(淸寒)히 하여 재물을 멀리 했다는 데서3) 그의 신독함을 알 수 있다.

26세 봄에 지리산 자락에 위치한 도탄에 터를 정하고 정사를 지었는데 여기에는 무엇보다도 은거하고자 한 본인의 의지가 크게 작용했고, 아울러 이 무렵 영남에서 강학을 시작한 옥계를 가까이서 모시고자 한 뜻도 영향을 미쳤다. 도탄이 20대 중반의 혈기왕성한 시기에 입신출세하여 경륜을 펼치고자 하는 대신 은거를 선택한 것은 주목할 만하다. 이와 관련하여「유두류록」의 한 단락을 간단히 살펴보도록 하겠다.

> 나는 일찍 부모님을 여의었으며 자질이 둔하고, 성정이 거친데다, 배움이 보잘 것 없어 세상에 성실함을 보이지 못한 채 농사짓고 독서하는 것으로 업을 삼았다.4)

한 인물의 생애를 압축 정리한 듯한 이 말은「유두류록」의 모두(冒頭)

---

2) 노진(1518~1578), 字는 子膺인데 咸陽의 玉溪에 살았으므로 문인들이 옥계선생이라고 불렀다. 성품이 온화하고 장중하였으며 지조가 확고하여 간신들이 권병을 천단하던 때를 당하였지만 한 번도 행적에 물들지 않았고 벼슬살이도 청렴하고 근실하게 했다. 관직은 이조판서에 이르렀다(『朝鮮王朝實錄』「宣祖修正實錄」12권 11年8月1日 참고).

3) 25세 무렵 그의 이종사촌형이 재산에 욕심을 내자 모두 내주고도 꺼리는 빛이 없어 이종형으로부터 성인이라는 말을 들은 일화도 있다.

4)『桃灘集』권1「遊頭流錄」. "余早孤質鈍 性踈學蔑 不見孚於世 以耕讀爲業"

이다. 유람록의 시작에 왜 이런 언급을 했을까는 생각해 볼 필요가 있다. 즐거운 유흥의 기록이라 할 수 있는 본론의 내용과는 달리 서두의 이 말에는 서글픔이 묻어나 있다. 자신은 일찍 부모님을 여의었기에 충실한 가정교육의 기회를 잃은 보잘 것 없는 사람이라는 말로도 들리는 이러한 고백 속에는 외롭고 고단했을 법한 유년의 기억이 배어 있다. 자상한 형과 형수의 손에서 자라났다 하더라도 부모님 슬하만은 못한 법이기에 그가 학업에 몰두하고 더 나아가 젊은 나이에 은거를 선택한 데는 이러한 성장 환경도 무관하지 않았으리라 짐작된다.

지리산 도탄정사에서 청빈과 낙도의 삶을 시작한 27세 무렵 도탄은 또 한 분의 스승과 인연이 닿는데 바로 일재(一齋) 이항(李恒)[5]과의 만남이다. 이때부터 도탄은 옥계와 일재, 두 분을 스승으로 모시고 그 문하에 출입하며 잡스럽지 않은 순일한 학문을 해나갔다. 또한 도탄은 연배가 비슷한 고봉(高峯) 기대승(奇大升 1527~1572)과 한 번의 만남으로 도의(道義)의 계(契)를 맺었으며, 스승을 모시고 함께 공부하던 건재(健齋) 김천일(金千鎰 1537~1593), 금강(錦江) 기효간(奇孝諫 1530~1593)과도 도의의 교제를 맺었다. 이외에도 그는 지기인 회재(懷齋) 박광옥(朴光玉 1526~1593), 만헌(晩軒) 정염(丁焰 1524~1609), 청계(淸溪) 양대박(梁大撲 1544~1592), 우계(愚溪) 하맹보(河孟寶 1513~1593), 매계(梅溪) 김점(金坫)과도 매

---

5) 이항(1499~1576), 字는 恒之이니 자품이 호매하고 강직하였다. 젊어서 호협한 자들을 따라다니느라 학업은 하지 못하고 무예를 업으로 삼았다. 나이가 30세 가까이 되었을 때 어려운 재난을 만났는데, 父兄이 깨우쳐주자 즉시 지난날의 잘못을 고치고 처음으로『大學』을 읽었다. 그 후 마음을 모으고 꿇어앉아서 글을 외기도 하고 사색하기도 하면서 專一하게 공부하여 10여년이 지나자 학문이 크게 통했다. 도덕의 명예가 전파되어 알려지게 되자 門下에 들어와 수업을 청하는 사람이 많았다. 스승의 도리를 엄히 세워 이끌어 주고 경계하면서 氣質을 변화시키는 것을 위주로 가르쳤는데 사대부와 명사들이 모두 추앙했다(『朝鮮王朝實錄』「宣祖修正實錄」10권 9年 6月 1日 참고).

번 학문과 도의에 대해 강론했다. 이 시기 그가 고심치정(苦心致精)하며 가까이 한 책은『성리대전』·『근사록』·『육경』과 사서(四書)였다. 이처럼 도탄은 학문적 성취에 대한 열정을 매개로 많은 인물들과 교제하고, 도학에 침잠하는 일관된 자세로 그 식견을 넓혀 갔다.

3. 도를 통한 교유와 위기지학

도탄은 30대가 되자 새로운 스승을 찾는 대신 뜻을 같이 하는 도를 같이 하는 사(士)들과 다양한 교유를 가졌는데 이들 중에는 훗날 역사에 발자취를 남긴 인물들이 많았다. 33세 때는 서울에 머물면서 구교(舊交)가 있던 중봉(重峯) 조헌(趙憲 1544~1592), 송강(松江) 정철(鄭澈 1536~1593)과 더불어 의리에 대해 강론하며 여러 날을 보냈는데, 15세 연하의 중봉으로부터는 학덕이 높은 노성한 유자라는 칭송을 받았고, 송강으로부터는『근사록』한 질을 받았다. 36세 때는 개암(介庵) 강익(姜翼 1523~1567)을 찾아가 함께 성리학을 강론함에 막히는 바가 없자 개암은 도탄의 학문에 대해 괄목상대라고 말하며 그 실진(實眞)함에 감탄했다. 도탄에 비해 6세 연상인 개암은 이로부터 3년 후 운명했다. 38세에는 갈천(葛川) 임훈(林薰 1500~1584)으로부터 열심히 힘쓰라는 격려를 받았고, 41세가 되어서는 남명(南冥) 조식(曺植 1501~1572)을 만나 정성스럽고 자상한 가르침을 받았다. 46세 때는 13세 연하의 만죽(萬竹) 서익(徐益 1542~1587)과 서울 집에서 며칠 간 머무르며 의리를 강론했는데 선현들이 밝히지 못한 내용들이 많았기에 만죽은 도탄에게 '지리산의 숨은 군자'라고 칭송했다. 47세에는 진사 정유명(鄭惟明)이 도탄정사를 방문했는데 그와 더불어 경치 좋은 곳에서 노닐며 수창했다. 이때 정유명이 "어진 자는 산을 사랑하고, 지혜로운 자는 물을 좋아한다."는 말로 도탄의 청한한 삶에 대해 부러움을 표했다.

평탄한 장년기를 보내던 도탄은 48세에 스승 일재의 상을 당하고, 이어 50세에는 스승 옥계의 상을 당하는데 일찍이 조실부모한 도탄에게 있어 20~30년을 모셔온 두 스승의 죽음은 천붕지통(天崩之痛)이나 마찬가지였다. 그는 당시 정승이었던 소재(蘇齋) 노수신(盧守愼)을 찾아가 일재 선생의 갈명(碣銘)을 부탁하고, 두 선생을 기리는 글을 썼다. 이 글에는 스승에 대한 기림과 그리움이 절절히 묻어났는데 젊은 날의 그가 옥계를 좇아 도탄에 정사를 지었다는 대목도 여기에 나온다. 스승의 죽음후 51세의 도탄은 유학의 도의를 공부하고 실천하는 것을 자신의 소임으로 삼고 도탄정사에 주렴계(周濂溪), 정명도(程明道), 주회암(朱晦庵)의 화상을 걸어 놓고, 『성리대전』을 비롯한 여러 성리서를 연구하는 데 진력하였다. 또한 52세 봄에는 제자들을 시켜 실상(實相) 들판에 소나무수 백 그루를 심게 하여 봄가을로 강습하는 장소로 삼았다는 사실에서 도탄이 후학을 양성하는 일도 중히 여겼음을 알 수 있다.

도탄은 평생 관직을 멀리 했는데 55세 때 유일(遺逸)로 천거되어 진전참봉(眞殿參奉)이 제수되었으나 나가지 않았고, 다음 해 56세에 전목서주부(典牧署主簿)가 제수되었으나 역시 나가지 않았다. 62세 때는 재릉참봉(齋陵參奉)이 제수되었는데, 송강의 간곡한 권유 때문에 마지못해 응했다가 얼마 되지 않아 사직한 뒤 송도를 유람했다. 왜란 중이던 67세에도 첨정(僉正)이 제수되었으나 응하지 않았다. 관직에 얽매이는 것을 경계한 도탄은 청·장년 시기 일재와 옥계 양 선생의 문하를 오가며 강학에 열중하고, 도탄정사에서 여러 벗들과 이기(理氣)를 강론하는 것을 일과로 삼았는데, 평소 생업에는 힘쓰지 않았다. 이로 미루어 보건

대 도탄의 사람됨이 공자의 제자 칠조개처럼 대의를 봄[6]이 있었을 것
으로 짐작된다.

그는 젊은 날의 방장한 혈기와 기운을 관직과 재물을 위해 쏟아 붓
는 대신 진정 자신을 위한 위기지학의 학문에 투자했던 것이다. 또한
도탄은 지리산 자락에 숨어 사는 선비였을 뿐 세상에 이름을 드러내고
명예를 탐한 인물이 아니었음에도 불구하고 그에 대한 소문은 이미 퍼
져 있었던지 42세 때 용성집에서 요양하는 몇 달 동안에 원근의 선비
들이 몰려 와서 어려운 문제를 질의하는 자가 많았다. 도탄은 공자가
말했듯이 사십 오십이 되어서도 알려짐이 없는 평범한 인물은 아니었
던 것이다.[7] 이처럼 도탄의 청장년기는 학문으로 점철된 시기였으며,
이러한 젊은 날의 배움과 수행은 훗날 난리가 일어나자 문약(文弱)한
선비라는 말이 무색할 만큼 그가 당당한 호걸지사로 거듭나는 데 큰
자산이 되었다.

4. 의기의 발현과 선견지명

도탄은 학문에 정진하는 도학자로서 불의에 맞서 떨쳐 일어날 줄 아
는 자못 강직한 기상이 있었다. 그가 37세 되던 해 실상사에 있던 큰
철불[8]이 혹세무민의 대상이 되자 그것을 과감히 파괴하고 성인의 도를

---

6) 『論語』 「公冶長」에 공자가 벼슬하기를 권하자 이를 거절한 제자 칠조개의 이야기가
  나온다. 程子는 칠조개가 이미 大意를 보았다고 평했다.

7) 『論語』 「子罕」. "後生可畏 焉知來者之不如今也 四十五十而無聞焉 斯亦不足畏也已"

8) 실상사 철불은 현재 보물 41호로 지정되어 있다. 정식 명칭은 '실상사철제여래좌상'이
  다. 오른손을 들고 왼손을 내린 9품인 두 손은 새로 찾아낸 원래 철제 손 그대로 1986년
  도에 복원한 것이다. 무릎 아랫부분 역시 원래 모습대로 복원한 것이다(실상사 홈페이
  지 참조).

밝힘으로써 일재 선생으로부터 그 부정지공(扶正之功)에 대해 찬사를 받은 일이 있었다. 그 당시 주변에 다른 선비가 없었을 리 없건마는 오직 젊은 도탄만이 이단을 배척하는 과단성을 발휘한 것이다. 이러한 행동은 그가 외유내강형의 인물로서 비록 호협, 호방한 기상이 있었으나 평소에는 이를 드러내지 않고 잘 다스리다가 사안이 발생하면 그 기상을 발휘하는 인물이었음을 보여 준다. 이러한 의기를 금수도 알았는지 도탄이 53세 무렵 덕유산에서부터 지리산에 이르기까지 호환이 극심해서 사람과 가축이 해를 당했는데 오직 그가 거처하는 고을에는 호랑이가 나타나지 않아 사람들이 이상하게 여겼다고 한다.

지천명(知天命)이 지난 도탄은 55세가 되던 해 유일로 천거되어 참봉직이 내려졌으나 나아가지 않았고, 오히려 선조에게 올리는 소를 통해 한미하지만 올곧은 선비의 거칠 것 없는 기상을 보였다. 그는 계미상소(癸未上疏)로 알려진 이 글에서 율곡(栗谷) 이이(李珥)와 우계(牛溪) 성혼(成渾)의 사면과 복직, 임금의 총명을 가리는 간사한 무리를 내칠 것을 주장했다. 훗날 이 소에 대해 우암(尤庵) 송시열(宋時烈)은 계미소장 가운데 단연 으뜸이라고 평했다. 그 후 57세에도 조정에 부정(不靖)한 일이 있자 무려 천여 자에 이르는 말로 다스림의 요체에 대해 강변했다. 벼슬 없는 일개 한사(寒士)의 신분으로 임금의 앞에서 면인정쟁(面引廷爭)할 수는 없었지만 글로나마 이렇게 직간할 수 있었던 것은 도탄정사에서 문도들과 학업에 열중하고, 부귀를 뜬구름 같이 여기는 무욕한 삶의 자세가 있었기 때문이다. 아마도 기회를 곁눈질 하는 삿된 마음이 티끌만큼이라도 있었다면 이처럼 당당하게 소신을 펴지는 못했을 것이다.

도탄은 지리산 자락에서 세상과 담을 쌓고 사는 인물이 아니었다. 그의 몸은 산중에 있었으나 그의 정신은 세상의 시비곡직을 바로 잡는 데

가 있었고, 더 나아가 닥쳐올 국가의 환란을 예기하고 이에 대해 준비하
기도 했다. 44세 무렵 건재 김천일·청계 양대박과 함께 병서와 진법에
관해 밤을 새워 강론했는데 이는 청계가 하늘의 천문을 보며 남쪽의 심
상치 않은 기운을 감지했고, 도탄과 건재 역시 그러한 선견이 있었기
때문이었다. 그랬기에 곁에 있던 자가 태평한 시절에 문사들이 모여 왜
진법을 이야기 하느냐고 타박하자 청계는 "세상에 통달한 선비는 이치
를 궁구하지 않는 사물이 없고, 읽지 않는 책이 없다. 문장은 나라를
빛내는 것이요, 무는 나라를 지키는 것이니, 우리만이 통달한 선비가
되지 못할 것인가."[9]라는 말로 대꾸했다. 그러다가 임란이 발발하기 4
년 전인 1588년, 도탄이 60세 되던 해, 천변괴이함이 있자 정염·양대박
등이 도탄정사에 모여 병법 및 진법에 대해 궁구했다. 이러한 기록으로
보아 당시 도탄은 물론이요, 그와 교유했던 인물들이 비범한 식견과 예
지력을 지니고 있었음을 짐작할 수 있다. 이러한 능력은 일신의 안락과
구복의 만족에 급급한 범인들은 넘볼 수 없는 경지임에 분명하다.

5. 견위치명(見危致命)과 살신성인

"출사에 뜻이 없으니 반드시 암혈에서 고사하고자 하는가,"[10] "치세
라고 어찌 숨어 사는 선비가 없겠는가."[11] 이 말들은 임진왜란이 일어
나기 30년 전, 30대 초반의 도탄에게 중봉 조헌과 송강(松江) 정철(鄭澈)
이 했던 말이다. 그러나 도탄은 아무도 모르는 암혈에서 고사하지 않았

---

9) 『桃灘集』권2 「年譜」. "世間通儒 無物不格 無書不讀 文可以華國 武可以楨國 吾輩獨不
  得爲通儒耶"
10) 『桃灘集』권2 「年譜」. "無意出仕 必欲枯死於巖穴耶"
11) 『桃灘集』권2 「年譜」. "治世 豈無隱逸之士乎"

으며, 치세가 난세로 변하자 일신의 깨끗함[獨善其身]을 뒤로 하고, 누구보다도 먼저 칼을 들고 일어섰다. 그는 의병을 일으켜 국가적 위기에 적극 대처함으로써, 이왕의 삶에서는 예측하기 힘든 행보를 보였다.

64세 되던 1592년, 선조 25년에 건국 이래 200년간의 태평한 시절에 마침표를 찍는 일대 변란이 발생하는데 바로 임진왜란이다. 15만 대군이 세 갈래로 진격해 들어오자 불과 20일만에 선조는 몽진을 가고 도성은 함락되고 만다. 이러한 사직 존망의 위기 앞에 노구의 도탄은 호천통곡하며 평생 책을 잡던 손에 검을 들고 봉기했다. 급박하게 전개되는 상황 속에서 주위의 추대를 받아 순국을 자임하고 의병장이 된다. 조정으로부터 '적개(敵愾)'의 칭호를 받고, 격문을 돌려 2000여 의병을 모집했다. 이 해 9월 수원에 있던 권율을 도와 적을 물리쳤고, 송강의 권고를 받아 들여 충청도 옥천으로 갔는데, 적이 분산해서 상주·선산·개령·금산에 주둔하며 호서(湖西)의 적과 상통한다는 소식을 듣고는 이에 적을 공격해서 큰 전과를 올렸다. 이로 말미암아 호중(湖中, 충청도)의 백성들이 온전할 수 있었다.

전란이 2년차로 접어들던 1593년, 왜군이 영남 지방으로 남하를 시작하자, 도탄은 65세의 노구를 이끌고 부장 이잠(李潛)과 함께 대구로 들어갔다. 그리고 여러 장수들과 합세해서 창녕으로 진격해서 전과를 올린다. 그러던 중 적이 진주성으로 진격해 오자 호남 지방의 존망을 걸고 싸우게 되는데 이때 다행인지 불행인지 도탄은 군량을 조달하는 임무를 맡고 진주성과의 거리가 하루 정도 되는 곳에 주둔한다. 하지만 음력 6월에 벌어진 제2차 진주성 전투에서 3천명의 조선 관군과 6만명의 민간인이 10만 명에 육박하는 왜군을 맞아 7일간 싸웠으나 성은 함락되고 군관민이 거의 몰살되고 만다. 이때 충청도 병마절도사 황진

(黃進), 창의사 김천일 부자, 고경명의 아들 고종후(高從厚), 도탄의 부장인 이잠, 의병장 최경회(崔慶會) 등이 모두 전사하였다. 도탄은 밖에서 이 전투를 지켜보며 구원하지 못한 자책감과 살아남은 자의 부끄러움에 괴로워하며, 선조에게 소를 올리니 바로 계사상소(癸巳上疏)이다. 이 글에서는 국가의 기강에서부터 시작해 진주성 함락의 책임을 논하고 그것을 자임하는 자가 없음을 통탄하는 내용이 주를 이루었다. 왕에게 올리는 글임에도 불구하고 그 어세가 자못 강경한 점은 그의 비감함이 그만큼 컸음을 보여준다.

1594년 조정에서는 의병을 해산하여 충용군에 소속시켰는데 이때 도원수 권율은 도탄의 전공을 감안해서 교룡산성을 지키는 남원수어장(南原守禦將)에 임명했다. 도탄은 그해 고향으로 돌아왔다. 그는 전란에 시달린, 고희에 가까운 노구에도 불구하고 경서와 성리서를 궁구하는 등 학문을 게을리하지 않았다. 이는 유학을 자기의 소임으로 삼았던 젊은 날의 다짐을 잊지 않았던 까닭이다. 1596년 68세 되던 해 도탄은 도탄정사에 머물고 있었는데 이 해에 지병이 도져 백약이 무효하자 용성 집으로 돌아가 10월 23일 고종했다. 평생 벼슬과는 거리를 두었던 도탄은 사후 사헌부 장령에 추증되었고, 선무원종공신에 녹훈되었다. 그후 1630년(인조 8)에 영남과 호남의 유생들이 도탄을 위해 운봉의 용암에 사당을 건립했다.

Ⅲ. 문학 작품의 주요 특징

『도탄집』에 실려 있는 문학 작품은 시와 기행문 2편이 전부이다. 시는 만사를 제외하면 15수인데 오언절구가 6수, 칠언절구가 7수, 칠언율시가 2수이다. 내용상 증별시를 비롯해서 감회를 읊은 서정시가 대부분을 차지한다. 기행문인 「유두류록(遊頭流錄)」은 도탄정사를 방문한 벗들과 함께 했던 지리산 유람록인 동시에 도탄의 평소 삶과 생각에 대한 단서를 제공한다. 「유송도록(遊松都錄)」은 송강 정철의 권유로 재릉참봉에 임명되었을 때 임지에 가서 송도를 여행한 기록이다. 두 기행문에 대해서 간략히 정리해 보겠다.

「유두류록」은 1580년 4월 5일에서 11일까지 6박 7일간의 기록이다. 여정은 다음과 같다. 4월 5일: 도탄→황계폭포→환희령→정룡암(1박), 6일 : 정룡암→월락동→황혼동→옥련동→영원암→장정동(1박), 7일 : 장정동→용유담→두류암(1박), 8일 : 두류암→자진동→천왕봉→객사(1박), 9일 : 객사→의신사→성사동→신흥사(1박), 10일 : 신흥사→칠불암→쌍계사(1박), 11일 : 작별.

「유송도록」은 1591년 2월 23일에서 27일까지 4박 5일간의 기록이다. 여정은 다음과 같다. 2월 23일 : 능→석회현→고(古)남대문→개성→남대문루→교수 명광계 방문(점심)→만월대→마을 객사(1박), 24일 : 마을 객사→이경력 무덤→성균관→회현→귀법사→화담→세동(처사 조준룡의 옛집)→영통사→천마봉→지족암(1박), 25일 : 지족암→적멸암→대흥사→굴(이태조가 왕이 되기 전 발원하던 곳)→박연폭포→운거사→불지동→불지폭포→차일암→수정암→원통사(1박), 26일 : 원통사→현화사→화장령→화장사→화장동→목청전→송양서원→촌점에 투숙(1박), 27일: 능으로 귀환.

『도탄집』에 실린 「세계(世系)」를 보면 도탄의 부친 변호(邊灝)에 대해 '은덕불사(隱德不仕)'라고 쓴 기록이 있다. 이로 보건대 그는 성품이 아마도 덕을 숨긴 채 관직에 연연하지 않았던 것 같다. 부친을 닮아서인지 도탄 역시 천석고황의 기질을 타고났던 듯하다. 몇몇 작품을 통해 그 정신 세계의 일단을 고찰해 보겠다.

1. 구도(舊都)에서 느끼는 인생무상

송도는 개경, 곧 개성이다. 고려가 도읍했던 곳이다. 지난날이 화려할 수록 현재는 더 초라해 보이기 마련이다. 그래서인지 도탄은 유독 「유 송도록」에서 많은 감회를 쏟아냈다. 그는 일찍이 양친을 잃고 조숙한 유년 시절을 보냈던 만큼 일찌감치 인생무상의 이치를 자득했음직하다. 송도를 방문한 이때 도탄의 나이는 이미 60대 초반, 그의 여생도 얼마 남지 않았을 때다. 500년 역사의 옛 도읍과 과거의 명현들조차 흔적만 남긴 채 쓸쓸히 사라져 가는 모습을 대하며, 도탄의 머릿속에서는 인간 이 남길 자취에 대해 많은 생각이 오갔을 것이다.

아래 인용문은 여행 둘째 날의 기록으로 화담(花潭) 서경덕(徐敬德 1489 ~1546)의 구거(舊居)를 방문한 감회가 나타난 부분이다.

> 화담에 이르러 말에서 내리니 바로 화담 서 선생이 옛날 은거하던 곳 이었다. 옛집 수 칸이 있었는데 퇴락하고 쓸쓸했다. 집 뒤편 산허리에 서 있는 신도비는 박민헌이 찬한 것이었다. 못가에 한동안 앉아 있으니 마음이 처연했다. 내 태어남이 늦고 사는 곳이 멀어 선생을 따르지 못함 이 한스러웠다.12)

---

12) 『桃灘集』 권1 「遊松都錄」. "到花潭下馬 乃徐先生舊隱處也 有舊廬數間 頹弊蕭然 廬後崗 要立神道碑 朴民獻所撰 久坐潭上 心懷悽然 恨吾生晚住遠 不得從游也"

서경덕은 독자적인 기(氣) 철학 체계를 완성한 조선 초의 학자다. 송도 출신으로 평생 벼슬하지 않고 화담에 은거했다. 황진이, 박연폭포와 더불어 송도삼절로 이름을 남겼다. 이런 일반적 인식을 떠나 도탄에게 있어 화담은 심상(尋常)한 인물이 아니었다. 은거라는 측면에서 두 사람의 선택이 같았기 때문이다. 화담의 인생은 도탄으로 하여금 동류의식을 느끼게 하는 무언가가 있었다. 그는 빛바랜 채 퇴락해 가는 화담의 옛집에서 훗날 도탄정사의 모습을 보았을 것이다. 덧없는 삶, 그 유한성에 대한 비감이 몰려옴은 인지상정이다.

다음 인용문 역시 「유송도록」의 일부로서 여행 넷째 날인 2월 26일의 기록이다. 인사의 무상함에 대한 여운이 짙게 깔려 있다.

숭양서원에 이르러 포은 선생의 사당을 배알했으니 나는 선생에게 7대 외손이다. 처연한 감회가 그치지 않았다. 선생의 옛터에는 충신비를 세워 놓았고, 비 앞에는 작은 개울이 있었는데, 개울가에 서원을 세워 전심으로 공부하는 장소로 삼았다. 비석 뒤에 작은 고개가 있는데 바로 목은 이색의 옛터라고 한다. 아, 이백 년 후에 고도를 찾으니 새는 구름 깊은 곳으로 사라지고, 안개 낀 나무는 황량하여 어느 궁전누대가, 어느 경상(卿相)의 저택이 어느 마을에 있었는지, 어느 곳에 살았는지 모르겠고, 다만 구릉과 주춧돌만이 있을 뿐이다 …… 이른바 명절은 곧 천지의 큼과 같고, 부귀공명은 모두 뜬구름이라고 한 것이 진실로 빈말이 아니다. 후생을 격려하고 깨달아 일어나게 함이 그 선생에게 있지 않은가.[13]

---

13) 『桃灘集』권1 「遊松都錄」. "到崧陽書院 謁圃隱鄭先生廟 吾於先生七大外孫也 悽感不已 先生古址 立忠臣碑 碑前有小溪 溪上建院 爲藏修地 碑後有小岾 卽李牧隱穡舊基也云 嗟 呼 二百年後 來尋古都 鳥沒雲沈 烟樹荒凉 某宮殿樓臺 某卿相第宅 不知在於何洞 居於何 地 只有丘陵甃礎而已…… 所謂名節 直同天地大 功名富貴 摠浮雲者 信不虛矣 能使後生 激 勵感起者 其不在先生乎"

도탄이 방문한 곳은 집안의 연비가 있는 포은(圃隱) 정몽주(鄭夢周 1337
~1392)의 사당과 목은(牧隱) 이색(李穡 1328~1396)의 옛 집터다. 포은과 목
은은 여말삼은(麗末三隱)으로 일컬어지는 고려의 충신이다. 도탄은 두
충신의 자취를 더듬으며 상념에 잠겼다. 2백년 전 옛 도읍에서 당대를
호령하던 고관대작의 집은 그 흔적만 남았고, 포은선생이 흘린 피의 대
가는 충신비로 남아 그 사적을 만대에 전하고 있다.

도탄에게 있어 숭양서원은 명절에 대한 추구를 다시 한 번 다짐하게
하는 재인식의 장이 되었다.14) 그의 이러한 각오는 허물어진 폐도의 모
습에서 화려한 현생이 전부가 아님을 각성한 데 기인한다. 눈에 보이는
것은 무상하다. 오히려 보이지 않는 명절은 길이 빛난다. 그래서 선비
는 명예를 중시했다. 이름을 더럽히면 살아도 사는 것이 아니요, 이름
을 지키면 죽어도 죽은 것이 아니다. 유취만년(遺臭萬年)이요, 유방백세
(流芳百世)다. 무상한 인생을 살면서 어디에 가치를 둘 것인가. 도탄은
이 점을 분명히 했다.

지리산 자락에서 수십 년을 보낸 도탄에게 산중 사계의 정취는 인간
사의 덧없음을 더욱 실감케 했다. 오랜 벗 정염(丁焰)과의 이별시에 나타
난 정취를 살펴보겠다.

그대를 보내고 봄을 보내노니	送君兼送春
온 골짝에 안색이 없구나.	萬壑無顔色
이별하는 말 더디고 더디어	分手語遲遲

---

14) 『桃灘集』 권1 「遊松都錄」. "獨先生大節 與天地日月 同流不滅 萬古綱常, 賴以扶持 則所
謂名節 直同天地大 功名富貴 摠浮雲者 信不虛矣"(홀로 선생의 큰 절개만은 천지일월과
더불어 함께 흐르며 없어지지 않았고, 만고의 강상이 힘껏 부지하니 이른바 명절은
바로 천지의 큼과 같고, 부귀공명은 모두 뜬구름이다는 말이 진실로 빈말이 아니다.)

　　봉창에는 해가 기울어 가는구나.　　　　　　　蓬窓日欲昃[15]

　친구를 보내고 봄을 보낸 시다. 인간사와 자연사가 엮어졌다. 온 골짝에 안색이 없음은 생기를 잃은 시인의 말일 뿐이다. 봄이 가면 여름이 오고, 산에는 신록의 푸르름이 더한다. 시인은 이별을 앞두고 얼마나 머뭇거렸던지 벌써 해가 기울었다. 그 절절한 심사가 작품 속 자연물에 투영되어 나타났다.

　도탄은 왜 이토록 이별을 아쉬워하는가. 그는 인간사와 자연사가 같지 않음을 알았다. 자연의 운행은 늘 일정하게 돌고 돈다. 하지만 인간사는 다르다. 뒷날을 기약할 수 없다. 이 만남이 마지막일 수 있다. 일기일회(一期一會)인 것이다. 일찍이 두보도 말하지 않았던가. "사람살이 서로 만나지 못함은 아침 저녁 따로 떠오르는 참성과 상성 같아라.……내일이면 산 넘어 서로 멀리 떨어지리니 인간사 우리 두 사람에게는 정말 막막하여라."[16] 봄도 다시 오고, 해도 다시 뜬다. 이렇듯 변함없는 자연은 사람으로 하여금 늘 인생의 무상함을 상기시켜왔다.

2. 불기(不羈)의 삶 속에서 안빈낙도

　'빈(貧)'과 '낙(樂)'은 병립할 수 없는 상태일지도 모른다. 그러나 일찍이 공자는 안빈낙도에 대해서 간단하지만 분명하게 말했다. "거친 밥을 먹고 물을 마시며 팔을 굽혀 베더라도 즐거움이 또한 그 가운데 있으니, 의롭지 못하고서 부하고 귀함은 나에게 있어 뜬구름과 같으니라."[17] 가

---

15) 『桃灘集』 권1 「贈別丁君晦」.
16) 杜甫, 「贈衛八處士」. "人生不相見 動如參與商……明日隔山岳 世事兩茫茫"
17) 『論語』 「述而」. "飯疏食飮水 曲肱而枕之 樂亦在其中矣 不義而富且貴 於我如浮雲"

난하더라도 마음 편히 내 삶을 사는 것이 행복이라는 말로도 해석될 수
있다. 주체적인 삶을 뜻한다. 내면보다는 외면이 우선시 되고, 모든 것
이 물신화(物神化)된 현금(現今)의 세태에서 이 말에 대해 공감을 넘어서
실천할 수 있는 사람은 얼마나 되겠는가. 구걸을 하며 살더라도 방외가
아닌 방내에 머물길 원하는 것이 대부분의 사람들이 가진 인지상정이
다. 그래서 20~30대 한창의 나이엔 취업을 걱정하고, 40~50대엔 퇴직
의 공포에 떨면서도 도심의 아파트 속에 둥지를 틀고 팍팍한 일상을 이
어가는 것이 우리의 현실이다.

500년 전이긴 하지만 도탄은 달랐다. 그는 10년 뒤에 또는 20년 뒤에
이렇게 저렇게 살겠노라고 귀거래를 꿈꾸지 않았다. 바로 실천했다. 지
리산 자락 도탄에 터를 잡고 도탄정사를 지어서 안빈낙도, 불기의 삶을
살았다. 이로써 그는 자기 인생의 진짜 주인이 되었다. 그럼 인용문을
통해 도탄의 일상 속으로 들어가 보겠다.

> 가정 을묘년(1555) 봄, 두류산 도탄에 초옥을 지어 아침이면 나가서
> 구름 속에서 밭을 갈고, 저물면 돌아와 책을 읽었다. 피곤하거나 일이
> 없는 날에는 사슴과 더불어 집안에서 한가로이 지냈다. 이웃 노인이 가
> 끔 나물과 술을 가지고 초가로 찾아와 대접하곤 하였다. 생활이 적막하
> 긴 했으나 스스로 즐기며 돌아가기를 잊었고, 학업은 성글고 거칠어져
> 진취되기를 바랄 수 없었다. 이와 같은데도 홀로 이 사이에서 즐긴 것이
> 수십 년이 되었다.[18]

---

18)『桃灘集』권1「遊頭流錄」."在嘉靖乙卯春 構築茅屋於頭流之桃灘 朝出而耕於雲 暮歸而
  讀是書 疲○無事 與麋鹿閑臥於柴門 隣翁有時持菜酒來 饋於蓬戶 生涯蕭條 自樂而忘返
  學業疎鹵 無望於進就 如是而獨遨於斯間者 盖數十年矣"

이 글은 「유두류록」의 도입부이다. 1555년이면 도탄의 나이 27세 때다. 여러 벗들과의 두류산 유람이 1580년임을 생각한다면 무려 25년의 시차가 있다. 왜 두류산 기행의 서두에 자신의 생활을 기록으로 남겼을까. 그것은 스스로가 선택한 이런 삶을 그가 즐겼기 때문이다. 자신의 즐거운 일상 속으로 오랜 벗들이 들어왔고, 그것이 자연스레 여행으로 이어졌음을 말하고자 한 것이다.

해가 뜨면 밭을 갈고 해가 지면 책을 읽는 주경야독의 일상, 이것은 도탄의 삶이 비록 불기의 삶일지라도 일정한 질서가 있었음을 뜻한다. 그는 몸이 피곤하고 일이 없는 날에는 자연 속에서, 집에서 한가로이 지냈다. 그러면 때때로 이웃 노인이 와서 술 한 잔 할 때도 있었다. 참으로 고품격의 삶이다. 이렇게 살 수 있었던 사람은 동서고금을 통틀어 별로 없다.

특히 "생활이 적막하긴 하나 홀로 즐기며 돌아갈 줄 몰랐고"라는 부분이 재미있다. 적막하다는 것은 심심하다는 말이다. 제발 좀 심심해 봤으면 하는 사람들, 우리 주위에 많다. 조직 생활을 하게 되면 내 몸이 내 몸이 아니다. 누가 처음 정했는지 모르는 오전 8시 출근, 오후 6시 퇴근의 시스템 속에서는 심심할 수가 없다. 도탄은 자신의 성품이 관료 생활에 적합하지 않음을 미리 알고서 은거를 자청했는지도 모른다. 이러한 삶에 길들여지면 관료 생활과는 점점 더 거리가 멀어짐은 자명하다. 하지만 사람은 무료함 속에서 자신의 본성과 대면할 수 있는 법이다. 도탄의 삶은 화려하진 않지만 분명 부러운 삶이다.

다음에 제시된 인용문은 「유두류록」에서 여행 이틀째 되는 날의 기록이다. 사소하지만 산사람의 인정 어린 마음씀과 지리산의 절경이 인상적으로 다가온다.

초6일. 조반을 재촉해 먹고 큰 내를 건너 6~7리를 가는 동안, 물소리
가 졸졸 들리고 산의 형세가 우뚝했다. 월락동을 거쳐 황혼동을 지나
작은 내를 건너서 가는데, 한 어부가 앞으로 다가와 절을 하였다. 살펴보
니 일찍이 안면이 있는 자였다. 그는 수십 마리 물고기로 나를 위로하며
말하기를 "이런 물고기는 산중에서 귀한 것이니, 여러 어른들께 대접하
겠습니다."라고 하였다. 그리고는 길을 안내하며 자기 집으로 초대하기
를 청하였다. 군회가 말하기를, "물고기를 대접해서가 아니라 그의 말이
참으로 가상하다."라 하고는 그를 따라 몇 리를 가니, 계곡 안에 인가
두세 채가 있었다. 닭이 울고, 개 짖는 소리가 흰 구름 푸른 나무 사이에
서 나오니 또한 하나의 절경이었다.[19]

유람 중 만난 어부의 등장이 이 날 기록된 중심 사건이다. 50대 초반
의 도탄이 당시로서는 노구를 이끌고 유산하는 것을 본 어부는 자신의
부모님이 생각났던지 인사를 건네고는 선뜻 집으로 일행들을 초대했다.
산중에서 만난 어부의 소박한 인심이 그들을 감동시켰음은 당연하다.
예나 지금이나 타인을 자신의 집에 초대하는 것은 그리 편한 일이 아니
다. 이런 저런 준비해야 할 일이 많아서다. 하지만 이 어부는 달랐다.
그는 참으로 격의 없이 순수하게 사람을 대했다. 그렇다고 산중 처사에
게 무언가 청탁할 일이 있어서도 아닐 것이다.

이 일화에서 도탄은 사람과 사람의 정을 이야기하고자 했던 듯하다.
우리가 살아가는 사회는 참으로 복잡하다. 대인 관계에서 치밀한 계산
이 오가며, 여러 가지 이해 관계에 따라 움직이는 경우가 많다. 하지만

---

19) 『桃灘集』 권1 「遊頭流錄」. "初六日 促食 越大川 行過六七里 水聲潺潺 山容峨峨 歷月落
洞 過黃昏洞 越小溪而行 一漁子進前而拜 視之則乃曾有面雅者也 以數十尾之魚 慰余日
此足爲山中貴物 則以是供饋諸老夫云 引路邀請 君晦日 非直在物 其言甚嘉 卽隨行數里
谷中有兩三人家 鷄鳴犬吠 出白雲綠樹中 亦一絶境"

산에 사는 도탄이나 어부는 그런 셈이 필요 없다. 서로가 어딘가에 얽매인 몸이 아니기 때문이다. 그래서 만나서 반가우면 그냥 반가운 것이고, 좋으면 좋은 것이다. 산중에서 만난 낯선 사람이 무서운 대상이 아니라 물고기를 매개로 서로 기쁨을 나누었다. 또한 어부가 사는 집도 그의 성품에 걸맞게 무릉도원을 연상시키는 곳에 자리하고 있었다. 이 글에서는 안빈낙도의 삶을 말이 아닌 어부의 인정과 이상향적인 지리산의 경관을 통해 보여주었다.

다음 시는 도탄의 지리산 생활이 어떠했는지 짧지만 분명하게 표현했다는 점이 인상적이다.

우리 집 방장산 아래 있어　　　　　　我家方丈下
아침 해 가장 더디 뜨네.　　　　　　　朝日最遲遲
이르고 늦는 것 개중에 맛이니　　　　早晚箇中味
해마다 앎을 헤아려 가네.　　　　　　年年料得知[20]

이 시의 내용을 요약한다면 '자족(自足)'이 적당할 것이다. 도탄은 47세 무렵 진사 정유명(1539~1596)[21]의 방문을 받고, 그와 함께 경치 좋은 곳에서 수창한 적이 있다. 이때 정유명은 도탄의 삶에 대해 "인자는 산을 사랑하고, 지자는 물을 좋아한다는데 변옹이야말로 이것을 얻었다고 하겠구려."[22]라고 칭송했다. 이처럼 그의 삶은 누가 봐도 만족스러운 것이었다.

일 없이 지내는 시간이 불안해지면 처사가 될 수 없다. 처사란 모름지

---

20) 『桃灘集』 권1 「偶題」.
21) 桐溪 鄭蘊의 부친이다. 동계는 도탄의 外從이다.
22) 『桃灘集』 권2 「年譜」. "仁者愛山 智者樂水 斯可謂邊翁得之矣云"

기 적막함을 즐길 줄 알아야 한다. 지리산 자락에 자리하고 있어 해가 늦게 뜨는 곳, 속세의 분주한 일상에서 해방된 공간이 바로 도탄의 거처 다. 시 속에서 그는 느긋하다. 이르고 늦음도 세상 사는 맛, 이걸 한 해 한 해 깨달아 간다고 했다. 한 경지 본 듯한 사람의 말이다. 아무리 봐도 소유와는 거리가 있는 삶, 그러나 만족스러운 삶이다. 가난 속에서 도 그 즐거움을 변치 않았다는 안회의 삶[23]이 바로 이렇지 않았겠는가.

3. 주체적 시각과 활달한 기상

살아가는 데 있어 주체적인 사람은 당당하다. 당연히 그 기상이 활달 하다. 이것은 사물을 바라보는 데도 적용된다. 도탄의 기행문에는 본인 의 눈을 믿는 자신감이 있다. 그는 옛 사람들의 평을 그대로 추종해서 따르지 않았다. 또한 경치를 대하는 데 있어서도 비판적인 시각을 지니 고 있었다. 이는 그가 시비가 분명한 인생을 산 것과 무관하지 않다.

도탄은 송도삼절 중 하나인 박연폭포를 보고 실망했다. 기대가 컸기 때문일 수도 있다. 그는 이때의 실망감과 관련해서 박연폭포에 대해 왜 그런 과장된 평가가 생기게 됐는지를 설득력 있게 제시했다. 별생각 없 이 여행을 떠나서는 이런 비판적인 시각을 갖기 어렵다. 도탄의 주체적 인 시각은 자신의 뜻에 부합하는 경치와 대면했을 때 활달한 기상으로 용솟음쳐 나왔다. 「유송도록」과 「유두류록」에서 이러한 점들을 확인해 보겠다.

다음 인용문은 「유송도록」의 일부이다.

---

23) 『論語』「雍也」. "一簞食 一瓢飮 在陋巷 人不堪其憂 回也 不改其樂"

지금에 이르러 한눈에 봐도 듣던 것과 다르니 내가 바라보고는 어이가 없어 웃음이 나왔다. 내가 폭포를 본 것이 많지는 않으니 다만 합천의 황계, 안음의 선수, 쌍계의 불일, 반야봉의 암동, 묘봉의 대선연 등이 있는데 만약 고하의 차례를 논한다면 황계폭포가 당연히 1등이고, 선수폭포가 2등, 박연폭포는 3등이 되겠다. 그런데 이름을 멋대로 함이 어찌 이 지경에 이르렀는가. 강산승지(江山勝地)는 사람으로 인하여 그 이름의 고하가 따라가는데 박연폭포는 도읍 가까이에 있어 군왕이 행차하고, 경상(卿相)들이 노닐었다. 또 기이한 소문이 고금(古今)에 전해졌던 까닭이다. 아, 인물의 고하가 또한 이와 같으니, 어찌 유독 사물만 그렇겠는가.24)

박연폭포는 서경덕, 황진이와 더불어 '송도삼절'로 유명하다. 일찍이 소문을 듣기로 "박연폭포는 동방최고일뿐만 아니라 천하제일이며, 비록 중국의 여산폭포라 할지라도 이것을 능가하지 못할 것이니 자못 중하다.25)"고 했기에 도탄은 꼭 찾아가 보리라 다짐하고 있던 터였다. 그러나 막상 폭포를 대하고 나니 듣던 바와 너무나 달랐기에 그는 자신의 시각에 입각해서 과장된 소문이 퍼지게 된 이유를 분석했다.

명승지는 사람을 따라 그 이름의 고하가 결정된다는 도탄의 말처럼 박연폭포는 도읍 가까이 위치하고 있었기에 고관대작들에게 사랑받던 장소였다. 자연히 그 이름이 올라갈 수밖에 없었다. 도탄은 이러한 헛

---

24) 『桃灘集』 권1 「遊松都錄」. "今到一眼 與所聞不類 吾望索然可笑 余所見瀑布不多 只陜川黃溪 安陰仙水 雙溪佛日 般若峯暗洞 妙峯大鐥淵等處 而若論高下等第 則黃溪當居第一 仙水第二 朴當第三 然而擅名 何至此也 凡江山勝地 因人而其名高下由之 朴淵在王都近地 群王幸焉 卿相遊焉 且有怪詭之聞 騰播古今故也 吁 人物之高下 亦猶是也 豈獨物哉"
25) 『桃灘集』 권1 「遊松都錄」. "朴淵 非徒爲東方第一 ○天下第一 雖廬山之瀑布 不過此者 頗重"

된 명예가 인사에서도 나타남을 탄식했다. 맹자는 말했다. "명성이 실제보다 지나침을 군자는 부끄러워한다"[26]고. 왜 부끄러운가. 그 실제가 없으므로 그 명성이 계속 이어질리 만무하기 때문이다. 그래서 오히려 군자는 헛된 명성을 두려워한다. 폭포에 대한 자신의 실망감과 비판에 집중해서 기록하기보다는 과장된 소문의 실체와 이유를 분석하고, 이를 인사에까지 연결 지어 생각한 데서 실로 날카로운 도탄의 안목과 글 쓰는 품격이 전해진다.

다음 인용문은 두류산 기행 4일째 되는 날의 기록으로 천왕봉에 올랐을 때의 감회를 적은 것이다.

> 초8일. 새벽에 조반을 재촉해 먹고 자진동을 지나 바위를 더위잡고 지팡이를 나는 듯 짚으며 천왕봉에 올랐다. 이 날은 날씨가 맑고 화창하여 시계가 막힘이 없고 정신이 씻은 듯 상쾌하였다. 고개를 돌려 벗들에게 이르기를 "우리의 오늘 이 유람이 또한 대단하지 않은가?"라고 하였다. 여러 산과 수많은 골짜기가 발아래에 펼쳐져 있었는데 마치 거대한 신령과 장대한 교룡이 자기 집에 웅크리고 엎드려 있는 듯하였다.[27]

천왕봉은 지리산의 주봉이며 높이 1915m로 남한에서 한라산 다음으로 높다. 이 천왕봉에서 바라보는 일출은 하늘이 열리는 듯한 장관을 연출하는데 지리산 십경 중 하나로 손꼽힌다. 도탄은 이 천왕봉에서 내려다 보는 경관을 거대한 신령과 장대한 교룡에 빗대어서 묘사했다. 그

---

26) 『孟子』「離婁 下」. "聲聞過情 君子恥之"
27) 『桃灘集』권1「遊頭流錄」. "初八日 晨朝促喫 過紫眞洞 攀巖飛杖 登天王峯 是日也 天氣清朗 極目無碍 精神灑落 顧謂諸友日 五齊今日之游觀 不亦壯乎 群山萬壑 羅列膝下 巨靈長蛟 縮伏其宅"

꿈틀댐이 느껴지는 듯 실로 힘이 넘치는 표현이다. 이렇듯 진짜 절경과 마주했을 때는 더 이상 긴 말이 필요 없다. 타인의 견문이나 소문을 굳이 빌려서 기록하면 군더더기가 된다. 내 눈으로 목도하고 내 가슴으로 느끼는 걸로 충분하다. 도탄 스스로가 평했듯이 천왕봉 등정은 장대한 유람임에 분명했다. 그의 이번 유람은 천왕봉 등정이 대미를 장식했다 해도 과언이 아니다. 「유두류록」 전체를 통틀어 작자의 기상이 가장 강렬히 표출됐기 때문이다.

이러한 주체적 시각과 활달한 기상은 도탄의 시에서도 찾아볼 수 있다. 다음 시에는 자신이 원하는 삶에 대한 명확한 인식, 그리고 자기 인생에 대한 뚜렷한 주인 의식이 나타나 있다.

두류산에 세운 집 도원 옆이니,	頭流樹屋傍桃源
웃으며 송암과 이별하고 동문을 나서네.	笑別松庵出洞門
궁달은 하늘에 달렸으니 누구를 원망하리오.	窮達在天誰怨悔
어부와 초동으로 분수에 편안하여 성은에 감사하네.	漁樵安分感聖恩
참된 마음 오랫동안 잃어 사람들은 투박한데	眞心久喪人偸薄
높은 의리 맑게 닦아 우리 우정 돈독하네.	高義淸修我友敦
고향에 돌아가니 구름과 물 넉넉하여	歸去故山雲水足
사람들 속세에서 분주한 것 웃어줄까나.	笑他奔走役塵喧28)

공자는 부가 만일 구해서 얻어지는 것이라면, 말채찍이라도 잡겠다고 했다.29) 천명에 달려 있는 부에 집착하는 대신 의리에 편안한 인생은 참으로 자유롭고 시원하다. 하지만 소유할수록 욕심도 정비례하는 세인

---

28) 『桃灘集』 권1 「漢江次李直長義健贈別韻」.
29) 『論語』 「述而」, "富而可求也 雖執鞭之士 吾亦爲之"

(世人)들에게 이는 요원한 일이다. "떳떳한 생업이 없으면서도 떳떳한 마음을 가지는 것은 오직 선비만이 가능한 것이요, 백성으로 말하자면 떳떳이 살 수 있는 생업이 없으면 인하여 떳떳한 마음이 없어진다."[30)는 맹자의 말이 오히려 더 가슴에 와 닿는다. 이러한 선비라 할지라도 백성의 치열한 삶을 비웃을 권리는 없다. 그래서 시 마지막 구의 '笑'자는 비웃음이 아닌 관조의 의미로 이해하는 것이 타당할 듯하다.

도탄은 스스로의 삶에 대한 주인 의식이 있었다. 시에 나타났듯이 세상으로부터 한 걸음 물러난 듯한 여유와 달관의 자세는 본인의 선택에 대한 확고한 믿음이 있을 때 가능하다. 도탄은 자신이 원하는 것을 분명히 알았고, 그것을 실천할 수 있는 힘이 있었다. 또한 그는 타고난 기상이 강한 사람이었다. 그가 선택한 처사와 의병장이란 삶의 키워드가 그것을 증명한다.

Ⅳ. 국은에 대한 보답으로서의 의병 활동

임진왜란 발발 당시 도탄의 나이 64세, 그는 지난 40년의 세월을 지리산 자락에서 보냈다. 전대미문의 국가적 전란은 은일지사였던 도탄으로 하여금 만년에 칼을 잡게 만들었다. 그에게 있어 왜란은 생의 전환점이 되는 일대 사건이었음에 분명하다. 노년에 접어든 선비는 세상으로부터 한 걸음 물러선 처사의 삶을 벗어 던지고, 느슨한 듯 잡고 있던 현실과의 연결 고리를 누구보다도 팽팽하게 잡아당겨야만 했다. 도탄은 비록 포의의 신분이었지만 국가의 위기 앞에서 고개 돌리지 않고,

---

30) 『孟子』「梁惠王 上」. "無恒産而有恒心者 惟士爲能 若民則無恒産 因無恒心"

견위치명을 자임할 줄 아는 인물이었다. 이러한 그의 성품상 의병 봉기는 당연한 수순이었다.

1592년 선조로부터 '적개'의 호를 하사 받고, 2천여 의병의 장수가 되어 수원 독성산성에서 위기에 처한 순찰사 권율을 구원하고, 호서에서 적의 통로를 막아 호중[충청도]의 백성들을 구했으며, 이후 남쪽으로 진격해서 창원·함안·성주·대구에서 적을 물리쳤다. 2차 진주성 전투에 참전했으나 성 밖에서 군량을 나르는 사이 성이 함락되는 비극을 목도하고 임금에게 순사(殉死)하지 못한 죄를 고하는 석고대죄의 글을 올리기도 했다. 그 후 적의 길목인 관방(關坊)에 주둔하며 호남 지방을 지키는 데 일조했다. 1594년 모든 의병을 파하라는 조정의 명이 있은 후 권율의 추천으로 남원수어장의 임무를 맡아 교룡산성을 수비하다가 도탄정사로 돌아갔다. 그리고 2년 뒤인 1596년 68세의 나이로 운명했다.

1. 전황을 파악하고 용병을 논하다

"군정의 근본이라든지, 장수를 선발하는 요령이라든지, 군사를 훈련하는 방법 등에 있어서 백 가지 중에 어느 한 가지도 제대로 하지 못했던 까닭에 결국 전쟁에서 패하고 말았다."[31] 임란 당시 명재상이었던 유성룡의 『징비록』에 등장하는 의미심장한 말이다. 『징비록』에는 전쟁전 조일(朝日), 두 나라의 관계와 조선의 상황이 자세히 기록되어 있다. 치세의 오랜 지속은 일본 사신의 비웃음을 살 정도로 국가의 기강을 해이하게 만들었다. 위로 조정의 관리들은 일본에 대한 방비를 세우는 데

---

31) 柳成龍, 『懲毖錄』『西厓全書』卷1 576面. "至於軍政之本 擇將之要 組練之方 百不一擧 以至於敗"

있어 의견의 일치를 보지 못한 채 우왕좌왕 했으며, 아래로 백성들은 안일에 젖어 축성 사업에 온갖 원성을 토해내고 있었다.

식견을 가진 소수의 선각자를 제외하고는 모두가 무사태평의 꿈에 취한 채 제각각의 목소리를 내고 있을 때 도탄과 그의 벗 양대박, 김천일 등은 이미 20여 년 전부터 병법과 진법을 토론하며 변방의 심상찮은 조짐에 대비해 왔다. 그들만의 힘으로 이미 기울어진 국운을 바로 잡는 것은 역부족이었으나 그동안의 준비가 헛되지만은 않았다. 기록 곳곳에 드러나듯 전란의 전개 상황을 읽어 내는 도탄의 예리한 안목은 실로 수십 년간 길러온 공력의 결실이었다.

병법에서는 "적을 알고 나를 알면, 백 번 싸워 백 번 이긴다."[知彼知己, 百戰百勝]고 했다. 전황을 파악하는 데는 외부적 상황 못지않게 내부적 상황을 볼 줄 아는 능력도 중요하다. 도탄은 선조에게 올린 「계사상소」에서 2차 진주성 전투의 패전 요인과 우리 군의 문제점을 신랄하게 지적했다.

우리가 급히 성에 들어가지 않을 수 없었는데 군량을 운반하기가 극히 어려웠으므로, 대장은 모름지기 외진에 나뉘어 있으면서 군량을 운송하라고 했습니다. 그래서 산음현으로 물러나왔으니 여기서 진주까지의 거리가 하룻길이었습니다. 겨우 세 번 군량을 운반한 후에 이미 진주성이 포위되었다는 말을 들으니, 신은 고립된 군대로서 들어가 도울 수가 없어 답답하게도 침묵한 채 주둔하고만 있었습니다. 신에게 있어서도 또한 가만히 머물러 있었던 죄가 지극하니 마땅히 참하고 용서함이 없어야 합니다. 이때를 당하여 만약 한 명의 주장이 명령을 내리고 병사를 모아 전진하고, 혹 근교에서 적의 군대를 살피고, 혹 산 위에서 봉화를 밝히고, 혹 요해처에 복병을 매복해서, 이로써 구원의 형세를 보였다면 반드

시 쉽게 성이 함락되지는 않았을 터인데 여러 장수가 모두 군사를 거느리
고 가까이에 주둔한 채 관망하며 두려워 피할 뿐 바로 달려나가 구원하지
않았습니다. 진주성이 포위되어 위급해진지 이미 7~8일에 이르도록 한
사람도 촌철을 보내어 구원한 사람이 없었습니다. 그러므로 짧은 거리에
사람의 자취가 끊기고, 소식이 통하지 않아 진나라와 월나라가 서로 막
힌 것 같이 되니 마침내 충량한 장졸들이 모두 더러운 칼날에 죽었습니
다. 십만의 쓰러진 시신을 대수롭지 않게 보니, 아득한 하늘이여, 이 어
떤 사람들입니까. 바로 지금 기강이 어지러워 호령이 행해지지 않고, 상
벌이 밝지 않으니 무엇으로 권면하고 징계하겠습니까. 난이 일어난 이래
의병을 거느린 자로 전후에 죽은 자가 이미 한둘이 아닌데, 관군을 거느
린 자가 서서 그 죽음을 보고 감히 구하지 않아도 즉시 군율로 다스리지
않고 임시방편으로 정치를 합니다. 그러므로 지금 모두 이와 같으니 그
무엇으로써 회복을 도모하겠습니까.32)

　패전에 대한 안타까움이 짙게 배어 있는 글이다. 군량 운반의 임무를
맡았던 까닭에 성 밖의 외진(外陣)에 주둔한 채 성이 함락되는 광경을
그저 지켜볼 수밖에 없었던 자신의 무력감에 대한 자책도 보인다. '혹~
했더라면'식의 표현은 이날의 일에 대해 도탄이 많은 생각을 했음을 의
미한다. 1593년 6월 22일에서 29일까지 벌어진 전투에서 조선의 군관
민 약 7만 명이 전사했다. 이 중 관군 3500명을 제외하고는 대부분이

---

32)『桃灘集』권1「癸巳上疏」. "吾等不可不急入城 則運糧極艱 大將須分在外陣 輸送粮餉云
故退出山陰縣 自此去晉州一日程也 纔得三度運粮之後 已聞晉城被圍 臣以孤軍不能入援
悶默留駐 在臣亦罪極逗遛 當斬無赦 當此時 若有一主將 督令合兵前進 或觀兵近郊 或耀
火山上 或設伏要害 以示救援之形 則必不至輕易陷城 而諸將皆擁兵駐近地 觀望畏避 不卽
赴援 晉城圍急 已至七八日 無一人送寸兵以援 故數息之程 人跡闃然 聲息不通 猶秦越相
隔 竟使忠良將卒 盡汚鋒刃 十萬僵屍 視若尋常 悠悠蒼天 此何人哉 大抵當今 紀綱板蕩
號令不行 賞罰無章 何以勸懲 亂起以來 將義兵者 前後損生 已非一二 將官軍者 立視其死
莫之敢救 而不卽置律 姑息爲政. 故今皆若是 其何以克圖恢復哉"

부녀자와 노약자였으며, 희생자의 귀와 코가 베어졌다. 이 전투가 주는 충격과 참담함의 이유가 여기에 있다.

도탄은 성을 구원하지 못한 자신도 죄인임을 자인했다. 그리고는 상소를 올리면서 분노했다. 처음부터 자신의 목숨을 내놓고 글을 올렸기에 비판의 강도가 높았다. 그날 조선의 군사들은 비극적인 학살의 현장을 마치 강 건너 불구경하듯 바라보았다. 도탄은 이들에 대해 "아득한 하늘이여, 이 무슨 사람들이냐."[33]고 외쳤다. 이는 사람이 아니라는 의미와 다를 바가 없다. 『징비록』에서도 "적군은 북을 치면서 마음대로 행동하며 수백 리의, 지키는 이 없는 땅을 짓밟으면서 밤낮으로 북쪽을 향해 올라오는데 한 곳에서도 감히 대항하여 적군이 진격하는 기세를 조금이라도 늦추려는 사람이 없었다."[34]고 탄식했다. 실제로 왜군은 부산에 상륙한지 20여 일만에 한양을 점령했다.

상명하복의 체계가 허물어진 군대, 국가의 녹을 먹는 군관이 의병의 죽음을 지켜보고만 있는 현실, 도탄은 이 모든 상황이 군대의 기강이 해이해진 데서 기인함을 확신했다. 조선 군대 내부적 문제에 대한 지적, 이것은 전황과 전세를 꿰뚫어 보는 안목 가운데서도 가장 근본적인 것이라 할 수 있다.

도탄은 당시 군무를 총괄했던 유성룡에게 보낸 서찰에서도 용병의 요점에 대해 지적했다. 그가 포의로 종군한 의병장임을 감안할 때 이러한 발언은 당돌하면서도 남다른 배포를 느끼게 한다.

---

33) 『桃灘集』 권1 「癸巳上疏」. "悠悠蒼天 此何人哉"
34) 柳成龍, 『懲毖錄』 『西厓全書』 卷1 582面. "賊鳴鼓橫行 蹈數百里無人之地 晝夜北上 無一處敢齟齬 少緩其勢者"

청컨대 병세(兵勢)로써 말한다면 노생이 기병하여 정벌에 종군한 것이 한 해가 이미 지났습니다. 병세를 익히 보았는데 군율이 엄하지 않습니다. 아, 옛날의 제왕과 훌륭한 장수가 백성을 보기를 다친 사람 대하듯이 했으나 군정에 있어서는 엄하고 밝지 않음이 없어서 조금도 용서하지 않았습니다. 그래서 군세가 용동(聳動)하여 장수는 순국의 절개가 있고, 병사는 죽고자 하는 마음이 있었습니다. 수가 많고 적음은 말할 게 못됩니다. 전단이 제나라 성을 회복한 것과 우리 태조의 단천전투에서 또한 볼 수 있습니다. 흉적이 해가 지나도록 돌아가지 않고, 또 헤아릴 수 없는 일 운운하는 것은 우리나라에 두려워할 만한 장수가 없고, 또 두려워할 만한 군사가 없음을 알고 우리나라에 사람이 없는 것 같다고 말한 것입니다. 아, 이와 같이 막막한데도 군율의 기강을 고쳤다는 말은 듣지 못했고, 세월이 흘러도 예전에 하던 대로 장수된 자는 기꺼이 싸우려 하지 않고, 군사된 자는 반드시 도망가 흩어지는 것을 능사로 삼으니 원수(元帥)는 매번 여러 장수들에게 병사를 보충하지만 도망가는 자가 5분의 4를 차지하니, 여러 장수들은 단지 빈 명부만 있고, 장수 또한 여러 가지로 병을 핑계 대고 반드시 편안히 지내려는 계책만 있습니다.[35]

『징비록』에서는 신립의 패전과 관련해 "장수가 군사를 쓸 줄 모르면 그 나라를 적에게 내주는 것이다."[36]라는 옛말을 인용했다. 도탄의 글을 보면 당시 용병에 어두웠던 장수가 비단 신립만이 아니었음을 짐작

---

35) 『桃灘集』 권1 「上體府西厓柳相公成龍書」. "請以兵勢言之 老生起兵從征 歲已經矣. 慣見兵勢 則軍律不嚴. 鳴呼 古之帝王及良將 視民如傷 至於軍政 則莫不嚴明 而少不容貸. 故軍勢聳動 將有殉國之節 卒有敢死之心. 衆寡不足道也. 田單之復齊城 我太祖端川之戰 亦可見也. 兇賊經年不還 又有不測云云者 知我國無可畏之將 亦無可畏之卒 謂我國如無人焉耳. 噫 如是而邈 未聞軍律之改紀 歲月逾邁 因循依舊 爲將者 不肯爲戰 爲卒者 必以逃潰爲能事 元帥每添兵於諸將 而逃潰者 居五分之四 諸將只有虛簿 將亦百般稱病 必有安亨之計"
36) 柳成龍, 『懲毖錄』 『西厓全書』 卷1 582面. "古人云 將不知兵 以其國與敵"

할 수 있다. 장수가 죽음을 각오하지 않았으니 병사들이 오합지졸이 됨은 당연하다. 왜적의 침범이 시작된 지 한 해가 지났건만 전란 종식의 기미가 보이지 않음은 강군의 부재 탓이다. 집에 도둑이 들었건만 쫓아낼 사람이 없는 형편이었다. 도탄에게는 이 상황이 실로 수치가 아닐 수 없었다.

전투를 기피하고 탈영을 일삼는 군사로는 일본의 정병을 막아내는 일이 요원했다. 도탄은 여러 차례 전투를 겪으면서 이 점을 분명히 인식했다. 공자도 "허물이 있으면 고치기를 꺼리지 말라."[過則勿憚改]고 했다. 진정 부끄러운 것은 허물을 알고도 개선의 노력을 않는 것이다. 도탄은 종군 경험을 통해 실제 파악한 상황을 도체찰사 유성룡에게 그대로 전하고자 했다. 그러나 그는 자신의 서찰이 시골 선비의 오활한 글로 받아들여질 것을 우려했다. 그가 서찰 말미에 직접 군세를 보고 쓴 것이니 광소(狂踈)하게 여기지 말라고 당부한 데는 이유가 있었다.

2. 의병장으로서 적극적 대책을 강구하다

일찍이 맹자는 "천시가 지리만 못하고, 지리가 인화만 못하다."[37]고 했다. 문집의 기록에서 알 수 있듯 도탄이 세운 대책은 인화에 근본을 두었다. 전란 초 임금이 도성을 버리고 몽진하자 민심의 이반이 극에 달했으며, 전장에서는 장수들이 자만심에 빠져 군심을 얻지 못하거나 왜군의 위세에 눌려 그 소문만 듣고서 혼자 도망하는 경우가 많았다. 군대의 사기가 꺾임은 명약관화했다.

이런 상황을 통찰하고 있었던 도탄은 독자적으로 작전을 수행하는

---

37) 『孟子』「公孫丑 下」. "天時不如地利 地利不如人和"

대신 다른 부대와 연합 작전을 전개하고자 노력했다. 그의 목표는 오직이 땅에서 왜적을 몰아내는 것이었다. 전공에 따른 논공행상은 도탄의관심사가 아니었다. 다른 장수에게 공이 돌아간다고 해서 하등 거리낄이유가 없었다. 그는 오히려 조정에 일일이 전공을 보고하는 행위가 마치 보상을 바라는 듯하다는 생각에 보고를 누락시키기도 했다.

도탄의 공명정대한 성품은 이러한 전술적 차원에서뿐만 아니라 군사를 통솔함에 있어서도 준엄한 군법 적용을 통해 군의 기강을 확립하는데까지 영향을 미쳤다. 이처럼 신민의 책무를 자임한 도탄의 주인 의식과 능동적 자세는 수많은 관리들이 일신의 안위를 도모하는 전란의 와중에 더욱 빛을 발했다.

최경회(1532~1593)는 조선중기의 문신이자 임진왜란 당시의 의병장이다. 전란이 발발하자 병사를 모집해 왜군의 진주 집결을 방해함으로써임진왜란 3대 대첩 가운데 하나인 1592년의 진주대첩(1차 진주성 전투)을가능케 했던 인물이다. 이 최경회에게 도탄이 서찰을 보낸 것은 1593년제2차 진주성 전투를 앞둔 긴박한 시점이었다.

> 적의 세력이 점차 왕성해져 국사가 위급하니 실로 모두가 분통이 뼈에사무칠 지경입니다. 바야흐로 흉적이 진주성을 향한다고 들었습니다. 이는 급박한 상황이니 하물며 진주의 득실은 호남의 존망과 가장 관계되지않았습니까. 우리가 급히 들어가 견고히 지키지 않을 수 없으니 이러한뜻으로써 여러 의병소에 통보하여 모여서 작전을 세우고 여럿이 마음을같이하여 일시에 함께 들어가 막는다면 저들이 비록 말하기를, "국력을기울여서 왔기에 일당백이라 하나 우리들 백만 의병에게 어쩌겠습니까.힘을 다하면 근심할 것이 없습니다. 바야흐로 여러 진에 엄숙히 바라는것은 고명한 지휘의 방책일 따름입니다. 밝게 살피소서.[38]

이 서찰에서 도탄은 진주의 중요성을 강조했다. 최경회를 비롯한 창의사 등 여러 제공들도 "진주는 실로 호남의 목구멍이다. 지금 만약 이곳을 포기하고 지키지 않는다면 이는 호남이 없어지는 것이니 굳게 지키는 것만 못하다."[39]고 말했다. 모두가 진주의 지리적 중요성에 대해 절감하고 있었다. 그러나 당시 소서행장의 진중에 머물고 있었던 명나라 사신 심유경은 도원수 김명원에게 진주성을 비워서 일본에게 넘겨주자고 제안했다. 그 정도로 적세가 왕성했던 것이다.

승리의 가능성이 희박한 전투를 앞에 두고도 도탄의 열정은 식지 않았다. 그는 분산된 채 활동하던 의병의 세를 규합하는 것만이 진주성을 지킬 수 있는 유일한 방책이라고 소리 높였다. 그가 아군의 상황에 대해 과장되게 표현하며 최경회를 고무한 것은 어차피 맞붙어야 할, 물러설 수 없는 전투였기 때문이다. 결의에 찬 도탄은 적세에 위축되지 않았다.

진주성에서 마지막으로 북향사배를 올린 최경회는 "외로운 성이 포위당했는데 바깥에서 응원군은 오지 않고…"라는 말을 남기고 순절했다. 진주가 무너진 후 명나라 장수 이여송에게 보낸 유성룡의 서찰에도 "우리나라 병사를 거느린 장수로 수십 리 밖 가까이에 있는 자가 또한 없지는 않았으나 적의 세력이 크다는 것을 핑계로 머물러 있으면서 구원하지 않았습니다."[40]라는 기록이 있다. 당시 관군과 의병, 어느 쪽도

---

38) 『桃灘集』 권1 「與崔兵使慶會書」. "賊勢漸熾 國事危迫 實爲一般憤痛 次骨之處也 方開兇賊欲向晉城云 此爲急狀 而況晉州之得失 最關湖南之存亡者乎 吾儕不可不急入堅守 以此意 通諭於諸義兵所 以爲會合措畫 衆心攸同 一時齊入爲禦 則彼雖曰 傾國而來 一當百 奈於我輩百萬義兵何 盡力則不可憂也 方令諸陣之顒望者 以高明指揮之方略耳 照亮察焉"

39) 김동수 교감·역주(2010), 『호남절의록』, 경인문화사, 101쪽.

40) 柳成龍, 『西厓全書』 卷1 「晉州陷後陳賊勢呈李提督如松文」. "小邦領兵將官 近在數十里外者 亦不無其人 而託以賊勢浩大 逗留不救"

체계적인 협동을 기대하기에는 부족한 부분이 많았다. 도탄도 그걸 알았다. 그러나 그는 마지막까지 포기하지 않고 아군의 단합이 가져올 승전보를 기대했다.

도탄은 홍의장군으로 알려진 곽재우(郭再祐 1552~1617)에게 힘을 합칠 것을 제안한 짧은 서찰을 보내기도 했다. 곽재우는 경상도 의령, 창녕 등지에서 공을 세운 의병장으로 경상우도를 보존하고, 왜적의 호남 진격을 저지했던 인물이다.

> 바야흐로 이제 적세가 크게 타올라 소탕하는 데 기약이 없고, 국가의 원수를 갚지 못하니 더욱 분하고 원통합니다. 상주와 선산의 남은 적이 개령과 금산으로 진을 후퇴했는데 외로운 제 군대로는 방어하기가 어렵습니다. 그러니 귀하의 진과 합세해서 힘을 같이 모아 날을 정해 흉적의 영역을 쳐부수는 것이 어떻겠습니까. 밝게 살피소서.[41]

이 서찰에서는 도탄이 처음 거병했던 전란 초의 상황을 보여준다. 당시 체찰사 정철은 영호남의 경계를 지키지 않으면 호남이 적의 수중에 떨어지므로 속히 내려가서 방어하라는 명을 도탄에게 내렸다. 이에 도탄은 의병장 김홍민(金弘敏)과 합세해서 수원에서 충청도 옥천으로 진을 물렸는데 이때 상주, 선산, 개령, 금산 등지로 분산해서 주둔한 적이 호서의 적과 상통한다는 소식을 접하고는 이를 공격해서 여러 차례 승리를 거두었다.

임진왜란은 도요토미 히데요시 정권이 치밀한 사전 계획하에 조선

---

41) 『桃灘集』 권1 「與郭紅衣將軍再祐書」, "方今 賊勢大熾 掃蕩無期 國讐未復 尤爲憤痛 尙善餘賊 退陣于開寧金山 而以孤軍 難可防禦 則與貴陣合勢 齊力指日 破滅兇賊之地 如何如何 亮察焉"

공격을 담당한 20만 명의 정규군, 나고야에 주둔한 10만 명의 예비군, 수도인 교토를 방어하는 3만 명의 수비군으로 역할을 분담해서 일으킨 전란이었다. 몇몇 의병의 승전만으로 단기간에 종식될 전쟁이 아니었다. 적을 소탕하는 데 기약이 없다는 도탄의 탄식은 바로 이러한 데 기인한다. 그는 고작 1~2천 병력의 의병이 서로 분산된 채 각지에서 산발적이고 독립적으로 투쟁해서는 적의 진격을 막아 내기에 역부족임을 깨달았다. 도탄은 이런 인식하에 곽재우에게 서찰을 보내 협력 방안을 모색했던 것이다.

도탄은 군대의 기강을 중시했다. 유성룡에게 올린 서찰에서도 이 부분을 강조했다. 중과불적이 아닌 군령이 서지 않아 패배하는 것은 수치임에 분명하다. 그 참담함을 겪은 사람답게 필치가 절절하다.

> 병사를 후퇴시킨 장수는 반드시 연좌법을 적용하고, 도망가는 병사는 반드시 수노법을 적용하여 장졸로 하여금 모두 필사의 각오를 알도록 하고, 그들로 하여금 힘을 모아 합세해서 전진만을 알고 후퇴를 모르게 해야 할 것입니다. 정병에서 누락되어 기록되지 않았다가 수령이 곧 밝혀낸 자와 정병을 대신한 자는 또한 중한 법으로 다스리고 또 군령이 반드시 한 곳에서 나와서 절제하는 데 시끄러운 폐단이 없도록 한 이후에 군세가 진동하여 나라의 원수를 갚을 수 있고, 소탕을 기약할 수 있을 것입니다.[42]

개전 초기 부산성과 동래성의 함락을 지켜 본 장수와 병사들의 행동

---

42) 『桃灘集』 권1 「上體府西厓柳相公成龍書」, "退兵之將 必用連坐之法 潰散之卒 必用收弩之律 令將卒 皆知必死 使之齊力合勢 知進而不知退. 精兵落漏不抄 守令早晚現出者 及精兵代身者 亦以重律治之 且軍令必出於一 而無節制紛擾之弊 而後軍勢振動 而國讐可復 掃蕩可期矣"

을 『징비록』에서는 이렇게 기록했다. "이각은 병영으로 빨리 돌아와서 먼저 제 첩을 피란시키니 성안의 인심이 흉흉해져서 군사들은 하룻밤 동안에도 몇 번이나 놀랐는데 이각이 새벽녘에 몸을 빼서 도망치니 많은 군사들이 아주 무너지고 말았다."[43] 이처럼 파죽지세로 몰려 오는 왜군의 위세에 눌려 변변한 전투 한 번 치르지 못한 채 장수와 병사는 사분오열하고 말았다.

반면 김성일(金誠一 1538~1593)은 김해를 함락시키고 경상우도에서 노략질을 일삼던 왜적과 만났는데 그 처신이 너무나 의연하여 오히려 이채롭기까지 하다. 그는 강성한 적과 대면한 부하 장수와 병졸들 앞에서 호상(胡床)에 걸터앉은 채 군관 이종인을 불러 말하기를, "너는 용사이니 적을 보고 먼저 물러서서는 안 될 것이다."라고 했다. 이때 쇠로 만든 가면을 쓰고 칼을 휘두르며 달려 나오는 왜적이 있었는데 이종인이 말을 타고 나가 화살 한 대로 쏘아 죽이니 여러 적들이 달아나며 감히 앞으로 나오지 못했다.[44]

군대의 기강 유무에 따라 동일한 상황 하에서도 이런 큰 차이가 생긴다. 도탄은 연좌와 수노의 법을 적용해서라도 군사 개개인이 임전무퇴의 정신으로 전투에 임해야 한다고 생각했다. 그는 국가 존망의 위기 앞에서 일신의 안위만을 도모하며 참전을 회피하는 인물에 대해서는 지위의 고하를 떠나 중하게 다스려야 함을 역설했다. 의병장의 신분으로 도체찰사에게 서찰을 보내 군무에 대한 본인의 의견을 거침없이 피력한

---

43) 柳成龍, 『懲毖錄』『西厓全書』卷1 578面. "李珏奔還兵營 先出其妾 城中洶洶 軍一夜四五驚 珏乘曉 亦脫身遁居 衆軍大潰"

44) 柳成龍, 『懲毖錄』『西厓全書』卷1 580面. "呼軍官李宗仁曰 汝勇士也 不可見賊先退. 有一賊著金假面揮刀突進 宗仁馳馬而出 一箭迎射斃之 諸賊却走 不敢前"

강개함은 국사를 자임하는 도탄의 적극적 성품에서 기인했다.

3. 신민에게 결사의 각오를 촉구하다

도탄의 참전은 유생으로서의 명분을 위한 형식적인 것이 아니었다. '살고자 하면 죽을 것이요, 죽기를 각오하면 살 것이다.'라는 충무공 이순신의 임전훈(臨戰訓)처럼 죽음을 각오한 '반드시 살고자 하면 죽을 것이요, 죽고자 하면 살 것이다'[必生卽死 必死卽生]의 신념이 그에게는 있었다. 일찍이 공자도 "삼군으로부터 장수는 빼앗을 수 있지만 필부로부터 뜻은 빼앗을 수 없다."[45]고 하지 않았던가. 왜적이 몰려와 전국이 유린되고 임금이 한양을 탈출하는 급박한 형세 속에서 도탄은 통곡을 거듭하며, 자신이 죽을 곳은 도탄정사가 아니라 전장임을 자각했다.

안에 있는 것은 밖으로 드러나기 마련이다. 도탄의 남다른 의분과 각오가 그러했다. 그가 60대 중반의 노구에도 불구하고 정염, 양사형 등의 중론에 힙입어 의병장으로 추대된 데는 그가 보여준 決死의 기운이 크게 작용했다. 지리산 자락에 숨어 살던 한미한 선비의 기개는 죽음을 두려워 않는 노익장으로 화하여 도탄으로 하여금 전국의 전장을 누비게끔 만들었다. 그가 전장에서 남긴 글 어디에도 자연과 벗하며 지낸 온화한 도학자의 모습은 찾을 길이 없다. 오직 왜적의 침범에 비분강개를 금치 못하는 강골지사의 모습만이 남아 있을 뿐이다.

도탄은 국난이 닥쳐오자 창의를 촉구하는 격문을 충청, 전라, 경상 등 삼남 지방 각처에 띄웠다. 그가 쓴 「창의격서」는 읽는 이로 하여금 백성의 도리에 대해 생각하게 한다.

---

45) 『論語』「子罕」. "三軍 可奪帥也 匹夫不可奪志也"

남원인 전 참봉 변사정은 글을 써서 호남·호서·영동 삼도의 대소 군
읍에 정중히 고하노니 위로 수령에서부터 방방곡곡의 사대부, 농민, 중
서인에 이르기까지 이 고함을 다 같이 들으시오. 의기에 격분하여 신명
과 처자를 돌볼 겨를이 없이, 흰 칼날을 밟을 수 있고, 펄펄 끓는 물과
불에 나아갈 수 있는 자는 오늘이 우리 임금의 신민이 아니겠는가. 저
섬나라의 오랑캐는 이리 같은 성품이라 감히 스스로 맹세를 어기고 우리
가 경계하지 않은 틈을 타서 국력을 다 기울여 침범했는데, 적의 기병이
앞장서서 진을 치고 돼지처럼 돌진하니 여러 고을이 대부분 지키지 못하
였다. 흉봉이 멀리 달려 바로 올라가니 도성이 또한 이미 함락되어 대가
(大駕)가 궁색하게 서쪽으로 떠났고, 궁궐은 소진되어, 종묘사직이 위태
로운 지경에 이르렀으며, 백성들은 창끝에 맡겨졌으니 이 무슨 수치이
며, 이 무슨 재앙인가. 우리 주상의 신민된 자, 누가 소리 내어 통곡하지
않겠으며, 누가 분해서 죽고자 하지 않겠는가.[46]

국가가 있어야 지역 공동체가 있고, 개인도 존립할 수 있는 법이다.
마을 전체가 불바다가 된 마당에 자기 집 정원을 가꾸는 데 열중할 사람
은 없다. 마찬가지로 나라가 망하는 판국에 개인의 안위와 행복을 기대
하는 것도 어불성설이다. 이는 왜란 당시 백성들의 참상과 고초에 대해
기록한 『고대일록(孤臺日錄)』·『쇄미록(瑣尾錄)』 등의 실기류를 통해서도
확인 가능하다.

국난 극복에 신분의 차이, 지위의 고하가 있을 수 없었다. 도탄은 임

---

46) 『桃灘集』권1「倡義檄書」. "南原人前參奉邊士貞 爲書敬告 于湖南湖西嶺東三道大小郡
邑 上自守宰 以至方曲士夫農畝衆庶 咸聽是告 夫激於義奮於氣 而軀命之不暇顧 妻子之不
暇恤 白刃之可蹈 湯火之可赴者 非今日吾君之臣民乎 惟彼島夷之狼性 敢自渝盟 闞謀乘
我不戒 傾國入寇 賊騎之鋒屯豕突 而列郡擧皆失守 凶鋒之長驅直上 而都城又已見陷 乃至
大駕之竄於西巡 宮闕入於灰燼 宗社之迫於危亡 生靈之委於鋒鏑 此何等羞辱 此何等禍難
凡爲我主上臣民者 孰不發聲而痛哭 孰不憤悅而欲死"

금의 신민인 조선의 모든 백성들에게 국가가 바로 선 뒤에 개인과 가족
이 존재할 수 있다는 점을 분명히 했다. 이 우선 순위를 인식하고 적의
칼날을 밟을 용기가 있는 자만이 진정 우리 백성임을 강조했다. 국왕의
피란, 종묘사직의 위기, 백성들의 희생 앞에서 통곡하며 피눈물을 흘리
는 도탄의 모습에서 개인적 안위에 대한 걱정은 찾을 길 없다. 그에게는
오직 나라를 위한 순사만이 있을 뿐이었다.

다음 인용문도 앞서 살펴본 글과 마찬가지로 「창의격서」의 일부이
다. 도탄은 백성 개개인 모두가 현재의 위치에서 자신이 잘 할 수 있는
장점을 살려 국난 극복에 동참할 것을 호소했다.

> 이에 격문을 포고하여 정성과 곡진함을 밝히노니 우리 삼도 여러 군의
> 수령과 여러 사민들은 각자 스스로 노력하여 계책을 잘 세우고, 그 충의
> 가 뛰어나고 용기와 지략이 우수한 자를 선발해서 혹 말을 타게 해 전장
> 에 먼저 뛰어들게 하고, 혹 밭에서 쟁기를 풀고 분기하게 하며, 혹 식량
> 을 모으고, 혹 병장기를 준비하고, 혹 꼴을 쌓아 두고, 혹 노쇠해서 전장
> 에 나갈 수 없는 자는 군량을 수송하도록 책임 지워서 흉적을 소탕해
> 대공을 세운다면 무척 다행이겠습니다.[47]

이 격문을 보면 사람에 따라 가르침을 내린다는 공자의 인인시교(因人
施敎)가 떠오른다. 공자는 효에 대해 묻는 제자들의 질문에 그 재질의
고하(高下)와 부족한 부분에 따라 각기 다른 대답을 주었다. 필부필부는

---

47) 『桃灘集』 권1 「倡義檄書」. "玆庸敷告 式明衷曲 惟我三道之列郡 守宰諸士民 各自努力
   善爲規畵 選募其忠義之出人者 勇略之超等者 或使之躍馬 先驅於戎場 使之釋耒 奮起於
   畎畝 或聚之以糧粮 或備之以器仗 或儲之以蒭茭 或老殘之不能赴戰者 責之以輸糧 以爲
   掃兜賊 建大功之地 幸甚幸甚 至望至望"

앞에 서서 자신의 목소리를 내기보다는 뒤에서 따르기를 좋아한다. 자
기 능력에 대한 의구심과 주인 의식의 부족 때문이다. 그래서 이들은
행동에 앞서 머뭇거린다.

도탄은 이들 필부필부가 분연히 궐기하여 이 역사적 대사건에 능동
적으로 참여하는 것만이 민족의 자력으로 국난을 극복하는 길임을 알았
다. 그가 격문을 통해 강조한 것은 백성 모두가 각자의 능력에 맞는 유
용한 일을 할 수 있다는 점이었다. 역사의 배경이 되어 살아가는 데 익
숙한 이들에게 소시민적 근성을 버리고 역사의 전면에 주인공으로 나설
것을 촉구한 도탄의 외침은 이미 본인 스스로가 모든 것을 바치고자 했
기에 가능했다.

다음 인용문은 도탄이 지기인 정엽에게 보낸 서찰의 일부이다. 노년
의 도탄은 육신의 힘은 부족했지만 국가의 위태로움에 한 목숨 초개 같
이 바치고자 한 그 의기만은 누구에게도 뒤지지 않았다.

> 진실로 이 어지럽고 위급한 날에 새처럼 숨고 쥐처럼 엎드려서 몸을
> 숨기고 자신의 안위만을 도모한다면 이는 짐승과 다를 바 없으니 그 무엇
> 으로써 사람이라 하겠습니까. 의병을 일으키고 적을 토벌하는 일은 밝고
> 높은 권교를 기다릴 것 없이 의기로 분을 내어 반드시 급보를 듣는 날에
> 앞서 했지만 스스로 돌아보건대 인격이 하찮고 장수의 재주가 아닙니다.
> 평소 『육도삼략(六韜三略)』을 공부한 것이 부족하고 나이 또한 늙었습니
> 다. 칼을 빼고 활을 당길 힘을 지탱하기도 어렵습니다. 그러나 여러 군자
> 의 모든 의론이 저를 무리의 우두머리로 삼고자 하니 제가 차라리 저
> 적의 칼에 뛰어들어 죽을지언정 어찌 감히 바위틈에 숨어 있겠습니까.48)

---

48) 『桃灘集』권1 「答丁牧使焰書」. "苟於此板蕩危迫之日 鳥竄鼠伏 形逃影匿 以圖自己之安
   則是無異於禽獸 其何以齒於人類哉 擧義討賊事 不待明高之勸敎 而義氣由憤 必先於聞急

도탄은 구차하게 목숨을 부지하기보다는 차라리 한 번 죽어 영원한 안식을 얻고자 했다. 그는 육신의 안락에 연연하는 대신 의에 부끄럽지 않은 떳떳한 삶을 중히 여긴 도학자였다. 일찍이 맹자가 용기에 대해서 언급한 내용 가운데 다음과 같은 구절이 있다. "맹시사의 용을 기름은 '이기지 못함을 보되, 이기는 것과 같이 여기노니, 적을 헤아린 뒤에 전진하며 승리를 생각한 뒤에 교전한다면 이것은 적의 삼군을 두려워하는 자이다. 내 어찌 필승을 할 수 있으리오. 두려움이 없을 뿐이다.'라고 했다."[49]

맹자는 이러한 맹시사의 '용(勇)'에 대해 "지킴이 요약되다."[守約也]고 평했다. 이 서찰에 나타난 도탄의 용기는 맹시사와 유사하다. 사람이 계교가 많으면 핵심을 잡아 굳게 지키기 어렵다. 도탄은 자신이 공부한 도를 실천하는 데 있어 군더더기 없이 핵심만을 생각한 인물이었다. 그에게 있어 이번 참전은 갈등이나 선택의 여지가 없었다.

V. 선비로서의 처신과 수양

한 인물을 이해하기 위해서는 그 시대에 대한 이해가 선행되어야 한다. 도탄은 1529년에 출생해서 1596년에 고종했다. 그가 살았던 시대는 중종(1506~1544), 인종(1544~1545), 명종(1545~1567), 선조(1567~1608) 임금의 재위기였다. 도탄이 출생하기 10년 전인 1519년, 이전부터 지속되어

之日 自顧 人微才非將也. 素乏六韜三略之講 年且老矣 難支奮劍彎弓之力. 然諸君子之僉議 欲以不侫爲徒長 則不侫寧欲投死於彼賊之劍 而何敢竄伏於巖穴之隙乎"

49) 『孟子』「公孫丑 上」. "孟施舍之所養勇也 曰視不勝 猶勝也 量敵而後進 慮勝而後會 是畏三軍者也 舍豈能爲必勝哉 能無懼而已矣"

온 훈구파와 사림파의 대립은 기묘사화로 이어졌다. 사화의 결과 조광조(趙光祖 1482~1519)를 위시한 많은 사림들이 사사되거나 축출되었다. 그 후 도탄이 17세 되던 1545년, 대윤(大尹)과 소윤(小尹)의 대립에 기인한 을사사화가 발생하자 또 다시 옥사가 일어나고 많은 선비들이 희생되었다.

수차례 일어난 사화의 결과 국가의 기강은 점점 무너졌고, 정치에 대한 선비들의 환멸은 커져만 갔다. 결국 선비들 중에는 벼슬보다는 학문과 교육에 뜻을 두고 귀향하는 사람들이 늘어났다. 도탄이 20대 중반의 젊은 나이에 지리산 자락에 거처를 마련하고 평생을 지내고자 한 데는 이런 시대적 환경도 크게 작용했으리라 짐작할 수 있다. 문고(文藁)가 일실되어 확인할 길은 없으나 제현의 문집에 전해지는 약간의 글들이 염락풍(濂洛風)이었다50)는 기록으로 보건대 그는 성리학적 세계관을 지향한 도학자였음이 분명하다.

1. 공명정대한 기상

일찍이 맹자는 호연지기를 말했다. 호연지기의 정체에 대한 제자 공손추의 물음에 우선 "말하기 어렵다[難言也]"고 전제한 다음 "그 기(氣) 됨이 지극히 크고 지극히 강하니 정직함으로써 잘 기르고 해침이 없으면 이 호연지기가 천지 사이에 가득 차게 된다. 그 기 됨이 의(義)와 도(道)에 배합되니 이것이 없으면 굶주리게 된다."51)고 했다. 호연지기는 그 마음에 홀로 터득하여 형상과 소리의 징험이 없으므로 말로 형용하

---

50) 『桃灘集』 附錄 「行狀」. "略有見於諸賢集中 典雅之體 盖有得於濂洛也"

51) 『孟子』 「公孫丑 上」. "其爲氣也 至大至剛 以直養而無害 則塞于天地之間. 其爲氣也 配義與道 無是 餒也"

기가 쉽지 않다.[52] 사람이 능히 이 호연지기를 양성하면 그 기가 도의
에 배합되고 도움이 되어 도의를 행하는 데 용맹스럽고 결단성 있게 된
다.[53] 선비가 도학을 공부했다면 모름지기 불의에 맞서는 이러한 서릿
발 같은 기상이 있어야 하는 법이다. 도탄은 비록 은인자중(隱忍自重)하
는 처사의 신분이었지만 전란이 발발하자 포의의 몸으로 의병 봉기를
주도할 만큼 국사에 대해 자임하는 인물이었다. 그의 이러한 기상은 조
정의 난맥상을 보고 임금에게 직언한 상소에서도 그대로 드러난다.

이로써 말하건대 이이와 성혼을 퇴출한 것은 그 죄가 작지만 총명을
가림은 그 죄가 큽니다. 만약 그 죄로써 벌주지 않는다면 임금을 속이고
윗사람을 기망하는 무리가 연이어 일어날 것이니 나라가 망하는 데 날이
없을 것입니다. 천하의 시비가 본디 두 가지 모두 옳은 이치는 없으니
전하께서 만약 이이와 성혼이 군자이고, 이 무리가 소인임을 아신다면
어떤 연고로 결단하여 법을 밝히지 않으셔서 흉악한 무리들로 하여금
날로 성하게 하고, 도리에 어긋난 논의가 날로 방자해지고, 국사가 날로
잘못되어 가게 하십니까. 예로부터 임금은 반드시 인명위무(仁明威武)의
덕을 갖춘 후에야 어진 이를 등용하고 사악한 이를 물리쳐서 다스림을
절제하고 나라를 보존할 수 있었습니다. 지금 전하께서는 인명은 충분한
데 위무는 부족하여 선한 이를 좋게 여기지만 등용하지는 못하며 악한
이를 미워하지만 제거하지는 못하십니다.[54]

---

52) 『孟子』「公孫丑 上」「朱子註」. "蓋其心所獨得 而無形聲之驗 有未易以言語形容者"
53) 『孟子』「公孫丑 上」「朱子註」. "人能養成此氣 則其氣合乎道義而爲之助 使其行之勇決"
54) 『桃灘集』권1「癸未上疏」. "以此言之 則黜退珥渾 其罪小 掩蔽聰明 其罪大. 若不以其罪
罪之 則誣君罔上之徒 聯袂而起 國家亡無日矣 天下是非 本無兩可之理 殿下若知 珥渾之
爲君子 此輩之爲小人 則何故不能決斷明示典刑 而使兇徒日熾 邪論日肆 國事日非耶 自古
人君必具仁明威武之德 然後 可以進賢退邪 制治保邦焉 今殿下仁明有餘 而威武不足 善善
而不能用 惡惡而不能去"

이 상소는 1583년(선조 16) 도탄의 나이 55세 때 올린 것이다. 실록에는 "경기전참봉 변사정이 상소하여 이이와 성혼이 무망(誣罔)한 논핵을 당한 것과 삼사와 정원(政院)이 붕당을 맺어 군부(君父)를 협제(脅制)하고 있다는 내용을 극렬하게 아뢰었다"[55)]고 나와 있다. 이 상소에 대해 선조는 "지금 상소의 내용을 보니 옛 직사(直士)라도 이보다 더할 수는 없겠다. 나는 네가 어떠한 사람인지 모르겠으나 이렇게까지 할 수 있고 게다가 나의 잘못까지 척언(斥言)하였는데 그 말이 더욱 절실하여 나의 병통에 꼭 맞는 지적으로 나도 이미 알고 있다. 매우 가상히 여기는 바이다."[56)]라고 비답을 내렸다.

일찍이 공자는 "어떻게 하면 백성이 복종하느냐?"는 애공(哀公)의 물음에 "정직한 사람을 들어 쓰고 모든 굽은 사람을 버려두면 백성들이 복종하며, 굽은 사람을 들어 쓰고 모든 정직한 사람을 버려두면 백성들이 복종하지 않는다.[57)]"고 했다. 간단하지만 분명한 말이다. 재목을 쌓는 도리는 곧은 것을 굽은 것 위에 두면 굽은 것이 곧은 것에 눌려서 펴지게 된다. 곧은 것은 재목이 좋은 것을 말하기 때문에 '선(善)'이고 '인(仁)'이며, 굽은 것은 재목이 좋지 않은 것을 말하기 때문에 '불선'이고 '불인'이다.[58)] 임금에게 위무의 덕을 갖추어 불선, 불인한 소인배를 내치라는 직간은 아무나 올릴 수 있는 것이 아니다. 시비를 분명히 가리는 용기와 자신을 돌보지 않는 공명정대한 기상을 가진 선비만이 가능

---

55) 『朝鮮王朝實錄』「宣祖」17卷16年8月19日(戊辰). "慶基殿參奉邊士禎上疏 極陳李珥成渾 之被論誣罔 三司政院之締結朋比 脅制君父之狀"

56) 『朝鮮王朝實錄』「宣祖」17卷16年8月19日(戊辰). "答曰 今觀疏辭 古之直士 蔑以加矣. 予未知爾作何狀 而乃能如此也 至於斥言予過 其言益切 正中予病 亦已自知也 深用嘉焉"

57) 『論語』「爲政」. "擧直錯諸枉 則民服 擧枉錯諸直 則民不服"

58) 오규소라이 저, 이기동 외 역, 『論語徵』1, 소명출판, 2010, 166쪽.

하다.

그럼 국가의 기강을 세울 것을 요구한 또 한 편의 상소를 살펴보겠다.

엎드려 바라옵건대 전하께서는 요순이 따른 바를 살피시고, 요가 말한
바를 말씀하시어 마음을 바로잡고 선을 밝히시며, 이치를 궁구하고 몸을
닦으며, 기강을 세우고 명분을 정해서 공평한 마음으로 위에서 자기를
공손히 하여 총괄해서 관할하고, 재상으로 하여금 아래에서 부지런히 힘
써 경영하게 하여 팔역의 땅과 억조의 백성이 모두 그 바른 도를 얻는다
면 위에서 행하고 아래에서 본받는 실제를 이룰 것입니다. 전하께서는
쌓인 장작 위에 편안히 주무시면서 불이 장차 이름을 모르고 계십니다.
이는 전하의 학문의 공이 미진한 바가 있고, 성심과 궁리의 공효가 지극
하지 못한 바가 있어서 그러한 것입니다. 아, 삼강오상은 우주의 동량인
데 지금 거의 땅에 떨어져 자식이 그 아비를 죽이고, 아내가 그 남편을
죽이며, 노비가 주인을 죽이고, 아우가 형을 상대로 송사를 벌려서 천륜
이 다 없어지고 인도가 끊겼습니다. 이는 나라에 학교의 가르침과 향음
향사의 예가 없기에 교화가 미치지 못해서 그러한 것입니다.[59]

이 상소는 「경인상소(庚寅上疏)」라는 제목으로 문집에 실려 있다. 위
의 인용문은 소의 중간부인데 그 서두를 보면 "다스림의 요체는 '정심(正
心)'만한 것이 없으니 마음이 한 번 바르게 되면 여러 이치가 구비되고,
세상만사가 응하게 된다."는 말로 임금의 마음공부를 강조했다. 그 처

---

59) 『桃灘集』 권1 「庚寅上疏」. "伏願 殿下察堯舜之所率 言堯之所言 正心·明善 窮理修身 立
紀綱 定明分 以公平之心 恭己於上 而摠攬之 使宰輔 恪勤於下 而經理之 以八域之廣 兆民
之衆 咸得其正 爲上行下效之實焉 殿下安寢於積薪之上 不知火之將至 此殿下學問之功 有
所未盡 而誠心窮理之效 有所未極而然也 嗚呼 三綱五常 宇宙之棟樑也 而今幾墜地 子弑
其父 妻殺其夫 奴焉戕主 弟焉訟兄 天倫盡滅 人道淪絶. 此由於國家無塾黨庠之敎 鄕飮鄕
射之禮 敎化未及而然矣"

음부터 마치 훈계를 하듯이 강한 어조로 시작한 글은 위의 인용문에 보이듯이 "장작 위에 누운 채 불이 이르는 것을 모르고 있다."는 비유를 들어 임금을 질책하는 데까지 나아갔다. 장유유서의 질서와 천륜이 무너진 현실을 고발하며, 이 모든 것이 임금의 수신이 부족하고, 백성에 대한 교화가 없었기 때문임을 밝히며 통탄해마지 않는 도탄의 성토는 전형적인 직사의 모습을 보여준다.

일찍이 공자는 "그 나라에 들어가 보면 그 교화된 정도를 알 수 있으니 그 사람됨이 온유돈후한 것은 시로써 교화된 증거이다."60)라고 했다. 이처럼 백성에게는 가르침이 필요하다. 「시경대서(詩經大序)」에는 "풍(風)으로써 움직여 나가고, 교(敎)로써 화해 나간다."61)는 구절이 나온다. 백성들을 어질게 다스리는 왕풍(王風)으로 움직여 나가고, 또 가르침으로써 백성들을 착한 백성이 되게 하여 민풍을 아름다움 풍속으로 화(化)해 나간다는 뜻이다. 민풍 곧 풍속이라는 것은 왕풍과 같은 '치자의 다스림의 영향력'이 백성들에게 미친 정도를 말하는 것이다.62) 공자는 정치에 대해 묻는 계강자(季康子)에게 "그대가 선하고자 하면 백성이 선해지는 것이니, 군자의 덕은 바람이요, 소인의 덕은 풀이다. 풀에 바람이 가해지면 풀은 반드시 쓰러진다."63)는 말로 치자로부터 시작되는 수신의 중요성을 강조했다. 도탄이 선조 임금에게 올린 강개한 상소는 그 취지가 바로 이러한 데 있었던 것이다.

---

60) 『禮記』「經解」. "孔子曰 入其國 其教可知也 其爲人也 溫柔敦厚 詩教也"
61) 「詩經大序」. "風以動之 教以化之"
62) 정요일, 『한문학비평론』, 집문당, 1994, 223쪽.
63) 『論語』「顔淵」. "君子之德 風 小人之德 草 草上之風 必偃"

2. 성인의 도에 대한 존숭

도탄은 평생의 스승이었던 일재와 옥계, 두 선생이 돌아가시자 1579년 51세의 나이에 사문으로 자신의 소임을 삼고 도탄정사에서 거경궁리(居敬窮理)의 길을 갈 것을 맹세하고 이를 실천에 옮겼다. 학문의 길에 들어서던 11세 무렵 이미 원대한 기상이 엿보였을 만큼 비상한 학구열을 지녔던 도탄은 평생을 성인의 가르침에서 벗어나지 않고자 "깊은 못에 임한 듯, 얇은 얼음을 밟는 듯"[64] 살아온 도학군자였다. 임종 시 자손들에게 남긴 편지에서도 "평소 삼가고 공경하며, 정성스럽고 신실히 하고, 몸가짐을 조심하고 행실을 닦아서 조상에게 욕됨이 생기지 않도록 하라."[65]고 당부한 데서도 마지막까지 성인의 도를 따르며 그 가르침을 이어 나가고자 한 삶의 자세를 읽을 수 있다.

다음에 제시된 인용문은 도탄이 37세 되던 1565년에 스승 일재 이항에게 보낸 편지의 일부이다. 도탄이 추구했던 성인의 도에 대한 존숭과 이단에 대한 엄격한 배척이 잘 드러난 글이다.

객이 와서 제게 묻기를, "불가의 도가 성인의 도보다 낫습니다." 하니, 제가 안색을 바꾸고 옷깃을 바로하며 말하기를, "오, 이 무슨 말인가."라고 했습니다. 객이 말하기를, "여기서 10리쯤에 실상사의 철불이 있는데 그 몸체가 무척 크고, 그 영험함이 신이하여 근처 사람들이 많이 미혹되었습니다."라고 하거늘, 제가 응대해서 소리 내어 말하기를, "성인의 도는 하늘의 이치를 섬기는 것일 뿐이다. 그 크기를 말한 즉 탕탕하여 이름 지을 수 없다.……역(易)에 이르기를 '대인은 천지와 그 덕을 합한다.' 하

---

64) 『詩經』 小雅 「小旻」. "如臨深淵 如履薄氷"
65) 『桃灘集』 권1 「臨終遺命子孫書」. "庸愼庸敬 以誠以信 謹身修行 無忝所生曾於先塋"

니 그렇다면 성인의 도는 또한 천지의 도이니 천지의 도 외에 다시 무슨
다른 도리가 있겠는가. 이른바 불가의 술(術)이라는 것은 사악한 것이다.
허무하고 적멸하여 한갓 풍속을 미혹되고 어리석게 하니 천하에 어찌
두 가지 도가 있겠는가."라고 했습니다. 객은 말없이 물러갔는데 울컥
분이 발하는 것을 멈출 수 없어 또한 이에 결심하고 바로 철불을 부수어
서 이단을 물리치니 이후로부터는 골짜기에 사는 어리석은 사람도 부처
에 현혹되는 자가 없었습니다.[66]

『논어』「술이」를 보면, "공자께서는 괴이함과 용력과 패란의 일과 귀
신의 일을 말씀하지 않으셨다."[67]는 대목이 나온다. 주자는 이에 대해
괴력난신의 일은 이치의 바른 것이 아니므로 성인이 말씀하지 않았고,
귀신은 그 이치를 궁구함이 지극하지 않으면 쉽사리 밝힐 수 없는 것이
기에 가벼이 사람들에게 말하지 않았다고 했다.[68] 그럼에도 불구하고
동서고금을 막론하고 이런 괴력난신의 일을 이용해서 혹세무민하는 인
물과 종교는 엄연히 존재했다. 이 서찰의 말미에도 "다만 하늘이 준 성
품만으로 그 가득찬 사악함을 물리치고자 함은 한 잔의 물로 한 수레
섶의 불을 끄는 것 같아 심히 두렵습니다."[69]라고 언급한 부분이 나오

---

66) 『桃灘集』권1 「上一齋李先生」. "有客來問於余曰 佛家之道 勝於聖人之道. 余愀然正襟
曰 惡是何言 客曰 此去十里許 實相寺有鐵佛 其體甚大 其靈神異 近處人民多有惑焉 余應
聲曰 夫聖人之道 事天理而已 語其大 則蕩蕩乎無能名焉……易曰 夫大人者 與天地合其德
然則聖人之道 亦天地之道也 而天地之道外 更何有他道理乎哉 所謂佛家之術云者 是邪也
虛無寂滅 徒惑愚俗 天下豈有二道哉. 客無言而退 因慨然發憤不能已 亦決於此 乃毁鐵佛
以黜異端 自是之後 峽谷愚人 無惑佛者"

67) 『論語』「述而」. "子不語怪力亂神"

68) "怪異勇力悖亂之事 非理之正 固聖人所不語……非窮理之至 有未易明者 故亦不經以語
人也"

69) 『桃灘集』권1 「上一齋李先生」. "徒以賦天之性 斥其彌滿之邪 猶以爲一盃水 救一車薪火
也 此深可懼者"

는 것으로 보아 당시 우상을 섬기는 행위가 성행했음을 짐작할 수 있다.

도탄은 하늘의 이치를 존숭하고 유학의 도를 공부하는 선비였다. 그는 "군자에게는 종신토록 하는 근심은 있어도 하루아침의 걱정은 없다."70)는 믿음하에 인과 예를 행하며 처신하는 것을 최선으로 생각했다. 그러므로 도탄에게 있어 당시 인근에 퍼져있던 커다란 철불에 대한 맹신은 용납할 수 없는 일임에 분명했다. 결국 그는 철불을 파괴함으로써 우부우부(愚夫愚婦)들의 어리석은 풍속을 근절시키고 오직 성인의 도가 존재할 뿐임을 분명히 했다. 당시 주변에 있던 다른 선비들이 모두 목도하고만 있을 때 도탄은 훗날 의병 봉기에서 드러나듯 특유의 과단성 있는 행동으로 평소의 배움을 실천에 옮겼다.

이번에 살펴볼 글은 策文에 속하는 「문사선생기상(問四先生氣像)」의 일부이다. 이 글에서 '사선생'은 중국 송대의 유학자인 주돈이(周敦頤 1017~1073), 정호(程顥 1032~1085), 정이(程頤 1033~1107), 주희(朱熹 1130~ 1200)를 지칭한다.

나는 네 선생의 기상이 기질의 편벽된 것이 아니며, 변화의 잡된 것이 아닌 음양오행의 정한 것을 받았음을 안다. 아, 내 천견으로 어찌 감히 대현의 기상을 엿보겠으며, 망령되이 대현의 기상을 의논하겠는가. 하물며 또 네 선생이 덕을 이룸은 기상에 오로지 있지 않고, 실로 학문의 공에 근본했으니 그런 즉 한갓 기상을 말하고 학문을 말하지 않는 것은 무슨 유익함이 있겠는가. 다시 네 선생의 학문의 공에 대해 말하자면, 태극의 이치를 궁구하고 인의중정(仁義中正)에 정(靜)을 주장한 것은 주돈이의 학문이고, 원공[주돈이의 호]의 학문을 배워서 사물의 이치에서 一을 주

---

70) 『孟子』「離婁 下」. "君子有終身之憂 無一朝之患也"

장한 것은 정호[정명도]의 학문이고, 위로 스승과 벗의 보탬이 있고, 아
래로 부형의 어짊에 힘입고 또한 경(敬)으로써 주를 삼는 것은 정이[정이
천]의 학문이고, 격물치지로 공을 삼고 사물에 임해서 삼가고 두려워하
는 것은 주자의 학문이다.71)

　도탄은 네 선생의 학문적 특성을 간략히 정리했다. 주돈이는 「태극도
설」에서 "성인은 중·정·인·의로써 정하되 정(靜)을 주장하시어 사람의
극(極, 法)을 세우셨다."72)는 견해를 내세웠다. 정호와 정이는 형제로서
모두 주돈이의 가르침을 받았는데 정호는 이기일원론을 주장했고, 정
이는 경을 주장하여 거경궁리에 힘썼다. 주자는 주돈이, 정호, 정이의
사상을 이어받아서 유학을 집대성했으며, 사물의 이치를 궁구하여 그
극처가 이르지 않음이 없다는 격물치지의 사상을 말했다. 이 네 학자는
유학을 학문적으로 체계화하는 데 이바지했으며, 각자 덕을 닦아 학문
적으로 일가를 이루었다는 점에서 후학들에게 존숭받아 온 인물이다.
　도탄은 주돈이, 정호, 주자의 유상(遺像)을 걸어 놓고 공부할 정도로
이들을 흠모했으며, 『성리대전』·『근사록』·『육경』·『사서』와 주자서(朱
子書) 외의 다른 서적은 모두 치우고 오직 성리서를 연구하는 데 잠심했
다. 도탄의 이러한 몰두는 유학이 그의 정신세계에 분명한 사상적 실체
로 자리잡게 했을 것이다. 이 글에서 도탄은 네 분 선생이 성덕(成德)할

---

71) 『桃灘集』 권1 「問四先生氣像」. "吾知四先生之氣像 非若氣質之偏者也 非若變化之雜者
　　也 而稟二五之精者也 嗚呼 以愚生之淺見 安敢窺大賢之氣像 妄議大賢之氣象乎 況又四先
　　生之成德乎 不專在於氣像 而實本於學問之功 則徒說氣像 不言學問 何有益哉 更就四先生
　　學問之工 而爲之說曰 究太極之理 而主靜乎仁義中正者 元公之學也 學元公之學 而主一乎
　　物理者 伯子之學也 上有師友之益 下賴父兄之賢 亦以敬爲主者 叔子之學也 以格物致知爲
　　功 而臨事物謹畏者 遯翁之學也"
72) 『古文眞寶』 「太極圖說」. "聖人 定之以中正仁義而主靜 立人極焉"

수 있었던 것은 편벽되지 않으며, 잡되지 않은 음양오행의 정(精)한 기상
을 받았고, 학문에 큰 공력을 기울였기 때문임을 분명히 했다. 그리고
더 나아가 이러한 기상보다는 하늘의 이치와 사람의 도리를 궁구하는
일 즉, 성인의 도를 공부하는 학문의 힘이 성덕을 하는 데 있어 더 근본
이 되었다는 점을 강조했다.

3. 자강불식의 군자적 면모

『주역』 건괘(乾卦)의 「상전(象傳)」을 보면 "하늘의 운행이 굳세니 군자
가 보고서 스스로 힘쓰고 쉬지 않는다."[73]는 말이 나온다. 이 말은 하늘
의 운행이 굳센 것을 본받아 군자가 쉬지 않고 스스로 힘쓴다는 의미를
담고 있다. 도탄이 남긴 몇 통의 서찰에서 이러한 자강불식의 자세가
나타나는데 평생의 스승인 옥계 노진에게 보낸 서찰의 한 대목을 살펴
보겠다.

> 그러므로 슬하를 떠난 지 이미 수개월이지만 비록 잠시라도 잊을 수
> 없습니다. 삼가 여쭙노니 건강은 어떠신지요. 재종 아우 변사정은 궁산
> 에 살며 다행히 큰 질병은 없습니다만 근심되는 것은 학업이 진전되지
> 못하는 것입니다. 본디 노둔한 자질인데 또한 열흘 춥고 하루 햇볕 쬐는
> 것을 면하지 못하니 감히 입으로만 이치를 따지는 학문인들 바라겠습니
> 까. 요사이 오직 선주(先儒)가 발명한 데서 남은 스승을 구하고자 했으나
> 문득 냇가의 풀이 막는 바 되어[74] 그 정도를 얻지 못했으니, 주자께서

---

73) 『周易』 上經 「乾」. "天行 健 君子以 自彊不息."
74) 『孟子』 「盡心 下」에 "산길에 사람들이 다니는 곳이 잠깐만 사용하면 길을 이루고,
한동안 사용하지 않으면 풀이 길을 막는다. 지금 띠풀이 그대의 마음을 막고 있구나[山
徑之蹊間 介然用之而成路 爲間不用 則茅塞之矣 今 茅塞子之心]"라는 구절이 나온다.

이른바 "겨울을 모르는 여름 벌레, 우물 속의 개구리가 마침내 대가에게 비웃음을 당한다."는 것입니다. 다시 엎드려 바라옵건대 선생님께서 남쪽으로 내려오시는 날에 가르침을 받아 평상시 생활하는 사이에 응사접물하는 것에 대해 허심탄회하게 어렵고 의심나는 것을 질문드리고 싶습니다. 개인적으로 혼자 생각하기를 평생의 지극한 즐거움이 이보다 좋은 것이 없다고 여깁니다.[75]

스승의 곁을 떠나 홀로 정진하는 어려움을 토로한 대목이다. 일찍이 공자는 "3년을 배우고서도 녹봉에 뜻을 두지 않는 자를 쉽게 얻지 못하겠다."[76]고 했다. 우리는 공자의 이러한 탄식을 통해 학문이 일정 수준에 이르면 더 큰 배움을 위해 면려하기보다는 관직을 구해서 일신의 호구책을 삼는 데 더 치중하게 되는 것이 고금의 인지상정임을 이해하게 된다. 그러나 도탄은 달랐다. 그는 아예 벼슬에 뜻이 없었을 뿐 아니라 늘 배움에 목말라 했다. 스승과 응대하는 사이에 그동안 몰랐던 것을 알게 되고, 막혔던 것이 시원하게 뚫리는 깨달음의 희열, 바로 "배우고 때로 익히면 또한 즐겁지 아니한가."[77]의 경지를 그는 알았던 것이다.

열 살이 채 되기도 전에 부모를 여읜 도탄은 외로운 유년 시절을 보내고 약관의 나이에 옥계의 문하에 들어가 지천명이 될 때까지 무려 30년 간이나 사제간의 정을 지속했다. 이 서찰을 보면 '문하' 대신 '슬하(膝下)'

여기서 띠풀은 마음공부에 방해가 되는 장애물임을 뜻한다.

75) 『桃灘集』 권1 「上玉溪盧先生」. "故離膝下者 已數箇月 雖頃刻不可諼也 謹問道體動止若何 再從弟士貞 棲息窮山 幸無大痾 所憂者 業不進也 素以鹵鈍之質 亦不免十寒一曝 敢望口上理耳底學乎 間唯欲求餘師於先儒所發 則便爲溪茅所塞 不得其正 晦翁所謂 夏虫井蛙 所以卒見笑於大方之家也 更伏願承敎於杖屨南下之日 日用之間 應事接物 吐心吐膽 質難質疑 私窃以爲平生之至樂 莫過於此矣"

76) 『論語』 「泰伯」. "三年學 不至志於穀 不易得也"

77) 『論語』 「學而」. "學而時習之 不亦說乎"

라는 표현이 사용되었는데 이를 통해서도 스승 옥계에 대한 도탄의 믿음이 부모에 버금갈 만큼 컸음을 짐작할 수 있다. "하루 동안 햇볕을 쪼이고, 열흘 동안 춥게 한다."[78]면 그 식물의 성장은 더딜 수밖에 없다. 옥계의 곁을 떠난 도탄은 자신의 처지를 이렇게 비유하면서 스승의 가르침을 갈구하는 심정을 드러냈다.

도탄은 송강 정철과도 의리에 대해 강론하는 등 젊은 시절부터 교유가 있었다. 도탄의 사람됨을 알았던 송강은 수차례 벼슬을 권유했지만 그때마다 도탄은 매번 사양했다. 이번에 살펴볼 서찰에도 벼슬을 권하는 송강에게 자신은 적임자가 아님을 밝히는 내용이 담겨 있다. 연보에 의하면 1590년, 도탄의 나이 62세 무렵에 쓴 것이다.

> 주자가 진승상에게 준 편지에 이르기를, "옛날의 군자로 천하에 뜻이 있는 자는 천하의 어진 이를 초빙하는 것을 급선무로 삼지 않은 자가 없었으니, 그 어진 이를 구하는 데 급했던 것은 그들에게 언어를 편집하게 하여 공덕을 기리게 함으로써 한 시대의 보고 듣는 아름다움을 위해서가 아니었습니다. 장차 그 보는 것이 미치지 못하는 바와 생각이 이르지 못하는 바를 넓히고, 또 처기접물(處己接物)하는 사이에 혹 선을 다하지 못한 것이 있으면 그것들을 바로잡고자 생각해서 입니다. 이 때문에 그 널리 구하지 않을 수 없었으며, 그 두텁게 예우하지 않을 수 없었고, 그 성심으로 대접하지 않을 수 없었던 것입니다."……보내주신 편지로 깨우치고 가르쳐 주시니 특별한 아낌을 입었습니다. 그러나 스스로 돌아보건대 성품은 어리석고, 학문은 성글어서 천 번 생각함에 하나도 얻음이 없고, 열 번 들어도 아홉 가지 일을 잊으니 이것은 이른바 가장 어리석은 이는 옮길 수 없다는 것입니다.[79]

---

78) 『孟子』「告子 上」. "一日暴之 十日寒之"

벼슬과 관련해서 『논어』에 인상적인 대목이 나온다. "공자께서 칠조개에게 벼슬을 하도록 권하시자 그는 대답하기를 '저는 벼슬하는 것에 대해 아직 자신할 수 없습니다.'하니 공자께서 기뻐하셨다."[80] 공자가 벼슬을 권했던 것은 칠조개의 재주가 정치에 종사할 만하다고 생각했기 때문이며, 공자가 기뻐했던 것은 그의 뜻이 커서 작게 시험하고자 하지 않음을 알았기 때문이다.[81] 송강은 오랜 세월 도탄을 지켜봐 왔던 만큼 그를 관료로 등용하고 싶었으나 도탄은 이러한 직위를 부질없는 감투로 여겼거나 자신의 능력은 관직 생활과는 무관한 것으로 생각했던 듯하다. 일찍이 젊은 시절부터 성리서에 잠심하며 도학을 공부해 온 그에게는 벼슬보다 더 중요한 대의가 있었던 것이다.

그랬기에 주자가 진승상에게 보낸 서찰을 인용해서 천하에 뜻을 둔 군자가 현자를 높이 받드는 돈독한 정성과 그 공효를 언급함으로써 우선 상대의 면목을 세운 후 자신은 그런 재목이 아님을 분명히 했다. 환로에 진출할 수 있는 기회를 앞에 두고, 모수자천(毛遂自薦)이 횡행하는 판국에 오히려 스스로를 '하우(下愚)'로 자처하는 도탄의 이 글에서 자강불식을 실천하는 겸손하고도 진중한 군자적 면모를 발견하게 된다.

---

79) 『桃灘集』 권1 「答鄭相國松江書」. "朱夫子與陳承相書有曰 古之君子有志於天下者 莫不以致天下之賢爲急 而其所以急於求賢者 非欲使之綴緝言語 譽道功德 以爲一時觀聽之美而已 盖將以廣其見聞之所不及 思慮之所不至 且慮夫處己接物之間 或有未盡善者 而將使之有以正之也 是以 其求之不得不博 其禮之不得不厚 其待之不得不誠……來書警誨 殊荷愛念. 然自顧 性愚學踈 千慮無一得 十聞忘九事 此所謂下愚不移者也"

80) 『論語』 「公冶長」. "子使漆雕開仕 對曰 吾斯之未能信 子說"

81) 오규소라이 저, 이기동 외 역, 『論語徵』 1, 소명출판, 2010, 338쪽.

VI. 맺음말

지리산은 예나 지금이나 모든 것을 품어주는 어머니 같은 산이다. 이 넉넉한 산속에 도탄이 터전을 마련한 것은 그의 나이 20대 중반 무렵이었다. 그는 출사를 달가워 않는 은일지사였지만 국난이 발발했을 때 봉기할 줄 아는 적극적 선비 정신의 소유자이기도 했다. 도탄의 인생은 은거와 참전의 변주곡이었다.

본고에서는 문학, 의병, 선비라는 세 가지 키워드를 통해 도탄의 일생을 검토했다. 그는 시와 기행문을 남긴 문학인이었으며, 국은에 보답하고자 했던 의병장이었고, 도학을 공부하고 성인의 도를 흠모한 선비였다. 한 점의 고기로 온 솥의 맛을 알아내듯 본 연구에서는 이 세 측면에 주목해서 도탄의 인생 전반을 스케치하고자 했다.

명철보신이란 이치에 밝으며 일을 살펴 몸을 지키는 것을 뜻한다. 도탄의 은거는 이러한 명철보신의 실천이었다. 본인 스스로가 스승을 따라 도탄에 자리잡았다고 했으나 실상 그의 은거에는 조실부모의 상처, 연이은 사화(士禍), 바람 잘 날 없는 조정의 난맥상도 한몫했음을 짐작할 수 있다.

도탄정사에서 보낸 그의 일생은 결코 독선기신으로 일관한 삶은 아니었다. 그는 많은 학자·문인들과 교유를 가졌으며, 향리에서 후진을 양성하는 등 교육에도 힘썼다. 또한 왜란이 발발하기 20년 전부터 천기가 심상찮음을 눈치 채고는 동학들과 병서를 강론하며 훗날을 대비하는 적극적인 성품의 소유자였다. 도탄이 보여준 선비로서의 처신과 의병 활동 등을 종합해 볼 때 그는 당당하고 의리에 밝은 성품을 바탕으로 위기지학의 학문을 했으며, 그 실천을 중시한 전형적인 조선의 선비였다.

황준량의 지리산 기행시에 대하여
-「유두류산기행편」을 중심으로

최석기

I. 머리말

주자학을 이념으로 하였던 조선의 사대부들은 산수(山水)를 도(道)를 구하는 장소로 생각하였다.1) 그래서 그들은 독서를 하는 여가에 명산 유람을 즐겼는데, 그 이유는 대체로 세 가지로 정리할 수 있다. 첫째 흥금을 탕척(蕩滌)하며 속진(俗塵)에서 잠시 벗어나고 싶어한 것이고, 둘째 공자(孔子)가 태산(泰山)에 올라 천하를 작게 여겼다[登泰山而小天下]고 한 것처럼 시야를 넓히기 위함이고, 셋째 공자가 말한 산수를 통해 인지(仁智)를 터득하는 인지지락(仁智之樂)을 체험하기 위함이었다.

조선시대 사대부들이 가장 즐겨 유람한 산은 지리산과 금강산이다. 그래서 지리산과 금강산을 유람하고 쓴 유산기(遊山記)와 유산시(遊山詩)는 무수히 많다. 그 가운데 지리산을 유람하고 남긴 문학작품만 보더라

---

1) 林薰, 『葛川集』 권3 「書兪子玉遊頭流錄後」. "山水者 天地間一無情之物 而厚重周流 實有資於仁智之樂矣 是以 世之求道者 不特於堯舜孔氏 而未嘗不之此焉"

도 시만 수천 편에 달하며, 유산기도 1백여 편이 넘는다.

본고는 지리산 유산시 가운데 16세기 영남 출신 금계(錦溪) 황준량(黃俊良 1517~1563)이 지리산을 유람하고 남긴 시를 통해 그의 정신세계를 살피는 것을 목적으로 한다. 지리산 기행시에는 장편고시도 상당수 있는데, 그 가운데 100운 이상의 장편시는 3편에 불과하다. 다만 성여신(成汝信)의 시도 구수(句數)·자수(字數) 등이 100운의 시에 가깝기 때문에 이를 포함하여 제시하면 다음과 같다.

〈표 1〉 장편 지리산 기행시

작 자	작품명	출 전	韻數	句數	字數
黃俊良(1517~1563)	遊頭流山紀行篇	『錦溪集』 外集 권1	176	352	2,516
成汝信(1546~1632)	遊頭流山詩	『浮査集』 권2	86	172	1,307
柳夢寅(1559~1623)	遊頭流山百韻	『於于集』 後集 권2	100	200	1,400
成師顔(1762~1820)	遊頭流山	『琴溪集』 권1	109	218	1,090

이 4편의 지리산 유산시는 모두 1,000자 이상의 장편 고시이다. 황준량·성여신의 시는 장단구로 되어 있고, 유몽인의 시는 칠언이며, 성사안의 시는 오언이다. 이러한 장편고시는 문학적 상상력과 표현력이 뛰어나며, 섬세한 관찰력과 사물을 통해 느끼는 정감을 화려한 수사(修辭)를 통해 묘사하고 있기 때문에 한문학사에서 주목할 만한 장르이다.

이 글에서는 황준량의 「유두류산기행편」에 주목하여 이를 집중 분석해 그 속에 나타난 작가의 정신세계를 살피는 데 초점을 맞추고자 한다. 그러므로 유산시의 장르나 장편고시로 된 유산시의 문학사적 의의를 논하는 데까지는 미치지 못함을 미리 언급해 둔다.

Ⅱ. 지리산 유람 및 기행시 개요

1. 시대 상황과 지리산 유람

황준량의 자는 중거(仲擧), 호는 금계(錦溪), 본관은 평해(平海)이다. 황준량은 1517년 7월 경상북도 풍기에서 태어났다.[2] 그는 21세 때 생원시에 합격하였고, 24세 때 문과에 급제하여 성균관 학유를 거쳐 성주훈도(星州訓導)가 되었다. 그는 1542년 다시 성균관 학유가 되었다가, 1545년 상주교수(尚州敎授)로 나아갔다. 이를 보면, 황준량은 모두 교육기관에만 근무한 것을 알 수 있다.

이 시기는 정권교체기로 권력투쟁이 극심하던 때이다. 1544년 11월 인종이 즉위하였지만, 1545년 6월 병으로 명종에게 왕위를 물려주었고 그때부터 문정왕후가 섭정하였다. 이황(李滉)이 지은 「행장」에 의하면, 황준량은 1545년 승문원전고(承文院殿考)로 있다가 상주교수로 나갔다고 하였다.[3] 그런데 황준량이 지은 「유두류산기행편」에는 "을사년(1545) 여름 4월에 산천을 유람하였다."는 원주(原註)가 있고, 「광진소주환향(廣津泝舟還鄕)」이라는 시의 원주에도 "을사년 여름 파직되어 집으로 내려올 때 가솔을 이끌고 배를 타고 왔다. 동생 수량(秀亮) 및 이대용(李大用) 공이 함께 내려왔다."고 하였다. 이를 통해 볼 때, 황준량은 1545년 4월 이전에 조정의 관직에서 파직된 것을 알 수 있다.

그 이유가 무엇인지는 알 수 없다. 다만 「광진소주환향」이라는 시에 "효릉(孝陵, 仁宗의 陵)의 산색(山色)이 꿈속에도 근심되네[孝陵山色夢中愁]"

---

2) 김시황, 「금계 황준량 선생과 풍기지역 퇴계학맥」, 『한국의 철학』 제30집, 경북대 퇴계연구소, 2001.

3) 黃俊良, 『錦溪集』 권9 附錄 李滉 撰 「行狀」. "乙巳 以承文院殿考 出爲尚州敎"

라고 한 것을 보면, 인종·명종의 교체기의 정치적 상황과 무관하지 않다고 여겨진다.

황준량은 1545년 4월 파직된 뒤 고향으로 내려갔다가, 곧장 함양으로 가서 동년 유자옥(兪子玉) 등과 함께 지리산을 유람하였다. 이때는 을사사화가 일어나기 직전으로, 인종을 지지하던 사림파 인물들이 정권을 장악한 윤원형 등의 세력에 등을 돌리고 낙향하던 시점이니, 정치적 소용돌이 속에서 겪은 불화(不和)를 달래기 위해 심기일전할 매개가 필요했던 것으로 보인다.

2. 유람 코스 및 동행인

황준량이 지리산을 유람한 코스와 일정은 정확히 알 수 없다. 시기는 1545년 4월이며, 동행인은 유자옥·법행상인(法行上人) 등 8~9명이었다. 코스는 황준량이 함양에 와서 유자옥 등을 만나 학사루(學士樓) 등을 둘러본 뒤, 함양 읍치를 출발하여 엄천(嚴川)을 따라 올라 용유담(龍遊潭)을 구경하고, 마천(馬川) 백무동 입구에 있던 군자사(君子寺)에서 묵었던 듯하다.4) 그리고 백무동 계곡으로 들어가 세석 근처의 능선에 오른 듯하다.5) 그리고 주능선을 따라 촛대봉(甑峯)과 삼신봉·연하봉·제석봉을 거쳐 금화대(金華臺)와 통천문(通天門)을 지나 천왕봉에 올랐다. 그리고 되돌아 내려와 낙성대(落星臺)를 거쳐, 세석(細石)으로 가 영신사(靈神寺)에서 묵었다. 「두유류산기행편」에는 가섭대(迦葉臺)의 경관을 노래하고

---

4) 황준량의 『금계집』외집 권1에 「君子寺洞」이라는 시가 있다.

5) 황준량의 「遊頭流山紀行篇」에 "험한 구덩이와 골짜기를 넘어 沮洳原을 지났다"는 구절이 있는데, 저여원은 金宗直의 유람록에도 보이는 지명으로, 지금의 세석평전에 해당한다.

있는데, 가섭대는 영신사 뒤에 있던 좌고대(坐高臺)이며, 영신사 앞에 있는 바위가 창불대(唱佛臺)이다. 창불대와 좌고대에 대한 기록은 김종직과 김일손의 유람록에서도 확인할 수 있다.6)

또 「유두류산기행편」에는 쌍계석문(雙磎石門)과 한유한(韓惟漢)에 대한 언급이 있는데, 황준량이 영신사에서 대성골을 따라 화개동으로 내려가 쌍계사를 둘러보고, 악양 입구에 있는 고려 말 한유한의 유적지를 둘러보았다고는 여겨지지 않는다. 그는 영신사에서 쌍계사 위쪽의 청학동과 한유한의 유적지가 있는 악양 방면을 바라보고 고사를 떠올리며 이들에 대해 노래한 듯하다. 그가 화개로 내려갔다면, 최치원과 관련된 신응사(神凝寺)의 세이암(洗耳巖), 쌍계사의 영당(影堂), 불일암과 불일폭포 및 그 주변의 청학동에 관한 언급이 있어야 할 터인데, 그런 내용은 「유두류산기행편」에 전혀 보이지 않는다.

황준량은 영신사에서 백무동 계곡으로 하산하여 함양으로 돌아온 듯하다. 그러나 하산 경로에 대한 언급도 전혀 찾아볼 수 없다.

3. 유람 동기와 목적

최재남은, 황준량의 시를 일별하면 첫째 청정한 세계에 대한 지향이 두드러지게 드러나고, 둘째 벼슬을 그만두고 물러나고 싶은 마음을 곳곳에서 강조하고 있다고 하였다. 그러면서 그는 전자는 선구(仙區)라는 표현으로 나타나고 유선(儒仙)·적선(謫仙)·시선(詩仙) 등으로 이어지고 있어 소식(蘇軾)의 풍류를 잇는 유선적(儒仙的) 성향이라 할 수 있고, 후자는 번어(焚魚)·이은(吏隱)이라는 말로 나타나 도잠(陶潛)의 귀거래 의지

---

6) 최석기 외, 『선인들의 지리산 유람록』, 돌베개, 2000, 36~37쪽 및 89~90쪽.

를 표명한 것으로 이해할 수 있다고 하였다.7)

 '유선적 성향'이 소동파의 영향을 받은 것인지, 그리고 벼슬에서 물러나려는 것이 도연명식의 삶을 추종한 것인지는 논란의 여지가 있다. 그러나 그의 시에는 분명 최재남의 지적처럼 불화가 없는 선계(仙界)를 지향하고, 벼슬에서 물러나 자신을 온전히 하고 싶어 하는 정서가 나타나 있다. 그런데 두 가지 특징은 별개의 것이 아니라 하나의 정신에서 나온 것이다. 즉 정치권에 나아가 포부를 펼 수 없는 상황에 직면하여 현실정치에 대한 회의감으로 벼슬에서 물러나려 한 것이며, 그것이 곧 불화가 없는 세계를 지향하게 된 것이다.

 조선시대 유학자들이 신선세계를 노닐고 싶어 하는 정서를 드러낸 것은 노장사상의 영향에 의한 것이라기보다는, 현실의 불화를 달래고 세속에 찌든 흉금을 탕척하여 신선함과 청량함을 맛보기 위한 경우가 대부분이다. 이들이 선계를 동경했다고 하여, 현실권을 떠나 신선세계에서 살기를 희구한 것은 아니다. 조선시대 유학자들은 어떤 경우에도 현실에서 완전히 등을 돌리는 경우가 드물다. 그러므로 필자는 흉금을 탕척하고 청량감을 맛보는 이러한 선유(仙遊)를 현실의 불화를 달래기 위한 탈속적 선취로 본다.

 이러한 인식은 성여신의 유람록에 잘 나타나 있다. 그는 자신을 포함한 8명의 동지들이 쌍계사 방면을 유람하면서 자칭 팔선(八仙)이라 하고, 초탈의 정서를 마음껏 누린다. 그러나 돌아오는 길에 그는 자신들의 선유(仙遊)는 일심(一心)이 향하는 바를 높게 기르기 위함이었다고 고백하고 있다. 또 그는 선유를 하였지만 선계에 머물지 않고 다시 현실세

---

7) 최재남, 「금계 황준량의 삶과 시세계」, 『한국한시작가연구』 제5집, 한국한시학회, 2000, 348쪽.

계로 돌아오며, 사(士) 본연의 자세를 잊지 않는다. 그리하여 자신의 유람이 명목상으로는 선유지만 실제로는 선(仙)이 아님을 강조하였다.[8] 이러한 탈속의 선취는 정치적 불화가 극대화되는 16~17세기에 많이 나타난다.

그렇다면 황준량이 지리산을 유람한 동기와 목적은 무엇일까? 우선 그가 지리산을 유람한 시점에 대해 주목할 필요가 있다. 황준량은 1545년 4월 이전에 조정에서 벼슬을 하다가 파직되어 가솔을 이끌고 고향으로 내려 간 뒤 곧바로 함양에 살고 있던 동년 급제자인 벗 유자옥을 찾아 함께 지리산을 유람하였다. 그는 「유두류산기행편」 첫머리에 자신이 지리산을 유람하게 된 속내를 다음과 같이 노래하고 있다.

바람난 말이 어느 봄날 굴레에서 벗어난 듯	風馬春脫羈
들녘에 살던 학이 가을날 새장에서 풀려난 듯	野鶴秋開籠
높은 곳에 스스로 오르면 우주가 넓고 넓으리니	軒昴自任宇宙寬
말의 엉덩이에 채찍질하는 것을 그 누가 금하리	誰鎖玉脛鞭雲怱[9]

황준량은 자신을 고삐를 벗어던진 풍마(風馬), 새장에서 벗어난 야학(野鶴)으로 규정하면서, 높은 천왕봉에 올라 드넓은 우주를 바라보기 위해 지리산 유람한다고 하고 있다. 이를 다시 말하면, 굴레[羈]와 새장[籠]에 갇혀 있던 자신이 다시 정신적 자유를 회복하겠다는 것이다. 이것이 그가 지리산을 유람하게 된 동기이며 이유이다.

이러한 유람의 동기는 그의 정신 속에 공자가 태산에 올라 천하를 작

---

8) 최석기, 「浮查 成汝信의 智異山遊覽과 仙趣傾向」, 『한국한시연구』 제7집, 한국한시학회, 1999, 107~137쪽.

9) 黃俊良, 『錦溪集』 外集 권1 「遊頭流山紀行篇」.

325 황준량의 지리산 기행시에 대하여

게 여겼다고 한 높고 드넓은 안목을 추구하고자 하는 의식이 있었기 때문이다. 그런데 이런 정신을 회복하고자 하는 의식이 생긴 것은, 현실의 불화가 있었기 때문이다. 이 시점에 그는 불화를 풀고 더 큰 세상을 꿈꾸는 정신을 고취할 필요를 느꼈을 것이다.

그리하여 그는 자신을 속학(俗學)으로 규정하면서, 대롱으로 표범의 무늬 한 가지를 본 것을 부끄러워하고 있으며, 자신을 우물 속에서 하늘을 본 개구리의 안목으로 비유하면서 고서(古書) 속에서 보낸 늙은 좀 같은 존재로 비하하고 있다.10) 자신이 현실정치를 통해 꿈꾸고자 했던 생각이 너무 좁았음을 반성하고 있는 것이다.

그렇다면 황준량이 새로이 추구하고자 하는 높고 드넓은 정신세계는 무엇일까? 그는 천왕봉에 올라 탈속의 상쾌함을 맛보면서도 다음과 같이 노래하고 있다.

> 문명이 찬란히 빛나 정히 중앙에 위치하니
> 구만리를 밝게 비춰 천제의 귀 열어놓았네
> 희화가 해를 맞이하고 보내 노래가 나오고
> 요순시대 백성들은 태평스럽게 살았다네
> 상봉에서 해 뜨는 것 보고 천체의 움직임 살펴보니
> 이를 미루어 한 근원의 시종을 징험할 수 있겠구나
> 가소롭다, 땅 위에서 서캐나 이처럼 기생하는 신하들
> 딴 생각에 두 손을 잡고 해바라기 같은 충성 바치네
> 근래 본 것 가운데 이 광경 가장 기이하고 절묘하여
> 순정한 술 마시고 취한 듯이 마음이 황홀하게 취하네
> 文明赫赫正當中　　昭揭九萬開天聽

___
10) 上同. "堪嗟俗學晚回首 管豹一斑懥悾悾 低回井天一蛙黽 生死塵編老蠹蟲"

義和賓餞歌出作　　唐虞民物登熙雍
聊憑日觀覰天步　　推此可驗一元之始終
可笑下土蟣蝨臣　　有懷捧手傾葵莪
蓄眼年來最奇絶　　心醉怳若飮醇醲[11]

　　황준량은 천왕봉에 올라 드넓은 우주를 바라보며 요순의 태평지치를 생각하다가, 해가 뜨고 천체가 운행하는 것을 보면서 일원(一元)의 시종(始終)을 떠올리고 있다. 일원은 분수(分殊)가 아닌 리일(理一)이다. 곧 만수(萬殊)로 나뉘어 시비득실을 가리는 현장이 아니다. 그런 개인의 이익과 영달을 추구하는 삶의 근원이 무엇일까를 생각한 것이다. 그래서 작자는 일원에 생각이 미치자, 현실의 벼슬아치들을 '땅 위에서 서캐나 이처럼 기생하는 신하'로 규정하고, 근원적인 요순의 태평지치를 염두에 두지 않고 딴 마음을 품고 충성이나 바치는 인물로 묘사하고 있다. 그러므로 작자는 순정한 술을 마시고 황홀하게 취한다. 이 일원을 지향하는 것이 그가 새롭게 추구하고자 하는 높고 드넓은 정신세계이다.

　　이런 작자의 시적 의경(意境)을 통해 볼 때, 황준량이 지리산을 유람한 목적은 현실세계에 얽매여 이해득실에 연연하는 인식을 떨쳐버리고, 보다 근원적인 높고 넓은 정신세계를 찾고자 한 것이라 하겠다.

4. 지리산 기행시 개요

　　황준량이 지리산을 유람하고 쓴 시는 총 13제 16수이다. 이를 정리하면 다음과 같다.

---

11) 上同.

- 長篇古詩(長短句) : 遊頭流山紀行篇
- 五言古詩 : 天王峯, 唱佛臺
- 五言律詩 : 嚴川村, 金華巖, 天王峯, 香積寺, 靈神寺,
　　　　　青鶴洞, 尋眞洞
- 七言絶句 : 龍遊潭與兪同年子玉偕行, 答成汝賁, 青鶴洞
- 七言律詩 : 君子寺洞, 天王峯, 贈法行上人

　이 가운데 「유두류산기행편」은 176운 352구 2,516자의 장단구로 된 장편 고시이다. 이 「유두류산기행편」은 평성 '동(東)' 자를 기본 운자(韻字)로 하면서 '동(冬)' 자의 운자를 협운(叶韻)으로 쓰고 있다. 그러다 보니 운자를 맞추기 위해 잘 쓰지 않는 벽자(僻字)를 쓴 경우도 여러 곳에 보인다.

　「유두류산기행편」은 지리산을 유람한 순서대로 쓴 듯하며, 그 나머지 시는 유람 도중 별도로 단편적인 감회를 노래한 것이다. 이 「유두류산기행편」은 지리산을 노래한 장편 고시 가운데서도 가장 긴 시라는 점에서 우선 그 의미를 부여할 수 있다. 또한 장단구를 섞어서 쓰긴 했지만 격구압운(隔句押韻)의 원칙을 어기지 않고 잘 지켜 쓰고 있다는 점, 협운을 하고 있지만 환운(換韻)을 하지 않았다는 점 등에서 뛰어난 시인으로서의 재능을 충분히 발휘한 작품으로 평가된다.

　오언고시로 지은 「천왕봉」은 16운 32구 160자로 되어 있고, 「창불대」는 21운 42구 210자로 되어 있다. 「천왕봉」은 모든 기(氣)가 서려 있는 가장 높은 봉우리 천왕봉에서 맛보는 날아갈 듯한 상쾌한 기분을 느끼며 지은 시이고, 「창불대」는 영신사 앞의 우뚝한 바위 창불대를 바라보며 흥이 일어 선계의 흥취를 만끽한 시이다.

　오언율시로 지은 「엄천촌(嚴川村)」은 함양에서 유람을 떠나 엄천을 따라 올라가며 보고 느낀 것을 표현한 것이고, 「금화암」은 제석봉에서 천왕봉으로 오르는 통천문 앞에 있는 바위를 노래한 것이며, 「천왕봉」은 천왕봉 정상에서 보고 느낀 우주의 광활함을 읊은 것이다. 「향적사(香積寺)」는 천왕봉에서 내려오다 들러 절간의 황량한 모습을 노래한 것이고, 「영신사」는 영신사의 풍경을 노래한 것이며, 「청학동(靑鶴洞)」은 영신사에 청학동 방면을 바라보며 지은 시로 신선을 그리워하는 내용이다. 「심진동(尋眞洞)」은 지리산을 유람하고 내려와 여흥을 노래한 것이다.

칠언절구로 지은 「용유담 여유동년자옥 해행(龍遊潭與兪同年子玉偕行)」은 유람을 시작할 때 동년 유자옥과 함께 엄천을 따라 올라 용유담에서 기이한 경관을 보고 지은 것이며, 「답성여뢰(答成汝賚)」는 함양군수 성몽열(成夢說)이 편지를 보내 산행을 문안한 것에 대해 답장으로 장난스럽게 지어 준 것이다. 「청학동」은 영신사에서 청학동을 바라보며 신선을 그리는 마음을 노래한 것이다.

칠언율시로 지은 「군자사동(君子寺洞)」은 등산을 하기 전에 마천 군자사에서 하룻밤 유숙할 적에 절간 경치와 지리산에 올라 신선을 만나는 꿈을 노래한 시이고, 「천왕봉」은 천왕봉 정상에서 평소 우러르던 천왕봉에 올라 흉금이 시원함을 노래한 것이며, 「증법행상인(贈法行上人)」은 함께 산행을 하며 길을 안내해 준 승려 법행에게 지어준 시이다.

Ⅲ. 「유두류산기행편」에 나타난 정신세계

황준량이 지리산을 유람하고 남긴 10여 수의 시 가운데 단연 돋보이는 것이 「유두류산기행편」이다. 이 시는 장편 고시로서 서정시에 속한다. 그러나 시적 전개가 여정에 따라 차례로 기술하고 있으며, 노래한 대상이나 소재에 따라 몇 단락으로 나누어 분석할 수 있다. 그러므로 여기서는 이 점을 중심으로 작자의 의식과 정신적 지향을 살펴보기로 하겠다.

1. 「유두류산기행편」의 형식과 내용

「유두류산기행편」은 176운, 352구로 된 장편 고시이다. 이를 장소·내용·소재 중심으로 나누면 아래와 정리할 수 있다.

〈표 2〉「유두류산기행편」 내용·소재 분류

단락	범위	공간 및 장소	내용	소재	전개
1단락	1구–24구	미상	유람 동기, 목적		서문
2단락	25구–34구	함양읍–엄천	엄천의 자연경관 묘사	엄천	여정
3단락	35구–44구	용유담	용유담의 기암괴석 묘사	용유담	〃
4단락	45구–54구	마천–군자사	마천의 형세 묘사, 군자사와 승려	마천, 군자사	〃
5단락	55구–74구	군자가–沮洳原	백무동 및 등산길의 험준함 묘사	등산로 형세	〃
6단락	75구–90구	저여원–제석당	주능선의 풍경 묘사	과실, 매, 짐승	〃
7단락	91구–108구	제석당–천왕봉	높은 능선에서 맛보는 소회와 자연경관 묘사	산당, 노을, 향적사, 금화대, 석문	〃
8단락	109구–114구	천왕봉	천왕봉의 기후, 생태	꽃, 나무, 눈	〃
9단락	115구–126구	성모사	무속비판	사당, 석상	〃
10단락	127구–156구	천왕봉	하계를 조망하며 작게 여기는 소회	산, 강, 섬, 바다	〃

11단락	157구-162구	천왕봉	선계로 비상하고자 하는 마음 술회	흉중 소회	〃
12단락	163구-172구	천왕봉	상상 속의 선계 여행	삼청궁, 신선, 벽도	〃
13단락	173구-182구	천왕봉	야경 묘사	운무	〃
14단락	183구-202구	천왕봉	일출 감상	일출	〃
15단락	203구-208구	낙성대-암자	향적사 정경 묘사	암자, 노을	〃
16단락	209구-228구	낙성대-영신사	험로, 가섭대 모습	가섭대	〃
17단락	229구-238구	영신사	청학동 상상	청학동	〃
18단락	239구-246구	영신사	쌍계석문, 최치원 상상	쌍계석문, 최치원	〃
19단락	247구-254구	영신사	한유한 상상	한유한	〃
20단락	255구-260구	영신사	산속 선경 묘사	산속 암자	〃
21단락	261구-270구	미상	산수의 근원까지 유람하고 픈 생각	천하 산수	총평
22단락	271구-278구	미상	지리산의 위용	지리산	〃
23단락	279구-286구	미상	지리산에 대한 자긍	지리산, 신산	〃
24단락	287구-290구	미상	지리산의 신성성	진시황 사신 불허	〃
25단락	291구-302구	미상	지리산의 혜택	지리산이 국가 사회에 미치는 혜택	〃
26단락	303구-322구	미상	인생의 의미	인생	〃
27단락	323구-332구	미상	자신의 분수 자각	분수	〃
28단락	333구-352구	미상	자기 삶의 지향	천명, 안분지족	〃

　　이 표를 통해 알 수 있듯이, 「유두류산기행편」은 모두 28단락으로 이루어져 있다. 물론 이는 필자의 시각으로 구조를 분석한 것이지, 작자가 애초 28단락으로 구성을 하여 쓴 것은 아니다.

　　이 시를 전체적으로 보면, 제1단락(제1구~24구)은 유람을 하게 된 동기 및 목적 등을 말하고 있고, 제2단락(제25구 이하)부터 제20단락(제258구까지)까지는 여정에 따라 특정 장소에서 경관을 묘사하거나 소회를 노래한 것이다. 그리고 제21단락부터 끝까지는 작자가 총평 형식으로 자신의 지리산 유람을 논평하면서 의미를 부여한 것이다. 이렇게 보면, 전체적으로 서문·본문·총평의 형식을 갖춘 시라고 볼 수 있다.

조선시대 유산록의 형식이 대체로 앞에 유람 동기나 목적 등을 말한 서문이 있고, 그 다음 일정에 따라 보고 듣고 느낀 것을 기록한 뒤, 마지막으로 유람을 총평하는 형식으로 전개방식을 취하고 있다. 이런 전개방식은 황준량의 「유두류산기행편」에서도 유사하게 나타나고 있다. 작자가 시를 지은 공간은 대체로 유람을 한 여정 중의 특정 장소로 나타나며, 서문과 총평은 유람을 한 뒤에 지은 것으로 보인다.

이 시의 형식전인 측면의 특징은 두 가지로 요약할 수 있다. 하나는 지리산 유산시 가운데 가장 긴 장편 고시라는 점이다. 이 시는 176운 352구 2,516자로 된 장편 고시인데, 평성 '동(東)' 자를 기본 운자로 하면서 '동(冬)' 자의 운자를 협운으로 쓰고 있으며, 협운을 하였지만 환운을 하지 않고 격자압운을 하고 있다. 이런 점에서 시인으로서의 빼어난 솜씨를 유감없이 발휘한 작품이다. 다른 하나는 자연경관에 대한 묘사가 섬세하면서도 빼어나는 점이다.

> 푸른 옥 같은 죽순이 다투어 솟아나 있는 듯
> 푸르른 연꽃을 여기저기 많이도 꽂아 놓은 듯
> 허공에 뜬 멀리 있는 산봉우리들 있는 듯 없는 듯
> 파도 위에 점점이 뿌려진 외로운 섬들 까마득하네
> 고개를 든 늙은 용이 목말라서 물을 마시려는 듯
> 빼어난 긴 칼을 막 갈아내어 섬광이 번쩍이는 듯
> 날개 펴고 너울너울 춤을 추는 봉황새 같기도 하고

갈기를 흔들며 울부짖는 날랜 녹이마인 듯하기도
서쪽으로 소백산을 바라보니 흰 구름이 떠가고
북쪽 화악산을 바라보니 상서로운 운기 붉네
산에 기대 늘어선 성곽들은 점점이 검은 사마귀 같고
숲을 휘돌아 흐르는 물줄기 무지개가 옆으로 걸린 듯

爭抽碧玉筍	亂挿靑芙蓉
浮空遠岫有無間	點波孤嶼蒼茫中
昂頭老虯渴欲飮	拔地長劍光如礱
翩然舒翼舞鳳凰	逸似振鬣嘶騄駬
西瞻小白白雲飛	北望華岳祥烟彤
列城依山點黑痣	衆水縈林橫蝀蝀12)

시인은 산 아래의 봉우리와 섬을 용과 섬광에 비유하기도 하고, 날개를 펴고 춤을 추는 봉황새나 갈기를 흔들며 울부짖는 준마에 비유하기도 하였다. 또한 산자락의 성곽을 검은 사마귀에, 굽이굽이 흐르는 강물을 무지개에 견주기도 하였다. 이런 점에서 대가의 솜씨로 자연경관을 섬세하고 빼어나게 그려냈다고 하겠다.

이 시의 내용상 특징은, 현실세계에서 가장 높은 곳에 올라 이 세상이 아닌 다른 세상을 무한히 구경하고 싶은 상상의 나래를 편 것이 많다. 그것은 대체로 두 가지로 나타나는데, 하나는 이 세상의 범주를 벗어난 별천지인 선계로의 여행이고, 하나는 국토를 벗어나 천하의 이름난 곳을 두루 유람하고자 하는 것이다. 전자는 우주 밖으로의 여행이고, 후자는 영역 밖으로의 여행이다. 이는 모두 서문에서 밝히고 있듯이, 우물 안의 개구리식 안목을 극복하고 보다 크고 넓은 인식을 추구하고

---

12) 上同.

자 하는 것이다. 이런 인식의 근저에는 공자의 '등태산이소천하(登泰山而
小天下)'의 의식이 자리하고 있다. 그리고 이런 인식에는 소인배들이 권
력 다툼을 하는 현실에 대한 비판과 극복의 의지를 담고 있다. 즉 현실
을 보다 넓고 높은 차원에서 진단하고자 하는 의식이 깔려 있다.

그 이유는 그가 비록 선계로 날아오르는 상상을 하고 있지만, 곳곳에
서 지리산이 국가와 사회와 백성들에게 주는 혜택을 생각하고 있으며,
일출을 보고 요순시대 태평지치를 떠올리며, 매를 잡는 사람들의 고생
과 먹이를 탐하다가 덫에 걸려드는 매의 본성을 질타하는 등 현실의 모
순을 비판하고 극복하려는 의지가 번뜩이고 있기 때문이다.

이런 점에서 황준량이 지리산을 유람한 것은 유자(儒者)로서 잠시 선
유를 한 것에 지나지 않는다. 현실의 답답한 불화를 풀며 가슴속의 티끌
을 씻어내고 새로운 안목으로 세계를 바라보기 위해서 떠난 여행이었을
뿐이다. 그러므로 「유두류산기행편」도 탈속의 선취를 드러낸 시라 하
겠다.

2. 「유두류산기행편」에 나타난 정신세계

1) 탈속의 경계에서 느끼는 선취

황준량이 지리산을 유람하게 된 동기는 이 시의 서문에 해당하는 부
분에 잘 나타나 있다. 그는 굴레[羈]와 새장[籠] 같은 좁은 세상에서 벗어
나 넓고 넓은 세상을 마음껏 구경하고 싶었던 것이다. 그래서 그는 자신
의 식견을 대롱으로 표범의 무늬 하나만을 본 것, 또는 우물 안의 개구리
안목에 비유하고 있다.13) 그러나 그의 탈속의 경계에서 넓은 세상 보기

---

13) 上同, "風馬春脫羈 野鶴秋開籠 軒昻自任宇宙寬······管豹一斑嗽悾悾 低回井天一蛙黽"

는 물외로의 여행이었고, 그것은 삼신산의 하나인 방장산이었다. 그래서 그는 유학자로서의 본분을 다시 돌아보며 다음과 같이 노래하였다.

> 신선술 배우지 않아 숨죽이고 고개 숙여 심신이 위축되니
> 남의 집 문 청소하러 가는데 몸을 굽히지 않을 수 있으리
> 또 모나고 질박한 점을 고치고 지절을 바꿀 수도 없어서
> 좋은 생황 폼 나게 들고 제나라 악공처럼 되길 구하네
> 旣不學低眉伏氣摧心顔   往掃人門能曲躬
> 又不能刓方斲朴變操節   巧把好竽求齊工[14]

황준량은 현실의 답답함을 해소하기 위해 갈등이 없는 선계를 그리워하지만, 유학자로서의 본분을 저버릴 마음은 없다. 그래서 신선술을 배우러 떠나는 여행이 아님을 분명히 하고 있고, 선계를 여행하다 보니 자신은 악공 정도의 역할을 하겠다는 것이다.

작자는 자신의 벼슬살이를 일장춘몽에 비유하며, 그런 얽매임으로부터 풀려나 자유롭게 되었으니, 옛날 사마천이 천하의 명승을 두루 유람한 것처럼 자신도 온 세상을 구경하고 싶다는 속내를 드러내고 있다. 그리고 방장산이 삼신산 가운데서도 제일로 일컫는 산이기 때문에 가장 먼저 유람을 해 보고 싶다는 심정을 아래와 같이 토로하였다.

> 하늘이 내게 자장처럼 유람하게 해준 것 기쁘니
> 내 산 사랑하는 마음 죽 위에 서린 막처럼 짙다네
> 하물며 삼한에 있는 방장산은 천하에 이름이 나서
> 영주산·봉래산보다 먼저 일컫는 제일의 산임에랴

---

14) 上同.

尙喜天公借我子長遊　　　　愛山心如粥面濃
況乃三韓方丈聞天下　　　　第一位號先瀛蓬[15]

　이런 기분으로 그는 지리산을 유람하며 곳곳에서 탈속의 경계에서
느끼는 선취를 만끽하였다. 아래는 천왕봉에서 사방을 조망하며 느끼
는 기분을 노래한 것이다.

　　눈 안에 들어오는 천지는 좁은 것이 오히려 싫으니
　　한 잔 밖에 안 되는 저 바다를 누가 넓다고 했던가
　　크고 작은 온갖 것들 남김없이 다 보고 나니
　　벌집인가 개미집인가 좀처럼 큰 것이 없구나
　　여기저기 뾰족뾰족한 산들 저마다 이름이 있지만
　　그 모두 중국 항주 근처 뇌봉처럼 나지막하여 마치 작은 패·용이 큰
　　　　제·초에 비견되는 듯하네
　　入眼乾坤尙嫌隘　　　　一杯滄海誰云洪
　　紛綸巨細覽無餘　　　　蜂窠蟻垤難爲崇
　　區區峭嶽各自名　　　　雷峯眇然如齊楚之於邾郳[16]

　시인은 천왕봉 정상에서 나지막한 산봉우리들과 섬과 강과 바다와
성곽들을 굽어보며 속세에서 벗어났음을 실감하고 있다. 그러나 그는
여기에서 만족하지 않고 더 높고 넓은 세상으로 떠나고 싶어 하며 다음
과 같이 노래했다.

_____

15) 上同.
16) 上同.

　　가슴속의 소회는 운몽택 팔구 개를 삼켜도 작은 듯
　　내뿜는 기운 갠 날 만 길의 무지개처럼 길게 서리네
　　부상이 지척처럼 가까워 날아오를 수 있을 듯하며
　　긴 강에는 마치 봄기운이 피어나 하늘로 오르는 듯
　　아득한 티끌세상 구덩이 속의 벌레라고 비웃으며
　　호연한 기상으로 곧장 높은 하늘에 오르고자 하네
　　吞胸小八九夢澤　　噓氣蟠萬丈晴虹
　　扶桑咫尺可飛到　　長江若爲春醅醶
　　悠悠塵世笑壞蟲　　浩氣直欲參玄穹[17)]

　　높은 정상에 올라 보니, 온 천하를 다 품을 듯한 호연한 기상이 생겼고, 그런 마음으로 그는 더 넓은 세상으로의 여행을 상상한다. 그리하여 그는 곧바로 상상 속 선계로의 여행을 다음과 같이 노래했다.

　　표연히 달을 꿴 뗏목 타고 풍백을 거느리고서
　　아득히 번개를 지휘하여 풍륭을 몰고 가노라
　　선녀들 구름 같은 갓 쓰고 노을 잔에 술 따르고
　　자진은 허공을 걸으며 난공을 연주하고 있네
　　그들이 나에게 읍하고 나를 신선이라 칭하며
　　태미성에 가서 천제에게 조회하라 하네
　　나를 삼청궁의 수도 백옥 자리에 앉히고서
　　금쟁반에 가득한 배와 벽도를 번갈아 주네
　　은빛 붓으로 벽운편을 써서 내게 보여주며
　　잎이 싱싱한 기화요초 꺾어다가 건네주네
　　飄乎乘月槎而御風伯　　曠然麾列缺而驅豊隆

---

17) 上同.

仙娥冠雲酌霞觴　　　子晉步虛吹鸞箜
揖我謂我仙　　　　　令騎太微朝天翁
坐余淸都白玉筵　　　交梨碧桃金盤充
銀毫寫就碧雲篇　　　折寄琪花葉蒨蔥[18]

시인은 바람의 신, 천둥과 번개를 관장하는 신 등을 데리고 선계로 올라간다. 그리고 왕자교(王子喬) 같은 역사 속의 신선을 만나 노닐며, 천제에게 조회하고 삼청궁에서 온갖 신선세계의 아름다움을 만끽한다. 한껏 탈속의 경계에서 정신적 자유를 맛보고 있는 장면이다.

　그러나 그는 곧 그런 상상력에서 깨어나 유자로서의 본분으로 돌아온다. 그래서 한밤중에 잠에서 깨어 일어나 자신을 성찰한다. 자신의 꿈이 비현실적인 것을 자각하는 순간이다. 그래서 그는 영신사에 이르러, 현실권에 있는 선계인 청학동으로 눈길을 돌려 다음과 같이 노래하였다.

　　　푸른 숲속의 옥 같이 생긴 산봉우리 청학동이겠지
　　　밤에 바람과 이슬을 경계하는 학 울음소리 들려오네
　　　고상한 사람 어느 곳에서 소나무 그늘에 누웠는가?
　　　자지가 노랫소리 끝나자 봄빛이 더 짙어지누나
　　　응진처럼 노을 먹고 날아다니는 신선이 있겠지
　　　굴 속에 숨어 바둑 두던 파공 사람도 있을 테고
　　　신선들은 예로부터 티끌세상을 멀리 피하는 법
　　　길을 잃은 세상 사람들 어디로 가야 할지 알겠네
　　　靑林玉岑認鶴洞　　　夜警風露聲嗈嗈

---

18) 上同.

高人底處臥松陰　　　歌斷紫芝春茸茸
應有湌霞飛步如應眞　　藏橘覆棋如巴邛
仙曹自古遠塵囂　　　世人迷路知何從[19)]

자지가(紫芝歌)는 진시황 때 상산(商山)에 숨었던 상산사호(商山四皓)가
불렀다고 하는 노래이며, 응진(應眞)은 진리를 깨달은 신선을 말한다.
파공(巴邛)은 중국 사천성에 있는 지명으로, 그 지역에서 난 귤을 쪼개
보니 그 속에서 세 노인이 바둑을 두고 있었다고 한다. 이는 모두 선계
의 이야기들로, 티끌세상과 구별되는 삶을 말한 것이다.

황준량은 이 땅의 신선세계인 청학동을 바라보며 상상하다가, 다시
그곳에 은거했던 최치원을 그리워한다. 그러다가 다시 신령스런 산수
를 다 구경하고 싶은 마음이 들어 천하의 주유하고 싶은 생각을 한다.

내 지금 작은 재주로 이 신선세계에 들어왔으니
다시는 지난날의 무식한 시골뜨기가 아니로세
평생 강호에서 자적하고자 한 뜻 부질없이 저버렸으니
우임금의 자취를 따라 깊숙한 곳을 다 찾고 싶네
옷자락 걷고 수사의 근원으로 거슬러 올라가고
마음을 열고 송대 관민의 풍도를 흠뻑 받으리라
오악에 올라 천하의 모든 산을 다 굽어보고
악양루로 가 기대 오송 땅을 봤으면
세상에 태어나면 세상의 얽매임을 피하기 어려우니
기이한 경치를 다 보기도 전에 돌아갈 마음 급하네
今將寸珠投此玉京裏　　非復向時吳下儂

---

19) 上同.

生平謾負湖海志　　欲跨禹迹尋幽窮
摳衣直泝洙泗源　　開襟洽受關閩風
登臨五岳見衆山　　徙倚岳陽看吳淞
生世難逃世累牽　　探奇未了歸心匆[20]

황준량은 천하를 주유하며 치산치수(治山治水)를 한 우(禹) 임금처럼 구주(九州)를 다 유람하고, 공자가 살던 수수(洙水)·사수(泗水)를 구경하고, 송대 도학자들의 고향인 염계(濂溪)·낙양(洛陽)·관중(關中)·민(閩) 등지를 방문하고, 다시 오악을 유람하고, 악양루(岳陽樓)까지 두루 둘러보고 싶어한다. 이는 자기가 살고 있는 좁은 강역에서 벗어나 넓은 안목을 갖추고 싶어하는 간절한 염원을 말한 것이다.

이처럼 탈속의 경계에서 느끼는 선취는, 속진과 떨어진 선계인 지리산에서 느끼는 정취, 국경을 벗어나 천하를 주유하고 싶은 정취, 그리고 우주로 날아올라 신선들이 사는 곳까지 가보고 싶은 정취로 나타난다. 그러나 유자로서의 본분을 잊지 않고 현실세계에서 정신적 자유를 찾고자 한다.

2) 등태산이소천하의 의식

공자가 말한 '등태산이소천하(登泰山而小天下)' 의식은 높은 곳에 올라 안목을 넓게 하는 호방한 의식만을 지칭하는 것이 아니다. 그 속에는 성현의 안목으로 천하를 경륜하는 법을 의미하는 뜻이 들어 있다. 그것은 조선시대 사대부들의 지리산 유람록을 통해서 확인할 수 있는데, 천왕봉에 올라 일출을 구경하며 노래한 것 가운데 자주 등장하는 내용이

---

20) 上同.

'양곡에서 떠오르는 해를 공경히 맞이하다[寅賓出日]'라는 것이다. 『서경』 「요전(堯典)」에 의하면, 요임금이 희씨(羲氏)·화씨(和氏)를 천문관으로 삼아 일월성신을 관측하게 하였고, 또 희중(羲仲)에게 명하여 동쪽 끝 해 뜨는 곳인 양곡에 살면서 떠오르는 해를 공경히 맞이하여 농사를 짓는 절기를 맞추게 하였다[21]고 한다.

농경사회에서는 천문을 관측해 제때에 씨를 뿌리는 것이 중요하기 때문에 일출을 관측하는 관원을 별도로 두어 천문역상을 살피게 한 것이다. 따라서 정상에서 일출을 보는 것은 높은 곳에서 천문을 탐구하는 행위이다. 그래서 『서경』의 '인빈출일(寅賓出日)'은 유학자들에게 일출을 맞이하는 경건한 자세로 인식되었고, 성인이 태평지치를 연 중요한 방법으로 여겨졌다. 천왕봉에서 일출을 맞이하는 것은 이런 정신을 새롭게 되새기는 행위인 것이다.

황준량도 천왕봉에서 일출을 맞이하며 이와 같은 심경을 맛보고 다음과 같이 노래하였다.

> 붉은 빛이 일렁이는 바다에 물드는 것 점점 보이니
> 양곡이 밝아지려고 먼저 환해지는 것이리
> 태극이 처음 나뉠 땐 인심 크게 질박하고 온전했고
> 삼황이 처음 나올 때도 오히려 우둔했었네
> 태양이 허공에 솟아올라 귀신들을 놀라게 하고
> 맑은 햇살 음기를 내몰아 비단보를 흩날리는 듯
> 문채와 밝은 빛이 찬란히 빛나 중앙에 위치하니
> 구만리를 밝게 비추어 천제의 이목을 열어놓았네

---

21) 『書經』 「堯典」. "乃命羲和 欽若昊天 厤象日月星辰 敬授人時 分命羲仲 宅嵎夷 日暘谷 寅賓出日 平秩東作 日中星鳥"

희씨·화씨가 해를 맞이하고 보내 노래가 나오고
요임금·순임금 시대 백성들은 태평스럽게 살았다네
상봉에서 해 뜨는 것 보고 천체의 움직임 살펴보니
이를 미루어 한 근원의 시종을 징험할 수 있겠구나
가소롭다, 땅 위에서 서캐나 이처럼 기생하는 신하들
딴 생각에 두 손을 잡고 해바라기 같은 충성 바치네
근래 본 것 가운데 이 광경 가장 기이하고 절묘하여
순정한 술 마시고 취한 듯이 마음이 황홀하게 취하네

漸見紅光瀲射海宇翻	暘谷欲明先曈曨
雞子初分大樸全	三皇首出猶倥侗
金輪湧空驚魍魎	淸旭驅陰散錦幪
文明赫赫正當中	昭揭九萬開天聰
羲和賓餞歌出作	唐虞民物登熙雍
聊憑日觀覰天步	推此可驗一元之始終
可笑下土蟣蝨臣	有懷捧手傾葵荵
蓄眼年來最奇絶	心醉怳若酣醇醲[22]

　태양의 밝은 빛이 온 세상을 비추어 환히 드러나게 함으로써 천제의 눈과 귀를 밝게 하였다는 것은, 성왕(聖王)의 밝은 정치를 의미한다. 그런 정치를 이루어지게 하는 것이 바로 '떠오르는 해를 공경히 맞이하는 일'이다. 이는 등태산이소천하의 의식의 중요한 내용에 해당한다. 황준량의 지리산 기행시에도 이런 점이 분명히 나타나고 있음을 확인할 수 있다.

---

22) 黃俊良, 『錦溪集』 外集 권1 「遊頭流山紀行篇」.

3) 지리산에 대한 자긍의식

황준량은 지리산 천왕봉의 위용에 대해 다음과 같이 노래했다.

아, 조물주가 처음으로 이 세상을 열어 만들 적에
웅장 기이 수려한 경치를 어찌 이 산에다 모았던가
원기를 거느려 모으고서 천지 음양을 관리하며
우뚝 솟아 만고에 그 드높은 위용을 자랑하네
과아·거영 같은 신인들도 터럭 하나 건드릴 수 없으니
조물주가 조화를 마음껏 부려 솜씨 좋게 만들어낸 것이리
정기가 모였으니 이 산에는 응당 보물도 많이 생산되리
금과 은의 기운이 위로 뻗쳐 북두성과 견우성에 닿았네

噫嘻造物初開張　　　雄奇秀麗胡爲此山兮獨鍾
領會元氣經紀兩儀　　　屹立萬古誇穹窿
夸娥巨靈不得動一髮　　　豪縱造化工陶鎔
精聚應多産寶藏　　　金銀氣上牛斗衝[23)]

작가는 조물주가 이 세상을 만들 적에 지리산에 웅장하고 기이하고
수려한 경치를 다 모아놓아, 지리산이 원기를 거느리고 음양을 관리하
여 만고에 그 위용을 자랑하고 있다고 노래하였다. 이러한 묘사는 지리
산이 이 땅을 진압하고 있는 강토의 중심임을 드러낸 것이다.

다시 황준량은 천왕봉에서 지리산에 대한 자긍심을 한껏 드러냈다.

이 산을 중국 땅에 옮겨놓는다 해도 지상에 우뚝하리니
그 높이 화산이나 숭산에 양보하지 않으리라

---

23) 上同.

나무를 태우고 망제 지내며 옥황상제께 제사하고
금가루 탄 먹물로 옥첩을 써서 신비한 공을 새겼으리
또 태산에 오른 공자와 산을 좋아한 주자·장남헌이 있어
난초 핀 길을 나란히 걸으며 무성한 풀 섶을 헤쳤으리
이런 명산이 동방에 잘못 떨어져 크게 이름나지 않아
단지 해동에 있는 신선이 사는 산이라고 알려져 왔네

若使移在中華峙土中　　峻極不讓華與嵩
燔柴望秩祀玉皇　　　　泥金檢玉銘神功
又有登岱之宣聖樂山之朱張　　聯踵蕙路披丰茸
誤落偏區名未大　　　　祗說神仙在海東[24)]

시인은 지리산이 중국의 오악(五嶽)보다 낫다는 점을 말하고 있다. 조선시대 사대부들 가운데는 지리산을 중국의 오악보다 더 낫다고 평한 말이 종종 보인다. 예컨대 김종직(金宗直)은 지리산이 중국에 있었다면 숭산(崇山)·태산보다 천자가 먼저 올라 봉선(封禪)을 했을 것이라 하였고,[25)] 남효온(南孝溫)은 "대개 높고 큰 산은 움직이지 않고 그 자리에 있지만, 인간에게 주는 이로움은 이처럼 풍부하다. 이는 마치 성인이 의관을 정제하고 두 손을 잡은 채 앉아 제왕으로서의 정사를 행하지 않더라도, 재성보상(裁成輔相)의 도를 베풀어 백성을 도와주는 것과 같은 이치이다. 심하구나, 지리산이 성인의 도와 같음이여."라고 하여, 지리산의 상징성을 성인의 도에 비유하였다.[26)] 또 송광연(宋光淵)은 천왕봉에서 해가 지고 뜨는 것을 관찰할 수 있기 때문에 요임금 시대 사방을

24) 上同.
25) 최석기 외, 『선인들의 지리산 유람록』, 돌베개, 2000, 41쪽.
26) 최석기 외, 『용이 머리를 숙인 듯 꼬리를 치켜든 듯』, 보고사, 2008, 33쪽.

하나씩 맡아 천문을 관측하던 의중(羲仲)·희숙(羲叔)·화중(和仲)·화숙(和
叔)도 할 수 없는 일이라는 점을 들어, 우리나라 제일의 산일뿐만 아니
라 이 세상의 그 어떤 산이라도 이 산과 대등할 만한 산은 없을 것이라
고 하였다.[27]

위에 인용한 시를 보면 황준량도 그와 같은 인식을 하고 있음을 알
수 있다. 그는 지리산이 만약 중원에 있었다면 오악보다 우뚝하여 임금
이 제사를 지냈을 것이고, 공자·주자·장식 등 이름난 학자들이 찾아왔
을 것이라고 하였으니, 이는 지리산이 중국의 오악보다 더 위대하다는
자긍의식의 표현이라 하겠다.

4) 불교·무속에 대한 비판의식

조선전기 김종직은 불교에 대해 부정적 생각을 가졌음에도 불구하
고, 선열암에서 정진하던 비구가 종적을 감춘 이야기, 독녀암의 전설,
삼반석(三盤石)의 고사 등을 상세히 기록해 놓고 있다.[28] 그러나 영신사
가섭상의 오른팔 흉터를 두고 겁화(劫火)에 그을린 것으로 조금 더 타면
미륵세상이 온다고 하는 승려의 말에, 돌에 난 흔적이 본래 그런 것인데
황당하고 괴이한 말로 어리석은 백성을 속여 내세의 이익을 구하는 자
들로 하여금 보시하게 하니 참으로 가증스럽다고 하였다.[29] 이를 보면,
김종직은 불교의 혹세무민에 대해 단호하게 배척한 것을 알 수 있다.

조선중기 성여신도 법계사에 복을 구하는 사람들이 줄을 지어 오르
내리는 것을 목격하고서 "법당 안에 어떤 물건 있던가, 서남쪽 벽면에

---

27) 上同, 175쪽.
28) 최석기 외, 『선인들의 지리산 유람록』, 돌베개, 2000, 25~26쪽.
29) 상동, 38쪽.

석불이 앉아 있네. 문득 수없이 복을 비는 사람 나타나, 갓을 벗고 합장하고 연신 절을 하네. 원근의 사람들 남녀노소 할 것 없이, 곡식을 퍼가지고 비단을 싸가지고, 끊임없이 꾸역꾸역 이 절로 찾아오네. 먼저 온 사람은 내려가고, 뒤에 오는 사람은 올라오며, 뜰을 채우고 길을 메워 끊일 때 없네. 심하구나 혹세무민하는 말, 어리석은 백성들을 다투어 빠져들게 하누나."[30]라고 하여, 불교의 혹세무민을 강력히 비판했다.

이처럼 조선시대 사대부들은 불교와 무속의 혹세무민에 대해 매우 비판적이었다. 황준량도 이와 같은 시각에서 천왕봉 정상에 있던 성모사에 대해 다음과 같이 노래하고 있다.

세 칸 오래된 사당은 비바람 피하지 못해 흔들흔들
주인 없는 문간에 무너진 담을 판자로 둘러쳤네
선명하지 못한 석상에는 흠집이 여기저기 나 있는데
우리들 발자국 소리 듣고 기뻐서 얼굴을 펴는 듯하네
그 누가 왼쪽 갈비에서 흉한 새끼를 낳게 했는가
알을 삼키고 상나라 시조 낳은 유융에 부끄럽네
서역의 요사스러운 신이 어찌 예까지 멀리 왔는지
근거 없는 괴이한 말이 도리어 몽롱하기만 하네
사람들은 어찌하여 신명처럼 영험하다고 여기면서
등불을 밝히고 술을 따르며 그토록 치성을 올리는지
부뚜막귀신에게 아첨할 마음 없고 기도한 지도 오래니
내 어찌 귀신에게 의지하여 길흉을 알려고 하겠는가
三間古廟不避風雨簸　　板扉無主繚壞墉
糢糊石軀帶瘢痕　　開眉如喜來人跫

30) 상동, 378쪽.

誰敎左脇産凶雛　　吞卵開商慸有娀
西域妖神豈遠到　　無稽怪語還朦朧
爭將靈驗擬神明　　明燈灌酒能致恭
無心媚竈禱已久　　肯向幽冥推吉凶[31]

천왕봉 성모사의 성모(聖母)에 대해서는 여러 가지 설이 있는데, 그 중 하나가 석가모니의 어머니 마야부인이라는 설이다. 인도의 마야부인이 삼한의 지리산에까지 와서 신이 되었다는 전설에 대해 현실주의 사고로 무장한 사대부들에게 황당한 말로 받아들여질 수밖에 없었다. 따라서 그의 눈에는 이런 근거 없는 황당한 말을 하는 것이, 결국 승려들이 혹세무민하는 것으로 밖에 보이지 않았다. 그래서 그는 『논어』에 보이는 공자의 말을 빌어 신에게 의지해 길흉화복을 점치는 행위를 부정적으로 인식하고 있다. 유자(儒者)로서의 인식을 분명히 드러내는 대목이다.

5) 민생에 대한 우려의식

황준량의 「유두류산기행편」에는 김종직 등의 유람록에 보이는 것처럼 민생에 대한 걱정이 두드러지게 나타나지는 않는다. 그것은 그가 답답함을 해소하기 위해 선계 유람을 목적으로 하였기 때문에 민생문제에는 시선을 돌릴 여유가 없었고, 또 그가 유람한 여정이 대체로 민간에서 떨어진 산속이었기 때문에 민생의 어려움을 직면하지 않았던 점도 있을 듯하다.

그러나 그 역시 경세제민의 포부를 품은 젊은 관료 출신이었기에 그

---

31) 黃俊良, 『錦溪集』 外集 권1 「遊頭流山紀行篇」.

의 눈에 목격된 민생의 질고는 피해갈 수 없는 현실문제로 다가오지 않을 수 없었다. 그는 세석에서 천왕봉을 향해 갈 때 산에서 나는 과실을 산간 백성들이 다 채취해 간 것, 매를 잡는 사람들이 움막 속에서 생활하는 것을 직접 목격하였다. 그리하여 그는 민생 문제에 대해 다음과 같이 노래했다.

> 산간의 백성들 허기를 면하려 과실을 다 따 먹어선지
> 아직 남은 건 단지 아침 햇살을 받은 오동나무 열매뿐
> 높은 고원은 어느 곳이나 반은 띠풀로 덮여 있는데
> 매 잡기 위해 설치한 틀 마치 쑥대를 엮어놓은 듯
> 매 때문에 백성들 괴롭히니 관리들 어질지 않다마는
> 하늘 높이 날아오르는 매는 왜 그물에 걸려드는지
> 丘民濟飢食之旣　　遲爾一下朝陽桐
> 高原處處半間茅　　伺鷹設械如編蓬
> 禽荒毒民彼不仁　　凌霄逸翮胡罹罿[32]

둘째 구의 원주(原註)에 "대나무 열매가 숲에 가득한데 굶주린 백성들이 따 먹어 열매가 달린 나무는 모두 시들었다."고 기록하고 있다. 황준량이 지리산을 유람한 것은 음력 4월이었으니, 이 시기는 춘궁기로 평지의 백성들도 먹을 것이 부족해 나물을 뜯어다 연명하는 철이다. 그런 현장을 황준량은 직접 눈으로 보고 긍휼히 여긴 것이다.

조선시대 지리산 유람록에 자주 등장하는 내용이 주능선에 매를 잡기 위해 움막을 지어 놓고 사는 매사냥꾼들의 고통스런 삶의 모습이다. 황준량도 주능선을 걸어가며 그런 움막을 수없이 보았을 듯하다. 그리

---

32) 上同.

하여 매를 공물로 바치게 하는 관리들의 어질지 못한 마음을 질책한다. 그리고 작자는 매가 먹잇감에 끌려 덫에 걸려드는 것을 두고, 이욕을 경계하는 도학자다운 생각을 하는 것으로 끝을 맺고 있다.

6) 역사를 회고하는 의식

조선시대 사대부들의 지리산 유람록에 보면, 역사 유적지에서 그 시대와 그 인물을 회고하면서 현실을 인식하는 경우가 많다. 특히 남명 조식은 산수의 명승을 유람한 것보다 유람 중 한유한(韓惟漢)·정여창(鄭汝昌)·조지서(趙之瑞) 등을 만난 것에 더욱 의미를 두어 '산을 보고 물을 보고, 그리고 역사적 인물을 보고 그가 살던 시대를 보는 것[看水看山看人看世]'이라고 하였다.33)

지리산을 유람한 사대부들이 유람을 하면서 만나는 유적이나 역사적 장소에서 역사를 회고하며 그 인물과 그 시대를 생각하는 것은, 여러 사람의 유람록에 나타나는 보편적인 현상이다. 황준량의 경우도 예외는 아니다. 그는 영신사 근처 가섭대가 왜적의 칼날에 상처를 입은 것을 보고서, 다음과 같이 노래했다.

> 천 길의 가섭대가 햇빛에 그림자를 드리웠는데
> 흉악한 섬 오랑캐 놈들의 칼날에 상처를 입었구나
> 백성들이 왜적에게 당한 피해 말할 것도 없다마는
> 바위와 나무도 어찌 흉악한 적의 칼날을 만났던가
> 하늘이 성스러운 임금을 내어 시대를 구하게 하자

---

33) 최석기, 「南冥의 山水遊覽에 대하여, '遊頭流錄'을 중심으로」, 『南冥學研究』 제5집, 경상대학교 남명학연구소, 1996, 77~103쪽.

고름을 짜내듯이 한 번 지휘하여 말끔히 소탕하였네
千尋迦葉日邊影　　刃斫亦被島夷兇
民生血肉不堪說　　石木胡然逢鞠詢
天生聖祖爲濟時　　一揮蕩滌如決癰[34]

　가섭대는 가섭전 뒤에 있는 우뚝한 바위로 좌고대라고도 한다. 고려
공민왕 때 왜적들이 운봉 황산 전투에서 패해 달아나다 이곳에 이르러
칼을 휘둘러 상처를 남겼다고 한다. 황준량은 승려로부터 이런 이야기
를 듣고 이 땅의 바위와 나무들까지 왜적들의 피해를 입은 것에 대해
개탄을 하고 있다. 그리고 조선을 세운 이성계가 왜적을 소탕한 공을
찬양하고 있다.
　황준량은 이처럼 역사적 장소에서 지난 일을 회고하기도 하였지만,
또 지리산에 은거한 역사적 인물로 유명한 한유한과 최치원(崔致遠)을
떠올리며 지난 역사를 회고하며 그 인물을 생각하기도 하였다. 그는 영
신사에서 남쪽을 바라보며, 그곳에 은거했던 최치원에 대해 다음과 같
이 노래했다.

　　비바람에 부식된 바위에는 각자가 반쯤 희미한데
　　소나무를 휘감은 푸른 칡넝쿨이 축 늘어져 있네
　　몇 리에 걸쳐 있는 좋은 밭 손바닥처럼 평평한데
　　낮은 곳은 벼를 심을 테고 높은 곳엔 밭벼 심겠지
　　최고운을 불러서 최근 소식을 물어보고 싶은데
　　선유를 하며 신령한 자취 어디쯤 날고 있는지
　　화란의 그물에서 몸을 빼 화려한 글 솜씨 떨쳤기에

---

34) 黃俊良, 『錦溪集』 外集 권1 「遊頭流山紀行篇」.

맑고 아름다운 그 풍도와 명성을 후인들이 흠모하네
風磨石刻半微范　　松纏翠紿垂鬤鬆
良田數里掌樣平　　濕可秔稻高宜稗種
欲喚孤雲訪消息　　仙遊何許飛靈踪
抽身禍網振華藻　　風聲沒世欽淸丰[35]

첫 구는 쌍계사 입구에 있는 '쌍계석문'을 두고 읊은 것이다. 지리산에는 최치원의 유적과 전설이 다수 전해지고 있다. 특히 쌍계사 입구에 있는 '쌍계석문' 4자는 최치원이 직접 쓴 글씨로 유람객에게는 좋은 구경거리였다. 황준량은 직접 그 글씨를 보지 못하였기 때문에 상상으로 각자가 반쯤은 희미하다고 노래하고 있다.

황준량은 또 그곳에 은거했던 최치원을 떠올리며 그의 인물됨을 흠모하고 있는데, 신라 말의 어지러운 정치적 소용돌이 속에서 벗어나 은거하여 맑고 아름다운 풍도와 명성을 보전하고 화려한 문장을 떨친 인물로 평하고 있다. 조선시대 사인들은 최치원에 대해 대체로 본분은 유학자지만 선계에 의탁한 인물이라는 의미로 '유선(儒仙)'이라 칭하였다. 그리하여 크게 부정적으로 평하지 않았다. 다만 이황은 최치원의 사상이 순정하지 않기 때문에 문묘에 종사하기 부적합하다[36]고 하였다. 그런데 황준량은 최치원에 대해 전혀 부정적 인식을 보이지 않고 있다.

또 황준량은 고려 말 최씨집권기에 지리산에 와 은거한 한유한에 대해서도 다음과 같이 노래했다.

---

35) 上同.
36) 啓明漢文學硏究會, 『退溪學文獻全集』 제18책 『退溪先生言行錄』 권5 「崇正學」. "嘗曰 我朝從祀之典 多有未喩者 如崔孤雲 徒尙文章 而諂佛又甚 每見集中佛疏等作 未嘗不深惡 而痛絶之也 與享文廟 豈非辱先聖之甚乎"

천추에 빼어난 한 사람 고려시대 한녹사는
굴레에 얽매이지 않은 말처럼 재빨리 벗어났네
늙은 역적 조정에서 경상에게 절하기보다는
홀로 세상 바깥에서 처자와 함께 지내리
땅을 피한 방덕공이 소명에 어찌 나아가리
문을 닫고서 벼슬자리 사절한 공승과 같았네
千秋一人韓錄事   快如駃馬不受絡頭絨
老賊門前拜卿相   獨擧物外妻孥共
飛書誰起避地龐   閉戶還如推印龔37)

  한유한은 최충헌의 화를 피하여 벼슬을 버리고 지리산에 들어와 생
을 마친 인물로, 여러 차례 조정에서 불렀지만 끝내 나아가지 않았다.
황준량은 한유한을 중국 역사 속에서 후한 말 유표(劉表)의 부름에 나아
가지 않고 녹문산에 숨어버린 방덕공(龐德公), 또 한나라 때 지방관으로
서 선정을 베풀다가 왕망(王莽)이 찬탈을 한 뒤 불렀으나 끝내 나아가지
않은 공승(龔勝)에 비유하여 그의 지절(志節)을 높게 평하고 있다.

  ## 7) 천인합일에 대한 성찰의식

  황준량의 「유두류산기행편」 말미 총평 부분은 지리산에 대한 자긍의
식 등을 기술한 뒤, 인생의 진정한 의미는 무엇인지, 자신의 분수에 맞
는 삶은 어떤 것인지, 그리고 천리에 순응해 사는 천인합일의 삶을 어떻
게 찾을 것인지 하는 것으로 끝을 맺고 있다. 선계를 찾아 나선 유람이
지만, 돌아와서는 자신의 삶에 대한 성찰로 마무리를 하고 있다. 그는
인생의 의미에 대해 다음과 같이 노래했다.

---

37) 黃俊良, 『錦溪集』 外集 권1 「遊頭流山紀行篇」.

그 위에 개뼈 모양의 구기자와 사람 모양의 산삼이 있고
기름이 땅속에 들어가도 썩지 않는 다섯 잎 소나무 있네
약초뿌리 캐고 열매 먹으면 늙는 것 막을 수 있으리니
날아올라서 광한궁에 이르는 것이 어찌 어려우리
이치를 거역하며 구차하게 사는 것 편히 여길 바 아니니
기숙하는 사람처럼 잠시 머물다 가는 이 인생 어찌하리
세 가지 영원한 것 중 으뜸인 입덕은 대인의 일이라
그 분의 훌륭한 행실을 천고에 다투어 흠모하고 있지
때를 만나 공 세워 공신으로 책록되는 것도 우연한 일
초상이 운대에 걸려 제사 받는 일 어찌 헤아리랴
사물을 완상하는 시인들은 원숭이를 조각하는 것 본받고
수많은 사람들이 한낮의 벌떼처럼 시끄럽게 떠들어대네
서성거리다가 세월만 보냈으니 어찌할 수 없구나
해와 달이 밝고 밝아 우리들의 마음을 비추도다

其上有狗骨之杞人形之蔘	流膏入地五鬣不朽之長松
探根食實制頹齡	何難飛到廣漢宮
逆理偷生非所安	柰此浮生如寄傭
太上立德大人事	景行千古爭顒顒
逢時策勳亦偶爾	圖形肯數雲臺彤
玩物騷人效刻猨	衆作喧噪多午蜂
徘徊歲晚無柰何	日月昭昭臨我衷38)

광한궁(廣寒宮)은 항아(姮娥)가 산다고 하는 천상의 세계이다. 그는 지리산을 유람한 뒤, 산속에 은거하면서 약초뿌리를 캐고 열매를 따 먹으면 선계에서 사는 것과 마찬가지일 것이라는 생각을 한다. 그러면서 그

---

38) 上同.

는 입덕(立德)·입공(立功)·입언(立言)의 삼불후(三不朽) 가운데 입덕을 추구하는 삶을 목표로 설정하고, 공신에 책봉되는 것을 바라지 않고자 한다. 즉 황준량은 벼슬살이를 하여 공을 세우기보다 학덕을 닦아 도덕군자가 되는 것에 더 의미를 부여하고 있는 것이다.

> 태항산으로 가는 길도 험한 것이 못 되니
> 세파는 염여퇴가 떠 있는 곳처럼 흉흉하네
> 개를 끌고 싶다며 멸족당한 이사를 어찌 슬퍼하랴만
> 낭관 자리에서 늙어버린 풍당을 부질없이 탄식하네
> 行路太行非岌岌　　世濤灩澦浮洶洶
> 牽犬何嗟赤族斯　　潛郞空歎白頭馮[39]

작자는 자신의 분수를 돌아보고 험난한 시대에 나아가 화를 당하는 삶을 원치 않고 있다. 태행산(太行山)·염여퇴(灩澦堆)는 세파가 몰아치는 자기 시대의 현실이며, 이사(李斯)·풍당(馮唐)은 그런 세상에 나아가 화를 당하거나 미관말직에서 평생을 보낸 대표적 인물이다. 작자는 그런 삶을 원치 않고 있다. 그래서 그는 학덕을 닦아 천인합일의 온전한 삶을 추구한다.

> 차를 달이던 육우처럼 깊은 산속에서 찻잎 따고
> 코끼리 코처럼 구부정한 연뿌리 캐며 푸른 통 기울이네
> 원량은 바람 부는 창가서 오동나무 무현금을 탔고
> 낙천은 술 취해 쓴 시를 시통에 담아 전달했네
> 화복은 오직 새옹의 말처럼 운수에 맡겨두고

---

39) 上同.

얻고 잃는 것 모두 초나라 사람의 활처럼 맡기네
생명체를 죽이는 일은 하찮은 벌레라도 경계해야 하고
낚시 드리면 미끼 탐내는 가물치처럼 되지 말아야 하리
한림원 학사 초빙하는 금마문은 어디에 있는가
구름 낀 관문 돌 사립문이 영롱하게 열려 있구나
이 몸은 이미 영욕의 세계에서 훌쩍 벗어났으니
세상에 가득한 헛된 걱정으로 어찌 서로 싸우리오
정신 한가하고 마음 고요하여 즐거움 절로 넉넉한데
천명을 믿고 안분지족하니 마음이 더욱 풍요롭구나
몸은 인간 세상에 있으나 마음은 이 세상 벗어났나니
왕자교·적송자가 낮에 하늘로 오른들 어찌 부러우리

茶烹陸羽破白雲	荷折象鼻傾碧筩
元亮風窓撫短桐	樂天醉筆傳詩筒
禍福唯任塞翁馬	得亡都付楚人弓
戕生可戒食蓼蟲	懸鉤庶免貪餌鮦
銀臺金馬在何許	雲關石扉開玲瓏
將身已超榮辱境	滿世虛愁誰內訌
神閒意靜樂自饒	信天安命心愈豐
身處人寰心出世	何羨喬松白日雲天冲40)

　황준량은 송나라 때 육유(陸游)처럼 자연 속에서 차에 취미를 붙이고
살거나, 도연명(陶淵明)처럼 전원에 은거하거나, 백거이(白居易)처럼 시나
지으며 사는 삶을 원하고 있다. 그러면서 현실의 불우함을 한탄하지 않
고 새옹지마(塞翁之馬)의 고사처럼 전화위복으로 삼겠다는 의지를 피력
하고 있다. 또한 영욕의 세계로부터 벗어난 자신을 돌아보며, 그런 정신

---

40) 上同.

적 지향을 변치 않을 것임을 다짐하고 있다. 그리고 자연 속에서 천명을
믿고 안분지족하는 삶을 더없이 풍요로울 것으로 확신하고 있다.

Ⅳ. 맺음말

　이상에서 논의한 것을 바탕으로 황준량의 「유두류산기행편」에 나타
난 특징을 정리해 결론을 삼고자 한다. 이 시의 형식적 특징은, 지리산
유산시 가운데 가장 긴 장편 고시라는 점과 자연경관에 대한 묘사가 섬
세하면서도 빼어나다는 점이다. 또한 내용적 특징을 정리하면 다음과
같다. 첫째, 탈속의 경계에서 느끼는 선취이다. 이는 속진과 떨어진 선
계에서 느끼는 정취, 국경을 벗어나 천하를 주유하고 싶은 정취, 우주
로 날아올라 선계까지 가보고 싶은 정취로 나타난다. 둘째, 등태산이소
천하의 의식이다. 이는 『서경』의 '공경히 떠오르는 해를 맞이한다[寅賓
出日]'는 의식이 중심 내용으로 등장하고 있는데, 성왕의 태평지치를 희
구하는 정신이 깔려 있다. 셋째, 지리산에 대한 자긍의식이다. 작자는
지리산이 중원에 있었다면, 천자가 천제(天祭)를 지냈을 것이고, 공자·
주자 등 이름난 학자들이 찾아왔을 것이라 하여, 중국의 오악보다 더
위대하다는 자긍의식을 드러내고 있다. 넷째, 불교 및 무속에 대한 비
판의식이다. 작자는 성모사의 성모가 마야부인이라는 설에 대해 황당
한 말로 치부하면서 혹세무민에 대해 비판적인 의식을 드러냈다. 다섯
째, 민생에 대한 우려의식이다. 작자는 대나무 열매를 산간의 백성들이
다 채취해 간 것을 보고서 그들의 삶에 대해 걱정하고 있으며, 매를 잡
는 사냥꾼의 처지에 대해서도 동정하고 있다. 여섯째, 역사에 대해 회

고하는 의식이다. 작자는 영신사 가섭대의 칼자국을 보고 왜적들의 만행에 분노하며 태조 이성계의 무공을 찬양하였다. 일곱째, 천인합일적 삶에 대한 성찰의식이다. 작자는 「유두류산기행편」 말미에 인생의 진정한 의미가 무엇인지를 되물으며 천인합일의 삶을 지향하는 진지한 성찰을 하고 있다.

황준량의 지리산 유람은 정치적 갈등에서 오는 불화를 달래기 위해서였지만, 그 이면에는 현실에 얽매여 있던 자신의 우물 안의 개구리식 안목에서 벗어나 크고 넓은 정신적 지향을 통해 삶의 국면을 새롭게 전환해 보자는 의도가 더 크다. 그래서 무한히 넓은 우주 밖으로 벗어나는 상상도 해 보지만, 결국 현실세계 속에서 삶의 가치를 찾으려 하고 있다. 또한 자신이 살고 있는 강토를 벗어나 더 큰 세상을 경험하고 싶어하지만, 궁극적으로는 천명을 믿고 안분지족하는 삶은 더없이 풍요롭고 온전한 삶이라는 자각을 하는 것으로 끝을 맺고 있다. 이것이 그가 지리산 유람을 통해 얻은 소중한 가치이다. 따라서 겉으로는 선유를 하고 선계를 지향하는 것처럼 보이지만, 실제로는 도학자로서의 정신자세[41]를 일깨우고 확인하는 여행이었다고 하겠다.

---

41) 윤천근, 「황준량의 역사인식」, 『퇴계학』 제2집, 안동대학교 퇴계학연구소, 1990, 100~101쪽.

청계 양대박의 지리산 읽기, 「두류산기행록」

강정화

I. 머리말

청계(靑溪) 양대박(梁大樸 1543~1592)과 관련한 기왕의 인식은 대략 두
가지로 압축할 수 있다. 양대박은 임진란의 의병활동으로 널리 알려져
있다. 50세 때 임진왜란이 일어나자 의병을 소집하고, 그 해 6월 의병
3천 명을 이끌고 담양에서 고경명(高敬命)과 회합하였으며, 같은 해 남
원에서 1천여 명의 의병을 더 모아 운암(雲巖)에서 왜적을 대파하였다.
그는 의병 활동에 헌신하다가 과로로 진중에서 세상을 떠났는데, 이로
인해 병조참의에 추증되기도 하였다.[1]

양대박은 시로 이름났다. 그는 삼당파시인(三唐派詩人)으로 일컬어지
는 이달(李達)·백광훈(白光勳) 및 백호(白湖) 임제(林悌) 등과 교유하며 자
주 시회(詩會)를 열었다.[2] 허균(許筠 1569~1618)은 양대박의 시를 일러 "붓

---

1) 양태순, 「청계 양대박의 생애와 한시」, 『한국한시작가연구』 6집, 한국한시학회, 2001,
   509~516쪽.

2) 趙緯韓, 『玄谷集』 권12 「靑溪集跋」. "有子曰公 天才卓越 以詩名焉 少而學於湖陰 得其

을 잡으면 그침 없이 써내려가되, 붓이 가는 것은 시냇물이 흐르는 듯하고, 붓이 그친 것은 큰 산이 우뚝하니 서 있는 듯하였다. 시재(詩材)의 선택은 당(唐)을 본받았고 강서파(江西派)를 넘나들며 천고 시인의 우아한 운치를 다하였다"3)고 평하였으니, 그의 시재(詩才)는 당대에도 이미 널리 인정되었던 것으로 보인다. 그러나 양대박의 시는 만년에 자신이 지은 1천 여 수를 손수 편집하여 묶어두었는데, 1591년 당시 전주부윤으로 있던 남언경(南彦經)이 빌려갔다가 임진왜란 때 잃어버렸다. 때문에 현전하는 200여 수로는 탁월한 그의 시적 재능을 확인하기에 역부족인 듯하다.4)

그런데 필자는 여기서 양대박을 이해할 또 하나의 키워드를 덧붙이고자 한다. 아래 글을 살펴보자.

그의 원기는 혼혼(混混)하고 신이한 변화는 헤아릴 수 없다. 웅심(雄深)하고 굉장(宏壯)한 곳에 이르러서는 마치 천왕봉과 반야봉이 서로 우뚝하니 솟아 하늘을 떠받치고 구름 속에서 보였다 잠겼다 하는 듯하고, 그 부려(富麗)하고 전아(典雅)한 점은 마치 신흥동(神興洞) 안에 따뜻한 봄날이 되면 온갖 꽃들이 흐드러지게 피고 수석(水石)이 맑고 맑은 것과 같으며, 그 강경(剛勁)하고 준결(峻決)한 점은 마치 청학동의 높은 봉우리에 서리가 내려 잎이 떨어지고, 허공에 드리운 불일폭포가 온 골짜기

宗旨 長而與思菴林塘智齋諸公 相揚扢而印可 晚與孤竹白湖蓀谷松溪 爲詩社而大思量"

3) 許筠, 『惺所覆瓿藁』 권4, 「靑溪集序」. "觀其作詩 下筆滔滔 行者川流 峙者岳立 材選法唐 泛濫江西 極千古詞人之雅致"

4) 양대박의 문학과 관련해서는 양태순의 논문 외에 다음의 연구 성과가 산출되었다. 안장리, 「16세기 팔경시에 나타난 미의식의 양상-'俛仰亭三十詠'을 중심으로」, 『열상고전연구』 25집, 열상고전연구회, 2007; 박명희, 「청계 양대박의 산수유람과 시적표현」, 『고시가연구』 24집, 한국고시가문학회, 2009. 박명희의 연구는 청계의 금강산기행과 두류산기행 때 지은 한시를 표현기법에 따라 비교 분석한 것이다.

에 우레처럼 울리는 것과 같다. 대개 그가 읊은 한 작품 한 작품은 모두 두류산의 팔만사천 봉우리에서 나온 것이니, 그 기상이 옹용(雍容)하고 법도가 삼엄함을 알겠다. 공의 시를 살펴보면 또한 방장산의 모습을 알 수 있으니, 이로써 공의 품부 받은 기상은 오로지 이 지리산에서 나온 것임을 더욱 징험할 수 있다.5)

전라남도 남원에 은거했던 현곡(玄谷) 조위한(趙緯韓 1567~1649)이 쓴 『청계집(靑溪集)』의 발문(跋文)이다.6) 발문이 갖는 문체상의 한계, 조위한이 양대박의 두 아들인 양경우(梁慶遇)·양형우(梁亨遇)의 교유인이었고, 양대박과는 동향의 후인이라는 점7)을 감안하더라도, 위 인용문은 양대박이라는 인물을 이해하는데 중요한 키워드라 하겠다. 조위한은 양대박의 작품이 지리산에서 나왔고, 그래서 그의 작품에서 지리산의 모습을 알 수 있으며, 때문에 양대박의 기질과 성품도 지리산에 연원했다고 말한다.

조위한은 무엇을 두고 이렇게 표현한 것인가. 양대박에게 있어 지리산이 어떤 의미이며, 양대박이 인식한 지리산은 어떤 곳이며, 조위한은 양대박의 어떤 면모에서 지리산을 본 것인가. 본고는 이러한 의구심에

---

5) 趙緯韓, 『玄谷集』 권12, 「靑溪集跋」. "其元氣混混 神變不測 至於雄深宏壯處 如天王般 若兩峯相峙 撑拄半空 吐納雲烟 其富麗典雅處 如神興洞裏 春日暄暖 百花爛熳 水石粼粼 其剛勁峻決處 如靑鶴高峯 霜落葉脫 大瀑垂空 萬壑雷鳴 盖知一吟一詠 皆出於頭流八萬 四千之峯 而氣象雍容 法度森嚴 觀公之詩 則亦可知方丈之形勝 以此益驗公之稟氣專出於 玆山者"

6) 양대박의 생애 및 『청계집』 발간과 관련해서는 양태순(2001)의 「靑溪 梁大樸의 생애와 漢詩」(『한국한시작가연구』 6, 한국한시학회)에 상세히 기술되어 있다.

7) 조위한은 1613년 國舅 金悌男의 誣獄에 연좌되어 구금되었다가 석방되었는데, 52세 되는 1618년 가족을 이끌고 남원에 은거하였다. 이때 자신이 은거하는 이유를 드러낸 「次歸去來辭」와, 그 무렵 혼란한 정치상황과 백성들의 곤궁한 생활상을 표현한 「流民歎」 등이 유명하다.

서 시작되었다. 그러나 솟구치는 여러 의구심에 비해 실제 참조할 만한
양대박의 직접적 기록이나 작품은 많지 않은데, 그가 지리산을 유람하
고 지은 「두류산기행록」과 10여 편의 유람시를 중심으로 실마리를 풀어
보고자 한다. 이를 통해 양대박을, 나아가 그의 문학세계를 이해하는
인식의 폭이 확산되는 계기가 되었으면 한다.

Ⅱ. 유람자의 현실적 기반과 지리산

문명의 발달로 인해 지금 시대의 산행은 유람자의 의지에 따라 얼마
든 가능하다. 지리산과 천 리나 떨어진 곳에서 출발해도 건각(健脚)이라
면 이틀 내지 사흘이면 지리산 종주를 거뜬히 마칠 수 있다. 그만큼 산
행이 일반화되었고, 안내자 등 산행에 필요한 주변 여건 등을 갖추기가
수월해졌음을 의미한다.

그러나 과거 선현들의 유람은 지금과 달리 어려움이 많았다. 변변한
지침서도 없었을 뿐더러 유람을 안내할 향도자(嚮導者)를 구하기도 어려
웠고, 그 경비 또한 녹녹치 않았다. 따라서 조선조에 들어와 산수유람
이 성행하였음에도 명산이나 명승으로의 유람을 나서기란 여간 어려운
것이 아니었다.

과거 선현들이 지리산을 오르는 계기는 어떠한가. 이들은 어떤 상황
에서 어떤 마음으로 지리산에 올랐는가. 그들이 처한 상황과 현실적 기
반에 따라 그들의 지리산에 대한 인식과 표현방식이 다르게 나타날 것
이다. 유람자의 개인적 성향, 그가 처한 시대상황, 거주하는 지역 등
다양한 분류 기준을 적용할 수 있겠지만, 유람자가 지리산 유람을 시작

하는 그 시점의 상황과 처지를 중심으로 살펴보면, 크게 다음 세 가지로
분류할 수 있다.

① 지리산권역에 부임하거나 공무로 왔다가 산행하는 경우
② 순수하게 지리산의 명성을 듣고 찾아오는 경우
③ 지리산 속이나 자락에 살면서 오르는 경우

물론 이 외에도 더 세밀한 분류가 가능하다. 남명(南冥) 조식(曺植 1501
~1572) 사후 그의 유적지 덕산(德山)을 찾아가는 유람,[8] 지리산 자락에
사는 벗이나 친·인척을 찾아가는 기회에 산행을 겸하기도 하고,[9] 지리
산 자락의 사찰에 공부하러 왔다가 오르는 등[10] 여러 경우의 수를 찾아
볼 수 있다.

먼저 ①의 경우로는 김종직(金宗直 1431~1492), 김일손(金馹孫 1464~
1498), 유몽인(柳夢寅 1559~1623), 양경우(梁慶遇 1568~?), 박장원(朴長遠 1612

---

8) 강정화, 「지리산유산시에 나타난 명승의 문학적 형상화」, 『동방한문학』 41집, 동방
   한문학회, 2009, 395~405쪽. 덕산은 중산리로 들어가는 길목에 있어 천왕봉을 목표
   로 한 지리산 유람에서 반드시 거쳐 가는 곳이었고, 또한 덕산 일대의 남명 유적만
   을 목표로 지리산 유람을 하기도 했다. 예컨대 松亭 河受一의 「德山獐項洞盤石記」, 栗
   溪 鄭琦(1879~1950)의 「德川記」, 月村 河達弘(1809~1877)의 「遊德山記」, 默軒 李萬運
   (1736~1820)의 「德山洞遊記」 등이 이에 해당된다. 이들 작품은 덕산 일대의 남명 유
   적지를 순방하고 남명을 만나는 것이 목적이었다.
9) 夷溪 黃道翼의 「頭流山遊行錄」 등이 이에 해당한다. 황도익은 당시 섬진강 가에 유배
   와 있던 壽山 金聖鐸을 만나는 것이 유람의 중요한 목적 중 하나였다. 강정화, 「지리산
   유산기에 나타난 조선조 지식인의 산수인식」, 『남명학연구』 26집, 경상대 남명학연구
   소, 2008, 199~204쪽.
10) 산청 斷俗寺에서 공부하고 있던 靑坡 李陸(1438~1488)이나, 하동군 청암면의 土佳寺
    에서 동생과 함께 독서하던 松亭 河受一(1553~1612) 등을 포함한 다수의 인물이 지리
    산권역의 사찰에서 독서하던 중 지리산을 유람하였다.

~1671), 송광연(宋光淵 1638~1695), 남주헌(南周獻 1769~1821) 등을 들 수 있
다. 김종직은 1471년 함양군수로 부임하여 이듬해 중추 날 함양에 사는
문인 유호인(俞好仁)·조위(曹偉) 등과 천왕봉에 올랐고, 그의 문인 김일
손은 진주학관(晉州學官)으로 있던 1489년 봄에 동문인 정여창(鄭汝昌)과
함께 15일 동안 지리산을 유람하였다. 유몽인은 남원부사로 있던 1611
년에 순천부사 유영순(柳永詢 1552~1630)과 함께 지리산을 찾았고, 양경
우는 장성수령으로 있던 1618년 3월 당시 토포사가 되어 영·호남의 시
정을 살피러 고창에 와 있던 현주(玄洲) 조찬한(趙纘韓)과 함께 하동 청학
동을 유람하였다. 부모 봉양을 위해 안음현감으로 와 있던 박장원은
1643년 가을에 천왕봉을 유람하였고, 송광연은 순창군수로 있던 1680
년 인근지역의 곡성현감·순천부사와 함께 하동 청학동 일대를 거쳐 천
왕봉을 유람하였으며, 남주헌 역시 함양군수로 있던 1807년 경상도관
찰사 윤광안(尹光顔), 진주목사 이낙수(李洛秀), 산청현감 정유순(鄭有淳)
과 함께 지리산을 유람하였다. 오두인(吳斗寅 1624~1689)은 1651년 재상
(災傷)을 살피기 위해 경상우도를 둘러보다가 공무를 마친 여가에 진주
목사 이상일(李尙逸 1600~1674)과 함께 지리산을 유람하였고, 한양사람
김도수(金道洙 1699~1733)는 1727년 9월 충청도 금산군수를 사직하고 상
경하는 길에 지리산과 가야산 및 속리산 등을 두루 유람하였다.

이외에도 지리산 인근지역인 삼가현감으로 재직하던 고상안(高尙顔
1553~1623)은 1594년 함양 용유담(龍游潭)에 기우제를 지내러 왔다가 그
길을 따라 천왕봉에 올랐고, 동주(東洲) 이민구(李敏求 1589~1670) 또한
1629년 영남관찰사로 순행을 나왔다가 한사(寒沙) 강대수(姜大遂)와 함께
지리산을 유람하였는데, 위 두 사람처럼 유람록을 남기지 않은 유람자
까지 포함한다면 ①의 경우는 훨씬 많을 것이다.

②는 우리 민족의 영산이자 명산이며 삼신산(三神山)의 하나로 일컬어지는 지리산의 명성을 듣고서 유람하기 위해 일부러 찾아오는 경우이다. ①의 인물이 지리산권역에 부임하기 이전부터 지리산에 대한 명성을 익히 들어왔고 유람에 대한 오랜 염원을 지니고 있었다는 점에서는 ②와 동일하겠지만, ②의 인물은 그러한 염원을 성사시키기 위해 오랜 준비기간을 거쳐 어렵게 산행을 나선 경우이다. 대체로 이들은 지리산권역에 살기보다는 경상북도나 충청도 등 원지에서 단발성 유람으로 지리산을 찾는다. 경북 칠곡에 살던 이주대(李柱大 1689~1755)와 이동항(李東沆 1736~1804) 등이 대표적이다. 이주대는 1748년 4월 1일부터 24일까지 무려 24일 동안 지리산을 유람하였고, 이동항의 유람은 1790년 3월 28일부터 5월 4일까지 합천→거창→함양을 거쳐 천왕봉에 올랐다가, 산청 덕산에서 남명 유적지를 유람한 후 다시 합천을 거쳐 귀가하는 일정이었다. 충청도 회덕에 살던 송병선(宋秉璿 1836~1905)은 1879년 8월 1일부터 9일 동안 남원을 출발하여, 하동 청학동을 거쳐 천왕봉에 오르는 일정으로 유람하였다.

이상에서 보듯 ①과 ②는 대체로 이전부터 들어오던 지리산에 대한 명성을 지리산권역에 부임하거나 혹은 일부러 시간과 공력을 들여 직접 발로 밟아서 확인하는 경우이다. 그렇다면 이들의 지리산에 대한 인식은 어떠한가.

- 아, 두류산은 숭고하고도 빼어나다. 중국에 있었다면 반드시 숭산(崇山)이나 태산(泰山)보다 먼저 천자가 올라가 봉선(封禪)을 하고, 옥첩(玉牒)의 글을 봉하여 上帝에게 올렸을 것이다. 그렇지 않다면 무이산(武夷山)이나 형악(衡岳)에 비유해야 할 것이다. (김종직, 「유두류록」)

- 내 발자취가 미친 모든 곳의 높낮이를 차례 짓는다면 두류산이 우리나라 첫 번째 산임은 의심할 나위가 없다. (유몽인, 「유두류록」)

- 내가 일찍이 듣건대, 남쪽 지방 산중에 우뚝하게 높고 큰 것이 헤아릴 수 없지만 유독 지리산을 으뜸으로 삼는다고 한다. 대개 우리나라의 산은 백두산을 제일로 여기는데, 백두산이 흘러내려 지리산이 되었다. 그래서 그 이름을 두류산이라고 하니, 이 산이 우리나라의 명산이 되는 것은 확실하다. (박장원, 「유두류산기」)

- 백두산 남쪽 지역은 이 산의 조종자손(祖宗子孫) 아닌 것이 없다. 모든 우리 동국의 명산·대천 가운데 어느 산인들 이 산의 지엽(枝葉) 아닌 것이 없으며, 모든 팔로(八路)의 주부(州府)·군현(郡縣) 가운데 어느 곳인들 이 산의 진망(鎭望) 아닌 곳이 없다.……넓고 크게 뻗어 나간 것으로는 이 산보다 더한 것이 없다. (송광연, 「두류록」)

- 이 지리산은 우리나라 제일의 산일뿐만이 아니다. 비록 이 세상의 그 어떤 큰 산이라 할지라도 이 산과 대등할 만한 산은 없을 것이다. 공자께서 이 산에 오르셨다면 천하도 크다고 여기기에 부족했을 것이다. (송광연, 「두류록」)

- 지금 두류산의 산세는 넓은 땅을 차지하고 있는 웅장함과 하늘을 떠받치고 있는 높이가 남쪽지방의 산 중에서 우뚝하게 높고 크다고 말하는 십 수개도 머리를 숙이고 대항하지 못할 정도이다. 뿐만 아니라, 빼어난 산수를 찾아 그윽하고 기괴한 볼거리를 다 보고자 하는 세상 사람들이 이 산을 보지 않고서 안목이 상쾌해지고 소원이 만족하기를 구한다면 어찌 가능하겠는가?(이주대, 「유두류산록」)

위 인용문에서 보듯 이들이 인식한 지리산은 우리나라 남쪽의 산 중 가장 빼어나고 웅장하며, 어느 산과도 비교할 수 없는 제일의 산이다. 유몽인은 자신이 밟아 본 어느 산보다 최고라 하였고, 김종직은 중국의 태산이나 숭산·무이산과도 비유될 만한 명산이라 칭송하고 있다. 때문에 이들은 이러한 민족의 영산이자 우리나라 최고의 명산을 오른다는 자부심을 그들의 유람작품 곳곳에 표출하고 있다. 그들에게 있어 지리산 유람은 하늘과 맞닿아 있는 우리나라 명산을 직접 확인하는 자리임과 동시에 소문으로만 들어오던 명산으로서의 지리산에 대한 인식을 더욱 공고히 하는 계기가 되고 있다.

　그렇다면 지리산을 생활의 근거지로 삼아 살아가는 이들의 지리산 인식은 어떠한가. ③은 지리산을 향리로 두었거나 지리산 자락에 은거해 살았던 인물을 일컫는다. 지리산을 중심에 두고서 살펴보자면, 동쪽인 산청권역의 인물로는 먼저 덕산에 은거했던 조식을 들 수 있고, 그 외에도 신명구(申命耉 1666~1742), 정식(鄭栻 1683~1746), 박래오(朴來吾 1713~1785), 이갑룡(李甲龍 1734~1799), 유문룡(柳文龍 1753~1821), 민재남(閔在南 1802~1873), 노광무(盧光懋 1808~1894), 배찬(裵瓚 1825~1898), 김영조(金永祚 1842~1917) 등이 유람록을 남기고 있다. 함양권역에는 김일손과 함께 지리산을 유람했던 정여창을 비롯하여 박여량(朴汝樑 1554~1611)이 있으며, 하동권역에는 옥종에 거주했던 하홍달(河達弘 1809~1877) 등이 있으며, 진주권역에는 성여신(成汝信 1546~1631), 박민(朴敏 1566~1630), 하수일(河受一 1553~1612), 하익범(河益範 1767~1815) 등이 있고, 남원권역에 살던 인물로는 양대박을 비롯해 변사정(邊士貞 1529~1596), 조위한(趙緯韓), 김지백(金之白 1623~1671), 정석귀(鄭錫龜 1772~1833), 김성렬(金成烈 1846~1919) 등이 있다. 그 외에도 함안에 거주했던 황도익(黃道翼 1678~1753), 안치권(安致權 1745~1813), 조성렴(趙性濂 1836~1886) 등에게서 지리산 유람록이 보이며, 합천 사람 박치복(朴致馥 1824~1894), 허유(許愈 1833~1904), 정재규(鄭載圭 1843~1911) 등도 남명의 유적지나 대원사 방면을 따라 천왕봉에 올라 유람록을 남겼다. 이 외에도 유람록을 남기지 않았으나 지리산 유

람이 확실시되는 인물까지 합하면 그 수는 엄청나게 늘어난다.[11]

위에서 보듯 ①과 ②에 비해 ③은 보다 다양한 인물에 의해 월등히 많은 양의 유람기록이 나타난다. ①과 ②에 비해 지리산 속 인물들은 지리산 유람이 보다 용이했으며, 또한 그만큼 지리산을 친숙하게 여겼다는 반증이기도 하다. ③의 인물에게는 ①과 ②의 유람자와 구별되는 점이 나타난다.

우선 이들의 지리산 유람은 대개 단발성이 아니다. 조식만 하여도 10여 차례나 지리산을 올랐다고 피력했으며, 양대박 또한 4번의 유람이 확인되며, 성여신은 지리산을 포함해 진주 인근의 명산을 두루 유람하였으며, 정식은 지리산 곳곳에 그의 발길이 닿지 않은 곳이 없다고 할 만큼 지독한 유람벽(遊覽癖)이 있었다. 이들은 지리산 속이나 자락에서 지리산과 함께 살아가고 있었던 것이다.

이들에게서도 ①과 ②처럼 지리산에 대해 민족의 영산이자 명산임을 자부하는 강한 의식이 나타난다. 예컨대 산청 단성에 살았던 박래오는 1752년 8월 10일부터 19일까지 중산리를 거쳐 법계사 방면으로 천왕봉에 올랐는데, "기이하구나, 이 산이여. 이곳이 바로 해동 삼신산 중의 하나로구나. 웅장한 형세와 삼엄한 기상이 그 어디에 이 산과 같은 곳이 있겠는가?……[두류산은]모인 기가 넓고 크며, 영·호남에 걸쳐 웅거하고 있다. 그 높이로 말하자면, 위로 하늘 문[乾門]의 적제(赤帝)의 궁궐에까지 닿아 있다. 그 크기로 말하자면, 아래로 지축의 현신(玄神)의 도읍까지 진압하고 있다. 포괄한 것이 길게 이어져 있고, 펼쳐진 것은 넓게

---

11) 지리산 유람시를 통해 천왕봉과 청학동 일대로의 유람이 확실시 되는 인물은 수백 명에 달한다. 강정화·구경아, 『지리산 한시 선집, 천왕봉』, 이회;『지리산 한시 선집, 청학동』, 이회, 2009.

뻗어있으니, 이는 참으로 해동의 중심이며 남방의 조종이다."[12]라고 칭송한 것이 대표적이다. 다음 기록을 살펴보자.

  - 내가 대방(帶方 남원)에 왕래한 것이 몇 번인지 모르지만, 지금까지 한 번도 방장산을 유람하지 못했네.……이 고을에 살며 일상 속에서 매일 선산(仙山)을 바라보고 있지만, 몇 발작 걷기 싫어 올라 유람하지 못하였으니, 어떻게 흉금을 씻어내고 소원을 성취할 수 있겠는가?(조위한, 「유두류산록」)
  - 용성(龍城 남원)은 내가 반평생 왕래하던 곳이며, 그대에게는 고향땅이지. 쌍계사와 청학동은 용성에서 이틀이면 가는데, 나는 아직 한 번도 가본 적이 없네. (양경우, 「歷盡沿海郡縣 仍入頭流 賞雙溪神興紀行錄」)
  - 나의 집이 용성에 있고, 용성이 이 산의 10분의 1쯤을 차지한다 할 수 있다. 옛사람들이 여러 해 동안 바다를 건너고 시간을 보내며 찾으려고 했던 이 산이, 버젓이 내가 사는 인근에 자리하고 있으니, 이 또한 나에게는 과분한 복이로다. 다만 세속의 발자취에 구애됨이 많기 때문에 아직도 여러 명승을 두루 찾지 못했다. 지난번에 올라 간 곳은 겨우 반야봉 한 방면이었을 뿐이니, 여태껏 내 마음에 차지 않았다. (김지백, 「유두류산기」)
  - 나는 인근의 가까운 지역에 살고 있으면서도 아름다운 경치를 구경할 준비를 하지 못하고, 세속의 쓸데없는 일에 사로잡혀 다만 구름 밖의 우뚝 솟은 산을 바라볼 뿐, 그 진면목을 직접 보지 못한 것이 오래되었다. (황도익, 「두류산유행록」)
  - 나는 이 산 인근에서 태어나 자라며 우뚝하게 푸른 산을 눈만 뜨면 바로 볼 수 있었는데도 나이 마흔이 되도록 아직 정상에 올라 유쾌함을

---

12) 朴來吾, 『尼溪集』권12「遊頭流錄」. "異哉 山乎 此乃海東三神之一 而其雄偉之形勢 森嚴之氣像 孰有如玆山者乎……鍾氣磅礴 雄據湖嶺 而其高也 上逼於乾門赤帝之宮觀 其大也 下壓乎坤軸玄神之都府 包括綿長 排布廣遠 則此誠海東之標極 天南之祖宗也"

맛보지 못했다. (하익범, 「유두류록」)

　－ 덕산[지리산]은 금라(金羅 함안)와의 거리가 불과 2~3일 정도 밖에 걸리지 않는데, 세상 일이 다단하여 백발이 성성한 나이에 이르도록 한 번도 이 산의 진면목을 볼 수 없어 늘 한스러웠다. (안치권, 「두류록」)

위 인용문에서 보듯 이들은 늘 구름 속의 지리산을 쳐다보면서도 찾아가보지 못했다고 피력하고 있다. 지리산 속에서 살아가는 이들에게 있어 지리산은 우리 민족의 영산임과 동시에 내 고장의 산이기도 하다. 가까이 있기에 늘 경외하면서도 쉽게 찾아 나서지 못하는, 그렇지만 언제나 마음속에 들어와 있는 그런 존재이다. 때문에 이들의 유람록에는 지리산 밖에서 우러르기만 하다가 한 번 오르는 이들과 달리, 지리산에 대한 지나친 칭송이나 유람에 대한 과(過)한 기대감보다는, 그저 내 고장에 있으니 오른다는 담박한 표현들이 자주 보인다.

젊은 시절의 짧은 출사 외에 지리산 기슭인 남원에서 일생을 보냈던 양대박은 ③의 경우이다. 그의 지리산은 어떤 모습일까.

Ⅲ. 청계의 지리산 유람 개관

양대박은 두류산 아래에서 생장하였고 젊어서부터 물외에 뜻을 두고 있어,[13] 여러 차례 지리산을 올랐으리라 유추해 볼 수 있으나 4차례의 유람만이 확인될 뿐이다. 18세 때인 1560년 봄, 순천부사로 있던 부친 양의(梁艤)를 만나고 돌아오는 길에 구례를 거쳐 하동 화개동으로 들어

---

13) 梁大樸, 『靑溪集』 권4 「金剛山紀行錄」, "余生長頭流之下 少有物外之志"

가 쌍계사(雙磎寺)·청학동(青鶴洞) 및 신흥사(新興寺)·의신사(義神寺) 등을
유람하였다. 이것이 그의 첫 번째 지리산 유람이다.

벼랑의 바위 깎아 문을 만든 이 뉘런가	誰鑿層崖石作門
유선의 거대한 글씨 그 흔적 남아있네	儒仙巨筆尚留痕
천지는 늙지 않아 시내와 산 그대로고	乾坤不老溪山在
수목은 무정하여 해와 달이 어둑어둑	樹木無情日月昏
백 대의 오랜 세월에 이끼가 가득하고	百代光陰苔蘚合
천 년의 비바람에도 그 원형 그대로라	千年風雨典刑存
나그네 찾아와선 이런 저런 생각으로	遊人拄杖情多少
바위 곁에 다시 가서 손으로 만져보네	更向巖邊手自捫14)

천 길의 철벽이 가로놓였고	鐵壁橫千丈
허공엔 은하수가 걸려 있네	銀潢掛半空
구름 없이도 비 되어 날리고	無雲作飛雨
날 개지 않아도 무지개 뜨네	不霽飲長虹
서응의 시편은 형편 없었고	徐子詩篇惡
소동파의 혹평은 공교했다네	蘇仙語詭工
완폭대에 올라 길게 읊조리니	登臺發長嘯
하늘 끝에서 미풍이 일어나네	天外起微風15)

위 두 시는 『청계집』에 실린 화개동을 읊은 유일한 작품으로, 양대박
이 1차 유람에서 지은 것인지도 확실치 않다. 쌍계석문은 쌍계사로 들
어가는 입구 양쪽에 위치하여 대문 역할을 하는 바위로, 양쪽에는 각각

---

14) 梁大樸, 『青溪集』 권1 「雙溪石門」.
15) 梁大樸, 『青溪集』 권1 「翫瀑臺」.

'쌍계(雙磎)'와 '석문(石門)'이란 글자가 새겨져 있다. 대개 쌍계사 위쪽 청학동에 은거했던 최치원의 글씨라 전해지며 현재까지도 그 자리를 지키고 있다. 위 시의 '유선(儒仙)'은 최치원을 일컫는다.

완폭대는 불일암 앞에서 쏟아지는 폭포를 감상하던 너럭바위로, 조선시대 지리산 청학동 유람록에 늘 등장하는 장소이다. 이 또한 최치원의 필체로 알려져 있으나, 현재는 그 위치를 확인할 길이 없다. 당나라 때 문인 서응(徐凝)이 여산폭포(廬山瀑布)를 두고서 '한 줄기 폭포가 청산의 빛을 갈라놓았네'[一條界破靑山色]라고 읊었는데, 소식(蘇軾)은 이를 두고서 속되고 비루하며 형편없는 시라 혹평하였다.16) 양대박은 완폭대에 올라 불일폭포를 내려다보며 두 사람의 시를 인용하고 있다.

위의 두 작품을 통해 살펴본다면, 양대박의 시어는 절제되고 사실적임을 알 수 있다. 유적지의 유래와 관련한 일화를 현장감 있게 그리고 마치 그 현장을 눈앞에 보여주듯 사실적으로 묘사하면서도 유람자의 흥분과 감정을 최대한 절제하여 표현하고 있다. 그는 삼신동 계곡의 신흥사와 의신사까지 두루 둘러보았으나, 관련한 작품을 전하지 않는다.

양대박의 두 번째 지리산 유람은 23세인 1565년 신심원(申深遠) 등과 함께 운봉을 거쳐 황산(荒山)을 돌아 남원 백장사(百丈寺)에서 투숙하고, 곧장 천왕봉에 오르는 일정이었다. 명확한 일정은 나타나 있지 않으나, 대체로 남원→운봉→함양을 거쳐 천왕봉에 올랐던 것으로 추정된다. 38세인 1580년에 이루어진 세 번째 유람은 구례 연곡사(燕谷寺) 일대를 유람한 것으로 보이며, 그 일정이나 코스에 대해서는 전하는

---

16) 蘇軾, 『蘇東坡詩集』 권23 「世傳徐凝瀑布詩云 一條界破靑山色 至爲塵陋 又僞作樂天詩 稱美此句惟有賽不得之語 樂天雖涉淺易然 豈至是哉 乃戲作一絕」. "帝遣銀河一派垂 古來 惟有謫仙詞 飛流濺沫知多少 不與徐凝洗惡詩"

기록이 없다.

마지막으로 네 번째 유람은 44세인 1586년 9월 2일부터 12일까지 열흘간의 일정으로 이루어졌다. 유람코스를 살펴보면 운봉→황산대첩비→인월→도탄(桃灘)→군자사(君子寺)→백무동(百巫洞)→하동암(河東巖)→천왕봉(天王峰)→군자사(君子寺)→용유담(龍游潭)→엄천(嚴川)→함양→인월 황산비전(荒山碑殿)을 거쳐 남원으로 귀가하는 일정이었다. 동행은 그의 벗인 오적(吳積), 오적의 외삼촌 양길보(梁吉甫), 그 외 양광조(梁光祖) 등이었다. 「두류산기행록」은 그의 마지막 지리산 유람을 기록한 것이며, 이때 지은 유람시가 10여 수 전한다. 남원→운봉→함양을 거쳐 천왕봉에 오르는 일정으로만 본다면, 2차와 4차 유람이 같은 코스로 이루어졌음을 알 수 있다.

18세부터 만년까지 지속된 양대박의 지리산 유람은 자신의 거주지를 철저히 활용하고 있다. 지리산 유람은 유람자의 지역적 근거지에 따라 그들의 유람 코스가 달라진다. 예컨대 경북 성주를 비롯하여 합천·삼가 및 경상우도 지역 유람자는 덕산을 거쳐 중산리로 오르거나, 대원사를 거쳐 유평(柳坪) 방면으로 오르는 것이 일반적인 반면,[17] 남원을 비롯해 장성·구례·광양 방면의 유람자는 하동 청학동 일대를 거쳐 영신봉을 따라 천왕봉으로 오르거나,[18] 운봉 인월을 거쳐 함양 백무동으로 오르는 것[19]이 일반적이다. 이는 거주지 중심의 지리적 환경을 이용한 산행의 적의(適意)함이라 볼 수 있다.

---

17) 19세기 합천지역에 거주했던 朴致馥·鄭載圭·許愈 등의 유람이 덕산과 대원사를 겸유한 대표적인 경우이다. 최석기 외, 『선인들의 지리산 유람록 4』, 보고사, 2010.

18) 趙緯韓·金之白·梁會甲·吳斗寅·梁慶遇 등의 유람이 이에 해당한다.

19) 양대박을 비롯해 柳夢寅·宋光淵·金澤述 등이 이에 해당한다.

　양대박의 경우도 이에서 벗어나지 않는다. 그의 네 차례 지리산 유람
은 향리인 남원을 중심으로 용이한 접근성을 활용하고 있다. 양대박은
남원에 인접한 지리산권역만을 유람한 것이다. 젊은 시절 구례와 하동
일대로의 유람이 그러하며, 운봉을 거쳐 함양 군자사와 하동암으로 오르
는 지리산 유람은 특히 남원에 거주하던 인물들이 선호하던 코스이다.

　일명 '함양 백무동 코스'는 남원과 함양 등 지리산권역 북쪽에서 천왕
봉에 오르는 가장 쉽고 빠른 코스일 뿐만 아니라, 다양한 볼거리가 포함
되어 있다. 남원과 인월 지역엔 천 년 고찰인 실상사(實相寺)와 백장암(百
丈庵)을 비롯해 태조 이성계와 관련한 황산유적지가 있으며, 함양권역
에는 군자사·용유담·하동암·제석당 등 오르는 길목에 다양한 유적과
이야기가 담겨 있다.

　게다가 이 코스로의 지리산 유람은 군자사에서 유람에 필요한 물자
를 지원받을 수 있는 용이한 점이 있었다. 마천면 군자리에 위치했던
군자사는 이 코스에서의 베이스캠프(base-camp) 같은 전진기지였다. 수
많은 유람자가 이곳에 들러 숙식을 비롯해 산행의 어려움을 해결하였
다. 천왕봉으로 오르는 길목인데다 천혜의 경관인 용유담을 끼고 있었
기 때문에, 이쪽 방면의 유람에서는 반드시 들러 산행을 점검하거나 물
자를 지원받는 핵심 장소였던 것이다.[20]

　또한 이 코스는 지리산의 어느 권역보다도 무속이나 불교와 관련한
유적이 많은 곳이다. 지금도 무속인의 기도처로 유명한 용유담과 인근
의 용유당(龍游堂)을 비롯해, 지리산권역 가운데 사당과 사찰이 번성했
던 대표적 장소이다. 박여량은 유람 도중 이곳에 이르러,[21] 임진왜란의

---

20) 강정화·최석기, 『지리산, 인문학으로 유람하다』, 보고사, 96~103쪽.
21) 함양사람 박여량은 1610년 9월 2일부터 8일까지 함양→용유담→군자사→하동암

피해로 백성들의 생활고는 백에 한 명도 살아남지 못할 만큼 어려운데,
이곳에 사는 무당이나 승려들만 옛날에 비해 더욱 번성하고 있다고 언
급한 후, "사찰로 말한다면 금대암·무주암·두류암 외에 영원암·도솔
암·상류암·대승암 등은 예전에 없던 절이다. 사당으로 말한다면 백모
당·제석당·천왕당 등은 모두 옛날에 화려하게 지은 것이고, 용왕당·
서천당 등은 새로 지은 것이다. 노역을 피해 숨어든 무리와 복을 비는
백성들이 날마다 구름처럼 모여들어 봉우리와 골짜기에 낱알이 어지러
이 널려 있는데도 나라에서 금지할 수 없는 상황이다."[22]는 말로 탄식
하고 있다. 때문에 박여량 외에도 이 방면으로의 유람에서는 무속이나
불교 등 이단(異端)과 관련한 조선시대 선비의 비판의식이 가장 확연히
드러난다는 특징이 있다.[23]

　요컨대 양대박의 지리산 유람은 거주지인 남원과 인접한 구례와 하
동, 특히 운봉과 함양 일대를 유람한 것으로 일관되게 나타난다. 그렇

　→ 천왕봉 → 중봉 → 쑥밭재를 거쳐, 현 산청 방곡마을로 내려와 귀가하는 일정으로
유람하였다. 동향의 인물 朴明榑와 鄭慶雲 등이 동행하였다.

22) 朴汝樑, 『感樹齋集』 권6 「頭流山日錄」. "經亂之後 人民死亡 百不存一 閭落蕭條 無復舊
時風烟 而方外異類 視昔日 尤爲盛 以其僧刹而言 則金臺·無住·頭流之外 靈源·兜率·上
流·大乘 則古所無也 以其神舍而言之 則白母·帝釋·天王諸堂 皆務侈前作 而龍王·西天
新所設也 逃役之輩 祈福之氓 日以雲集 粒米狼戾峯壑之間 而國家不能禁 誠可歎也"

23) 柳夢寅·朴長遠·李東沆 등 이쪽 방면으로 유람했던 대부분의 유람자에게서 나타난다.
유몽인은 "성모사·백무당·용유담은 무당들의 3대 소굴이 되었으니, 참으로 분개할 만
한 일이다."고 하였고, 박장원은 "백무당과 용유당은 淫祠로 무당들이 모이는 소굴이
다"고 했으며, 이동항은 백무당에 이르러 "이곳은 三南 지역의 무당들이 봄·가을이
되면 반드시 이 산에 들어와 먼저 용유당에 빌고, 다음으로 백무당에 빌고, 또 帝釋堂에
빌고, 그리고는 성모사까지 올라가 정성을 바쳐 영험해지기를 빌었다. 그들이 재물을
실어 나르느라 마치 시장처럼 시끄럽고 북적댔다."고 하였다. 최석기 외, 『선인들의
지리산 유람록』, 돌베개, 2000; 최석기 외, 『용이 머리를 숙인 듯 꼬리를 치켜든 듯』,
보고사, 2008; 최석기 외, 『선인들의 지리산 유람록 3』, 보고사, 2009.

다면 젊어서부터 산수벽(山水癖)이 있어 두류산 외에도 가야산·천마산·삼각산·운문산·금강산 등 우리나라 명산을 다 유람하였다[24]는 양대박은 지리산을 어떻게 인식하고 있었는가.

Ⅳ. 「두류산기행록」에 나타난 지리산 인식

양대박은 일생 지리산 자락에서 살았고 또한 유람을 생활의 한 방편으로 삼았음에도 실제 남아전하는 유람 작품은 많지 않다. 지리산 관련 기록 또한 「두류산기행록」과 유람시 10여 편 정도가 전부이다. 정치(精緻)한 논증을 하기에는 자료의 소략하고 제한적인 한계가 있음을 밝히며, 그럼에도 불구하고 양대박의 지리산에 대한 인식은 몇 가지로 개괄해 낼 수 있다.

첫째, 지리산은 신선이 사는 선계(仙界)이다. 조선시대 사(士)가 지리산에서 선계를 찾는 것은 두 가지 유형이 있다. 그 하나는 자신이 몸담고 있는 현실과의 괴리감에서 오는 갈등을 해소하기 위해 이상향으로 대변되는 '지리산 청학동'을 찾는 경우이다. 대체로 하동 쌍계사·불일암 및 삼신동을 찾는 것으로 일관되게 나타나며, 이때 지리산은 주로 선망과 갈망의 대상이다.[25] 또 하나는 세상을 주관하는 조물주인 천제

---

24) 梁大樸, 『靑溪集』 권4 「金剛山紀行錄」. "余早結烟霞之約 尙貪方外之遊 海東名區 收拾已盡 賞頭流 遊伽倻 略天磨 尋覆鼎 飛笻載岳 掉臂雲門 羣仙之所會 龍象之所居 無不窮搜縱探"

25) 강정화, 「지리산 유산기에 나타난 조선조 지식인의 산수인식」, 『남명학연구』 26집, 경상대 남명학연구소, 2008, 285~291쪽. 성여신·양경우·조위한·김지백·신명구·오두인 등 지리산 청학동으로의 유람에서 집중적으로 나타난다.

와 신선이 사는 천상 세계로서의 선계가 있다. 이는 주로 천상과 가장 닿아있는 천왕봉에 대한 인식으로 대체되기도 하고, 영산(靈山)·신산(神山)·명산(名山)이라는 지리산 인식과도 상통한다. 이 경우 지리산은 주로 경외의 대상으로 나타난다.[26]

> 봄에 꽃 피고 가을에 낙엽이 질 때마다 내 마음이 그 곳[지리산]에 가 있지 않은 적이 없었다. 왜일까? 그것은 아마도 그 산이 바다를 삼킬 듯이 웅장하고 천지간에 우뚝 서 있어서, 신선들과 고승들이 모여 살기 때문이리라.[27]

무한한 하늘 위 까마득하니 화려한 궁궐	瓊臺縹緲大羅天
신선이 아니면 하늘 사다리 오르지 못하리	不踏丹梯不是仙
아득한 우주를 바라보니 청탁이 구별되고	坐睨鴻濛判淸濁
가까이 산 아래 굽어보니 산천이 보이네	俯臨融結作山川
해는 밤에도 붕새 나는 하늘 밖에서 돌고	金輪夜轉鵬搏外
봉우리는 가을날 나는 새와 나란히 솟았네	玉筍秋攙鳥度邊
꼭대기에서 곧장 내 머리 비추길 기다리니	高處直須晞我髮
산신령은 아낌없이 운무를 걷어내시기를	山靈莫惜斂雲烟[28]

양대박이 인식한 선계는 후자 쪽에 가까운 듯하다. 그는 지리산을 신

---

26) 강정화, 「지리산 유산시에 나타난 명승의 문학적 형상화」, 『동방한문학』 41집, 동방한문학회, 2009, 363~400쪽. 김종직·유몽인·박장원·박래오 등 주로 천왕봉을 등정하는 유람에서 많이 나타나며, 덕산 山天齋에서 천왕봉을 우러르며 求道의 極處로 삼았던 남명 조식의 경우도 궁극적으로는 이에 포함된다고 할 수 있다.

27) 梁大樸, 『靑溪集』 권4 「頭流山紀行錄」. "春花秋葉 魂未嘗不往來于其間 何哉 豈以其雄吞溟海 建摽天地 羣仙所居 龍象所會者歟"

28) 梁大樸, 『靑溪集』 권1 「宿天王峯 曉起候日出」.

선이 사는 곳29)이나 천제인 태을(太乙)과 이웃한 선계로 인식하면서
도30) 그곳으로의 선망이나 갈망보다는 되레 경외의 대상으로 표출한
다. 제석봉에 올라 장엄한 경관을 내려다보고는 "기이하구나. 궁벽한
곳인데도 불구하고 조물주가 빼어난 경관을 다 모아놓은 것이 어찌 아
니겠는가."라고 한 칭송이나, 성모사에 유숙하며 "상제의 궁궐이 매우
가까운 거리에 있는지라 감히 소리 높여 말할 수 없었다"고 한 것에서도
이를 확인할 수 있다. 양대박은 서얼로서의 사회적 차별, 그로 인한 출
사의 제한과 심적 고뇌 등을 산수유람과 탁월한 문학적 재능으로 승화
했던 인물이다.31) 그러한 현실적 한계에도 불구하고 그의 지리산은 초
월적 세계가 아니라 현실에 바탕을 둔 경외의 대상으로 나타나고 있다.

둘째, 지리산은 성찰의 공간이다. 「두류산기행록」은 양대박이 사(士)
로서의 자존감을 오롯이 보여주는 대표적 작품이다. 그는 유람 도중 접
하는 상황에서 사인으로서의 성찰의 기회를 여럿 드러내는데, 요란스
럽지 않게, 그러면서도 간명하고 날카롭게 피력하고 있다. 몇 가지만
선별해 본다.

  -날이 저물어 군자사로 들어갔다. 이 절은 두류산의 가장 깊숙한 곳에
  있었지만 길이 넓고 평탄하여, 힘들게 부여잡고 오르지 않아도 되었다.
  그래서 이리저리 마음 내키는 대로 걸었다. 나는 지난날 풍악산을 유람
  할 때 몸소 소인곶[小人串]에 올랐었는데, 깊고 험한데다 굽이굽이 돌면
  서 올라, 한 걸음 내디딜 때마다 땀이 발꿈치까지 흘러 내렸다. 사람들이

---

29) 梁大樸, 『靑溪集』 권1 「金臺」. "金臺眞寶刹 方丈是仙區"
30) 梁大樸, 『靑溪集』 권1 「引月途中」. "仙山隣太乙 蘭逕有無中"
31) 양태순, 「청계 양대박의 생애와 한시」, 『한국한시작가연구』 6집, 한국한시학회, 2001,
    509~516쪽.

군자는 친히 할 수 있고, 소인은 가까이 할 수 없는 것이 이와 같다.

– 다시 산길 10여 리를 가서 백문당(白門堂)에 도착하였다. 이 집은 길가 숲 속에 있는데, 잡신들이 모셔져 있고 무당들이 모이는 곳이다. 밤낮 없이 장구를 치고, 사시사철 부채를 들고 춤을 춘다. 사당 안에는 초상이 걸려 있었는데, 이루 말할 수 없이 희한하고 괴이하였다. 이곳은 얼른 떠나야지 오래 머무를 수 없는 곳이었다. 밥을 재촉해 먹고 얼른 신을 신고서 뒤도 돌아보지 않고 떠났다.

– 여기서부터는 매를 잡기 위해 설치한 움막이 많았다. 매 잡는 사람이 밤낮으로 산꼭대기에 엎드려서 그물을 지키니 심신이 매우 피로하리라. 아! 매는 허공을 나는 새로 기이한 재주를 아끼지 않고 오만하게 먹이를 찾아다니는 놈이다. 그러다 끝내 덫에 걸려 고삐에 매이는 신세를 면치 못한다. 명예를 탐하고 이익을 좋아하는 자가 이를 본다면, 조금은 경계가 될 것이다.

– 봉우리에 오르지 않았다면 어찌 이 봉우리가 높은 줄 알았겠는가? 저 넓은 바다를 보지 않았다면 저 바다가 저리 큰 줄 어찌 알았겠는가? 이제야 지위가 높으면 소견도 커진다는 말을 바야흐로 믿게 되었네. 그렇지만 상봉을 우러러보니 태연히 우뚝하게 솟아 있구려.

지리산 군자사는 평지에 있어 사람들이 쉽게 찾을 수 있지만, 금강산 소인곳은 험한 곳에 있어 가까이 하기가 힘들다는 말이다. 첫 번째 인용문은 절의 이름과 지명을 가지고 군자(君子)와 소인(小人)에 비유하여 군자유(君子儒)를 지향해야 함을 말하고 있다. 두 번째 인용문은 백무동 사당에 이르러 무속적 행태를 보고 일컬은 것이다. 이 코스는 특히 무속행위가 성행하였던 곳이다. 혹여 그들의 괴이한 행위가 자신을 더럽히기라도 하듯, 뒤도 돌아보지 않고 황급히 떠나는 그의 모습에서 자수성찰(自守省察)하는 사(士)의 면모를 엿볼 수 있다.

　세 번째 인용문 또한 명예나 물질적 이익만을 좇아가다 도리어 자신을 위험에 빠뜨리는 매를 경계로 삼아 자신을 성찰하라 말하고 있다. 지리산 유람록에는 매를 잡는 움막 이야기가 수차례 등장한다. 매는 나라에 진헌하는 물품이었고, 따라서 영랑재(永郞岾)를 비롯한 지리산 곳곳에는 매를 잡기 위해 설치된 움막이 많았다. 움막 이야기는, 한두 마리에 불과한 진상품을 빙자하여 백성들을 산꼭대기 눈보라 속을 헤매게 하는 것은 사람이 할 짓이 아니라는, 시폐(時弊)를 비꼬는 대상으로 주로 언급되지만,[32] 또한 양대박의 언급처럼 사인의 자아성찰의 대상으로도 활용되기도 한다.

　예컨대 박여량이 "산봉우리를 바라보니 보이는 곳곳에 매를 잡는 움막이 설치되어 있었다. 실제로 매를 잡은 사람 수를 물어 보니, 한두 사람밖에 안된다고 하였다. 아! 움막을 엮고 덫을 설치하여 만 리 구름 속을 나는 매를 엿보니, 높고 낮은 형세로 말하자면 현격한 차이가 나는 듯하지만, 매가 끝내 덫에 걸림을 면치 못하는 것은 욕심이 있기 때문이다. 무릇 천하의 만물 가운데 욕심을 가진 놈은 제압되지 않는 것이 없다"[33]라고 한 언급은, 양대박의 위 말과 상통한다. 곧 하늘의 매처럼 한순간에 일어나는 마음속의 욕망을 절제하지 못하면 상도(常道)를 지키는 사람조차도 죽임을 면치 못한다. 냉철한 내면적 성찰을 통해서만이 이러한 욕망을 극복할 수 있음을 경계시키고 있다.

　마지막 인용문은 양대박이 제석봉에 올라 읊었던 말로, 공자가 태산

---

32) 최석기 외,『선인들의 지리산 유람록』, 돌베개, 2000. 특히 김종직과 유몽인의 지리산 유람록에서 이에 대해 통렬히 꼬집고 있다.

33) 朴汝樑,『感樹齋集』권6「頭流山日錄」."見峯頭 處處設捕鷹幕 問其捕得之數 則不過一二人焉 噫 結豊茸而設片具 伺飛隼於萬里雲霄 以高下之勢 言之 則似相懸絶矣 而終不免 架上之所掣者 以其有慾也 凡天下之物 有欲者 無不見制於人"

에 올라 천하를 작다고 여겼듯, 지리산을 통해 공자의 그 호연한 기상을 함양하고, 나아가 넓게 보고 크게 생각하는 대인으로서의 안목을 가지게 되었음을 말하고 있다. 그러나 '상봉을 우러러보니 태연히 우뚝하게 솟아 있구려'라는 마지막 언급을 통해, 처세에 있어 그 어떤 높은 위치에 오르고 또 광활한 안목을 지녔다 자부하더라도, 제석봉 위에 천왕봉이 우뚝하니 솟아있고, 천왕봉에 올라보면 머리 위로 더 높은 하늘이 있듯, 더 높은 경지를 향해 끊임없이 정진해야 함을 내포하고 있다. 비록 「두류산기행록」에 나타난 양대박의 표현이 소략하기는 하나, 이처럼 간명한 글쓰기를 통해 명징한 교훈을 남기고 있다고 하겠다.

셋째, 지리산은 은거의 공간이다. 양대박은 유람 3일째 되는 날 실상사 터를 찾아가는 도중 변사정의 은거지를 찾는다. 변사정은 26세 때 지리산 도탄에 은거하였고, 양대박과는 학문을 강론하며 교유하였다. 중년 이후에는 함께 병서와 진법을 강구하였는데, 임진왜란이 일어나자 두 사람은 남원에서 의병을 모아 크게 활약하였다.[34]

숲 속 집은 어느 해 지었는지	樹屋何年構
사립문은 오늘도 닫혀 있네	柴扉此日關
산 속의 농사 한없이 좋아하고	耕雲無限好
달빛 아래서 낚시질 여유로웠네	釣月有餘閑
세속을 피하기보단 사절해야지	避俗寧辭俗
산을 즐기면서도 산 속엔 없구나	耽山不在山
들리는 건 원숭이 학의 원망소리 뿐	惟聞猿鶴怨
주인이 돌아오기를 기다리는 듯	似待主人還[35]

---

34) 정시열, 「桃灘 邊士貞論」, 『민족문화논총』 48집, 영남대학교 민족문화연구소, 2011, 265~317쪽.

양대박은 변사정의 은거지에 들러 그 주변과 전망을 훑어보고는 "이곳은 초막이 잘 어우러진 산간 마을, 곡식이 잘 자라는 토양, 과일이 잘 되는 밭, 고기잡이하기에 제격인 시내가 있다. 참으로 넉넉하고 한가로운 동네로, 한적한 물가에 위치하여 은자가 노닐 만한 곳이었다."[36] 라고 하여, 지리산은 은자가 살기에 적당한 장소라 언급하고 있다. 그러나 지리산이 아무리 은거하기 적격인 장소라 하더라도 은자의 마음이 세상 속에 있다면 그 장소는 제 역할을 다할 수 없다. 양대박은 은거의 적격지인 지리산에 터를 잡고도 결국 세상 속으로 돌아간 변사정에 대한 안타까움을 원숭이나 학의 울음소리를 통해 표출해 내고 있다.[37]

은거했다가 다시 세상으로 나간 변사정과 달리, 양대박은 천왕봉에 올랐다가 함양 목동(木洞)으로 하산하는 도중 사담(蛇潭) 근처에 자신이 살 터를 잡는다. 그리고는 "늘 띠풀을 뜯어다 초막을 짓고 그곳에서 늘 그막을 보내고 싶었지만, 세상사가 사람을 얽매어 뜻을 품고도 이루지 못한 지 벌써 10년이나 되었다. 이젠 이도 빠지고 머리털도 희어졌으며 세상과 어긋났으니, 나는 세속을 떠나 예전에 계획했던 일을 이루어, 물고기·두꺼비·사슴 등과 벗이 되어 지내고 싶다."[38]라고 하였다. 그는 그동안 10여 차례나 이곳을 지나면서도 발견하지 못하다가 이번 유람에서 살 터전을 찾게 되었다고 기뻐하였다.

---

35) 梁大樸, 『靑溪集』 권1 「邊山人隱居」.

36) 梁大樸, 『靑溪集』 권4 「頭流山紀行錄」. "大凡山宜廬 土宜粟 園林宜果 溪澗宜漁 眞寬閑之境 寂寞之濱 而隱者之所盤旋也"

37) 『선조수정실록』 16년 8월 19일조 참조. 변사정은 1583년 學行으로 천거되어 慶基殿參奉에 제수되었다.

38) 梁大樸, 『靑溪集』 권4 「頭流山紀行錄」. "每欲誅茅結廬 投老于此 而世故縛人 齎志未就者十年 今則齒髮已變 與世乖張 吾將謝俗累遂前計 欲與魚蝦麋鹿作伴 從我者誰 淸虛翁 率爾對曰 吾願膏吾車而從子于盤也 遂於蛇潭 卜地而去"

이 기록을 통해 지리산 자락에 살면서도 그가 꿈꾸는 또 다른 지리산을 엿볼 수 있다. 그는 지리산 자락에서 바라다보던 공간이 아니라 늘 좀 더 가까이 다가선 지리산을 꿈꿔왔던 것이다. 그가 꿈꾸는 지리산은 천하의 명산이나 우리 민족의 영산이 아니라, 물고기·사슴과 벗이 되어 지내는 자락(自樂)의 공간이다. 그에게 지리산은 변사정의 거처가 그러하듯, 고기잡이에 적격이며 넉넉하고 한적한 삶을 꾸리기에 적의(適意)한 장소였던 것이다.

V. 맺음말

이상으로 일생 지리산 자락에서 살았던 청계 양대박의 「두류산기행록」을 중심으로 그의 지리산에 대한 인식을 살펴보았다. 양대박은 자신의 주거지인 남원에서 지리산과의 용이한 지리적 접근성을 충분히 활용하여 인근의 지리산권역을 유람하였고, 지리산에 대한 인식 또한 그가 처한 현실적 기반과 의식에 준하여 세 가지로 살펴보았다.

이제 처음의 의구심으로 돌아가 보자. 먼저 다음 글을 살펴본다.

> 아! 두류산 유람은 이번이 두 번째이고, 상봉에 오른 것도 두 번째였다. 단풍잎을 감상하고 일출을 본 것은 부차적인 일이었을 뿐이다. 시를 주고받을 수 있는 오춘간[吳積]과 함께 하고, 이야기를 나눌 수 있는 청허옹[梁吉甫]과 함께 하고, 웃음을 선사한 양광조와 함께 한 것이 정말 행운이었다. 이 세 사람은 천하에서 구하려고 해도 쉽게 만날 수 없는 사람들이다. 애춘(愛春)의 노래소리와 수개(守介)의 아쟁소리와 생이(生伊)의 피리소리는 늘 보는 흔한 일이라고 하겠지만, 만약 물외인으로 하

여금 그 소리를 듣게 한다면, 우리가 산에서 만난 삼베옷 입은 사람을 흠모했던 것처럼 좋아함이 있을 것이다.[39]

위 인용문은 양대박이 유람록 말미에서 자신의 유람을 총평한 말이다. 우리는 이 글을 통해 양대박의 지리산을 읽어낼 수 있다. 그는 지리산의 빼어난 절경이나 일출을 본 것보다 일행과 함께 했던 시간을 무엇보다 소중하다고 피력하였다. Ⅱ장에서의 언급과 연관하여 살펴보자면, 지리산 밖에서 그 명성을 듣고서 한 번 찾아 오르는 사람들은 지리산의 빼어난 절경이나 일출 등을 감상하는 것이 무엇보다 중요할 것이다. 그러나 양대박은 지리산 자락에서 지리산을 올려다보며 살았던 인물이다. 그가 인지하든 그렇지 못하든 지리산은 그와 늘 함께 있었던 것이다. 따라서 그에게 있어 지리산은 어쩌다 생애 한 번쯤 접하는 특별한 존재가 아니라, 마치 애춘의 노래소리와 수개의 아쟁소리와 생이의 피리소리처럼 가까이 있는 존재이다. 내 가까이 있는 내 고장의 산인 것이다. 때문에 양대박이 인식하는 지리산은 가까이 있어 친근하기는 하나 늘 근엄함을 지닌 채 그 자리에 우뚝하니 서 있는 경외의 대상이다. 또한 사(士)의 수신(修身)을 어느 한 순간에도 내려놓을 수 없듯, 지리산은 어느 상황에서도 자신을 돌아볼 수 있는 기회를 만들어주는 성찰의 공간이며, 나아가 자신에게 염락(恬樂)을 제공하는 은거의 공간이었던 것이다.

인걸지령이라 하였다. '산천의 맑은 기운이 모여서 사람을 만든다'고

---

39) 梁大樸, 『靑溪集』 권4 「頭流山紀行錄」. "噫 頭流之遊 再也 登上峯 亦再也 賞秋葉看日出 乃其餘事耳 惟幸得春澗爲詩伴 得淸虛翁爲語伴 得梁光祖爲戲伴 此三者 求之天下 未易得 也 愛春歌守介箏生伊笛 雖云見慣渾閑事 而若使外人聽之 必有如麻衣者之所慕"

하였듯, 신령스러움과 빼어남을 품은 지리산에서 훌륭하고 걸출한 인재가 배출되는 것은 당연한 이치이다. 양대박은 지리산 자락에 살면서 자신도 모르게 지리산에 동화된 인물이다. 『청계집』발문에서 '그가 읊은 한 작품 한 작품은 모두 두류산의 팔만사천 봉우리에서 나왔다'라고 한 것이나, '공의 시를 살펴보면 또한 방장산의 모습을 알 수 있다' 혹은 '공의 품부 받은 기상은 오로지 이 지리산에서 나온 것이다'라고 한 조위한의 언급은 이를 통해 징험해 볼 수 있겠다.

감수재 박여량의 지리산 유람과 그 인식

-「두류산일록」의 분석을 중심으로

전병철

Ⅰ. 머리말

청파(靑坡) 이륙(李陸 1438~1488)은 그가 지은 「유지리산록(遊智異山錄)」에서, "지리산은 하나인데 사람마다 본 것이 다르니, 어찌된 일인가? 비유컨대, 사슴처럼 생긴 큰 짐승을 보았다고 하자. 발자국을 본 사람은 말이라 하고, 꼬리를 본 사람은 소라 하고, 몸뚱이를 본 사람은 사슴이라 할 것이다. 이 세 사람이 본 것은 다르지만, 그런 짐승을 보지 않았다고 말할 수는 없을 것이다. 이는 반드시 이 산이 수백 리나 굽이굽이 뻗어 있어, 동쪽으로 유람한 자는 서쪽을 구경할 수 없고, 남쪽으로 유람한 자는 북쪽을 구경할 수 없으니, 한 방면을 유람하는 데 수십 일이나 걸리기 때문이다."[1]라고 하였다. 그는 지리산이 웅장하고 거대하여 두루 유람하여 그것의 전체적인 면모를 온전히 다 알기 어려운 점을 말

---

1) 李陸, 『靑坡集』卷2「遊智異山錄」. "山一也 而人所見不同 何也 比如見獸 其見蹄者 以爲馬也 其見尾者 以爲牛也 其見身者 以爲麑也 三者 雖所見不同 而亦不可謂不見麟 是必爲山蟠據數百里 東者不得西 南者不得北 一面之遊 動數十日"

한 것이다.

청파는 지리산이 가지는 지리적 범위의 광대함을 말하였지만, 이것을 다른 각도에서 생각해 볼 필요가 있다. 사람들이 저마다 자신이 선택한 유로(旅路)를 따라 지리산을 유람하였기 때문에, 각자 지리산의 형상을 이해하는 바가 달랐다는 점은 쉽게 수긍할 수 있다. 그런데 동일한 여정을 따라 같은 경관을 보았다면, 그들이 바라보고 이해한 지리산은 모두 같은 내용이라고 말할 수 있는가? 아마도 그렇게 말하기는 어렵다고 생각된다.

왜냐하면 지리적 공간은 객관적이거나 중립적이지 않고, 사람들에 의해서 의미로 가득 차 있다.[2] 지리적 공간은 동일하지만, 그것을 인식하는 사람에 따라 다양한 해석과 의미가 생겨나기 때문이다. 본고에서 전개하려는 논지는 이 의문으로부터 시작된다. 지리산이라는 지리적 공간은 등람하는 사람의 유람 동기와 목적, 개인적 기질, 학문의 성향, 시대적 상황 등에 따라 어떻게 인식되었으며, 어떤 의미들이 부여되었는가를 다양한 관점에서 이해되어야 한다.

이러한 문제 의식을 전제한 가운데, 조선중기 함양 출신의 감수재(感樹齋) 박여량(朴汝樑 1554~1611)이 인식한 지리산의 형상과 그 의미에 대해 살펴보고자 한다. 주된 자료는 그가 1610년 9월 지리산을 유람한 후 저술한 「두류산일록(頭流山日錄)」이다. 다음의 장에서는 본고의 중심 논제로 들어가기에 앞서 감수재가 걸어간 삶의 자취를 서술하고자 한다. 이 작업은 감수재가 추구한 학문 성향 및 살아간 시대 상황 등을 파악할 수 있는 것으로, 본격적인 논의를 위한 예비적 고찰이라고 할 수 있다.

---

2) 에드워드 렐프 지음/김덕현 외 옮김, 『장소와 장소상실』, 논형, 2005, 55쪽.

또한 지금까지 감수재와 관련하여 독립된 연구를 진행한 성과물이 없는 상황임을 생각할 때,[3] 생애에 대한 이해를 생략할 수 없다고 생각된다.

Ⅱ. 감수재 박여량의 생애

박여량의 자는 공간(公幹), 호는 감수재, 본관은 삼척(三陟)이다. 선조 박원경(朴元鏡)은 고려 말 홍건적의 난으로 파천하는 공민왕을 호종했고, 군사를 모집하여 개경을 수복하는 데 공을 세워 호종이등공신에 책록되었으며, 1365년 삼척부원군에 봉해졌다. 그래서 후손들이 그를 중시조로 하고, 본관을 삼척으로 한다.

감수재의 5대조 박인기(朴仁麒)가 삼척에서 안의(安義)로 내려왔고, 다시 증조 박렴(朴廉)이 안의에서 함양으로 옮겨와, 자손들이 함양에 세거하게 되었다. 부친은 박현좌(朴賢佐)이며, 모친은 충순위 이숙(李淑)의 딸 합천이씨이다. 1554년 경상남도 함양군 수동면 우명리 가성촌(加省村) 본가에서 4남 2녀 중 장남으로 태어났다. 어려서 졸재(拙齋) 노상(盧祥 1504~1574)에게 『효경』을 배웠고, 뒤에 내암(來庵) 정인홍(鄭仁弘)에게 수학한 듯하다.[4]

19세 때 당곡(唐谷) 정희보(鄭希輔 1486~574)의 손녀와 혼인하였다. 20

---

3) 현재까지 감수재 박여량과 관련하여 단독으로 다룬 연구 성과물은 없다. 다만 감수재의 유산기나 문학 작품을 논급한 것으로는 다음과 같은 논문이 있다.

최석기, 「조선중기 사대부들의 지리산 유람과 그 성향」, 『한국한문학연구』 제26집, 한국한문학회, 2000.

박완식, 「한국 산문 어부사에 대한 고찰(Ⅰ) -조선전기와 중기를 중심으로」, 『어문연구』, 한국어문교육연구회, 2000.

4) 이상필, 『남명학파의 형성과 전개』, 와우출판사, 2005, 149쪽.

세 때 마을 뒤 탁영암(濯纓巖) 아래에 탁영서실(濯纓書室)과 소요대(逍遙臺)를 짓고 학문에 전념하였는데, 『대학』의 '무자기(毋自欺)' 3자로 근본을 삼아 일신(日新)을 추구하였다. 다음의 「독대학(讀大學)」[5]이라는 시에서 이러한 면모를 확인할 수 있다.

종횡으로 난 입덕문 앞길　　　　　縱橫入德門前路

첫째 공부는 일신에 있네　　　　　第一工程在日新

무자기는 성인과 범인의 경계이니　　毋自欺頭凡聖界

누가 귀신처럼 되고 사람답게 될까　　幾人爲鬼幾人人

　26세 때 탁영서실에서 고대(孤臺) 정경운(鄭慶雲 1556~ ?) 및 경재(景齋) 박선(朴蕭 ? ~1597)과 함께 『주자대전』을 읽었고, 덕천서원을 배알하였다. 35세 때 정경운·박선·노사상(盧士尙 1559~1598)·오장(吳長 1565~1617)·강린(姜繗 1568~1619) 등과 도의지교를 맺었다.

　39세 때 임진왜란이 일어나자, 망우당(忘憂堂) 곽재우(郭再祐 1552~1617)가 의병을 일으켰다는 소식을 듣고 영남의 유림들에게 통문을 보내 의거(義擧)를 독려하였다. 40세 때 순찰사 김수(金晬)와 경상우병사 조대곤(曺大坤)이 망우당을 모함하자, 격분하여 김수와 조대곤을 처형해야 한다고 상소하였다.

　41세 때 부모의 상을 당하였는데, 이때 집안의 형편이 어려워 장례 절차를 극진히 다하지 못한 것을 평생 마음 아파하였다. 또한 감수재란 자호도 풍수지탄(風樹之嘆)에서 따온 것으로, 돌아가신 부모에 대한 그리움과 못다한 효성에 대한 안타까움을 담고 있다.

---

5) 朴汝樑, 『感樹齋集』 卷1 「讀大學」.

정유재란 때에는 황석산(黃石山)에 들어가 항전하며, 여러 고을에 통
문을 돌려 군량을 조달하였다. 그 후 성이 함락되고 차자가 피살된 것을
보고는 처자를 거느리고 3년간 호서(湖西) 등지로 피난하였다. 다음의
「숙황석산성하유감(宿黃石山城下 有感)」6)이라는 시에서, 당시 감수재가
겪은 슬픔을 절실하게 느낄 수 있다.

가을바람 속 필마로 멀리 떠도는 사람　　　　秋風匹馬遠遊人
예전에 이 성에서 죽지 못한 몸이라네　　　　曾是城中未死身
곁의 사람에게 지난 일들 물으려다　　　　　欲向傍人問往事
노을빛 스러지는 석양에 마음이 아파오네　　暮雲殘照更傷神

47세 때인 1600년 재행(才行)으로 천거되어 정릉참봉에 제수되었고,
이 해의 별시 문과에 급제하여 예문관 검열에 임명되었다. 이후 예조
·병조의 정랑을 거쳐, 사헌부 지평·사간원 헌납·세자시강원 문학 등
을 역임하였다. 1610년 김굉필(金宏弼)·정여창(鄭汝昌)·조광조(趙光祖)·
이언적(李彦迪)·이황(李滉) 등의 문묘종사를 청하는 소를 올려 윤허를 받
았다. 그 뒤 병을 이유로 벼슬을 사직하고 고향으로 돌아와 감수재에서
소일하며 지냈다. 이해 9월에 정경운·박명부(朴明榑 1571~1639) 등과 함
께 두류산을 유람하고, 「두류산일록」을 남겼다.

감수재는 1610년 고향으로 내려간 뒤, 다시는 벼슬길에 나아가지 않
고 고향에 은거하려 하였다. 그러나 계속되는 임금의 부름을 거절할 수
없어, 1611년 한양으로 올라가 세자시강원 문학에 제수되었다. 그 해
9월 2일 한양에서 병으로 세상을 떠났다. 1613년 이조판서에 추증되었

---

6) 朴汝樑, 『感樹齋集』 卷1 「宿黃石山城下有感」.

다. 저술로 8권 5책의 목활자로 1914년에 간행된 『감수재집』이 전한다.

Ⅲ. 「두류산일록」의 구성과 내용

1. 형식의 구성

「두류산일록」은 감수재가 서울에서 벼슬을 하다가 잠시 고향으로 돌아온 1610년 9월 2일부터 8일까지 7일 동안의 지리산 유람을 날짜별로 기록한 일기체 형식의 유산기이다. 동행한 이는 절친한 벗인 정경운을 비롯하여 박명부·박명계(朴明桂)·신광선(愼光先)·박명익(朴明益)·이윤적(李允迪)·노륜(盧腀) 등이었다.

유람의 일정은 함양 도천(桃川)에서 출발하여 어은정(漁隱亭)→목동(木洞)→탄감촌(炭坎村)→용유담(龍遊潭)→군자사(君子寺)→백무당(白毋堂)→우리동(于里洞)→하동암(河東巖)→제석당(帝釋堂)→향적사(香積寺)→천왕봉(天王峯)→증봉(甑峯)→마암(馬巖)→소년대(少年臺)→행랑굴(行廊窟)→상류암(上流菴)→초령(草嶺)→방곡촌(方谷村)→신광선(愼光先)의 정자→최함(崔涵)의 계당(溪堂)→함양 도천으로 돌아오는 여정이었다.

조선시대 지리산 유산기의 전범이 된 점필재(佔畢齋) 김종직(金宗直)의 「유두류록(遊頭流錄)」은 지리산 유람을 하게 된 배경을 서술한 도입부, 날짜별로 이동한 장소와 견문 및 감상을 서술한 여정부, 여정을 마친 후 유람의 전체적인 감회를 서술한 마무리로 구성되어 있는데, 점필재 이후에 지어진 대부분의 지리산 유산기는 이와 같은 형식을 따르고 있다.[7]

감수재의 「두류산일록」도 이러한 형식으로 구성되어 있는데, 도표로
요약하자면 다음과 같다.

단 락	개 요	범 위
도입부	지리산 유람을 하게 된 배경과 유람한 연월을 명기함.	경술년(1610년) 8월 중순이 지난 뒤에 전 합천군수 박명부, 고대 정경운과 함께 9월 초하루에 두류산 유람을 가자고 약속했다. 그러나 그 날 정경운에게 일이 생겨 다음날 떠나기로 하였다.
여정부	9월 2일부터 8일까지의 여정을 날짜별로 서술함.	2일(계묘) 도천을 출발하여 어은정에 도착했다 ~ 16일에 척서정에서 다시 만나 함께 유람한 이야기를 하기로 하였다. 척서정은 남계의 상류에 있다.
마무리	지리산 유람에 대한 심회를 시로써 함축해 표현하고, 16일의 모임에 참석하지 못한 상황을 부록함.	산중에서 유람하며 지은 시를 찾는 사람이 있어서, 나는 다음과 같은 시로 응답했다 ~ 16일 척서정의 모임에 나는 감기로 인해 가지 못하여 벗들이 서운해 했다. 그래서 정경운과 여러 벗들이 편지를 보내 기억을 도와주었다.

도입부에서 유람을 하게 된 배경을 설명하였는데, 1610년 8월 중순이
지난 뒤에 박명부 및 정경운과 함께 9월 1일에 두류산 유람을 가자고
약속했다가, 정경운에게 일이 생겨 9월 2일에 떠나기로 했다고 하였다.
간략한 이 내용만으로는 감수재가 무엇 때문에 유람을 하게 되었는지에
대한 구체적인 동기를 알 수 없다.

감수재는 1610년(광해군 2) 57세 때 사헌부 지평에 제수되어 유영경(柳
永慶)·기자헌(奇自獻) 등의 죄를 탄핵하여 바로잡을 것을 10여 차례 계청
(啓請)하였으나, 받아들여지지 않자 체직을 청하였다. 또한 이때 광해군
이 소생모(所生母)를 부묘(祔廟)하려 하였으므로, 이 명을 거두어들일 것

---

7) 안세현, 「柳夢寅의 「遊頭流山錄」 연구」-지리산 遊記의 전통과 관련하여」, 『동양한문
   학연구』 제24집, 동양한문학회, 2007, 235~236쪽.

을 5차례 아뢰었지만 윤허되지 않자, 병을 구실로 삼아 체직을 3번 청하고 도천의 감수재로 돌아왔다.[8]

그가 이 유람을 떠나기 전에 이와 같은 일이 있었음을 생각해 볼 때, 복잡한 정치현실을 떠나 답답한 마음을 풀고 싶었던 것[9]으로 짐작해 볼 수 있다. 하지만 보다 구체적인 동기를 파악하기 위해서는 그가 지리산을 어떻게 인식하였으며, 그 곳을 유람하며 무엇을 보고 느끼며 깨닫고자 하였는지를 이해한 다음, 다시 역으로 유람의 동기를 추론해 볼 때 분명한 이유를 알 수 있으리라 생각된다.

여정부의 내용은 3장 2절 '내용의 특성'에서 자세히 다룰 것이므로, 구성의 부분에서는 논의를 생략하기로 한다. 마무리를 하는 단락에서는 어떤 이가 산중에서 유람하며 지은 시를 보여 달라고 하였으므로, 자신의 심회를 담아 다음과 같은 시로 응답했다고 하였다.

> 두류산 정상에서 이제 막 돌아오니　　　　新自頭流頂上歸
> 높은 산 깊은 계곡 꿈에서도 아른아른　　雄峯絶壑夢依依
> 그대는 좋은 시구 없다 탓하지 마오　　　傍人莫道無佳句
> 아름다운 싯구로 온갖 기이함 그려내기 어렵네　佳句難輸千萬奇[10]

대부분의 지리산 유산기는 마무리 단락에서 유람의 감회를 총평식으로 서술함으로써 끝을 맺는데, 감수재는 칠언절구를 지어 자신의 심회를 함축적으로 표현하였다. 첫째 구절과 둘째 구절에서는 유람에서 돌

---

8) 이정희, 「감수재집」, 『남명학 관련 문집 해제(Ⅱ)』, 경상대학교 남명학연구소, 2008, 422쪽.
9) 최석기, 「조선중기 사대부들의 지리산 유람과 그 성향」, 『한국한문학연구』 제26집, 한국한문학회, 2000, 251쪽.
10) 朴汝樑, 『感樹齋集』 卷6 「頭流山日錄」.

아온 후에도 지리산의 웅장한 봉우리와 깊은 계곡이 꿈속에서 아른거리며 못내 잊혀지지 않는 마음을 표현하였다. 그리고 셋째 구절과 넷째 구절에서는 아무리 훌륭한 싯구로도 지리산의 온갖 기이한 모습을 그려낼 수 없다는 말로 시를 찾는 이에게 답하였다.

시의 내용을 살펴본다면, 유람의 감회를 자세하게 서술하지는 않았지만, 유람을 마친 후의 심회와 지리산의 빼어난 형상에 대한 감탄을 함축과 여운의 시적 아름다움을 통해 표현하였다고 이해된다. 또한 감수재가 마무리 단락을 이와 같은 형식으로 구성한 배경에 대해, 이러한 시적 효과 이외의 다른 측면을 고찰해 본다면, 두 가지 정도로 유추해 볼 수 있다. 하나는 남명(南冥) 조식(曺植)이 「유두류록」의 마지막 부분에서 자신이 지은 두 편의 시를 인용하여 지리산에 은거하고 싶은 심정을 함축적이고도 절실하게 표현한 방식을 계승한 것이라 볼 수 있다. 다른 하나는 지리산 유람을 거의 다 마친 7일 밤에 최함의 계당에서 술자리를 벌여 축하하는 모임을 가졌는데, 이 일을 기록하면서 어느 정도 유람에 대한 전체적인 총평과 자신의 소회를 말하였기 때문이라고 이해할 수 있다.[11]

2. 내용의 특성

1) 관물(觀物)의 통찰과 반기(反己)의 성찰

자연을 대하는 입장, 자연과의 거리와 관계 등에 따라 자연을 인식하는 관점은 감상자와 탐구자로 구분하여 그 차이점을 대별할 수 있다.

---

11) 감수재는 이날 밤의 모임을 기록하면서, 날씨가 쾌청하여 일출과 일몰을 유쾌하게 보고 먼 곳까지 모두 볼 수 있었던 것을 큰 행운으로 여긴다고 자축하였다. 그리고 지리산 남쪽의 神興寺·雙溪寺·靑鶴洞 등 빼어난 경관을 한번도 답사하지 못한 것과 점점 노쇠하여 앞으로도 기약할 수 없다는 생각에 탄식하였다.

감상자의 관점은 자연 경물의 외형적 아름다움을 즐기는 입장에 기반하여 자연을 대하며, 탐구자는 경물의 내재적 이치를 통찰하여 그 속에 담긴 의미를 발견하려는 입장에서 자연을 인식한다. 물론 동일한 한 사람에게서 감상자와 탐구자의 관점이 혼재하여 나타나는 경우도 흔히 발견할 수 있지만, 혼재되어 있는 양상에서도 어떠한 관점에 보다 큰 비중을 두고 있는가를 엄밀하게 따져본다면, 그 사람이 자연을 인식하는 태도와 지향성을 변별할 수 있다.

「두류산일록」이 감수재가 지리산 유람을 하면서 보고 느낀 일들 중에서 선택적 취사를 거쳐 기록으로 남길 만한다고 판단되는 것만을 선별한 내용이라고 할 때, 그가 이 작품에서 어떤 체험과 느낌을 비중 있게 다루어 수록하려고 했는지를 주의 깊게 살펴보아야 한다. 이러한 작업을 바탕으로 감수재가 지향한 지리산 유람의 의미를 발견하고, 자연을 대하는 관점을 추출해낼 수 있기 때문이다.

이와 같은 논점을 전제한 가운데 「두류산일록」을 검토한 결과, 감수재가 사실의 기록에서 한 걸음 더 나아가 자신의 느낌과 인식을 투영하여 심도 깊게 다룬 다음의 내용들을 포착할 수 있었다.

　　(가) 얼마쯤 올라 지나온 곳을 굽어보니 점점 높고 멀게 느껴져, 이것이 이른바 '높은 곳에 오르려면 반드시 낮은 데로부터 시작한다'는 말을 실감케 했다.[12]

　　(나) 움막을 엮고 덫을 설치하여 만리 구름 속을 나는 매를 엿보니, 높고 낮은 형세로 말하자면 현격한 차이가 나는 듯지만, 매가 끝내 덫

---

12) 朴汝樑, 『感樹齋集』 卷6 「頭流山日錄」. "俯視所歷 漸似高遠 所謂登高必自卑者也"

에 걸림을 면치 못하는 것은 욕심이 있기 때문이다. 무릇 천하의 만물 가운데 욕심을 가진 놈은 사람에게 제압되지 않는 것이 없으니, 사람은 만물의 영장된 자로서 이 점을 어찌 돌이켜 살펴보지 않으랴?[13)

(다) 이곳에서 상봉을 바라보니 하늘을 오르는 층계처럼 우뚝 솟아 현격히 높았다. 멀리서 보는 것이 가까이서 자세히 보는 것만 못함을 알겠으니, 직접 밟아 보지 않고 높낮이를 함부로 논할 수 없는 일이다.[14)

(라) 따라온 종 손득이 물을 마시러 갔다가 당귀(當歸)를 많이 캔 관아의 의원을 만나 그 중 서너 뿌리를 얻어 가지고 와서 나에게 올렸다. 당귀는 내가 평소 좋아하는 것이어서 종들로 하여금 잘 간수하라고 주의를 시켰다. 아! 벼슬을 그만두고 돌아가야 하는데 돌아갈 수 없구나. 단지 '당귀'라는 약초만을 좋아할 뿐이니, '당귀'를 좋아함이 그 실상을 얻었다고 할 수 있겠는가?[15)

(마) 천왕봉을 되돌아보니, 이미 바람난 말이나 소일지라도 따라갈 수 없을 정도로 까마득하였다. 한 번 걸음을 옮긴 사이에 이렇게 멀리 내려왔으니, 이른바 '악을 따르는 것은 산에서 내려오는 것처럼 쉽다'는 말을 두려워하지 않을 수 있겠는가?[16)

---

13) 朴汝樑, 『感樹齋集』 卷6 「頭流山日錄」. "結豊蔀而設片具 伺飛隼於萬里雲霄 以高下之勢 言之 則似相懸絶矣 而終不免架上之所掣者 以其有慾也 凡天下之物 有欲者 無不見制於人 人爲最靈者 寧不反觀焉"

14) 朴汝樑, 『感樹齋集』 卷6 「頭流山日錄」. "至此而望見上峯 則突兀層霄 高下絶等 可見遠視 不如近視之詳 而非親履之 不可妄論其高下也"

15) 朴汝樑, 『感樹齋集』 卷6 「頭流山日錄」. "從童孫得就水而飲 遇一官醫 多採當歸 取三四本 以來進之 當歸是我素所好者 戒使勿遺 噫 歸而不能歸 只好草之當歸 可謂好之得其實乎"

16) 朴汝樑, 『感樹齋集』 卷6 「頭流山日錄」. "回望天王峰 已不管風馬牛之不及矣 一轉足之間 已至於此 所謂從惡如崩者也 可不懼哉"

(바) 이 두 종류의 나무는 모두 높은 봉우리나 깊은 골짜기에서 자유롭게 자라난 식물이다. 그 중 하나는 세상 사람들이 반듯하다고 하여 베어졌고, 또 다른 하나는 구부정하기 때문에 캐어지게 되었으니, 온전한 삶을 얻거나 잃게 된 것이 목안(木鴈)과 다를 바 없다. 그렇다면 회나무가 캐어진 것은 온전한 생을 얻은 것인 듯하다. 그러나 그 나무를 캔 사람이 좋은 땅을 골라 잘 키우지 않는다면 생을 얻은 것이 도리어 생을 잃은 격이 되어, 차라리 사람을 만나지 않고 높은 산, 깊은 골짜기에서 저절로 태어났다 저절로 죽는 것보다 오히려 낫지 않으리라는 것을 어찌 알 수 있겠는가? 그러니 이 나무가 생을 제대로 얻은 것인지는 아직 알 수 없는 일이다. 아! 식물은 생사를 자기 뜻대로 할 수 없고, 권한이 사람에게 있으니 사람들은 이 점을 유념해야 할 것이다.[17)]

(사) 사람들은 모두 내가 오르지 못 할 것이라 말했지만, 중도에서 그만두거나 넘어져 다치지 않을 수 있었던 데에는 두 가지 이유가 있다.……지금 나는 미리 익힌 힘으로 옛 책에서 말한 방법을 시험한 것이니, 이것이 중도에 포기하거나 넘어져 다치지 않게 된 까닭이다. '습(習)'이라는 한 글자는 『논어』 첫머리에 나오는 말로 고인이 경계한 뜻이 어느 경우인들 해당되지 않음이 없다는 것을 알 수 있다.

또한 무사히 천왕봉에 오르게 된 데에는 기대감이 있었기 때문이다. 천하의 일은 뜻을 세우는 것이 우선이다. 뜻이 지극해진 뒤에는 기운이 따르기 마련이다.……그렇다면 신체를 미리 단련한 것뿐만 아니라, 제일봉에 오르겠다는 뜻을 평소에 다짐하고 있었기 때문이다.[18)]

---

17) 朴汝樑, 『感樹齋集』 卷6 「頭流山日錄」. "彼兩箇木 同同是高峰窮谷 自由之物 一以俗方而見伐 一以矮曲而見採 其得失 無異於木鴈矣 然則檜之見採 似得矣 而採之者 不能擇地而培養之 則又焉知其得之者 反爲失之 而不猶愈於自生自死於高山窮谷之中 寧不見遇於人 而任其自然者乎 其得 未可知也 吁 植物不能自爲得失 而其權在於人 諸君勗之哉"

18) 朴汝樑, 『感樹齋集』 卷6 「頭流山日錄」. "人皆謂余不能達 而得免中廢顚躓者 有二焉 …… 今而以豫習之力 試古書之方 此所以免廢躓之患也 可見習之一字 爲論語開卷第一說

위에서 인용한 내용들은 「두류산일록」에 기록된 순서를 따라 정리한 것이다. (가)는 지리산을 어느 정도 오른 후 지나온 곳이 높고 멀게 보이는 것을 통해, 『중용』의 '높은 곳에 오르려면 반드시 낮은 데로부터 시작한다[登高必自卑]'라는 구절을 실감하였다는 내용이다. 까마득하게 보이는 높은 산도 아래로부터 차근차근 밟아 올라간다면 결국 정상에 오를 수 있다는 사실을 체험하면서, 이것과 관련된 경전의 말씀을 상기하여 실제의 상황에서 확인하였다. (마), (바), (사)도 같은 유형의 내용이다.

(마)는 천왕봉을 올라갈 때에는 힘겹게 천천히 등정하였다가 내려올 적에는 큰 어려움 없이 성큼성큼 하산한 것을 돌아보며, 『국어』의 '악을 따르는 것은 산에서 내려오는 것처럼 쉽다[從惡如崩]'는 구절을 떠올리며 자신을 경계하는 내용이다.

(바)는 지리산의 고산 지대에 서식하고 있는 마가목과 회나무를 함께 유람한 이들이 캐어서 가져가는 것을 보면서, 『장자』에서 나무는 재목이 아닌 것이 살아남고 거위는 재주가 없어 죽게 된 이야기를 떠올리며, 캐어간 나무의 운명은 전적으로 키우는 사람의 손에 달렸음을 유념하라고 경계한 내용이다.

그리고 (사)는 자신이 노령에도 불구하고 중도에 그만두거나 넘어져 다치지 않은 두 가지 이유를 밝힌 것이다. 한 가지 이유는 도천에 있을 때부터 지리산 유람을 위해 나막신을 신고 지팡이를 짚고서 산수간을 매일같이 왕래한 것과 옛사람이 산을 유람할 적에 천천히 걸으면 피곤하지 않고 조심해서 걸으면 넘어지지 않는다는 말을 실제 산행에서 실천한 것이라고 밝혔다. 그런 다음 이것은 『논어』의 첫머리에서 말한 '습

而古人垂戒之意 無往而不在也 抑又有待焉 天下之事 立志爲先 志若旣至 氣當次之 ……
然則非但身勞之豫習 其第一峰之志 定之雅矣"

(慴)'한 글자를 실제의 산행에 적용한 것이라고 하였다.

이처럼 감수재는 지리산을 유람하는 과정에서 겪은 사건과 감회를 단순한 경험으로 치부하지 않고, 한 단계 더 나아가 경전의 말씀과 고인의 훈계를 실제의 구체적인 상황에 적용하는 계기로 삼았다. 이것은 그가 지리산을 유람할 적에 한결같이 견지하였던 태도이며, 유람을 통해 무엇을 얻고자 했는지를 보여주는 일면이라고 할 수 있다. 감수재의 이러한 태도와 지향은 '유사고언(由事顧言)'이라는 말로 요약할 수 있다.

(나), (다), (라) 등은 유람의 과정에서 보고 겪은 일에 바탕하여 자신을 돌아보고 성찰하는 뜻을 담은 기록들이다. (나)는 만리 구름 속을 나는 매가 사람들의 손에 잡히게 되는 까닭이 욕심 때문이라는 점을 통찰한 후, 사람은 만물의 영장으로서 탐욕이 자신을 망치게 되는 것을 스스로 돌이켜 살펴보아야 한다고 경계하였다. (다)는 중봉(中峰)에 올라 상봉을 바라보니 하늘을 오르는 층계처럼 우뚝 솟아 현격히 높게 보이는 것을 경험하면서, 멀리서 보는 것이 가까이서 자세히 보는 것만 못하며 직접 밟아 보지 않고 높낮이를 함부로 논할 수 없는 점을 통찰하였다. (라)는 당귀라는 약초를 통해 자신이 이 약초를 먹는 것만 좋아할 뿐 이름이 가진 뜻을 실제의 삶에서 실천하지 못하고 있는 점을 반성하였다.

(나), (다), (라) 등의 기록은 감수재가 유람을 하는 과정에서 만난 사물이나 경물에 나아가 그 속에 담긴 이치를 통찰한 후 다시 자신에게 돌이켜 적용하는 것을 주된 골자로 하는 내용이다. 감수재가 취한 이와 같은 관점과 자세는 '관물적기(觀物適己)'라는 말로 축약할 수 있다.

이상의 인용문과 그것이 담고 있는 의미에 대한 해석을 따른다면, 감수재가 지리산을 유람하면서 자연 경물을 바라보고 이것을 통해 얻고자 했던 지향은 감상자 보다는 탐구자의 관점과 태도인 것을 확인할 수 있다. 그리고 감수재가 견지한 탐구자의 관점과 태도는 '유사고언'과 '관물적기'라는 말로 구체화하여 표현할 수 있는데, 사물을 관찰하여 그속에 담긴 이치를 통찰한 후 자신에게 돌이켜 성찰하는 방식이라는 뜻으로 종합된다. 그러므로 감수재가 이와 같은 방식으로 자연 경물을 바라보고 그 속에 담긴 이치를 통찰하여 자신에게 적용하려 했다는 점을 이해한다면, 「두류산일록」의 주된 내용이 무엇이며 그 특성은 어떠한 것인가를 규명할 수 있다고 생각된다.

2) 영남사림의 산수유관(山水遊觀) 계승

조선전기에 등장하여 조선중기에 이르러 개화한 유산기는 새로운 서술체제와 산수유관을 바탕으로 만들어진 독특한 산문양식이다. 전통적으로 등람해 온 금강산이나 일부 몇몇의 산, 예를 들면 천마산·성거산 등을 제외하고 유산기를 쓴 작가들은 대체적으로 자기들이 생장한 고향의 산부터 적극적으로 산행하여 기록을 남기고 있는데, 조선중기까지는 지리산과 청량산을 중심으로 한 영남권 신진사류 나아가 사림들이 이를 본격적으로 시행하였다.[19]

감수재의 「두류산일록」이 지어지기 이전에 생산된 점필재의 「유두류록」, 김일손의 「두류기행록」, 남명의 「유두류록」 등은 저자들이 모두 영남 출신의 사대부라는 공통점이 있을 뿐만 아니라, 그들의 유산기에 일정하게 공유되어 나타나는 성향이 있어 주목된다.

그 성향을 정리하자면, ①불교·무속에 대한 비판, ②경세제민의 현실 인식, ③역사에 대한 회고, ④자아성찰과 심성수양, ⑤국토산하에

---

19) 이혜순 외, 『조선중기의 유산기 문학』, 집문당, 1997, 27쪽.

대한 인식 등이다. 점필재와 탁영은 이 다섯 가지 가운데 ④를 제외하고 모두 나타난다. 남명의 경우 다섯 가지가 모두 나타나는데, 특히 ③과 ④에 대한 의식이 앞 시대 신진사림과는 확연히 다르다. 이는 16세기 수양론에 치중한 도학을 학문의 본령으로 삼은 사의식을 반영한 것이라 하겠다.[20)

감수재의 「두류산일록」은 이와 같은 조선중기 유산기의 사적 맥락 속에서 그 위치를 가늠해 보아야 하며, 특히 조선중기 영남사림의 지리산 유산기에 나타나는 산수유관의 성향을 전제한 가운데 그 의미를 파악해야 한다. 이러한 사적 맥락과 연계성을 염두에 두고 「두류산일록」을 고찰한다면, 이 작품이 가지는 개별적 특성이 조선시대 유산기라는 전체적인 구도 속에서 보다 분명하게 이해되리라 생각된다.

「두류산일록」의 성향을 뚜렷하게 보여주는 내용을 추출하자면 다음과 같은 기록들이 있다.

(가) 군자사는 옛 이름이 영정사이다. 신라 진평왕이 즉위하기 전에 어지러운 조정을 피해 이 절에 와 거처하였다. 그때 아들을 낳게 되어 지금의 이름으로 고쳤다고 한다. 안국사도 이때에 그 이름을 얻은 듯하다. 전란을 겪은 뒤에 중창한 것은 법당·선당·남쪽 누각뿐이다.[21)

(나) 실덕탄의 좌우에 실덕·마촌·궁항 등의 마을이 있었다. 곳곳에 감나무가 서 있는데, 감이 한창 익어 산골짜기를 붉게 물들이고 있었다.

---

20) 최석기, 「조선시대 士人들의 지리산 유람을 통해 본 士意識」, 『한문학보』 제20집, 우리한문학회, 2009, 67쪽.

21) 朴汝樑, 『感樹齋集』卷6 「頭流山日錄」. "君子者 古之靈淨寺也 新羅眞平王 避亂居此寺 生子 因改以今名 其曰安國寺者 亦因其時而得此稱歟 兵火之後 所重刱者 法堂禪堂南樓 而已"

산 속에 사는 백성들이 이 감을 따서 생계를 꾸려간다.[22]

(다) 일찍 일어나 조반을 재촉해 먹고 출발하려는데, 제석당의 주인인 노파가 고하기를 "본 고을의 유향소에서 잡으러 온다는 전갈을 마천리의 색장(色掌)이 전해왔습니다. 참으로 근심스럽고 괴롭습니다."라고 하였다. 우리들이 함께 그 명령을 늦추어 달라고 유향소에 서신을 보냈다.[23]

(라) 임진왜란을 겪은 뒤 사람들이 백에 하나도 남지 않을 정도로 죽어 마을이 쓸쓸해져서 다시는 옛날의 모습이 아닌데, 세상밖에 사는 무당이나 승려 같은 무리들은 옛날에 비해 더욱 번성하고 있다. 사찰로써 말한다면 금대암·무주암·두류암 외에 영원암·도솔암·상류암·대승암 등은 예전에 없었던 절이다. 사당으로써 말한다면 백모당·제석당·천왕당 등은 모두 옛날에 화려하게 지은 것이고, 용왕당·서천당 등은 새로 지은 것이다. 노역을 피해 숨어든 무리와 복을 비는 백성들이 날마다 구름처럼 모여들어 봉우리와 골짜기에 낱알이 어지러이 널려 있는데도 나라에서 금지할 수 없으니, 참으로 탄식할 만한 일이다.[24]

(마) 상봉은 진주와 함양의 사이에 있어서 지역으로 말하면 천왕봉 중앙이 경계가 되고, 천왕당으로 말하면 사당의 중앙이 경계가 된다. 그러므로 사당을 짓고 판자를 덮은 사람은 함양의 화랑이었고, 못을 박아 견고하게 한 사람은 진주의 늙은 무녀였다. 진주는 병영이 있는 곳이고,

---

22) 朴汝樑,『感樹齋集』卷6「頭流山日錄」. "灘之左右 乃實德馬村弓項等村也 處處柿木結子方紅 照耀山谷 山內之民 以是而資生"

23) 朴汝樑,『感樹齋集』卷6「頭流山日錄」. "早起趣食 將發 堂主老嫗告日 有本官留鄕所推捉文字 馬川里色掌所傳也 誠可悶迫云 余等共致書于鄕所 使緩其令"

24) 朴汝樑,『感樹齋集』卷6「頭流山日錄」. "經亂之後 人民死亡 百不存一 閭落蕭條 無復舊時風烟 而方外異類 視昔日 尤爲盛 以其僧刹而言 則金臺·無住·頭流之外 靈源·兜率·上流·大乘 則古所無也 以其神舍而言之 則白母·帝釋·天王諸堂 皆務侈前作 而龍王·西天新所設也 逃役之輩 祈福之氓 日以雲集 粒米狼戾峯壑之間 而國家不能禁 誠可歎也"

함양은 그 병영에 속한 군이다. 화랑과 무녀가 이익을 다투어 서로 싸우는 바람에, 이 봉우리의 사당이 싸움의 빌미가 되었다. 무녀는 그것을 진주의 것이라고 다른 일로써 화랑을 무고하여 함양의 감옥에 갇히게 하였다. 그리고 사당에 있던 솥을 숨기고 물통을 없애 유람하는 사람들과 시인들이 먹고 마실 수 없게 하였으니, 무녀의 죄는 이것만으로도 매우 크다.

병마절도사는 한 도의 군사를 거느리는 사람인데, 도리어 하찮은 무녀의 무고만을 믿고, 허튼 소리를 들어 무녀를 도운 것은 어찌된 일인가? 나는 화랑이 죄도 없이 무거운 형벌에 처해진 것을 가엾게 여겨, 절도사에게 편지를 보내 함양의 감옥에 갇힌 그를 풀어달라고 하였다.[25]

(바) 묘운(妙雲)과 아우 눌혜(訥惠)는 문자를 제법 알고 불서(佛書)도 잘 외웠다. 그들은 유생들 가운데 가장 뛰어났었는데, 전해 받은 농토와 집을 모두 팔고서, 승려가 되어 성씨를 버리고 집안을 돌보지 않았으니 매우 미혹된 자들이라고 하겠다.[26]

위의 인용문도 역시 「두류산일록」에 기록된 순서를 따라 나열한 것이다. (가)는 군자사와 안국사의 기원에 대해 역사 사실에 근거하여 고증한 것으로, '③역사에 대한 회고'에 해당하는 내용이다. 이전의 유산기에는 군자사의 이름만 언급되고 있을 뿐인데, 「두류산일록」에서 처음

---

25) 朴汝樑, 『感樹齋集』 卷6 「頭流山日錄」. "上峯爲晉州咸陽之間 以地而言之 則峯之中爲界 以堂而言之 則堂之中爲界 故作堂而板之者 咸之花郎也 下釘而固之者 晉之婆也 晉爲兵營 而咸爲屬郡 郎與婆 爭利相關 峰頭神室 爲一爭鬪之所 而婆爲晉物 瞞告郎以他事 旣使之捕囚于咸獄 又匿其鼎而絶其水 以困遊人騷客之食飮 婆之罪於是 至矣 兵相爲一道主師 反信眇嫗瞞訴 聽淫辭而助之攻者何也 余憐其無罪而就重究也 折簡兵相 以解咸獄之囚"

26) 朴汝樑, 『感樹齋集』 卷6 「頭流山日錄」. "雲與其弟訥惠 稍解文字 又能誦佛書 爲諸斯文最 但盡賣其家傳田宅 又兄弟爲僧 以絶其姓而莫之恤 可謂惑之甚者也"

으로 상세하게 밝혔다.[27]

(나)는 유람을 하면서 지나간 마을 이름, 지리적 위치, 자연 환경 등을 자세히 기록한 내용으로, '②경세제민의 현실 인식'에 해당한다. (다)는 제석당의 주인인 노파가 곤란을 일을 겪는 것에 대해 도움을 준 것으로, 그 노파가 비록 무속을 숭상하는 사람이지만 또한 돌보아야 할 백성의 한 사람으로 감수재가 인식하였음을 살필 수 있는 내용이다. 이것도 '② 경세제민의 현실 인식'에 속한다. (라)는 임진왜란 이후 무수한 사람들이 죽음을 당해 마을이 황폐해졌는데 산 속의 무당이나 승려는 더욱 번성한 것에 대해 비판한 내용으로, '①불교·무속에 대한 비판'에 해당한다.

(마)는 함양의 남자 무당과 진주의 늙은 무녀가 천왕봉에 자리한 천왕당을 두고 다툼이 일어나 남자 무당이 억울하게 무거운 형벌에 처해진 것을 가엾게 여겨 도움을 준 것으로, 이 내용 역시 (다)와 마찬가지로 무속인도 돌보아야 할 백성으로 인식하여 그들의 시비곡직을 엄밀히 분변하여 바르게 다스린 경우이다. 또한 '②경세제민의 현실 인식'에 속한다. (바)는 묘운과 그의 아우 눌혜가 전해 받은 농토와 집을 팔고 승려가 되어 성씨를 버리고 집안을 돌보지 않은 것에 대해 비판한 내용으로, '①불교·무속에 대한 비판'에 해당한다.

위에서 인용한 내용들을 분석한 결과, ①불교·무속에 대한 비판, ②경세제민의 현실 인식, ③역사에 대한 회고 등이 모두 나타나고 있다. 그리

---

27) 감수재 이후 군자사에 대해 관심을 가지고 자세히 고증한 이는 靑莊館 李德懋(1741~1793)를 꼽을 수 있다. 그는 「君子寺」(『靑莊館全書』 권69)라는 글을 지어 이 절의 사적을 기록한 현판의 내용을 소개하고, 이에 관한 자신의 견해를 개진하였다. 감수재는 신라 진평왕이 이 절에서 아들을 낳았기 때문에 靈淨寺가 君子寺로 이름이 바뀌었다는 것을 사실로 받아들이는 입장인데, 청장관은 진평왕이 원래 후사가 없다는 사실에 근거하여 "이곳에서 태자를 낳아 군자사라 이름하였다"라는 설에 대해 수긍하지 않는 입장을 보였다.

고 '④자아성찰과 심성수양'은 앞 항에서 인용한 기록들이 모두 이것에
해당되며, '⑤국토산하에 대한 인식'에 관한 내용은 4장 1절 '국토의 상징
적 중심'에서 인용할 내용들이 이것에 속한다. 그러므로 「두류산일록」은
조선중기 영남 출신의 사대부들이 기록한 유산기에 일정하게 공유되어
나타나는 성향을 모두 가지고 있으며, 남명의 유산기와 마찬가지로 '④
자아성찰과 심성수양'의 면모가 두드러지게 나타난다. 이것은 감수재의
「두류산일록」이 조선중기 영남사림의 산수유관을 계승하는 가운데, 특
히 남명의 성향에 더욱 많은 영향을 받은 것이라고 이해된다.

Ⅳ. 감수재 박여량의 지리산 인식

1. 국토의 상징적 중심

지리산은 대체로 세 가지 이름을 갖고 있는데, 지리산·방장산·두류
산이 그것이다. 지리산은 한자 표기가 다양하게 나타나는 것으로 보아
우리말을 한자를 빌어 표기한 듯하고, 방장산은 삼신산(三神山)의 하나
인 신선의 산을 의미하며, 두류산은 백두산에서 흘러내린 산이라는 뜻
에서 붙여진 이름이다. 신라시대부터 지리산이라는 용어가 쓰이다가
조선시대에 이르면 두류산이라는 용어가 눈에 띄게 많이 나타난다. 조
선시대 사인들의 지리산 유산기를 보면, 약 10분의 7쯤은 '두류산'이라
는 용어를 선호한 것은 우리나라 국토에 대한 인식이 확고해진 것을 의
미한다. 『동국여지승람』의 편찬에 참여해 국토 지리에 대한 풍부한 지
식을 가지고 있던 점필재가 '지리산'을 쓰지 않고 '두류산'이라 쓴 것이
그런 인식을 보여준다.[28]

감수재의 「두류산일록」은 제복부터 두류산이라는 용어를 사용하였으며, 본문의 내용에서도 지리산이나 방장산이라는 용어 보다는 거의 대부분 두류산이라는 이름으로 호칭하여 기록하였다. 이 점은 감수재 역시 지리산을 하나의 개별적인 산으로 생각하기 보다는 우리나라 국토의 전체적인 맥락 속에서 그 위상과 의미를 인식하였기 때문이라고 이해된다. 다음의 인용문에서 그 점을 분명하게 확인할 수 있다.

> 내 나름대로 생각해 보건대, 이 산은 백두산에서 발원하여 흘러 내려 마천령·마운령·철령 등이 되었고, 다시 뻗어내려 동쪽으로는 오령·팔령이 되고 남쪽으로는 죽령·조령이 되었으며, 구불구불 이어져 호남과 영남의 경계가 되었으며, 남쪽으로 방장산에 이르러 그쳤다. 이 산을 '두류산'이라 한 것이 이런 연유 때문에 더욱 극명해진다. 하늘에 닿을 듯 높고 웅장하여 온 산을 굽어보고 있는 것이 마치 천자가 온 세상을 다스리는 형상과 같으니, 천왕봉이라 일컬어진 것이 이 때문이 아니겠는가?[29]

감수재가 천왕봉 정상에 올라 인간 세상을 굽어보면서 처음으로 떠오른 생각은 '아련히 세상을 버리고 속세를 떠나 왔다는 것과 유쾌히 신선이 사는 곳인 낭풍(閬風)과 현포(玄圃)에 있다는 것'[30]이었다. 그런 다음 천왕봉의 명칭에 관한 주제로 생각이 옮겨가면서 위의 내용을 말한 것이다. 그리고 다시 시선이 천왕봉 정상에 있는 성모당(聖母堂)에 주

---

28) 최석기, 「조선시대 士人들의 지리산 유람을 통해 본 士意識」, 『한문학보』 제20집, 우리한문학회, 2009, 62쪽.

29) 朴汝樑, 『感樹齋集』 卷6 「頭流山日錄」. "余則竊以爲 玆山發於白頭山 流而爲磨天·磨雲·鐵嶺等 關關東爲五嶺八嶺 南爲竹嶺鳥嶺 逶迤而爲湖嶺之界 南至方丈而窮焉 以其頭流者 以此而尤極 穹隆雄偉 俯臨諸山 如天子臨御宇內之像 其稱以天王者 無乃以此耶"

30) 朴汝樑, 『感樹齋集』 卷6 「頭流山日錄」. "復行至絶頂 此乃天王峯也 各攀危磴 俯視人寰 飄然有遺世出塵之想 快然有閬風玄圃之思焉"

목되면서 임진왜란 이후 온 나라가 피폐해진 상황임에도 불구하고 무속과 불교는 오히려 흥성한 현실에 대해 비판하였다.

이와 같이 세 차례에 걸쳐 전이된 생각의 변화는 감수재가 천왕봉에서 무엇을 보고 느끼며 생각하려 했는지를 보여준다. 천왕봉에 처음 올랐을 때에는 사방이 확 트인 곳에서 신선이 된 듯한 흥취와 상쾌함을 맛보았다. 그러나 감수재에게 있어 이러한 흥겨움은 처음 정상에 올랐을 때 만끽하는 일시적·감상적인 것에 불과했다고 볼 수 있다. 그런 감흥을 느낀 후, 곧이어 그는 자신이 올라와 있는 천왕봉을 진지하게 생각하는 쪽으로 인식의 방향을 바꾸었기 때문이다. 그리고 다시 현실로 시선을 옮겨와 사대부로서의 관점에 입각하여 세태를 냉철하게 분석하고 바로잡으려는 데로 나아간 것이다. 감수재는 천왕봉 정상의 공간을 선경(仙境)→국토의 상징적 중심→현실의 구체적 장소로 인식하면서 그것에 따른 의식의 전이를 보인 것이다.

감수재는 세상 사람들이 천왕봉의 명칭을 성모상(聖母像)이 모셔져 있기 때문이라고 이해하는 것에 대해 거부한다. 그는 백두산에서 발원하여 남쪽으로 흘러내린 것이 바로 두류산이며, 이 산의 형상이 하늘에 닿을 듯 높고 웅장하여 온 산을 굽어보고 있는 것이 천자가 온 세상을 다스리는 모습과 같으므로, 천왕봉이라고 일컬어진 것이라고 인식하였다.

천왕봉의 명칭을 천자의 형상과 같기 때문이라고 파악한 경우는 감수재가 유일하다. 그 이전에 추강(秋江) 남효온(南孝溫 1454~1492)이 지리산에서 온갖 과일과 약재가 생산되는 점을 말하면서 "높고 큰 산은 움직이지 않고 그 자리에 있지만 인간에게 주는 이로움은 이처럼 풍부하다. 이는 마치 성인이 의관을 정제하고 두 손을 잡은 채 앉아 제왕으로서의 정사를 행하지 않더라도, 완성시켜 주고 보살펴 주는 도리를 베풀어 백성을 도와주는 것과 같은 이치이다. 대단하구나! 지리산이 성인의 도와 같음이여."[31]라고 하였다. 추강은 지리산이 사람들에게 주는 이로움을 성인의 은택에 비유하여 설명한 것으로, 우리나라 국토에 있어 가지는 위상과 의미를 조망한 것은 아니었다.

감수재는 지리산을 백두대간의 남단에 자리한 진산(鎭山)으로 인식하는 것에서 한 걸음 더 나아가 지상의 세계를 다스리는 천자로 이해하였다. 백두산은 우리 국토의 발원지로 하늘과 맞닿아 있다면, 지리산은 그 줄기가 뻗어내려 국토의 골격을 이루고 나서 우뚝하게 맺힌 산이다. 백두산은 천상의 세계에 가깝다면 지리산은 지상의 세계에 있다.[32] 따라서 감수재는 지리산이 비록 남쪽에 자리하고 있지만, 이와 같은 상징적 의미를 가지고 있는 산으로서 우리나라 국토의 중심이 되는 곳으로 인식하였다고 하겠다.

흥미로운 사실은 감수재와 같은 시대를 살았던 유몽인(柳夢寅 1559~1623)이 감수재가 유람한 다음 해인 1611년 3월에 천왕봉 정상에 올라 '웅장하고 걸출한 것이 우리나라 모든 산의 으뜸'[33]이라 평하고, '백두산에서 시작하여 4천 리나 뻗어 온 아름답고 웅혼한 기상이 남해에 이르러 엉켜 모이고 우뚝 일어난 산'[34]이라고 인식하였다.

---

31) 南孝溫,『秋江集』卷4「遊天王峯記」. "蓋高山大嶽 雖不見其運動 而功利及物如是 比如 聖人垂衣拱手 雖未見帝力之我加 而設爲裁成輔相之道以左右人也 甚矣玆山之有似於聖 人也"

32) 최석기,「조선중기 사대부들의 지리산 유람과 그 성향」,『한국한문학연구』제26집, 한국한문학회, 2000, 256쪽.

33) 柳夢寅,『於于集』卷6「遊頭流山錄」. "及今登天王第一峯 而後其知雄偉傑特 爲東方衆 嶽之祖"

34) 柳夢寅,『於于集』卷6「遊頭流山錄」. "今夫頭流 根發於白頭山 綿延四千里 扶輿磅礴之 氣 窮於南海 蓄縮而會 挺拔而起"

어우당은 전쟁을 몸소 겪으면서 전국을 직접 답사한 관리로서 국토 산하에 대해 해박한 지식을 가지고 있었다.[35] 감수재 역시 왜적의 침입에 대항하여 의병에 참여하기도 하고 뜻을 이루지 못해 피난살이를 하는 등 외침으로 인해 우리나라의 국토가 무참히 짓밟히는 현장의 중심에 서 있었다. 이러한 국난을 겪으면서 그들은 우리나라 국토의 소중함을 절실하게 깨닫는 계기가 되어 자연 지리와 환경에 대한 새로운 관심과 구체적인 인식을 얻게 된 것이 아닐까 생각된다. 또한 그와 같은 국토에 대한 애정과 관심이 백두산으로부터 발원하여 우리나라의 근간을 이어받아 남쪽에 우뚝 일어선 지리산의 위상과 의미에 대한 새로운 인식을 촉발시킨 것이라고 볼 수 있다.

2. 깨우침의 터전

앞에서 자연을 인식하는 관점에 따라 감상자와 탐구자로 대별되며, 감수재가 지리산을 인식하는 태도는 탐구자의 관점에 의한 것임을 살펴보았다. 본 절에서는 이 논의를 보다 심화하여 감수재는 지리산이라는 공간을 어떠한 곳으로 인식하였고 무엇을 찾으려 하였는가를 고찰해 보고자 한다.

탐구자는 경물의 내재적 이치를 통찰하여 그 속에 담긴 의미를 발견하려는 입장에서 자연을 인식한다. 그런데 이와 같은 의미의 발견에는 탐구자의 개인적·주관적 입장에 따라 의미가 부여되기도 하고 도외시되기도 한다. 따라서 탐구자의 개인적·주관적 입장에 따라 다시 패배

---

35) 최석기, 「조선중기 사대부들의 지리산 유람과 그 성향」, 『한국한문학연구』 제26집, 한국한문학회, 2000, 254쪽.

자와 구도지의 관점으로 구분해 볼 수 있다.

패배자이거나 구도자이거나 간에 모두 자연을 통해 자신이 찾고자 하는 의미를 발견하고자 하는 점은 동일하다. 하지만 자연의 공간을 인식하는 관점과 무엇을 찾으려 하는가의 내용은 서로 다를 수밖에 없다. 패배자는 자연의 공간을 세상과 격리된 곳으로 설정하여 그 곳에서 자신의 개인적 불행을 위안 받으려는 성향이 강하다. 패배자에 있어 자연은 대피소 내지는 안주처로 파악되며, 그 곳을 세상과 격리된 닫힌 공간으로 설정하려는 경향이 농후하다.[36)]

이에 비해 구도자는 자연의 공간과 현실의 세계를 분명하게 구분하려는 의식이 약하거나 없으며, 그 곳을 통해 자신의 학문이나 인격이 성장할 수 있는 기회로 삼으려고 노력한다. 구도자가 인식하는 자연은 진리를 발견하고 체험할 수 있는 깨우침의 터전이 되며, 세속의 오염과 불완전성을 정화하고 성찰하게 하는 열린 공간이다.

자연에 대한 이와 같은 두 관점의 상이성을 전제한 가운데, 감수재가 인식한 지리산이라는 공간은 어떠한 곳이었는지를 살펴보기로 한다.

> 예전에 나는 정덕옹과 금대암·안국암·군자사·무주암 등의 여러 절에서 글을 읽었는데, 그때 금대암을 구경한 것이 한 번, 영신사에 오른 것이 한 번, 천왕봉에 오른 것이 두 번이었다. 손 가락을 꼽아가며 기억해 보니

---

36) 자연의 공간에 대한 패배자의 관점을 보여주는 예로 崔致遠의 「題伽倻山讀書堂」(『東文選』卷19)을 들 수 있는데, 그 전문은 다음과 같다.
　"첩첩의 바위를 미친 듯 부딪히며 겹겹의 봉우리 울리니, 사람 말소리 지척에서도 분간하기 어렵네. 항상 시비하는 소리 귀에 들릴까 두려워, 짐짓 흐르는 물로 온 산을 둘러쌌네[狂噴疊石吼重巒　人語難分咫尺閒　常恐是非聲到耳　故教流水盡籠山]"
　이 시에서 최치원은 가야산을 세상과 단절된 닫힌 공간으로 설정하였으며, 그 속에서 더 이상 세상의 분쟁에 휘말리지 않은 채 안주하기를 바랐다.

대체로 정축년(1577년) 가을 9월부터 갑신년(1584년) 여름 4월 사이였다. 옛날 유람했던 바위·봉우리·시내·계곡 등이 30년이나 지나 지금은 까마득히 잊어 생각나지 않았다. 지금 다시 이 길을 지나게 됨에, 처음에는 긴가민가 하더니 중간에 생각이 되살아났고, 나중에는 기억이 또렷해졌다. 내가 이를 풀이하여 "옛 사람이 산을 유람하는 것은 글을 읽는 것과 같다고 말한 것이 이 때문인가 보다. 글을 읽을 적에 처음에는 다 기억할 수 없고, 거듭해서 여러 번 읽은 뒤에야 앞에서 잊었던 것이 떠오르고 전에 기억했던 것이 확실해지며, 오래도록 읽은 뒤에야 본래 내가 가지고 있는 것처럼 되니, 산을 유람하는 것과 글을 읽는 것이 동일하다는 것은 같은 이치이다. 옛 사람의 말은 참으로 거짓이 없다."라고 하였다.[37]

감수재는 젊은 시절에 고대 정경운과 함께 지리산에 있는 절에서 독서하면서 금대암·영신사 등을 유람하고 천왕봉에 오르기도 하였다. 그에게 있어 지리산은 독서에 힘쓸 수 있는 곳이면서 동시에 자신의 심신을 새롭게 할 수 있는 장소로 기억되었던 것이다. 그리고 그 후 30년이 지나 다시 지리산을 오르며 옛날에 유람했던 길과 경물을 더듬어 기억해내면서 옛 사람이 말한 '유산여독서(遊山如讀書)'의 의미를 되새겼다. 감수재가 젊은 날 지리산에서의 강학과 유람을 기억하면서 다시 그 길을 걸으며, 산을 유람하는 것이 책을 읽는 것과 같다는 말을 상기한 것은 절묘하게 교합(交合)되는 점이 있다.

이천(伊川) 정이(程頤 1033~1107)는 "지금의 배우는 자들은 산기슭을 오

---

37) 朴汝樑, 『感樹齋集』 卷6 「頭流山日錄」. "昔年 累與德顒讀書金臺·安國·君子·無住諸刹 而訪臺巖者一 跨指記得 盖在丁丑秋九月 甲申夏四月間也 巖巒溪壑 曾所遊歷者 積三十年餘 茫不記憶 今而經過 初而疑焉 中而覺焉 終乃了然 余乃解之曰 古人所謂遊山如讀書者 謂以是耶 夫讀書 初覽 不可盡記 至於一再三四過而後 前之所忘者 覺焉 所記者 實焉 久久而後 若固有之 遊山讀書 同一揆矣 古人之言 信不誣也"

를 적에 길이 평평히여 계속해서 갈 수 있을 때에는 모두 활보를 하다가 가파른 곳에 이르러서는 곧 발걸음을 멈추는 것과 같으니, 모름지기 강하게 결단하고 과감하게 나아가야 한다."[38]라고 하였으며, 회암(晦菴) 주희(朱熹 1130~1200)는 "산에 오르는 것에 비유하자면, 대부분의 사람들이 높은 곳에 이르려 하지만 낮은 곳에서부터 이해하지 않으면 끝내 높은 곳에 이를 수 없다는 것을 모르는 것과 같다."[39]라고 하여 학문하는 방법을 산에 오르는 것에 비유하여 설명하였다.

또한 이황(李滉 1501~1570)은 "독서와 유산(遊山)이 비슷하다 하지마는, 이제 보니 유산이 독서와 비슷하네."[40]라고 말하였다. 그는 '독서'와 '유산'의 위치를 바꾸어 말함으로써, '유산'에 더욱 강조점을 둔 것이다. 이전의 사람들이 독서를 말하기 위해 유산을 비유로 끌어들이는 방식을 취했다면, 퇴계는 유산의 의미를 강조하기 위해 독서에 비유하여 표현하는 방법으로 관점의 전환이 이루어진 것이다. 그는 독서를 통한 공부도 중요하지만, 유산 역시 공부의 한 가지임을 확고하게 밝힌 것이다.[41]

학문과 유산의 관계를 비유한 세 사람의 말을 살펴볼 때, 감수재가 지적한 '옛 사람'은 퇴계라고 생각된다. 퇴계가 어릴 적부터 청량산(淸涼山)에 오르며 그 산을 구도적 강학처로 삼았던 것처럼, 감수재에게 있어서도 지리산은 젊은 시절부터 학문을 강학하고 심신을 수련하기 위해

---

38) 朱熹·呂祖謙,『近思錄』卷2「爲學」. "今之爲學者 如登山麓 方其迤邐 莫不闊步 及到峻處 便止 須是要剛決果敢以進"

39) 朱熹,『朱子語類』卷8「總論爲學之方」. "譬如登山 人多要至高處 不知自低處不理會 終無至高處之理"

40) 李滉,『退溪集』卷3「讀書如遊山」. "讀書人說遊山似 今見遊山似讀書 工力盡時元自下 淺深得處摠由渠 坐看雲起因知妙 行到源頭始覺初 絶頂高尋勉公等 老衰中輟愧深余"

41) 전병철,「『淸涼志』를 통해 본 退溪 李滉과 淸涼山」,『남명학연구』제26집, 남명학연구소, 2008, 324쪽.

찾았던 곳이었다. 퇴계와 감수재 모두 유산이 독서를 포괄할 수 있는
의미로 파악되었다고 볼 수 있다.

이처럼 감수재는 지리산을 구도적 강학처로 인식하였는데, 다음의
기록을 통해 그와 같은 인식의 배경을 살필 수 있다.

> 이 봉우리의 동남쪽으로 긴 골짜기가 1백여 리쯤 뻗은 곳에 '덕산(德
> 山)'이라는 고을과 '덕천(德川)'이라는 시내가 있는데, 남명 조식 선생이
> 터를 잡고 사셨던 곳이다. 선생의 묘와 사당이 모두 그 곳에 있다. 사당
> 이 있는 서원의 현판은 '덕천'인데, 지금의 임금께서 하사하신 것이다.
> 천 길이나 되는 봉우리 위에서 선생의 크게 은둔하신 기상을 상상해 보건
> 대, 천 길 봉우리 위에서 또 천 길 봉우리를 바라보는 격이다.42)

감수재는 천왕봉 정상에서 동남쪽으로 눈을 돌려 남명이 만년에 은
거한 덕산을 바라보았다. 그런 후 자신의 감회를 "천 길 봉우리 위에서
또 천 길 봉우리를 바라보는 격이다."라고 표현하였다. 그는 천왕봉을
천자로 표현하여 기리는 마음을 나타냈는데, 그 위에 다시 천 길의 높이
를 더함으로써 남명을 존경하는 뜻을 드러내었다. 남명에 대한 감수재
의 존경하는 마음이 얼마나 깊은가를 알 수 있다.

그렇기에 남명의 자취가 곳곳에 남아 있는 지리산이 감수재에게는
더욱 의미 있는 공간으로 다가왔을 것이다. 지리산이라는 공간은 감수
재에게 있어 구도적 강학처일 뿐만 아니라, 남명의 유향(遺香)이 남아
있는 성스러운 장소이기도 하였음을 이해할 수 있다.

---

42) 林汝樑, 『感樹齋集』卷6「頭流山日錄」. "峯之東南 長谷百里許 有洞曰德山 有水曰德川
    南冥曺先生所卜築也 墓與祠皆在于此 祠之額曰德川 今上所賜也 方在千仞峰頭而 想像先
    生肥遯氣象 千仞峯頭 又望千仞峯也"

V. 맺음말

이상으로 감수재 박여량의 지리산 유람과 그 인식에 관해 「두류산일록」에 기록된 내용을 중심으로 살펴보았다. 결론에서는 앞에서 논의한 내용을 요약하여 정리하는 것으로 마무리를 짓고자 한다.

「두류산일록」은 감수재가 서울에서 벼슬을 하다가 잠시 고향으로 돌아온 1610년 9월 2일부터 8일까지 7일 동안의 지리산 유람을 날짜별로 기록한 일기체 형식의 유산기이다. 형식의 구성은 지리산 유람을 하게 된 배경을 서술한 도입부, 날짜별로 이동한 장소와 견문 및 감상을 서술한 여정부, 여정을 마친 후 유람의 전체적인 감회를 서술한 마무리로 구성되어 있다.

내용의 특성은 두 가지로 요약할 수 있는데, 첫째는 관물의 통찰과 반기의 성찰이다. 감수재가 지리산을 유람하면서 자연 경물을 바라보고, 이것을 통해 얻고자 했던 지향은 감상자 보다는 탐구자의 관점과 태도였다. 감수재가 견지한 탐구자의 관점과 태도는 '유사고언'과 '관물적기'라는 말로 구체화하여 표현할 수 있는데, 사물을 관찰하여 그 속에 담긴 이치를 통찰한 후 자신에게 돌이켜 성찰하는 방식이다.

둘째는 영남사림의 산수유관을 계승한 점이다. 감수재의 「두류산일록」이 지어지기 이전에 생산된 점필재 김종직의 「유두류록」, 탁영 김일손의 「두류기행록」, 남명 조식의 「유두류록」 등은 저자들이 모두 영남 출신의 사대부라는 공통점이 있을 뿐만 아니라, 그들의 유산기에 일정하게 공유되어 나타나는 성향이 있어 주목된다. 그 성향을 정리하자면, ①불교·무속에 대한 비판, ②경세제민의 현실 인식, ③역사에 대한 회고, ④자아성찰과 심성수양, ⑤국토산하에 대한 인식 등이다. 「두류산일록」은 위의 다섯 가지 성향을 모두 가지고 있으며, 남명의 유산기와 마찬가지로 '④자아성찰과 심성수양'의 면모가 두드러지게 나타난다. 이것은 감수재의「두류산일록」이 조선중기 영남사림의 산수유관을 계승하는 가운데, 특히 남명의 성향에 더욱 많은 영향을 받은 것이라고 이해된다.

감수재는 백두산에서 발원하여 남쪽으로 흘러내린 것이 두류산이며, 이 산의 형상이 하늘에 닿을 듯 높고 웅장하여 온 산을 굽어보고 있는 것이 천자가 온 세상을 다스리는 모습과 같으므로 '천왕봉'이라 일컬어졌다고 인식하였다. 백두산은 우리 국토의 발원지로 하늘과 맞닿아 있다면, 지리산은 그 줄기가 뻗어내려 국토의 골격을 이루고 나서 우뚝하게 맺힌 산이라고 파악한 것이다. 이처럼 그는 지리산이 비록 남쪽에 자리하고 있지만, 중요한 상징적 의미를 가지고 있는 산으로서 우리나라 국토의 중심이 되는 곳으로 여겼다.

또한 젊은 시절에 고대 정경운과 함께 지리산에 있는 절에서 독서하면서 금대암·영신사 등을 유람하고 천왕봉에 오르기도 하는 등 지리산이라는 공간을 독서에 힘쓰고 심신을 새롭게 할 수 있는 구도적 강학처로 삼았다. 감수재가 지리산을 이와 같은 곳으로 인식한 배경에는 남명이 중요한 요소로 자리한다. 그는 천왕봉 정상에서 남명이 만년에 은거한 덕산을 바라보면서, 남명의 기상에 대해 "천 길 봉우리 위에서 또 천 길 봉우리를 바라보는 격이다."라고 표현하였다. 지리산이라는 공간은 감수재에게 있어 구도적 강학처일 뿐만 아니라, 곳곳에 남명의 유향이 남아 있는 성스러운 장소이기도 하였음을 이 말을 통해 확인할 수 있다.

지리산 유람록 목록

(15~20세기)

[부록] 지리산 유람록 목록

15세기		
저자	작품 및 문집명	유람 시기
이륙(李陸 1438-1498)	유지리산록(遊智異山錄) 『청파집(靑坡集)』	1463.08.○-08.25
이륙(李陸 1438-1498)	지리산기(智異山記) 『청파집(靑坡集)』	1463.08.○-08.25
김종직(金宗直 1431-1492)	유두류록(遊頭流錄) 『점필재집(佔畢齋集)』	1472.08.14-08.18
남효온(南孝溫 1454-1494)	지리산일과(智異山日課) 『추강집(秋江集)』	1487.09.27-10.13
남효온(南孝溫 1454-1494)	유천왕봉기(遊天王峯記) 『추강집(秋江集)』	1487.09.30
김일손(金馹孫 1464-1498)	두류기행록(頭流紀行錄) 『탁영집(濯纓集)』	1489.04.11-04.26

16세기		
저자	작품 및 문집명	유람 시기
조식(曺植 1501-1572)	유두류록(遊頭流錄) 『남명집(南冥集)』	1558.04.10-04.26
하수일(河受一 1553-1612)	유청암서악기(遊青巖西嶽記) 『송정집(松亭集)』	1578.04
변사정(邊士貞 1529-1596)	유두류록(遊頭流錄) 『도탄집(桃灘集)』	1580.04.05-04.11
하수일(河受一 1553-1612)	유덕산장항동반석기(遊德山獐項 洞盤石記) 『송정집(松亭集)』	1583.08.18
양대박(梁大樸 1544-1592)	두류산기행록(頭流山紀行錄) 『청계집(靑溪集)』	1586.09.02-09.12

17세기 전반기		
저자	작품 및 문집명	유람 시기
박여량(朴汝樑 1554-1611)	두류산일록(頭流山日錄) 『감수재집(感樹齋集)』	1610.09.02-09.18
유몽인(柳夢寅 1559-1623)	유두류산록(遊頭流山錄) 『어우집(於于集)』	1611.03.29-04.08
박민(朴敏 1566-1630)	두류산선유기(頭流山仙遊記) 『능허집(凌虛集)』	1616.09.24-10.08
성여신(成汝信 1546-1631)	방장산선유일기(方丈山仙遊日記) 『부사집(浮査集)』	1616.09.24-10.08
조위한(趙緯韓 1558-1649)	유두류산록(遊頭流山錄) 『현곡집(玄谷集)』	1618.04.11-04.20
양경우(梁慶遇 1568- ?)	역진연해군현 잉입두류 상쌍계신흥기행록(歷盡沿海郡 縣 仍入頭流 賞雙溪神興紀行錄) 『제호집(霽湖集)』	1618. 윤4.15-05.18
조겸(趙璥 1569-1652)	유두류산기(遊頭流山記) 『봉강집(鳳岡集)』	1623.02.10-02.16
17세기 후반기		
허목(許穆 1595-1682)	지리산기(智異山記) 『기언(記言)』	1640.09.03
허목(許穆 1595-1682)	지리산청학동기(智異山靑鶴洞記) 『기언(記言)』	1640.09.03
박장원(朴長遠 1612-1671)	유두류산기(遊頭流山記) 『구당집(久堂集)』	1643.08.20-08.26
오두인(吳斗寅 1624-1689)	두류산기(頭流山記) 『양곡집(陽谷集)』	1651.11.01-11.06
김지백(金之白 1623-1671)	유두류산기(遊頭流山記) 『담허재집(澹虛齋集)』	1655.10.08-10.11
송광연(宋光淵 1638-1695)	두류록(頭流錄) 『범허정집(泛虛亭集)』	1680.08.20-08.27
정협(鄭悏 1674-1720)	유두류록(遊頭流錄) 『기행록(紀行錄)』	1691.04.16-04.17

18세기		
저자	작품 및 문집명	유람 시기
김창흡(金昌翕 1653-1722)	영남일기(嶺南日記) 『삼연집(三淵集)』	1708.02.03-윤03.21
신명구(申命耈 1666-1742)	유두류일록(遊頭流日錄) 『남계집(南溪集)』	1719.05.16-05.21
신명구(申命耈 1666-1742)	유두류속록(遊頭流續錄) 『남계집南溪集』	1720.04.06-04.14
조구명(趙龜命 1693-1737)	유지리산기(遊智異山記) 『동계집(東谿集)』	1724.08.01-08.03
조구명(趙龜命 1693-1737)	유용유담기(遊龍游潭記) 『동계집(東谿集)』	1724.08.01
정식(鄭栻 1683-1746)	두류록(頭流錄) 『명암집(明菴集)』	1724.08.02-09/08.17 -27(2차)
김도수(金道洙 1699-1733)	남유기(南遊記) 『춘주유고(春洲遺稿)』	1727.09.12-10.05
하대명(河大明 1691-1761)	유두류록(遊頭流錄) 『한계유고(寒溪遺稿)』	1736.08.21-08.30
정식(鄭栻 1683-1746)	청학동록(靑鶴洞錄) 『명암집(明菴集)』	1743.04.21-04.29
황도익(黃道翼 1678-1753)	두류산유행록(頭流山遊行錄) 『이계집(夷溪集)』	1744.08.27-09.14
이주대(李柱大 1689-1755)	유두류산록(遊頭流山錄) 『명암집(冥庵集)』	1748.04.01-04.24
하필청(河必淸 1701-1758)	유낙수암기(遊落水巖記) 『태와유고(台窩遺稿)』	미상
권길(權佶 1712-1774)	중적벽선유기(中赤壁船遊記) 『경모재집(敬慕齋集)』	○년.09.16
박래오(朴來吾 1713-1785)	유두류록(遊頭流錄) 『니계집(尼溪集)』	1752.08.10-08.19
이갑룡(李甲龍 1734-1799)	유산록(遊山錄) 『남계집(南溪集)』	1754.윤5.10-05.16
홍씨(洪氏 ?-?)	두류록(頭流錄) 『삼우당집(三友堂集)』	1767.07.16-07.30

이만운(李萬運 1736-1820)	촉석동유기(矗石同遊記) 덕산동유기(德山同遊記) 문산재동유기(文山齋同遊記) 『묵헌집(黙軒集)』	1783.11.26-11.28
이동항(李東沆 1736-1804)	방장유록(方丈遊錄) 『지암집(遲庵集)』	1790.03.28-05.04
유문룡(柳汶龍 1753-1821)	유천왕봉기(遊天王峯記) 『괴천집(槐泉集)』	1799.08.16-08.18
19세기		
저자	**작품 및 문집명**	**유람 시기**
유정탁(柳正鐸 1752-1829)	두류기행(頭流紀行) 『청천가호집(菁川家稿集)』	○년.03.10-03.14
응윤(應允 1743-1804)	두류산회화기(頭流山會話記) 『경암집(鏡巖集)』	1803.03
응윤(應允 1743-1804)	지리산기(智異山記) 『경암집(鏡巖集)』	미상
안치권(安致權 1745-1813)	두류록(頭流錄) 『내옹유고(乃翁遺稿)』	1807.02
남주헌(南周獻 1769-1821)	지리산행기(智異山行記) 『의재집(宜齋集)』	1807.03.24-04.01
하익범(河益範 1767-1815)	유두류록(遊頭流錄) 『사농와집(士農窩集)』	1807.03.26-04.08
유문룡(柳汶龍 1753-1821)	유쌍계기(遊雙磎記) 『괴천집(槐泉集)』	1808.08.08-08.16
정석구(丁錫龜 1772-1833)	두류산기(頭流山記) 『허재유고(虛齋遺稿)』	1818.01
정석구(丁錫龜 1772-1833)	불일암유산기(佛日庵遊山記) 『허재유고(虛齋遺稿)』	미상
권호명(權顥明 1778-1849)	쌍칠유관록(雙七遊觀錄) 『죽하유고(竹下遺稿)』	○년.09.13-미상
노광무(盧光懋 1808-1894)	유방장기(遊方丈記) 『구암유고(懼菴遺稿)』	1840.04.29-05.09
민재남(閔在南 1802-1873)	유두류록(遊頭流錄) 『회정집(晦亭集)』	1849.윤04.17-04.21
하달홍(河達弘 1809-1877)	두류기(頭流記) 『월촌집(月村集)』	1851.윤08.02-08.07

하달홍(河達弘, 1809-1877)	유덕산기(遊德山記) 『월촌집(月村集)』	미상
하달홍(河達弘, 1809-1877)	유무주암기(遊無住菴記) 『월촌집(月村集)』	1860.10.15
하달홍(河達弘, 1809-1877)	장항동기(獐項洞記) 『월촌집(月村集)』	○년 봄
하달홍(河達弘, 1809-1877)	안식동기(安息洞記) 『월촌집(月村集)』	미상
배찬(裵瓚 1825-1898)	유두류록(遊頭流錄) 『금계집(錦溪集)』	○년.09.04-09.08
김영조(金永祚 1842-1917)	유두류록(遊頭流錄) 『죽담집(竹潭集)』	1867.08.26-08.29
송병선(宋秉璿 1836-1905)	지리산북록기(智異山北麓記) 『연재집(淵齋集)』	1869.02.
권재규(權在奎 1835-1893)	유적벽기(遊赤壁記) 『직암집(直菴集)』	1869.08.16
조성렴(趙性濂 1836-1886)	두류유기(頭流游記) 『심재집(心齋集)』	1872.08.16-08.26
황현(黃玹 1855-1910)	유방장산기(游方丈山記) 『매천집(梅泉集)』	1876.08-미상
박치복(朴致馥 1824-1894)	남유기행(南遊記行) 『만성집(晩醒集)』	1877.08.24-09.16
허유(許愈 1833-1904)	두류록(頭流錄) 『후산집(后山集)』	1877.08.05-08.15
송병선(宋秉璿 1836-1905)	두류산기(頭流山記) 『연재집(淵齋集)』	1879.08.01-미상
전기주(全基柱 1855-1917)	유쌍계칠불암기(遊雙溪七佛菴記) 『국포속고(菊圃續稿)』	1883.초여름 6일 간
전기주(全基柱 1855-1917)	유대원암기(遊大源菴記) 『국포속고(菊圃續稿)』	1884.04
김성렬(金成烈 1846-1919)	유청학동일기(遊靑鶴洞日記) 『겸산집(兼山集)』	1884.05.01-05.09
정재규(鄭載圭 1843-1911)	두류록(頭流錄) 『노백헌집(老栢軒集)』	1887.08.18-08.28
조종덕(趙鍾德 1858-1927)	두류산음수기(頭流山飮水記) 『창암집(滄庵集)』	1895.04.11-미상

강병주(姜炳周 1839-1909)	두류행기(頭流行記) 『두산집(斗山集)』	1896.08.15-08.17
하겸진(河謙鎭 1870-1946)	유두류록(遊頭流錄) 『회봉집(晦峯集)』	1899.08.16-08.24
20세기		
저자	**작품 및 문집명**	**유람 시기**
정재규(鄭載圭 1843-1911)	악양정회유기(岳陽亭會遊記) 『노백헌집』 권34	1891.08 하순
문진호(文晉鎬 1860-1901)	화악일기(花岳日記) 『석전유고(石田遺稿)』	1901.04.06-04.26
송병순(宋秉珣 1839-1912)	유방장록(遊方丈錄) 『심석재집(心石齋集)』	1902.02.03-03.12
김회석(金會錫 1856-1933)	지리산유상록(智異山遊賞錄) 『우천집(愚川集)』	1902.02.03-03.12
이택환(李宅煥 1854-1924)	유두류록(遊頭流錄) 『회산집(晦山集)』	1902.05.14-05.28
안익제(安益濟 1850-1909)	두류록(頭流錄) 『서강유고(西崗遺稿)』	1903.08.27-미상
양재경(梁在慶 1859-1918)	유쌍계사기(遊雙溪寺記) 『희암유고(希庵遺稿)』	1905.04
김교준(金敎俊 1883-1944)	두류산기행록(頭流山記行錄) 『경암집(敬菴集)』	1906.03.30-04.03
정종엽(鄭鐘燁 1885-1940)	유두류록(遊頭流錄) 『수당집(修堂集)』	1909.01.28-02.06
배성호(裵聖鎬 1851-1929)	유두류록(遊頭流錄) 『금석집(錦石集)』	1910.03.14-03.20
이수안(李壽安 1859-1929)	유두류록(遊頭流錄) 『매당집(梅堂集)』	1917.08.02-08.14
곽태종(郭泰鍾 1872-1940)	순두류록(順頭流錄) 『의재유고(毅齋遺稿)』	1922.03
장화식(蔣華植 1871-1947)	강우일기(江右日記) 『복암집(復菴集)』	1925.01.18-02.03
김규태(金奎泰 1902-1966)	유불일폭기(遊佛日瀑記) 『고당집(顧堂集)』	1928.05.10

오정표(吳政杓 1897-1946)	유불일폭기(遊佛日瀑記) 『매봉유고(梅峯遺稿)』	1928.06.07-06.08
김택술(金澤述 1884-1954)	두류산유록(頭流山遊錄) 『후창집(後滄集)』	1934.03.19-04.07
정기(鄭琦 1879-1950)	유방장산기(遊方丈山記) 『율계집(栗溪集)』	1934.08.17-08.24
이보림(李普林 1903-1974)	두류산유기(頭流山遊記) 『월헌집(月軒集)』	1937.04.06-04.09
이보림(李普林 1903-1974)	천왕봉기(天王峯記) 『월헌집(月軒集)』	1937.04.19
김학수(金學洙 1891-1974)	유방장산기행(遊方丈山記行) 『술암유집(述菴遺集)』	1937.08.16-08.22
이병호(李炳浩 1870-1943)	유천왕봉연방축(遊天王峰聯芳軸) 『구례향토문화사료 8집』	1940.05.24-05.28
이현섭(李鉉燮 1879-1960)	두류기행(頭流紀行) 『인재집(仞齋集)』	1940.08.16-08.29
정덕영(鄭德永 1885-1956)	방장산유행기(方丈山遊行記) 『위당유고(韋堂遺稿)』	1940.08.27-09.07
양회갑(梁會甲 1884-1961)	두류산기(頭流山記) 『정재집(正齋集)』	1941.04.30-05.06

저자 소개

최석기 성균관대학교에서 박사학위를 취득하였으며, 현재 경상대학교 한문학과 교수로 재직하고 있다. 저역서로는『조선시대 대학도설』,『성호 이익 연구』,『19세기 경상우도 학자들(上)』(공역) 등이 있으며,「괴담 배상열의『중용』분절설」,「조선시대 경서해석의 관점과 연변」등 다수의 논문이 있다.

정출헌 고려대학교에서 박사학위를 받았으며, 현재 부산대학교 한문학과 교수로 재직하고 있다. 저서로는『김부식과 일연은 왜』,『점필재 김종직과 젊은 제자들』(공저) 등이 있으며,「성종대 신진사류의 동류의식과 그 분화의 양상」,「〈육신전〉과〈원생몽유록〉-충절의 인물과 기억서사의 정치학」등 다수의 논문이 있다.

정시열 서강대학교에서 박사학위를 받았으며, 현재 영남대학교 국어국문학과 부교수로 재직하고 있다. 논저로는『여헌 장현광의 학문 세계(3)-태극론의 전개-』를 비롯한 2편의 공저와「동계 정온의 논삼편(論三篇) 시탐(試探)」,「조선조 제주도 유배문학의 위상」,「한강 정구의 상소문 연구」등 다수의 논문이 있다.

이성혜 부산대학교에서 박사학위를 취득하였고, 현재 부산대학교 한문학과 전임대우강사로 재직하고 있다. 저서로는『조선의 화가 조희룡』,『국역 상변통고』(전 10책, 공역) 등이 있으며,「20세기 초 한국서화의 매매와 유통 양상」,「20세기 초 한국 서화가의 존재 방식과 양상 -해강 김규진의 서화 활동을 중심으로」등 다수의 논문이 있다.

강정화 경상대학교에서 박사학위를 취득하였으며, 현재 경상대학교 경남문화연구원 HK교수로 재직하고 있다. 저역서로는『지리산 인문학으로 유람하다』,『선인들의 지리산 유람록 1-4』(공역),『남명과 그의 벗들』이 있으며,「한말 지식인의 지리산 유람」,「누정기에 나타난 하동 누정의 공간 인식」,「지리산 유람록으로 본 최치원」등 다수의 논문이 있다.

전병철 경상대학교에서 박사학위를 취득하였고, 현재 경상대학교 경남문화연구원 HK교수로 재직하고 있다. 저역서로는『송정 하수일』,『남명선생편년』(공역) 등이 있으며,「대산 이상정 성리설의 회통적 성격」,「1930년대 강우유림(江右儒林)의 소사동유(蕭寺同遊)와 유민의식(遺民意識)」등 다수의 논문이 있다.